民国世界文学经典译著·文献版（第四辑：法国小说）

◆长篇小说◆

约翰·克里斯朵夫

Jean-Christophe

（一—四册）

[法] 罗兰·罗曼（Romain Rolland）著
傅雷 译

SJPC
上海三联书店

約翰·克裏斯朵夫（二）

[法]羅蘭·羅曼（Romain Rolland）著
傅雷 譯

中華民國三十五年一月初版

第二册

反抗——節場

譯者弁言

在全書十卷中間，本册所包括的兩卷恐怕是最混沌最不容易瞭解的一部了。因爲克利斯朵夫在青年成長的途中，而青年成長的途程就是一段混沌、曖昧、矛盾、騷亂的歷史。頑強的意志，簇新的天才，被更其頑強的和年代久遠的傳統與民族性拘囚在樊籠裏。它得和社會奮鬥，和過去的歷史奮鬥，更得和人類固有的種種根性奮鬥。一個人唯有在這場艱苦的戰爭中得勝，纔能打破青年期的難關而踏上成人的大道。兒童期所要征服的是物質世界，青年期所要征服的是精神世界。還有最悲壯的是現在的自我和過去的自我衝突：從前費了多少心血獲得的寶物，此刻要我更多的心血去反抗，以求解脫。

『這時節，他正盲目地反抗他幼年時代的一切偶像。他恨自己，恨他們，因爲當初曾經奮不顧身地、熱情地相信了他們。——而這也是應當的。人生有一個時期應當敢不公平，敢把他崇拜的，跟着別人敬重的東西一概摒棄，敢把不曾經過自己認爲是眞理的東西，不問是眞理是謊言，統統予以否認。所有的教育，所有的見聞，使一個兒童把大量的謊言與愚蠢，混雜着人生主要的眞理盡皆吞飽了，所以他若要成爲一個健全的人，一待成年就先得把宿食嘔吐乾淨。』

是這種心理狀態驅使克利斯朵夫肆無忌憚地抨擊前輩的宗師，抨擊早已成爲偶像的傑作，抉發德國民族底矯僞和感傷性，在他的小城裏樹立敵人，和大公爵衝突，爲了精神的自由喪失了一切物質上的依傍，終而至於亡命國外。（關於這些，尤其是克利斯朵夫對於某些大師的攻擊，原作者在卷四底初版序文裏就有簡短的說明。）

至於強烈獷野的力在胸中衝撞奔突的騷亂，尚未成形的藝術天才掙扎圖求生長的苦悶，又是青年期底另外一支精神巨流。

『一年之中有幾個月是陣雨的節季，同樣，一生之中有幾年特別富於電力……

『整個的人緊張着。雷雨日復一日的醞釀着。白茫茫的天上佈滿着一堆堆的雲，熱似烈焰一般。沒有一絲風，凝集不動的空氣在發酵，似乎沸騰了。大地寂靜無聲，昏沉沉的。頭裏在發燒：整個的宇宙等待那愈聚愈厚的力爆發，等待那在烏雲上面沉重地高舉的錘子落下，又大又熱的陰影移過，一陣薰風吹過。神經像樹葉般發抖……」

「在這樣的期待中間，自有一種悲愴而又快意的感覺，雖然你受着壓迫，很難過，但在血管之中可以感到燃燒宇宙的火焰。昏憒的靈魂在竈內沸騰，有如埋在酒桶裏的葡萄。千千萬萬的生與死的種子在心中活動。結果將產生些什麽來呢？……你的心靈像一個孕婦般默然凝視着自己，懷着不安的情緒，傾聽着臟腑移動，想道：「我將生下什麽來呢？」

這不是克利斯朵夫一個人的境界，而是古往今來一切偉大的心靈在成長時期所共有的感覺。

「歡樂，如醉如狂的歡樂，現在與未來，一切的已成與將成，都受着陽光燭照，這是創造底神聖的歡樂啊！唯有創造纔是歡樂，唯有創造的生靈纔是生靈。其餘的盡是在地下飄浮的影子，與人生無關的。……

「創造，不論在肉體方面或精神方面，總是從軀殼底樊籠中解放出來、捲入人生的旋風，與神明同詩，創造是消滅死。』

瞧，這不是貝多芬式的藝術論麼？這不是柏格森派的人生觀麼？現代的西方人是從另一途徑達到我們古聖所謂「物我同化」的境界的。譯者所熱誠期望讀者在本書中有所領會的，也就是這個境界。

『創造纔是歡樂，』『創造是消滅死，』是羅曼羅蘭這闋大交響樂中的基調；他所說的不朽，永生，神明，都當作如是觀。

我們尤須牢記的是，切不可狹義地把克利斯朵夫單看做一個音樂家或藝術家底傳記。藝術之所以成爲人生底酵素，只因爲它含有豐滿無比的生命力。藝術家之所以成爲我們的模範，只因爲他是不完全的人羣中比較最完全的一個。而所謂完全並非是圓滿無缺，而是顛撲不破地、再接再厲地向着比較圓滿無缺的前途邁進的意思。

* * * * * * *

然而單用上述幾點籠統的觀念還不足以概括本書底精神。譯者在第一册卷首的獻辭和譯段弁言底前節裏所說的，祇是克利斯朵夫這部書屬於一般的、普汎的方面。換句話說，至此爲止，我們的看法是對一幅肖像畫的看法：所見到的雖然也有特殊的徵象，但演繹出來的結果是對於人類的一般的、概括式的領會。可是本書還有另外一副更錯雜的面目：無異一幅巨大的歷史畫，——不單是寫實的，而且是象徵的，含有預言意味的。作者把整個十九世紀末期的思想史、社會史、政治史、民族史、藝術史來做這個新英雄底背景。於是本書在描寫一個個人而涉及人類永久的使命與性格以外，更具有反映某一特殊時期的歷史性。

最顯著的對比，在卷四與卷五中佔着一大半篇幅的，是德法兩個民族的比較研究。羅曼羅蘭使青年的主人翁先對德國作一極其嚴正的批判：

「他們全部的精力都化在要把不能調和的加以調和這種努力上面。自從德國人在世界上戰勝以後，他們更想在新的力量和舊的原則之間覓取妥協，其實這種企圖最是可厭。……喫敗仗的時候，說是德國愛護理想。把別人打敗之後，便說德國就是人類的理想。當別的國家強盛時，大家都像萊辛一般的說「愛國的情緒不過是英雄式的弱點，缺少它也不妨事，」並且自稱爲「世界之民。」如今自己擡起頭來了，便對於所謂「法國式」的理想不勝其輕蔑，什麼世界和平，什麼博愛，什麼和平的進步，什麼人類的權利，什麼自然的平等：一切都瞧不起，說是最強的民族對別的民族可有絕對的權利；至於別的民族，因爲較弱之故，對它便一無權利可言。它，是活的上帝，是理想底化身，它的進步是以戰爭、暴行、壓力來完成的。……』（在此，讀者當注意這段文字是在本世紀初期寫的。）

盡量分析德國民族以後，克利斯朵夫便轉過來解剖法蘭西了。卷五用的「節場」這個名稱就是含有十足暴露性的。說起當時的巴黎樂壇時，作者認爲『只是一味的溫和、蒼白，麻木不仁的，貧血的，沒有顏色的。……』又說那時的音樂家『最缺少的是意志，是力；一切的天賦他們都有，——只少一樣：就是強烈的生命。』

『這些音樂界的俗物所堅執着的形式主義，尤其使克利斯朵夫作惡。他們中間所認爲成問題的只有形式一項。什麼情操，什麼性格，什麼生命，都絕口不提！沒有一個人想到一切眞正的音樂家是生活在音響的宇宙中的，歲月的流逝於他不啻是長流無盡的音樂。音樂是他所呼吸的空氣，所生息的天地。甚至他的心靈也是音樂；他所憎、所喜、所苦、所畏懼、所希望的，又無一而非音樂。……

天才是和生命爭短長的，藝術這殘缺不完的工具也不過想喚引生命罷了。——但法國有多少人想到這層呢？對於這個化學家式的民族，音樂似乎只是一種化合聲音的藝術。他們直把字母當作音本看待。……』

等到涉及文壇、戲劇界的時候，作者所描寫的又是一片頹廢的氣象，輕佻的癖習，金錢的臭味。詩歌與戲劇，在此拉丁文化底最後一個王朝裏，都只是『娛樂的商品。』籠罩着智識階級與上流社會的，只有一股沉沉的死氣：

『死，在這豪華奢侈之下，在這繁囂喧鬧之下，到處都有它的踪跡。』

『巴黎的作家都病了……對於這般人，什麼都歸結到貧瘠的享樂。貧瘠，貧瘠，這是一個謎樣的名詞。具體地說是既少思想、又無意義的放浪……』

對此十九世紀底「世紀末」現象，作者不禁大聲疾呼：

『可憐蟲！藝術究竟不是供給下賤的人們享用的芻秣。不用說，它是一種享受，且是一切享受中最迷人的。但它只能用艱苦的奮鬥去換取，而它的桂冠也只能加在勝利的力頭上……你們一心一意培養着你們民族的病，培養着他們的貪懶，享樂，淫欲的幻想，空虛的人道主義，和一切足以麻醉意志、剝奪他們行動的意義的習性。你們把民衆一直領到鴉片煙室中去……」

巴黎的政界，婦女界，社會活動的各方面，都逃不出這腐化的雰圍。然而作者並不因此悲觀，並不以暴露爲滿足，他在苛刻的指摘和破壞後面早就潛伏着建設的熱情。正如克利斯朵夫早年的劇烈抨擊古代宗師，正是他後來另創新路的起點。破壞只是建設底準備。在此德法兩民族底比較與解剖下面，隱伏着一個偉大的方案：就是以德意志的力救濟法蘭西的萎靡，以法蘭西的自由救濟德意志的柔順服從。西方文化第二次的再生應當從這兩個主要民族底文化交流中發軔。所以羅曼羅蘭使書中的主人翁生爲德國人，使他先天成爲一個強者，力底代表（他的姓克拉夫脫在德文中就是力的意思；）秉受着古弗拉芒族底質樸的精神，具有貝多芬式的英雄意志，然後到萊茵彼岸去領受纖膩的、精鍊的、自由的法國文化底洗禮。拉丁文化太衰老，日耳曼文化太粗獷，但是兩者匯合融和之下，倒能產生一個理想的新文明。克利斯朵夫這個新人，就是新人類底代表。他的最後的旅程，是到拉斐爾底祖國去領會淸明恬靜的意境。從本能到智慧，從粗獷的力到精鍊的藝術，是克利斯朵夫前期的生活趨向，是未來文化——就是從德國到法國——底第一個階段。從血淋淋的戰鬪到平和的歡樂，從自我和社會的認識到宇宙的認識，從擾攘騷亂到光明寧靜，從多霧的北歐越過了阿爾卑斯，來到陽光絢爛的地中海，克利斯朵夫終於達到了最高的精神境界：觸到了生命底本體，握住了宇宙底眞如，這纔是最後的解放，「與神明同壽」！意大利應當是心靈底歸宿地。（卷五末所提到的葛拉齊亞便是意大利底化身）

尼采底查拉圖斯脫拉現在已經具體成形，在人間降生了。他帶來了鮮血淋漓的現實。托爾斯泰底福音主義的使徒只成爲一個時代底幻影，烟霧似的消失了。比「超人」更富於人間性、世界性、永久性的新英雄克利斯朵夫，應當是人類以更大的苦難、更深的磨鍊去追求的典型。

* * * * * *

這部書既不是小說，也不是詩，據作者的自白，說它有如一條河。萊茵這條橫貫歐洲的巨流是全書底象徵。所以第一卷第一頁第一句便是極富於音樂意味的、包藏無限生機的『江聲浩蕩……

……』

對於一般的讀者，這部頭緒萬端的迷宮式的作品，一時恐怕不容易把握它的眞際，所以譯者謙卑地寫這篇說明作爲引子，希望爲一般探寶山的人做一個即使不高明、至少還算忠實的嚮導。

一九四〇年，譯者。

本卷初版序

在約翰·克利斯朵夫將要進入一個新階段、其中稍嫌激烈的批評可能引起各派讀者底不快時，我請約翰·克利斯朵夫底朋友們切勿把我們的批判認爲定論，我們的思想中間，每一縷都不過是我們生命中的一時期。倘使生活而非爲糾正我們的謬誤，克服我們的偏見，擴張我們的思想與心靈，那末生活又有何用？所以耐性罷！如果我們犯有錯誤，還請信任我們。我們知道我們錯誤。當我們辨出我們的謬妄時，我們將比你們加以更嚴厲的貶斥。我們每一天都想更近眞理一些。且待我們到了終局，再請你們批判我們努力底價値。古話說得好：「暮年禮讚人生，黃昏禮讚白晝。」

羅曼·羅蘭·

一九〇六年十一月·

卷四·反抗

第一部

鬆動的沙土

反抗

擺脫了！……擺脫了一切，擺脫了自己！……一年以來纏繞着他的情欲之網突然破裂了。怎麼的呢？他完全莫名其妙。在他的生命激發之下，所有的鎖鍊鬆解了。這是發育時期的許多劇變之一：昨日已死的軀殼和悶人欲死的往昔的靈魂，都被強毅的天性撕得粉碎。

克利斯朵夫底呼吸變得非常舒暢，可不甚明白自己究竟有了什麼改變。當他送了高脫非烈特回來時，一陣峭厲的北風在城門下捲過。行人低着頭躲避。上工的姑娘們一邊抱怨一邊和往裙子裏亂鑽的狂風掙扎；她們停着喘氣，鼻子和面頰吹得通紅，臉上露着憤怒的神色，眞想哭出來。克利斯朵夫卻快活得笑了。他所想的並非眼前的這陣狂風，而是他方纔掙扎出來的精神上的狂亂。他望着嚴冬的天色，蓋滿着雪的城市，一邊掙扎一邊走路的人們；他凝視着周圍，凝視着自己的內心：一些束縛也沒有了。他是孤獨的……孤獨的！這樣的獨立不羈、自由自在，眞是何等幸福！幸福啊，擺脫了自己的束縛，擺脫了往事的糾纏，擺脫了所愛所憎的面目底幻惑！幸福啊！生活而不爲生活俘虜，役使一切而不爲一切役使！……

回到家裏，渾身是雪。他高興地抖動一番，好像一條狗。母親在走廊裏掃地，他在旁經過時把她從地下抱起，嘴裏發出一陣沒有音節的，親熱的叫喊，好似對待嬰兒一般。克利斯朵夫身上全給溶化的雪沾濕了；年老的魯意莎在兒子的臂抱裏用力撐拒，像小孩般笑着叫他做『大畜牲！』

他連奔帶爬的上樓，奔進臥室。天色陰黯，他在小鏡子裏簡直照不淸自己。但他滿心歡喜。那間又低又暗、難於轉身的臥房，於他不啻一個王國。他鎖上了門，心滿意足的笑着。啊，他終竟找到了自己！迷離歧途已那麼久，他急於要沉浸在自己的思想裏。思想，他如今看來有如一口寬廣的湖，遠遠裹在金黃色的霧雰中融成一片。發燒了一夜之後，他站在岸旁，湖水的涼氣包裹着他的兩腿，夏日的晨風吹拂着他的身體。他投下身去游泳，不知泳向何處，心裏只存着隨波逐流、往前泳去的歡喜。他一言不發，笑着、聽着心靈裏無數的聲響，其中蘊藏着無窮的生物。頭在打轉，甚麼都分辨不淸，只感到一種神搖意蕩的幸福。他居然感覺到這些無名的力量，多快活；且慢運用它們罷，眼前且耽溺在志得意滿的醉人的境界裏；內心已經到了百花怒放的節季，勞碌幾個月來抑壓着而突然爆發的春天……

母親喚他用餐。他昏昏沉沉的下樓，好似在野外過了一整天後的光景；他臉上那種歡樂的光彩，使魯意莎追問他有什麼事情。他置之不答，只抱着她的腰在桌子周圍跳舞，聽讓湯鉢在桌上冒煙。魯意莎氣吁吁的喊他做瘋子；隨後她又拍着手嚷道：

——天哪！她不安地說。我敢打賭他一定又愛上了什麼人！

克利斯朵夫放聲大笑，把飯巾丟在空中：

——又愛上了什麼人！他喊道。啊！老天！……不，不！這已夠了！你可放心。這是早已完結，完結，終身完結的了！……嘿！

說罷，他喝了一大杯冷水。

魯意莎望着他，心放寬了，搖搖頭微笑道：

——多好聽的醉鬼式的賭咒！到天黑就完了。

——即是如此也已够了，他高興地回答。

——不錯！她說。但究竟是什麼事情使你這般開心？

——我開心就是開心，沒有什麼理由。

他肘子靠在桌上，和她對面坐着，把他將來所要幹的事業統統告訴她。她又親切又懷疑的聽着，溫和地叫他注意湯要涼了。他知道他所講的她並未聽到：但也滿不在乎；因爲他實在只說給自己聽罷了。

他們倆微笑着，互相望着：他儘管講；她未必聽。雖然她對兒子覺得很得意，可並不如何重視他藝術方面的計劃：她只想着：『他幸福：這就好了。』他一邊出神地講着，一邊望着母親可愛的臉，頭上裹着黑巾，露出一副又沉靜又慈愛的神氣。她的心思給他窺透了。他帶着說笑的口吻和她說：

——我所講的一切，你是滿不在乎的，是不是？

她有氣無力的否認道：

——並不，並不！

他擁抱她說：

——怎麽不是，怎麽不是；罷！你不必爭辯。你也有理。只要愛我就得。我毋需別人瞭解我，既不要你瞭解，也不要任何人瞭解。此刻我不但不需要任何人，也不需要任何東西：一切都在我內心具備了！……

——啊，魯意莎接着說，瞧他如今又是一種瘋狂了！……也罷！既然他必得要有一種瘋狂，我寧可他有這一種。

* * * * * * *

聽任自己在思想的湖上飄浮纔是甘美的幸福！……躺在一條小船底裏，渾身浴着陽光，水面上的微風在臉上輕輕拂過，他髣髴懸在空中，睡熟了。在他伸張着的身體下面，在動盪的小船下面，他感覺到深沉的水波；他嬾嬾地把手浸在水裏。隨後他又撑起身來，下顎放在船邊上，像童時那樣呆望着湖水流逝。他瞥見水中反射出多少奇怪的生靈，閃電般的掠過……一批過了又是一批，可從沒有相同的。他對着眼前這種神怪的景象發笑，對着自己的思想發笑；他還不需要去固定它。選擇麼？爲何要在這千萬夢境中選擇？他不必急急！……且待將來罷！當他感到需要的時候，只消丟下他的網，便可把在水裏發亮的鬼怪拖起……將來罷！

小船隨着溫暖的微風和沉着的水波飄浮。天氣溫和，陽光明媚，四下裏靜悄悄地。

* * * * * * *

他終於懶洋洋地丟下網去；俯在到處起泡的水上，他一直望着網完全沉下。發獃了一會之後，他從容不迫的拉起網來；一邊拉一邊覺得網漸漸沉重；正要從水中提出時，他停下換一口氣。他知道已抓到了他的俘虜，可不知是什麼東西；他故意延宕着，使等待的樂趣不致霎時消散。

終竟他下了決心：五光十色的魚顯現到水外來了；牠們蜿蜒扭動，好似一窠亂蛇。他驚奇地望着，用手指去撥動，想揀其中最美的拿在手裏把玩一會；但剛把牠們提到水外，一切光怪陸離的色彩就顯得黯淡，在他手指中間化爲烏有了。他重新把牠們投在水裏，重新下網。依他的心思，寧可把內心憧憬的諸般夢境一一審視，却不願留下一個：他覺得聽任它們在明淨的湖裏自由飄浮倒更美麗。……

他便這樣喚引起各式各種的幻夢，一個比一個荒唐。幾個月來，思想積聚着不曾運用過，他此刻要發掘這些寶藏來使化了。但一切都混亂不堪：他的思想賽似一個雜貨棧，賽似猶太人的骨董店；稀有的寶物，珍奇的布帛，破銅爛鐵，古書舊紙，統統堆在一間屋裏。他不知其中那些較有價值，只覺得全都有趣。把這些雜亂的思想檢點之下：有些是互相擊觸的和音，像鐘一般奏鳴的色彩，如蜜蜂般作響的和聲，像深情密意的紅唇般喜氣洋洋的旋律。又有些是形形式式的景象風景，面貌，各種的熱情、心靈、性格，文學的或玄學的思想等等。也有些是巨大的、無法實現的計劃：什麼四部劇，十部劇，一心想在音樂上描繪無所不容、無所不包的境界。而且這一切往往是曖昧的、閃電似的感覺，突然之間、無緣無故激發起來的，一種說話的語聲，一個路上的行人，滴答的雨聲，內心的節奏，都可成爲引子。——這類的計劃裏面，許多是只有一個空洞的題目；大多數是只有些少痕跡：但已足夠了。他像幼年的兒童一般，以爲在幻夢中創造的，眞的已經創造了。

* * * * * * *

然而他活潑的生機不容許他長此以這種煙霧似的幻夢爲滿足。虛無的佔有使他厭倦，使他想抓住夢境。——可是從何下手呢？他覺得它們都一樣重要。他把它們翻來覆去，一忽兒丟下，一忽兒重又拾起……不，舊夢是不能重拾的：它已經變過，一個夢不給你連抓到兩次；它們隨時隨地會變易，在他手裏，在他眼前，卽在他眼睜睜地凝視的時候已經變了。必得從速下手纔好；但他不能工作底遲緩使他很惶惑。依着他，眞要把一切在一天之中做完，但卽是最微末的工作於他也有重大的困難。最糟的是，當他纔開始工作的辰光已經在憎厭這件工作。他的夢過去了，他自己也過去了；他做這一件工作時，心裏在懊惱沒有做另一件工作。只消他在美妙的題材中選定一個，就會使他對此美妙的題材不再感到興趣。因此，他的一切寶藏於他全成無用。他的思想，唯有在他不去驚動時纔有生命：凡是他抓握得到的都已死去。眞是丹泰式的苦難啊：擺在眼前的果子，等他去抓取時立刻變了石塊；卽在嘴邊的淸泉，等他湊近去時就沒有了。（按丹泰爲古代國王，以故被邱比特罰，典出希臘神話。）

爲蘇解他的渴望起計，他想乞靈於已經獲得的泉源，乞靈於他從前的作品……但那是多可厭的飲料！喝了第一口便連咒帶罵的唾了出來。怎麼！這微溫的水，這乏味的音樂，這便是他的作品麽？——他把自己的樂曲瀏覽一過，心裏說不盡的懊喪：他簡直莫名其妙，不懂當初怎會寫下這種東西，想來不禁爲之臉紅耳赤。有一次，當他看到尤其無聊的一頁時，他甚至轉身張望室內有沒有人，之後又把臉埋在枕上，好似一個害臊的兒童。又有幾次，他的作品顯得那麽可笑，以至他竟忘掉是自己的大作了……

——嘿！蠢才！他笑彎了腰喊道。

但最使他生氣的，莫過於那些他從前自以爲表白熱情、表白愛之喜悅與悲苦的樂曲。他從椅上躍起，用拳頭望額上亂敲，嘴裏發出憤怒的叫喊，用粗俗的言語咒罵自己，自以爲蠢豬，混蛋，草包。這樣一連串的直罵了好一會。末了，他直立在鏡子前面，叫得滿面通紅；他握着下顎自言自語道：

——看罷，看罷，你這瘋子，你這蠢驢似的嘴巴！你撒謊！讓我教訓你！你替我洗洗罷，先生，洗洗罷！

他把臉埋在面盆裏，在水中一直浸到喘不過氣。當他擡起來時，滿面通紅，眼珠望外突着，像一頭海豹般發喘，他也不拭乾水迹，逕自奔向書桌，拿起該死的樂曲，氣冲冲的撕成片片，嘴裏咕噥着說：

——瞧，該死的東西！瞧，瞧！瞧……

這纔覺得安心了。

這些作品裏最使他氣惱的是謊話。全無半點眞正的感覺。只是隨口而出的廢話，小學生作文般的東西：他談着愛情，彷彿盲人談顏色，無非是東撫西拾聽得來的，一派無聊的俗談。而且不祇是愛情，一切的熱情都被他採作題材。——他一向竭力想做得眞誠。但單是想要眞誠是不夠的：還得眞能做到；而這一點在你對于人生毫無認識之前決不可能。如今來揭發這些作品底虛僞的，在他和過去之間劃下一條鴻溝的，確是他最近六個月來的經歷。他已跳出虛無空幻的境域；現在已有一副眞正的尺度，可以用來測驗他思想眞僞的程度了。

他旣憎厭那些毫無熱情的產物，憎厭他往昔的作品，再加上他固有的矯枉過正的脾氣，使他決意非受熱情的驅策從此不再寫作。他也不再把自己的思想推敲下去，只發誓除了心裏覺得實在非創作不可、像震雷般逼迫他的時候，他是永遠放棄音樂的了。

* * * * * * *

他這麼說，因爲他確知暴雨已經臨到。

所謂震雷，他要它在什麼地方就什麼地方，要它在什麼時候就什麼時候。但在高處比較更易觸發，有些地方——有些靈魂——竟是雷雨底倉庫；它們會在四下裏製造雷雨，逗引雷雨：一年之中有幾個月是陣雨的節季，同樣，一生之中有幾年特別富於電力，使霹靂底發生即使不能隨心所欲，至少也能如期而至。

整個的人緊張着。雷雨日復一日的醞釀着。白茫茫的天上佈滿着一堆堆的雲，霧似烈焰一般。沒有一絲風，凝集不動的空氣在發酵，似乎沸騰了。大地寂靜無聲，昏沉沉的。頭裏在發燒：整個的宇宙等待那愈聚愈厚的力爆發，等待那在烏雲上面沉重地高舉的錘子落下。又大又熱的陰影移過，一陣薰風吹過；神經像樹葉般發抖……隨後又是一片靜寂。天空繼續醞釀着雷電。

在這樣的期待中間，自有一種悲愴而又快意的感覺。雖然你受着壓迫，很難過，但在血管之中可以感到燃燒着宇宙的火焰。昏憒的靈魂在灶內沸騰，有如埋在酒桶裏的葡萄。千千萬萬的生與死的種子在心中活動。結果將產生些什麼來呢？……你的心靈，像一個孕婦般默然凝視着自己，懷着不安的情緒，傾聽着臟腑移動，想道：『我將生下什麽來呢？』……

有時不免空等一場。雷雨消散了，不曾爆發；你驚醒過來，腦袋沉重，又失望又煩躁，說不出的懊惱。但這不過延緩而已；雷雨始終要爆發的；要不是今天，便將是明天，它爆發愈遲，它的來勢也愈猛……

瞧啊！……烏雲從生命底各個隱蔽的部分升起。藍黑的天空顯得那麽厚重，其中不時有電光閃爍，烏雲的飛馳令人目眩神迷，包圍着心靈，在窒息的天空突然猛撲下來，把光明掩滅了。那是瘋狂的時間啊！……焦灼不耐的成分，一向被宇宙的律令、——維持着心靈的均衡、維持着萬物的生命的律令、——幽閉在牢籠裏的，此刻可解放出來，趁你彷徨無主的時候威臨一切，它顯得巨大無比，莫可名狀。你感到臨終前的苦悶，再沒有生之嚮往，只憧憬着死來解放一切……

而突然之間是電光閃耀！

克利斯朵夫快樂得狂叫了。

* * * * * * *

歡樂，如醉如狂的歡樂，現在與未來，一切的已成與將成，都受着陽光耀照，這是創造底神聖的歡樂啊！唯有創造纔是歡樂。唯有創造的生靈纔是生靈。其餘的盡是在地下飄浮的影子，與人生無關的。人生一切的歡樂只是創造的歡樂：愛情，天才，行動，——都是獨一無二的火焰噴射出來的花朵。即是那些在巨大的火焰旁邊沒有地位的人：——野心家，自私者，可憐的墮落者，——也努力想藉着褪色的光輝取煖。

創造，不論在肉體方面或精神方面，總是從軀殼底樊籠中解放出來，捲入人生的旋風，與神明同壽。創造是消滅死。

可憐的是貧弱的生靈，孤零零地在世界上流離失所，眼看着肉體枯萎憔悴，內心永遠是無邊的黑暗，從不躍出一縷生命底火焰！可憐的是絕無豐滿之感的心魂，雖是滿載着生命與愛情，也不過像一株在春天挂滿着花朵的樹！祇會儘管給予他光榮與幸福，也只是點綴一具行屍走肉罷了。

* * * * * * *

當克利斯朵夫受着光明照耀時，一道電流在他週身流過；他慄然顫抖了。有如在黑夜茫茫的大海中突然顯出陸地。也有如在人羣中忽然遇到一雙深沉的眼睛瞪了他一下。這種情形，往往是在他幾小時的胡思亂想、精神極度疲憊之後發生的。而在他想着別的事情，或是談話或是散步的時候尤其容易。要是在街上，還有顧慮儀表的心思使他不敢高聲表示他的快樂。在家可甚麼都阻攔不住了。他手舞足蹈，嘴裏哼着一支凱旋曲。他的母親聽久了這種音樂，結果也明白了它的意義。她和克利斯朵夫說他活像一隻纔下蛋的母雞。

樂思把他滲透了：有時是單獨而完全的一句；往往是包裹着整部作品的一片泥沌：譬如一支樂曲底結構，會在陰影中清清楚楚的顯示出來，大體的段落隱約可見，其中更雜有光華璀璨的辭句。這彷彿閃電一般；有時還有別的情境接踵而至，各自照耀着黑暗中的一角。但通常是，這怪僻的力出人意外地顯現了一次之後，會在神祕的一隅隱藏幾天，只留下一道光影。

克利斯朵夫一心耽溺在這些靈感裏，以至對其餘的一切都厭棄了。有經驗的藝術家當然知道靈感是難得的，凡是由直覺感應的作品必得靠智慧來完成；所以他盡力壓搾自己的思想，把其中所含的神聖的漿汁吸取淨盡，不留點滴；——（甚至還常常加一些清水。）——但克利斯朵夫年紀太輕，自信力太強，不免輕視這些手段。他做着無從實現的夢，祇想產生完全出諸自然的作品。要不是他自願盲目，他決不會不發覺這種計算底荒謬。無疑的，那時節正是他內心最豐滿的時代，絕對沒有可讓虛無侵入的空隙。爲此汲取不盡的內在的豐滿，甚麼都可以成爲引子，他眼中見到的，耳中聽到的，他的生命在日常生活中接觸到的，一瞥一視，片言半語，都可引起心中的夢境。在他浩無邊際的思想天地中，佈滿着千千萬萬的明星。——然而即在這種時候，也有一切都一下子熄滅的事情。雖然黑夜不會長久，雖然思想底緘默不至延長到使他痛苦的程度，他究竟也害怕這無名的威力，來去無常，飄忽不定……他不知這一次靈感消散以後何時再能恢復，也不知究竟能否恢復。——他高傲的性格使他驅使這種疑慮，說道：『這力量就是我。它一朝消滅，我也不復存在了：我將自殺。』——他不住的打戰發抖；但這不過爲他多添了一種快感罷了。

然而即使靈感在目前還不致有枯涸的危險，克利斯朵夫究已明白單靠它是永遠培養不成一件整部的作品的。心中浮現的思想差不多老是一種生坯，必得費很大的氣力把它沙裏掏金般務掘出來。並且這種思想往往是斷斷續續的，忽起忽落的；若要把它們聯綴起來，必需撥入深思熟底的智慧，沉着冷靜的意志，纔能把思想鍛鍊成一個新生命。克利斯朵夫既是一個天生的藝術家，當然能夠做到這一步；但他不肯承認；當他不得不把內心的意境稍加變動以便他人瞭解時，他一意以爲自己只限於傳達內在的模型。——還有更糟的是：他有時竟完全誤解了思想底含義。因爲樂思的來勢猛烈，他往往無法說出它意義所在。它侵入他的心靈時，還遠在他意識領域之外。這種純粹的力早已超越了通常的規律，意識也無法辨認在心中騷亂的究竟是甚麼，它所肯定的情操又是哪一種；歡樂與痛苦，都在唯一的、不可思議的激情中混成一片，因爲它是超乎智慧的。可是不論智慧能否瞭解這種力量，智慧究竟需要給它一個名字，需要把它和人類理智的結構聯絡一起。

因此，克利斯朵夫便深信——強使自己相信——在他內心騷擾的那種曖昧的威力，的確有一種確定的意義，並且這意義是和他的意志一致的。從潛意識中湧躍出來的自由的本能，受着理性的壓迫，不得不和那些明白清楚的思想合作，雖然這些思想實際上與它毫無關係。所以這種作品不過是兩派東西勉強結合而成的：一方面是克利斯朵夫心中擬定的偉大的題材，一方面是意義別有所在而克利斯朵夫也茫然不知的獷野的力。

他低着頭摸索前進，多少矛盾的力在他心中衝撞，在他散漫零落的作品中投入一種曖昧而強烈的生命，雖然他無法表白，但使他心裏充滿着驕傲的歡喜。

* * * * * * * *

自從他意識到自己具有簇新的精力之後，他對于周圍的一切，對別人平素教他崇拜的一切，對他不敢爭辯而加以尊敬的一切，敢於正眼覷視了：——並且立刻用着放縱大膽的態度加以批判。帷幕撕破了：他看到了德國人底矯僞。

一切民族、一切藝術都有它的矯僞。人類的食糧中，多數是謊言，眞理不過是極少數。人的精神是非常懦弱的，擔當不起純粹的眞理：宗教，道德，政治，詩人，藝術家，必需在眞理之外替它包上一層謊言。這些謊言，對於每個民族的精神都能適應；且也隨着每個民族而變易：各民族間之所以難於互相瞭解而易於彼此輕蔑，也就是這些謊言作祟。眞理是大家相同的；但各個民族的謊言是彼此各異的，且各各稱之爲理想主義，使所有的人自生至死的浸淫着，成爲生活條件之一；唯有少數天生的奇才，方能於悲壯的苦難之後擺脫一切，在自由的思想領域內超然獨立。

克利斯朵夫由於一個挺平常的機會突然發覺了德國藝術底謊言。他早先的不覺察，並非因爲他沒有機會常常看見，而是因爲距離太近了，沒有退步可以瞭望之故。如今他走遠之後，廬山眞面目便在他眼前顯現了。

* * * * * * *

在當地音樂廳底某次音樂會裏。大廳上擺着十幾行的咖啡桌，——共有二三百張光景。樂隊在廳底臺上。克利斯朵夫周圍，坐着些軍官，穿着深色的長外套，——寬廣的臉刮得光光的，氣色紅潤，露出一副安閒舒泰的神氣；也有些高聲談笑的婦人，故意裝腔作勢善良的小姑娘們露出着全副牙齒微笑；鬍鬚滿面，藏着眼鏡的胖男子，活像眼睛滾圓的蜘蛛。他們每次舉杯時總站起來祝賀健康，誠心誠意的，必恭必敬的，臉色與說話底音調都爲之改變了：好似念着彌撒祭裏的禱文一般，他們扮着那副又莊嚴又可笑的神氣飲着祭酒。音樂在談話聲、餐具聲交錯聲中消失了。可是大家把說話和飲食底聲音抑低着。樂隊的「指揮先生」是一個傴背老人，一簇的鬍鬚像尾巴似的挂在顎下。彎彎的長鼻子上架着眼鏡，活像一個語音學家。——這些傢伙，克利斯朵夫早已熟識。但這一天，他看他們頗有滑稽漫畫上的模樣。有些日子，凡是平時不覺察的旁人底可笑，會無緣無故躍入我們眼裏。

樂隊的節目包括哀格蒙序曲（按係貝多芬作），華特多非（十九世紀法國作曲家。）底一支華爾茲，坦華塞巡禮羅馬（按係華葛耐名歌劇坦華塞中之斷片。），尼古萊（十九世紀德國作曲家。）底風流寄母（原係莎翁喜劇尼古萊以之作成通俗歌劇），阿丹麗進行曲（阿丹麗原係拉西納悲劇後由孟特爾仲譜成音樂），北斗星（按係德音樂家曼伊貝所作之三幕喜歌劇。）底雜曲。貝多芬底序曲奏來很照規矩，華爾茲奏來很激昂。等到輪及坦華塞巡禮羅馬時，便聽到開拔瓶塞的聲音。克利斯朵夫鄰桌的一個胖子，按着風流寄母底音樂打拍，擠眉弄眼的做着華斯太夫（按係風流寄母中的主角，以行動可笑著。）底姿勢。一位又老又胖的婦人，穿着天藍的衣衫，束着一條白帶子，塌扁的鼻子上架着一副金絲眼鏡，鮮紅的胳膊，粗大的腰圍，用着宏大的聲音唱舒芒和勃拉姆斯的歌。她舉起眉毛，做着媚眼，映着眼皮，忽左忽右的搖頭擺腦，月亮般的臉上掛着微笑，窮形極相的做着啞劇，要是沒有她那副莊重老實的氣息，定會叫這音樂會中人哄動起來。這位做媽媽的居然扮着癡妮子模樣，裝出青年熱情的神氣；舒芒底詩歌也因之染着一種幼稚無聊的氣息了。聽衆都在出神。但當南德合唱班的人馬登場時，大家格外變得嚴肅了；他們咿咿唔唔的輪唱了幾支合唱曲，四十八人底聲音唱來只像四個人；似乎他們竭力要抹煞純屬合唱的風格，只想賣弄一些旋律底效果，弄些嗚嗚咽咽的小玩藝；遲緩的時候像耍嘴氣，高昂的時候又震耳欲聾，好似大鼓一般；總之是既無生氣，又不均衡，純粹是萎靡不振的風格；令人想起鮑東底妙語：（按鮑東爲莎翁名劇仲夏夜之夢中的人物，以蠢蠢可笑著。）

『讓我來裝做獅子罷。我的吼聲可以和嘴裏銜着食物的白鴿一樣柔和，也可以令人信爲夜鶯底歌唱。』

克利斯朵夫聽着，驚愕的情緒愈來愈增長。他並非初次遇到這種情形。這些音樂會，樂隊，聽衆，於他都是熟稔的。但他此刻突然覺得一切都矯僞。一切，連他最心愛的哀格蒙序曲也在內，那種浮誇而刻板的騷動，這時候在他眼裏也顯得不眞誠了。當然，他所聽到的並非貝多芬和舒芒，而是那些可笑的演奏者，是咀嚼不已的羣衆，他們的愚妄像一層濃霧似的包裹着作品。——但這也不相干，因爲在作品中間，就在那些最美的作品中間，亦有多少令人不安的成分，爲克利斯朵夫從未覺察的：……是什麼呢？他不敢分析，因爲他以爲把心愛的大師來作爲論辯的題目是褻瀆的。他不願看，但已看到了。而且逼不由自主的繼續看下去；好似比士的含羞草一般，他在指縫中間偷覷。

他把德國藝術赤裸裸地看到了。不論是偉大的或無聊的藝術家，都把他們的靈魂暴露了出來。熱情洋溢着，崇高的德性照耀着，心感動得融化了；一切的堤岸給日耳曼式的情緒衝破了；感情把最堅強的靈魂冲得稀薄，把懦弱的湮沒在它灰色的水波之下：這簡直如洪水一般；德國人底思想就酣睡在這洪水底裏。可是思想，又是何等的思想！像孟特爾仲，勃拉姆斯，舒芒，以至那些跟在他們後面製造浮誇感傷的歌曲作者，他們的思想又是什麽！一盤沙土而已，毫無半點結實的根基。要就像一塊濕漉漉的、不成形的黏土。……這一切眞是那麽無聊，那麽幼稚，以至克利斯朵夫不相信聽衆竟會毫不覺察。但他望望周圍，只見那些安閒的面孔，似乎早就肯定他們所聽到的一定是美的，一定會使他們感到興趣的。他們怎敢加以批評呢？對於這些人人崇拜的名字，他們是充滿着敬意的。並且有什麽東西他們敢不表尊敬呢？對他們的節目，對他們的酒杯，對他們自己，都是一樣的尊敬。我們感到，凡是和他們多少有些關涉的東西，他們一概認爲美妙。

克利斯朵夫把聽衆與作品輪番估量之下，覺得作品反映出聽衆，聽衆也反映出作品。克利斯朵夫忍着笑，扮着鬼臉。但當合唱班莊嚴地唱起一個懷春少女底「自白」時，他可忍不住大聲狂笑了。四下裏立即響起一片憤怒的噓斥聲。鄰座的人錯愕地望着他：這些出驚的面貌使他樂開了，格外笑得厲害。這一下可把大家惹惱了，喊道：「滾出去！」他站起來聳聳肩，笑彎着腰走了。全場的人都為之憤慨非凡。這是克利斯朵夫第一次和他本城的羣衆齟齬。

* * * * * * *

在這次經歷之後，克利斯朵夫回到家裏，決意把「素來尊崇的」幾個音樂家底作品重新瀏覽一遍。結果發見他最敬愛的大師中也有幾個說謊，這可使他喫驚了。他竭力懷疑以為自己弄錯了。——可是毫無辦法……他已窺透構成一個偉大民族底藝術財富的，原是平庸與謊言。經得起磨勘的作品實在太少了！

從此，當他接近別的心愛的作品時，心裏總不免忐忑的跳……可憐他好似中了妖法一般：到處都是一樣的失意！他為了某幾個大師，簡直心都碎了；髣髴喪失了一個最心愛的朋友，髣髴突然發覺他那麼信任的朋友已經欺騙了他多年。他不禁為之痛哭流涕。夜裏睡不熟了，苦惱不已。他埋怨自己：是他不會批判麼？是他完全變成傻子了麼？……不，不，他比任何時都更能看到白日底蠢事，更能感到生命底豐滿：他的心並沒愚弄他……

好久好久，他不敢去驚動他認爲最好的最純粹的作家，聖中之聖。他唯恐把自己對於他們的信心動搖了。但一顆事事講求眞理的靈魂，對一切都要看透它的眞相，卽使因之而惹起苦惱亦所不顧：這種本能，又有什麼方法抗拒？——於是他存着不留餘地的心思，打開那些神聖的作品……一瞥之下他就發見它們並不比其餘的更純潔。他沒有勇氣繼續下去。有時他竟停下來，闔上樂譜，不禁像諾亞底兒子般，把外衣蓋住父親裸露的身體。（按諾亞爲舊約中救人類於洪水的希伯來族長。醉後裸臥，其二子薩姆與耶弗爲之以衣覆蔽。）

當他把一切都破壞乾淨之後，對着這些廢墟遺跡覺得非常喪氣。他不惜任何犧牲，可不願這些神聖的幻象破滅。幸而他充滿着青春之氣，還不致使他對于整個藝術的信仰動搖。凭着天眞的自信心，他決意重新開始生活，彷彿前無古人的神氣。簇新的精力使他陶然欲醉，覺得——也許並非全無理由——除了極少的例外，在活潑潑的熱情和藝術給予熱情的表辭中間並無關連。但他以爲自己的表現來得更眞切更成功時卻錯了。因爲他自己充滿着熱情，所以他在自己的作品中不難發見熱情；但除他之外，任何人也不能在他不完全的辭藻中辨出他的眞情。他所指摘的藝術家，多數是這種情形。他們有過而且表現過深刻的情操；但他們語言底祕鑰隨着他們的肉體俱死了。

克利斯朵夫不是心理學家，完全不曾想到這些理由：他覺得此刻是死的音樂便是從來就是死的音樂。青年人自有一種肯定而殘酷的褊枉之見，他卽抱着這等態度去修改他對於過去的見解。最高貴的靈魂也給他赤裸裸的揭開了眞面目，對於他們的可笑之處全無半點矜憐之意。他認爲孟特爾仲底作品含有富裕的凄涼情調，賣弄着高雅的奇思幻想和故意造作的虛無意境。韋白（十八世紀德國作曲家。）底作品則是一片沒有彩澤的光，心是乾枯的，情感亦是由智慧硬生生地製造出來的。李茲（十九世紀匈牙利鋼琴家兼作曲家）有如一個高貴的祭司，馬戲班裏的騎手，假古典的，走江湖的，高貴的成分中眞僞參半，一方面是清明的理想色彩，一方面又是令人憎厭的賣弄技巧。修倍爾脫（十九世紀奧國作曲家。）湮沒在他的敏感性中，賽如湮沒在一片明淨而無味的水裏。此外，卽是英雄時代底宿將，半神，先知，教士們，也不免這種謬誤。甚至那個偉大的罷哈，經過了三個世紀的人物，承前啓後的祖師，——也不見得全無誑語，不見得沒有成爲一時風氣的無聊與幼稚的廢話。在克利斯朵夫心目中，這位與神合一的人物，有時也不過宣傳一種無聊的、滲着糖的、耶穌會派的、過於雕琢的宗教。他的頌歌中間自有多少萎靡不振的涉及愛與信仰的樂曲，——（勞諾他的靈魂絮絮不休的向耶穌獻媚。）——想到這裏，克利斯朵夫不禁爲之中心作惡：他似乎看到肥頭胖耳的愛神在飛舞大腿。之後，他又覺得這位天才的歌唱教師（按巴哈曾任萊布齊興多瑪學院歌唱教師數十年，故云。）是關了門製作的：他的作品就帶着閉塞的氣味。像貝多芬或亨特爾（十八世紀德國大音樂家），也許在音樂家身份上不能和他相比，但確是更偉大的人，——更富於人性的人，他們的作品裏自有一股外界強勁的風在吹嘯，這是巴哈所全然沒有的。還有使克利斯朵夫不滿的是，古典派的作品缺少自由的氣息，幾乎全是『建築』成功的。有時是利用音樂修辭學上的陳套濫調來加強一種情緒，有時不過是一種單純的節奏，一種裝飾的線條，循環顛倒、反覆不已的用着機械的方式向各方面去舖陳。這些對稱的、重覆的結構——朔拿大與交響曲——使克利斯朵夫看了氣惱，因爲他此時對於條理之美，深思熟慮的闊大的結構之美，還不能領會。他以爲這是泥水匠底玩藝而非音樂家底事情。

他對浪漫派作家的態度，其嚴厲亦不下於此。可怪的是，他最惱恨的倒是那般自命爲最自由、最自然、最少『建築』意味的人。例如在作品中一點一滴地注入自己的生命的舒芒，及其一流的人物。因爲他識得這些作品中藏有他少年時代的靈魂，和他此刻發誓要擯棄的一切無聊，所以他格外憤激。當然，像天眞坦白的舒芒，是不能用虛僞二字去責備他的：他幾乎從未說過一句不是眞正感到的說話。然而他的例子正使克利斯朵夫懂得：德國藝術最壞的虛僞，並非由於藝術家們要表現他們不是眞正感到的情操，倒是因爲他們要表現眞正感到的情操，——而這種情操本身就是虛而不實的。音樂是心靈底一面忠實的鏡子。一個德國藝術家愈天眞，愈誠心，便愈顯露德國民族底弱點，顯露它心底裏是猶豫不定的，感覺是軟弱的，缺少坦白，懷着陰險的理想主義，不能而且不敢正視自己。這種虛而不實的理想主義，便是連華葛耐最大的宗師也不能免的隱病。克利斯朵夫重讀他的作品時，不禁咬牙切齒。羅恩格林（華格耐著名歌劇。）於他顯得是一椿大聲喧嚷的謊言。他恨這種英雄美人底故事，恨這種假慈悲，恨這不知害怕的，沒有心肝的主角，簡直是自私自利、冷酷無情底化身，只知自誇自讚，愛自己甚於一切。這等人物，他在現實中只嫌見得太多，這種德國僞君子之代表者，傲慢的，無疵的，狠心的，處處夜郎自大，輕易會把別人做自己的犧牲品。荷爾飛人（華葛耐早年之作。）底濃厚的感傷氣味使克利斯朵夫同樣不能忍受。四部曲（一名尼勃命四部曲，包含：萊茵之黃金，華爾基利，西葛弗烈特，神之黃昏四歌劇。）中那些頹廢的野蠻人（按四部曲皆以古日耳曼傳說爲本，故言野蠻人）在愛情方面，完全是枯索無味，令人作惡的。西格蒙（四部曲中主角西葛弗烈特之父。）在劫走弱妹的辰光居然用男高音唱起客廳裏的情歌。西葛弗烈特和勃羅希特（四部曲中之女主角）則是一對德國式的好夫妻，在彼此面前，尤其在大衆面前，誇耀他們浮華的、嘮叨的、配偶的熱情。各式各種的謊言都匯集在這些作品裏：虛僞的理想主義，虛僞的基督教義，虛僞的中古色彩，虛僞的傳說，虛僞的神道意味，虛僞的人間性。在此自命爲推翻一切法統的戲劇中間，正表顯出碩大無朋的法統。眼目，心靈，理智，一分鐘都不會受它欺矇；除非它們自願。——而它們竟甘願如此。這種幼稚而又老朽的藝術，既像莽撞的魯男子、又像扭揑的小姑娘的藝術，居然還是德國人沾沾自喜、以之自豪的東西。

克利斯朵夫雖然憎恨這種音樂，但一聽到時仍和衆人一樣的激動，或且更甚；他依舊被作者惡魔般的意志與力量懾服。他笑着，打戰着，臉上火辣辣的，心中好似有千軍萬馬在奔騰；於是他認爲對於具有這種旋風般的力量的人是百無禁忌的。在他渾身顫抖着打開的那些神聖的作品中，重又發見了往日的情緒，和當年一樣熱烈，甚麼都不曾沾污他從前所愛之物底純潔：這樣，他怎能不歡呼若狂呢！這是他在驚風險浪中搶救出來的光榮的遺物。多幸福啊！他似乎救出了自己的一部。是啊，這怎麼不是他自己的一部呢？他所痛恨的這些偉大的德國人，可不就是他的血和肉，就是他最寶貴的生命？他所以對他們如是嚴厲，也因爲他對自己就是如此嚴厲之故。還有誰比他更愛他們呢？修倍爾脫底慈悲，罕頓底無邪，莫扎爾脫底溫柔，貝多芬底英雄的心，誰又比他感覺更眞切？韋白使他神遊於喁喁的林間，約翰·賽白斯打（按即罷哈）使他置身於大寺底陰影裏面，頂上是北歐灰暗的天空，四周是遼闊無垠的原野，大寺底塔尖高聳雲際……在這些虔誠的境界方面，誰又能和他相比？——然而他們的誑語使他氣惱苦悶，永遠不能忘記。他把這些謊言歸咎於民族底根性，認爲只有偉大是他們自身的。這可錯了。偉大與缺點都是這個民族底天賦，——它的浩浩蕩蕩、動盪無定的思潮，挾捲着最廣大的音樂與詩歌底巨流，灌溉着整個歐羅巴……至於天眞的純潔，他能在哪一民族中找到而敢於對他的民族如此苛求？

可是他全沒想到這些。髣髴一個驕縱成性的孩子般，他竟無情無義的把從母親那邊得來的武器去遊擊母親。將來，將來他纔會感到他所受的恩澤，感到她原是何等可愛……

但這時節，他正在盲目地反抗他幼年時代的一切偶像。他恨自己，恨他們，因爲當初曾經奮不顧身地、熱情地相信了他們。——而這也是應當的。人生有一個時期應當敢不公平，敢把他崇拜的，跟着別人敬重的東西一概擯棄，敢把不曾經過自己認爲是眞理的東西，不問是眞理是謊言，統統予以否認。所有的教育，所有的見聞，使一個兒童把大量的謊言與愚蠢，混雜着人生主要的眞理盡量吞飽了，所以他若要成爲一個健全的人，他一得成年就先得把宿食嘔吐乾淨。

* * * * * * *

克利斯朵夫正經歷着這唾棄一切的劇變時期。本能驅使他把塞滿着肚子的不消化的東西，從生命中淘汰淨盡。

第一先得驅除這令人作嘔的敏感性，那些德國人性格中點點滴滴流露出來的，髣髴來自潮濕的隧道，令人聞着一股霉腐的氣息。光明啊！光明啊！必得一陣乾燥峭厲的風把那些『歌』中的烏烟瘴氣一掃而空纔好。春風秋月，離愁別恨，無聊的感慨，輕佻的情緒，到處亂用。最糟的是無病呻吟：隨便向人披瀝腹心，剖陳肺腑竟成了習慣。一無話說，却老是絮聒不休！——嘿！靜靜罷，你們這些水田裏的青蛙！

克利斯朵夫感覺最難堪的，莫過於表現愛情中間的謊言：因爲這簡直不能和事實相比。這種如泣如訴而又扮着正經面孔的情歌，既不適應男子底情欲，也不適應女人底心思。然而寫作這些東西的人是曾經愛過的，至少在一生中有過一次戀愛的！難道他們就是這樣戀愛的麼？不，不，他們一定說謊，照例說謊，對着自己說謊；他們想把自己理想化……而所謂理想化，就是害怕看到眞理，不能看到眞理！——到處是同樣的懦怯，同樣的不坦白。到處是冷淡的熱情，是浮誇的，戲劇式的莊嚴，不論是關於愛國狂，飲酒狂，宗教狂，都是一樣。所謂「酒歌，」不過是隱喻酒和杯子的玩藝，例如『你，高貴的酒杯啊……』等等。至於信仰，原應該如泉水般從靈魂中自然而然飛湧出來的；在此却是故意製造成功的，如一件商品那樣。愛國的歌曲也彷彿是寫來給一羣綿羊按着節拍哀鳴的……——大聲呼吼罷！……怎麼！……你竟永遠扯謊下去——照你說是理想化——直到醉生夢死，如痴如癲的田地麼！……

克利斯朵夫甚至憎恨理想主義。他以爲這種謊言還不如直捷爽快的粗暴爲妙。——其實，他自己的理想色彩比誰都濃厚，他自以爲較能忍受的率直的現實主義，實在是他最厭惡的敵人。

但他此時給熱情迷住了。渺渺茫茫的霧，沒有生氣的謊言，「沒有光輝的幽靈式的思想」使他心爲之冷。他迸着全部的生命力渴望着絢爛的太陽。他祇知道着青年的血氣，鄙視周圍的虛僞矯飾或是他心目中的虛僞矯飾；可不知一個民族還有一種實用的智慧，能夠藉以慢慢造成民族底偉大的理想，馴服民族底粗獷的本能，或是加以利用。因爲，要把一個民族的心靈做一番改頭換面的工作，既非專斷的理智、道德、宗教規律所能辦到，亦非立法者或政治家、教士或哲人所能勝任：必須幾百年的苦難和經歷，纔能磨鍊那些渴望生存的人去適應人生。

* * * * * * *

可是克利斯朵夫也在作曲；而他所指責別人的缺點，在他自己的作品中就不能避免。因爲在他心裏，創作是一種抑捺不住的需要，決不肯服從智慧所定的規律。一個人並不因理智而創造，而是因內心的需要而創造。——並且，單是認清多數的情操只是謊言與浮誇的表現，還不足以阻止自己不重蹈覆轍：這是需要長時期艱苦的奮鬥的；因為要在承受了世代相傳的墮性的習慣之後，依舊能在現代社會裏保持純眞，是最難不過的事情。這種難處對於某一般人尤其明顯；譬如那些無話可說而極應當緘口的人，偏要冒冒失失地傾吐他們的心腹；要生着這種脾氣的人保持純眞，當然是難之又難了。

克利斯朵夫不會識得緘默底德性：在這一點上他眞是一個純粹的德國人；並且他也不會到懂得緘默的年紀。由於父親底遺傳，他愛說話，愛粗聲粗氣的說話。他自己也覺察這點，拚命想革除；但抑止自己說話的鬪爭把他一部分的精力弄得麻痺了。——此外，他還得和祖父給予他的另一種遺傳鬪爭：卽是表現準確的困難。——他是演奏家底兒子。他感到賣弄技巧底危險誘惑：——那是純屬肉體的快感，敏捷伶俐的肌肉底快感，克服困難底快感，眩耀本領、迷惑羣衆底快感；對於一個靑年人，雖然這些快感是無邪的，可以寬恕的，但對於藝術和心靈究竟是致命傷：——那是克利斯朵夫所知道的；是他血統裏帶來的；儘管他表示唾棄，還是免不了讓步。

這樣，他種族的根性與他天才的本能拖曳他望兩個相反的方向走，過去的傳統、經歷，像寄生蟲般黏着他不得擺脫，他踏踏踉踉地往前走去，想不到自己正和深惡痛絕的境界相去不遠。在他那時的作品中，眞與謗，淸明的元氣與荒唐的騷亂，完全亂七八糟的混在一起。這些毫無生氣的性格束縛着他的行動，他的能夠滲透多少自己的個性進去，實在是難得的事。

並且他是孤獨的。沒有一個人援助他跳出泥窪。當他自以爲跳出時，實際却陷得更深。他暗中摸索，不幸的嘗試糟蹋了他的精神與時間。任何經驗他都閱歷過；創作底紛擾使他心神搖亂，辨不淸他的作品中何者較有價值。他念念不忘的想着那些輪廓龐大的曲子，宣傳哲理的交響詩。然而他太眞誠了，不能長此耽溺於這些妄想中；在一個計劃絲毫未曾實現的時候，已經表示厭棄了。或者，他自命要把最是無從下手的詩歌譜成序曲。這樣，他便因超出了自己的範圍而彷徨失措。當他想親自動手來寫腳本時，——（他自以爲無所不能），那纔是一派荒唐胡鬧；當他想從事於歌德、克拉斯脫（德國文學家。）赫白爾（十九世紀德國詩人兼劇作家）、或莎士比亞底名著時，簡直把原作底意思都誤解了。並非他缺少聰明，而是缺少批評精神；他不會瞭解別人，因爲太顧慮自己；他老是那樣天眞、自大，到處只看見自己。

在這些根本無法長成的巨製以外，他又寫了許多歌曲與小品，表現他一霎時的情感，——其實已是他所有的情感中最永久的了。——在此，他對于時下的習慣同樣表示激烈的反抗。他採用已經譜成音樂的著名的詩篇，執意要和舒芒與修倍爾脫底作法不同而更眞切，有時他把歌德詩中的人物，把彌儂或維龐曼斯脫班迷人的個性準確描繪出來。有時他在情歌中灌輸入多少獷野而肉感的氣息，把貧弱的藝術家與淺薄的羣衆所包糊着的那種感傷色彩一掃而空。總而言之，他決意要使熱情與生命只爲了熱情與生命而存在，絕對不讓那些輕易惹動柔情的德國人狎弄。

但他往往覺得詩人們過於做作；所以他寧願採用最簡單的作品：例如在一本善書裏讀到的老山歌和意味雋永的民謠等等；他去掉了原有的讚美歌底性質，大膽地代以非宗教的、活潑潑的情調。再不然便利用諺語，甚或隨便聽來的幾個字，民衆底對話，兒童底感想：——因爲在這些笨拙粗俗的言語中分明映現出最純眞的情操。在這等地方，他可得其所哉了，他不知不覺的已經達到了深刻的境界。

不論好的壞的，——壞的居多——他的作品全部洋溢着豐滿的生命。然而並非全是新穎的，那纔差得遠哩。克利斯朵夫往往因爲眞誠而顯得非常平庸；他不惜採用人家早已用舊了的形式，因爲他覺得這種形式能夠準確地表現他的思想，因爲他感到如此而非感到如彼。任何代價不能誘使他追求新奇，他以爲必須是一個平凡之極的人纔會操心這種問題。他只想法說出自己的感覺，全不問這感覺前人有過沒有，說過不曾。他驕傲地相信，即使要求新奇，還是這種辦法最好，過去只有一個克利斯朵夫，將來也只有一個克利斯朵夫。依着他靑年人妄自尊大的心思，似乎世界上還是一無成就；什麼都得做起或重新做起。這種內心充實、人生無限底情操，使他感到狂熱的、毫無顧忌的愉快。而且是連續不斷的歡欣鼓舞。它也毋須歡悅做它的養料，因爲它已能夠適應悲哀……力、是歡欣鼓舞底根源，是一切幸福、一切德性之母。生活罷，即是生活過度亦無妨！……凡感覺不到自身之中有此力底醉意，有此生底愉快——即使是苦惱的生——的人，便不是藝術家。這是一塊試金石。眞正的偉大，必須你不問歡樂與苦惱都有歡欣鼓舞的能力。孟特爾仲或勃拉姆斯，不過像十月的霧，不過像淅瀝的細雨，從未識得這神奇的威力。

克利斯朵夫却具有這能力；他的天眞和冒昧使他在人前儘最表露他的歡樂。他認爲這種舉動全無狡黠的用意，不過想和旁人共同吟味他的樂趣罷了。至於這種歡樂的足以損傷大多數無此歡樂的人，倒是他不曾想到的事。而且他也不管旁人高興或生氣；只知道信任自己，只知道把自己的信念告訴旁人是挺簡單的。他把自己豐富的意境和一般音符製造家底貧弱的心靈相比之下：覺得要教人承認他的優越是最容易不過的，只消他表現便是。

他便表現了。

*　*　*　*　*　*　*

大家都等着他。

克利斯朵夫並不隱瞞他的情操。自從他明白感覺到德國人底矯僞、甚麼事情都不願看到眞相之後，便決心要表露他絕對的、不稍假借的眞誠，對於世俗尊重的作品與人物，絲毫不留餘地，又因他什麼事情都要推之極端，便說出粗野的話駭人聽聞。他的天眞的程度也是驚人。他對任何人說出他對於德國藝術的感想，好似一個人有了巨大的發見，必須向人一吐爲快。至於別人聽了會不滿，那是他意想不到的。當他一朝發覺一部名作中有甚麼荒謬的地方時，便一心想着這個問題而急於逢人便訴：不管聽的人是音樂家或業餘的愛好者。他意氣洋洋地說出最奇妙的評語。旁人先還不當真，對着他的胡言亂語不過笑笑罷了。但不久他們竟發覺他絮絮不已的回到這些問題上去，顯然表示出他的趣味惡劣。克利斯朵夫的相信邪說是毫無疑問的事實了，於是他的奇僻的論調亦顯得沒有從前那樣有趣了。並且他肆無忌憚，甘冒不韙，公然在音樂會裏宣布他挖苦嘲弄的言論，或是明白表示他對於光榮的大師們的輕侮。

在小城裏，甚麼都會不脛而走的傳播開去的：克利斯朵夫底說話一句也沒有漏過人們底耳朵。他去年的行爲已經惹動公憤。他和阿達那種肆無忌憚、令人憤慨的態度，大家還沒有忘懷。他自己倒記不起了：歲月遞嬗，往事都成陳跡，現在的他和從前的他已經渺不相關。但別人替他一一想起：這般小市民在社會上的職務，彷彿就在於把街坊鄰舍底過失，污點，悲慘的、醜惡的、不快的事件，全部記在心裏，一無遺漏，克利斯朵夫底案卷中在過去的話柄之外，如今又加上一批新的。兩相對照，益發顯得鮮明。從前不過是道學家們因爲他破壞道德而憤慨，此刻又添上一般正統的鑒賞家因爲他損害趣味而大抱不平。最寬容的人說他『標新立異，』但大多數人是肯定地說他『完全瘋了。』

還有另一種更危險的見解在社會上開始傳佈；——因爲是來自權威方面的消息，所以人家格外相信：——據說克利斯朵夫在繼續供職的宮廷中，膽敢對着大公爵本人表示他惡俗的見解，卑鄙地謗毀德高望重的大師；據說是把孟特爾仲底「哀麗阿」稱做僞善的牧師底讕言，倏倍爾脫底一部分「歌」也同樣遭受侮辱；——而且這種言論是往往正當莊嚴的親王們表示尊重這些作品時說出來的。大公爵冷冷地回答他說：

——聽您的說話，先生，有時竟教人疑心您不是德國人。

這句從貴族嘴裏吐出來的報復的說話，照樣會流傳到民間去；凡是對克利斯朵夫多少懷有仇恨——或是妒忌他的聲名，或是爲了其他純屬私人的理由——的人，立卽揚言他的確不是一個純粹的德國人。他的父系出身於比利時，這是大家記得的。既然他是一個流浪到此的異族，無怪他要誹謗國家的榮譽了。這把一切都解釋明白了。日耳曼族底自尊心，在鄙視敵人的時候，連帶獲得更充分的理由來估高自己的聲價。

對於這種純粹精神上的報復，克利斯朵夫還要供給多少更具體的資料。一個人在自己有被人批評的危險時再去批評別人，是最不智的事。只消是一個稍爲乖巧的藝術家，就會對他的前輩表示尊敬。但克利斯朵夫不見有何理由要把他對別人的輕蔑和對於自己的稱心得意統統悶在肚裏。他只覺得自己充滿着力，便手舞足蹈起來，表示他的歡樂。若干時來，他熱情澎湃，急於要宣洩一下。他一個人實在消受不了這些歡樂；要是不和他人分享，他竟會因歡欣過度而爆裂。因爲沒有朋友，便把樂隊裏一個名叫西格蒙·奧赫的青年同事當做心腹。他是韋登堡地方的人，在樂隊裏當副隊長；爲人天眞而又狡黠，平素對克利斯朵夫是很尊敬的。他呢，對這位同事也不存什麽提防的心思，他怎會想到把自己的快樂告訴一個閒人、一個仇敵、是不妥當的呢？他們豈非應該反過來感謝他麽？他教大家都幸福，不分什麽朋友或仇敵；——可絕未想到天下最難的事就莫過於教人接受一樁新的幸福；他們幾乎是更愛舊的苦難：他們所需要的是一種咀嚼了幾百年的糧食。他們所最不能忍受的是想到這幸福是別人給予他們的這個念頭。要他們接受一樁新的幸福麽？直要等他們無法躲避的時候纔肯容忍這種侮辱；但他們還要暗裏設法報復。

因此，克利斯朵夫底心腹話儘管有一千個理由不會獲得任何人歡迎，但有一千零一個理由可博得西格蒙·奧赫底同情，樂隊裏的正隊長多皮阿·帕弗不久卽將告老，克利斯朵夫雖然年紀輕，却大有繼承的希望。以奧赫這種純粹德國人底性格，自不難承認克利斯朵夫有此資格，既然宮廷方面對他極其寵信。但以奧赫堅強的自信力，亦不難使他相信他自己的資格更加適宜，要是宮廷方面對他認識更深的話。所以當克利斯朵夫一朝扮着嚴肅的面孔而總掩不住喜洋洋的神色到達戲院時，奧赫老是用一副古怪的笑容來對付克利斯朵夫傾箱倒篋似的心腹話。

——哦，又是什麽新的傑作嗎？奧赫狡猾地問道。

克利斯朵夫一把抓住了他的手臂答道：

——啊！朋友！這一件可超過一切了……要是你聽到的話……就叫魔鬼把我帶走也不妨！眞是太美了！唉，但願神明呵護那些將來聽到這名曲的可憐蟲罷！他們一定是死也甘心的了。

聽到這些說話的可不是一個聾子。然而奧赫並不付之一笑，也不親熱地把這孩子般的狂熱取笑一番；克利斯朵夫底性情是，倘使有人揭穿了他的可笑之處，會第一個先笑開了的；但奧赫假裝聽得出神的模樣，逗引克利斯朵夫說出其他的癡話而等到一轉背，就加油加醬的趕快把這些話柄傳播開去。大家先在音樂家羣中把他刻毒地取笑一頓，然後不耐煩地等着機會來批判他可憐的作品。——可憐的作品，不曾問世已被大家批判定了。

這些作品終於露面了。

克利斯朵夫在他雜亂的作品中，選了一闋描寫于第斯（按係古猶太民族之女傑，事見舊約）的序曲，取材於赫白爾底原著，那種獷野強勁的作風，和德國人萎靡的氣質對照之下，益發使他歡喜。（可是他已經厭棄這件作品，因為他覺得赫白爾老是以天才自命，不免有浮誇虛驕之嫌。）其次是一闋交響樂，借用瑞士畫家鮑格林底浮誇的題目，叫做：『人生的夢，』另外加上一個小題目『人生是一場短促的夢，』此外是一組「歌，」幾闋古典派的作品，和奧赫底一支歡樂進行曲：那是克利斯朵夫明知平庸但為表示親熱起計而加入的。

在幾次的豫奏會裏還沒有多大事情發生。雖然樂隊絕對不瞭解所奏的作品，雖然各人心裏對着這簇新的、古怪的音樂非常駭異，但還沒有時間形成一種意見，尤其在羣衆尙未發表意見之前是沒有先行表示意見的能力的。克利斯朵夫那種自信的態度使藝術家們俯首無辭的接受了，因爲他們如一切良好的德國樂隊一樣，是柔順的，服從紀律的。唯一的困難是在女唱手方面。那是上次在音樂會中穿藍衣服的婦人，在德國頗有聲望的。她曾經在德萊斯特和巴哀埒脫兩地扮演過華葛耐劇中的主角，肺量底宏大是無可置辯的，但她雖然學得華葛耐派咬音的藝術，把子音唱得高揚，母音唱得沉重像鐵錘一樣，可是不曾懂得自然的藝術。她對付一個字有一個字的辦法：所有的音調都加強；字母彷彿拖着鉛底的鞋子般沉重，每句含有悲壯的意味。克利斯朵夫要求她減少些戲劇化的成分。她先還相當柔順地聽從他；但她被天生沉重的聲音與非眩耀自己嗓子不可的心理控制住了。克利斯朵夫弄得不耐煩起來，告訴這位可敬的夫人，說他是要叫人類說話，而不是要巨蛇法弗奈（按法弗奈爲華葛耐劇中守護尼勃侖財寶之龍，以女唱手善唱華葛耐派歌劇，故以此調之。）底喇叭管大叫。她對於這種粗魯的言辭當然大不高興。她說謝謝上帝—她已知道什麼叫做歌唱，她也曾在大師勃拉姆斯前面唱過他的「歌，」而這位偉大的人物倒也聽得津津有味。

——那幾糟糕！那幾糟糕！克利斯朵夫喊道。

她高傲地微笑着，要求他解釋這句謎樣的驚嘆語。他回答說勃拉姆斯終身不懂得什麼叫做自然，他的稱譽簡直是最難堪的貶語，雖然他——克利斯朵夫——有時不免失禮，好像她這一次所指摘他的情形，可永遠不會說出像勃拉姆斯所說的那樣難堪的話。

兩人繼續用着這種口吻爭執下去：夫人執意要依着她的方式唱，即是用她悲愴的聲調，——直到有一天，克利斯朵夫冷冷地宣稱他什麼都明白了：這是她的天賦使然，沒有法子更改的；但既然他的「獻」不能適如其分的唱出，還是根本不唱，從節目中删掉。——這時已經到了音樂會底前夜：大家預備好節目中有他的「獻：」「獻」她自己也在外面講過；並且她不無相當的音樂天才，很能賞識這些「獻」底某幾部分長處；克利斯朵夫這種改變節目的說話豈非侮辱她麼？但她既然不能斷定明天的音樂會決不會奠定青年音樂家底聲名，也就不願和這顆將昇的明星傷了和氣。所以她突然讓步了，在最後一次豫奏會中她俯首帖耳的順從了克利斯朵夫底要求。但她決意，——在明天的音樂會中將完全邊着自己的心思做去。

＊　＊　＊　＊　＊　＊　＊　＊

日子到了。克利斯朵夫泰然自若。他腦子裏裝滿了自己的音樂，再不能加以批判。他知道他的作品有些地方不免可笑。但有什麼關係呢？一個人要寫作偉大的東西，可笑是不免的。要參透事物底蘊，必需不畏輿論，不理會禮貌、貞潔、社會的謊言、那些把心靈壓迫到窒息的東西。如果你要不教任何人喫驚，便只能終身替平庸的人搬弄一些他們消受得了的平庸的眞理，只能永遠被人生拘囚。唯有敢把這些顧慮一齊丟在脚下的人纔偉大。克利斯朵夫居然這樣做了。大家儘可呵斥他，但這一次至少得注意他了。他想像大衆聽到他作品中某些大膽的部分時勢必疾首蹙額的情景，不禁暗暗覺得有趣。刻毒的批評是早在他意料之中的：他預先就滿不在乎的付之一笑。無論如何，除掉聾子以外，他作品中的力是任何人所不能否認的，——至於這力量的可愛與否，是另一問題。並且這又有什麼相干？……可愛麼？單是力量已經夠了。讓它像萊茵一樣！……把一切都帶走罷。

他第一樁的失意是大公爵不到場。爵府底包廂裏只有幾個不相干的人：在府裏行走的婦女。克利斯朵夫憤憤地想道：「這混蛋和我鬧扭，他不知對我的作品怎樣表示纔好：他怕遇到難題而迴避了。』他聳聳肩，裝做全不把這些無聊的事情放在心上，但旁人已經注意到這是對克利斯朵夫的第一頓教訓，而且是對他前程的一種警告。

民衆也不見得比主子更慇懃：場中三分之一的座位是空的。克利斯朵夫不由得心酸地想起他童時音樂會底盛況。要是他稍有經驗，便不難懂得當他演奏上品的音樂時，聽的人自然比他演奏平凡的音樂時少因爲大部分聽衆所感到興趣的是音樂家而非音樂；而且一個和常人並沒兩樣的音樂家，也顯然不及一個穿着短裙的兒童音樂家有趣，不及他的能夠惹人憐愛，教人開懷。克利斯朵夫空等了一回聽衆之後，決意開始了。他竭力使自己相信這樣倒是更好，因爲『朋友雖少，都是知己。』——可憐他這種樂觀不能維持長久。

一曲復一曲的音樂在肅靜的場中演奏過去。——有的肅靜是因爲大家感動到極點的緣故。但眼前的情形完全不是這麼一回事。那是死氣沉沉，像是睡熟一般的肅靜。每一樂句都沉沒在冷酷無情的深淵裏。克利斯朵夫雖然背對着聽衆，全神貫注在樂隊上，但場中的一切情形他同樣能夠淸淸楚楚地感覺到；因爲凡是眞正的藝術家，自有一種內在的觸覺，能夠感知他所演奏的東西是否引起聽衆心靈底共鳴。但雖四下裏沉悶的空氣使他覺得心頭寒冷，他依舊按着節拍，鼓舞自己。

終於序曲完了，大家有禮地、冷冰冰地鼓掌，隨後又是一片靜默。克利斯朵夫對於這種情形，覺得寧可受人噓斥一頓……即是怪叫一聲也好！總得有些活潑潑的生命表示，對作品表示一種反響！……——但事實上全不如此。——他望望羣衆，羣衆也彼此望望他們想在目光中互相探索一些意見而探索不到，便重又扮起那副淡漠的神情。

音樂重新開始，現在是輪到交響樂了。——克利斯朵夫幾乎不能終曲。他屢次想丟下指揮棒，掉頭便走。大衆底冷淡使他竟不懂自己指揮的是什麼東西，他明明覺得自己掉入煩悶的深淵裏去了。即是他意想之中在有些段落上會引起羣衆的喝語也沒有：全場的人都在翻閱節目單，出神了。克利斯朵夫聽見好幾頁一下子翻過去的乾脆的聲音；之後又是一片靜默，一直到曲子終了，又是同樣的有禮的掌聲表示大家懂得一曲已經奏完。——可是當全體靜下之後，還聽見兩三下零落的掌聲：因爲沒有回響，也就羞愧地停住：空虛顯得更加空虛，而這件小小的事故就算是照在死氣沉沉的羣衆心上的一道微弱的光。

克利斯朵夫坐在樂隊中間，不敢向左右張望一下。他眞想哭出來；憤怒得全身打戰。他很想站起來向大家喊：『你們多可厭啊！你們多可厭！……一齊替我滾罷！……』

聽衆稍稍淸醒了些，等待女歌唱家登場，——他們是聽慣她、捧慣她的。在這些令人目眩神迷，茫無頭緒的作品中，她無異一片穩固的陸地，決無使大家迷離失所的危險。克利斯朵夫看透大家的心思，輕蔑地笑了一笑。女歌唱家也明知羣衆在等待她；當克利斯朵夫去通知她上臺時，她的神氣就像王后一樣。他們用着敵視的態度彼此望了一下。照例，克利斯朵夫應當讓她攙着手臂，但他竟變手插在袋裏，讓她獨自上場。她氣冲冲地走過去；他露着煩惱的神色跟在後面。她一露面，全場立刻表示熱烈的歡迎：大家鬱悶的精神總算蘇解了；臉上發出光彩，頓時活潑起來；所有的手眼鏡一齊瞄準。她對于自己的魔力很有把握，開始唱起「歌」來，不消說是依她自己的方式，全不遵從克利斯朵夫隔天的囑咐。替她伴奏的克利斯朵夫可變了臉色。這種搗亂他是預料到的。在第一點的變動上，他立刻敲着鋼琴，憤怒地說道：

——不！

但她依舊唱下去。他在背後用着沉重的氣惱的聲音叮囑她道：

——不不不是這樣的！……不是這樣的！……

這些憤怒的咕嚕，雖然臺下聽不見，但樂隊是句句分明的；她惱恨之下，更加蹩扭了，故意把節奏延緩下來，擅自休止與延長。他不曾留意，自顧自的奏下去：結果弄得歌和伴奏相差了一拍子。聽衆決不會覺察：他們久已認定克利斯朶夫底音樂既不悅耳、也不準確；但克利斯朶夫並不接受這種意見，他扮着惡狠狠的臉孔，終於爆發了。不待一句唱完，他突然停住，大聲嚷道：

——夠了！

她在興奮的狀態中繼續唱了半節，也突然停住了。

——夠了！他乾脆地再說一遍。

一霎時，全場怔了一怔。幾秒鐘後，他又冷冷地說：

——重新再來罷！

她錯愕地望着他，雙手發抖，眞想把樂譜望他頭上丟去；事後她竟不懂當時怎麼不那樣做。但她懾於克利斯朵夫底威嚴，不敢不重新開始。她把一組「歌」全部唱完了，一個動作、一些音調也不加變動；因爲她感到他絕對不肯留情，而一想起再來一次侮辱就不禁渾身戰慄。

她唱完之後，臺下掌聲不絕。他們所喝彩的並非她所唱的「歌」，——（要是她唱別的作品，也可以獲得同樣的掌聲。）——而是這位著名的老於此道的女歌家；他們知道，嘆賞她是決無嘆賞不得其當的危險。並且，羣衆還想補救一下她所受的侮辱。他們隱隱約約懂得女歌家唱得不對；但克利斯朵夫膽敢加以指摘實在是無禮之極的事情。大家喊着『再來一次。』克利斯朵夫却堅決地把琴闔上。

她並未發覺這樁新的侮辱；她心緒太亂，本來就不想再來一次。她急急忙忙下臺，躱在自己的化裝室裏；在此，她把胸中鬱積着的仇恨與憤怒一齊發洩了出來：大叫大嚷的把克利斯朵夫咒駡了一頓……狂怒的叫喊聲一直傳到門外。據那些進去探視她的朋友出來說，克利斯朵夫對她的態度簡直與下流人無異。在劇場裏，消息很快的傳遍了。所以當克利斯朵夫重新踏上指揮臺演奏最後一曲時，場中頗有騷亂的現象。但這一曲不是他的大作，而是與赫底歡樂進行曲。聽衆既然歡喜這闋平凡的音樂，便不必噓斥克利斯朵夫而就有極簡單的辦法來表示他們對他的憤懣：他們極力爲與赫捧場，再三的鼓掌要求作者露面，與赫當然也不肯放過機會。音樂會在此就算告終了。

在這個大家覺得煩悶而愛聽謠言的小城裏，大公爵和宮廷中人對於那些情形是源源本本都會知道的。與女歌家有交情的幾家報紙絕對不提那件不歡的事情，只在用報告新聞的口氣提到她所唱的「歌」時，一致讚揚她的藝術。關於克利斯朵夫其餘的作品，不過寥寥的幾行，幾乎所有的報紙都是一樣的論調：『……高深的對位學。複雜的作品。缺乏靈感。沒有旋律。是頭腦的而非心靈的產物。缺乏眞誠。標新立異……』隨後又引用一大批眞正新奇的名作，例如莫扎爾德，貝多芬，羅夫，修倍爾脫，勃拉姆斯等等，『都是不求新奇而新奇的……』——末了又自然地轉過話頭，報告親王底劇院不久將上演克萊朵底作品；長篇累牘的寫了一大堆，把這『淸新綺麗的甘美無比的音樂』大大恭維了一陣。

總之，克利斯朵夫底作品卽在最高明的批評家心中也完全不獲瞭解；那些絕對不歡喜他的人，自然更表現一種陰險的仇視態度；——至於大衆，旣沒有好意的批評家領導，也沒有惡意的批評家煽動，只有出諸緘默的一法。聽讓大衆自己去思索時，他們便一些都不思索。

* * * * * *

克利斯朵夫心灰意嬾，非常沮喪。

其實他的失敗是完全在於意料之中的。他的作品有三對一的理由不會取悅於人。它們還不夠成熟。它們也嫌太新，不能使人一下子就懂得。何況把這暴橫無禮的靑年教訓一頓是大家高興的事。——但克利斯朵夫還不夠冷靜，不能承認他的失敗是咎有應得。一個眞正的藝術家，長時期的被人誤解，看慣了人類無可救藥的愚蠢，慢慢地會養成一種淸明開朗的胸襟；但克利斯朵夫還談不到這一層。他天眞地相信羣衆，相信成功，相信那是不難一蹴卽幾的，旣然他具備着成功的條件：這種幼稚的信心，如今可消散了。寃家，他認爲是不免的。但他所詫異的是一個朋友都沒有。凡是他認爲朋友的，一向對他的音樂感到興趣的，自從那次音樂會以後，再沒一句鼓勵他的話。他試探他們，他們總是閃爍其詞。他再三的追問，想知道他們眞正的思想結果是一般最眞誠的人把他從前的作品，早年的無聊的東西，提出來比較。——接連好幾次，他聽到人家把他的舊作做標準來說他的新作不好，——可是幾年以前，說那些在當時也是簇新的作品不好的，也是這一批人啊。新的是不好的：這是通律。克利斯朵夫却不承認；大驚小怪的叫嚷起來。人家不歡喜他也可以，那是他允許的，甚至也是他歡迎的，因爲他並不想做每個人底朋友。但若人家愛他而又不許他長大，硬要他一輩子做一個孩子，這究竟過分了！在十二歲上是好的作品，在二十歲上便不行了；他希望別老是留在那個階段上，希望要改變，改變，永遠改變下去……現在那般混蛋竟想阻遏一個人底生機！……他童年的作品所以有意思，並非在於兒童底荒唐的表現，乃是因爲它們藏有一種前程無限的力量！而這前程，他們竟想使之絕滅！……不，他們實在從未懂得他過去底一分一毫，也從未愛過他；他們所愛的只是他的庸俗，只是他與平庸的人無甚分別的地方，而非眞正屬於他的部分他們的友誼不過是一種誤解……

也許他把這些情形格外誇張了些。因爲一般忠厚的人不能愛好一件新的作品，但當一件作品有了二十年的壽命之後就會眞誠地愛好了：這是常有的現象。新生命底香味太濃烈，他們虛弱的頭腦受不住：必得這味道在時間中昇化一會纔好。藝術品一定要等到積滿了年歲的油垢之時，方能開始被人瞭解。

但克利斯朵夫不允許人家不瞭解此、刻、的、他而瞭解過、去、的、他。他寧可人家永遠不瞭解他，不論在何種情形之下，也不論在什麽時候。所以他憤慨非凡。他癡心妄想的求人瞭解，想表白自己，想爭辯；這纔是白費勁：這豈非改革整個時代底口味麽？但他甚麽都不放在心上。他決心要——不管人家願不願——把德國人底口味澈底洗滌一下。可是他毫無這種可能性：要說服一個人決不是幾次談話所能濟事：他的拙劣的措辭，對於大音樂家、甚或對他談話的人取着那種傲慢不遜的態度，結果只多造成幾個寃家罷了。並且他還得悠閒地預先把思想準備就緒，然後去强迫人家聽……而到了相當的時候，他的運命——惡劣的運命——來教他說服他人的方法了。

* * * * * * *

在戲院食堂裏，他坐在樂隊底同事中間發表他駭人的藝術批評。他們的意見也並非一致，但對他肆無忌憚的言論都覺得氣惱。中提琴手克羅斯是一個忠厚的老人，藝術也不錯，素來眞心愛護克利斯朵夫；他裝着咳嗽，想等機會說一句雙關的笑話把話題岔開去。但克利斯朵夫全沒聽見，滔滔汩汩的儘自說個不休；這可叫克羅斯灰心了：

——他何必說這些話呢？眞是上帝祝福他！一個人可以這麼想，但不必說出來啊，見鬼！最奇怪的是，他也「這麼」想過；至少他懷疑過這些問題，克利斯朵夫底言論更加引起了他許多疑慮，但他沒有勇氣承認，——一半是怕冒不韙，一半是因爲謙虛，不敢相信自己。

角笛手葦格爾卻甚麼都不願理會；他只願嘆賞，不問什麼東西，不問是好是壞，不問是天上的星或地下的煤氣燈，都一律看待：他的讚美也沒有什麼等差，只知道讚美，讚美，讚美。這於他簡直是生存上必不可少的，假如他的讚美受到限制就要覺得痛苦。

可是大提琴手哥赫還要痛苦得厲害：他一心愛着下品的音樂。凡是克利斯朵夫所痛詆的都是他最心愛的；他本能地選中的作品總是最陳腐的；他的情感是浮誇的，輕易會下淚的。但他的崇拜一切虛僞的大人物倒是出於眞心。唯有當他自命爲崇拜眞正的大人物時纔是扯謊，——而這扯謊其實還是無邪的。有些勃拉姆斯底信徒以爲在他們的上帝身上可以找到以往的天才底氣息：他們在勃拉姆斯身上愛着貝多芬。哥赫卻更進一步：他所愛於貝多芬的倒是勃拉姆斯底氣息。

但對於克利斯朵夫的怪議論最表憤慨的還是低音笛手史比茲。他所受到的打擊，並非在於音樂本能方面，而是在於他天生的奴性。羅馬帝國時代的皇帝，有些是臨到死也要直立而死的。他卻非躺平着死不可，因為他一向過着這種生活，因為卑躬屈膝是他天生的姿勢；在一切正統的、大家尊崇的、成功的事物前面匍匐膜拜，他覺得有一種甘美無比的樂趣；他最恨人家阻止他舐食塵土。

於是，哥赫唉聲嘆氣，韋格爾做着絕望的姿勢，克羅斯胡言亂語，史比茲大聲叫嚷。但克利斯朵夫鎮靜地比別人喊得更響；說出許多對德國與德國人最難堪的話。

在旁邊一張桌子上，有一個青年聽着他們的說話捧腹大笑。他生着一頭烏黑的鬈髮，一對秀美聰明的眼睛，巨大的鼻頭，下端拚命望兩邊攤開着，厚厚的嘴唇，裝着一副機智活潑的臉相，凝神貫注着克利斯朵夫底談論，每個字都引起他一種同情而譏諷的神色，太陽穴裏，眼角裏，鼻孔旁邊，面頰上面，一齊打縐，扮着古怪的笑臉，有時全身還要抅攣抽搐。他並不插嘴進去，只把他們的談話句句聽在肚裏。當克利斯朵夫在解釋什麼思想而忽然頓住，被史比茲笑落，以致張口結舌、越來越慌亂時，這青年愈加樂不可支，一直等到克利斯朵夫找到了辭句，——把敵人壓倒。再當克利斯朵夫興奮到越出了自己的思想，說出許多駭人聽聞的議論，叫全體聽衆驚叫起來的時候，他眞是快活到極點。

末了，大家對於這種自以爲是的爭辯也覺得厭倦起來，分手了。剩下克利斯朵夫最後一個想跨出門口時，那個聽得津津有味的青年便迎上前去。克利斯朵夫先是不曾注意。但那青年有禮地脫下帽子，微笑着通報自己的姓名：

——弗朗茲·曼海姆。

他對於自己冒昧地在旁竊聽的行爲先表示了一番歉意，又把克利斯朵夫痛駁敵人的勇氣恭維了一陣。他想到這點又笑了。克利斯朵夫高興地望着他，心裏卻仍舊有些猜疑：

——眞的嗎？他問道，您不是取笑我嗎？

那個青年發誓賭咒的說不是。克利斯朵夫臉上頓時有了光彩。

——那末您認為我是有理的，是不是？您和我的意思一樣？

——聽我說，曼海姆答道，實在我不是一個音樂家，完全是門外漢。但我所歡喜的唯一的音樂，——（這絕對不是恭維，）——是您的音樂……罷，這無非表明我的趣味究竟不算太壞……

——唔！唔！——克利斯朵夫答應着，雖然心裏有些懷疑，究竟被拍上了——這可算不得一種證據。

——您眞是苛求……也罷！……我也和您一樣想：這算不得一種證據。所以我決不膽大妄為的來批評您對於德國音樂家的意見。但無論如何，對於一般的德國人，老年的德國人，您的評論實在很中肯，那些昏庸的浪漫派，抱着腐敗的思想，多愁多病的情緒，定要我們加以讚美的陳舊的套語，什麼『這不朽的昨日，亘古不滅的昨日，因為它是今日的鐵律，所以也是明日的鐵律！……』

他又念了一段席勒詩中的名句……

——而他竟是第一個！——曼海姆念了一段又加上一句按語。

——第一個什麼！克利斯朵夫問道。

——第一個寫下這種句子。

克利斯朵夫不懂他的意思。但曼海姆接着又道：

——我第一個希望每隔五十年把藝術和思想做一番大掃除的工作，凡是以前的東西統統剷除一個乾淨。

——這不免過分了，克利斯朵夫微笑着說。

——並不，我敢說。五十年已經太多了，應當說三十年，或者還可少一些！……這是一種保護健康的妙法。一個人決不把祖父底舊東西留在家裏的。當他們死後，人家恭恭敬敬的把他們放在一邊，聽其腐爛；還要堆些石子在上面，使他們永遠不得回來。軟心的人也會放些花朵上去。那也好，我不管這些。我所要求的祇是他們不要再來和我糾纏。至於我，我是絕對不打擾他們的。各有各的地盤：活人在活人一邊；死人在死人一邊。

——可是有些死人比活人更活啊！

——並不，並不！並不要是說有些活人比死人更死倒更近事實。

——也許是罷。無論如何，有些老人的確還很年青。

——假如他還年青，我們一定會自己發覺，……但我全然不信。凡在從前有用的，決不會第二次仍舊有用。唯有變化纔對。最要緊的是把老的一齊丟開。在德國，老的實在太多了。得統統死掉纔好哩！

克利斯朵夫聚精會神的聽着這些古怪的言論，覺得討論起來很是費力；他同情其中一部分的說話，也認出有多少思想和他的相同；但聽到這種尖刻挖苦的說法也不免覺得刺耳。然而他相信人家底態度是和他一樣認眞的，便認爲這個似乎比他更有學問、更善說辭的青年，其結論確是從他的原則裏面根據邏輯推演出來的。大多數人以爲克利斯朵夫很驕傲，剛愎自用的脾氣尤其不能原諒；其實他頗有天眞的謙虛心，往往使他受一般比他受過更高的教育的人愚弄，即使別人爲避免麻煩的辯論而決意不再自負的時候還是不免。曼海姆自己也覺得自己荒謬的言論可笑，一邊說着一邊肚裏在好笑，而且他是素來沒有人把他當眞的；如今看到克利斯朵夫費盡心思想討論，甚至想瞭解他的胡說霸道時，不禁爲之樂開了；他一方面暗中嘲笑他，一方面也因爲克利斯朵夫的重視他而表示感激：他覺得這種情境眞是又可笑又可愛。

他們分手時已經非常知己；所以三小時後克利斯朵夫在豫奏會中瞥見曼海姆在後臺的小門裏伸出頭來、笑嘻嘻的對他做着神秘的眼色時，也不以爲奇了。豫奏完後，克利斯朵夫迎上前去。曼海姆親熱地拉着他的手臂說：

——您有空麼？……聽我說，我有一個主意，也許您要覺得胡鬧……您不想做一朝，把您對於音樂和一般靑年音樂家的感想一齊寫下來麼？與其和樂隊裏的四個只會吹彈木片的獃子去空費唇舌，還不如直接向大衆說話，是不是？

——您問我是不是……是不是願意？嘿！您可要我寫在哪裏呢？您倒說得好，您……！

——得啦：我就要向您提議啦……我和幾個朋友：亞達爾培・洪・華特霍斯，拉斐爾・高特林，亞陶爾夫・瑪，和呂西安・哀朗弗爾，——辦了一份雜誌，本城唯一有識見的雜誌，名叫酒神……（您一定知道？）……我們全都佩服您，很想請您加入我們的團體。您肯擔任音樂批評麼？

克利斯朵夫快活得不知所措：他多願意接受啊！他只怕不夠資格：他不會寫文章。

——不用提這些，曼海姆說，我相信您一定會寫。而且您一朝做了批評家，便享有一切權利了。對羣衆是毋庸顧慮的。他們眞是愚蠢無比。做一個藝術家倒不算什麼東西：他是大家可以呵斥的。但一個批評家就不同了，他有權向大家說：『替我呵斥這傢伙罷！』全場的羣衆把思想這件麻煩的事情交付了他。您愛怎麼想就怎麼想。只要您裝做在思想就行。只消把這些鵝喂飽了就完事大吉，不管您喂些什麼！牠們是什麼東西都吞得下的。

克利斯朵夫終於答應了，誠心誠意的謝了他。他提出的唯一的條件是，他有愛寫什麼就寫什麼的權利。

——自然囉，自然囉，曼海姆答道。絕對的自由！我們之中個個人是自由的。

* * * * * *

晚上當戲院散場的時候，他又去釘牢克利斯朵夫，把他介紹給亞達爾倍·洪·華特翟斯和其餘的朋友。他們都對他表示非常誠懇。

除了華特翟斯是本地的世家出身之外，餘下的盡是猶太人，都很富有：曼海姆底父親是銀行家；高特林底父親是有名的葡萄園主；瑪底父親是冶金廠底經理；哀朗弗爾底父親是大珠寶商。這些老依色拉族（按即猶太民族）底勤儉刻苦的父親，守着他們固有的民族精神，用着強毅的精力增加着他們的財富，而且他們所秉受的毅力還遠過於他們擁有的資產。但那些兒子似乎生來就爲破壞父親底建樹的：他們取笑那些家族的成見，取笑那種苦熬苦省、慘澹經營的螞蟻般的生活；他們學做藝術家，做出瞧不起財產而要把它從窗裏摔出去的神氣。其實他們根本不大會放鬆金錢，裝瘋作癲都是徒然的。他們清明的頭腦和切合實際的感覺從來不容易喪失。並且他們的父親監督很嚴，把韁繩拉得很緊。最有才氣的曼海姆，眞心想把自己的所有闊闊綽綽支配一下：可是他一無所有；他雖是大聲痛詆父親貪婪，心裏卻在暗暗發笑，認爲父親底辦法是對的。結果只有華特霍斯有財產自主權，樣樣都是現錢交易，雜誌也是由他拿出錢來維持的。他是詩人，寫些亞爾諾·霍玆（德國新現實派文學家。）和華脫·惠德曼（近代美國大詩人。）一派的『自由詩，』一句長一句短的，所有的標點一點，兩點，三點，橫劃，靜默，大寫字，斜寫字，底下加綫的字等等，都有一種極重要的作用，不下於叠韻和重複的辭句。他在所有的文字中攙入各種字眼，各種沒有意義的聲音。他自命——（不知爲什麼緣故）

——要在詩歌底技巧方面倣着和塞尙納（按係近代繪畫之始祖。）在繪畫方面同樣的事業。實在說來，他頗有詩人底心靈，對於那些枯索無味的東西能夠感覺得很淸楚。他的性格是多情而又尊情，天眞而又虛浮；他加意推敲的詩偏要露出名士派的不加修飾的神氣。在一般時髦朋友心中，他很可算得一個好詩人。可惜是這一類的詩人太多了，在雜誌上，在沙龍裏（按沙龍一詞係指法國十八世紀以來談論文藝的交際場所。）觸目皆是；而他只想唯我獨尊。他一心想做一個超乎一切偏見的紳士先生。殊不知他的偏見比誰也來得多；只是他不肯承認罷了。在他主持的雜誌周圍，他有心只挑選猶太人，為的是使他一般反猶太主義的親友駭怪，也為的是表示他的的確確是一個自由思想者。他對同事們面上裝着有禮的、平等的態度，心裏卻非常瞧不起他們。他明知他們舒舒服服的利用着他的名字與金錢，而偏偏聽讓他們擺佈，因為這樣纔可獲得一種鄙夷他們的快感。

然而他們也因為他聽任他們利用而瞧不起他；他們明明知道他也從中取利。他們實際是互相利用。華特霍斯把他的名字與金錢供給他們；他們把才具和經營事業的頭腦供給他，並且還替他招引主顧。他們比他聰明得多。並不是更有性格，在這方面或許還遠不如他。但在這小城裏，好像在別處一樣，由於種族底不同，使他們千百年來處於孤獨的地位，把觀察力培養得格外敏銳，——他們的思想往往最前進，對於陳舊的制度與落伍的思想底可笑之處感覺得最清楚。不過因為他們的性格不及他們的智慧來得自由，所以對於那些制度、思想、一面儘管嘲笑，一面仍是設法從中漁利，而不想加以改革。他們雖以思想獨立自命，實際仍和那位公子派的亞逵爾倍同樣是內地的時髦朋友，同樣是紈袴子弟，把文學當作消閒打趣的勾當。他們歡喜裝出一副刀斧手似的神氣，但並不是兇狠的妖魔，拿來開刀的無非是些無害的人，或是他們認為永遠不足侵害他們的人。他們絕對沒有心思去得罪一個社會，因為他們知道自己終有回到社會的一天，過着與大家一樣的生活，接受他們早先排斥的偏見。而當他們一朝冒着危險去對一個當代的偶像——已經在動搖的偶像，——大張撻伐的時候，他們也決不會破釜沉舟，為的是在危急的時候可以藉此逃命。而且不問厮殺的結果如何，當這一場完了之後，要他們再來一次是不知要在何年何月呢。腓尼基人大可放心，那些新大衛派的黨徒（按腓尼基人曾破大衛征服）不過要人家相信他們是非常可怕的，假使他們願意的話：——可是他們並不願意。他們更愛和藝術家們稱兄道弟，和女演員們一起用餐。

克利斯朵夫在這個環境中很不舒服。他們最愛議論女人與馬；議論的時候簡直沒有半點好意。他們是苛酷之至的。亞達爾培談話時的聲音是鏗鏘的、遲緩的，面上裝着一副文雅的、倨促的、可厭的禮貌。編輯部書記亞陶爾夫·瑪是一個笨重肥胖的傢伙，縮緊着頭，粗暴的神氣，永遠認爲自己是對的；他事事都要干預，老不理會別人底答話，好似非但瞧不起對方底意見，壓根兒就瞧不起對方底爲人。藝術批評家高特林，有一種神經質的拘攣，眼睛老是在寬大的眼鏡後面睒個不停，——並且大概是爲模倣他所來往的那些畫家之故，留着長頭髮，默默地抽着煙，咀嚼着他永遠不說完的片言隻語，用大拇指在空中做着渺茫的姿勢。哀朗弗爾是一個矮短的禿頂的人，臉上堆着笑容，留着褐色的短鬚，一張細膩而疲乏的臉，彎彎的鼻子，在雜誌上寫些關於時裝和社交的文字。他用一種柔媚的聲音說些非常莽撞的話；他頗有思想，但是凶惡的、往往是卑鄙的思想。——所有這般富家子弟都是無政府主義者，那是最恰當不過的：一個人足衣足食的時候來反對社會是一種最高級的享樂；因爲這樣可以把他得之於社會的好處一筆勾銷。正如一個剪徑賊搜刮了一個路人之後對他說：『你還獃在這裏幹麼？！去我此刻已用不到你了！』

克利斯朵夫在這一羣裏只對曼海姆抱有好感。當然他是五個人中生機最旺的一個，不論對他自己所說的或旁人所說的，他一律感到興趣；咭咭咶咶，嘰嘰咕咕，老是胡說霸道，他旣不能細細思索，也不能確知自己想些什麼；但他是一個老實人，沒有野心，也沒有對人的猜忌。實在他並不十分坦白；他常常扮着一種角色，但不是故意的，與人無損的。他會醉心於一切荒誕不經的——往往是慷慨的——理想。以他精細的觀察力與玩世不恭的態度，決不致完全相信那些理論；就在熱狂的時候他也能保持冷靜，而且他永遠不會因實行理論之故而去冒什麼危險。但他需要一個偶像，那是他的一種遊戲，時刻要變換的。目前他的偶像是慈悲。自然囉，單是慈悲於他是不夠的；他還要人家看出他的慈悲；他教人爲善，同時再指手劃脚的加以表現。因爲他一意要反對家人們枯索艱辛的活動，反對禮教，反對軍國主義，反對德國人底虛僞主義，所以他是托爾斯泰底信徒，是福音主義者，是佛教徒，——他自己也弄不清楚，——是一種軟性的、沒有骨頭的寬容的道德底使徒。這種道德肯眞誠地寬恕一切罪惡，尤其是逸樂的罪惡，它也並不諱言對於這些罪惡的偏愛，對於一切的德性倒並不如何寬容，——這種道德可說是一種享樂論集放浪形骸的學說之大成，還儼然以聖潔自命。這中間頗有多少僞善的成分，對於一般敏銳的感覺是有些觸鼻的，並且要是把它當眞的話，竟可令人作嘔。但這僞善的成分並不怎樣自負，它自己亦不過取着玩弄的態度。這種蕩子式的基督教義，在曼海姆心中是隨時預備退讓的，禪位給別的偶像，不管是哪一種：武力也好，帝國主義也好，『笑臉虎』也好。——曼海姆做着喜劇；在未曾回復到他猶太人面目與猶太人思想之前，自以爲具有各式各種他實在沒有的情操。他是一個可愛而又極可厭的人。

* * * * * * *

在某一個時期內，克利斯朵夫成爲他的偶像之一。曼海姆視之如神明，件件事情相信他，到處提起他的名字，在家人前面把他恭維備至。據他說來，克利斯朵夫是一個天才，一個非凡的人，製作着古怪的音樂，關於音樂的議論尤其驚人，充滿着思想，——並且還長得一表美麗的人材：一張秀美的嘴，一副出色的牙齒。他還加上一句說克利斯朵夫很佩服他。——終於他有一晚請克利斯朵夫到他家去用餐。於是克利斯朵夫見到了這位新朋友底父親，銀行家洛太·曼海姆，和弗朗茲底妹妹于第斯。

他的踏進一個猶太人家還是破題兒第一遭。這個民族雖然在小城裏人口很多，雖然靠着它的富有、靠着它的團結力和智慧，在城裏占着重要的地位，但它平時究竟與別的社會不大往來。民間一向對它抱着牢不可破的成見，暗裏懷着一種率直而含有侮辱性的敵意。克利斯朵夫家裏的人就是這樣。他的祖父是不歡喜猶太人的；——但運命弄人，他兩個最好的學生——（一個成了作曲家，一個成了有名的演奏家）——偏偏是依色拉人；這可使老實人苦惱了：因爲有時他眞想擁抱這兩位出色的音樂家，但又記得他們曾把上帝釘在十字架上，這個矛盾眞是無法解決。臨了，他仍擁抱了他們。他相信上帝定會寬恕他們，因爲他們極愛音樂。——克利斯朵夫底父親曼希沃，自命爲強者，心地坦然的賺取猶太人底錢財，並且認爲是應該賺的：但他時常取笑他們，鄙薄他們。——至於他的母親，可不敢斷定她去替猶太人當廚娘是不是算犯罪。他們對她也很傲慢：但她不恨他們，不恨任何人，反而對這般被上帝罰入地獄的可憐蟲抱着滿腔的同情：當她看見主人家的女兒走過，或聽見孩子們快樂的笑聲時，便不禁想道：

——多美麗的姑娘！……多好看的孩子！……眞是可惜！……

她聽到克利斯朵夫告訴她晚上要去曼海姆家用餐時，她一句話也不敢說；但心裏有些難過。雖然她認為人家說猶太人的壞話——（人家對誰都要說壞話的）——是不該相信的，世界上老實人是到處有的，但各管各的生活——猶太人管猶太人，基督徒管基督徒，——究竟是更好更得體。

克利斯朵夫完全沒有這種成見，他因為永遠存心和環境作對，所以反而傾向那異族的一方面。但他不大認識這民族。他有過往來的幾個猶太人祇是一般最粗俗的分子，是些小商人和蝟集在萊茵河與大教堂中間那條街上的羣衆。——他們崇着一切人類所共有的羣居本能，把這個區域慢慢地形成了一個猶太人居留地。克利斯朵夫偶而也到那個區域裏去閒逛，睜着好奇而善意的眼睛窺視一下那些民族的典型：面頰深陷的女人，嘴唇和顴骨突出着，堆着神祕的笑容，稍微有些下流的神氣，粗俗的談吐與魯莽的笑聲更破壞了臉部底沉靜和諧。但即在下層階級中，在這些頭顱巨大、眼睛發白、神態渾噩、身體臃腫的人中，在這最高貴的民族底腐化墮落的後裔身上，也還有一道奇異的光在閃爍發亮，好似在濕地上面飄盪的磷火：那是他們神奇的眼神，靈光四射的智慾，從污泥之中放發出來的微妙的電力。克利斯朵夫對之只覺得神搖意蕩，惶惑無主，他想其中定有些高尙的靈魂在掙扎，偉大的心靈在爭鬪，想在泥窪中超拔出來；他極願遇到他們，幫助他們；雖然不認識他們，但對他們懷着又愛又怕的心情。然而他從沒和他們之中任何人發生過密切的關係，尤其從沒機會接近猶太社會裏的優秀人物。

因此，曼海姆家的晚餐對他頗有一種新奇的趣味，甚至有一種禁果般的誘惑力。把禁果授給他的夏娃使禁果變得格外有味。自從進門之後，克利斯朵夫眼裏只看見于第斯·曼海姆一個。她和他一向認識的女子完全是兩個種族出身。她雖然生得很結實，長得又高大又矯捷，但總顯得有些瘦弱，臉龐四周的頭髮是純黑的，稀少而厚密，梳得很低，遮着太陽穴和瘦骨嶙露的額角，眼睛稍帶近視，眼皮很厚，眼珠微突，高高的鼻子下面配着一對寬大的鼻孔，面頰清癯，下顎厚重，皮色相當紅潤，有着美麗而清晰的側影；正面的表情卻較爲含糊，浮泛，錯雜；兩隻眼睛與兩個面頰都是不相等的。她的外表令人感到是一個性格強毅的種族，混雜着許多又美妙又惡俗的成分。她的美點，尤其在於那張沉靜的嘴巴，和因近視而顯得更深沉、因周圍的黑圈而顯得更陰森的眼睛。

對於這副不止是個人的而是整個民族的眼睛，克利斯朵夫必需有更長久的閱歷，纔能在這潮潤而熱烈的帷幕下面窺透這個女子底眞正的靈魂。在這雙熱情而又呆滯的眼睛裏，隱藏着整個依色拉族底靈魂，那是它不知不覺地具有的。但是克利斯朵夫已經被這副眼睛弄得神魂顚倒。直要長久以後，等到他常常迷失在這種眼睛裏後，方能在此東方的海洋中找到他的大路。

她望着他，她淸明的目光絲毫不曾騷亂這基督徒底靈魂全部被她窺透了。他覺得這一點。他覺得在這女子迷人的目光下面，有一種强毅的意志，淸明冷靜的意志，毫無顧忌地搜索着他的內心。但這種毫無顧忌也並沒什麼惡意。她不過懾住了他罷了。且也並非用着不問是誰都要勾引的賣弄風情的手段。賣弄風情，是的，她比誰都厲害；但她知道自己的魔力，只聽讓本能去把它施展出來，——尤其是看到一個像克利斯朵夫般易於征服的男人，更用不到多費氣力。——她所更感興趣的倒在於認識她的敵人：（任何男子，任何不相識者於她都是敵人，——但以後遇到相當的機會她是可以和那些敵人攜手的，）人生旣是一場唯聰明人可獲勝的賭博，便當看淸敵人手裏的牌而不要洩露自己的牌。這一點成功之後，她就感到勝利底快意，可不問自己能否從中得到多少好處。這於她不過是一種取樂罷了。她最愛聰明。但決不是那種抽象的聰明，雖然她的頭腦不難在任何種學問裏獲得成功，要是她願意的話，而且還可比她的哥哥更配承繼銀行家洛太・曼海姆底事業；然而她更愛活潑潑的智慧，那種應付男子的聰明。她覺得最大的快樂莫過於參透一個人底心靈，估量它的價值——（在這一點上，她和麥西底猶太女人秤金洋時一樣煞費苦心）——她靠着奇妙的感覺，能夠完全猜中別人底弱點與汚點，這就無異找到了心靈底秘鑰，抓住了它的秘密：這便是她征服別人的手段。但她並不戀戀於她的勝利：並不怎樣利用她的俘虜。她的好奇心與驕傲一朝滿足之後，她就與盡，轉向別的對象去了。她這種力是實在是貧弱可憐，產生不出什麼結果的，在這麼生氣蓬勃的靈魂中，充滿着一般死氣。好奇的與無聊的精靈，同時聚集在于第斯身上，

* * * * * * *

這樣，克利斯朵夫望着她，她望着克利斯朵夫。她不大說話；但只要嘴邊露出一種不可捉摸的笑影，就可把克利斯朵夫催眠。等到笑影掠過之後，又是一副冷冰冰的面孔，淡漠的眼睛；她用着冰

冷的語氣和僕人說話，照顧晚飯；似乎她不再聽客人談話了。隨後，她眼睛重又發亮，歸入幾句明白確切的說話，表示她甚麼都聽到，甚麼都懂得。

她把她哥哥對克利斯朵夫的評語冷靜地檢察了一下：弗朗茲愛誇大的脾氣，她是素來知道的；當她見到克利斯朵夫時，她的愛嘲弄的性格正是得其所哉；她的哥哥不是在她面前誇說過克利斯朵夫外表如何漂亮如何典雅麼？——似乎弗朗茲天生專看到事實底反面，或是故意如此以爲笑樂。——但她把克利斯朵夫仔細研究之下，也承認弗朗茲所說的並非全屬子虛；而當她一步一步推究進去的時候，她發見克利斯朵夫的確有一種力量，雖然還沒確定、還沒均衡，但很堅實而大膽：力量是難得的，這她比誰都明白，所以她對於這種發見很高興。她會使克利斯朵夫說話，表露他的思想，表露他的頂點與缺點；她要他彈琴：她不歡喜音樂，但懂得音樂，並且識得克利斯朵夫音樂底特點，雖然心中並不有何感動。她始終不變她有禮而冷淡的態度，幾句簡括、中肯、而毫無讚美意味的評語，表示她對於克利斯朵夫的關切。

克利斯朵夫覺察到這種情形，很是得意；因爲他覺得這樣的批判是有價值的，她的讚許是難得的。他毫不掩藏他有征服她的意思；而他所表示的天眞的神情，教三位主人都爲之微笑：他只對着于第斯說話，且也只爲了于第斯說話；至於其餘兩個，他簡直不理，彷彿沒有他們在場一樣。

弗朗茲望着他；眼睛注視着，口唇牽動着，只顧留神他的談話，覺得又是佩服又是好玩；他和父親妹子丟着眼色，禁不住笑了出來。妹子卻不動聲色。只做不看見。

洛太・曼海姆是一個高大的老人，生得很結實，稍稍有些傴背，皮色鮮紅，灰色的頭髮梳得很直，鬚和眉毛都烏黑，一張笨重的臉，帶着一副堅毅的、愛嘲弄的神氣。他用着狡猾與幽默的心情，也在研究克利斯朵夫；而他也立刻辨出這青年的確有些東西。但他既不關心音樂，也不關心音樂家：這不是他的勾當，他一無所知，而且他非但不隱瞞，甚至還以此自鳴得意：——（像他這種人承認自己有什麼不懂的事情時，簡直是想借此炫耀。）——當克利斯朵夫毫無禮貌但並無惡意地明白表示，他毋庸銀行家先生作伴，只要和于第斯・曼海姆小姐談話就夠消磨他的黃昏時，洛太老人便樂開了，還自坐在他火爐旁邊，讀着報紙，迷迷糊糊聽着克利斯朵夫底胡言亂語與古怪的音樂，他想起居然有人會懂得這些而且覺得有趣時，不禁默然微笑。他簡直不再費心去留意他們談話底綫索，聽讓女兒去用她的聰明來判斷這位新客底談話究竟有何價值。她在暗中也決心要完成這種使命。

克利斯朵夫走後，洛太問于第斯道：

——唔，你居然探到了他的心思：那末你覺得這藝術家怎樣？

她笑着，思索了一會，把她的意見綜合起來說：

——他有些糊塗，可並不蠢。

——對，洛太說：我也覺得如此。那麽，他會成功？

——是的，我想。他很強。

——很好，——非強者不理的洛太用着一種強者底邏輯回答，——那麽該幫助他纔是。

* * * * * * *

在克利斯朵夫方面，對于第斯·曼海姆也懷着欽佩的意思。但于第斯以爲他動了愛情卻並不。一個是由於精細的心思，一個是由於代替思想的本能，——兩個人彼此都誤會了。這副謎樣的臉容和非常活躍的頭腦，的確把克利斯朵夫眩惑了；但他並不愛她。他的眼睛與智慧固然被她迷住：他的心卻完全不動。——爲什麼呢？——這倒不容易說。因爲在她身上窺見什麼可疑的或令人不安的成分麼？但在別的情形之下，這反而是激動愛情的因素：一個人愛情最強烈的時候，是不怕自討苦喫的。——克利斯朵夫的不愛于第斯，並不由於他們兩人底過錯。——眞正的理由使他們倆都覺得有些畏縮的理由，是他最近一次的戀愛離開現在還嫌太近。並不是那次的經驗把他教成明哲了。但他在熱愛阿達的時候消耗了多少的信心，多少的元氣和幻象，以致此刻剩下的信心、元氣、幻象，已不夠培植一股新的熱情。在燃起另一火焰之前，必需在心中另起一座爐灶：在舊火已熄、新火未燃的期間，只能有一些轉眼卽滅的火星，從前次大火中剩下來的殘灰餘燼，卽使能夠發出一道明亮而短促的光，也要因缺乏燃料之故而立卽熄滅。要是再過六個月，他也許會盲目地愛于第斯。如今卻只當她朋友看待，——當然是一個亂人心意的朋友；——但他努力驅除這種騷亂：因爲這會引起他對於阿達的不快的回憶。在他心中，于第斯底魅力是在於她和別的女子不同的地方，而非在於和別的女子相同的地方。她是他見到的第一個聰明女子。聰明，是的，可說她渾身上下都是的。卽是她的美貌——她的舉止、動作、綫條、口唇底曲線、眼睛、手、清瘦苗條的身材，——也反映出她的聰明；她的身體就是由聰明模塑成的；沒有聰明，她就顯得醜陋了。這聰明使克利斯朵夫非常歡喜。他以爲她胸襟如何寬大、如何自由，實際是把她估量太高了；她的令人喪氣的地方，他還無從知道呢。他一心想對于第斯披瀝肝膽，想把自己的思想分些給她：他還從沒找到一個對他的思想感到興趣的人，得一知己總是大大的快事哩！他童時常以沒有姊妹爲恨事：他覺得一個姊妹比一個兄弟更能瞭解他。自從見到于第斯之後，他就幻想和她結一情同手足的友誼。他全沒想到愛情二字。因爲沒有愛情，所以在他眼裏，愛情和友誼相比之下反而顯得平庸了。

克利斯朵夫這種微妙的區別，于第斯很快就感覺到，不免有些氣惱。她實在也不愛克利斯朵夫，而且她已顚倒過城中多少富家子弟，卽使克利斯朵夫對她傾心，也不會使她如何快意。但她知道克利斯朵夫居然毫不動情卻惱恨了。說是她只能給他一種純屬理智的影響眞是有些屈辱：（一種非理智的影響對於女性是另有一種價値的）而且她自己也並未施展她的理智；這純粹是克利斯朵夫空想出來的。于第斯生就專斷的精神，一向慣於隨意支配青年們軟弱的思想。但因爲他們很膚淺，所以控制他們也沒有多大趣味。克利斯朵夫是不容易駕馭的，所以也有意思得多。她不理會他的什麼計劃；但很想支配他那種簇新的思想，獷野的力，使它們發展，——當然是照她自己的而非克利斯朵夫底意思，那是她不屑瞭解的。然而她立刻發見這是不費一些勁道不行的；她留意到克利斯朵夫底種種成見，和她認爲過激而幼稚的思想……這是些敗草啊；她要逞強去拔除它們。可是一根都不曾拔掉。她的自尊心簡直得不到絲毫滿足。克利斯朵夫是難以駕馭的。因爲不曾動情，他不見有何理由要對她作思想上的讓步。

但她不服氣，便在某一時期內想法去勾引他。克利斯朵夫那時雖然頭腦淸明，也幾乎重新上鈎。男子只要有人奉承，使他的驕傲與欲望獲得滿足，便極易受人愚弄；而一個藝術家因爲富於幻想之故，比常人更易受騙。所以只要于第斯有耐心，就不難把克利斯朵夫誘入戀愛底陷阱，再把他毀滅一次，也許毀滅得更加乾淨。但她生性不耐，認爲不值得這麼費心：克利斯朵夫已經使她厭倦；她已不瞭解他了。

他一過了某種限度，她便不能瞭解。至此爲止，她是完全懂得他的。更往前去時，她那種值得讚美的聰明就嫌不夠：她需要一顆心，或者在一時間內對他有愛情。她很瞭解克利斯朵夫對於人和物的批評覺得很有趣，很中肯；她自己也不能說不會有過這種思想。她所大惑不解的是，這些思想居然能對於實際生活發生影響，而且不怕在實行的時候遇到何種危險與艱難，克利斯朵夫對一切人士所取的反抗態度是毫無結果的：他自己並無改造社會的幻想……那麽？……這豈非自己把頭望壁上撞？一個聰明人儘可批判別人，暗裏嘲笑別人，鄙薄別人；但他是和他們一般行事的，不過略勝一籌罷了：這纔是控制他們的唯一的方法。思想是一個世界。行動又是一個世界。何苦自己做自己思想底犧牲品呢？思想要真實：那當然！但為何說話也要真實呢？既然人類蠢到擔當不了真理，就該強迫他們擔當麽？承認他們的弱點，面上裝做屈服，心裏鄙薄他們，覺得自己自由無礙：這不是一種幽密的快感嗎？說是聰明奴隸底快感也可以。但既然始終免不了做奴隸，那麽即以奴隸而論，還是逞着自己的意志去做，避免那些可笑而無益的鬪爭之為愈。在一切的奴隸狀態中，最糟的是做自己思想底奴隸而為之犧牲一切。一個人不該自欺自騙。——她明白看到，要是克利斯朵夫依着他的心思，一直走着和德國藝術德國精神反抗到底的路，那定會使大家和他作對，連他的保讓人也要變成仇敵結果是一敗塗地。她不懂爲何他定要和自己作對，定要把自己毀滅而後快。

要懂得這，先要她懂得他的目的不在成功而在信仰。他信仰藝術，信仰他、的藝術，信仰他自己，把這些當作不但超乎一切利害、且是超乎他的生命的現實。當她的指摘使他不耐煩、而用着天眞浮誇的語氣說出這些理由時，她先是聳聳肩，不把他當眞。她認爲他只是唱高調，像她哥哥那樣，每隔多少時候總要來賓說一番他荒唐而高妙的決心，可是從不付諸實行。後來，她看見克利斯朵夫眞是惑於這些空言時，便認爲他是瘋子，對他不再感到興趣了。

從此她簡直不再費心爲他之故而顯露自己的長處；她擺出她的本來面目；濃厚的德國人氣息，遠過於她初時顯露的程度，這也許是她自己也想不到的。——人家往往責備依色拉人沒有任何國家底國民性，在歐洲各地形成一個淸一色的民族，絕不感染居留地民族底影響：其實是錯誤的見解。因爲世界上沒有一個民族比猶太人更能感染土著底影響；雖是一個法國的猶太人和一個德國的猶太人有許多共同點，但從他們的新國家那裏得來的不同性更其多；他們用着一種驚人的速度接受異族底思想習慣，並且他們所承受的習慣比思想更多。但習慣之對於一切的人類是第二天性，對大多數人竟是獨一無二的天性；所以一個地方底土著責備依色拉人缺少一種深刻而經過思索的國民性實屬大大的錯誤，因爲這種特性在這些土著身上連影子都找不到。

女人，原來對於外界的影響比較敏感，對於生活條件也更能迅速地適應，——而全歐洲底猶太女子，尤其能把當地的物質與精神兩方面的習尚學得維妙維肖，甚至還要過火，——同時也不會喪失她們民族的特點，例如她們的倩影，她們那種亂人心意的、濃烈厚重的氣息。克利斯朵夫看着這等情形大爲驚異。他在曼海姆家遇到那些姑母，堂表姊妹，以及于第斯底女友們。其中有幾個雖然極不像德國人，熱情的眼睛和鼻子離得很近，鼻子又和嘴巴離得很近，盡是強烈的線條，褐色的厚皮膚下面流着鮮紅的血，雖然一切外貌都極少德國氣質，——可是一切都比十足道地的德國人更德國化：——和德國人一般無二的談話與穿裝，甚至還要過分。于第斯比她們都要優勝一着；比較之下就可看出她智慧非凡底區處，看出她修養底成績。但她的缺點也不比別人少。在精神方面，她固然比別人自由得多——差不多已絕對自由了，——在社會方面卻並不比別人更大膽；或至少她實際的利害觀念在此代替了她自由的理智。她相信社會，相信階級，相信成見，因爲她通盤算之下，覺得這一切於她還是有利。她徒然嘲笑德國精神：實在她和德國習慣分離不開。她能夠很聰明地覺察某個著名藝術家底平庸，但決不因此而不尊敬他，因爲他是著名的；而假使她和他有私人的來往，她更將讚嘆不已：因爲她自己的虛榮心也獲得滿足了。她不大歡喜勃拉姆斯底作品，暗裏還疑心他不過是一個第二流的藝術家；但他的榮名鎮在她眼前，她也收到過他五六封信，於是她毫不遲疑的斷定他是當代最大的音樂家。克利斯朵夫底價值，副官長特脫萊夫·洪·弗雷希底愚騃，都是她確認的事實但她覺得弗雷希因爲看中她有錢而來追求她，比之克利斯朵夫純粹的友誼更可得意：因爲即算是傻子，一個官長終究是另一階級底人物；而一個德國的猶太女子比別的女子更難進到這一個階級裏去。雖然她並不相信這些無聊的封建觀念，雖然她很明白，假使她嫁給副官長特脫萊夫·洪·弗雷希，倒是她給了他面子，她可終於要設法勾引他，不惜委屈地向這蠢才做着媚眼，恭維他，奉承他。這驕傲的猶太女子，有充分的理由可以驕傲的女子，銀行家曼海姆底聰明而高傲的女兒，居然不惜身分去學做她平素瞧不起的德國小戶人家底娘兒腔。

* * * * * * *

這一次的經驗並不長久。克利斯朵夫對于箭斯在短時期內所生的幻象在短時間內消失了。這實在是應該由她負責的，因爲她一些不想辦法使他保留幻想。像這種性格的女子一朝把你批判定了，把你在她心中丟開之後，你便不復存在：她心目中已沒有你這個人，在你面前她會毫無顧忌的暴露她的靈魂，好似她不怕在她的貓狗前面赤身露體一樣。克利斯朵夫看到了于箭斯底自私，冷淡，和平庸的性格，在短促的時間內，他的心雖還不會完全被她征服，但已儘夠使他痛苦煩惱。他雖不愛于箭斯，卻愛着于箭斯可能成就——應該成就的人物。她美麗的眼睛使他感到一種痛苦的眩惑，難於忘懷；儘管他此刻已經知道這副眼睛裏面只是一顆萎靡不振的心靈，他仍舊望着它們，以爲還是他樂於看到的、先前所看到的那雙眼。這是沒有愛情的愛底幻覺，爲一般藝術家不會完全耽溺於作品中時所常有的意境。只須一張偶然瞥見的面孔就可引起他們這種情緒；他們在這臉上可以看到她全部的美，她自己也不覺知而不關心的美。他們也正因爲她的不關心而更愛她。他們愛她，有如愛一件無人賞識而將要死滅的東西。

也許是他自己迷惑了，于第斯・曼海姆底爲人已經算是定局，本來不能再有什麽成就。但克利斯朵夫一時相信了她的前途，便一直給她迷住了：不能再用大公無私的態度來批判她。她所有的美點，在他看來是只屬於她的，她整個兒就是美的。她所有的庸俗，他都歸罪於她的猶太兼德國這雙重民族性；也許他認爲後者比前者更可恨，因爲他曾經爲它受過更多的痛苦。這時他還不曾認識任何別的民族。所以德國氣質就成爲負罪的羔羊（按此典出於古猶太禮俗）了他把世界上一切的罪戾都歸在它身上。于第斯給他的失意，使他又多了一項攻擊德國氣質的理由：他覺得它阻斷這樣一顆靈魂底上進之路是罪無可恕的。

這便是他和依色拉族初次相遇的情形。他本希望在此強毅而孤立的民族裏面尋訪一個奮鬪的夥伴；而今一切都成泡影。勵盪的熱情的直覺，使他忽而傾向這一個極端，忽而傾向另一個極端；因此，他立刻斷定猶太民族原沒一般所說的那麽堅強，對於外來影響也非常容易——太容易——接受。它本身的弱點之外，還要加上它到處搜羅得來的弱點，使它變得格外荏弱。在此，他非但找不到一些倚傍來樹立他藝術底根基，反而有和這個民族一同陷在沙漠裏的危險。

他一面發覺了危險，一面又沒衝過危險的把握，便絕足不到曼海姆家去了。他被邀請了好幾次，都並不說明理由的辭謝了。因爲他一向表示過分的慇懃，所以這突然之間的改變立刻引起注意：大家認爲這是他的『怪僻；』但曼海姆一家都猜疑到這件事情一定和于第斯底媚眼有關；洛太和非朗茲便在飯桌上把這問題作爲談笑底資料。于第斯聳聳肩，說這倒是美妙的收穫；隨後又冷冷地要求她的哥哥不要老把這種取笑來糾纏她。可是她亦不放過教克利斯朵夫回頭的機會。她寫信給他，藉口問他一個只有他纔能解答的音樂問題；信末又親切地提起他很少往來而大家渴想一見他的話。克利斯朵夫覆了她的信，解答了她的問題，但推說事忙，不能前去。有時，他們在戲院裏相遇。但克利斯朵夫絕對不向曼海姆家的包廂望一眼；雖是于第斯存心想給他一個最動人的微笑，他卻裝做連于第斯這個人都不會看見。她也不堅持。心裏既已不在乎他，她認爲這青年藝術家讓她枉費精力也是不應該。要是他願意回來，他自會回來的！否則！——大家分手便是！……

大家果然分手了；其實他的絕足不去並未使曼海姆一家感到夜晚底空虛。但于第斯仍不由自主地恨他。他在場而她表示淡漠，那是她認爲不足爲奇的，他對於這種態度表示不快也可以；但不快到絕交的程度，在她看來簡直是愚妄的驕傲，證明他對她並無熱情而只是自私。——于第斯對於自己的缺點倒很能寬恕，但看到別人也有像她一樣的缺點時就絕對不能容忍了。

但她對於克利斯朵夫底行爲和作品只有更加注意。她不露聲色的逗他的哥哥談論這些問題，教他敍述他白天和克利斯朵夫底談話；她則從旁用譏諷的口吻加以評論，毫不放過他的可笑之處，慢慢地使弗朗茲對克利斯朵夫的熱情在無形中減退下去。

* * * * * *

在雜誌方面，先是一切都很好。克利斯朵夫還沒窺透那些同事們底平庸；他們也因爲他和他們同一黨派之故而承認他有天才。最初發見他的曼海姆，雖然全不知道他究竟有什麼東西，已在到處揚言克利斯朵夫是一個出色的批評家，那是他自己一向不知道而由曼海姆把他提醒的。他們在雜誌上用着神祕的口吻爲他的文章做預告，引起讀者底好奇心。他第一篇評論披露的時候，在這沉悶的小城裏好似一塊大石頭掉在鴨塘裏。題目叫做：音樂太多了！

「太多的音樂，太多的飲料，太多的食糧！——克利斯朵夫寫道。——大家不飢而食，不渴而飲，不需要聽而聽，只爲了貪嘴。這簡直和史太斯堡（法國城名）底鵝一般。這民族竟是害了飢餓病。人家慮是給它什麼都可以。德利斯當（華葛耐歌劇。）也好，脫龍北脫（出處不詳）也好，貝多芬也好，瑪斯奈（法國近代歌劇作家）也好，亞當（法國近代作曲家。），罷哈，普登尼（意大利近代歌劇作家。），莫扎爾德，瑪希納（德國作曲家。），都好：它連喫什麼東西都不知道；主要的是有得喫。瞧瞧它在音樂會裏的神氣罷。有人還說什麼德國式的歡樂！其實什麼叫做歡樂他們就不知道：他們永遠是歡樂的！他們的歡樂，和他們的悲苦一樣是像雨水般隨便流的：賤如泥土的歡樂，沒有力量也沒有元氣。他們喜仔仔的微笑着，幾小時的吞着聲音，一無所思，一無所感：像一塊海綿。眞正的歡樂與眞正的痛苦，——力，——決不會像一桶啤酒般流上幾小時的。它將扼住你的咽喉，使你懾服之後，你不再會有別的欲念：你已滿足了！

『音樂太多了！你們害了自己，也害了音樂。關於你們的事情，固然可由你們去管。但關於音樂，實在夠受了！我不許你們糟塌世界上的美點，把聖潔的和音與惡濁的東西放在一只籃裏，常常把巴西法的序曲（按係華葛耐歌劇之一。）插在聯隊女兒（意大利音樂家陶尼扎帝所作的喜歌劇。）底雜奏曲與薩克風喇叭底四重奏中間，或是把貝多芬底 Adagio 放在美洲土人舞樂或雷翁加伐羅（意大利近代作曲家）底無聊作品一起。你們以世界最大音樂民族自豪。你們自命爲愛音樂。可是愛哪一種音樂呢？好的還是壞的？你們對之都同樣的拍手喝彩。歸根結蒂，你們且選擇一下！究竟要哪一種？但你們不知道，不願知道：你們怕決定，怕冒不韙……讓你們這種謹愼去見鬼罷！——你們說，你們是在一切偏見之上？——之上，實在說來是之下……』

於是他引了高脫弗烈特·凱勒底兩句詩，——那是一個祖利克地方的中產者，他的光明磊落、勇於戰鬪的態度，尖刻生辣的趣味，是克利斯朵夫非常愛好的：

『那自命爲超乎偏見之上的人，
　實在是完全在偏見之下。』

——『你們應得有表示眞正態度的勇氣！他繼續說。應得有表露你們醜惡的面貌的勇氣！假如你們愛惡劣的音樂，那麽直捷爽快的說出來罷。顯露你們的眞相罷。得把你們心靈上一切模稜兩可的東西洗刷一個乾淨。有多少時候你們不曾在鏡子中照照你們這副醜相了呢？讓我來照給你們看罷。作曲家，演奏家，樂隊指揮，歌唱家，還有你，親愛的羣衆，你們可以澈底明白你們是什麽東西了……你們愛做什麼人物都聽便但至少要眞誠！要眞誠，即使藝術和藝術家不免因之受損也無妨！假使藝術不能和眞理並存，那麼還是讓藝術去毀滅！眞理是生，謊言是死。』

這番激烈的血氣之言，再加那種粗獷的氣息，自然要使大家叫喊了。可是對於這篇個個人受埋怨而一個不會受到明白確切的攻擊的文字，誰都不能認爲指摘自己。每個人都是、都自信爲、自命爲、眞理之友，所以那篇文字底結論決不致受人非難。人家不過厭惡它通篇的語氣；一致認爲是失態，尤其是出之於一個半官藝術家之口。一部分的音樂家開始騷動了，憤懣地抗議了：他們還預料克利斯朵夫決不會就此罷休。另一部分卻自以爲更乖巧，他們去恭維克利斯朵夫這種勇敢的行爲：然而他們對於以後的文字也同樣懷着不安的心理。

抗議也好，恭維也好，結果總是一樣。克利斯朵夫已經衝刺出去，甚麼都擋不住他了；而且依着他的預言，作家與演奏家都免不了他的攻擊。

第一批開刀的是樂隊長。克利斯朵夫絕對不顧到一般人對於樂隊指揮的敬意。他把本城底或鄰近諸城底同事一一指出名字，或者用着明白淸楚的隱喻，令人一望而知說的是誰每個人都認得出那個麻木不靈的宮廷樂隊指揮，阿洛伊·洪·范爾奈，小心謹愼的老人，一身載滿了榮譽，一切都害怕，一切都要斟酌，不敢對樂師們有何指摘，柔順地跟着他們的動作，他的節目除了有過廿年的聲名或至少經過學院蓋過官章的作品以外，是不敢隨便採入新作的。克利斯朵夫用着嘲弄的口吻恭維他的大膽，恭維他的發見迦特（近代丹麥作曲家。），特伏夏克（近代捷克作曲家。）卻各夫斯基（近代俄國作曲家。）；恭維他演奏的準確，不差毫釐的節拍，和細膩入微的表現。他勸他在下次音樂會中排入卻爾尼（十九世紀奧國鋼琴作曲家。）底作品；又勸他不要過於疲勞，過於熱情，得珍攝他寶貴的健康。——再不然，克利斯朵夫就對他指揮貝多芬英雄交響樂的方式發出憤怒的叫喊：

——『蠢啊！蠢啊！給我蠢死這些傢伙罷！……難道你們全不知道什麽叫做戰鬪，什麽叫做對於人類底荒謬與野蠻的戰鬪，——還有那把它們狂笑着打倒在脚下的力麽！，你們又怎麽會知道呢？它所攻擊的就是你們！你們所有的英雄氣息，全都消耗在聽着、或忍着呼欠而演奏着貝多芬底英雄交響曲上面，——（因爲這使你們厭倦……那麽老實說出來罷，說它使你們厭倦，厭倦欲死！）——或是消耗在光着頭，傴着背，忍着過路風而恭迎什麽大人物上面。』

可是，他對於這些音樂院底長老們演奏過去的名作時所用的『古典』風格還嘲弄得不夠。——『古典這個名辭就包括一切。自由的熱情也為適用學校起見而被删改修正了——生命，這片受着長風吹打的廣大的平原，——也給禁錮在一座健身房底四壁中間——一顆顫動的心底獷野的節奏，被減縮成鐘錘底擺動——……你們在金魚缸裏鑒賞汪洋大海。你們只能把生命滅絕之後懂得生命。』

他對於這般他稱為『包裝匠』的樂隊指揮固然毫不寬容，但對於『江湖派騎師』式的有名的宫廷樂長尤其嚴厲，——他們週遊各地，叫人家欣賞他們手舞足蹈的姿勢，借着名家底幌子來賣弄自己的才能，把最知名的作品弄得面目全非，難於辨識，譬如在短C調交響曲（按係貝多芬第五交響曲）中，他們亂叫一陣就算完事。克利斯朵夫把他們當做賣弄風情的老婦，當做咖啡店音樂師。

演奏家也是給他嘲弄的好材料。當他批判他們賣弄手法的音樂會時，他聲言他是外行。他說這些機械的練習是屬於工藝學院的範圍，時間底長短，音符底數目，耗費的精力等等，只有圖表纔能顯示，纔能估量它們的價值。有時，當一個著名的鋼琴家在兩小時的音樂會中浮着笑臉，眼角上面蓬着一綹頭髮，打破了技術上最大的難關時，克利斯朵夫還不相信他能好好地奏一闋莫扎爾德底箇單的 Andante。——當然，他並非不知克服困難的樂趣。他自己也曾體味過來：這是人生一樂。但只看見物質的一方面而把藝術上的英雄主義認爲就只有這一點，於他可顯得滑稽而墮落了。什麼『猛獅』啊，『鋼琴之豹』啊，他都不能寬恕。——他對那般在德國很知名的誠實的學究也不十分寬容：因爲他們苦心孤詣要保存名作底面目，便加意抑制一切思想底飛躍，且像亨斯・特・皮羅（德國近代作曲家兼樂隊指揮）那樣，當他們念着一闋熱情的朔拿大時，簡直像在教人朗誦台詞一般。

在這種批判中間，歌唱家們也有份兒。克利斯朵夫對於他們粗俗笨重的歌唱和內地的浮誇的腔派，心中真有千言萬語要說。這不但因爲他還記得和那位藍衣婦人的爭執，而且那些層出不窮的令人作嘔的表演更加使他懷恨。他不知他的眼睛和耳朵究竟何者更受痛苦。至於場面底惡俗服裝底難看，顏色底火氣等等，克利斯朵夫還缺少比較的材料可加以充分的批判。他所憎厭的，尤其在於角色、舉動、態度底粗俗，歌唱底不自然，演員底不能表現劇中人性格，還有他們從唱這一個角色換唱另一個角色時——只要是音譜相近，——那種漠不關心的神氣眞可令人出驚。那些肥胖的婦人得意洋洋的忽而唱伊索爾特（按係德利斯當歌劇中女主角），忽而唱嘉爾曼（法國歌劇，系皮才之作）始終用着那種狂歡的態度。……但克利斯朵夫感覺得最淸楚的，當然是歌唱底惡劣，而以旋律優美爲主的古典作品唱得尤其難聽。在德國，十八世紀末期的完美的音樂，竟無人會唱了：無人肯費心研究了。葛呂克（十八世紀捷克音樂家）和莫扎爾德底明淨的風格，像歌德底一樣，似乎沐浴着意大利底光輝，但到韋白手裏已經染着狂亂的氣息，等到華葛耐風靡一世的時候，更被完全壓倒了。北歐的戰神在希臘的天空飛馳，斯干地那維半島底神話掩蔽了南國底光明。如今再沒有人想歌唱音樂而只唱詩歌了。（按係指華葛耐派的作風）大家對於細節的疏忽，對於醜惡的地方，對於錯誤的音符，全都認爲無關宏旨，藉口說唯有作品底全部，唯有思想纔重要。

——『思想！就說思想罷。勞駕你們懂得思想！……但不論你們懂不懂，至少也得尊重思想所選擇的形式。第一，要讓音樂成其爲音樂！』

而且德國藝術家自命爲對於辭藻和深刻的思想的關心，在克利斯朵夫看來簡直是笑話。辭藻？思想？是的，他們到處應用，——到處，並且是不分軒輊。一隻羊毛襪裏，彌蓋朗琪羅底一座彫像裏，他們一樣的會找到思想。不論他們演奏哪一個作家，哪一件作品，總是用着同等的精力。在多數人心目中，音樂底要素只是音量。在德國如是普遍的歌唱底樂趣，亦祇是一種聲帶運動底快感罷了。主要的是儘量的鼓足聲氣，儘量的放射出去，只求強烈，持久，按着拍子就得。——所以，克利斯朵夫恭維某個著名女歌家時只說她身體壯健。

他抨擊了藝術家還不算，更要從台上跳到台下，對那些口頓目呆地聽着的羣衆教訓一頓。羣衆被他呵斥之下，弄得啼笑皆非。他們雖然儘可呼寃叫屈，但他們留神着不加入任何藝術論戰，小心謹慎地站在一切不好沾惹的問題之外；且爲避免鬧出笑柄起計對一切都鼓掌稱善。但克利斯朵夫就認爲他們的鼓掌是罪惡！……對惡劣的作品鼓掌麼？——這已經該死了！但克利斯朵夫還要更進一步：他認爲他們最不應該鼓掌的是偉大的作品。

「輕薄的傢伙！他對他們喊道，你們想教人相信你們竟如此熱情麼？……得了罷！這恰恰證明你們是完全相反。要鼓掌，自有那些樂章結束時的熱鬧的音樂，如莫扎爾德所說的專爲『不靈敏的耳朵』寫的東西。在此，你們可以盡興了：雷鳴似的喝彩是早在意料之中的，簡直成為音樂中的一部分了。——但在貝多芬底大彌撒祭樂（Missa Solemnis）之後鼓掌……那纔該死呢！這是最後之審判啊。你們看到那段駭人的『榮耀吾主』（按此原係普通頌歌。此處係貝多芬大彌撒祭樂中第二段之篇名。）在面前展露，有如海洋上的狂風暴雨一般，你們看到一股力士般的意志，如颶風般停留在雲端裏，雙手攜住了深淵，竭盡全力重復向太空中飛撲過去。……狂風怒號。正在風馳電掣的當兒，忽然一陣變調透破烏雲，一直瀉落到陰沉慘澹的海上，好似一片光明。這是終局了：凶神惡煞突然停住，它的翅膀被三道閃電釘住。可是周圍的一切還在發抖。昏憒的眼睛還在眩暈。心兒忐忑，氣息僅屬，四肢都癱瘓了……但最後一個音符還未奏完，你們已經在歡欣笑樂，評長論短，而繼之以鼓掌喝彩了！……難道你們竟一無所見，一無所聞，一無所感，一無所悟！一個藝術家底痛苦於你們只是一幕戲。你們認為貝多芬受難時的血淚真是描寫得精細入微。你們竟會對着十字架上的受刑喊『再來一次！』這個神明般的人，在痛苦之中掙扎了一生，結果只給你們消遣一小時無聊的光陰！……』

這樣，他無意之間詮釋了歌德底兩句名言；不過他沒有達到歌德那種高傲的、清明的境界罷了。

『大衆把崇高當作遊戲。其實，如果他一旦看到了崇高底眞際，也不會有勇氣去支持崇高底外表了。』

克利斯朵夫要是即此爲止倒也罷了！……但在熱情衝動之下，他痛斥了一頓羣衆之後，更要去教訓批評界，——那裏雖是藏垢納污的大本營，但一向被認爲神聖不可侵犯的禁地。他把同業們罵得體無完膚。其中有一個，膽開攻擊當代最有天才的作曲家，最前進樂派的代表之一，哈斯萊。他是主題交響樂底作者，雖然不免褊激，究竟是才氣縱橫的作品。克利斯朵夫童時就見過他，因爲想起他往日的感情而對他暗暗抱着溫柔的情意。如今看到一個他明知不學無術的荒謬的批評家，對一個這等身分的人物也敢教訓起來，不禁大爲憤怒，喊起法紀來了：

——『法紀！法紀！難道你們除了警察廳底規條以外不知更有別的法紀了麼？天才是不能聽讓你們拖到庸俗的路上去的。他創造法紀，他的意志就會變成規律。』

在這驕傲的宣言以後，他抓住了這倒運的批評家，把他從若干時來所寫的文字中的荒謬之處痛加批駁，着着實實教訓了一頓。

整個的批評界都覺得被他侮辱了。他們一向對於論戰取着袖手旁觀的態度，不敢輕於嘗試，以免遭受難堪：他們認識克利斯朵夫，知道他是內行，也知道他是沒有耐性的人。至多他們之中有幾個幽密地表示以如此優秀的作曲家去幹他本行以外的事情未免可惜的意思。不論他們的意見如何（當他們能夠說有一些意見的時候，）總還尊重他和他們一樣享有批評家底特權，即是可以批評一切而自己不受批評底特權。但當他們看到克利斯朵夫突然把他們之間心照不宣的協定加以破壞之後，便立刻認爲他是公共秩序底仇敵了。一個青年膽敢冒犯一般爲國增光的宗師，眞是他們一致憤慨的事；而一場劇烈的攻擊戰也從此開始了。他們所用的武器，倒並非什麽長篇大著和有系統的辯論；——（雖然新聞記者自有一種不顧對方的論證，甚至不屑一讀而即加以批駁的特殊才能；此刻也不願和一個實力充足的敵人在論辯的陣地上對壘；）——因爲長久的經驗告訴他們，一個報紙底讀者總是相信他的報紙的，報紙而一有辯論的口吻就會減低讀者底信心：所以還是直捷了當的肯定一切，或更好是否定一切。（否定比肯定加倍有力，這是重心律底直接推論把一顆石子從上面丟下，比着望上拋去更易墮地。）因此，他們寧可用一些不盡不實的、冷嘲熱諷的、信口誣蔑的短文，逐日刊登在顯著的地位，把傲慢無禮的克利斯朵夫形容得非常可笑。雖然不指出他的姓名，但一切都描寫得十分顯明。他們把他的言論添油加醬的弄得荒謬絕倫，捕風捉影的根據些少事實來編造故事，這種巧妙的安排恰恰足以挑撥克利斯朵夫與全城的、尤其是宮廷方面的感情。他們也攻擊他的身體、服裝，用漫畫式的筆法描寫出來。因爲再三再四的說個不休，終竟令人覺得克利斯朵夫眞是這副模樣了。

* * * * * * *

對於克利斯朵夫底朋友們，這一切可以毫無關係，要是他們的雜誌在這場論戰中不曾受到什麼攻擊的話。其實這些攻擊也不過是一種警告；人家並不想眞的把它牽入漩渦，倒是有心使它和克利斯朵夫分開：但這份雜誌居然不怕它良好的聲譽受到影響，未免令人詫怪，所以他們聲言假使它不自檢點的話，就顧不得遺憾與否而對於編輯部其餘的人員也要下手了。亞陶爾夫・瑪和曼海姆開始受到的攻擊，雖然並不猛烈，已使窠裏的人張皇起來。曼海姆不過笑笑：以爲這會教他的父親、伯叔、堂兄弟、以及無數的家族着惱，因爲他們自命對他的行爲舉止有監護之責，一定要因之大爲憤慨的。但亞陶爾夫·瑪把事情看得非常嚴重，責備克利斯朵夫連累雜誌。克利斯朵夫老實不客氣把他頂回去了。其餘不曾挨駡的幾個，倒認爲這個和他們一起說大話的瑪替他們受過是挺有趣的事。華特霍斯也暗暗歡喜：他說任何爭鬬總免不了砍破幾個腦袋。自然，他意思之中決不是說砍破他的腦袋；他自以爲靠着他的門第與交際處於絕對安全的地位，至於他的猶太同志們喫一些虧也不見得是什麼壞事。至此爲止還沒輪到的高特林和哀朗弗爾，可全不害怕什麼攻擊；他們是會回敬的。使他們難堪的倒是克利斯朵夫那種不肯罷手的固執，使他們和所有的男友，尤其和所有的女友弄得非常爲難。在最初幾篇文字披露之後，他們高興非凡，以爲這玩笑開得頗有意思：他們佩服克利斯朵夫搗亂的勇氣；但以爲要使他鬬爭的熱情減退一些，至少對於他們所指定的某些男朋友女朋友留些情分，是只要一句話就行的。——可是不然。克利斯朵夫什麼話都不聽，任何請託都不理會；只像瘋子一般繼續幹下去。要是聽他做去，簡直沒有法子在地方上過活了。他們的膩友已經哭哭啼啼、怒氣冲冲的到社裏來鬧過幾場。他們用盡手段勸克利斯朵夫在某某幾點上留住一些：克利斯朵夫卻依然不變。他們生氣了：克利斯朵夫也生氣了，但他的態度還是照舊。華特霍斯看着這些朋友慌張只覺好玩，可絕對不動心，並且故意袒護克利斯朵夫使他們格外氣憤。也許他比他們更能賞識克利斯朵夫發幹的精神，這種不爲自己留些退路、也不爲前途留些餘地而低着頭逢人便撞的毅力。至於曼海姆，老老實實取着隔牆觀火的態度：自以爲把這瘋子領到這拳拘謹的人裏去確是開了一場有趣的玩笑，對克利斯朵夫所加之於人的和受之於人的攻擊同樣笑彎了腰。雖然他受着妹子底影響，漸漸相信克利斯朵夫眞是有些瘋癲。但他反而因之更加愛他：——（他需要在他歡喜的人身上尋出些可笑之處。）——所以他便和華特霍斯兩個在別的朋友前面爲克利斯朵夫張目。

他雖然竭力否認，但的確是一個很有實際觀念的人，他認爲替他的朋友打算，最好把這件公案和當地最前進的音樂團體底主張打成一片。

如在德國大多數城裏一樣，這裏也有一個華葛耐音樂會，代表着反抗保守派的新進思想。——在此華葛耐底音樂遍地通行、而他的作品已經登錄在德國所有的歌劇院目錄上時，再爲華葛耐作辯護當然不會再有什麽危險。可是他的勝利並非由於眞誠的感化，而是由於聲勢煊赫的威力；大衆的心理還是保守的，尤其在這等和時代巨流隔絕着、老是以古老的聲名自負的小城裏。對於一切新思想的猜忌；在此比什麽地方都厲害。德國民族天生有一種惰性，凡是眞的、強烈的東西，只要不會經過幾代的人反復咀嚼，便懶得去體會；小城市裏就充滿着這種惰性。即算華葛耐底作品大家已不敢再加非難，但一切受華葛耐思想感應的新作品總不會受到好意的待遇：在這一點上就可看出上述的民族性。所以，假若一切的華葛耐音樂會能把保護新藝術天才的使命牢記在心的話，它們也着實有些有益的事業可以完成。有時它們也幹過這種事業，勃羅格耐（近代奧國作曲家，在交響樂方面爲華葛耐之承繼者。）與雨果·伏爾夫（近代德國作曲家。）就受過這些團體底聲援。但它們往往是中了崇拜大師的毒；巴哀瑒脫既已成爲禮讚獨一無二的上帝之所，巴哀瑒脫所有的支部便都成爲信徒們參加彌撒祭的小教堂。充其量也不過在教堂附屬祭壇上容許供奉幾個忠實信徒的神位罷了，因爲他們對於那位獨一無二而多才多藝的神明音樂、詩歌、戲劇、玄學各方面的祖師能夠泥首頂禮，對於它的主義能夠一字一句的遵守勿渝。（按本節所稱大師，上帝，神明，皆指華葛耐）。

本城的華葛耐音樂會就是這種情形。——可是它還裝點門面；很想結納一批可爲己用的有志的青年；久已轉着克利斯朵夫的念頭。它暗中把他吹捧，但他全沒覺得，因爲他不需聯絡任何人，他不懂爲何他的同胞定要組織什麼團體，勞龍他們單獨的時候什麼事都做不了；唱不了歌，走不了路，喝不了酒。他討厭一切的會社。但歸納起來，他對於華葛耐音樂會究竟還比別的會社容易接受：至少是爲了它所舉辦的那些美妙的音樂會；他雖然對華葛耐底藝術見解並不全部贊同，可比着別的樂派終覺接近得多。既然有一個黨派和他一樣瞧不起勃拉姆斯和『勃拉姆斯派，』那麼在他和這個黨派之間，似乎的確有一點共同的立場。所以他就聽人拉攏了。居間者是曼海姆。他是沒有一個人不認識的。雖非音樂家，他也是華葛耐音樂會底會員。——會中的領袖們一向留神着克利斯朵夫在雜誌上掀起的論戰。他處分敵人的某幾種手段，他們認爲的確很有力量，大可利用一下。克利斯朵夫對於他們神聖的偶像固然也有失敬之處，但他們寧願裝做不見；——而且這幾下最初的、並不如何猛烈的攻擊，對於他們急於要在克利斯朵夫未作更進一步的攻擊之前就去加以籠絡，也許——（雖然他們不肯承認）——不爲無因。他們很慇懃地請他允許在華葛耐會底下次音樂會中演奏他的作品。克利斯朵夫受寵之餘，應允了：他到他們會裏去；禁不住曼海姆的慫恿，便加入爲會員。

領導這個華葛耐音樂會的人有兩個：一個是公認爲權威的作家，一個是樂隊指揮。前者名叫姚西阿·葛林，著過一部華葛耐辭典，可以使人隨時隨地瞭解大師底思想，『可知者無所不知，可解者無所不解；』眞是他一生的傑作。他在飯桌上能夠整章整卷的背誦如流，不下於法國內地人士的熟讀斐賽爾詩歌（按係指服爾德所作關於聖女貞德之長篇諷刺詩）他也在巴哀特脫雜誌上發表過討論華葛耐與印度歐羅巴思想的文字。當然，他認爲華葛耐是純種印度歐羅巴的典型，認爲德國民族是印度歐羅巴族中抵抗拉丁塞米族，尤其是抵抗法國塞米族底腐敗影響的中流砥柱。他宣告淫靡的高盧民族精神是完全沒落了。但他仍是天天不斷的拚命加以攻擊那個攻擊不倒的敵人始終具有威脅的力量。他對法國只承認有一個偉大的人物，高皮諾伯爵（十九世紀法國作家兼外交家。著有種族不平等論，認爲腦殼長度大於寬度四分之一的印度歐羅巴族，例如斯干地那維亞民族，爲世界最優秀民族。此種理論盛於汎日耳曼主義極爲有利，華葛耐崇奉高氏學說尤力。）葛林是一個矮小的老人，很有禮貌，像處女一般動不動會臉紅。——會中另一個台柱名叫哀利克·洛貝，四十歲前一向是一家化學品製造廠底經理之後卻拋棄一切去做樂隊指揮。他的能夠達到目的，一半靠着他的意志，一半靠着他的富有。他是巴哀埒脫底狂熱信徒：據說他曾經從慕尼赫穿了朝山草履一直步行到巴哀埒脫。奇怪的是，這位博覽羣書，周遊大地，做過各種不同的行業而處處顯出性格堅強的人，在音樂方面竟會變成一頭巴奴越底羔羊。（典出法國作家拉勃萊名著。述巴奴越購一羔羊，擲之落海，羣羊見之隨以投水。）在此，他所有的特點就是表現他比別人更恐慌。因爲自己在音樂方面太無把握，所以他演奏華葛耐作品時，只能柔順地依照在巴哀埒脫註册過的一切藝術家和指揮者底格式。凡是可以迎合華恩非拉特宮廷的幼稚淺薄的口味的所有的場面與五顏六色的服裝，他無不細磨細緻的加以摹倣。他竟像崇拜彌蓋朗琪羅的狂熱者一樣，在臨本上面連原作的錯點都要摹寫下來，因爲這錯點沾在神聖的作品上，所以也變成神聖的了。

克利斯朵夫對這兩個人物原不會如何欽佩。但他們是交際場中的人物，懇懃親切，相當博學；洛貝要是談到音樂以外的問題，亦不見得沒有風趣。再加他是一個糊塗蟲，而克利斯朵夫就不討厭糊塗蟲：這還可以替他換換空氣，不像那些專講理性的人庸俗可厭。他還不知天下最可厭的就莫如糊塗蟲，也不知所謂特點在人家誤稱爲『奇特之士』身上比其餘的人更少。因爲這些『奇特之士』實在只是狂妄之徒，他們的思想也已退化到與鐘錶底動作相仿。

姚西阿·葛林和洛貝，先爲博取克利斯朵夫歡心起計，對他表示非常敬重。葛林寫了一篇文章，大大恭維了他一陣；洛貝在指揮他的作品時完全聽從他的吩咐。克利斯朵夫深深地感動了。不幸這些慇懃底效果，因了這般獻慇懃的人不聰明而完全糟塌了。他決不因爲他們佩服他而對他們發生什麽幻象。他是苛求的。他不許人家佩服他根本相反的性格；凡是因誤解他而成爲他朋友的人，他差不多要認爲仇敵。所以他極不滿意葛林把他當做華葛耐底信徒，在他的歌和華葛耐底四部曲中間尋求共同點，其實是除了一部分音階相同以外是渺不相關的。而聽到他的一件作品——恰恰排在一個華葛耐通底毫無價值的仿製品旁邊，——擠在華葛耐底兩件大作中間，他也不覺得絲毫快意。

不久他就覺得在這個小黨派裏非常悶窒。這又是一個學院，和那些老的學院一樣狹隘，而且因爲它在藝術上是一個新生兒，所以更加嚴峻。克利斯朵夫對於藝術形式或思想形式之絕對價值，不禁懷疑起來。他一向以爲偉大的思想到一處就有一處光明，而今他發覺思想儘管變遷，人類還是一樣；而且歸根結蒂，主要還在於人思想總得跟着人而轉移。假如他們生來是庸俗的，奴性的，那麼卽是天才也會經由他們的靈魂而變得庸俗、奴性；而英雄扭斷鐵索時的解放的呼聲，也不過爲未來的一代簽下另一種賣身契罷了。——克利斯朵夫心裏這麼想，外面不由得要表現出來。他痛詆藝術上的拜物教。他聲言什麼偶像，什麼正統都是費話；只有瞧不起華葛耐而敢在他前面昂首邁進、永遠前瞻而從不後顧的人，敢讓應死的死而和人生保持密切關係的人，纔配稱做華葛耐思想底承繼者。葛林底胡作妄爲使克利斯朵夫心頭火起。他挑出華葛耐作品裏的錯誤與可笑的地方。華葛耐底信徒們免不了說這是他妒忌他們的上帝之故。克利斯朵夫卻相信那些從華葛耐死後竭力崇拜他的人，定卽是在華葛耐生前竭力抑壓他的人：這可冤枉他們了。像葛林，洛貝一流的人，也有他們受着光明燭照的時間；二十年前他們也站在前鋒；後來卻如多數的人一樣永遠留在那裏不動了。人類眞是缺少毅力，在第一次攀登高峯時就胸痛而止；唯有極少的人纔有充分的氣力繼續趲奔。

克利斯朵夫底態度使他很快就喪失了他的新交。他們的同情是一種交易：要他們站在他一起，必得他站在他們一起；但克利斯朵夫底絲毫不肯退讓又是太顯明的事實：他不願受人結納。人家也就對他冷淡了。他所不願贈與大小神祇的諛辭，人家也不願贈與他了。他的作品所受到的待遇已不似從前那樣的熱烈；有些人竟抗議他的名字在音樂會節目上太常見。大家在背後取笑他，議論他；葛林和洛貝並不阻止這種情形，好似心裏也贊同他們的意見。可是大家還不願和克利斯朵夫決絕：第一因爲這些德國頭腦歡喜混合式的解決，不解決的解決，歡喜把曖昧狀態糊糊塗塗拖延下去；第二因爲大家還希望終竟能夠利用他，要不是把他說服，就是使他因困倦而屈服。

克利斯朵夫卻不讓他們有這種充分的時間。當他覺得一個人對他抱着反感而不願明白承認，還想自欺欺人的和他維持友好關係時，他便立刻使對方明白他是他的敵人。有一晚他在葛耐音樂會中感到這種矯僞虛飾的敵意之後，他立刻向洛貝表示退會。洛貝還莫名其妙；曼海姆趕到克利斯朵夫家裏想調停一切。克利斯朵夫不待他多說就嚷道：

——不，不，不，不！不別和我再提起這些傢伙。我不願再見他們了……我不願，不願……我把他們憎恨欲死；簡直不能正視一下。

曼海姆笑開了。他這時倒不大想平復克利斯朵夫底怒氣，反想把他激動一下來看熱鬧：

——我知道他們不體面，他說；但這不是今日的事：究竟發生了甚麼新問題呢？

——什麼也沒有。不過我覺得已經夠了……是的，笑罷，取笑我罷：毫無問題，我是瘋子。謹愼的人是依着理智健全的律令行事的。我可不然；我是依着衝動行事的。當電子在我身上積聚到一個相當的數量時，就得發洩出來，不問用什麼代價；要是別人因之而受苦，就算他們倒楣！也算我倒楣！我生性不是過集團生活的。從今以後，我只願我行我素。

——你可究竟不至於誰都不理睬罷？曼海姆說。你不能獨自演奏你的音樂。你需要男女唱手，需要一個樂隊，一個指揮，羣衆，喝彩……

克利斯朵夫嚷道：

——不！不！不！

——最後一個字更使他跳起來：

——喝彩？你不害臊嗎？

——不是說買來的喝彩——（雖是實際說來，除此以外，要使羣衆明白一件作品底價値還找不出第二種方法。）——但總得有人捧場，有一個組織嚴密的小團體，這是每個作家都有的：朋友底好處就在於此。

——我不要朋友！

——那你將被人噓斥。

——我願意被人噓斥！

這一下，曼海姆樂不可支了。

——這種快感你也享受不久的。以後人家會不奏你的作品。

——唔，就算如此！你以爲我非成功一個名人不可麽？……是的，我曾竭全力以赴……眞是無聊！發瘋！胡鬧！……爲了最庸俗的驕傲底滿足，就是煩悶、痛苦、汚辱、侮蔑、墮落、卑鄙的退讓……等種種犧牲底酬報，而這些犧牲也就是光榮的代價！假使我頭腦裏充塞着這一類的顧慮，還不如讓魔鬼把我帶走！再不要這些了！我再不願和羣衆與宣傳發生關係。宣傳簡直是無恥的勾當。我願幽幽靜靜做一個平常人，只爲了自己和所愛的人而生活……

——好罷，曼海姆用着譏諷的語氣說。但得學一種技藝。你爲何不做鞋子呢？

——啊！假使我是像無比的薩克斯（十六世紀德國詩人早年曾爲鞋匠）那樣的一個靴匠！克利斯朵夫嚷道。那我的生活將安排得何等快樂！平時是靴匠，——星期日是音樂家，且是只在我私生活中的，只爲了我自己的樂趣的音樂家！這纔像是一種生活！……犧牲我的時間心血去讓混蛋們批判，豈非瘋癲？與其被千萬的蠢才去聽，去議論，去阿諛，還不如被幾個老實人瞭解與愛戴之爲愈！……驕傲與欲望底魔鬼，決計抓不住我了，你可相信我！

——當然，曼海姆說。

他心裏卻想道：

——不出一小時，他就會說一派完全相反的話。

於是他泰然自若的結束他們的談話道：

——那麼，由我去解決華葛耐音樂會底事情，是不是？

克利斯朵夫舉起手臂嚷道：

——一小時以來我聲嘶力竭的告訴你的意見，竟是白費的麼？……我告訴你不再踏進那個會裏去的了！我對這些華葛耐會，一切的會，都厭惡極了，它們簡直像羊圈一般，非得你挨着我，我挨着你，就不能齊聲哀啼。替我去告訴這些綿羊：我是一隻狼，我有牙齒，我不是生來啃草根的！

——好，好，我去和他們說，曼海姆道。他一邊走一邊覺得這早晨過得挺有味兒。他想：

——他是瘋子……

他的妹妹聽了他的敍述之後，聳聳肩說：

——瘋麼？他很想教人信以爲瘋！……他簡直是混蛋，驕傲得可笑……

* * * * * *

可是克利斯朵夫依舊在華特霍斯底雜誌上繼續他激烈的論戰。這並非他感到什麼趣味：他覺得批評這勾當非常苦惱，很想一脚踢開。但因人家想要他閉口，所以他固執着，不肯露出讓步的

神氣，

華特霍斯開始不安了。他在這爭鬭中不受損傷的時候，他會老是不動聲色的站在雲端裏看厮殺，好似奧侖配克山上的神道一般。但幾星期以來，別的報紙似乎忘記了他的不可侵犯的身分；它們對他作家底自尊心居然也敢加以攻擊，並且在那種少有的尖刻惡毒後面，要是華特霍斯更精細一些的話，還可看出有一個朋友在指使。的確，這些攻擊是哀朗弗爾和高特林兩人狡猾地唆使出來的：他們認爲唯有這一個辦法纔能使他決心阻止克利斯朵夫底筆戰。他們果然看得很準。華特霍斯立刻聲言克利斯朵夫惹他氣惱；接着就不袒護他了。雜誌裏面的人全都設法要他緘默。但他們無異要把口罩去套在一頭正在咬嚙東西的狗嘴上！人家告訴他的說話只有把他刺激得更興奮。他說他們膽怯無用，他是什麼話都要說的，——凡是他有權說的都要說。假使他們要攆走他，由他們的便！這樣，全城都可知道他們和其餘的人一樣怯弱；但他，要他自動離開是不可能的。

他們面面相覷，埋怨曼海姆送了他們這樣的一件寶貝，領來這個瘋子。老是嘻嘻哈哈的曼海姆，卻自命能夠制服克利斯朵夫；他敢打賭，從下期起，克利斯朵夫就會在酒裏摻些清水。他們都表示不信；但事實證明曼海姆並沒過分自誇。克利斯朵夫底下一篇文字，雖不是什麼懇懃的模範，可是對於任何人都沒有得罪的說話了。曼海姆底方法是很簡單的，揭穿之後大家都奇怪爲何早先不會想到：克利斯朵夫從不把他在雜誌上發表的東西再看一遍；即使他看校樣，也很隨便，很快，很粗疏。亞陶爾夫·瑪屢次用又婉轉又嚴厲的口氣指責他：說有一個校勘底錯誤就是雜誌底不名譽；克利斯朵夫原來不把批評當作一種藝術，便回答說凡是被他痛罵的人決不會誤解文字底意義的。曼海姆乘機說克利斯朵夫有理，校對是印刷所監工底職務；他願意替他代勞。克利斯朵夫感謝之餘非常惶愧；但大家一致告訴他，說這種避免雜誌損失時間的辦法不啻幇了大家的忙。於是克利斯朵夫把校樣交給曼海姆，由他去擔任勘誤的事情。曼海姆自然不會放鬆：這於他是一種遊戲。先是他不過小小心心的潤色一下，使激烈的措辭變得和緩一些，删掉幾個令人不快的形容詞。隨後，眼見事情很順利，便大膽起來做進一步的工作了：他整句的加以變換，改動意義；在這一點上他施展出他的眞才實學。他的全部本領在於一面保存句子底主要部分和克利斯朵夫特殊的句法，一面改成和克利斯朵夫所說的恰恰相反的意思。曼海姆在這種删改工作上所化的心血，比他自己寫一篇時更多這樣勤奮的工作，在他還是生平第一遭。但他看着結果非常快活：被克利斯朵夫一向挖苦的某幾個音樂家，看到他漸趨和緩而終至於恭維他們時，不禁大爲詫怪。全雜誌底人都歡喜極了。曼海姆把他嘔盡心血的作品高聲朗誦，引得衆人哄堂大笑。哀朗弗爾有時和曼海姆說：

——小心你太過分了！

——沒有危險的，曼海姆答道。

於是他依舊有聲有色的幹下去。

克利斯朵夫毫不覺察。他到社裏來丟下原稿就什麼都不管了。有幾次他還把曼海姆拖到一邊說：

——這一次，我把他們的眞相都揭穿了，這些下流的東西！你過目一下罷：……

等曼海姆念完之後又問：

——唔，你覺得如何？

——厲害極了！親愛的，簡直不留餘地！

——你想他們將說些甚麼？

——啊！一定是喧鬧一場囉！

可是一些喧鬧都沒有。相反，克利斯朵夫周圍的人們，臉色反而開朗起來；他所痛恨的人在街上居然向他行禮。有一次，他疾首蹙額的跑到社裏來，把一張名片望桌上一丟，問道：

——這算什麼意思？

這是剛剛被他痛詆了一頓的音樂家底名片，上面寫着：

『感激不盡。』

曼海姆笑着答道：

——他是說的反話呀。

克利斯朵夫頓時安心了：

——嘿！他說，我只怕我的文章使他開心呢。

——他憤怒到極點哩，哀朗弗爾說，但他不願表示出來，想裝得滿不在乎的付之一笑罷了。

——付之一笑？……豬！克利斯朵夫重又憤憤地說。我要再寫一篇。最後笑的人纔笑得痛快呢！

——不，不，華特霍斯不安地說。我絕對不信他在取笑你。這是屈服的表示，他是一個眞誠的基督徒；人家掌了他左頰，他再把右頰迎上來。

——那更好！克利斯朵夫說。啊！膽怯鬼。既然他要，就賞他一頓板子罷！

華特霍斯想插言。但大家笑開了。

——讓他去罷，……曼海姆說。

——總而言之……華特霍斯突然鎮靜地說。多些少些都無關係！……

克利斯朵夫走後，那些同事們手舞足蹈的大笑起來。當大家稍稍平靜之後，華特霍斯和曼海姆說：

——究竟是危乎險哉……當心些罷，我求你。你要教我們倒楣了。

——罷！曼海姆答道。我們的好日子還有呢……何況我究竟替他交結了許多朋友。

第二部　陷落

克利斯朵夫改革德國藝術的經驗到了這一個階段時，有一個法國喜劇團路過本城。說準確些是一羣喜劇演員因爲照例，這是一般可憐的傢伙，不知從哪裏蒐羅得來的無名的青年演員，只要人家讓他們做戲就快活，全不管人家靠着他們斂錢的問題。全班人馬都跟着一個有名的過時的女伶，她本預備在德國各地走一遭，路過這小小的省城時就表演三次。

在華特霍斯底雜誌上，大家鬧得很熱鬧。曼海姆和一般朋友對於巴黎底文壇和社交界底消息是——或自命爲——很熟悉的；他們在巴黎報紙上拾些牙慧，對人長篇大論的說個不休，不管自己有沒有懂得他們在德國是法國派的代表。這種情形，就教克利斯朵夫不想對所謂法國精神再作進一步的探討。曼海姆老是在克利斯朵夫面前把巴黎說得天花亂墜。他曾去過幾次；那些也有他的一部分家族：——說到他的家族，眞可說是遍及全歐，他們到一處得到一處的國籍和聲望：這個猶太部落中有一個英國男爵，一個比國參議員，一個法國部長，一個德國閣員和一個教廷大臣；他們一方面對於共同的根源表示很皈依很尊敬，一方面也很眞誠地做了英國人，比國人，法國人，德國人和教皇的臣屬：因爲他們的驕傲認爲他們所選擇的國家毫無疑問是世界上第一個國家。唯有曼海姆怪僻成性，以爲一切別的國家都比他們所隸屬的更可愛。所以他常常熱情地講起巴黎；但當他恭維巴黎人時，總把他們形容爲一種放蕩淫佚、大叫大嚷的瘋子，一天到晚不是鬧革命就是尋歡作樂，從來沒有正經的時候。所以克利斯朵夫對於這『拜占廷式的、頹廢的、伏越山（按係德法兩國交界處的大山脈。）外的共和國』並不覺得有什麼可愛。他天眞地理想的巴黎，勞斯最近出版的某部德國藝術叢書卷首的一副插畫一樣：前景是巴黎聖母寺底妖魔鬼怪高踞在屋頂上，（按係聖母寺上的雕築裝飾。）令人想到傳說上所說的：

『永恆的肉欲，有如永不饜足的吸血鬼，

在偉大的都市上面饞涎欲滴的想着它的食物。』

以老實的德國人性格，他很瞧不起這些放浪的外國人和他們的文學，因爲他所知道的也不過是些淫猥的遊戲文章，如哀葛龍（法國一九〇〇年代的喜劇）與滂烯（十九世紀法國喜劇）之類，還有些是咖啡店音樂會中的歌曲。小城裏趨奉時髦的習氣，最無藝術趣味的人到戲院去爭先定座的情形，使克利斯朵夫對那有名的女伶格外裝得鄙夷冷淡的神氣。他聲言決不勞駕去聽她的戲。加以座價底高昂絕非他的財力所能勝任，所以他更容易遵守他的誓言。

那個法國劇團帶來的脚本中，有兩三齣是古典劇；但大部分是無聊的『專門用來出口的』巴黎貨色：因爲愈是平庸的東西愈是國際化。第一晚上演的多斯加（法國作家薩杜所作之五幕劇）是克利斯朵夫熟識的；他看過翻譯本的演出，演出的時候也滲入一些凡是德國內地劇院所能加之於法國戲劇的輕鬆的趣味：所以當他看見朋友們出發而想到自己毋須再聽一遍時心裏很泰然，冷冷地笑了。但他明天還是不免伸直着耳朵聽他們熱烈地談論夜晚的情形：恨自己不曾去得，以至此刻竟無法和他們辯難。

預告的第二齣戲是法譯本的哈姆雷德。莎士比亞底劇本，克利斯朵夫是從未錯過一部的。在他心目中，莎士比亞和貝多芬一樣是汲取不盡的生命源泉。而在他眼前這個煩悶苦惱的時代中，哈姆雷德尤其顯得可貴。他雖害怕在這面神奇的鏡子裏把自己的眞相再照一遍，心裏究竟有些嚮往；所以他儘管在戲院底廣告四周繞圈子，儘管渴想去定一個座位，却硬着頭皮不肯對自己承認。他固執的脾氣，使他在朋友面前說過那些大話之後不願食言，假如他不是在將要回去時偶巧遇到曼海姆的話，一定是像前夜一樣守在家中的了。

曼海姆抓着他的手臂，用嘻笑怒駡的神氣告訴他說，有一個老畜生的親戚，父親的姊妹，不識趣地帶着大隊人馬到了他的家裏，使他們不得不留着招呼。他曾想法望外溜；但父親不允許他在家族和祖宗底關係上開玩笑；而他這時候又要弄一筆錢，不得不敷衍父親，所以他只有讓步，不到戲院去。

——你們已經買好票子？克利斯朵夫問道。

——可不是！一個挺好的包廂；而且臨了還得拿去——（現在就是要去）——送給那該死的葛羅納篷，爸爸底股東，讓他帶着妻子女兒去擺架子。這纔開心哩！……至少我得尋些難堪的話

頭說他們一頓。但他們是不在乎的，只要我送了他們票子，——雖然他們更願這些戲票變成鈔票

他突然停住，張着嘴直望着克利斯朵夫：

——喔！……可不是！……這纔是辦法哩！……

他裝着母雞呼喚小雞的聲氣說道：

——克利斯朵夫，你到戲院去麼？

——不。

——哦，你去罷。你到戲院去罷。這是幫我一次忙。你不能拒絕。

克利斯朵夫弄得莫名其妙。

——可是我沒有位置啊。

——位置在這裏！曼海姆得意非凡的說，一邊把戲券塞在他手裏，

——你瘋了，克利斯朵夫答道，那麼你父親吩咐你的事情呢？

曼海姆笑開了說：

——他將大發雷霆囉！

他擦擦眼睛，發表他的結論道：

——明天早上我一起床就想法，趁他還一無所知的時候。

——我不能接受，克利斯朵夫說，既然我知道這要使他不快，

——你什麼都不用知道，你什麼都不知道，這與你毫不相干。

克利斯朵夫撿開票子：

——但你叫我把這四個位置的包廂怎麼辦？

——隨你怎樣。你可以躺在包廂裏，可以跳舞，要是你高興。帶些女人去。你一定有幾個吧？別人也可以借給你。

克利斯朵夫把戲劵授給曼海姆道：

——不，實在不要。你拿回去罷。

——絕對不，曼海姆退了幾步回答。假使你覺得麻煩，我也不願強迫你去；但我決不收回的了。

你可以把票子丢在火裏，或者，送給先生，拿去送給葛羅納瑟。這已不干我的事。祝你晚安！

他說完就走，讓克利斯朵夫拿着票子呆立在街上。

克利斯朵夫眞是爲難了。他自忖把戲券送給葛羅納瑟當然是最得體；但這念頭絕對不能使他鼓起勁來。他躊躇不決的回家；等到想起看一看辰光時，只有穿起衣服來上戲院的時間了。要是白白丢掉這票子究竟太傻。他勸母親同去，但魯意莎表示寧願睡覺。於是他出發了，心裏像小孩子般歡喜，只有一樁煩惱，便是這種樂趣只有他一人享受。對於曼海姆底父親和被他搶掉位置的葛羅納瑟倒並無什麼內疚；但他對於可能和他分享的人覺得很抱歉。他想爲那些像他一樣的青年，將是何等歡喜，他因爲不能使他們歡喜而難過。他想來想去想不出請誰同去。而且時間已經很晚，得趕緊了。

正當進戲院時，他走過售票櫃，看見窗口已經關上，掛着客滿的牌子。在所有懊喪地回出去的人中間，他注意到一個姑娘，遲疑不決的不肯即刻退出，帶着豔羨的神氣望着進去的人。她全身穿着黑衣，非常樸素，生得並不十分高大，一張瘦瘦的臉兒，眉宇之間顯得很細氣；他不曾留意她生得靦還是俏。他在她前面走過；停了一會，忽然不假思索的回過來說：

——您沒有買到票位麽，小姐？他突兀地問。

她臉一紅，用着外國口音答道：

——沒有，先生。

——我有一個包廂，不知怎麽處置。您願意和我分享麽？

她臉更紅了，謝了他，一面表示不能接受的歉意。克利斯朵夫被她的拒絕弄得侷促起來，也表示歉意，想試着再勸她一次；但雖然她明明極其願意，他總無法把她說服。他慌了。但他突然之間打定了主意說：

——聽我說，有一個辦法可以解決一切。請您拿這票子。我，我本不在乎，這齣戲我早已看過。——（這是他誇口）——對您一定比對我更有趣味。請您拿了罷，完全是誠心的。

那位姑娘被他這種懇摯懇切的態度感動了，幾乎連眼淚都湧上來。她嚅嚅着道謝，說她決不願使他向隅。

——唔，那麼，來罷，他微笑着說。

他的神氣顯得那麼善良、那麼坦白，以至她覺得拒絕他眞是可恥了，便羞愧地答道：

——好罷，我來……多謝您。

*　*　*　*　*　*　*

他們進去了。曼海姆底包廂是一個正面的包廂，非常顯露：沒有法子避人眼目。他們進場時已被大家注意。克利斯朶夫把少女安排在前座，自己坐在後面，免得使她侷促。她正襟危坐，羞怯得頭也不敢轉動一下，心中懊悔不該接受他的邀請。克利斯朶夫一面爲使她定定心神，一面也因爲無話可說，便假裝望着別處。但他目光所及的地方，都顯而易見的表示他帶了這陌生的伴侶在漂亮的包廂裏露面已經惹動大家底注意和議論。他怒目睜視着左右，覺得他不干涉別人而別人來干涉他非常憤慨。他不會想到這種冒昧的好奇心尤其針對着他的女伴，而大衆對於她的目光也格外刻毒。他爲表示對於旁人的思想議論全不在乎起計，便俯身和她攀談起來。可是她對於他的說話表示那樣的驚駭，回答他時又顯得那樣的可憐，連一個是或否都不容易說出口，甚至望他一望也不敢，以至他覺得她這種怕生的神態非常可憐，便退在一隅不理她了。幸而台上已經啓幕。克利斯朵夫沒有細讀廣告，也不關心那個名女伶扮演甚麼角色：他是像那些天眞的人一樣，到戲院裏來是看戲而非看演員的。他簡直不忖度一下那位名女伶是扮演奧弗麗還是扮演皇后（按均係哈姆雷德中人物）；即使他想猜測，那麼從兩個劇中人底年齡上看，也一定是當她扮演皇后的。但就她扮哈姆雷德是他永遠意想不到的了。當他一看見這個角色出現，一聽見這洋娃娃似的機械的音色時，一時竟不能相信……

——可是誰啊？這是誰啊？他低聲自問。這究竟不是……

當他不得不承認『這究竟是』哈姆雷德時，便咒了一聲，幸而那位女伴是外國人，不會懂得，但鄰近的包廂中人已經完全聽淸：立刻發出憤慨的喝阻他的聲音。於是他縮到包廂底裏，好稱心像意的咒罵一頓。他怒氣冲冲，一時還平不下去。要是他心地公平的話，他對于這種把一個六旬老婦變成靑年男子、甚至還顯得俊美——至少在一般捧角者心目中——的化裝和藝術的極致，一定會表示敬意。但他壓根兒厭惡極致，厭惡一切違反自然的現象。他歡喜女是女，男是男。（這種事情今日就少見。）貝多芬底雷沃娜那種幼稚可笑的化裝，他已覺得可厭。如今哈姆雷德這種表現究竟超過荒謬的界限了。把一個結實、肥胖、蒼白、易怒、足智多謀、富於幻想的丹麥人裝成一個女子，——簡直連女子也不是：因爲女人裝扮男人永遠是一個妖怪，——把哈姆雷德弄成一個閹人，一個不男不女的傢伙，……那眞要當代的人昏聵到極點，批評界無聊到極點，纔會容許他有一刻兒的存在而不受呵斥！……女伶底聲音益發使克利斯朵夫怒不可遏。她那種歌唱式的、做作過分的說白，平板單調的朗誦，似乎從尙曼雷（十七世紀法國著名悲劇女伶）以來一直被世界上最無詩歌感覺的民族所珍視着。克利斯朵夫憤慨到不知所措。他索性旋轉背去，扮着忿怒的臉色，面對着包廂的板壁，好似一個孩子受着面壁的處罰。幸而他的女伴不敢朝他望；否則定會當他是瘋子。

克利斯朵夫底鬼臉突然停止了。他呆着不動，聲息全無。一縷曼妙的富有音樂味的聲音，一種女性的沉着而溫柔的聲音傳到耳邊。他慢慢地旋轉身來，錯愕之下，想看看賦有這等天籟的鳥兒究竟是何等人物。他一看原來是奧弗麗。當然，這個奧弗麗完全不是莎士比亞底奧弗麗。她是一個美麗的少女，高大壯健，身材窈窕，如希臘彫像一般，充滿着豐富的生命。雖然她在她的角色中深自斂抑，究竟掩不住一股青春與歡樂的力量在她皮膚裏、舉動裏、和笑瞇瞇的、褐色的眼睛裏閃爍。一個美麗的身軀底魔力，使一剎那前對于哈姆雷德的表演如此其憎激的克利斯朵夫，對於這個與他意想中的奧弗麗全然不符的角色，絲毫不覺惋惜；而且他也毫無內疚的把自己意想中的奧弗麗爲這臺上的奧弗麗犧牲了。由於熱情衝動後的不知不覺的褊見，他甚至認爲，在這又貞潔又騷亂的處女心頭燃燒着的青春的熱情，的確有一種深刻的眞理。而完成這種魅力的，還有她神奇的聲音，精純的，熱烈的，柔和的：每個字都像美麗的和音；而在音母四周，更有一種輕鬆快樂的南方口音，宛似一陣茴香草與野薄荷底香味在空中繚繞。一個南歐的奧弗麗（按劇中的奧弗麗當爲北歐人），這纔是奇異的景色哩！……金色的太陽和峭厲的北風（按此係法國南部所特有的季候風）都給她隨身帶來了。

克利斯朵夫忘記了女伴，竟來到包廂前排挨着她坐下：眼睛一直釘在那個不知名姓的女演員身上。但一般並非來聽一個無名女伶的羣衆，完全不把她看在眼裏；直等到女性的哈姆雷德開口時，他們纔決心鼓掌。這種情形使克利斯朵夫大爲氣惱，低聲罵他們『蠢驢！』十步以內的人都聽見了。

到臺上幕下宣告休息的時候，克利斯朵夫纔記起有他的女伴在旁；看她老是那樣羞怯的神氣，他微笑地想着他唐突的舉動一定把她駭壞了。——不錯：這年輕的姑娘，偶而相逢、與他相處幾小時的少女，確是拘謹到有些病態：要不是在她剛纔那種非常興奮的狀態中，她是決不會接受他的邀請的。而她剛纔應允，便已盼望能夠逃脫，能夠借端溜跑了。當她看見衆人好奇的目光都集中在她身上時更是着慌；再加她的同伴在背後咕嚕，低聲咀咒，益發使她侷促不堪。她以爲他什麼事都做得出來；而看到他竟坐到自己身邊來時，簡直嚇得渾身冰冷：他還有甚麼軌外的行動不會做出來呢？她眞想鑽下地去。她不知不覺退後了一些，唯恐碰到他的身體。

但等到休息時間聽到他善意地和她說話時，所有的恐懼都消散了：

——我是一個挺可厭的同伴，是不是？請您原諒。

於是她望着他，看見他好意的微笑，卽是剛纔使她決意接受的微笑。

他接着又道：

——我不能隱藏我的思想……但也難怪，這畢竟是過分了！……這個女人，這個老女人！……

他重新扮着一個厭惡的臉相。

她微微一笑，低聲答道：

——雖然如此，這究竟很美。

他注意到了她的外國口音，便問道：

——您是外國人麽？

——是的，她回答。

他看着她樸素的衣服又問：

——是教員麽？

她紅着臉答道：

——是的。

——請問是哪一國人？

她說：

——我是法國人。

他做了一個驚訝的姿勢：

——法國人？我眞不會相信呢。

——爲什麼？她膽怯地問。

——您這樣的……嚴肅！他說。

（她以爲這句話在他口裏不完全是恭維的意思。）

——在法國像我這樣的也有呢，她羞愧地說。

他望着她瘦小的忠厚的面孔，豐滿的額角，筆直的小鼻子，嵌在栗色頭髮中間的瘦削的面頰。

可是他並沒看見她；他心裏想着美麗的女演員，反覆的說：

——您是法國人，眞是奇怪！……眞的麼？您和與弗麗是同國人？簡直不能相信。

靜默了一會又接着說：

——她眞美啊！

他這樣說着，全不覺得這句話在無意之中把她和這位女伴作了一個比較，且是對於後者不大客氣的比較；她亦覺得，但並不懷恨克利斯朵夫，因爲她自己亦認爲奧弗麗極美。他想從她那邊探聽一些關於那個女伶的消息；可是她全然不知，顯而易見她對于劇壇底情況是很隔膜的。

——聽見人家講法國話，您不是很愉快麼？他問。

他自以爲說笑話，其實倒恰恰說到她的心裏。

——啊！她說，那種眞誠的口吻使他很注意，這眞使我高興。在這裏我眞悶死了。

這一次他可把她仔細看了一下：她的手微微有些拘攣，好似感到壓迫的樣子。但她立刻想起這句話裏不無冒犯他的地方：

——噢！對不起，她說，我不知胡說些什麽。

他坦白地笑了：

——請不必道歉！您說得很對。而且也不必法國人纔覺得這裏氣悶。嘿！

他聳聳肩呼一口氣。

可是她覺得這樣的吐露衷曲是慚愧的，便從此不則聲了。並且她纔注意到旁邊的包廂裏有人竊聽他們的談話；他也覺察了，很是惱怒。這樣，他們便打斷了話頭；因爲休息時間還沒終了，他便走到戲院底迴廊裏去。少女底說話依舊在耳中作響；但他心不在焉：腦子裏全被與弗麗底形象佔滿了。在以後的幾幕中，她更深深地印入他的心坎裏；當這美麗的女伶在發瘋的一幕中出場，唱起愛與死底凄涼的歌曲時，她的盪氣迴腸的聲音使克利斯朵夫心搖意亂，不知所措，覺得自己也要爲之一掬同情之淚了。但他恨自己，恨這自以爲怯弱的行動——（因爲他絕對不承認一個眞正的藝術家會流淚，）——又不願在此驚動大衆，便突然走出包廂。迴廊裏，大廳上，都闃無一人。他狂亂中走下樓梯，不知不覺出了戲院大門。他需要呼吸一下晚上涼爽的空氣，在黝暗荒涼的街上大踏步走去。他信步來到河邊，倚着欄杆，凝神望着街燈底倒影在靜止的水裏搖幌。他的心靈也正是這般模樣：曖昧的，浮動的；除了表面上有股強烈的歡樂在飄盪以外，甚麼都看不見。四下裏鐘聲相應。回到戲院去看戲劇底終局是不可能了。去看福丁勃拉（按福丁勃拉在劇中爲挪威親王，因哈姆雷德及丹麥王等之慘死而獲登王位。）底勝利麼？不，美妙的勝利對他毫無興趣可言……誰想去豔羨這勝利者呢？誰願像他一樣的飽嘗了人生底可笑與殘酷的滋味以後再獲勝利呢？這件作品眞是對於人生的可怕的審問。但它充滿着那麼強烈的生命力，以至連悲痛也變成歡樂，苦難也令人陶醉了……

克利斯朶夫回到家裏，把那個被他丟在包廂裏而連姓名也不曾知道的少女完全忘懷了。

＊　＊　＊　＊　＊　＊　＊　＊

明天早上，他到一家三等旅店去訪問女演員。劇團經理人把她和其餘的夥伴安頓在這裏，至於那個名女伶則住着本城第一家旅館。他被人領到一間凌亂不堪的小客廳內，殘餘的早餐還狼藉地放在一架打開着的鋼琴上，另外堆着些髮針和破爛汚穢的樂譜。奧菲麗在隔室直着喉嚨唱。恰如一個只想弄些聲音鬧鬧的孩子。當人家通報她有客時，她停了一下，用着快樂的音調問道，全不管隔牆的人聽不聽到：

——他要什麼呢，這位先生？他叫什麼名字？……克利斯朶夫……克利斯朶夫什麼？克利斯朶夫・克拉夫脫？……多古怪的姓名！

（她重複說了三遍，用力把舌頭在「R」一字上打轉。）

——簡直像一個發咒的字……

（她倒眞是發了一個咒。）

——他是年輕的還是年老的？……和氣不和氣？……——好，我去。

於是她又唱起來：

「再沒有比我的愛情更甜蜜……」

一邊在房裏搜索着，咒罵那支藏在亂東西裏找不見的別針。她暴躁起來，咕嚕不已，好似要做得獅子般凶惡。克利斯朵夫雖然看不見她，但儘可把她隔牆的舉動淸淸楚楚的想像出來，便獨自發笑起來。終於脚聲近了，門突然打開了，奧弗麗出現了。

她還不曾完全穿好衣服，只裹着一件浴衣，寬大的袖子裏露出一對赤裸的手臂，頭髮也不曾梳好，眼睛和面頰上都挂着一束束的鬈髮。美麗的褐色眼睛，嘴巴，面頰，下巴上端的酒渦，一古腦兒堆滿着笑意。她用着沉着而歌唱般的聲音，對於自己的穿裝漫不經意地道歉了一下。她明知這也毋需道歉，他只會歡迎她這副打扮。她以爲他是一個新聞記者來作慣例的訪問。但他說是專誠爲她、爲欽慕她而來；她聽了非但沒有失望，反覺得十分高興。她是一個好妮子，待人慇懃親切，因爲能夠討人歡喜而很愉快，並且在面上把這種愉快的心情表示出來；克利斯朵夫底訪問和熱情使她快慰極了：——（她還不曾受過讚揚呢。）——她的一切動作，一切態度，都很自然，即是她少許的虛榮心和因爲取悅於人而感到的快樂，也是自然的。所以她沒有半點侷促的神態。他們立刻成了好朋友。他說幾句不成文法的法語，她說幾句不成文法的德語；一小時以後，他們心裏的祕密都彼此傾訴出來了。她全無送客的意思。這位壯健快活的南方女子，又聰明，又愛說，在那些愚蠢的夥伴中間，在這個她不懂言語的地方上，要不是生就快樂的性情，早就煩悶死了，如今遇到一個可以談天的人當然是喜出望外的事。至於克利斯朵夫方面，在他狹隘虛僞的中產階級的城裏，遇到這個自由的南方女子，充滿着民間的活力，也有說不盡的高興。他還不知道這種性格的人也有他們的矯僞，他們所以異於德國人的是，他們除了在外面所表現的一些之外，心裏是空無所有的，——往往連外面所表現的心裏也沒有。然而至少她年輕，活潑潑地生活着，想到什麼就說什麼，坦坦白白，直截了當；她對任何事情都用着新鮮的目光自由批判，令人感到在她身上就有那種掃除雲霧的南方季候風。她很有天賦：沒有教養也不知思索，可是一切美的善的東西，她都能全心全意的隨時感到，而且為之真誠地感動；但過了一會，她又嘻嘻哈哈的笑了。不消說，她是風騷的，愛使弄眼色也歡喜在敞開一半的浴衣下面露出她的胸脯：雖然她很想旋轉頭去不讓克利斯朵夫看見；但這完全是出於本能的舉動。她一無心思，更歡喜笑，快快活活的說話，做一個好伴侶，好孩子，沒有拘束也沒有客套。她和他講着劇團生活底內幕，她的瑣瑣屑屑的苦處，夥伴們無聊的猜忌，奚撒貝——（她這樣的稱呼那個名女伶）——的惹是弄非，千方百計的阻止她顯露鋒芒。他和她講着他對於德國人的抱怨：她拍手表示贊成。她心地是善良的，不願說任何人壞話；但這不能使她就此不說；當她一面責備自己刁皮，一面取笑別人時，就表現出那種南方人所特有的觀察力，又是滑稽又是中肯：她簡直抑制不住，描寫別人時總要形容得淋漓盡致。她開心地笑着，嘻開着蒼白的嘴唇，露出一副小狗般的牙齒；在塗着脂粉的、微露憔悴的臉上，睜着她圍有黑圈的眼睛發亮。

忽然他們發覺他們的談話已經過了一小時。克利斯朵夫便向高麗納——（這是她演劇的名字）——提議下午再來，領她到城裏去閒逛。這個主意使她快活極了；就約定喫過中飯立刻聚首。

時間一到，他就來了。高麗納坐在旅館小客廳裏，捧着一本簿子高聲念着。她用着笑瞇瞇的眼睛照呼他，只顧念下去，直到念完一句之後，纔做做手勢教他坐在大沙發上靠近她：

——坐在這兒。別開口，她說，我要溫習我的台詞。只消一刻鐘便可完事。

她用手指點着脚本，念得又快又草率，好似有人催促她的模樣。他提議由他來教她背誦一遍。她便把脚本遞給他，站起來背了。她斷斷續續的，在念下一句之前，先要把上一句的結尾重複幾遍。背到她自己的台詞時，她的頭微微一搖，把髮針散落了一地。當一個字固執地不肯進到她記憶中去時，她像頑皮孩子般發氣：說出古裏古怪的咒語，甚至是很粗野的字眼，——其中有一個很粗野很簡短的字，是她用來咒駡自己的。——克利斯朵夫看見她又有天才又有孩氣，很是詫異。她有準確而動人的聲調念到台詞中非常美麗的一段，正當她全神貫注時，不知怎樣又說了許多全無意義的字眼。她的背功課，活像一頭小鸚鵡，完全不問意義的，簡直是一派胡言亂語。她可毫不着慌；當她發覺時便捧腹大笑。末了，她說一聲『該死！』從他手裏搶過脚本望屋隅一丟，說道：

——放學了！時間已到！……我們去散步罷！

他倒替她的台詞有些擔心，不安地問道：

——您以爲已經記熟了麽？

她肯定地回答說：

——當然囉。並且還有那提示的人，要他來做什麽的？

她到臥室裏去戴帽子。克利斯朵夫在等待她時，坐在鋼琴前面按了幾個連綴的和音。她聽了在隔室喊道：

噢！這是甚麽？再奏下去！多美啊！

她一邊跑過來，一邊隨手把帽子蓋在頭上。他彈完之後，她還要他繼續。她嘴裏發出一陣嬌聲嬌氣的贊嘆，那是法國女子所慣用的，不管是爲了德利斯當或是爲了一杯可可茶。克利斯朵夫笑了：這於他確是換了一種口味，和德國人張大其辭的派頭完全不同。其實是一樣的誇張，不過是兩個極端罷了：一個是把一件小玩藝兒說得山樣大，一個是把一座山說得小玩藝兒樣小；後者底可笑原不下於前者；但他此刻覺得後者比較可愛，因爲是從他心愛的嘴裏說出來的緣故。——高麗納追問他奏的是誰的作品；當她知道是他的大作時，不禁叫了起來。他在早上已經告訴她，他是一個作曲家，但她耳朶裏不曾聽進去。她挨着他坐下，定要他把他全部作品彈奏一遍。散步底事情已經置之腦後了。這不但是因爲她有禮，而且因爲她篤好音樂，賦有一種奇妙的本能補足了她教育底缺陷。他先還不把她當眞，只彈些最淺易的曲調給她聽。但當他無意之間奏一段他自己比較重視的作品時，他看見雖然他什麽都沒告訴她，她倒的確更歡喜這一闋。他驚喜交集，如一般德國人遇到了精通音律的法國人時天眞地表示詫異一樣，說道：

——奇怪。您竟有這等高妙的趣味！眞想不到……

高麗納嗤笑了一聲。

這樣之後，他便揀着越來越難懂的作品彈奏，想看看她究竟懂到什麽程度。但她似乎並沒被大膽的表現所迷亂；而在一闋因爲從未被德國人瞭解、幾乎連克利斯朵夫自己也懷疑起來的特別新穎的曲調之後，高麗納竟要求他再奏一遍，且還站起來憑着記憶哼出曲調，幾乎一些不錯，這可教克利斯朵夫大爲詫怪了！他轉過身來對着她，熱情洋溢地握着她的手，喊道：

——您倒是音樂家啊！

她笑開了，說她早先投在一個外省歌劇院中試唱過，但一個旅行劇團底經理認爲她更適宜於演詩劇，便慫恿她改了行。他嘆惜道：

——多可惜！

——爲什麼？她說。詩也是一種音樂啊。

她要他解釋他所作的歌底意義；他用德語和她講，她像猴子般容易地跟着他學，連他嘴唇眼睛底動作都扮得一模一樣，隨後，當她背誦的時候，錯誤百出，令人發噱；當她記不起來時，便信口胡謅，把兩個兒都笑開了。她儘管要他彈奏，不覺厭倦，他也儘管替她彈奏，聽不厭她曼妙的聲音，她還不曾懂得歌唱這行當中的訣竅，只是像小姑娘般用喉音唱，但自有一種莫名其妙的、淸脆動人的韻味。她想到什麼就說什麼。雖然她不能解釋爲何她歡喜某些東西，爲何她不歡喜某些東西，但在她的判斷中自有多少說不出來的理由。奇怪的是，那些古典的，在德國最受賞識的作品於她倒最無趣味：她爲禮貌關係說幾句贊美的話；但明明可以看出她對之並無興趣。因爲她沒有音樂素養，所以不會像那些鑒賞家和藝術家們對於「耳熟」的東西不知不覺感到愉快，不會在一件新的作品中去愛好已經在從前的作品中愛過的成分或公式。德國人對于優美悅耳的感傷情調，她也沒有；（或卽使有，也是另外一種：克利斯朵夫這時還不會發覺她的缺點呢；）她決不會對着在德國風行的那種靡靡之音出神；她絕對不賞識克利斯朵夫獄中最平庸的作品，——這正是克利斯朵夫所要毀掉的東西，因爲一般人老是對他提起這些而他更憎厭，他們也是因爲在無可恭維的情形之下居然能找到幾件作品來把克利斯朵夫恭維一番而很高興。高麗納天生的戲劇感覺，使她更愛那些直率地表白一宗確切的熱情的曲調而他所認爲最有價值的也正是這類東西。但是有些生辣的和聲，雖然克利斯朵夫覺得挺自然，她對之却並無好感：這種聲音彷彿是一種劇烈的衝撞；她呆住了，問道：『難道眞是這樣的嗎？』他回答說是的，於是她試着衝過這難關；但她終於扮了一個鬼臉，那是克利斯朵夫看得很淸楚的。往往她更愛跳過那一節。他却故意在琴上重新彈奏。

——您不歡喜這個麽？他問。

她縐縐眉頭。

——這是虛僞的，她說。

——不，他笑道，這是眞實的。您把它的意義思索一下罷。難道這裏會不準確麼，這裏？

（他指着他的心。）

——在那裏也許是準確的……但在這兒是虛僞的，這兒。

（她拉拉她的耳朵。）

德國派朗誦中的音調急劇的轉變，她也覺得很刺耳：

——爲何他說得那樣高聲呢？他是一個人啊。難道他怕鄰人聽不見麼？他眞有些這種神氣……

（對不起！您不生氣麼？）……他好似在呼喚一條船。

他並不生氣，倒是眞心的笑了，認爲這種見解不無是處。他覺得她的議論怪有意思，並且在他還是初次聽到。結果他們一致同意，歌唱式的朗誦最易使自然的說話變得不成樣子。因此高麗納要求克利斯朵夫替他寫一闋音樂，用樂隊來爲她的說白作伴奏，不時再羼入幾段歌唱。他被這個主意鼓勵了，雖然上幕底工作不是他的擅長，但他覺得爲了高麗納底歌喉是値得他克服困難的；於是他們想着許多爲將來的計劃。

當他們想到出門時，已經快到五點。在這個節季裏，天黑是很早的。散步是談不到了。晚上高麗納還要演習；那是誰也不能參觀的。所以她約他明天下午再來，好領她去散步，完成早先的計劃」

* * * * * * *

明天，同樣的情形得再演一遍。他發見高麗納騎在一張高凳上，掛着兩條腿，照着鏡子：她在試一副假髮。在場的有服侍她穿裝的女僕和理髮匠，她正在囑咐他把一束鬈髮弄得高一些。她在鏡子裏望着自己，也望着站在背後微笑的克利斯朵夫：克利斯朵夫對他吐吐舌頭。理髮匠拿着假髮走了，她便高興地旋轉身來說：

——您好，朋友！

她把面頰迎上來讓他親吻。他不防她有這種親熱的表示；但也不肯錯過機會。她實在並不如何重視這種優惠：不過當作是相見問好底一種方式罷了。

——噢！我眞快活！她說，這可行了，行了，今天晚上，——（她講的是假髮。）——我曾那麼發愁！要是您早上來，便可看到我可憐得什麼似的。

他追問什麼緣故。

說是因爲巴黎底理髮匠在包裝時弄錯了，替她放了一副和她的角色全然不配的假髮。

——完全是平的，她說，筆直的掛下來，多難看的模樣。我一見就哭了，哭了，哭得像瑪特蘭納（按係向耶穌懺悔之罪女，終成爲基督教聖女之一。）一樣傷心。是不是，台齊萊夫人？

——我進來的時候，這位女僕說，夫人把我駭壞了。夫人臉色發白，像死人一樣。（按此處所稱夫人係後台對女角之習慣稱呼）

克利斯朵夫笑了。高麗納在鏡子裏瞥見了憤憤地說：

——這使您發笑麼，沒心肝的人？

說着她也笑起來了。

他問她昨晚演習底情形怎樣。——說是一切都很好。不過她很想人家把別的演員底台詞删節一些，可別刪節她的……他倆津津有味的談着，把一個下午又虛耗了一半。她慢條斯理的穿着衣服；徵求克利斯朵夫對她裝束的意見。克利斯朵夫稱贊她漂亮，天眞地用他不三不四的法語說他從沒見過比她更『淫猥』的人。——她先是錯愕地直視着他，隨後噗哧一聲笑了出來。

——我說了甚麼啊？他問。不該這麼說的麼？

——是！是！她喊道，簡直笑彎了腰。說得正對。

終於出門了，她的花花綠綠的服裝和嚕哩嚕囌的說話，引起大家注目。她對一切都用着法國女子愛取笑的眼光去看，全不想遮掩自己的感想。看到時裝店櫥窗裏陳列的衣裳，紙舖櫥窗裏陳列的明信片，亂七八糟的畫着些談情說愛的景致，肉麻的淫蕩的模樣，城裏的名妓啊，王族啊，穿紅衣服的皇帝啊，穿綠衣服的皇帝啊，還有穿着水手裝的皇帝手執着日耳曼號的船艄向天睥睨的神氣，簡直把她笑倒了。對着飾有華葛耐頭像的餐具，或是理髮店櫥窗裏擺着的蠟人頭，她又高聲狂笑起來。卽在表現忠君愛國的紀念像前面，對着穿着旅行外套頭戴尖盔的老皇，前呼後擁的隨着普魯士、德意志各邦底君主和全身裸露的戰神，她也毫無忌憚的一味憨笑。她隨時隨地蒐羅各色人士底面貌、步履、或說話底姿態，作爲嘲弄資料。被她取笑的人，只要看她那麼狡猾的目光就肚裏明白。她猴子般的本能，有時會使她不假思索的用嘴唇鼻子來學他們或是縮做一團或是大張嘴臉的怪相；她鼓起面頰模倣她隨便聽來的片言隻語，因爲她覺得那些古怪的聲音很發噱。他一心一意的對着她笑，絕對不因她唐突失禮而覺得難堪；因爲他自己也不比她安分。幸而他的聲名已沒有什麼可以損失；否則這一次的散步就可使他聲名墮地。

他們去參觀大寺。高麗納雖然穿着高跟鞋和長衣服，還是要爬上塔頂，衣裾在踏級上拖着，終於在扶梯的一隻角上給勾住了；她可並不着慌，痛快把衣服一扯，讓它撕破了，依舊勇氣百倍的撩起裙子往上爬去。她幾乎把鐘都要敲起來。在塔頂上大聲念着羅俄底詩句，又唱着一支通俗的法國歌，都是克利斯朵夫一字不懂的。之後，她學着回教祭司的模樣高叫了幾聲。——黃昏將近。他們下到教堂裏，濃密的陰影沿着高大的牆壁蔓延上去，只留着花玻璃像瞳子一般射出神奇的光彩。克利斯朵夫瞥見那天陪他看哈姆雷德的少女跪在側面的一個小祭堂裏。她一心一意的禱告着，所以沒有看見他；但她痛苦而緊張的臉使他喫了一驚。他眞想和她說幾句話，或至少向她行一個禮；但他被高麗納拖着直望前跑。

不久他們就分別了。她得端整上臺，依着德國習慣，戲院開場是很早的。但他剛剛回家，就有人在門外打鈴，送來一張高麗納底便條：

『好運氣！奚撒貝病了！停演一天！萬歲啊！……朋友！來罷！我們一起用餐罷！

朋友！　高麗納。

附啓：多帶些樂譜來！……』

他一時弄不明白。等到懂得以後，他和高麗納一樣快活，馬上到旅店去了。他心裏害怕在用餐時要遇到全個戲班底人物；但他一個都沒看見。甚至連高麗納也失踪了。末了，他聽見她高大而快活的聲音，一直在屋子裏面；他搜尋了一會，終於在廚房裏找到了。她忽發奇想的要做一盤自出心裁的菜，那種放着大注香料、弄得滿街滿坊都聞到的南方菜。她和旅店裏的胖主婦混得很投機；她們倆咭咭聒聒說着一大堆駭人的混雜話，又有德語，又有法語，又有黑人話，簡直是一種無可名狀的語言。她們倆互相嘗着她們的出品，高聲大笑。克利斯朵夫底出現益發加增了她們的喧鬧。她們意欲拒絕他進去；但他撑持着，終於也嘗到了那盤名菜，扮了一下鬼臉：於是她說他是一個野蠻的端東人（按係古代住居日耳曼的野蠻民族，今人以之詆毀德國人），又說他本來不必喫這種苦頭。

他們隨後一起回到客廳裏，飯桌已經端整舒齊：只擺着他和高麗納兩個人底座位。他禁不住問夥伴們到哪兒去了。高麗納做着一個淡漠的手勢答道：

——我不知道。

——您們不一起用餐嗎？

——從來不！在戲院裏相見已經夠了！……嘿！要是還得在飯桌上聚首的話！……

這和德國習慣大不相同，以至他奇怪而豔羨起來：

——我以爲，他說，你們是一個很會交際的民族呢！

——那末，她答道，難道我不會交際麼？

——交際底意思是過集團生活！像我們，我們應當大家聚會！男人女人，孩子，每個人都是社會一份子，從生下來直到死。一切都得共同處理：一起喫喝，一起歌唱，和社會一起思想。社會打噎，大家便跟着打噎；我們決不在團體以外單獨喝一杯啤酒。

——這該是怪有趣的事，她說。爲什麽不在一隻杯子裏喝呢？

——對了，這不是更友愛麽？

——滾它的蛋，友愛！我很願和我歡喜的人做朋友；可不願和我不歡喜的人交往……吥！這不是什麽社會，這，這叫做一個螞蟻窠！

——您想像我這樣和您一般思想的人，在這裏該是如何舒服哩！

——那麽到我們那裏來！

這眞是他求之不得的事情咧。他便探問她關於巴黎和法國人的情形。她告訴了他許多事情，但不完全是準確的。在她南方人愛吹法螺的習氣之外，再加上本能地想誘惑她的對手的欲念。據她說，在巴黎，個個人是自由的；並且因爲巴黎人個個聰明，所以個個人都運用自由而不濫用自由；各人做各人所愛做的、想做的、相信做的事情，愛什麽就愛什麽，不愛什麽就不愛什麽：沒有一個人會橫生異議。那裏，決沒有人干預旁人底信仰，刺探旁人底心思或支配旁人底思想。那裏，政治家們決不干涉文學藝術底事情，決不把十字勳章、職位、金錢去應酬他們的私人或庇客。那裏，決沒有什麼黨派來左右人家底名譽和成敗，決沒有受人收買的新聞記者，文人們也不互相標榜。那裏，批評界決不壓抑無名的天才，決不一味吹捧成名的作家。那裏，成功決非運用任何手段所能獲得的，且也不能以成功來博取羣衆底擁戴。人情風俗都充滿着和藹的、懇切的氣息。人與人間沒有絲毫尖銳的磨擦。毀謗的事情是從來沒有的。大家互助。一切新來的客人，只要眞有價值，可以十年九穩的受到人家歡迎，擺在他而前的盡是康莊大道。純粹的愛美情緒，充滿在這些不計利害的、豪俠大度的法國人心中；他們唯一的可笑之處，只有他們的理想主義，雖然他們頭腦明晰，還是不免因之被別的民族愚弄。

克利斯朵夫聽着，張着嘴合不攏來；這眞有些迷人。高麗納聽着自己的說話也着迷了。爲了這，她把昨天向克利斯朵夫訴苦的事情忘記得乾乾淨淨，他也並不比她更會想到。

可是高麗納並非專要教德國人歡喜她的國家；她所同樣操心的是要教人家歡喜她本人。沒有一些調情打趣而度過一個黃昏，於她顯得是枯索的，可笑的。她對克利斯朵夫免不了拿出些挑撥的本領；但是白費氣力；他簡直不會覺得。克利斯朵夫不知什麼叫做調情。他只知道愛或不愛。當他完全不愛時，無論如何也想不到愛情方面去。他對高麗納抱着很熱烈的友誼，這個他從未簡遇的南方女子底魅力，慈悲的氣息，快活的心情，敏銳的智慧，開曠的胸襟，他都感受到；而這一切就似乎遠過於促動愛情所必需的因子；雖然『隨處可以生情，』可不生在這裏；至於沒有愛情而作愛情的遊戲，那是他永遠不會轉到的念頭。

高麗納看着他冰冷的態度覺得很好玩。當他在鋼琴上彈着他帶來的樂譜時，她去挨在他身旁，把裸露的手臂繞着克利斯朵夫底頸項，且爲細看樂譜起計，身子俯向鍵盤，幾乎把面頰蕩在他的面頰上。他覺得她的睫毛拂觸到他的面孔，看見她帶着譏諷的眼珠，可愛的小臉，和那撅起着的嘴唇在微笑，在等待。——的確她等待着。克利斯朵失却不懂得這種邀請；只覺得高麗納阻撓他彈琴。他機械地掙扎一下，把椅子稍稍移動了一些。過了一會，他轉身想和高麗納說話時，忽然看見她拚命想笑，——面頰上的酒渦已經在笑了，——而又抿着嘴拚命忍着不笑的樣子。

——您怎麼的？他驚訝地問道。

她望了他一下，禁不住大聲笑了出來。

他完全莫名其妙：

——幹麽您笑？他問，難道我說了甚麽古怪的話麽？

他愈固執地追問，她愈笑得厲害。當她正要笑停的辰光，只消對他驚愕的神情瞥視一眼就可使她重新哈哈大笑。她站起來向房間那一邊的大沙發跑去，索性撲在枕墊上笑個痛快：她渾身上下都笑着。他也被她引得笑了，走過去在她背上輕輕打了幾下。當她稱心像意的笑完之後，擡起頭來，擦着淚水都已笑出來的眼睛，向他伸着雙手道：

——您裝得多安分啊！

她拿着他的手依舊格格的笑個不住：

——不見得比別人更壞。

——不正經麽，這法國女子？

（她學着他讀法文時的古怪的發音。）

——您取笑我，他笑嘻嘻的說。

她用着溫柔的神氣望着他，用力搖撼他的手，說道：

——是朋友麼？

——是朋友！他照様搖撼着她的手回答。

——他會想起高麗納麼，當她離開此地之後？他不恨這不正經的法國女子麼？

——而她，她亦不恨這野蠻的端東人這樣傻吧？

——正是爲了這點纔愛他呢……他會到巴黎去看她麼？

——一言爲定……她，她也時時和我通信麼？

——指天爲誓……您也得說：我發誓。

——我發誓。

——不，不是這樣的。應當伸出手來。

她學着古羅馬人發誓的模樣。她要他答應爲她寫一部劇本，寫一支通俗歌劇。好讓她譯成法文在巴黎上演。明天她就要隨着劇團出發。他應允後天到弗朗克府去看她，因爲劇團要在那邊公演一次。他們可以再聚首幾小時。她送給克利斯朵夫一張相片，差不多半身都是裸露的。他們快快活活的分手，像兄妹般擁抱了一番。的確，從高麗納看出克利斯朵夫很歡喜她而不是愛她之後，她也眞心的歡喜他，不動愛情而抱着一股眞誠的友誼。

他們睡得很安穩，兩人都沒有什麼亂夢。明天他不能向她道別，爲着豫奏會底事情無法分身。但後天他端整着到弗朗克府去，實踐他的諾言。這不過是兩三小時火車的路程。高麗納並不相信他眞會踐約；但他很認眞；等到戲院開幕的辰光，他已經如期而至。他在休息時間去叩她化裝室底門，她一見他就又驚又喜的叫起來，撲上前去抱着他的頸項。她眞心感激他的來到。但這裏的富有而聰明的猶太人很能賞識她眼前的美貌與遠大的前程，都爭着來瞻仰她：這對克利斯朵夫當然是不幸的。時時刻刻有人來敲化裝室底門；進進出出的盡是些目光犀利的笨重的臉孔，用着生硬的口音說些無聊的奉承話。高麗納自然地把他們慇懃招待過了一會又用着同樣的做作而惹厭的聲調和克利斯朵夫說話，使他大爲氣惱。而且他對於她毫無顧忌地在他面前化裝這會事毫無興趣可言，看着她在手臂上、胸脯上、臉孔上塗脂抹粉只覺得惱厭。他正想等戲演完之後立刻動身。但當他向她告別，抱歉地說不能參加終場後人家宴請她的宵夜餐時，她表示那樣的難過，那樣的眞摯，以致他的決心動搖了。她叫人把火車時刻表拿來，證明他能夠有——應當有時間再陪她一會。他心裏也巴不得如此，便去參加宵夜餐會；甚至對於人們的胡鬧以及高麗納人盡敷衍的應酬，他也不表露中心的惱懣了。對她是沒有法子懷恨的，這是一個好妮子，沒有道德觀念的，懶惰的，縱欲的，愛作樂，愛像兒童般撒嬌，同時又是那樣的正直，那樣的善良，連所有的缺點也是自然的，純潔的，只能令人付之一笑，甚至愛這些缺點。克利斯朵夫坐在她對面，當她說話時，他望着她生動的臉，神采煥發的美麗的眼睛，微嫌臃腫的下顎，意大利女子式的笑容，——其中充滿着慈悲，細膩，和貪饞的神氣：他至今爲止不曾把她看得這麼淸楚。有幾點使他想起阿達：舉動、目光、微嫌粗俗的賣弄風情的手段：——啊，永久的女性！但他所愛於她的是這種南方人底性格，慈祥的母性，盡量發展她的天賦，絕不裝腔作勢的學那些交際場中的漂亮和書本式的聰明，純粹保存着她和諧的生命，她的靈和肉好像生來就爲在陽光中舒展發榮的。——他走的時候，她特地站起來和他到一旁去道別。他們重新擁抱，把通信和再見的信誓重行叮嚀了一會。

他搭着最後一班火車回去。在中間的一個交叉站上，對面來的火車已經等在那裏。正在停在他對面的一間三等車廂裏，克利斯朵夫瞥見那個陪他看哈姆雷德的法國少女。她也瞥見他而認出了他。他們都怔了一怔：默默地互相招呼，一動不動的不敢相視。可是他一瞥之下已經看見她戴着一頂旅行的便帽，身旁放着一口舊提箱。他想不到她是離開此地，以爲她不過走掉幾天。他不知應不應該和她說話：他遲疑着，尋思着和她說些甚麼；而正當他要放下車窗向她開口時，開車底信號已經響了：他就放棄了說話底念頭。火車開動之前又過了幾分鐘。他們正面相覷着。各人車廂裏都沒有旁的旅客，臉孔貼在窗上，他們的目光在黑夜中互相凝視。雙重的車窗把他們隔離着。要是把路膊伸出去，他們的手可以相接。咫尺，天涯。車子沉重地開動了。她老望着他，當此分別的時候，她再無羞怯的心了。他們彼此凝神呆覷，竟忘記了點首道別。她慢慢地遠去：他眼看她在面前消失；載着她的火車在黑夜裏沉沒了。像兩個流浪的星球般，他們在一刹那間相逢，一刹那後又在無垠的太空中分離，也許是永別。

當她的臉龐消逝之後，他纔覺得這陌生的目光在他心裏留下一個空隙；他不懂什麼緣故，但的確是一個空隙。半闔着眼皮，倚在車廂的一隅朦朧欲睡，他覺得眼睛裏深深地印着這對眼睛；一切的思想都靜止了，一心體驗着這種感覺，格外分明。高麗納底形象在心房外面飄浮，有如一隻在窗子外邊飛撲的蟲；但他不讓牠進來。

等他走出車廂，夜晚涼爽的空氣和踏在睡熟了的街上的脚聲，把他的昏憒驚醒了，他重新看到這形象。他微笑着想起那可愛的女伶，嫵媚的舉動和粗俗的調情一幕幕在他腦中映過，使他忽而快活忽而惱怒。

他不聲不響的脫下衣服，恐防驚醒睡在近旁的母親，一邊輕輕的笑着咕嚕道：『這些古怪的法國人』

那天晚上在包廂裏聽到的一句話重又浮到他的記憶裏：

——像我這樣的也有呢。

自從他初次接觸法國以後，心裏就一直存着一個謎，不懂法國這種雙重的性格究竟是什麼回事。但像所有的德國人一樣，他絕對不費心去求解答；他只在想起車廂裏的少女時安閒地想道：

——她不像一個法國女子。

勞猪一個人是否法國人得由一個德國人來斷定似的。

* * * * * * *

不管她是不是法國人，總之她占據了他的思想；因爲到了半夜，他忽然被一種劇烈的痛苦驚醒過來：他這纔記起放在少女身旁的提箱，突然覺得這位姑娘是一去不回的了。實在這念頭老早就應該在他腦裏浮現；但他竟不會想到。此刻他隱隱地覺得難過。可是他在牀上聳聳肩想道：

——這與我又有什麼關係？简直毫不相干。

於是他重新入睡。

但明天他出門第一個遇到的就是曼海姆，叫他『勃羅希』（按係十八世紀德國名將），問他有沒有決心去征服整個法蘭西。他從這活動報紙底嘴裏，得悉那件包廂的案子發生了遠非曼海姆意料所及的效果：

——您是一個大人物，曼海姆喊道，我比起你來眞是微末不足道。

——我幹了些什麼呢？克利斯朵夫說。

——你眞了不起！曼海姆又道。我妒羨你。一手搶去了葛羅納篷底包廂，還邀請他們的法國女教師去代替他們，噢，不，這纔妙哩，我就弄不到手！

——這是葛羅納篷家的女教師麼？克利斯朵夫問。

——是的，你只裝不知道，只裝是完全無心的，我勸你！……爸爸簡直不肯罷休。葛羅納篷一家氣極了！……可是這也沒有多久：他們把那小姑娘攆走了。

——怎麼！克利斯朵夫叫道，他們把她辭歇了！……爲我而辭歇了？

——你不知道麼？曼海姆說。她沒有和你說麼？

克利斯朵夫懊惱起來。

——不必煩惱罷，我的好人，曼海姆說，這並沒多大關係。而且這是意料中事，當葛羅納篷一朝發覺了……

——什麽！克利斯朵夫嚷道，發覺什麽？

——發覺她是你的情婦囉！

——可是我連認識都不認識她，我不知道她在哪裏。

曼海姆微微一笑，意思是說：

——你把我當作傻子了。

克利斯朵夫氣惱之下，定要曼海姆相信他的說話。曼海姆便道：

——那麽這更奇怪了。

克利斯朵夫騷動着，說要去找葛羅納篷，把事實告訴他們，替少女洗刷明白。曼海姆勸他不必：

——親愛的，他說，你所能告訴他們的一切不過使他們愈加相信他們的先入之言罷了。何況道已太晚。如今那位少女已經去遠了。

克利斯朵夫抱着滿腔悲苦，竭力想尋訪法國少女底踪跡。他想寫信給她，求她寬恕。但沒有一個人知道她。他去詢問葛羅納篷時就踫了釘子；他們不知她往哪兒去了；且也不關心這種事情。克利斯朵夫一心想着自己的過失，悔恨不已。其中還有一股神祕的吸引力，從那雙永不再見的眼睛裏放射出一道光芒，照着他的心。魅惑與悔恨，似乎被歲月底洪流與新興的思念慢慢地遮住了，消滅了；但在心底裏還是曖昧地存在着。克利斯朵夫始終不會忘記他所稱爲的他的犧牲者。他發誓要去追獲她。雖然明知沒有多大機會；他可一定認爲能够和她再見。

至於高麗納，她從沒回覆他的信，但三個月後，當他不再存什麼希望的時候，忽然收到她一通四十字的電報，用着怪高興的語調給他許多親密的稱呼，問『大家是否依舊相愛。』後來，杳無音訊的差不多又過了一年，又接到一封潦潦草草、歪歪斜斜、字體巨大的信，裝着大人口吻，——親切而古怪的幾句。——而後，她就停留在這個階段上。她並沒忘記他；只是沒有功夫想到他。

* * * * * * *

高麗納底魅力還未消失，他們倆所交換的計劃依舊在他心中盤旋，克利斯朵夫打算寫一闋戲劇音樂，預備高麗納扮演，其中還夾幾段讓她歌唱的曲子，——大概是一種詩歌雜劇的形式。(按 Melodrama 原義爲一種歌唱流自然而有之的雜劇。此處所謂詩歌雜劇，乃指通篇皆以詩句寫成之雜劇)這一類的藝術從前在德國盛行過一時，莫札爾德曾經熱烈稱賞，貝多芬，韋白，孟特爾仲，舒芒，一切偉大的正統作家都曾爭相製作，但從華葛耐派的藝術得勢，自命爲實現了戲劇與音樂底確切不移的形式之後，它就衰落了。可是華葛耐派的學究，不以禁絕一切新的雜劇爲已足，還要把古時的雜劇做一番淨化工作；他們仔仔細細在所有的歌劇中删去一切語體對白底痕跡，替莫札爾德，貝多芬，韋白等補上他們仿製的吟詠部分；他們定要佛頭着糞的改竄傑作，自以爲補充大師們底思想。

克利斯朵夫因爲聽到了高麗納底議論，所以對於華葛耐派的朗誦體格外覺得笨重、難聽；此刻更要自問，在戲劇中間加入一段把說白與歌唱連在一起的吟詠體是不是一種無意義的反自然的工作：因爲這彷彿把一匹馬和一只鳥同繫在一輛車上。說白與歌唱各有各的節奏。倘使一個藝術家在兩種藝術之間要爲了他所偏愛的一種而犧牲另一種，這是我們很可瞭解的。但要在兩者之間獲得妥協便無異把兩者一起犧牲了：這將使說白不成其爲說白，歌唱不成其爲歌唱；後者底壯闊的波瀾勢必被囚於狹隘的河岸之間，而前者底美麗的裸露的四肢，亦將裹上一層厚重的布帛，把自己的行動步履束縛住了。爲何不讓它們自由活動呢？讓它們如一個美麗的女子般，沿着一條小溪輕快地走着、夢想着，被喁喁的水聲催眠着，步履的節奏不知不覺與溪水的歌聲相應。這樣，音樂與詩歌各自保存着自由，並行不悖，兩者的幻夢也交融爲一了。——當然，對於這種結合，並非任何音樂都能適用，也並非任何詩歌都能適用。反對雜劇的人們竭力排斥那些惡俗的試作與惡俗的演員，實在是很得當的。克利斯朵夫久已抱着和他們同樣的厭惡之心：演員們依着樂器底伴奏朗誦那些語體的吟詠時，並不顧到伴奏，並不想把他們的聲音與音樂融和，反而只想教人聽到他們的聲音，這種情形眞要使一切具有音樂感覺的耳朵爲之氣惱。但自從他聽到高庇納和諧的聲音——明淨無匹，像一道陽光照在水裏般在音樂中動盪的聲音，和每句旋律底輪廓都融合無間，形成一種更自由更流暢的歌聲——之後，便窺到了一種新藝術底美點。

他這種感覺或許是對的；但這一種形式的藝術，倘使定要它眞正成爲藝術的，實在不是一件容易的事情；以克利斯朵夫底毫無經驗而貿貿然去嘗試，決計免不了危險。尤其因爲這種藝術有一個主要條件：即是詩人、藝術家、表現者、三種人底努力必須完全一致。——克利斯朵夫卻全不曾想到這些：他冒冒失失的去試驗唯有他一個人預感到若干原則的新藝術。

最初他想採取莎士比亞的一齣神話劇或浮士德後部中的一幕來配製音樂、但戲劇似乎並沒使他感到嘗試的興趣；耗費既不貲，結果又不討好。克利斯朵夫在音樂方面是一個內行，這固然是大家承認的；但說他膽敢對於戲劇也有什麼見解時，不免令人發笑：當他是鬧玩笑了。音樂與詩歌，好似兩個漠不相關而暗中抱着敵意的世界。要進入詩歌底領域，克利斯朵夫必得和一個詩人合作；而這詩人是不容許由他選擇的。連他自己也不能容許自己選擇：他不敢信任自己的文學趣味；人家曾經使他確信，他對於詩歌是全然外行；事實是他對於周圍的人所贊賞的詩歌，確是完全不懂。由於他的誠實與固執的脾氣，他費了不少苦心想去領略某詩某詩底美妙；結果却老是失敗，使他暗自慚愧：不，真是，他不是詩人。實在他也熱烈地愛着某幾個過去的詩人；這還使他安慰了些；但他的愛他們大抵不在應該愛的地方。他曾經發表一種奇特的見解，說唯有把詩譯成了散文，甚至譯成了外國文的散文而依舊不失其為偉大的詩人纔偉大，說文辭底價值全靠它所表現的心靈。朋友們因之嘲笑他。曼海姆當他俗物。他亦不加辯白：因為從文學家談論音樂的例子中、已經看慣一個藝術家批判他外行的藝術時免不了要鬧笑柄，所以他決意承認對於詩歌真是外行（心裏却還有些懷疑，）閉着眼睛接受那些他信爲更在行的人底見解。雜誌裏的朋友們給他介紹了一個頹廢派詩人，史丹芬・洪・埃爾摩德，提供他一齣自出心裁的依斐日尼。（按係希臘古典悲劇，後世皆有仿作。）當時的德國詩人——（恰和他們的法國同行一樣）——正在幹着改作希臘悲劇的工作。史丹芬・洪・埃爾摩德底作品就是半希臘半德國式的那一種，混雜着易卜生、荷馬、王爾德諸底氣息，——至於攷古學底部分當然也不會忘記。阿迦默儂變成一個神經衰弱病者，阿希爾（按以上諸人皆爲劇中要角）變成一個懦怯無用的人：他們互相怨嘆着他們的處境；而這種怨嘆自亦無濟於事。全劇底力量都集中在依斐日尼一人身上，——那是一個神經質的、歇斯的里的、迂腐的依斐日尼，教訓着那些英雄，憤怒地叫喊，對着大衆宣說尼采派的厭世主義，終於醉心於死而狂笑着自刎了。

這種沒落的東高盧人式的自命不凡的文學，穿着希臘裝的野蠻民族底東西，原來與克利斯朵夫底精神最不相容。但周圍的人都喫說是傑作，他便懦怯地相信了。實在他腦子裏充滿着音樂，對於音樂的顧慮遠過於劇本。劇本之於他，不過是藉以發洩他熱情底巨流的河床罷了。眞爲一篇詩歌配製音樂的作家是懂得退讓，會聰明地放棄自己的個性的，克利斯朵夫却完全不能。他只想着自己，把詩歌完全丟在一邊。但他並不承認。他還自以爲懂得詩歌：其實他所懂得的全不是詩歌底原意。好像他當時一樣，腦子裏所想的與手下編出來的完全是兩件東西。

在演奏會中，他可發見了作品底眞面目。有一天他聽着其中的一幕覺得荒謬極了，甚至疑心是演員們改變了劇本底眞面目：他不但當着詩人底面對演員們解釋劇本，且還膽敢對着詩人自己去解釋。劇作者一面聲明演員們並未誤會，一面用着生氣的口吻說他想他總還知道自己所寫的東西。克利斯朶夫也不肯退讓，堅謂埃爾摩德完全不瞭解劇本。大衆底哄笑使他明白他鬧了笑話。他便住口。只說總而言之那些詩句不是他寫的。這時他纔懂得他先前以爲是演員們底荒謬實在是劇本本身底荒謬，於是他大爲喪氣；他自問以前怎麽會誤解，駡自己混蛋，抓着自己的頭髮。他徒然想安慰自己，再三說：『你甚麽都不懂。這不是你的行當。只消留神你的音樂便好！』——可是他對於言辭、舉動、態度底矯飾，虛誇，荒謬，感到那樣的恥辱，以至在指揮樂隊的辰光，有時竟連根子都舉不起來，羞得想去躲在提示人底洞裏。他太坦白、太無手腕了，無法掩藏自己的感想。朋友，演員，劇作者，個個人都看得他淸淸楚楚。埃爾摩德冷冷地笑道：

——這還沒有運氣使您歡喜麼？

克利斯朵夫直截了當地答說：

——老實說不。我不懂。

——那麼您寫作音樂之前不會把劇本先念一遍麼？

——念過的，克利斯朵夫天眞地說，但我說解了，把作品看作另外一種樣子。

——可惜您不會把您所懂得的自己寫下來。

——啊！要是我能夠的話！克利斯朵夫說。

詩人氣惱之下，爲報復起計也來批評他的音樂了。他埋怨它太繁重，令人聽不見他的詩句。詩人固然不瞭解音樂家，音樂家也固然不瞭解詩人，演員們却對兩者都不瞭解，而且也全然不想去瞭解。他們不過在樂句中間零零碎碎尋些機會來顯耀他們的才能。至於把他們的朗誦和劇中的音調與節奏加以調整使其適應，更是他們從未想到的問題了：他們和樂曲分道揚鑣；竟可說始終不會依照樂譜歌唱。克利斯朵夫咬牙切齒，把音符大聲念給他們聽：他們却讓他叫喊，儘管不慌不忙地繼續下去，簡直不懂他的意思。

假使克利斯朵夫不是為了已經練習多次，為了害怕鬧成訟事的話，他早就把一切都放棄了。曼海姆得悉了他的失意之後，取笑他道：

——怎麽？一切都順利進行。你們彼此不瞭解麽？唉！這又有什麽關係？除了作家本人以外，誰又會懂得一件作品？當作家自己懂得時，已經算是萬幸了！

克利斯朵夫為了詩篇底荒謬非常擔心，說是會累及他的音樂。至於曼海姆，原不必人家說得早就認為這篇詩不大健全，埃爾摩德也是一個無聊的傢伙；但這與他毫不相干：埃爾摩德常常請客，又有一個美貌的太太：一個批評家還能要求些什麽呢？——克利斯朵夫聳聳肩，說他沒有閒空聽這種輕薄話。

——但這並非輕薄話啊！曼海姆笑道。這都是些好人！他們完全不曉得人生底眞諦何在。

他又勸克利斯朵夫別過於為埃爾摩德底事情操心，只要想着自己的便夠。他鼓勵他做一些宣傳工作。克利斯朵夫憤憤地拒絕了。當一個新聞記者來訪問他，探詢他的身世時，他氣沖沖的答道：

——不關你事！

又有人向他索取相片預備刊在一份雜誌上時，他跳起來嚷說他並非，謝謝上帝，要把照片擺在路人面前的國王。——沒有辦法使他和當地最有權勢的沙龍來往。他不接受人家邀請；偶然不得不接受時，又忘了赴約，或是必緒惡劣的去，好像是存心氣人的樣子。

但弄到後來，在上演底兩天之前，他連和雜誌方面的一般人都鬧開了。

* * * * * * *

要發生的事情終於發生了。曼海姆繼續竄改克利斯朵夫底文学；他毫無顧忌的整行的删去，把貶責的語句代以恭維的語句。

一天，克利斯朵夫在某個沙龍裏遇見一個演奏家，——被他痛駡過的一個自詡美貌的鋼琴家，露出着一副雪白的牙齒，微笑着來向他道謝。他厲聲答說不必。鋼琴家卻依舊絮絮不休的說着感激的話。克利斯朵夫直截了當的打斷了他的話頭，說要是他滿意他的批評，那是他的事情，但那篇評論決不是寫來使他滿意的；說罷竟自旋轉背去不理了。演奏家當他是愛咕嚕而心地善良的人，便笑嘻嘻的走開了。但克利斯朵夫記起不久以前收到過另一個被他痛駡的人底謝啓，便突然起了疑心。他出去到賣報亭裏買了一份最近期的雜誌，找到了他的文字讀了一遍……一時他竟疑惑自已瘋了。等到明白之後，便懷着一腔怒氣立卽向酒神雜誌社奔去。

華特霍斯與曼海姆正在那裏和他們熟識的一個女演員談天。他們用不到詢問克利斯朵夫來意。他把雜誌望桌上一丟，連喘息一下都等不及，就聲勢洶洶的對他們戟指大駡，叫着嚷着，說他們是壞蛋，是無賴，是騙子，用勁抓着一張椅子在地板上亂搗。曼海姆想試着笑。克利斯朵夫要飛起脚來踢他的屁股。曼海姆笑着，逃在桌子後面。華特霍斯卻用非常高傲的態度來對付這件事情。他擺出尊嚴沉着的氣派，竭力在喧鬧聲中表示他不答應人家用這種口氣和他說話，克利斯朵夫可以等他的消息；一邊把名片授給他。克利斯朵夫拿來望着他臉上摔過去；嚷道：

——好一個裝腔作勢的傢伙！……我用不到您的名片已經知道您是什麽東西……您是一個野孩子，一個騙子！……您以爲我會和您決鬥麽？……哼，您只配受一番儆戒罷了！……

他的聲音一直鬧到街上，引得路人都圍攏來聽。曼海姆關上窗子。女客驚駭之下想溜走；但克利斯朵夫把房門封鎖了。華特霍斯臉色發白，氣都窒息了。曼海姆涎着臉嘻嘻哈哈，張口結舌的想回答。克利斯朵夫可絕對不讓他們開口，凡是他想像得到的最羞辱的說話一齊對他們說了，直至罵到無可再罵，連氣都換不過來時方纔動身。華特霍斯和曼海姆等他走後纔會說出話來。曼海姆立刻活潑了：咒罵落在他身上好似水流在鴨毛上一樣。但華特霍斯惱怒不堪：他的尊嚴受傷了；再加是當衆受辱，他眞是永遠不能寬恕。同事們齊聲附和。在雜誌裏所有的人中，唯有曼海姆不恨克利斯朵夫：他一心一意的拿他開懷，也不覺得這場辱罵底代價太高。這是挺有趣的玩笑，假如臨到他自己的頭上，他會第一個先笑開了。所以他準備和克利斯朵夫握手，好似沒有那一回事。克利斯朵夫卻懷恨在心：對他重續舊好的表示置之不理。曼海姆也並不惱：克利斯朵夫是一個玩物，已經給他稱心如意地玩弄過了；這時他已開始進攻另一個傀儡。從這天起，他們之間一切都完了。這可不能阻止曼海姆當人家提起克利斯朵夫時依舊說他們是好朋友。也許他眞是這樣想。

兩天之後，依斐日尼初次公演了。結果是完全失敗。華特霍斯底雜誌把劇本恭維了一陣，對音樂卻一字不提。別的刊物則一致加以抨擊：有的非笑，有的嗤斥。那本戲劇演了三場就演不下去：但笑駡並不就此停止。大家得有詆毀克利斯朵夫的機會眞是高興不過的事；幾星期內，依斐日尼一直成爲取笑的資料。大家知道克利斯朵夫再沒自衛的武器，便儘量利用機會。人們所唯一顧忌的，祇是他在宮廷裏的地位，雖然他因屢次不理大公爵底勸告而使他們的關係變得相當冷淡，但他仍不時到爵府裏去，所以他在羣衆心目中依舊得着官家的寵信，其實這種寵信早已徒有虛名。——而他自己還要把這最後一個倚傍也加以破壞。

* * * * * * *

各方面的批評使他非常痛苦。它們不但評隲他的音樂，且還指摘他的新藝術觀念，那是一般人不願瞭解的：（但要他們把這種觀念任意改裝使它變得可笑，倒很容易。）對於這種惡意的批評，最好的答復是置之不理，埋頭創作：可是克利斯朵夫還夠不上這種明哲，幾個月以來，他養成了一種壞習慣，任何攻擊都要回答一下纔肯罷休。他寫了一篇把敵人們醜詆一頓的文字，拿到兩家好意的報館裏去，卻被人家用着含譏帶諷的態度婉辭謝絕了。克利斯朵夫依舊固執着，非要想法子發表不可。他記起城裏有一份社會黨的報紙曾經拉攏過他。他認識其中的一位編輯：有時也一塊討論過甚麼問題。找到一個對於政權、軍隊、壓迫意志的古老的成見等等敢自由發表意見的人，於克利斯朵夫正是非常快意的事情。但談話底題目也至此爲止；因爲社會主義者永遠談着卡爾·馬克思，那是與克利斯朵夫完全不相干的。並且克利斯朵夫在這個所謂自由人底言論中間，除了他所不大歡喜的唯物主義以外，聽到的無非是些迂腐的、嚴峻的學說，專制的思想，武力的崇拜，另一方面的軍國主義等等，和他在德國每天聽到的並沒多大分別。

雖然如此，當他被一切的編輯擇諸門外的時光，他所想到的還是這位朋友和他的報紙。他很知道他的舉動將引起一場大大的風波：這份報紙素來是激烈的，慣於駡人的，永遠被人唾棄的；但因克利斯朵夫從不細讀它的內容，所以只想到那些他絕對不會詫異的大膽的思想，可不會想起連他也要厭惡的卑鄙的論調。何況其餘的報紙聯絡一致的對他壓迫，使他恨無可洩，以至即使他知道報紙底內容，也不見得會顧慮。他要令人知道要擺脫他也沒有這麼容易。——於是他把那篇文字送到社會黨的編輯部去，那邊倒對他表示熱烈的歡迎。明天，文字刊出了；報紙編者還用着浮詩的語句宣稱，他們已獲得這少年天才克拉夫脫同志底同意，爲他們的報紙長期執筆；至於他對勞工階級的熱烈的同情，已是毋庸贅述的事。

克利斯朵夫既沒讀到他的文字，也沒讀到這按語；這天正逢星期，他天未黎明就出發往鄉間散步去了。他興致很好，看着日出叫着，笑着，快活得手舞足蹈。什麼雜誌，什麼批評，一古腦兒丟開了！這是春天，一切音樂中最美的天與地底音樂回復了。黝暗的悶人的演奏廳，可厭的鄰人，無聊的演奏家，一切都完了！只聽見喁喁細語的森林裏傳出美妙的歌唱；生命底醉人的氣息從地殼裏脫頴而出，在田野中激盪。

當他胸中充滿了光明回家時，母親遞給他一封爵府裏的信，只通知克拉夫脫先生今早到府裏去，信末也沒有人署名，——早上已經過去了：此時快到一點。克利斯朵夫卻並不慌。

——此刻已經太晚，他說。且待明天去罷。

但母親不安地說：

——不，不，不該這樣的延誤親王底約會，應得立刻前去。或許有什麼要事。

克利斯朵夫聳聳肩：

——要事？這些傢伙會有甚麼要事和您說！……他將向我陳說他的音樂見解……這纔有趣哩！……但願他不要想入非非的和德王爭勝，也弄一曲什麼頌歌來！那我可不客氣了。我將告訴他：『幹您的政治罷！在那方面您是主宰：您永遠是有理的。可是藝術，得小心些！在藝術裏面，人家所看見的您，是沒有頭盔，沒有羽飾，沒有制服，沒有金錢，沒有頭銜，沒有祖宗，沒有侍衛的；……天哪！試問您這樣之後還剩些什麼呢？』

老實的魯意莎會把一切都當眞，便向天擧着手臂喊道：

——你不能說這些話！……你瘋了！瘋了！……

他看見她信以爲眞，便故意恐嚇她以爲笑樂，魯意莎直到他愈說愈荒唐時纔明白他在玩弄自己，便旋轉背去說：

——你太胡鬧了，可憐的孩子！

他笑着擁抱她。他正在興高彩烈的當兒散步時感到的一句樂旨老是在胸中激盪，好似魚兒在水裏跳躍一般。他肚子餓極了，必得飽餐一頓纔肯往爵府去。飯後，魯意沙又監督着他梳洗；因爲他開始和她頑皮，說他這種穿着破衣服和堆滿塵土的鞋子的模樣的確很好。但他還是換了一套衣服，把鞋子上了油，嘴裏儘管做着噓噓的聲音，學做各式各種的樂器。裝扮完了，他的母親視察了一遍，把他的領結重新打過。他竟異乎尋常的耐心，因爲他對自己很是滿意，——而這也不是常有的事情。他走了，說要去拐走阿台拉伊特公主，——那是大公爵底女兒，相當美麗，嫁給一個德國小親王，此刻正歸寧在家。在克利斯朵夫童時，她曾對他表示好感；而他也私心傾慕她。魯意沙說他愛着她，他爲着好玩也裝做眞的愛她。

他並不急於上爵府，在店舖前面閒眺，在街上停下來把一條像他一樣閒蕩着、側躺着向着太陽打呼欠的狗撫摩一回。他跳過爵府廣場外面的鐵欄，——裏面是一片荒凉的空地，四面都給房子圍繞着，空地上有兩座沉靜欲眠的噴水池，有兩方對稱的沒有樹蔭的花壇，中間橫着一條鋪着沙石的小路，旁邊擺着木盆的橘樹；中央放着一座不知是哪一個公爵底塑像，穿着路易·斐列伯（按係法國十九世紀國王）時代的服裝，座下四週飾着象徵德性的神像。一個獨一無二的散步者坐在椅上打盹。

爵府鐵欄前面，等於虛設的崗位上空無一人。在牆壕後面，兩尊睡熟的大礮似乎對着睡熟了的城市打呼欠。克利斯朵夫對一切都訕笑了一會。

他隨隨便便走進府第，一些不擺出有官職的人底樣子：至多不過嘴裏停止哼唱；心裏卻依舊在歡欣鼓舞。他把帽子丟在衣帽間底桌上，狎習地招呼那個他自幼認識的老門房——（當克利斯朵夫跟着祖父第一次進府第看哈斯萊時，他已經在此供職了；）——這老頭兒對他不大恭敬的胡言亂語一向是用着開心的態度回答的，這一次卻擺着一副傲慢的神氣。克利斯朵夫不曾注意。更望裏走，在下房裏他又遇到一個祕書處職員，平素也和他怪親熱，這一回卻急急忙忙的走過，避免和他交談，使克利斯朵夫有些詫怪。但他對於這些都不大在意，只顧繼續往前，要求通報。

他進去時，午餐剛剛終席。親王在一間客廳裏，背靠着壁爐架，抽着煙和客人談天，克利斯朵夫瞥見那位公主也在客人中間抽着煙捲，慵懶地仰在一張躺椅中和四周的幾個軍官高聲說話。賓主們都很興奮，很快活；克利斯朵夫進門時聽到大公爵一片沉重的笑聲。但當親王瞥見克利斯朵夫時，笑聲便戛然停止了。他咕嚕了一聲，眼睛釘住着他嚷道：

——嘿！您來了，您！您終竟肯光臨了麼？難道您還想把我取笑下去麼？您是一個壞坯子，先生！

克利斯朵夫被這當頭一棒悶住了，呆了好一會說不出話來。他只想着他的遲到不該受此凌辱，便囁嚅着說道：

——親王，我做了甚麼事？

親王不理他，只顧憤憤地說下去：

——住口！我決不讓一個壞蛋來侮辱我。

克利斯朵夫臉色蒼白，拚命和梗塞着不肯發音的喉嚨掙扎着，說道：

——親王，您沒有權利……您也沒有權利在未曾說明我做了什麼錯事以前就侮辱我。

大公爵轉身向着他的祕書叫他從袋裏掏出一份報紙。他那種憤怒的情景，單用他暴烈的心緒還不能解釋；過度的酒量也有相當作用。他直跳到克利斯朵夫面前，像鬪牛士拿着紅布一般，狂怒地把那張團縐了的報紙用力搖動，叫道：

——您的穢物，先生！……您眞配人家把您的鼻子撳在裏面！

克利斯朵夫認出那是社會黨的報紙：

——我不覺得這有什麽壞處，他說。

——怎麽！怎麽！公爵惡狠狠的嚷道。您那樣的無法無天！……這份報紙！那般惡棍天天侮辱我，說着最下流的話咒駡我的報紙！……

——爵爺，克利斯朵夫說，我不曾見到。

——您撒謊！大公爵喊道。

——我不願您說我撒謊，克利斯朵夫說。我沒有讀到，我只關心音樂底事情。而且，我自有愛在哪裏發表就在哪裏發表的權利

——您甚麽權利也沒有，除了緘口以外。我過去待您太好了。我加恩於您和您的家族，雖然您和您父親底行爲早應當使我和你們斷絕。我禁止您再在和我作對的報上發表文字。並且一般地說，我也禁止您將來在未得我的許可之前再寫任何文字。您關於音樂的筆戰也夠了。我不答應受我庇護的人攻擊爲一切趣味高尚、心地純正的人所珍視的東西。您還是寫好一些的音樂罷，要是

不能，那末練習練習您的音階也好。我不要一個社會主義的音樂家，把詆毀民族底光榮、搖動大衆底信心以爲玩樂。謝謝上帝！好的東西我們已經有了。用不到您來告訴我們纔知道。所以，坐到您鋼琴面前去，先生，讓我們淸靜些！

肥胖的公爵，正對着克利斯朵夫，惡狠狠的眼睛釘住着他。克利斯朵夫面色蒼白，想開口，嘴唇索索的抖個不住，囁嚅道：

——我不是您的奴隸，我愛說什麼就說什麼，愛寫什麼就寫什麼……

他窒息着，羞憤交迸，快要哭出來；兩腿盡自發抖。肘子突然一動，把近旁傢具上的一件東西撞倒了。他覺得自己的情景非常可笑；果然他聽見有人笑着：他模模糊糊的看到公主在客廳底上和幾個客人交頭接耳，滿着同情與譏諷的模樣。從這時起，他就失去了知覺，不知道經過些什麼情形。大公爵叫嚷着。克利斯朵夫叫嚷得更凶，不知道自己說些甚麼。祕書和另一個職員走過來想叫他住口，被他推開了；他一邊說話一邊把無意中從桌上拿起的煙碟亂舞。他聽見祕書喊道：

——喂，放下來，放下來！……

他又聽見自己說着亂七八糟的話，把煙灰碟望桌邊上亂捣。

——滾！公爵憤怒之極的大叫道。——滾！滾！我趕您滾！

軍官們走攏來想勸慰公爵。他卻發瘋似的突出着眼睛，嚷着說叫人把這無賴趕出去。克利斯朵夫心頭火起，幾乎要伸出拳頭望公爵臉上打去；但種種矛盾的情操把他抑止住了：羞愧，忿怒，膽怯，日耳曼民族正大光明的性格，在親王面前素來恭敬的習慣，都在他心頭交織成一片。他想說話而不能說話，想動作而不能動作；他看不見了，聽不見了：讓人家推着走了出來。

他在一羣僕役中間走過，他們都聚在門外把一切爭吵的情形聽在耳裏，裝着聲色不動的神氣。走出下房的三十步路，他彷彿走了一世。迴廊愈走愈長，竟永遠走不完了！……從玻璃門裏望見的外面的陽光，於他發如救星一般……他踹踹跚跚地走下樓梯；忘記自己光着頭顱，直到老門房提醒他纔去拿了帽子。他迸着全身精力纔出得府第，穿過庭院，回到家裏。他把牙齒咬得格格作響。當他推開家裏的大門時，他的神色與顫抖把他的母親駭壞了。他一手推開她，也不回答她的問話。他走進臥房，關上門睡了。他渾身打戰，沒有力氣脫卸衣服：呼吸窒息了；四肢癱瘓了……啊！但願不再看見，不再感覺，不必再支撐這可憐的軀殼，不必再和卑賤的人生爭鬪，沒有氣息沒有思想的倒下，不復存活，脫離一切！……——費勁脫下的衣服，淩亂不堪的擇着一地，他從牀上倒下，把眼睛都蒙住了。室內一切的聲音都靜止；只有小鐵牀在地磚上格格作響。

魯意莎在門上聽着；敲着門，輕輕呼喚他；甚麼回音都沒有；她等着，在靜寂的空氣中不安地刺探着；過了一會走開了。日裏又來了一二次；晚上睡覺之前又來了一次。白天過去了，黑夜過去了；屋子裏聲息全無。克利斯朵夫在狂亂中顫抖；有時哭泣着；半夜裏起來對牆壁幌幌拳頭。清早兩點鐘時，他在發瘋般的衝突之下，從牀上爬起，半裸着透濕的身體；想去殺死大公爵。憤恨與羞愧侵蝕着他，身心受着火一般的煎熬。——但這場暴風雨般的心境在外面毫無表現；沒有一句說話，沒有一些聲音。他咬緊牙齒把一切都抑在肚裏。

* * * * * * *

明天早上，他照常下樓。他受傷了：一聲不發，母親也一句話不敢問他；她已經從鄰人那邊得悉眞相。他整天坐在椅子裏烤火，不則一聲，渾身發熱，傴着背像老人一般；當他獨自一人的辰光，便捎悄地哭。

黃昏時，那位社會黨報紙底編輯來看他。自然，他已得悉原委而想來探聽詳情。克利斯朵夫爲之感動了。天眞地以爲這是對他表示同情的舉動，又以爲是他們連累了他而來向他道歉；他的自尊心使他對於過去的事情一些不表後悔，不知不覺的把心上的說話全盤傾吐了出來：和一個像他一樣痛恨壓迫的人自由訴說，使他苦悶的心情紓解了些。這位編輯又鼓勵他說話，把這件事情當作報紙底好材料，卽使克利斯朵夫不願親自動筆的話，至少可以得到不少資料，好讓他們去發表一篇聳人聽聞的評論；因爲他預料這宮廷音樂家受了這番羞辱之後，定要把他高明的筆戰天才施展出來，加上他所知道的宮廷祕史，更可受人歡迎。他居然毫無顧忌的說出這種用意。克利斯朵夫卻跳起來說他是一字都不寫的，要他去攻擊大公爵，顯然是爲報復私仇了；在未吵架前，他的評論不過對他發生危險而已，如今他一無束縛的時候，可更要謹愼將事了。新聞記者全不瞭解這些顧慮，認爲克利斯朵夫有些愚蠢，底子裏還迷信神權；而尤其當他是膽小，他說：

——那麼，讓我們來由我動筆。您什麼都不用管。

克利斯朵夫求他不要聲張，但他毫無辦法強制他不聲張。而且新聞記者告訴他這件事情不獨和他個人攸關；連報紙也受到羞辱，他們也有權報復。這可使克利斯朵夫無話可說了；充其極，克利斯朵夫只能請他勿濫用他一部分機密的說話，那是他當他朋友而非當他新聞記者說的。他毫無難色的應允了。但克利斯朵夫依舊不放心：而等他明白自己的莽撞時也已太晚。——客人走後，他把說過的話一一想起，不禁害怕起來。他立刻寫信給那位編輯，堅決要求他勿引述他的談話：——（可憐他在這封信裏，把那些說話自己先引述了一部分。）

明天，他急急忙忙打開報紙時，首先就看到第一張上披露着他全部的故事。他隔天所說的一切，經過一個新聞記者底穿插點綴，全都過甚其辭的變了樣。文中用着粗俗無恥的語調把大公爵和宮廷罵得淋漓盡致。有些細節是只有克利斯朵夫知道的，令人疑心通篇都出於他的手筆。

這一下新的打擊可教克利斯朵夫着了慌。他一邊念一邊流冷汗，念完之後簡直駭壞了。他想跑到報館裏去；但他的母親怕他闖禍把他阻住了。他自己也有些害怕；覺得要是去了，說不定又會鬧出什麼傻事來；於是他留在家裏，——做了另一件傻事，他寫就一封憤激的信，痛責記者底行爲，否認那篇文字裏的事實，表示和他們的一黨決絕了。但這篇更正並沒刊出。克利斯朵夫便再寫信去，堅要他們把他的信披露出來。人家把他發表談話那晚的第一封證實一切的信錄副寄給他，問他要不要把這封信一起發表。他這纔覺得自己落在他們掌握中了。之後，他又不幸在街上遇見那位不識趣的記者，少不了把他當面數說一頓。於是明天報上又登了一篇短文，說起那些宮廷裏的奴僕，即使被主子趕出了大門還是做着奴僕。幾句關於最近那件事故的隱喻，使人明白懂得是指克利斯朵夫。

* * * * * * *

當克利斯朵夫把一切的靠山喪失得乾乾淨淨的情形被大衆週知以後，他立刻發覺他敵人之多遠非他的意料所及。凡是被他直接間接中傷過的人，——不問是由於涉及私人的評論或對於他們思想與趣味的指摘——都立即對他反攻，加倍的報復。至於一般的羣衆，當初克利斯朵夫曾經振臂疾呼，想驚醒他們麻木的感覺的人，如今看到這個意欲改造輿論、驚擾人們好夢的膽大妄爲的青年受着教訓時，不禁暗暗稱快。克利斯朵夫掉在水裏了。個個人都想把他的頭揿下去。

他們並非一齊動手。先由一個來試探。看見克利斯朵夫不還手時便加緊攻勢。於是別的人跟着上前，隨後全個隊伍都蜂擁而來。有些人把這種事情看作開懷的玩藝，好似小狗愛戲弄人家底耍害一般：那是些外行的新聞記者，猶如游擊隊，他們因爲一無所知，只想把勝利者奉承一番，把失敗者辱罵一番，令人忘掉克利斯朵夫。另外一批卻把主義作武器，施以猛烈的襲擊，大刀闊斧的用着斬草除根的手段：那是眞正的批評界，制人死命的批評界。

幸而克利斯朵夫不看報紙。幾個戀摯的朋友特地把誣蔑最甚的幾份報寄給他。但他讓它們堆在桌上，不去拆閱，直到末了，纔有一篇四周圍着紅框的文字引起了他的注意；裏面說他所作的獸學態一頭野獸底咆哮，他的交響樂是瘋人院裏的出品，他的藝術是染有憂鬱病的，他的拘攣抽搐的和聲只是遮掩他心靈底枯索與思想底空虛。那傢伙，也是個很知名的批評家，在結論裏說：

『克拉夫脫先生從前寫過多少依着他的作風與趣味的雜誌文章，引起音樂界底哄笑。當時大家善意地勸他還是作他的曲子爲妙。可是他最近的作品，證明那些勸告雖然好心，但並不高明。克拉夫脫先生正是配做雜誌文章的人。』

讀了這一篇之後。克利斯朵夫整個早晨不能工作，他又去搜尋仇視他的別的報紙，好讓自己把失意的滋味痛痛快快嘗一下。但魯意莎常常借了收拾屋子底名目，把所有散落在外面的東西弄掉，那些報紙也給她燒燬了。他先是氣惱，隨後倒也安慰了；把那份剩下來的報紙授給母親，說她極應該連這一份也一起投在火裏的。

可是還有更凶狠的侮辱呢。他寄給弗朗克府一個有名的音樂會的一闋四重奏，竟遭一致的否決。科倫樂隊早就預備演奏的一闋前奏曲，在他空等了幾個月之後也退回來了，說是無法演奏。但最難堪的，要推本城的某音樂團體的舉動。那位指揮于弗拉脫算是一個很不差的音樂家：但和多數的指揮一樣，思想上的好奇心是毫無的；他賦有他那種職業者特有的惰性，凡是已經著名的作品，他漫無選擇的重複搬弄，對於一切眞正新穎的藝術則避之唯恐不及。他永無倦色的組織着貝多芬、莫扎爾德、舒芒等等的紀念音樂會：他在這些作品中只須聽讓那些熟悉的節奏催眠就是，反之，當代的音樂就教他受不住。但他不敢明白承認，還自命爲很能賞識有天才的青年；實際是假如人家給他一件仿古的作品——仿在五十年前算是新的作品，——他的確極表歡迎，甚至會竭力在大衆前面宣傳。因爲這種東西旣不妨害他的思路，也不擾亂大衆通常的感動方式。但一切足以危害這美妙的法統而使他費力的作品，他都深惡痛絕。只要試探新路的作家一天沒有成名，他鄙薄的心就一天不會消失。假如作家竟有成功底傾向，那末鄙薄的心情便一變而爲憎恨，——直到他完全成功的那天爲止，那時候，不消說他是崇拜唯恐不及的了。

克利斯朵夫非但不會到此地步，且還差得遠呢。所以當他知道于弗拉脫先生間接向人表示很願演奏他的作品時，不禁大爲詫怪。這位樂長是勃拉姆斯和被他在雜誌上痛詆過的幾個別的作家底朋友，所以他這種表示尤其使克利斯朵夫訝異不置。但因爲他自己是好人，便以爲他的敵人也是像他一般寬宏大度的。他猜想他們因爲看到他受人抨擊，所以特地表示他們是和那些卑鄙的報復完全無關：想到這層，他居然爲之感動了。於是他寫了一封情辭懇切的信附在一闋交響詩裏寄給于弗拉脫。隨後他收到一封樂隊祕書底回信，措辭又冷淡又有禮，聲明他的樂曲已經收到，但照會章規定，那件作品在公開演奏之前必須提交樂隊先行試奏：章程總是章程：克利斯朵夫只有服從的份兒。而且這純粹是一種手續問題，免得一般可厭的批評家多所議論。

兩三星期以後，克利斯朵夫接到通知，說他的作品快要試奏了。在原則上，這場試奏是不公開的，連作家本人也不能到場旁聽。但事實上大家總是默許他出席的，只是不公然露面罷了。個個人都知道這一回事而個個人裝做不知道。到了那天，一個朋友來找克利斯朵夫，把他領到演奏廳裏，揀着一個後面的包廂坐下。他很奇怪地發見在此不公開的豫奏會中位置——至少是樓下的——差不多全被一般時髦朋友、有閒階級、和嘰嘰嘓嘓的批評家佔滿了。然而大家當作樂隊是完全不知道這種情形的。

開場是勃拉姆斯依着歌德『冬之默想』裏的一段所作的雜曲，有中音唱，有男聲合唱，還有樂隊合奏。克利斯朵夫原就憎厭這件作品中浮誇的情緒，認爲或許是勃拉姆斯底信徒們存心報復，非常客氣的報復，強迫他聽着這支他從前輕蔑地非議過的曲子。他想到這點不禁笑了，而當他聽到以後又緊接着他抨擊過的兩個別的作家底東西時，更加樂開了：可見他猜得不錯，他們的用意是昭然若揭了。他一邊裝着鬼臉，一邊想這究竟是有意思的鬭爭：雖然音樂毫無意味，這種玩笑的手段倒還值得賞識。甚至當羣衆對着勃拉姆斯和他的徒黨熱烈鼓掌時，克利斯朵夫也幽默地附和幾下。

終於輪到克利斯朵夫底交響樂了。樂隊和聽衆之間都有人朝他的包廂瞅視幾眼，證明大家知道他在場。他竭力掩藏，想避免衆人底目光。他惴惴地等着，如一切音樂家在樂隊指揮舉起棍子，悄悄地集中在一處的潮水般的音樂快要決破堤岸的時候一樣的心境。他還從沒聽見這曲子由樂隊演奏哩。他所幻想的生靈究竟是什麼一種模樣呢？它們的聲音又如何呢？他覺得它們在他心中洶洶作響；於是他倚在聲音底洞穴上面，顫危危的等待着快要出現的景象。

出現的卻是一種無名的東西，一片不成形的混沌。他所理想的是支撐高堂大廈的堅實的棟樑，如今聽到的卻是一組組相繼瓦解的和音，好似一座頹然傾圮的建築物；除了石灰瓦礫之外，簡直一無所有。克利斯朵夫躊躇了好久，不敢相信人家所演奏的確是他的作品。他探尋他思想底綫條和節奏：總是無法辨認；只見它東倒西歪，胡言亂語，好似一個扶住牆壁的醉漢；他羞愧欲死，彷彿他自己當衆表現這種醉鬼模樣。他明知他所寫的並非這種樣子，但也無濟於事：當一個荒唐的傳達者把你的說話改頭換面的顛倒過後，你自己也要為之惶惑，狠狽地自問這種荒謬的情形應否由你負責。至於羣衆，他們可不顧問這些：他們相信傳達者，相信歌者，相信他們聽慣的樂隊，好似相信他們讀慣的報紙一樣：他們是決不會錯的；要是他們說了荒唐的話，那是因爲作者荒唐的緣故。這一次，羣衆尤其不會起疑，因爲他們定要相信這副可笑的面目便是作者底面目纔覺快意。——克利斯朵夫還勉强敎自己相信樂長一定也覺察這種混亂的情形。一定會中止樂隊底演奏而重新開始。但各種樂器底聯絡都失去了。號角錯過了它的起點，遲了一拍子；它繼續吹了好幾分鐘，隨後又若無其事的停下來傾去口涎。有幾段木笛底部分竟消滅得無影無踪。即是最精細的耳朵也無法找到樂思底線索，甚至不能想像它還會有線索可言。樂器底配合原來極盡變幻之能事，中間還有輕鬆的穿插，但眼前這種惡俗的演奏把一切都變得可笑了。哭是愚蠢的，這簡直是一個白癡，一個全然不懂音樂的輕薄之徒開玩笑的東西。克利斯朵夫抓着自己的頭髮，竟想出來阻斷樂隊底演奏；但陪着他的朋友把他擋住了，說指揮先生自會辨別出演奏底錯誤而全部糾正的，——何況克利斯朵夫根本不該出頭露面，他的指摘只有把事情弄得更糟。他强迫克利斯朵夫縮在包廂底裏；克利斯朵夫也聽任擺佈，只是把拳頭望額上亂敲；而每一種新的醜態使他發出一陣又憤怒又痛苦的咕嚕：

——孽障！孽障！……

他呻吟着，用力咬着手防止自己叫喊出聲。

此刻除了錯誤百出的音樂以外，他又聽到群衆開始喧嘩騷擾的聲音。先還不過是一種急促的喘息；但不久分明聽到他們在嗤笑了。樂師們更在暗中示意；有些竟哄笑起來。當群衆明白作品眞是可笑時，便捧腹大笑，頓時全場爲之樂開了。當低音喇叭用着滑稽的表情奏一段節奏强烈的樂句時，滿座的人愈加笑成一片。只有樂長一人在喧鬧聲中鎮靜地繼續按他的節拍。

終於挨到結束了：——（世界上最快意的事情也有終局的。）——那纔輪到大衆開口：他們嘻嘻哈哈的直鬧了幾分鐘。有的怪聲嘘叫，有的大喝倒彩；還有些更刁皮的人喊着：再來一次！花樓中有人用男低音模倣那段可笑的音樂。旁的輕狂之徒存着競爭心也跟着倣效。又有人高叫：『歡迎作家！』——這些機警敏慧的人好久沒有這樣開懷了。

等到喧鬧聲稍稍靜了一些，樂隊指揮鎮定自若的把臉半向着群衆，但仍裝做不看見群衆，

——（因爲樂隊始終認爲沒有羣衆在場）——向樂隊做了一個記號表示他要說話。大家噓了一聲，便全部靜默了。他又等了一會，纔用着淸楚的、冷酷的、直截了當的聲音說道：

——諸位，我一定不會讓這種東西一直奏到終曲，要是我不想把膽敢冒犯勃拉姆斯大師的那位先生當衆露面的話。

他說完就從指揮臺上跳下，在全場歡呼聲中出去了。大家想要求他重新上臺，彩聲繼續到一二分鐘之久。但他竟不再出場。羣衆也終於決心散去。音樂會巳經告終了。

大家總算過了一天快樂的日子。

* * * * * * *

克利斯朵夫巳經出去了。他一見樂隊指揮離開了指揮臺，便立刻衝出包廂，三脚兩步的下樓想追上去把他掌嘴。領他來的朋友追着他想加以阻攔；但克利斯朵夫把他一推幾乎推下樓梯：——（他很有理由相信這位朋友亦是這次陰謀中的同黨。）——總算是于弗拉脫和他兩個人底運氣，後臺的門關着；他用拳頭亂擊也無法敲開。羣衆巳經從演奏廳裏出來，克利斯朵夫不得不趕快溜了。

他那時的狀態眞是無可形容：他漫無目的地走去，舞動着手臂，轉動着眼珠，大聲說話，像瘋子一般；他狂怒的叫聲越來越響了。街上差不多沒有行人。音樂廳是上年在城外新建築的；克利斯朵夫本能地穿過荒田，向着郊野走去；那邊東一處西一處散佈着孤零零的板屋，建造中的房屋底木架，四周圍着籬垣。他心裏轉着兇殺之念，竟想把那個侮辱他的人殺死……可憐他卽使殺掉了他，還有那些百般恥笑他的人，——他們的笑聲至今還在他耳邊響着——又有什麼辦法可以改變他們的獸性？他們人數太多了，簡直無法對付；他們在多少事情上都意見紛歧，但侮辱他、壓迫他時卻都聯合一致。這豈止是誤解而已：竟還有一股怨毒在裏面。那末他究竟在什麼地方冒犯了他們呢？他心中可藏着美妙的東西，使人幸福使人開懷的東西；他眞想說出來，讓他們共同享受，以爲他們也會如他一樣的幸福。卽使他們不能領略其中的妙處，至少也得感激他的好意；充其極，他們可以友誼地指出他錯誤的地方；但他們因之而懷着惡意來拿他開心，誣蔑他的思想，把他作踐，把他幾得可笑，這眞是從何說起？他憤激之餘，把他們的怨毒格外誇大了；其實他所假想的這種怨毒底嚴重性，決不是那般庸碌之徒所能具有。他嚎啕着喊道：『我對他們做了甚麼呢？』他窒息了，覺得一切都完了，好似他童時初次識得人類底凶惡時一樣。

這時他正望着近處，望着脚下，發見他走到了磨坊鄰近的小溪旁邊，幾年前父親淹死的地方。投水自沉底念頭立刻在他腦中浮起，他預備立即跳下。

但當他立在岸上、俯瞰着明澈寧靜的水光出神的時候，一隻小鳥停在近旁的樹枝上開始唱起來，——熱烈地唱起來。他默默無聲的聽着。水聲潺潺，白楊蕭蕭，開花的麥桿在微風中簌簌作響。路旁的籬垣後面園裏成羣的蜜蜂在空氣中散佈着柔和的音樂。溪水對岸，一頭眼睛美麗如瑪瑙般的母牛在出神。一個褐髮的小姑娘坐在牆沿上，肩上背着一隻輕巧的稀格的籐簍，好似天使張着翅膀，她也在凝思遐想，搖擺着兩條赤裸的腿，哼着一支全無意義的調子。遠遠裏，一條狗在草原上奔竄，四條腿在空中畫着巨大的圓圈。

克利斯朵夫倚在樹上，聽着，望着春回大地的景象；這些和平與歡樂的生靈使他重歸鎮靜……他忘記了，忘記了……他驀地擁抱着美麗的樹，把面頰貼着樹幹。他撲在地下，把頭埋在草裏；

與奮地笑了，滿心歡喜的笑了。生命底一切溫馨美妙把他包裹了，滲透了。他想道：

——爲何你這樣的美，而他們——人類——那樣的醜？

但也無妨！他愛它，愛它，覺得他永遠愛它，甚麼都不能使他和生命分離。他陶醉着擁抱土地，擁抱生命：

——我抓住你了！你是我的。他們決不能把你奪去。他們愛怎樣就怎樣罷！卽使要我受苦也好！……受苦，究竟還是生活！

* * * * * *

克利斯朵夫鼓起勇氣重新工作。什麼知名的『文人』舞文弄墨的傢伙，嚼舌的閒漢，新聞記者，藝術界的商人和投機家，他都不願再和他們有什麼交涉。至於音樂家，他也不願再耗費光陰去糾正他們的偏見與嫉妒。他們討厭他麼？——由他們便了！他也討厭他們。他有他的事業要幹，非把它實現不可。宮廷方面已經恢復了他的自由：他眞是感激不盡。他感激人們對他的敵意：因爲這樣他總好安心工作。

爸意涉完全贊成他的意見。她毫無野心，不是一個克拉夫脫底種氣，既不像父親，也不像祖父。她全不指望兒子成就什麼功名榮譽。當然，要是兒子有錢有勢，她心裏也是歡喜的；但若這些東西必得用多少的不如意去換來，那她寧可不提此話。他和宮廷決絕之後的她的悲傷，倒並非為了那件事故本身，而是為了克利斯朵夫因之大感苦惱的緣故；至於他和報章雜誌方面的人絕交，她心裏倒很高興。她對於字紙，像所有的鄉下人一樣抱着反感，以為這些東西不過使你耗費時間，沾惹煩惱。有幾次她聽見雜誌方面的幾個青年和克利斯朵夫談話：她對於他們惡毒的心思覺得駭然：他們誹謗一切，誣蔑一切；而且壞話越說得多，他們越快活。她實在不歡喜這種人。他們很聰明，很博學，那是無疑的；但他們決不是好人：所以她看見克利斯朵夫和他們從此分手覺得非常快活。她固執地想：他們對他有什麼好處呢？

——他們愛把我怎麼說、怎麼寫、怎麼想，都由他們罷，克利斯朵夫說道：他們總不能阻止我保持我的本來面目。他們的藝術、思想，與我有什麼相干？我統統否認！

* * * * * * *

否認社會的確是很痛快的事。但社會決不輕易讓青年人說說大話就把它否認了的。克利斯朵夫固然很眞誠，但不免抱着幻想，不會把自己認識清楚。他不是一個僧侶，沒有遁世的氣質；更沒有遁世的年齡。先是他還不大痛苦，因爲他一心耽溺着創作；只要他的工作不斷，就不會覺得有什麼欠缺。但舊作已完、新作尚未在心中萌動的期間，卻有一段苦悶的時光，他徬徨四顧，不禁對於自己的孤獨覺得寒心。他自問爲什麼要寫作。一個人在寫作的時候是不會有這種問題的：應當寫作，這是毋庸討論的，但當一件作品誕生下來擺在面前之後，那先前把作品從胸中擠壓出來的本能就默不出聲了：而作品爲何誕生我們也不懂了；我們自己對於作品也僅能辨識，它幾乎變成一件陌生的不相干的東西，我們幾乎把它忘掉了。但若作品既不曾印行，又不曾演奏，不曾在世界上眞正生存過，那麼我們決不會把它忘懷。因爲至此爲止，作品還是一個與母體相連的新生兒，一件緊在活的血肉上的活東西，要它在世界上存活，必得把它切割下來。克利斯朵夫製作愈多，愈受這些從他生命中繁衍出來的東西壓迫；因爲它們無法生存，也無法死滅。誰來解放呢？一種模糊曖昧的壓力搖動着他思想底嬰兒，竭力想和他脫離，想流佈到別的心靈中去，好似活潑的種子乘着風勢吹遍世界一般。難道他長此禁錮於不毛之地，無法生長麼？那他纔不勝其憤慨哩。

既然他一切的出路——戲院，音樂會——都已斷絕，而他亦無論如何不肯再低首下心去向欺弄過他的指揮們鑽謀，那麼除掉把他所寫的作品印行以外別無辦法；但要尋一個捧他出場的出版家也不比尋一個演奏他作品的樂隊更容易。兩三次笨拙到無可再笨拙的嘗試，於他已經足夠；與其再碰一次釘子，或和書賈們爭論，看他們長蟄式的面孔，他寧可自己出資印刷。這簡直是發瘋：雖然他在宮廷月俸與幾次音樂會收益項下積了一些錢，但這些來源已經斷絕，他極應當小心謹愼的調度這筆積蓄，纔好度過他甘心忍受的這個艱苦的時期。可是他非但不這樣，反因這筆積蓄不夠對付印刷費而再去借債。魯意莎一句話都不敢說：她覺得他這種行爲是不合理的，也不大明白爲何一個人爲了把姓氏印在書上就肯化這麼一筆錢；但既然這是使他耐性、使他肯留在她身旁的一種方法，她也就以他的滿足爲滿足了。

照理，克利斯朵夫該把他作品中比較通俗的東西提出付印，但他偏偏選出一批最特殊的、自己最重視的作品。那是些鋼琴曲譜，中間雜着些歌，有的很簡短，調子很通俗。有的極鋪張，幾乎與樂劇相彷。所有這些作品合起來成功一組或悲或喜的印象，嚙接得很自然，有時用鋼琴獨奏來表現，有時用獨唱或以鋼琴伴奏的歌曲來表現。『因爲，克利斯朵夫說，當我幻想的辰光，我並沒把我的感覺納入何種固定的形式：我只是痛苦，快活，沒有言語可以形容；但到了某一個時候我也需要說出來，我便不假思索地歌唱了：有時只是一些含糊的字眼，斷續的句子，有時是整篇的詩；唱完之後我又重新幻想。日子便這樣的過去了：但我想描寫的倒的確是一日。爲何定要一部純粹是歌或純粹是序曲的選集呢？這豈非最做作最不調和的東西麽？還是讓心靈自由活動罷！』所以他把他的集子題做：一日。集中各部還有小題目，簡括地指出內心的幻夢也有一種先後的程序。克利斯朵夫又寫上神祕的題款，縮寫的字母，日子，唯有他可以懂得，可以回想起詩意盎然的時光或是心愛的面貌：笑容可掬的高麗納，慵懶不勝的薩皮納，和不知名姓的法國少女。

除了這些作品以外，他又選了三十闋歌，是他自己最心愛的，所以是羣衆最不愛的。他絕對不取他『最悅耳』的曲子，而選了最特殊的。——（一般好人最害怕『特殊，』凡是沒有特點的東西，他們似乎覺得高明多了。）

這些歌是依了十七世紀西萊西省（按係普魯士邦中的一省）詩人底作品而寫的，克利斯朵夫偶而在一部通俗叢書裏讀到這些詩篇，很歡喜其中率直樸實的氣息。其中有兩個作家尤其使他心折，那是兩兄弟般的，都在三十歲上夭折的短命天才。一是富有丰趣的保爾・弗萊門，高加索和伊斯巴芬（波斯古部）一帶的流浪者，在戰爭底殘暴，人生底悲哀，當代的腐敗的環境中，仍舊保持着一顆純潔的、慈悲的、清明的心。另外一個是癲狂的天才，約翰・克利斯丹・耿脫，是抑鬱潦倒，生活無定的人。克利斯朵夫所取材於耿脫的，是反抗壓迫的挑戰的呼聲，是巨人被困時狂怒的咀咒，把雷電霹靂回擊上天的號叫。取材於弗萊門的則是花一般柔和的情詩，溫馨歡悅的舞曲，悲壯而又靜穆的十四行詩：其中的一首自獻，即是克利斯朵夫如早禱般諷詠不已的。

虔敬的保爾・琪哈脫底樂天主義，同樣使克利斯朵夫心嚮神往。這於他是悲哀之後的一種安息。他歡喜他那種對於自然的觀照，鮮嫩的草原上，鵝鳥在百合花和白水仙中間莊嚴地散步，小溪在沙上流着，發出幽密的歌聲，燕子或白鴿在明淨的空氣中掠過，雨後的陽光顯得無限歡暢，光明的天空在雲端微笑，黃昏時清明肅穆的情調，森林，羊羣，城市，原野，全都靜息了。他把這種至今還在新教教堂裏唱着的聖歌譜成音樂，可並不保存它原有的合唱性質。那是他最厭惡的：他只賦予聖歌一種自由活潑的表辭。克利斯朵夫在『流浪的基督徒』中灌注入多少高傲的氣息，在『夏日之歌』中也輸入異教徒式的狂歡，把平靜的河流激盪得泛濫起來：這些恐怕都非原作者琪哈脫所能想像的。

惡劣不堪的印刷終於完工了。為克利斯朵夫代印代售的出版家，實在不過是他的一個鄰居。他原擔當不起這樣重大的工作，所以直拖延了好幾個月；錯誤百出，還得費錢校勘。完全外行的克利斯朵夫聽他多算了三分之一的賬；費用就比預算溢出了好幾倍。等到大功告成之後，克利斯朵夫捧着一册碩大無朋的樂譜，不知道怎麼辦。那個出版家是沒有主顧的，也不設法推銷這部作品。而他這種麻木遲鈍的性格和克利斯朵夫底態度倒很相投。他為交卸良心上的責任起計，要求克利斯朵夫擬一段廣告，克利斯朵夫卻回答說『毋須廣告：要是他的音樂果眞高妙，那麼音樂本身就是廣告』。出版家虔誠地聽從了他的吩咐：把那些印刷品藏在堆棧底裏。要說保存，的確是保存得很好；因為六個月內也不曾售去一部。

在等待大衆來對他表示同情的期間，克利斯朵夫先得想法塡補他的虧空；他不能再尊奇求了，因爲一方面要維持生活，一方面要償還債務。而且債務既比他預料的更重，他的積蓄又遠沒有他計算的充分。究竟是他在不知不覺間把錢化掉了呢，還是他把自己的積蓄計算錯了？——大概是屬於後者的成分居多，因爲他從來不能做一個準確的加法。不管錢是怎麼短少的，總而言之是短少了。曾意莎不得不流着血汗來幫助兒子。他心裏很難過，只想趕快卸除他的內疚，用任何代價都可以。雖然向人自荐和遭人拒絕是多麼難堪，他還是到處去乞求教課的位置。然而他已失掉靠山；不容易再找到學生。所以當人家和他談及一所學校裏有一個位置時，他高興得立刻接受了。

這是一個半教會式的學校。校長是一個機警的人，雖不是音樂家，可很懂得在目前的情形之下只需低廉的代價就好利用克利斯朵夫。他面上顯得很慇懃，但錢出得很少。當克利斯朵夫膽怯地提起這一點時，校長和藹地笑着告訴他，既然他此刻沒有官銜，便不能希望更多的報酬。

難堪的差事！他的任務並非在於教學生音樂，而是在於使家長們以爲他們的子弟懂得音樂，使學生們也自以爲懂得音樂。最重要的是使他們能夠在招待外客的典禮中歌唱。至於用什麼方法倒是無關緊要的。克利斯朵夫對於這些情形非常難過；他在盡了職務之後，簡直不能自慰地說是做了一件有益的工作：良心很不安，彷彿做了什麼虛僞的事情。他試着給孩子們受一些切實的教育，教他們愛好純正的音樂，但他們滿不在乎。克利斯朵夫沒有方法教他們聽他說話；他缺少威權；實在他也不配教小學生。他只覺得他們非驢非馬的歌唱可厭，想立刻和他們解釋樂理。上鋼琴課時，他要學生和他一起合奏一闋貝多芬底交響樂。這當然是行不通的；於是他大發雷霆，把學生趕走了，獨個兒長久地彈着。——對於學校外面的私人學生，他也用着同樣的教法：一些耐心都沒有：譬如他對一個以出身貴族自豪的小姑娘說她的彈奏簡直和廚娘一樣；或是寫信給學生底母親表示不願再教了，說如果要他繼續教一個這樣沒出息的學生，定會把他氣死。——這些舉動當然不會把他的事情弄好。幾個僅有的學生也離開了；他不能把一個學生留到兩個月以上。他的母親數說他，要他答應至少不與學校失和；因爲倘使他丟了這個位置，他簡直不知幹什麼來糊口了。所以雖然心裏厭惡，他還是勉強抑制自己：講到盡職二字，他是堪爲模範的。但當一個蠢驢似的學生在某段樂章上犯了第十次的錯誤時，或是要他爲下次的音樂會教學生們一段無聊的合唱時（因爲人家不放心他的口味，所以連編排節目底權也不給他，）眞要把心中的思想深藏不露纔行！他的冷淡固不必說。但他還是撐持着，一言不發，疾首蹙額，宣洩內心的氣惱時也不過用拳頭在桌上敲幾下使學生們嚇得直跳罷了。有時這種苦水實在太苦了，嚥不下去；他便在一曲中間阻斷了那些歌手，喊道：

——嘿！丟下這個！丟下這個！還是讓我來替你們奏一曲華葛耐罷。

他們正是求之不得。等他轉過背去，他們就玩起紙牌來。結果總有一個把這種情形報告校長，於是克利斯朵夫受着埋怨，說他在此地的任務並非教學生愛音樂而是教他們歌唱。他懷着一腔的怒氣聽着這些訓誨；但他終於忍受了：因爲他不願決裂。——幾年以前，當他的前程慢慢顯得光明而可靠，但實際上他還一無成就的時候，誰又會告訴他，說等到他有了一些價值時他將被逼到受這些奚落？

他因在學校裏擔任教職而受到的許多屈辱中間，對同僚們必不可少的拜訪也是一件不容易忍受的事情。他隨便拜訪了兩個，但他厭煩得再沒勇氣繼續去訪問別的。即是那受他拜訪過的兩位同事也表示不滿；其餘的更認為是對他們個人的侮辱。大家把克利斯朵夫看得在地位上、智慧上都比他們低下，對他裝着一副簡慢的神氣。他們那種堅強的自信和把自己對克利斯朵夫的見解認為千眞萬確的氣概，竟把克利斯朵夫也弄得惶惑無主，相信他們起來；他覺得自己在他們旁邊非常愚蠢：簡直想不出什麼話可和他們說。他們對於自己的行業非常熟悉，可不知在他們的行業以外還有什麼天地。他們並不是人。倘使他們就是書本倒也罷了！但他們不過是書本底註解，考據文字的詮釋。

克利斯朵夫躲避和他們聚首的機會。但有些場合竟是含有強迫性的。校長按月招待一次賓客：大家都得到場。克利斯朵夫對第一次的邀請規避過了，連道歉的話也不說，只是無聲無臭的裝作死人一樣，希望他的缺席不致被人注意，可是第二天他就受到一頓半客氣半嚴厲的教訓。下一次，因了母親底督責，他就懷着參加葬禮般的心緒去赴會了。

到場的有本校和旁的學校底教員，還有他們的妻子和女兒。大家擠在一間嫌得太小的客廳裏，依着各人的等級分成小組，簡直不理睬他，鄰近的一組正談着教學法和食譜。這些教員太太都有各式各種烹飪祕訣，個個都發揮得淋漓盡致。男人們對於這些問題的興趣也一樣濃厚，幾乎也一樣在行。他們欽佩妻子底治家天才，女人欽佩丈夫底博學多聞：雙方欽佩的程度恰恰相等。克利斯朵夫立在一扇窗子旁邊，背靠着牆，不知如何是好，時而勉強裝着憨笑，時而掛着一副陰沉的臉，眼睛定定的，面上的線條抽搐着，真是煩悶欲死。離開他不遠，有一位少婦坐在窗檻上，沒有人理睬她，她也和他一樣煩悶着。兩個人都望着客室裏的人物，可不曾彼此望一眼。過了一會，當兩個人支持不住了、都旋轉頭去打呵欠時，纔互相注意到。一剎那間，兩對眼睛相遇了。他們友善地交換了一個眼色。他望前走了一步。她低聲和他說：

——大家玩得很有趣，是不是？

他轉背望着窗子，吐了一吐舌頭。她不禁笑開了，隨即突然打起精神，做個手勢教他坐在她身旁。他們彼此通了名姓。她是校中生物學教員萊哈脫底妻子，新近到這城裏，還不曾認識什麼人。她生得並不美，臃腫的鼻子，醜惡的牙齒，也沒有嬌豔的氣色，但眼睛很活潑，相當靈秀，還有一副兒童般的笑容。她像喜鵲一般曉舌：他也非常起勁的對答着；她的直率的程度簡直有些好玩，又會想出種種古怪的話頭；他們大聲交換着他們的觀感，全不顧慮周圍的人。那些鄉人，在理應發些善心爲他們解除寂寞的時候卻不理睬他們，這時候倒都用着不滿的目光注視他們了：這樣的作樂，在這般人看來未免不大雅觀！……但他們愛怎樣想都可以，兩個曉舌的人簡直不以爲意：他們這番也算是報復哩。

末了，萊哈脫夫人把她的丈夫給克利斯朵夫介紹了。他生得其醜無比，一張蒼白的沒有鬍鬚的臉，生滿着疤斑，愁眉不展的死樣子，但神氣倒非常慈悲。他的聲音是在喉嚨底裏迸出來的，說話時又嚴肅又含糊，每個音母之間都要停頓一下。

他們結婚不過數月，但這對醜夫妻倒是你憐我愛：在這些人羣中間，他們互相矚視時的目光、說話、牽手，都有一種特別親熱的方式，——又可笑又動人的方式。一個有所愛欲，另一個無不贊同。他們立即邀請克利斯朵夫在這裏散場之後到他們家去用晚餐。克利斯朵夫先用說笑的態度辭謝，說今晚最好是各人回去睡覺：大家都厭倦欲死，勞碌走了幾十里路以後的情景。但萊哈脫夫人回答說，正因爲如此纔不該立刻睡覺：懷着這些不快的思想過夜是很危險的。克利斯朵夫便讓步了。在孤獨的環境中，他覺得遇到這兩個好人很快活，雖然不大聰明，但很樸實而慇懃。

＊　＊　＊　＊　＊　＊　＊

萊哈脫夫婦底家也像他們一樣的慇懃。這是一個微嫌多嘴的、滿着標語的好客者。桌椅，器具，碗盞，都會說話，毫不厭倦的再三表示接待『親愛的來客』的愉快，問候他的起居，給他許多慇懃的和充滿着德性的勸告。在那張挺硬的沙發上，放着一個小小的靠枕，友好地喁語道：

——再坐一刻罷。

人家端給他的那杯咖啡，堅持着要他再喝一杯：

——再來一滴罷！

盤子碟子都一致爲烹調作道德上的宣傳，而這烹調實在也很高明。有的說：

——得想着我們全體：否則你就不會有好東西。

有的說：

——親切和感激令人歡喜，忘恩負義使大家憎厭。

雖然克利斯朵夫不抽烟，壁爐架上的煙灰碟也忍不住要勾引他：

——這裏是給燃着的雪茄歇息一會的小地方。

他想洗手時，梳洗桌上的肥皂便說：

——請我們親愛的客人使用。

還有那文縐縐的抹手布，好似一個很有禮貌的人，雖然沒有甚麽可說，也以爲多少應當說一些，便說了兩句含義甚好但不大合時的話：『應當早起，享受晨光。』

這樣，克利斯朵夫竟不敢在椅子上動彈了，唯恐還有別的聲音從屋子底四隅招呼他。他眞想和它們說：

——住口罷，你們這些小妖怪！人家連說話都聽不見了。

隨後他不禁哈哈大笑起來，當主人們表示訝異的時候，他推說是因爲想起了剛纔在學校裏的集會之故。實在他絲毫沒有取笑他們的心思。再加他對於一切可笑之處也並不如何敏感，不久他對這般人和物底嚴懲的嘵舌也習慣了。他有什麼不能原諒他們呢？這是些多麼善良的人！他們並不可厭；即使趣味不大高妙，可並不缺少聰明。

他們在這個初到的城裏有些徬徨失所的神氣。內地的人自有一種令人難堪的脾氣，絕對不答應旁人事先不徵求他們同意而隨便進到他們的城裏。萊哈脫夫婦對於內地的禮法，對於這種新來的人對先住的人應盡的義務，不會嚴格奉行，至多不過萊哈脫一個人機械地遵循了這些禮法。但他的妻最怕這些苦役，天性又不受拘束，便一天天的拖延下來。她在拜客單上揀着最不惹厭的人家先去；其餘的都無限期的展緩了。當地的要人們不幸就在這後面一批中，便對於這種失敬的行為大為生氣。安日麗加・萊哈脫——（她的丈夫叫她麗麗）——是一個自由不羈的人；怎麼也學不會那種裝腔做勢的口氣。她不怕挺撞高級的人使他們氣得滿面通紅；必要時也不怕當場揭穿他們的謊言。她說話最直爽，而且非把想到的一齊說出來不休：有時竟是大大的傻話，被人家在背後竊笑；有時也是挺厲害的刻薄話，張着喉嚨直喊出來，為自己結了許多死冤家。在快要說出來時，她咬着嘴唇，想忍着不說，但已經說出口了。她的丈夫，可以算得男人中最溫和最恭敬的一個，關於這一點他也膽怯地指摘過她幾次。她便擁抱他，說自己眞是傻子，說他眞是有理：但一忽兒後，她又來了；而尤其在最不該說的場合與最不該說的時候她脫口而出：要是不說，她簡直不好過。——她生性是和克利斯朵夫投機相契的。

在因爲不該說所以她纔說的許多古怪事情中，她所尤其念念不忘的是對於任何事情都要把德國怎樣法國怎樣來做一種不得當的比較。她自己就是德國人，——（而且是德國氣息最重的德國人）——不過生長在亞爾薩斯（按係德法交界處的省份，普法戰爭時與洛林省同被德國併吞，大戰後重歸法國）和一般法國籍的亞爾薩斯人有些交誼，就受了拉丁文化底蠱惑；這是多少在併吞地帶內的德國人所抗拒不了的；並且也是友面上最不容易受影響的人偏偏會受的。也許實際上是因爲安日麗加嫁了一個北方的德國人，一朝處於純粹日耳曼式的環境中而故意存着反抗的心思，所以這種誘惑的力量格外顯得強烈。

卽在初次遇見克利斯朵夫的那天晚上，她就彈着老調提到她的話頭。她稱讚法國人談話多麼自由，克利斯朵夫一疊連聲的稱是。對於他，法國便是高麗納：光彩煥發的眼睛，一張笑嘻嘻的年奇的嘴巴，直率隨便的舉止，淸脆可聽的聲音：他滿心希望多知道些法國底情形。麗瑙・萊哈脫發見自己和克利斯朵夫這樣的投機，不禁拍起手來。

——可惜我年輕的法國女友不在此地了，她說；但她也支持不下去已經走了。高麗納底形象頓時消失了。好似一支火箭熄滅之後，陰暗的天空顯出羣星底溫和深沉的光彩一般，另一個形象，另一對眼睛顯現了。

——誰啊？克利斯朵夫驚跳了一下問道。是年輕的女教員麼？

——怎麼？萊哈脫夫人說，您也認識她？

他們描摹她的身材面貌：結果兩幅肖像完全一模一樣。

——原來您認識她的？克利斯朵夫反覆的說。噢！把您所知道關於她的事情告訴我罷！……

萊哈脫夫人開始聲明她倆是知交，『一切』都互相傾訴的。但要她涉及細節時，這『一切』可就變得極其有限了。她們原來在別人家中相識，還是萊哈脫夫人先向少女進攻，用她照例的懇摯的態度，邀請她到家裏談談。她來過兩三次，她們談過一些話。好奇的麗麗費了不少力量纔探聽到一些法國少女底身世：她生性沉默；必得逐漸逐漸的東撫西拾，方始知道一些大概。萊哈脫夫人只知道她名叫安多阿納德·耶南，沒有產業，全部的家族只有留在巴黎的一個兄弟，那是她盡心盡力想幫助的。她時時刻刻提到他，唯有在這個題目上她纔稍稍有些說話流露；麗麗·萊哈脫對於那位孑身寄宿在中學裏的無親無友的少年表示非常同情，纔博得了少女底信任。安多阿納德因爲要補助他的學費，纔接受了這個外國的教席。但這兩個可憐的孩子不能單獨過活，天天都要通信；只要信到稍遲就會引起過度的憂慮。安多阿納德老是替兄弟擔心着：他沒有勇氣隱藏他孤獨的苦處；每次的訴苦都在安多阿納德心中激起巨大的憐痛的回響；她想起兄弟底痛苦就難過。時常以爲他害着病而不敢告訴她。善心的萊哈脫夫人好幾次埋怨她這種杞憂；一時居然把她的疑慮祛除了。——可是關於安多阿納德底家庭，關於她的景況，關於她隱蔽的心思，萊哈脫夫人便一無所知了。在第一句問句上，少女就驚惶失措地緘默了。她有相當的學問，似乎早經世故；天真而又老成，虔敬而沒有絲毫妄想。在這裏住在一個既不機智又不慈悲的人家，她是很苦惱的。——至於她怎麼會離開萊哈脫夫人也不大知道底細。人家說是因爲她行爲失檢。安日麗加可絕對不信；

她敢打賭這是卑鄙的流言，唯有這個該死而凶惡的地方纔造得出來。究竟是什麼事情固然沒有關係，無論如何總有一些事情，是不是？

——是的，克利斯朵夫低下頭去回答。

——終竟她是走了。

——臨走的時候，她和您說些什麼？

——啊！麗麗·萊哈脫說，我沒有運氣。我剛巧往科侖去了兩天：回來的時候……太晚了！……

她停下話頭對着女傭這麼說，因爲她把檸檬拿來太晚了，不及放在她的茶裏。於是，像一般眞正的德國女子把家庭瑣事看得那麼鄭重的脾氣，她自然地用着莊嚴的口吻補充道：

——太晚了，好似人生所有的事情一樣！……

（可不知她說的是檸檬還是那打斷的故事。）

隨後又道：

——回來的時候，我發見她留給我一封短簡，謝謝我幫忙她的地方，說她回巴黎去了，可是沒有留下地址。

——從此她再沒寫信給您麼？

——再沒寫信了。

克利斯朵夫重又看到那副憂鬱的臉龐在黑夜中消失，只有那雙眼睛重又顯現了一剎那，恰似最後一次隔着車窗望着他的情景。

* * * * * *

法蘭西這個謎重新在他心頭浮起，更加急切的需要解決。克利斯朵夫老是向萊哈脫夫人追問她自命熟悉的那個國家底情形。實際上，萊哈脫夫人從未到過法國，但她一樣能夠滔滔不竭的告訴他許多事情。至於萊哈脫，則是一個熱烈的愛國之士，雖然對於法國並不比他的女人認識得更清楚，心裏卻充滿着成見，當麗麗對法國表示過度的熱情時，不免插入幾句保留的話；可是她反而更加固執她的主張，莫名其妙的克利斯朵夫又盲目地附和着。

對於他，麗麗·萊哈脫底書籍比着她的回憶更可寶貴。她搜集了一小部分法文書：有的是學校裏的教科書，有的是小說，有的是偶然買來的劇本。克利斯朵夫既極想知道而又全不知道法國情形，所以當他聽到萊哈脫說他可以自由借閱的時候，便歡喜得如獲至寶一般。

他先從幾本文選——幾本教科書入手，那是麗麗或萊哈脫從前上學時用的。萊哈脫告訴他，假使他想在這種完全陌生的文學中弄出一些頭緒的話，就該用這些書本開頭。克利斯朵夫素來尊重比他博學的人底意見，便虔誠地聽從了；當晚就開始閱讀。第一他想把所有的寶藏看一個大概。

這樣，他便認識了一大批法國作家。他讀了許多第一流至第三四流的詩歌，從拉西納，囂俄，高艮到尼凡諾阿，夏伐納。克利斯朵夫在這詩歌森林中迷失了，便改道進到散文領域。於是又是一大批知名與不知名的作家，如皮伊松，梅里曼，瑪德·勃侖，服爾德，盧梭，米爾博，瑪薩特等。在這些法國文選中，克利斯朵夫讀到德意志帝國立國底宣言；又讀到一個名叫弗雷特烈—公斯當·特·羅日叢的作家描寫德國人的文字，說「德國人天生宜於過精神生活，毫無法國人底囂張而輕佻的氣質，富有性靈，感情也溫婉而深刻。勞作不倦，遇事有恆。他是世界上最有道德的民族，也是壽命最長久的民族。作家人才輩出，藝術天賦極高。別的民族常以生爲法國人英國人西班牙人自豪，德國人卻對於全人類都抱着一視同仁的熱愛。而且以它位居中歐的地勢來說，德國似乎就是人類底心和腦。」

克利斯朵夫又疲倦又驚訝，闔上書本想道：

——法國人眞是好男兒，可不是强者。

他另外拿起一册。這是比較高一級的東西，爲高級學校應用的。繆塞在其中占了三頁，維克多・杜呂哀（按係法國史學家）占了三十頁。拉馬丁占了七頁，蒂哀（法國大政治家史學家。）占了將近四十頁。西特（按係法國十七世紀高爾乃依著名悲劇）全本都選入了，——差不多是全本：——（只删去了唐・第愛格和洛特里葛底對白，因爲太冗長之故……）——朗弗萊（按係法國十九世紀政客，以反對拿破侖著稱。）極力爲普魯士張目，把拿破侖一世攻擊得體無完膚，所以在選本中所占的地位也格外多，他一個人底文字竟超過了十八世紀全部的名作。左拉在他著名的小說『瓦解』裏關於一八七〇年普法之役中法國慘敗的描寫也被選入了。至於蒙丹，拉・洛希夫谷，拉・勃呂伊哀，狄特洛，史當達，巴爾扎克，弗洛貝，簡直一個字都沒有。反之，在別本書裏所沒有的柏斯格，本書裏倒以聊備一格的方式選入了；於是克利斯朵夫得悉這個十七世紀的揚山尼派信徒（按係當時基督教中的一派）「曾經與巴黎近郊保・洛阿依阿女子學院底教士們有過來往……」

克利斯朵夫正想把一切都丟開頭昏腦脹的弄得莫名其妙。他自忖道：「我永遠摸不出頭緒的了。」他也沒有辦法盤理出一些見解；只是幾小時的翻着書本，不知道讀什麼好。他的法文程度本來就不高明；而當他費盡氣力把一段文字弄明白時，又往往是毫無意義的東西。

可是在這片混沌中間，也有些閃爍的光明，鏗鏘的刀劍，喑嗚叱咤的字眼，與乎激昂慷慨的笑聲。他慢慢地從初步的瀏覽上面也得到一些印象了，這也許是選本含有偏見的緣故。那些德國出版家，在選錄的時候故意挑出法國人批評法國而推重德國的文章，來證明德國民族之優秀和法國民族之低劣。但他們不曾想到在一個像克利斯朵夫般思想自由的人心目中這反而顯出法國人敢於指摘自己、頌揚敵人寬大的精神。米希萊（按係法國十八世紀史學家。）就很恭維普魯士王弗雷特烈二世，朗弗來也頌揚德拉法迦一役中的英國人，戛拉（法國十九世紀陸軍部長）讚美一八一三年代的普魯士，拿破侖底任何敵人都不敢像這些法國人那樣用着嚴厲的口吻詆毀拿破侖。即是神聖不可侵犯的東西，在這般刻薄的嘴裏也是有所不免。一直追溯到煊赫的路易十四時代，那些戴着假髮的詩人亦是一樣的放肆。莫利哀對什麼都不肯留情。拉·風丹納樣樣都要取笑。鮑阿羅痛罵貴族，服爾德呵斥戰爭，羞辱宗教，譏弄祖國。倫理家，諷刺家，誹謗家，都在嘻笑怒罵上面用功夫。藐視一切成為一時的風氣。老實的德國出版家有時竟嚇壞了；他們覺得非把自己的良心撫慰一下不可，看到柏斯格把士兵看做竊盜無賴一流的時候，便替柏斯格申辯，在附註裏說他的輕視軍人是因為他沒有見到現代的高尚的軍隊之故。他們又讚揚萊辛的改作拉·風丹納底寓言，原來是烏鴉愛諂媚而把嘴裏的乳餅掉給狐狸喫了，萊辛卻把那塊乳餅改成一塊有毒的肉，使狐狸喫了死掉：

「但願你們永遠只喫到毒藥，可惡的諂媚的小人！」

他們在赤裸裸的眞理前面不免睒眼睛；但克利斯朵夫覺得非常痛快：他愛光明。但他也不免在有些地方喫驚；因為一個德國人無論怎樣自由，總是慣於遵守紀律的，所以這種放肆也要使他覺得有些目無王法。而且他被這種法國式的幽默弄糊塗了：把有些事情看得過於認眞。至於眞正的反話倒使他認爲是好玩的怪僻之論。這都沒有什麽關係！詫異也好，喫驚也好，總之他是慢慢地被吸住了。他旣不願整理他的印象，便隨便亂想一陣：他生活着，法國故事中輕鬆快樂的氣質——夏福，賽瞿，大仲馬，梅里曼諸人底作品，——使他的精神大爲寬弛；不時還有大革命底強烈辟人的味道一陣陣的從書本中傳出。

快要天明的時候，睡在隔室的魯意莎醒來，從克利斯朵夫底門縫裏瞥見燈光還未熄滅。她敲敲牆壁，問他是否病了。只聽見一張椅子倒在地板上；她的房門驀地打開了：克利斯朵夫穿着襯衣，一手執着蠟燭，一手拿着書本顯現了，一邊還做着莊嚴的古怪的姿勢。魯意莎嚇得從牀上坐起，以爲他瘋了。他開始大笑，搖動着蠟燭，念着莫利哀戲劇中的一段臺詞。他一句沒有念完又噗哧笑了出來，坐在母親牀脚下喘氣；蠟燭在他手裏搖幌不住。魯意莎放下了心，親切地埋怨道：

——什麽事啊？什麽事啊！去睡覺罷！……可憐的孩子，難道你竟發獃了麽？

但他又高聲的繼續往下念：

——你應當聽一聽這個！

於是在她牀頭坐下，他把那齣戲劇重新從頭念起來。他彷彿看見高麗納就在眼前，可以聽到她浮誇的聲氣，魯意莎卻儘管嚷道：

——去罷！去罷！你要受涼了。你眞惹厭。讓我睡覺罷！

他卻不動聲色的繼續念着，裝出一種浮誇的聲音，舞動着手臂，把自己笑倒了：他問母親這是不是妙極。魯意莎翻過身去，鑽在被窩裏，掩着耳朵說道：

——不要和我吵！……

但聽到他笑時，她也嗤嗤地笑了。終於她不則聲了。當克利斯朵夫念完之後，再三追問她意見而不得回答之後，他俯下身子，發見她已睡熟。於是他微笑着，輕輕地吻着她的頭髮，悄悄地回到自己的臥室。

* * * * * *

他又回到萊哈脫家書堆裏去搜尋。所有的書，一本一本地，雜亂無章地都給他讀過了。他抱着一腔熱望，渴欲愛那高麗納與無名女郎底國家，懷着無限的熱情想發洩而居然找到發洩的機會了。即在第二流的作品中，片言隻語也使他呼吸到一股自由的氣息。尤在當他在滿口贊成他的萊哈脫夫人面前講起時，他把這種感覺格外的誇張了。她呢，雖然極其愚昧，也故意要把法國文化和德國文化對比，褒揚前者，貶抑後者，一邊使她的丈夫氣惱，一邊也算對這可惡的小城出一口氣。

萊哈脫的確大爲憤慨。他除掉本行的科學以外，其餘的智識不過是學校裏所教的一些。在他看來，法國人是很乖巧的，可愛的，在實際事務上很聰明，也很會說話，但不免輕佻，氣短，傲慢，對什麼事情都不知嚴肅，一些強烈的情操，一些眞誠的性格都沒有，——他是一個沒有音樂、沒有哲學、沒有詩歌（除掉鮑阿羅，斐朗依哀，高貝以外——按皆係法國第二流詩人）的民族，是一個虛浮、輕狂、誇大、淫猥的民族，他簡直沒有充分的字眼來貶斥拉丁民族底不道德；因爲沒有更適當的名詞，他便老是提到「輕薄」兩字，這在他的嘴裏，如在大多數的德國人嘴裏一樣，有一種特別不好的意思。末了，他在結束的時候應用那些頌揚德國民族的老套，——說什麼道德的民族（據埃爾特說，『這是異於別的民族的地方，』）——忠實的民族（其中包括眞誠、忠實、光明、正直等等底意思）——卓越的民族（如斐希特所云）——還有德國人的力簡直是一切正誼一切眞理底象徵，——德國人底思想，——德國人底戀摯，——德國底語言，世界上唯一特殊的語音，和種族一樣保持着它純粹的統系，——德國底女子，德國底美酒，德國底歌曲……『德國，德國，在世界上德國是高於一切！』克利斯朵夫對他表示異議。萊哈脫夫人附和着克利斯朵夫，一味哄笑。他們三人一齊提着嗓子大叫大嚷。但他們仍不失爲知己，因爲他們知道自己都是些眞正的德國人。

克利斯朵夫常常到這對新朋友家裏談天、用餐，和他們一同散步。麗麗·萊哈脫很疼他，替他做怪有味道的湯：她很高興能夠借此機會滿足她自己的貪饞。她在感情方面和烹調方面都很體貼。慶祝克利斯朵夫生辰的時候，她特地做了一塊蛋糕，四周插着二十支蠟燭，中央用糖澆成一個希臘裝束的肖像，手裏抱着一束花，代表依斐日尼。克利斯朵夫雖然不願意做德國人，實際究竟具有純粹德國人的性格，所以那顆眞誠的心底不甚細膩的表現居然把他感動了。

至誠的萊哈脫夫婦還會想出更細膩的方法來證明他們的友情。連樂譜也不大會讀的萊哈脫，聽了妻子底主意，買了克利斯朵夫底一二十本歌集——（這是那個出版家賣出的第一批貨色；）——分發給他認識的德國各地底大學教授；他又設法教人寄一部分到萊布齊和柏林兩地底書舖，那是他在教科書買賣上有來往的。可是這種瞞着克利斯朵夫所做的動人而笨拙的推銷，一時毫無效果。隨處散佈開去的歌集，似乎不容易打出路來：一個人也不會談起；萊哈脫眼看社會這種冷淡非常難過，深自慶幸不曾把他們的舉動告訴克利斯朵夫；否則非但不能使他安慰，反而要增加他的悲戚哩。——但實際是什麼都不是白費的，這種情形在人生中就屢見不鮮；每次的努力都有後果。即使幾年之中杳無音訊；後來卻終有一朝會發見你的思想的確完畢了它的途程。克利斯朵夫底歌集，就是這樣地踅着小步向着少數隱在內地的善心之士走去，他們不過因靦怯而一時不曾向他說出他們的感覺罷了。

只有一個人寫信給他。在萊哈脫把集子寄出了三個月以後，克利斯朵夫收到一封真摯的、恭敬的、熱烈的信，格式也是過時的，發信的地方是圖林根邦底一個小城，署名是大學教授兼音樂導師彼得·蘇茲博士。

這於克利斯朵夫真是極大的愉快，但當他在萊哈脫家拆閱他忘在袋裏已有多日的信札時，萊哈脫夫婦尤其來得歡喜。他們一同披閱。萊哈脫夫婦彼此丟着眼色，克利斯朵夫可不曾注意。他似乎很高興，但萊哈脫發見他把信念到半中間忽而沉下臉來，停住了：

——哦，爲何你停着不念下去了！他問。

（他們已經親密地稱「你」了。）

克利斯朵夫把信望桌上一丟，憤憤地說道：

——噢，不！這太過分了。

——甚麼？

——你去看罷！

他旋轉身去，立在一邊生氣。

萊哈脫和妻子一同念着，讀到的盡是些熱烈頌揚的語句。

——我不見有何……他詫異地說。

——你不見？你不見？……——克利斯朵夫嚷着，一邊重新拿起信來放在他的眼前，——難道你不識字麼？你不見他也是一個勃拉姆斯黨麼？

萊哈脫這纔注意到那位音樂導師在信裏把克利斯朵夫底歌比之於勃拉姆斯底歌……克利斯朵夫抱怨道：

——一個朋友！我終於遇到了一個朋友……但我剛找到就失掉了！

他被這個比擬惹得大為氣惱。要是人家不加阻止的話，他定會立刻寫一封荒唐的復信寄去。或至多在仔細思量之下，以為置之不理是最聰明、最客氣的辦法了。幸而萊哈脫一邊覺得他的生氣可笑，一邊阻止他再鬧一樁新笑話。他們勸他寫一封道謝的信，但那些道謝的字句因為在心緒惡劣的時候寫的，所以也顯得冷淡而勉強。彼得・蘇茲底熱情可並不因此減退；他又寫了兩三封充滿溫情的信來。克利斯朵夫本來不大會寫信，雖然被這位新朋友從字裏行間流露出來的眞情感動了，存着妥協的心思，但他還是聽讓這次的通信中斷了。終於蘇茲方面也緘默了。克利斯朵夫便忘記了這段故事。

* * * * * * *

如今他天天見到萊哈脫夫婦，往往一天還見到好幾次。晚上他們差不多總在一起。獨個兒潛思默想了一天之後，他生理上就需要說話，需要把心裏所想到的一齊說出來，不管人家懂不懂，需要嘻嘻哈哈笑一陣，不管有理無理，需要發洩，需要寬弛。

他彈奏音樂給他們聽。因爲沒有別的方法對他們表示感激的意思，便幾小時的坐在鋼琴前面彈弄。萊哈脫夫人全然不懂音樂，費了好大的氣力纔忍着不至於打呵欠；但因爲對克利斯朵夫抱着好感，也就裝做很有興趣似的。萊哈脫雖然不見得更懂音樂，卻聽着某幾段音樂莫名其妙地感動了；他受着劇烈的刺激，甚至噙着眼淚：他自己覺得這是胡鬧。在別的時候，一切都不生影響：他覺得不過是一片喧鬧的聲音罷了。而且他所感動的往往是作品中最平凡的部分，最無意義的段落。他們倆自命爲懂得克利斯朵夫；克利斯朵夫也但願如此。他不時捉弄他們，教他們上當：彈些毫無價值的雜曲，使他們信爲他的作品。等他們讚飾稱賞時，他纔說出他的惡作劇。於是他們提防了；從此以後，當他用神祕的表情奏一支樂曲時，他們總懷疑他又要和他們搗鬼，便盡量加以批評。克利斯朵夫讓他們說，還從旁附和，說這種音樂的確不值一文，隨後又突然大笑道：

——啊，混蛋！你們說得多中肯！……這是我的作品啊！

他因爲愚弄了他們而歡天喜地。萊哈脫夫人有些生氣，過來輕輕地打他一下；但他那種天眞的憨笑使他們也跟着笑起來。他們並不相信自己是不會錯誤的。所以當他們不知道從今以後該取何種態度的時候，麗麗·萊哈脫便決意讚許一切，她的丈夫恭維一切：這樣，他們可以有把握兩人之中必有一個能合乎克利斯朵夫底意見了。

他們認爲克利斯朵夫底可愛並不因爲他是音樂家，而是因爲他是一個有些瘋癲的，懇摯的，生氣蓬勃的好男兒。人家說他的壞話反而增加他們對他的好感：他們像他一樣受着這小城裏偏促褊狹的空氣壓迫；他們像他一樣的直率，凡事要憑自己的頭腦判斷，所以當他是一個不懂世故而喫了坦白的虧的大孩子。

克利斯朵夫對於這兩位新朋友並不抱什麼幻想；他悵惘地想着他們不瞭解——永遠不會瞭解他內在的生命。但他極需要友誼而缺乏友誼，所以他們能夠給他多少友愛已使他感激不盡。最近一年來的經驗告訴他不能再事苛求。要是在兩年以前，他決沒有這種耐心。他想起自己對待可厭而善良的于萊一家的嚴酷的態度時，不禁又是後悔又是好笑。——哦他竟學得明哲了！……他嘆了一口氣，暗暗自忖道：

——是的，但能有多久呢？

想到這，他微笑着，安慰了。

假使眞能得到一個朋友，一個懂得他而和他心心相印的朋友，那他眞是甚麼犧牲都願忍受——但他雖然年輕，對於社會已有相當的經驗，足使他知道他這種心願是人生最難實現的一種，而他亦不能希求比他前輩的藝術家更幸福。他已讀過若干藝術家底傳記。在萊哈脫藏書中，有一部分的典籍使他認識了十七世紀德國音樂家底艱苦的經歷：偉大的心靈，在天災人禍、家破國亡的環境中依舊鎮靜自若的邁奔他的途程；那時候，整個的民族受了野蠻人底蹂躪之後早已失去了奮鬬的勇氣，對一切都失去了興趣，一心期待着死底安息。於是他想道：『在這種榜樣之前，誰還有抱怨的權利？他們沒有羣衆，沒有前程；只爲着他們自己和上帝而寫作；今日所寫的，也許來日就要毀滅。然而他們依舊寫着，一些都不愁，甚麼都不能動搖他們剛毅果敢的樂天主義；他們對着自己的歌唱非常滿足，對於人生的要求不過是生存，不過是能夠度日，把他們的思想傾注於藝術裏面，找到兩三個既不瞭解藝術也不瞭解他們心靈的樸實之士能夠真心地愛他們。——他怎敢比他們更苛求呢？人生的確有最低限度的幸福可以希冀。但誰也不能存着更大的奢望：外加的幸福該由自己給予自己的；旁人並沒贈與你的義務。』

這些思想使他心緒清明了；他因此更愛那些善良的萊哈脫；可想不到連這最後的友情也要被人剝奪。

* * * * * * *

他不會計算到小市民層底惡毒。他們的讐恨因為並無目的之故，所以一直記在心裏。要是有目的的話，一朝目的達到之後，恨意也會慢慢地消釋。但因無聊幾議是弄非的人是永遠不肯罷休的；因為他們老是無聊。這樣，克利斯朵夫便成為他們消閒的犧牲品。他固然被大家屈服了；但竟膽敢毫無喪氣的模樣。他固然不再麻煩人了；但他也不把任何人放在心上。他一無所求：人家可奈何他不得。他因為有了新朋友而很快活，更不理會旁人對他作何感想作何議論。這種情形實在有些令人氣惱。——再加上一個萊哈脫夫人愈加令人生氣。她不顧全城清議而去結交克利斯朵夫，這是和她平日的舉止態度一樣是觸犯輿論的罪狀。善良的麗麗·萊哈脫既不冒犯任何人，也不想向任何人挑戰；她不過獨行其是，不問旁人底意見罷了。但大衆認爲這就是最可惡的挑釁行爲。

大家正窺伺着他們的行動。他們卻絲毫不知提防。克利斯朵夫偏激暴橫，萊哈脫夫人輕率浮躁，他們一同出外的時候，或是晚上倚窗恣意談笑的時候，都不知顧忌。他們無邪地在舉動方面弄得非常親狎，不知不覺授人以造謠誣蔑底口實。

一天早上，克利斯朵夫接到一封匿名信，用着卑鄙侮辱的辭句說他是萊哈脫夫人底情夫。這可把他駭住了。他從來不曾有過這種心思，連和她調情打趣的念頭都沒有：他太老實了，對於奸淫是素來像清教徒般切齒痛恨的：只要一想到私情二字就要憤怒。佔有朋友底妻於他顯得是罪大惡極的行爲；而他尤其不會對麗麗·萊哈脫起這種邪念：這可憐的女子生得一些不美，簡直不能使他發生情欲。

等到他再往兩位朋友家裏去時，又是羞憤，又是侷促；並且發覺他們也和他一樣有一種難堪的情態。他們之中每人收到了一封匿名信；只是彼此不敢說明；三個人在暗中互相觀察着，同時也觀察着自己，他們既不敢動彈，亦不敢說話，舉動之間都慌張了。要是麗麗・萊哈脫一時恢復了天眞爛漫的性格，要是她開始嘻笑，胡說霸道的鬧着玩的時候，她的丈夫或克利斯朵夫會突然瞪她一眼，把她的興緻阻斷了，記起匿名信底事情而慌亂起來；克利斯朵夫和萊哈脫也跟着慌亂了。各人在心裏想：

——他們不知道麽？

然而他們彼此不露一些口風，竭力想過着和從前一樣的生活。

但匿名信繼續不斷的來，而且措辭愈來愈卑鄙無恥，把他們弄得騷亂不堪，羞愧得難以忍受。他們收到的時候都各自躲在一邊，沒有勇氣原封不動的投在火裏，手指顫危危的拆開信封，中心惶惶的展開信紙，當他們讀到害怕讀到的辭句，在同一題目上稍加變化的辱駡，——有心誣陷的人所造的荒唐無稽的謠言時，都悄悄地哭了。他們用盡心思也推測不出誰在這樣緊跟着他們搗亂。

有一天，萊哈脫夫人實在沒有勇氣忍受了，便把她所受的磨難告訴了丈夫；而他也噙着淚說出他受着同樣的煎熬。要不要告訴克利斯朵夫呢？他們不敢。然而總得通知他，囑咐他謹愼一些纔好。——萊哈脫夫人紅着臉剛說了幾個字，便錯愕地發覺克利斯朵夫也一樣收到那些匿名信。這種纏擾不休的行爲使他們大爲驚駭。萊哈脫夫人以爲這件事情定是家喻戶曉的了。但他們非但不互相慰勉，反而彼此弄得垂頭喪氣。他們不知如何是好。克利斯朵夫說要去砍破那個人底腦袋。——但那個人是誰呢？而且這不過替造謠的人多添一些資料罷了。……說是把那些信件交給警察署罷，那更要把事情張揚出去：……假作癡呆罷？又不可能。他們的友誼如今是動搖了。萊哈脫雖明知克利斯朵夫誠實不欺，也不由自主地要猜疑起來。他覺得自己的猜疑是可恥的，荒唐的；他強使自己聽任克利斯朵夫和他的女人單獨相處。但他痛苦不堪；麗麗也看得很明白。

在她這方面可更糟。她從沒想到和克利斯朵夫調情打趣，恰如克利斯朵夫的從沒想到和她調情打趣一樣。然而那些謠言暗示她一種可笑的念頭，以爲克利斯朵夫也許對她眞的抱着愛慕之心；雖然他沒有一些痕跡顯露出來，她卻認爲至少應當自衞，自衞底方法也並非用什麼明白確切的言語，而是一些笨拙的防範，克利斯朵夫先還不懂，等到明白的時候，可氣憤極了。哭是愚蠢的！說他愛上這又醜又平凡的好女人！……她竟相信這回事！……他竟無法辯白，無法對她和她的丈夫這樣說：

——得了罷！放心罷！決無危險的！……

不，他不能得罪這對好人。並且他覺得她的撑拒，她的害怕被他愛上，實在是她有些愛他之故；而這種荒唐的念頭確是那些匿名信種下的根苗。

他們中間的形勢變得那麼爲難，那麼尷尬，不能繼續下去了。麗麗・萊哈脫雖然嘴巴很逞強，但並沒堅強的性格，對着當地人士底陰險的誣陷，就一無主意。他們不惜互相運用可恥的藉口避不見面：

「萊哈脫夫人不舒服啊……萊哈脫有事情啊……他們出門幾天啊……」等等，都是些笨拙的謊言，常常在無意之中露出破綻來。

生性更坦白的克利斯朵夫可說道：

——我們分手罷，可憐的朋友。我們不是強者。

萊哈脫夫婦一齊哭了。——但決絕之後，他們的確感到一種安慰。

全城的人大可得意了。這一次，克利斯朵夫的確孤獨了。大家把他最後呼吸到的一口氣都剝奪了，這一口氣便是溫情，不論如何淡薄，但少了便不能生存的溫情。

第三部　解脱

他一個人也沒有了。所有的朋友都不見了。親愛的高脫弗烈特，曾經在艱難的辰光幫助過他而他此刻極需要的，也一去數月，而且是永不回來的了。一個夏天底晚上，魯意莎收到一封從窵遠的村子裏寄來的字跡粗大的信，告訴她說，她的兄弟在不顧身體衰弱而仍到處流浪的途程中死了。人家把他就地埋葬了，葬在那邊的公墓上。最後的一股剛強清明的友誼，可以在精神上支撐克利斯朵夫的溫情，便這樣地沉入深淵裏去了。孤零零的，年老而不關心他的思想的母親，只能愛他而不能瞭解他。周圍是德國底巨大的平原，是陰鬱沉悶的大海。每逢他努力想往上爬時，總是往下沉得更深。敵視他的市民眼睜睜的望着他淹死……

正在掙扎的當兒，在他的黑夜裏忽然像閃電般顯現出哈斯萊底形象，那是他童年多麼愛慕的，而今已是榮光四射、照耀全國的大音樂家。他記起當年哈斯萊許諾他的說話，便立刻拚着最後的勇氣抓住這最後的救星。哈斯萊能夠拯救他！應當拯救他！他向他要求甚麼呢？既非援助，亦非金錢或任何物質上的施與。除掉求他瞭解以外，他甚麼都不希求。哈斯萊曾經像他一樣的備受欺凌。哈萊斯是一個自由人、他定會懂得一個受着平庸的德國人仇視與虐待的自由人。他們都是一個鬪爭中的戰士。

他一想起這個念頭，便立刻實行。他通知母親要出門一星期，當夜就搭着火車望德國北部的大城出發，哈斯萊即在那邊當教堂樂長。他再不能等待了。這是求生存的最後一次掙扎。

* * * * * *

哈斯萊如今已享重名。他的敵人可並未因之罷休；而他的朋友也大叫大嚷的說他是過往今來的最大的音樂家。實在那些在周圍恭維他的和誹謗他的都是一樣荒謬的傢伙。但他既沒有堅強的性格，便不免被後者惱怒，被前者軟化。他像一個頑皮的孩子般，聚精會神做着一切能夠傷害那般批評家和使他們駭叫的事。這些搗亂的舉動往往是最無意義的，他不但耗費天才來製作希奇古怪的音樂，教一般正統派髮指；並且還要開玩笑似的故意稱讚那些不規則的東西，荒誕不經的題目，雙關的粗俗的事情，總而言之，凡是能夠傷害善良意識和一般人底羞惡之心的東西，都一律加以表揚。當那些中產階級憤憤地尖聲怪叫的時候，他便樂開了；而他們也永遠識不破他的詭計。即是像一般暴發戶與貴族那樣歡喜冒充內行、干預藝術的德皇陛下，也把哈斯萊底享有大名認爲是社會之羞，處處對於他無恥的作品表示一種輕蔑的冷淡。哈斯萊被這種帝王底輕蔑弄得又是氣惱又是高興，因爲德國前進派的藝術界本就歡迎王室的反對好博取他們的美名，所以他搗亂得格外起勁了。他鬧一次事情，朋友們就喝一次彩，說他是天才。

哈斯萊底徒黨，主要是一般文學家、畫家、頹廢的批評家組成的，他們代表着革命派對反動派——這在德國北部尤其可怕——的鬭爭，對虔敬主義和欽定禮教的抗拒，在這些事情上面他們自然也有功績；但他們鬭爭的時候，他們獨立不羈的精神不知不覺會奮激到可笑的地步；因爲他們之中即使有若干人士不乏相當的才具，但總嫌不夠聰明，尤其不知趣味爲何物。他們簡直跳不出自己製造的虛幻的氛圍；且像所有的藝術團體般，弄到對現實生活完全隔膜了。他們定下法律教自己遵守，教百來個讀着他們的出版物、盲目地相信他們的獃子遵守。他們的吹捧對於哈斯萊眞是致命傷，因爲使他過於自滿。他把腦子裏所有的樂思，不加考慮的全盤接受下來；他還眞心相信，雖然他所寫的東西有時竟是糟塌自己的天才，但總比別人高明得多。不幸這種念頭往往不大健全，所以也不能產生偉大的作品。哈斯萊心裏對所有的人都瞧不起，朋友和敵人都一樣；以至對自己、對整個的人生都抱着這種悲苦怨懟的輕蔑。因爲他從前相信過世界上有多少篤厚的誠樸的事情，所以他此刻更加往譏諷的與懷疑的路上走。他旣沒有勇氣保護他的信念不受日月磨蝕，也沒有虛僞的心思自信他還相信他早已不信的東西，便盡量嘲弄自己過去的事情。他有一種德國南方人底性格，淡漠的，軟弱的，不大能夠抵抗極端的好運與厄運，極端的熱情與冷淡，需要一種微溫的空氣纔能維持他精神上的均衡。他得過且過，嬾嬾地享受着人生底一切：喫得好，喝得濃，欷喜閒蕩，想些軟綿綿的念頭。雖是他天才橫溢，卽在迎合時流的頹廢音樂中也藏不住光芒；但那種慵嬾的氣息還是一樣可以感覺到。他對於自己的沒落，比任何人都感覺得更淸楚。實在說來，只有他自己纔感覺到，這種時候當然是少有的，並且也是他竭力避免的。於是他變成厭世者了，懷着惡劣的心緒，老想着自私的念頭，永遠顧慮着自己的健康，——至於從前引起他熱情與厭惡的東西，此刻是一概漠不關心了。

* * * * * * *

克利斯朵夫想來向之尋求一些慰藉的便是這樣的一個人物。在一個下着冷雨的早晨來到他所住的城裏時，克利斯朵夫眞是抱着多麼巨大的希望！他認爲這個人物象徵着藝術界的獨立精神。他指望從他那裏聽到些友善的勉勵的說話，使他得以繼續那毫無收穫、但必不可少的鬭爭，那是一切眞正的藝術家至死也不肯放過的工作：席勒有言：『一個人和羣衆的關係，唯有鬭爭一項是不會使他後悔的。』

克利斯朵夫懷着急不及待的心緒，在車站附近踫到一家旅店就卸下了行裝，立卽奔到戲院去探問哈斯萊底住址。哈斯萊住在離開城區相當窵遠的地方，郊外的一個小鎭上。克利斯朵夫一邊啃着一個小麪包，一邊搭上電車。當目的地快到的時候，他的心不禁怦怦的跳起來。

哈斯萊卜居的區域裏滿着奇形怪狀的新建築，是現代的德國殫精竭慮用人工來證明天才的作品，是它苦心設計的充滿着野蠻情調的產物。在平板的市鎮上，在筆直的毫無特徵的街道中，出人不意的聳立着埃及風的地窖，挪威式的木屋，迴廊，稜堡，萬國博覽會式的樓閣，中部特大的屋子，無頭無脚的、深深地埋在地裏，睜着一只巨大的眼睛，地牢式的鐵柵，潛水艇式的門，窗欄上嵌着金字，大門頂上蹲着古怪的妖魔，東一處西一處的鋪着藍琺瑯的地磚，在人家意想不到的地方，五光十色的嵌石排成亞當與夏娃的圖像，屋頂上蓋着光怪陸離的瓦；還有砲壘式的房屋，屋棱上砌着奇形怪狀的野獸，一邊完全沒有窗，一邊是一大排巨大的洞，方形的，矩形的，像創疤一般……在這些牢獄式的房子中間，有一座的門框上面豎着一個建築師底題句：

『前無古人，後無來者，

藝術家顯示他的新天地！』

克利斯朵夫全部的思想都貫注在哈斯萊身上，對這一切只睜着驚駭的目光望着，無心瞭解。

他找到了哈斯萊底住處，是最樸實的屋子中的一座，加洛冷式的建築。（按係查勒曼王朝的建築風格）內部的裝飾很華麗，很平板，樓梯間裏有一股熱氣管度數很高的氣味；克利斯朵夫放着一座狹小的電梯不用，寧可挺着細步兩腿顫危危的，中心感動着，走上四層樓，因爲這樣纔好調整一下心緒去見這個名人。在這短短的途程中，從前和哈斯萊的會見，童年時代的熱情，祖父底形象，都一齊在他腦海中浮起，像昨日一樣新鮮。

當他去按門鈴的時候，已經快到十一點。應門的是一個幹練的女僕，頗像管家婦樣子，惡狠狠的瞧了他一眼之後，說「先生不見客，因爲他很累。」隨後，大概是克利斯朵夫臉上所表現的不信的神氣引起了她的興趣，所以等她冒昧地把他渾身上下打量過後，突然緩和下來，把克利斯朵夫領到哈斯萊書室裏，說她去設法教先生見客。說完她做了一個眼色，關上門走了。

壁上挂着幾張印象派的畫和法國十八世紀描寫私情的印片：哈斯萊自命對於各種藝術都是內家，聽了學會中人的指點，從瑪奈（法國十九世紀名畫家，爲近代畫派之祖。）到華多（法國十八世紀大畫家，作品以風流綺麗著。）都有收藏。在傢具上也可見到這種混雜的風格，一張極美的路易十五式的書桌周圍，擺着幾張「新式」沙發，一張東方型的半榻，花花綠綠的靠枕堆得像山一般高。門上嵌着鏡子；壁爐架中央擺着哈斯萊底胸像，兩旁和擱板上放滿着日本小古畫。一只盤裏，一張圓桌上，凌亂地散着些照片，有歌唱家底，有崇拜他的婦女們底，有朋友們底，都寫着雋永的文辭和熱情的題句。書桌上雜亂不堪；鋼琴打開着；擱板上全是塵埃；燒掉一半的雪茄烟尾到處拋着……

克利斯朵夫聽見一陣陰鬱的聲音咕嚕着，女僕的尖利的聲音對答着。這分明是哈斯萊不高興露面。也分明是女僕非要他露面不可；她毫不客氣的用着狎習的語氣對答他尖銳的聲音從隔室清楚地傳過來。克利斯朵夫聽到她埋怨主人的某些語句覺得很侷促。主人却並不生氣。相反！這種蠻橫無禮的態度似乎使他很開心；他一邊咕嚕，一邊捉弄那女孩子，惹她冒火。終於克利斯朵夫聽到開門聲，哈斯萊拖着脚步走過來了。

他進來了。克利斯朵夫的心怦然一動，認出是他。他怎麼不認識呢？這是哈斯萊，可又不是哈斯萊。他寬廣的額上依舊沒有一道褶襇，臉上依舊沒有一絲縐痕，像孩子的臉一般；但他已經禿頂，發胖，皮色發黃，一副渴睡的神氣，下唇往下垂着，嘴巴撅着，好似在懊惱生氣的模樣。他傴僂着，雙手插在打縐的上衣袋裏；脚下曳着一雙舊拖鞋；襯衣在褲腰上面縐做一團，鈕扣也沒有完全扣好。當克利斯朵夫囁嚅着道出姓名的時候，他睜着沒有光彩的倦眼望着他。他機械地行了一個禮，一言不發，只以首示意教克利斯朵夫坐下，隨後嘆了一口氣，望半榻上倒下身去，埋在靠枕堆裏。克利斯朵夫反覆說着：

——我曾經……您曾那麼慈祥……我是克利斯朵夫·克拉斯脫。

哈斯萊埋在半榻裏，交叉着一雙長大的腿，細削的手放在一直舉到顎下的膝蓋上，答道：

——不認識。

克利斯朵夫喉嚨抽搐着，勉強想教他記起他們從前相遇的情景。本來要克利斯朵夫提到這些親切的回憶是期期艾艾很困難的；在這種情形之下他尤其爲難了：他說不清楚，找不到字句，胡言亂語，弄得自己也臉紅了。哈斯萊讓他支吾其詞的說着，只用着他那雙淡淡的眼睛釘住了他。等克利斯朵夫講完之後，哈斯萊繼續把膝蓋搖擺了一會，彷彿預備克利斯朵夫再往下說似的。隨後，他道：

——是的……這可不會使我們年青啊。……

他欠伸了一會，打了一個呵欠，又道：

——對不起……沒有睡覺……在戲院裏喫了消夜，昨天晚上……說着又打了一個呵欠。

克利斯朵夫希望哈斯萊說話之間提到他剛纔敘述的事情；但哈斯萊對這件故事絲毫不感興趣，一字不提，對於克利斯朵夫的生活狀況也不詢問一下。他打完了呵欠之後，問道：

——您來柏林很久了麼？

——今天早上到的，克利斯朵夫回答。

——啊！哈斯萊這麼說着，也沒有什麼驚訝的表示。什麼旅館？

說完又並沒聽他答話的神氣，只嬾嬾地搖起身來，伸手到電鈴上面按着；

——請原諒，他說。

小女僕進來了，依舊是那副專橫的神氣。

——凱蒂，他說，難道你要取銷我一頓早餐麼，今天？

——您總不至於想我會在您見客的時候端東西來吧？她回答。

——幹麽不？他一邊說一邊用譏諷的目光對克利斯朵夫睨視了一下。他喂養我的思想；我喂養我的身體。

——難道您不怕羞教人看您用餐，像動物園裏的一頭牲口般麽？

哈斯萊非但不生氣，反而笑着改正她的句子道：

——好像日常生活中的一頭牲口般……（按原文中動物園與日常生活二字只差一二字母）

——還是拿來罷，他接着說，我會連羞恥一起吞下肚去。

她聳聳肩退去了。

克利斯朵夫看見哈斯萊老不問起他的工作，便沒法把談話繼續下去。他講着內地生活底苦悶，居民底平庸，思想底狹隘，藝術家底孤獨等等。他竭力想把自己精神的崩潰來打動他。但哈斯萊，躺在半榻上，腦袋倚着靠枕望後仰着，半闔着眼睛，讓他絮絮不休的講着，似乎並不在留神細聽；間或把眼皮擡起一忽兒，冷冷地說幾句挖苦內地人的話，使克利斯朵夫沒有法子再作更進一步的談話。——這時凱蒂捧了一盤早餐進來了，是咖啡、牛油、火腿之類。她沉着臉把盤子放在書桌上亂紙堆裏。克利斯朵夫等候她走出去，以便繼續他不容易訴說的痛苦的陳訴。

哈斯萊把盤子端近身邊；倒出咖啡，把口唇浸下去；接着他用一種又親熱又老實，又含着多少輕視的神氣，打斷了克利斯朵夫的話頭問道：

——也來一杯吧？

克利斯朵夫辭謝了。他一心想繼續他未曾說完的句子；但越來越沒有勁，連自己也不知說的是甚麽。哈斯萊底舉動擾亂了他的思路，只見他下顎貼着盤子，像孩子般貪饞地嚼着牛油麵包和火腿。但他終竟說出了他作着曲子，說出人家會演奏過他爲赫白爾底「于第斯」所作的序曲。哈斯萊心不在焉的聽着，忽然問道：

——什麽？

克利斯朵夫把題目重新說了一遍。

——啊！好！好！哈斯萊一邊說一邊把麵包連手指浸到咖啡杯裏去。

他的答話盡於此了。

克利斯朵夫失望之餘，正想站起身來走了；但他一想到這一無結果的長途旅行時，便鼓起勇氣，囁嚅着向哈斯萊提議奏幾闋作品給他聽。哈斯萊不等他說完便拒絕道：

——不，不，我對這個是完全外行，說話之間充滿着埋怨、挖苦、和有心挺撞的意味。並且我沒有時間。

克利斯朵夫眼中飽含着淚水，但他暗暗發誓在未曾獲得哈斯萊對他的作品表示意見之前決不出去。他便用着羞怒交迸的口氣說道：

——請您原諒；但您從前答應聽我的作品；我為此特地從德國底一角遠遠地跑來；您一定得聽。

不曾見慣這種態度的哈斯萊，望着這傻頭傻腦的青年、氣得漲紅了臉、快要哭出來的模樣，覺得好玩便嬾嬾地聳聳肩，指着鋼琴，用一種滑稽的退讓的神氣說：

——那麼！……來罷！

說完他又倒在半榻上，髣髴想睡一覺的樣子，用拳頭把靠枕捶了幾下，把它們放在他伸長着的路膊下面，半闔着眼睛，又微微睜開一下，估量克利斯朵夫從袋裏掏出來的樂譜底篇幅，輕輕地嘆了一口氣，準備熬着煩悶聽他彈奏。克利斯朵夫對於這種態度覺得又畏怯又羞憤，開始彈奏了。哈斯萊立刻睜開眼睛，豎起耳朵，顯出一個藝術家聽到一件美妙的東西時會不由自主地表現的那種內行人底興趣。他先是不則一聲，默着不動；但他的眼睛不似先前那樣的淡漠無神了，撅起着的嘴唇也動起來了。不久他竟完全清醒過來，咕嚕着表現他的驚訝與同情。那是些沒有字句的驚嘆辭；但語氣之間絕對掩蔽不了他的思想，使克利斯朵夫感到一種無可形容的喜悅。哈斯萊已不復計算已經彈的有多少頁，未彈的尚有多少頁。當克利斯朵夫奏完一闋時，他只叫道：

——還有！……還有！

他開始說起人話來了。

——好，這個！好……（他嚷道。）妙！……妙得驚人！……可是什麼鬼東西！（他喃喃地說，充滿着錯愕的神氣，）這究竟算什麼呢？

他坐起來，腦袋前俯着，把手托着耳朵細聽，自言自語的，滿意地笑着，在有些奇怪的和聲上面，微微伸出舌頭，好像要舐自己的嘴唇一般。一段出人不意的變調對他更發生了異樣的效果。使他突然叫着直立起來，走向鋼琴，坐在克利斯朵夫身旁。他似乎不覺得有克利斯朵夫在場，全神貫注在音樂上；一闋終了時，他抓着樂譜，把那頁重新念了一遍，接着又念了下面幾頁；繼續自言自語的表示欽佩與驚訝，髣髴室內只有他一個人似的：

——什麼鬼東西！……（他說。）這傢伙從哪兒找來的這些東西？……

他把肩膀擠開了克利斯朵夫，自己坐下奏了幾段。在鋼琴上，他的手指真是迷人，又柔和，又輕盈，克利斯朵夫望着他纖巧的修長的手指，保養得很好，帶一些病態的貴族氣息，與他身體上別的部分不大調和。哈斯萊在有些和音上停住了，反覆奏了幾遍，瞇着眼睛，的的篤篤播弄着舌頭，輕聲學着樂器底音響，繼續說着驚嘆的語句，表示他又愉快又怨恨的情緒：他抑捺不住心中的氣惱——一種下意識的嫉妒；而同時他又感到極度的快樂。

雖然他老是對自己說話，好像沒有克利斯朵夫在場一般；克利斯朵夫卻高興得臉紅，不禁把哈斯萊底驚嘆僻認作對他發的，便在旁解釋他作曲的旨趣。先是哈斯萊全沒留神他的說話，只顧高聲的自言自語；後來克利斯朵夫底說話中有幾句引起了他注意，便默不作聲；眼睛老釘住着樂譜，一邊翻着一邊聽着，神氣又像並不在聽的樣子。克利斯朵夫卻越來越興奮，終竟把心裏的說話全部吐了出來：天眞地、激昂地，談着他的計劃和生活。

哈斯萊，靜悄悄地，重又恢復了他譏諷的心情。他聽讓克利斯朵夫把樂譜從他手裏拿回去：肘子擱在琴臺上，手捧着額角，望着克利斯朵夫用着少年人的熱烈與惶亂的情態對他解釋作品。他想着自己早年的生活，想着當年的希望，想着克利斯朵夫底希望和正在前途等候他的悲苦，不禁露出一絲苦笑。

克利斯朵夫兩眼低垂着講着，唯恐不知道以後說些甚麼。哈斯萊底靜默鼓動了他的勇氣。他覺得哈斯萊把他仔細端相着，留神着他的說話；他覺得他們中間的冰冷的空氣溶化了，他的心放射光彩了。說完之後，他膽怯地，——同時也很放心地，——擡起頭來望望哈斯萊。但他發見一雙失神的、譏諷的、冷酷的眼睛釘住他時，剛在成長的喜悅，便像生發太早的嫩芽般突然凍壞了。使他立刻緘默。

冷冰冰地靜默了一會之後，哈斯萊用着嚴厲的聲調開口了。他又變了一種態度，裝出一副嚴峻的神氣殘酷地譏諷他的計劃，譏諷他希圖成功的願望，好似他嘲弄自己一般，因爲他在克利斯朵夫身上看到自己過去的影子。他殘酷地毀滅他對於人生、對於藝術、對於自身的信念。他悲苦地提出他自己的先例，用着侮辱的語調譏着他近來的作品。

——只是些狗屁不通的東西！他說。這纔配那般狗屁不通的人胃口。您以爲世界上愛音樂的人能有十個麼？唉，有沒有一個都是疑問哩！

——有我啊！克利斯朵夫興奮地嚷道。

哈斯萊望望他，聳聳肩，有氣無力的答道：

——您將和別人一樣。您將和他們一樣做法。您會想達到和他們一樣的田地，想和他們一樣的尋歡作樂……而您這種態度正是應該的……

克利斯朵夫試着爭辯；但哈斯萊打斷了他的話頭，拿起他的樂譜，開始把剛纔讚揚的作品加以尖刻的批評。他不但用難堪的語調指摘青年作家不曾留意到的眞正的疏忽，寫作的疵點，趣味方而或表情方面的錯誤；且還說出許多荒謬的言論，和使哈斯萊自己受盡痛苦的那般最狹隘最腐化的批評家所說的一模一樣。他問這一切可根據什麼東西協調。他簡直不是批評，而是否定一切：勞勞他恨恨地要把他先前不由自主地感受的印象完全抹去。

克利斯朵夫狠狽不堪，沒有勇氣回答。而且在一個素所敬愛的人嘴裏聽到那些令人害臊的荒謬之談，又怎麼去回答呢？何況哈斯萊甚麼話都不願聽。他站着，手裏拿着閣上的樂譜，惘然失神的眼睛，含着無限苦味的嘴巴。末了，他又好似忘記了克利斯朵夫在場一般……

——啊！最苦的是沒有一個人，沒有一個人能夠瞭解您！

克利斯朵夫熱情衝動之下，突然旋轉身來把手放在哈斯萊手上，懷着一腔的熱愛，再三說着：

——有我！

但哈斯萊底手並不動；即使這青年底呼聲使他的心震動了一剎那，可是呆望着克利斯朵夫的那副陰鬱的眼睛並沒透露一絲光彩。譏諷與自私的情緒控制着他。他上半身微微欠動一下，滑稽地行了一個禮，回答說：

——不勝榮幸！

心裏却想道：

——哼！那我纔不在乎哩！你以爲我爲了你而虛度一生麽？

他站起身來，把樂譜望琴上一丟，拖着搖幌不定的兩腿，又回到半榻上去了。克利斯朵夫明白了他的思想，感到了其中的隱痛，高傲地答說一個人不必要個個人瞭解：有些心靈單是它們本身就抵得整個民族；它們爲民族思想；它們所想的東西，將來自會由民族去體驗。——可是哈斯萊已經不聽他的說話。他重新回復他的麻痺狀態，這是內心生活漸漸熄滅所致的現象。身心康健的克利斯朵夫是不會懂得這悲劇的變化的，他只糢糊地感到他這一次的嘗試是完全失敗了；但在他幾乎可以相信已經成功的局面之後，一時便不容易承認失敗。他作着最後的努力，想把哈斯萊重新鼓動起來：他拿起樂譜，解釋哈斯萊所挑剔的若干不規則的區處。哈斯萊卻埋在沙發裏，始終一聲不響，保持着他陰鬱沉悶的氣息；他既不首肯，也不反對：只等待他說完。

克利斯朵夫明明看到留在這裏也沒有意思了，便不待一句終了就停住。他捲好樂譜，站起身來。哈斯萊也跟着站起。克利斯朵夫又畏怯又羞愧，喃喃道着歉意。哈斯萊微微彎了彎腰，用着一種高傲而厭煩的態度伸出手來，冷冷地，有禮地，一直送他到門口，沒有一句留他或請他再來的話。

* * * * * * *

克利斯朵夫迷迷懵懵的回到街上，莫名其妙的望前走着。他機械地走過了兩三條街以後，到了來時下車的站頭。他搭上電車，昏昏沉沉的不知自己做些甚麼。他倒在櫈上軟癱了，手臂和大腿好像完全折斷了。不能思索，也不能集合他的念頭；他簡直一無所思。他怕檢視自己的內心。因爲內心只有一片空虛。在他四周，在這城裏，到處都是空虛，他連氣也喘不過來：大霧與高大的屋子使他窒息。他只想着逃，逃，越快越好，——旁紫一離開此地，就好把他在此地遇到的悲苦的幻滅丟下一般。

回到旅館，還不到十二點半。他來到這個城裏的時間不過兩小時，——那時他心裏是何等光明！——如今一切都是黑暗了。

他不喫中飯，也不回到房裏，逕自問店裏要帳單，付了裝如過宿一夜的錢，聲言就要動身了：這種舉動使店主人大爲驚奇。他告訴他用不到這麼急，他要搭的火車在幾小時內還不會開，最好在旅館裏等一會。他卻執意要立刻上車站去搭第一班開行的車，不管是什麼車都行，只要不再在此多留一小時。他化了一筆錢經過了那麼長的路，原想來此大大地快活一陣，除掉訪問哈斯萊以外，還想去參觀博物院，上音樂會，交識新人——而今他唯一的念頭，只有動身兩字了……

他回到站上。正和人家告訴他的一樣，他要搭的火車要三小時後開行。而且這班既非快車，（因爲克利斯朵夫只能坐最低的等級）——路上還要時時停留；所以克利斯朵夫還不如搭那遲開兩小時而中途趕上前班的車子。但要在此多留兩點鐘，決非克利斯朵夫所能忍受。他甚至在待車的期間也不願走出車站。——多凄涼的等待啊！在這些巨大的空虛的廳上，鬧轟轟的，陰沉沉的，盡是那些陌生面孔，怱怱忙忙、連奔帶跑的進進出出，帶着一副淡漠的神氣，沒有一張熟識的、友善的臉。黯澹的白日熄滅了。給濃霧包圍着的電燈，在黑夜裏好似一點點的污漬，把陰暗襯托得更陰暗。越來越難過的克利斯朵夫，悲愴地等待着開車的時刻。他每小時要把火車表看上十多次，唯恐弄錯了。正當他時時刻刻看個不停，借此消磨時間的當兒，忽然有一個地名引起他的注意：他自村認得這個地方，過了一會便想起這是給他寫過許多好意的書信的蘇茲底住處。他在心神無主的當兒，立刻想去拜訪這位未嘗一面的朋友。那地方並不在他回去的路上，而是得再搭兩三小時的內地火車纔能到達；要在路上整整的過一夜，換兩三次火車，中間不知要等待多少時候。克利斯朵夫卻全不打算，立即決定前往：因爲這時他本能上極需要一些同情的慰藉。他不假思索地擬了一通電報打給蘇茲，告訴他明早到達。但電報剛發出，他已在後悔。他悲苦地嘲笑自己永遠抱着幻想。爲何要去找尋新的煩惱呢？——但此刻事情已經辦妥。要改變主意也來不及了。

這些念頭占據了他最後的等待時間。火車終於掛好了，他便首先上去；他的孩子氣使他直等到火車開動，從車門裏望見在下着陣雨的灰色的天空下面，城市底影子慢慢地在黑夜裏消失之後，方始能舒暢地呼吸。他覺得要是在此就擱一晚的話，簡直會悶死。

正在這時候，——下午六點光景，——哈斯萊底一封信送到了克利斯朵夫底旅館裏。克利斯朵夫底訪問惹起他許多感觸，他整個下午都悲苦地想着他對於這個懷着一腔熱情來看他、而竟受到他那麼冷淡的可憐的青年並非沒有好感。他後悔自己的態度，實在這也不過是他慣有的一種鬱怒和氣惱罷了。他爲補贖起計，便送了一張歌劇院門劵去，又附了一張便條，約他在完場後見面。——克利斯朵夫對於這些自然毫不知情。哈斯萊不見他來赴約，便想道：

——他生氣了。算他倒楣！

他聳聳肩，也不再往下想去。明天，一切都忘記了。

明天，克利斯朵夫和他已經離得多遠，——遠到一生一世也不會再見。而他們也永遠孤獨了。

* * * * * * *

彼得·蘇玆已有七十五歲。他的身體非常孱弱，年齡底增長使他愈加衰老。身材相當高大，腦袋垂在胸前，氣支管很弱，呼吸很困難。氣喘與感冒老是和他糾纏不淸；與病魔抗戰的痕跡鮮明地留在他瘦長的臉上，畫出痛苦的綱襉，——夜裏他常常要在牀上坐起，身體向前傴僂着，汗流浹背的竭力要吸一些空氣到他窒息的肺部去。鼻子長長的，下端有些臃腫。深刻的綱痕，從眼睛下面起就縱橫滿面，牙牀癟縮，以致面頰也往下深陷了。塑成這滿是創傷的可憐的面具的，還不止年齡與殘疾，生活底艱苦也有份兒。——雖然如此，他並不愛鬱。安閒的大嘴巴有一種淸明慈愛的表情。那雙眼睛，淡灰色的、明淨無比的眼睛，尤其使他的臉容顯得溫婉動人。它們從正面望着你，非常安閒坦白；它們也藏不住自己心中的隱祕，你一直可以窺到他的心底。

他一生沒有多大事故。妻子早已去世，獨身已有多年。她不大和善，不大聰明，並且絕對不美麗。但他對她保存着溫柔的回憶。她死了已有廿年：廿年以來，他每晚臨睡之前，必得要和她默默地作一番淒涼而溫柔的談話。——沒有孩子是他的終身恨事；所以他把愛情移在學生身上，他的關切他們正像關切自己的兒子一樣。學生方面對他的回報卻很少。像他這樣的一個老人，倒能覺得自己和一顆年青的心很接近，甚至忘記了年齡底差異：因爲他知道，在老人和青年之間，相差的年歲是很短的。然而青年人並不如此，他認爲老年人是屬於另一時代的：並且他的心思貫注在許多迫切的問題上面，使他本能地不會留神老年人底悲哀的用意。蘇玆老人在學生中偶而也遇到幾個感恩的人，被他對他們的禍福所表示的同情感動了：不時來問候他；等到離開大學以後，也來信謝謝他；有幾個在以後幾年中還有信來。再往後去，老蘇玆便不知道他們的消息了，除非在報紙上讀到些某人如何發展的新聞，使他非常快慰，他們的成就彷彿就是他自己的成就。而且他也不責備他們的緘默原諒他們的理由正多哩；他絕對不疑心他們把他忘懷，連那些最自私的人，他也認爲具有和他對他們一樣的情操。

但他最好的托庇所還是書本：它們既不忘恩負義，也不欺弄誘騙。他在書本中敬愛的心靈，如今是超出時間底洪流的了，亘古常存、不會動搖的了；它們令人愛慕，而且也似乎感到人家底愛慕，放射着光明來照耀愛慕它們的人。以他美學兼音樂史教授底資格而論，他彷彿一座古老的森林，充滿着禽鳥底歌聲。這些歌曲有些是從極遠的地方，從幾世紀以前傳來的：但亦不減其溫柔與神祕。還有些更熟習更親切的，是一般心愛的伴侶；它們句句都使他想起悲歡離合的前塵往事，不論是有意識的或無意識的：——（因爲在太陽照耀的歲月下面，還有被無名的光照着的別的歲月。）——末了，還有些從未聽過而說出大家企待已久、並且極需要的東西的作品：這時候，便打開着心扉歡迎它們，有如大地歡迎甘霖一樣。蘇茲老人就這樣地在孤獨寂靜的生活中聽着林中群鳥底歌唱；他像傳說裏的僧侶一般，聽着神奇的歌聲朦朧入睡，聽讓歲月悠悠地流逝，慢慢地臨到這生命底黃昏；可是他的靈魂依舊和他二十歲時一樣年青。

他不獨愛好音樂，且也愛好詩人，——不分新舊。他對於本國底詩人，尤其是歌德，有一種偏愛；但別國底詩人他也一樣愛好。他很博學，能讀好幾國文字。在思想上他和埃爾特與十八世紀末期的『世界公民』是同時代的。他經歷過一八七〇年前後的艱苦的鬬爭，浸淫過那時代的波瀾壯闊的思想。但他雖然對德國敬愛得五體投地，可並不是一個『虛榮者。』他像埃爾特一樣的認為『在一切虛榮者裏面，以自己的國家來炫耀的人尤其荒謬絕倫，』也像席勒一樣的認為『只為了一個國家而寫作是最可憐的理想。』他的思想有時是很怯弱的；但他的心寬大無比，準備以極大的同情接受世界上一切美妙的東西。他對於平庸的事物也許太寬容了些；但他的本能永不會錯過一切最優異的作品；要是他沒有勇氣指斥輿論所佩服的虛偽藝術家，可永遠有勇氣迴護輿論所不識得的奇材異能之士。他往往受他善心之累：唯恐做下什麼偏枉不公的事；當他不愛別人所愛的作品時，他必定認為錯在自己；終於也愛他先前不愛的東西。愛，於他眞是多甘美！他的精神的需要愛與欽佩，比他可憐的肺的需要空氣更為迫切。所以，凡是使他得到一個愛與欽佩的新機會的人，他眞是感激不盡！——克利斯朵夫簡直想像不到他的歌集所給予他的感應。作者在創造時所感到的情操，還遠不及這位老人感到的那麽生動、那麽真切。因爲在克利斯朵夫這方面，這些作品不過是內心的爐竈裏爆發出來的幾點火星罷了，它還有别的東西要傾吐呢！可是在蘇茲老人，卻是突然顯現了整個的世界，整個等待他去愛的世界。他的生命就受着這世界底光輝照射。

* * * * * * *

一年以來，他已經辭退大學教席；一天壞似一天的身體不容許他繼續授課。正當他臥病在牀的時候，書賈華爾夫照着慣例送來一包新到的音樂書；這一次的包裹便有克利斯朵夫底歌集。他孤苦伶仃，身旁沒有一個親人，所有少數的家屬久已死亡。他把一切事情都交給一個老女傭照料。她呢，因爲他老弱，便事事都要自作主張。兩三個和他一樣高年的朋友不時來探望他；但他們的身體也不大健康，天氣不好的時節也躲在家裏，疎於訪問了。此刻正逢冬季，街上蓋滿着正在溶化的雪；蘇茲整天看不到一個人。房裏很黝暗：一層黄色的霧遮住了玻璃窗，像幕一般擋住了視綫；爐子燒得燠熱悶人。鄰近的教堂裏，一座十七世紀的古鐘每刻鐘奏鳴一次，用那高低不勻、音色完全錯誤的聲音，唱着讚美歌中的斷片零句，快樂的氣息聽來非常勉强，尤其在你心裏不高興的時候。老蘇茲背靠着一大堆枕墊狂咳着。他把心愛的蒙丹重新拿起，但今天讀來全沒平時那麽有趣；他便聽讓書本在手中墮下，氣吁吁的呼吸很困難，惘然遐想着。那包音樂書擱在他牀上：只是沒有勇氣去打開來；他覺得自己很悲傷。終於他嘆了一口氣，小心地解開繩子，戴上眼鏡，開始讀那樂譜了。但他的心在別處：驅遣不開的往事老是在他心頭盤旋。

他一眼瞥見一支古頌曲，那是克利斯朵夫採用一個誠樸虔敬的詩人底辭句而加上新的表情的，原作是保爾·琪哈脫底『基督徒流浪曲：』

希望罷，可憐的靈魂，
希望之外還得強毅勇猛！

…………

等待啊，等待：
瞧，你將看到
歡樂底太陽！」

這些頌歌底辭句是老蘇茲熟悉的，但他從沒聽見這一種的語氣……這已不是單調到使你心靈入睡的恬淡的虔敬的情緒。而是像他的心一樣的一顆心，比他的更年靑更堅强的心，受苦着，希望着，希望看到歡樂而的確看到了。他的手索索的抖着，滾圓的淚珠從面頰上流下。他又往下念道：

「起來罷，起來！告訴你的痛苦，
告訴你的煩惱，說聲再會！
讓它們去罷，一切煩擾你的心靈，
使你悲苦的東西！」

克利斯朵夫在這些思想裏滲入一種靑年人底剛强的熱情，他的英雄式的笑聲更在這最後幾句天眞而充滿着信念的詩中放出輝煌的光彩：

「統治一切、領導一切的
不是你。而是上帝，

上帝纔是君王，

纔能統治一切，統治如律！』

末了是一節睥睨一切的詩句，克利斯朵夫趁着少年的意氣，特地從原著中選出來做他的歌底結論：

『當一切的妖魔表示反對的時候，

你得鎭靜，不要懷疑！

上帝決不會退避！

他所決定的總得成功，

他要完成的總得完成，

他會堅持到底！』

……這之後是一片輕快的熱情，爭戰的醉意，好似羅馬皇帝凱旋一般的調子。

老人渾身戰抖，氣吁吁的念着樂譜，有如一個兒童給一個同伴牽着手向前奔馳。他的心在跳。

淚在流。他不成音調的嚷道：

——啊！我的天！……啊！我的天！……

他嚎啕着，笑着。他幸福了，窒息了。接着又劇烈的咳嗆起來。老女僕莎樂美跑來，以爲老人要完了。他繼續哭着，咳着，嘴裏說着：

——啊！我的天！……啊！我的天！……

在短促的歇息時間，在兩陣咳嗆的過渡期間，他又輕輕地尖聲笑着。

莎樂美以爲他瘋了等到弄明白這場騷亂的原因時，便嚴辭呵斥他道：

——怎麼能爲了一些傻事而弄成這副模樣！……給我這個！讓我拿走。永遠不教你再看到。

但老人一邊咳着一邊固執着；大聲叫莎樂美不要來吵擾他。她堅持的神氣使他勃然大怒，發誓賭咒，鬧得氣都喘不過來。她從沒看見過他這樣生氣，敢和她這樣挺撞。她駭呆了，不禁把手裏抓住的東西放下；但她還是嚴厲地把他埋怨了一頓，當他老瘋子看待，說她一直看他是一個有教養的人，如今纔知道看錯了，他居然說出連趕車的也要爲之臉紅的咒駡，眼睛幾乎從頭裏爆出來，倘使這是兩支手槍的話，一定會把她殺死了……她這樣嘮嘮叨叨的說個不休，惹得蘇茲憤憤地從枕上擡起身來叫道：

——出去！

那種堅決的口氣使她出去的時候把門大聲碰了一下。她說從此儘管他呼喚，她也不願勞駕的了，他要鬧就讓他獨自鬧去就是。

於是，屋子裏重歸寂靜。黑夜已經來到。鐘聲在平和的黃昏中重新奏出平板的音節。老蘇茲對於自己的生氣暗暗慚愧，一動不動的仰天躺着，氣吁吁的，靜待他的心潮平復：他把寶貴的獄集緊緊摟着，像孩子般笑了。

＊　＊　＊　＊　＊　＊

以後的幾天孤獨的日子，他都在出神的境界中度過了。他不再想到他的疾苦，不再想到冬天，不再想到黯澹的日色，不再想到自己的孤獨。周圍一切都是光明的，充滿着憐愛的氣息。在行將就木的年紀，他覺得在一個陌生朋友底年青心靈中再生了。

他竭力想像克利斯朵夫底面貌生相。但始終看不到他的真面目。他只是把克利斯朵夫想像做像他自己希望具有的那種模樣：淡黃的頭髮，瘦削的身材，藍眼睛，聲音是低弱的，模糊的，溫柔而又畏怯的。並且不論他究竟生得怎樣，他總是預備把他理想化。因爲凡是在他周圍的人，不問是學生，是鄰居，是朋友，是老女僕，他都要用自己的理想把他們渲染一番。他的懇摯與知足——一半也是故意的，因爲這樣纔好減少煩惱，——在他周圍織成了許多清明純潔的形象，如他自己的形象一樣。這是善心的謊言，他就靠着這個來維持生活。但他也並不完全受這謊言欺騙；夜裏躺在牀上的時候，他往往嘆着氣想到無數的小事情，都是在白天遇到而和他的理想牴觸的。他明知沙樂美在背後和鄰舍街坊嘲笑他，在每週的賬目上有規則地舞弊。他明知學生們在用到他時對他恭敬有禮，等到他們利用完了便把他丟在一邊。他明知大學裏的同事們從他退職之後把他完全忘了，繼承他的教席的人還要剽竊他的文章，再不然便是惡意地提到他的名字，引述他的一句毫無價値的說話，挑他的眼兒：——（這種手段在批評界中是常用的。）他知道他的老朋友耿士今天下午又對他撒了一個大謊。他知道另一個好友卜德班希米脫借去看幾天的書是永遠不會還他的了，

——這對於一個愛讀書本如愛讀一個眞人般的人是非常痛苦的。還有許多別的傷心事，新的舊的，都一齊浮到他的腦海裏；他不願去想；它們卻偏盤踞在這裏，使他淸淸楚楚地感到。那些回憶有時竟使他痛苦得心如刀割，在黑夜裏呻吟着：『啊！我的天！我的天！』——隨後，他終於把這些可厭的思念排遣開了：他否認它們：他要保持他的信念，樂天知命，信賴別人：他便眞的信賴了。幻象已經破滅了多少次！——但他永遠會生出新的幻象，永遠……沒有幻象他簡直不能過活。

素不相識的克利斯朵夫對他成爲光照生命的力量。克利斯朵夫給他的第一封措辭冷淡的覆信，實在是會使他難過的；——（也許他眞的如此感覺到了；）——但他不願承認，反而歡喜得如小孩子一般。他那麼謙虛，對別人根本沒有多大的要求，所以只要獲得些少的東西就夠滿足他愛人感激人的需要。見到克利斯朵夫是他從來不敢想望的幸福：因爲他如此老邁，不能再到萊茵河畔去旅行；至於請克利斯朵夫到這裏來，更是連想也想不到的念頭。

克利斯朵夫底電報送到時，他正要開始用晚餐。他先是弄不明白：發報人底名字很陌生，他以爲人家送錯了，不是他的電報；他翻來覆去念了好幾遍；慌亂之中，眼鏡也戴不住，燈光也不夠明亮，字母都在眼前跳舞。等到他明白之後，簡直騷動到把晚飯都忘掉了。莎樂美白白在他身旁叫喊：沒有辦法吞下一些東西。他把飯巾望桌上一丟，也不像平時那樣把它摺好；他搖搖擺擺的站起來，抓着帽子和手杖往外就走。善心的蘇茲，遇到一件這樣快慰的事情之下，第一個念頭便是去告訴別人，教別人一同快慰。

他有兩個朋友，都是像他一樣的音樂愛好者，因了他的鼓吹，對克利斯朵夫也懷着熱情：一個是法官薩繆爾·耿士，另一個是牙醫奧斯加 卜德班希米脫，一個出色的歌唱家。三個老朋友常在一起談着克利斯朵夫；把能夠找到的克利斯朵夫底作品統統演奏過了。卜德班希米脫唱着，蘇茲伴奏着，耿士聽着。隨後，三個人會幾小時的出神。當他們弄着音樂的時候，常常要感慨地說：

——啊！要是克拉夫脫在場的話！

蘇茲在路上想着自己的歡喜和將使別人感到的歡喜，獨自笑了。黑夜已經來到；耿士住在離城半小時路程的一個小村上。但天上還很光亮：四月底黃昏多柔和；夜鶯在四下裏歌唱。老蘇茲懷着一腔的歡喜呼吸毫無阻礙，兩腿竟像二十歲時那樣健步。他輕快地走着，全不提防在陰暗中蹴着的石子。遇到車子時，他便精神抖擻的閃在路旁，和趕車的高高興興的招呼，車夫倒在車燈照見老人的當兒覺得非常詫怪。

當他走到村口耿士家的小園前面時，天已全黑，他敲着門，直着喉嚨叫喚。屋子裏開了一扇窗，耿士露着驚駭的神色出現了。他在暗中探望，問道：

——誰啊？叫我幹麼？

蘇茲氣吁吁的，高興非凡的嚷道：

——克拉夫脫……克拉夫脫明天到……

耿士完全莫名其妙，只認出了他的口音：

——蘇茲！怎麼這個天光？什麼事啊？

蘇茲再說一遍：

——他明天到，明天早上！……

——什麼？耿士追問着，老是摸不着頭腦。

——克拉夫脫蘇茲叫道。

耿士停了一會，尋思這句話底意義，接着一聲響亮的叫喊表示他已懂得：

——我就下來！他喊道。

窗子重新關上。他在門前的石階上出現了，手裏拿着燈，一直走到園裏。這是一個身材矮小、肚子肥大的老人，巨大的腦袋上蓋滿着灰色的頭髮，一叢褐色的鬍子，臉部與手上都有紅斑。他啣着一支瓷器烟斗，踱着細步走來。這個羸弱而有些懵懂的人，一生從沒有過多大的思慮。蘇茲帶來的新聞把他靜止的態度改變了；他舞動着短短的手臂和燈，問道：

——怎麽？眞的？他來這裏？

——明天早上，蘇茲得意地揚着電報說。

兩位老朋友到涼棚下坐在一條長櫈上。蘇茲拿着燈。耿士小心地展開電報，慢慢地低聲念着；蘇茲則在他肩頭上高聲念着。耿士還看了電報四周的小字，拍發的時刻，到達的時刻，電文的字數。

隨後他把這張寶貴的紙還給蘇茲，蘇茲得意地笑着，點點頭瞧着他說：

——啊好！……啊好！

耿士思索了一會，吸了一大口烟又吐了出來之後，把手放在蘇茲膝蓋上，說道：

——得通知卜德班希米脫。

——我去，蘇茲說。

——我和你一塊去，耿士說。

他進去放下了燈出來。兩個老人手挽手的走了。卜德班希米脫住在村子那一端。蘇茲和耿士一路談着那段新聞，又說了些閒話。忽然耿士停住脚步，用手杖望地下一蹶道：

——啊！該死！……他不在這裏！……

此刻他纔記起卜德班希米脫下午到鄰村開刀去了，今晚要在那邊過宿，而且還得逗留一二天。這可把蘇茲慌起來了。耿士也一樣的狠狽。卜德班希米脫是他們倆得意的人物，很想把他來炫耀一番。因此兩人站在街上，不知如何是好。

——怎麼辦？怎麼辦？耿士問道。

——非教克拉夫脫聽一聽卜德班希米脫歌唱不可，蘇茲說。

他想了想又道：

——得打一個電報給他。

——他們便往電報局去，共同擬了一通又長又動人的電報，簡直教人弄不明白說的是什麽。發了電報，他們走回來。蘇茲計算着：

——要是他搭頭班車，明天早上就可以到這裏。

但耿士覺得時間已晚，電報大概要到明天早晨送給他的了。蘇茲搖搖頭；兩人齊聲說着：

——多不幸！

他們倆在耿士門口分手了；耿士雖然和蘇茲那麼友善，可不至於冒失到送蘇茲出村，回頭再在黑夜裏獨自走一段路，那怕是如何短促的路。他們約定明天在蘇茲家裏用午餐。蘇茲又望望天色，不安地說：

——但願明朝天晴纔好！

自命通曉氣象的耿士，儼然對天凝視了一會之後，——（因爲他也像蘇茲一樣，極希望他們的地方在克利斯朵夫來到的時候顯得很美麗）——說：

——明朝一定天晴。

這樣，蘇茲底心事纔輕了一半。

* * * * * * *

蘇茲踏上進城的路，幾次在車轍裏扭蹩了脚，或是摃在路旁石子堆上。回家之前先到糕餅舖定了一塊本地著名的蛋糕，然後又繞道到車站上問明車子到達的時刻。他把一切辦妥了纔回家，和莎樂美把明天的午餐商量了老半天。這樣之後，他纔困頓不堪的上牀；但他有如聖誕前夜的孩子般興奮，整夜在被窩裏翻來覆去，一刻兒都睡不着覺。到了半夜一點鐘時，他想起來吩咐莎樂美最好做一盤燕魚；因爲那是她的拿手菜。結果他可並沒去說；而且也是不說的好。但他還是起來，把那間預備克利斯朵夫住宿的臥室收拾一番：他小心翼翼的不敎莎樂美聽見聲音，免得受她埋怨。他擔心着，唯恐錯失了火車到達的時刻，雖然克利斯朵夫在八點以前決不會來。他一大早就起身了；第一眼是望望天：耿士說得不錯，果然是大好的晴天。蘇玆躡手躡脚的走下那因爲怕受涼、怕太陡的梯子而久已不去的地窖，揀着最上等的酒，回上來時把額角在樑上碰了一下，等到提着滿滿的一籃而爬到梯子高頭時，他簡直氣都喘不過來了。接着，他拿了剪刀往園裏去：毫不愛惜地把最美的薔薇和初開的紫丁香一齊剪下。隨後他回到臥室，急急忙忙的刮着鬍子，割破了兩三處，穿扮得齊齊整整，動身往車站去了。時間還只七點。儘管莎樂美勸說，他連一滴牛奶都不肯喝，說克利斯朵夫到的時候一定也不曾用過早餐，他們還是回來一起喫罷。

　　他到站時，離開火車到達的時候還差三刻鐘之久。他焦灼萬分的等着克利斯朵夫，結果還是把他錯過了。照理應該耐着性子等在出口的地方，他卻立在月臺上，被上車下車的羣衆擠昏了。雖然電報上寫得明明白白，他卻以爲，天知道爲什麽緣故！克利斯朵夫搭的是下一班車；並且他也絕對想不到克利斯朵夫會從四等車廂裏跳下。當克利斯朵夫早已到了，逕自望他家裏奔去的時候，他還在站上等了半小時。更糟的是，莎樂美也上街買菜去了：克利斯朵夫發見大門上了鎖。鄰人受着莎樂美底囑託，只說她一忽兒就要回來的；除此以外，再沒別的解釋克利斯朵夫既不是來找莎樂美，也不知道涉樂美是誰，便認爲是惡意的玩笑；等他再問音樂導師蘇茲在不在此地時，人家回答說在此地，但說不出他究竟上哪兒去了。憤怒之下，他走了。

老蘇茲掛着一尺長的臉回來，從也是剛剛回家的涉樂美嘴裏得悉一切的經過時，不禁大爲懊惱，幾乎哭出來。他對於女僕愚蠢到在他出門的時候不會設法教克利斯朵夫等着非常憤怒。涉樂美卻用着同樣的語氣回答，說她想不到他會那樣的愚蠢，甚至把所要迎接的客人都錯失了。但老人並不就擱時間去和她爭辯；立刻走下階梯，依着鄰人模模糊糊的指點，出發尋找克利斯朵夫去了。

克利斯朵夫撿在門上，不曾見到一個人，連一張道歉的字條都沒有，很是生氣。在等待下一班火車開行之前，不知做什麼好；他覺得田野倒很美麗，便散步去了。這是一座安靜宜人的小城，坐落在柔和的山崗中間；房子四周盡是園子，櫻桃樹開着花，碧綠的草地，濃密的樹蔭，假古蹟，青草叢裏聳立着白石的柱子，上面放着古代公主們底胸像，臉上挂着一副可愛的笑容。城市四周，只看見青葱的草原與山坡。野花怒放的灌木叢中，山鳥盡情歡唱着，彷似一組快樂嘹亮的木笛合奏。不消一刻，克利斯朵夫惡劣的心緒都消散了：把彼得·蘇茲忘記得乾乾淨淨。

老人滿街跑着，問着路人，一些影踪都沒有。他一直走到坡上，走到古堡前面，當他惆悵地走回來的時候，尖銳的眼睛忽然瞥見在幾株灌木下面，有一個男人躺在草地上。他不認得克利斯朵夫：不能知道是不是他。那個男子又是背對着他，腦袋一半埋在草裏。蘇茲繞着草地，在路旁蹀躞着，心忐忑的跳着：

——是他……不，不是他……

他不敢呼喚。但他靈機一動，開始唱起克利斯朵夫歌曲中的第一句：

赫夫赫夫！……

（起來罷起來！）

克利斯朵夫一躍而起，好像魚從水裏跳出來一般，直着嗓子接唱下去。他高興之極的回過身來：滿面通紅，頭髮裏盡是亂草。他們倆互相喚着名字，迎着走攏來。蘇茲跨過土溝，克利斯朵夫跳過栅欄。兩人熱烈地握着手，高聲談笑着一同望家裏走。老人敍述他當面錯過的情形。克利斯朵夫一刹那前還決意回家，不再嘗試去見蘇茲，如今卻立即感到這顆靈魂底良善坦白，便開始愛他了。未會到家之前，他們已互相傾訴了不少事情。

一進門，他們就發見耿士；他得悉了蘇茲出發去尋找克利斯朵夫之後，便安閒地在此坐等。女僕端上咖啡牛奶。但克利斯朵夫說他已經在一家鄉村客店裏用過早餐。這可把老人弄得大大地不安：克利斯朵夫來到此地以後的第一餐竟不會在他家裏享用眞是一件傷心事：這些瑣屑的事情對於一顆眞摯的心是有重大意義的。克利斯朵夫懂得這一點，暗地覺得好玩，更加愛他了。爲安慰他起計，他聲言他還有用第二頓早餐的胃口：隨後他就用事實來證明了。

克利斯朵夫所有的煩惱一霎時都化爲烏有：他覺得處身在眞正的朋友中間：他再生了。他用着滑稽的口吻敍述他的旅行，敍述他的悲痛，活像一個放假回來的小學生。蘇茲眉飛色舞的，用着還柔的眼睛望着他，盡心盡意的笑了。

不久，話題就轉到瘤中把他們三個人聯繫起來的題目上去，談着克利斯朵夫底音樂。蘇茲渴望克利斯朵夫奏幾闋他的作品；只是不敢啓齒。克利斯朵夫一邊談話一邊在室內來回踱着。當他走近打開着的鋼琴的時候，蘇茲便留神他的脚步；心中暗暗祝禱他停下來。耿士也是一樣的期望着。果然，克利斯朵夫嘴裏說着話，不知不覺的在琴前坐下，眼望着別處，把手指在鍵盤上隨便撫弄起來；這時候他們倆的心都跳動了。不出蘇茲所料，克利斯朵夫在奏了兩三組和音以後眞的動了興緻：一邊談着一邊又奏了幾個和音，接着竟是完整的樂句；這時他纔緘默，正式開始彈奏。兩個老人交換了一個會意的眼色。

——您們知道這一支麽？克利斯朵夫奏着他的一闋歌問道。

——怎麽不知道！蘇茲得意地回答。

克利斯朵夫並不停下，只顧旋轉着半個頭說：

——喂，您的鋼琴不大高明了！

老人很難過，表示歉意道：

——它像我一樣的老了。

克利斯朵夫轉過身來，望着這個似乎乞人原諒他的老邁的蘇茲，握着他的手笑了。他凝視着老人天眞的眼睛說：

——噢！您，您比我更年輕呢。

蘇茲快活地笑了，嘮嘮叨叨的訴說他衰老多病的情形。

——罷，罷，罷！克利斯朵夫說，這有什麼關係呢？我知道我說的話是不錯的。是不是，耿士？

（他已經省去『先生』二字了。）

耿士用力的點頭稱是。

蘇茲從他自己的身體說到他的鋼琴。

——還有幾個很美的音符呢，他膽怯地說。

說罷他按了幾個——四五個相當鮮明的音，在中段有半個音階光景。克利斯朵夫懂得這架琴於他不啻是一個老友，便一邊想着蘇茲底眼睛一邊和藹地說：

——是的，它還有很美的眼睛。

蘇茲臉色開朗了。他絮絮的說出一大堆稱讚舊鋼琴的話頭，但看見克利斯朵夫重新開始彈奏，便立刻住口。漱一支復一支的奏下去，克利斯朵夫曼聲唱着。蘇茲眼睛水汪汪的，留神着他每一個動作。耿士交叉着手按着肚子，閉上眼睛細細吟味。克利斯朵夫不時旋轉頭來，意氣揚揚的對着兩個聽得出神的老頭兒用一種他們並不想嗤笑的天眞的熱情說：

『呃！這多美！……還有這個！你們覺得怎樣？……還有這……這是一切作品之中最美的……

——現在我要給您們奏一闋東西，使你們歡喜到如上七重天……

正當他奏罷一支幻想的樂曲時，掛鐘裏的鳩鴣叫起來了。克利斯朵夫聽了怒得直跳。耿士被他驚醒了，睜大着眼睛骨碌碌的轉個不住。蘇茲先是莫名其妙。直到看見克利斯朵夫一邊對着鳩鴣摩拳擦掌，一邊嚷着要人把這混帳的鬼東西拿開的時候，蘇茲纔破題兒第一遭覺得這聲音的確難受；他便端過一張椅子，想上去親自摘下。但他蹣蹣跚跚的幾乎跌交，被耿士阻住了不使再上。於是他喊涉樂美。涉樂美照例慢吞吞的走來，不耐煩的克利斯朵夫已經把掛鐘卸下，放在她的懷裏，這可把她怔住了。

——你們要我把它怎麼辦呢？她問。

——隨你的便。拿去就是！只要從此不再看見它！蘇茲這樣的說着，他的不耐煩的程度也不下於克利斯朵夫。

他不懂自己對於這厭物怎麼會忍耐到這樣長久。

莎樂美以爲他們都有些瘋了。

音樂重新開始。時間一小時一小時的過去。莎樂美來通報說午飯已經端整。蘇茲卻不許她開口。十分鐘後，她又來了；再過十分鐘，她又來了：這一次她可氣冲冲的，面上裝着鎮靜的神氣，站在房間中間，也不顧蘇茲對她絕望地揮手示意，逕自大聲說道：

——『這些先生愛喫冷菜也好，愛喫熱菜也好，對她都沒有關係；只聽他們吩咐就是。』

蘇茲對於這種冒昧的舉動非常慚愧，想把女僕訓斥一頓；但克利斯朵夫大聲笑了出來。耿士也笑了，終於把蘇茲也逗得樂開了。莎樂美對於這種效果很得意，旋轉脚跟走了，活像一個皇后赦免了她的臣下一般。

——一個好女人！克利斯朵夫從琴旁站起說。她想得不錯。在音樂會中間闖進一個人有什麼大不了呢？

他們開始入席。這是一頓豐盛而濃厚的午餐。蘇茲激動了莎樂美底好勝心，她也巴不得找個機會顯顯本領。兩位老朋友底胃口眞是可觀。耿士在飯桌上簡直變了一個人，像太陽一般舒展開來了：那副志得意滿的神氣竟可給飯店做招牌。蘇茲對於嘉餚美味的感覺也不下於耿士，可惜衰弱的身體使他不能盡量。但他往往不大肯顧慮；事後常常要付代價在這種情形之下，他絕對不抱怨：要是他害病，至少他肚裏明白爲了什麼緣故。和耿士一樣，他也有世代相傳之食譜。所以莎樂美是伏侍慣一般內行的。但這一次，她尤其把所有的精彩都排在一個節目上，好像是萊茵派烹調底陳列大會，那是一種樸實的、保存原味的烹調，用着各式各種草本的香料，濃厚的漿汁，濃厚的菜湯，標準的白煑牛肉，巨大的鯽魚，酸鹹菜燒醃肉，全鵝，家常餅，茴香麪包。克利斯朶夫嘴巴塞得滿滿的，狼吞虎嚥的出神了；他賦有與乃祖乃父一樣的胃口，整只的鵝都可一次吞下。而且不論整星期的嚼着麪包和乳餅，或是喫得脹破肚子，他都一樣能夠過日子。蘇茲又誠懇又週到，用着慈祥的目光望着他，把他灌了許多萊茵名酒。耿士緋紅着臉，把他當做一個小兄弟。莎樂美嘻開着闊大的臉，得意地笑着。──最初，在克利斯朵夫剛到的時候，她是有些失望的。蘇茲預先和她講了一大套，所以她理想中的克利斯朵夫定是大臣一流的人物，渾身都是頭銜和勳章。眞的見到他時，她卻驚喊道：

──不過是這個模樣麼？

但在飯桌上，克利斯朵夫又贏得了她的好意；她還沒見過一個像他那樣不辜負她的本領的人。在應當回廚房去的時候，她卻站在餐室門口，望着克利斯朵夫一邊儘管說着傻話，一邊並不把牙齒放鬆一刻；她雙手插在腰裏，放聲大笑了。大家都很開心。美中不足的是沒有卜德班希米脫在座。他們幾次三番的說：

──噯！要是他在這裏！他纔會喫，會喝，會唱呢！

他們讚揚的話簡直說不完。

──『要是克利斯朵夫能夠等他！……但也許可以。今晚，卜德班希米脫可以回來了；至遲也不會過今夜……』

──噢！今夜，我已遠去了，克利斯朵夫說。

蘇茲喜氣洋洋的臉立刻沉下來。

——怎麽，遠去！他用着顫動的聲音說。可是您不會動身吧？

——爲何不？克利斯朵夫高興地回答，我今天搭夜車走。

蘇茲懊惱起來。他預算克利斯朵夫在他家就擱幾夜哩。他囁嚅道：

——不，不，這不能！……

耿士也接着說：

——還有卜德班希米脫呢！……

克利斯朵夫望着他們友善的臉上的失望的表情，不禁感動了；便道：

——你們多好！……那末我明天早上走，好不好？

蘇茲握着他的手說：

——啊！多幸運！謝謝！謝謝您！謝謝您！

他勞崙兒童一樣，把明天看作那麽遠，遠得用不到去想，既然克利斯朵夫今天不走，那今天一天便是屬於他的了；他們可以一同消磨一個黃昏，他將睡在他的家裏：蘇茲所見到的只有這些，再不往下想了。

室內重新恢復了快樂的空氣。蘇茲忽然站起身來，用着莊嚴的神色舉杯祝頌他的貴客，用着感動而浮誇的措辭說他肯光臨小城和寒舍於他是極大的光榮和愉快；他祝頌他歸途平安，祝頌他前程遠大，也竭誠祝頌他獲有塵世一切的幸福。接着他又舉杯祝頌「高貴的音樂，」——舉杯祝頌他的老朋友耿士，——舉杯祝頌春天；——末了也不忘記祝頌卜德班希米脫。耿士也起來舉杯祝頌蘇茲和另外幾個朋友；克利斯朵夫為結束這些祝頌起計，便舉杯祝頌莎樂美，把她羞得滿面通紅。這樣之後，再也不讓兩位演說家開口，立刻唱起一支著名的舊曲，兩個老人也跟着唱起來。一曲完了又是一曲，末了是一闋三部合唱的歌，大意是稱頌友誼、音樂和美酒的：笑聲與碰杯聲，和歌聲鬧成一片。

他們離開飯桌時已是下午三點了。他們都覺得有些沉重。耿士倒在一張沙發裏，眞想酣睡一會。蘇茲經過了早晨的感情衝動和剛纔舉杯痛飲的結果，兩腿有些不穩。兩人都希望克利斯朵夫坐下來給他們彈上幾小時的琴。但這古怪的少年倒高興非凡，在琴上按了兩三個和音以後，突然關上了琴，望望窗外，提議到外邊去散步。田野在誘惑他。耿士顯得不大起勁；但蘇茲立刻認爲這個主意挺有意思，他原來要教客人看看當地的花園和走道。耿士扮了一個鬼臉；但也不表異議，因爲他和蘇茲一樣願意克利斯朵夫鑒賞鑒賞他們的本地風光。

於是他們出去了。克利斯朵夫攙着蘇茲的手臂，大踏步的走着，那種速度已非老人底體力所能勝任。耿士跟在後面，拭着汗。他們高高興興的大聲談笑，人家看見他們走過時，都覺得蘇茲教授今天的神氣活像一個年輕的小夥子。出了城，他們開始望草地裏走。耿士抱怨天氣太熱。毫無憐恤的克利斯朵夫卻認爲氣候清和，美妙極了。兩個老人還算運氣，因爲他們時時停下討論問題，繼續不斷的談話令人忘記了路途底遙遠。說話之間，大家走進樹林。蘇茲背着歌德和莫里克（十九世紀德國詩人）底名句。克利斯朵夫很愛詩歌；但他一首都記不了：他一邊聽一邊恍恍惚惚的沉思遐想，終於音樂代替了字句，完全忘掉了詩。他佩服蘇茲底記憶力。他是一個又老又病，差不多殘廢的人，一年中大部分的時間幽閉在臥室裏，終身侷促在這個內地的小城裏，——不像哈斯萊那樣又年青又有名，住着藝術中心的大都市，舉行音樂會時足跡遍及全歐，但他對什麼都不感興趣，什麼都不願認識：把這兩個人比較起來，相差何止天壤！不但克利斯朵夫所知道的現代藝術潮流蘇茲都熟悉；而且還知道無數關於古代與外國音樂家的事情，都是克利斯朵夫聞所未聞的。他的記憶彷彿一只深不可測的水斗，盛滿着天上一切美麗的水滴。克利斯朵夫聚精會神的汲取它的寶藏；蘇茲看見克利斯朵夫興緻這樣濃厚也格外歡喜。他有時也遇到過若干慇懃的聽衆或柔順的學生；但他永遠缺少一顆年青而熱烈的心來分享他心中洋溢着的熱情。

直到老人冒失地說出他對於勃拉姆斯的欽慕爲止，他們倆是世界上最知己的朋友。但一提到這個名字，克利斯朵夫立刻變了臉色，冷冰冰的表示生氣了：他放鬆了蘇茲底手臂，嚴厲地聲言凡是歡喜勃拉姆斯的人不能做他的朋友。這簡直是在他們的快樂上面澆下一盆冷水。蘇茲太膽怯了，不敢爭辯；太老實了，不能撒謊；便支吾着想解釋一番。但克利斯朵夫斬釘截鐵的一句：

——夠了！

就打斷了他的話頭，不容他繼續下去。之後是一片嚴肅的靜默。他們繼續走着，兩個老人低着頭不敢彼此瞧望。耿士咳了一聲，想重新打開話頭，談着樹林和美妙的天氣；但克利斯朵夫氣惱之下，只回答他幾個單字。耿士在這一面不得回音，便轉過來向蘇茲談話；可是蘇茲喉嚨梗塞着，竟開不出口。克利斯朵夫在眼梢裏偸覷着他，想笑出來：他已經原諒他了。實在他並沒眞正的懷恨，甚至覺得自己使可憐的老人傷心未免野蠻；但他濫用着威力，不願立刻取銷前言。因此直到走出樹林的時候，大家始終保持着這種態度：兩個惶惑無主的老人拖着沉重的脚步，克利斯朵夫嘴裏吹噓作聲，只做不看見他們。突然，他忍不住了，大聲笑了出來，轉身向着蘇茲，把他的胳膊抓在自己巨大的手裏：

——我親愛的老朋友蘇茲！他親熱地望着他說，這多美！這多美！……

他說的是田野和天氣；但他笑瞇瞇的眼睛似乎在說：

——你是好人。我是一個粗漢。原諒我罷！我眞愛你。

老人的心融化了。好像日蝕之後太陽重新顯現一樣。但他又過了一會纔能開口。克利斯朵夫重又攙着他的手臂，格外友善地和他談着，談話之間他加緊了脚步，不會留意把兩個同伴弄得筋疲力盡。蘇茲全不抱怨；只要在他快樂的時候，他簡直不覺得累。他知道過後得償付這筆債，但他想道：

——明天，管它哩！等他走後，我儘可以休息。

可是不像他那麼興奮的耿士，已經落後了十多步，顯得很可憐的樣子。終於克利斯朵夫覺察了，惶愧地道歉，提議在白楊樹蔭下的草坪上躺一會。蘇茲欣然應允了，毫不顧慮他的氣支管會受到什麼影響。幸而耿士代他想起了；或至少他借此理由避免在渾身濕透的情形中躺在涼快的草地上。他建議走到鄰近的站上搭火車回城。這個主意立刻通過了。雖然已很疲乏，但大家還是得趕緊脚步以免遲到；結果是他們到站的辰光，火車也恰巧同時到達。

這時候，一間車廂裏走下一個大漢，匆匆忙忙的向着他們奔來，嘴裏喊着一大串他們的頭銜和讚揚他們德性的形容辭，手臂舞動着像一個瘋子。蘇茲和耿士，也叫嚷着、舞動着手臂回答他，向着大漢底車廂奔去，他也排開着衆人迎上前來。克利斯朵夫莫名其妙地跟着跑，問道：

——什麼事？

兩人欣喜欲狂地喊道：

——就是卜德班希米脫啊！

這名字對他並沒多大意義。他早已忘記午餐時舉杯祝頌的辭句。卜德班希米脫站在車子底月臺上，蘇茲和耿士站在上車的踏級上，高聲喧嚷，鬧得人家耳朶都聾了；他們對於這一次的巧遇眞有說不出的高興。火車已經開動，他們都還站立着。蘇茲把他們介紹了。卜德班希米脫行過禮，立刻板着臉，挺着胸脯像衞兵一樣，抓着克利斯朶夫底手拚命搖撼，好似要把它拉下來一般，隨後又大聲叫嚷起來。克利斯朶夫在他的叫喊聲中聽出他感謝上帝和星宿賜給他這種意外的相遇。但一忽兒後他又敲着屁股咀咒那惡運，使他從來不離開本城的人，偏偏在樂長先生光臨的時候出門了。蘇茲底電報直到今天的早車開出一小時以後纔送到他手裏；遞到時他正睡着，人家以爲不該驚動他。因此他整個早晨對着旅店裏的人發氣。卽是現在，他還餘怒未息哩。爲了急於回來，他把他的主顧，看診的約會，一齊丟開了；但這班該死的火車和大路上啣接的車子脫了班：教卜德班希米脫在交叉的站上等了三小時；在那邊他把字彙中所有的驚嘆辭都用盡了，把這件倒楣的事情向着車站上的門房和別的待車的旅客講了數十遍。等到後來，畢竟出發了。他唯恐來得太晚……幸而，謝謝上帝！謝謝上帝！……

他重新握着克利斯朵夫底手，把它揑在手指毛茸茸的大手掌中。他生得意想不到的肥胖，高大的比例也相當：方形的頭顱，紅色的頭髮，修得很短，臉上剃得光光的，生着許多小疱，大眼睛，大鼻子，厚嘴唇，雙重的下巴，短短的頸項，背脊闊得異乎尋常，肚子像酒桶一般，胳膊和身體離得老遠，手脚巨大無比，只看見一大塊臃腫的肉，因為喫得過分、喝多了啤酒而變了原形，活像巴維哀邦各處街上搖來擺去的那些矮胖子，像是為要裝飽而喂得飽飽的雞鴨、為了高興也為了天熱，他頭臉像牛油般發亮：兩手一忽兒放在擺開着的膝蓋上，一忽兒放在鄰人膝蓋上，他津津有味的談着，把一切子音在空中打轉，好似連珠砲一般。有時，他笑得渾身擺動：腦袋望後仰着，嘴巴大張着，打着鼾聲，又像快要死去時咽咽作響。他笑得把蘇茲和耿士都傳染上了，他們笑過一陣，擦擦眼睛望着克利斯朵夫。神氣之間彷彿是問他：

——唔，您覺得怎樣？

克利斯朵夫一言不發，只錯愕地想道：

——是這個妖怪唱我的音樂麼？

他們一齊回到蘇茲家裏。克利斯朵夫只希望能夠避免聽卜德班希米脫歌唱，雖然卜德班希米脫說話之間屢屢提及，心癢難熬的想顯顯本領，他卻絕對不接口。但蘇茲和耿士一心要把他們的朋友來炫耀一番，看來是非聽不可的了。克利斯朵夫便沒精打彩的坐在鋼琴前面，想道：

——我的好人，我的好人，你可不知會受到什麼待遇呢：小心罷！我對什麼都不留情的。

他自忖要使蘇茲難過，想到這層不禁黯然；但他認爲與其讓這個約翰·法斯塔夫（按係十五世紀英國軍人，莎士比亞選爲劇中主角，以影射荒淫無度的人物。）爵士糟塌他的音樂，寧可使他老人家受一些痛苦。可是這倒毋須他操心：大胖子底聲音眞是美極了。在最初幾節上，克利斯朵夫就做了個驚訝的動作，把眼睛老釘住着他的蘇茲駭了一跳，錯認是克利斯朵夫表示不滿，直到克利斯朵夫往後奏去，臉色慢慢開展的時候方始寬心。於是他自己的臉上也射出歡悅的光彩；等到一曲完了，克利斯朵夫轉過身來要說他從沒聽見有人把他的歌唱得如是美妙時，蘇茲底快樂簡直無可形容；他的歡喜是比克利斯朵夫底滿意和卜德班希米脫底得意來得更甜蜜更深刻的：因爲他們倆所感到的不過是各人自身的愉快，蘇玆感到的卻是兩個朋友全部的愉快。音樂繼續着。克利斯朵夫驚喜欲狂的叫起來：他不懂這個又笨重又庸碌的傢伙怎麼竟會傳達出他的徹底思想。當然他不能曲盡巧妙的把一切細微之處全部傳達出來；但他從來教不會那般職業歌手的熱情在此竟表露無遺了。他望着卜德班希米脫，自問道：

——難道他眞正感覺到麼？

但在這個胖子眼裏，除了虛榮心獲得滿足的表情以外，甚麼都沒有。只是有一股潛意識的力量在這巨大的軀體中蠢動。這股盲目的、被動的力有如一隊士兵在廝殺一般，不知向誰廝殺，也不知爲何廝殺。一旦給徹底精神吸住之後，它便心悅誠服的降服了：因爲它需要動；假如聽它自尋出路的話，它便不知所措了。

克利斯朵夫心裏想，在創造人類的那天，偉大的彫塑家在搭配甫具雛形的造物底肢體時，並未十分用心，只是隨隨便便的湊合起來，不問它們放在一處是否相宜：所以每個人類都是被他、用信手拈來的零件配成的；同一個人底各個部分會分裝在五六個不同的人身上：腦子在一個人身上，心在另一個身上，而適合這個心靈的身軀又在第三個人身上；器械在一面，使用器械的人又在一面。有些人物賽似美妙的小提琴，只因無人會奏便永遠珍藏在匣內。而那般生來配奏這種提琴的人，卻終身只能抱着一些可憐的器具。他所以會發生這種感慨的緣故，尤其因爲他自恨從不能好好地唱一頁音樂。他的嗓子是假的，要自己聽了不厭惡都不可能。

可是，卜德班希米脫得意忘形之下，開始「把表情灌注入」克利斯朵夫底歌曲裏；卽是說把他自己的表情代替了原作底表情。克利斯朵夫當然不會覺得這種變換會使他的歌唱生色，便慢慢沉下臉來。蘇茲也覺察了。他是一個不知批評而只知崇拜的人，要他自己去發見卜德班希米脫底壞趣味當然不可能。但他對克利斯朵夫的熱情使他對於少年思想中的最微妙的地方也看得清清楚楚：他的心已不在自己身上而在克利斯朵夫身上了：他也覺得卜德班希米脫浮誇的唱法很難受。他便設法阻止他往這危險的路上去。但要卜德班希米脫緘默不是一件容易的事情。等到這位歌唱家唱完了克利斯朵夫底作品，想要搬弄別的教克利斯朵夫一聽名字就要作噁的俗樂時，蘇茲費盡力氣纔算把他勸阻了。

幸而晚飯已經備好的通報塞住了卜德班希米脫嘴巴。在飯桌上，那是使他顯露本領的另一個場合：他在這方面簡直沒有敵手；克利斯朵夫給上午一頓塞悶了，此刻也不想再和他爭什麼高低。

黃昏一刻一刻的過去。三位老朋友圍着飯桌望着克利斯朵夫出神。他們把他的說話句句嚥在肚裏。克利斯朵夫也不懂在這座偏僻的小城裏，和前此從未一面的這些老人怎麼會相處得比自己的家人還親熱。他想，一個藝術家倘能想到他的思想在世上所交結的不相識的朋友時，將是何等幸福，——他的心將如何溫暖，他的勇氣將如何增加……但事實往往不然：各人孤獨自處，以至於死，並且越是各人底感覺鮮明，越是應該互相傾訴的時候，便越不敢把各人底感覺說出來。庸俗的阿諛之輩，自然不難說出他們膚淺的情操。可是愛到極點的人，非竭力強迫自己就不能說出他們的愛。所以對於一般敢訴說的人是應當感謝的：他們在不知不覺間鼓勵作者，——幫助作者。克利斯朵夫之於蘇茲，就滿懷着這種感激的情緒。他絕不把蘇茲和其餘的兩位一般看待；他覺得他是這一小組朋友中的靈魂：其餘兩人不過是這座愛與善的爐灶底反光罷了。耿士和卜德班希米脫對他的感情是全然不同的。耿士是自私自利的傢伙：音樂給予他的影響，祇像一頭受人撫摩的貓一般感到舒服而已。至於卜德班希米脫，一方面因爲可以炫耀自己歌喉而獲得虛榮的滿足，一方面因爲練習嗓子而獲得一種生理上的快感。他們全不想瞭解音樂。唯有蘇茲是把自己整個地忘了：愛着音樂。

夜深了。兩位客人都已動身。克利斯朵夫和蘇茲單獨相對。他和蘇茲說：

——現在我要爲您一個人彈奏。

他坐在鋼琴前面，——完全像他對着心愛的人那樣彈奏。他奏着近作，把老人聽得出神了。他坐在克利斯朵夫旁邊，眼睛老釘着他，凝神屏息的聽着。他那慈祥的心懷，連最微末的幸福都不忍單獨享受，他不由自主地反覆說着：

——啊！可惜耿士不在！

（這卻使克利斯朵夫有些不耐煩。）

一小時過去了：克利斯朵夫依舊彈着；他們一句話都不談。當克利斯朵夫奏完之後，他們還是不則一聲。一切都很靜寂：房屋，街道，全都睡熟了。克利斯朵夫旋轉頭來，看見老人在哭泣：他站起擁抱他。在靜悄悄的夜裏，他們低聲談着。疲弱的座鐘在隔室滴滴答答的響。蘇茲輕輕地講着，交叉着兩手，身子微微前俯；他向克利斯朵夫敍述他的生涯，他的悲傷；他時時提防自己有怨艾的口氣，眞想說；

——我錯了……我不該抱怨……大家都對我很好。……

實在他並不抱怨：只是有一種不由自主的感傷在他敍述孤苦的生活時流露罷了。他在最苦惱的階段提起相信某種很渺茫很感傷的理想主義，教克利斯朵夫聽了憎厭，但又不忍加以反駁。其實，這在蘇茲心中不見得眞是如何堅決的信仰，而是需要信仰的一種熱望，——一種渺茫的希冀，拚命要抓住的一種希冀。他望着克利斯朵夫，想在他的眼裏得到同意的暗示。克利斯朵夫在這凝視着他的動人的眼裏，聽到這位朋友求援的呼聲，也聽到他提示的答語。於是克利斯朵夫說出有信仰有勇氣的說話，正是老人所期待着而聽了非常快慰的。老人與青年忘記了年歲底分隔：他們相親相近，有如年齡相若、相愛相助的弟兄；精神較弱的一個向着較強的一個乞援：老人在青年的心靈裏找到了依傍。

半夜過後，他們分別了。克利斯朵夫明天應當起早，搭他昨天來時的那班車。所以他匆匆地脫衣上牀。老人把這位客人底臥室收拾得芳菲，預備他住上幾個月似的。桌上的花瓶裏插着幾朵薔薇，一枝月桂。書桌上舖着一張全新的吸水紙。早上又教人搬了一架鋼琴進去。在自己最寶貴最心愛的書籍裏揀了幾册擺在近牀的擱板上。任何細微的地方都是懇摯的情懷安排的。可是一切都白費：克利斯朵夫甚麽也不曾看見。他倒在牀上，握着拳頭立刻睡熟了。

蘇茲可睡不着。他咀嚼着白天的歡樂，同時又想起離別的悲哀。他把彼此說過的話默默溫習了一遍；想着親愛的克利斯朵夫睡在他身旁，就在他的牀貼着的牆壁底那一邊。他渾身疲累，困頓不堪；覺得在散步時受了涼，舊病又要復發了；但他只想着：

——但願一直支持到他動身！

他恐怕一陣陣的咳嗆要把克利斯朵夫驚醒。他對於上帝滿懷着感激的心思，便在枕上依着老西曼翁（按係猶太老人，見先知摩西而作頌歌一首）『吾主，如今你又派遣你的僕役……』那首頌歌而作起詩來。他渾身汗濕的起牀把詩句寫下，坐在桌邊仔仔細細的瞻了一遍，再加上一段懇切的獻辭，下面署着名字，日子，時刻，等到重新上牀的時候，他又打了一個寒噤，整夜都不覺得溫暖。

黎明來了。蘇茲惆悵地想起昨天的黎明。但他埋怨自己不該讓這種悒鬱不歡的思想把他最後幾分鐘的快樂糟塌了；他很知道明天還要追悔今天這個時間呢；因此他竭力不使自己虛度了眼前這段光陰。他伸着耳朵探聽隔室底動靜。克利斯朵夫一些聲息也沒有。他睡下時的姿勢至今不曾變動。六點半敲過了，他依然睡着。要教他錯失開車的時間是再容易也沒有了；當他發覺的時候，也不過一笑了之罷了。但老人在不曾獲得對方同意之前，決不敢隨意支配一個朋友。雖然他反覆的說：

——這決不能說是我的過錯。在這一點上我是毫無干係的。只消不則一聲就行。倘使他不準時起牀，我還可以和他厮伴一天。

但他又回答自己道：

——不，我沒有這種權利。

於是他以爲應當喚醒他了，便去叩門。克利斯朵夫並不立卽驚醒，得繼續再敲。老人心裏很難過，想道：

——啊！他睡得多甜！他很可以睡到中午！……

終於，克利斯朵夫快樂的聲音在隔壁回答了。當他知道了鐘點以後，便驚喊起來；接着他就在房裏開始騷動，亂轟轟的梳洗着，唱着斷片的歌曲，一邊隔着牆和蘇茲親熱地對話，胡說霸道的把心裏悲傷的老人也逗得笑了。門開了，他出現了，神淸氣爽，滿心歡喜的模樣；他絕未想到自己使人如何難過。實在他無需急急動身；多留幾天於他也毫無損失，而於蘇茲卻是莫大的愉快。但克利斯朵夫並不眞正想到這些。而且他雖然對老人抱着好感，究竟也很想告別了：這一天絮絮不休的談話，死命抓住他的人物，也已使他覺得厭倦。何況他還年靑，以爲來日方長，他們儘有重新聚首的機會：他現在亦並非到什麼天涯地角去！——不像那老人，明知自己不久將要到比天涯地角更遙遠的地方去；所以他望着克利斯朵夫時的目光，簡直與永訣時的絲毫無異。

他雖然疲乏已極，仍把克利斯朵夫送到車站。外面，靜悄悄地下着細小的冷雨。到了站上，克利斯朵夫發見錢袋裏已沒有足夠的錢來買直達家鄉的車票。他明知蘇茲會非常高興的借給他，但他不願開口……爲什麽呢？爲何要拒絕一個愛你的人，不使他獲得爲你效勞的愉快呢？大概是爲了諷趣，或者是爲了自尊心，他始終不願說出口來。他把票子買到中途，決意從那邊走回家去。

開車的時間到了。他們在車廂底踏級上擁抱着。蘇茲把隔夜所寫的詩塞在克利斯朵夫手裏。他站在正對着那節車廂的月臺上。他們再沒有什麽話可說了，正如在一般告別的時間特別延長的情景中一樣；但蘇茲底眼睛繼續訴說着衷情直到車子開行以後方始離開了克利斯朵夫底臉。

在鐵軌拐彎的地方，車子隱沒了。他踏着泥濘的路回家；拖着沉重的脚步，突然之間覺得又累，又冷，雨天的情景顯得格外淒涼。他好容易纔捱到家，上得階梯，一進臥房，他就被一陣狂咳窒息了。渉樂美立刻跑來護侍他，在不由自主的呻吟中，他反覆不已的說道：

——還好！……還好不出我的所料……

他覺得非常難過，便睡下來。渉樂美去請醫生。他在牀上渾身癱瘓着像一堆破絮一樣。他簡直不能動彈；唯有胸部在翕動，努豬爐竈底風扇。腦袋又沉重又發熱。他整天的溫着昨日的舊夢，一分一秒都不放過：他懊惱自苦，繼而又責備自己不該在這樣快樂以後再抱怨。雙手交叉着，懷着一腔的熱愛，他感謝上帝。

* * * * * * * *

這一天的逗留使他心地重新清明，老人底溫情恢復了他的自信，克利斯朵夫便在這種情景中望着家鄉進發。等到車票底行程終了時，他高高興興地下來上路。此去還有六十里路程到家。他可並不着急，像小學生閒蕩一般的走着。四月的天氣。田野裏一切還未長成。樹葉像蜷縮的小手般在蒼黑的枝頭舒展開來；疏疏的幾株蘋果樹正開着花，嫩弱的野薔薇爬在籬垣上微笑。光禿的樹林開始長着嫩綠的新芽，林後高崗上，像槍刺一般矗立着一座羅曼式（按係中古時代的建築風格，在哥特式前。）的古堡。淺藍的天空，飄着幾朵烏雲。陰影在初春的田野中緩緩移動：驟雨過了，鮮明的太陽重又出現，歡樂的小鳥唱着。

克利斯朵夫忽然覺得自己懷念着高脫弗烈特舅舅。他不想到這個可憐的人已那麼久，為何這時苦苦惦念着他呢？那是當他在白楊樹下沿着波光蕩漾的河旁走着的時候想起的，舅舅底形象緊緊追隨着他，以致在一帶牆垣拐彎的地方，竟以爲要劈面撞見他了。

天色漸漸陰暗。一陣暴雨夾着冰雹開始降下，遠遠裏還聽見隱隱的雷聲。克利斯朵夫剛好走近一座村子，從樹叢裏已經望見粉紅色的屋面和深紅的屋頂。他脚步一緊，望村口第一座屋子底簷下躱着。冰雹很密，打着屋頂作響，落在路上亂跳，好似鉛丸一般，車轍裏滿滿的雨水湍瀉着。從滿綴花朵的果園中間，可以看到一條長虹挂在深藍的天空，好似一條鮮明的彩帶。

一個少女站在門口編織東西。她和氣地請克利斯朵夫進去。他接受了邀請，走進一間廚房兼餐室兼臥室的房間。熾旺的爐竈上面挂着一只鍋子。一個農婦裝束的女人剝着菜蔬，向克利斯朵夫道日安，教他去烤火，烘乾衣服。少女去找酒瓶來給他倒酒。兩個孩子把一種鄉下人叫做「小賊」的草互相塞在頸項裏。那位姑娘坐在桌子旁邊，一邊照顧着孩子玩耍，一邊繼續編織東西。她搭訕着和克利斯朵夫談天。他過了一會纔發覺她是一個盲女。她生得並不美，但很壯健，面頰紅紅的，牙齒白白的，手臂很結實，只是臉上的綫條不大端整：像多數的盲人一般，她堆着一副沒有表情的笑容；也像他們一樣，談論人和物的時候說得活龍活現，好似她親眼看見的一般。克利斯朵夫聽見她說他臉色很好，今天田野底風景很美時，先是有些愕然，以爲她在開玩笑；但看看這個盲女和剝洗蔬菜的農婦全無驚異的表示時，便釋然了。兩位女子友善地詢問克利斯朵夫從哪兒來，經過些什麼地方。盲女底說話裏面多少帶些誇張的成分：每逢克利斯朵夫提及路上或田間的風光時，她總要加上些按語；當然，這些按語往往是牛頭不對馬嘴，與事實完全不符的。她卻似乎深信自己和他看得一樣清楚。

家裏其餘的人物也回來了：一個約摸三十歲光景的壯健的農夫和他的青年妻子。克利斯朵夫一忽兒和這兩個談談，一忽兒和那兩個談談；又望着漸漸清朗的天色，等候動身。盲女哼着一支歌曲，手裏仍舊做着她的活計。這支歌曲教克利斯朵夫想起許多前塵往事。

——怎麼！您也知道這個？他說。

（高脫弗烈特從前教過他）

他接着哼下去。少女笑起來了。她唱着前半，他唱着後半，他站起想去望望天氣，在室內繞了一轉，無意之間把各處打量一下，忽然瞥見碗櫥旁邊有一件東西使他直跳起來。那是一根很長的，彎曲的拐杖，柄端粗糙地刻着一個小人在行禮的模樣。克利斯朵夫認得這件東西，他兒時一直把它玩弄的。這時他便向着拐杖撲去，喉嚨梗咽着問道：

——這個從哪兒來的？……哪兒來的？

男人望了一眼，答道：

——這是一個朋友遺下的；一個已經亡故的朋友。

克利斯朵夫喊道：

——是高脫弗烈特麼？

當克利斯朵夫說出高脫弗烈特是他的母舅時；大家都驚怪起來。盲女驀地站起；線團滿屋滾着；她踏着她的活計，握着克利斯朵夫底手再三問道：

——您是他的外甥麼！

大家七張八嘴的同時說話，鬧成一片。克利斯朵夫卻追問道：

——可是你們……你們怎麼會認識他的？

男人答道：

——他是死在這裏的。

等到激動的情緒稍微平復之後，大家重又坐下，做母親的一邊拏起工作，一邊述說高脫弗烈特和他們相識已經歷有年數；他每次周遊各地的時候，來去總在這裏耽擱。他最後一次來到時——（去年七月裏）——他似乎很累；卸下包裹之後，他歇了好一會纔能開口；但大家不曾注意，因爲他每次來時總是累得這個樣子：我們都知道他有氣喘的毛病。他卻並不訴苦。他是從來不訴苦的：在任何不快的事情中，他總會找到滿足的理由。當他做着一件過分勞苦的工作時，他想晚上躺在牀上該是多麼舒服；當他害病時，他說病愈時該是何等愉快……

——這可是不對的，先生，一個人不該老是滿足，那個善良的婦人接着說：因爲您不抱怨，別人也不替您抱怨了。我，我可常常訴苦……

因此大家不曾留心他的困憊甚至還取笑他氣色很好，靡遼斯太——（這是盲女底名字）

——幫他卸下包裹之後，問他是不是將永遠奔波，像少年一般不覺厭倦。他微微一笑算是回答；因爲他沒有力氣說話。他坐在門前的一條櫈上。家裏的人都出發做工去了：男人到田裏去；母親管着廚竈。摩達斯太立在櫈子旁邊，身子靠着門，手裏編着東西，和高脫弗烈特絮絮談天。他不回答她：她也不要他回答，只把他上次來過以後所發生的事情講給他聽。他氣吁吁的呼吸很困難；她聽見他勉強想說話。她非但不會擔心，反而和他說：

——不要說話。你且休息一下。等會再說好了……何必這樣費力呢？

於是他就不作聲。她繼續說着，以爲他聽着。他嘆了一口氣，沒有聲息了。過了一會，母親出來，看見摩達斯太繼續在說話，高脫弗烈特在櫈上兀然不動，腦袋望後仰着，向着天；原來摩達斯太已經在和死人談話了。她這纔懂得可憐的人曾想在死去之前說幾句話而不能；於是他照例淒涼地一笑，放棄了這個意念，在夏季一個恬靜的黃昏中瞑目了……

這時，陣雨已經停止。媳婦照料牲口去了；兒子拿着鍬在門前淸除汚泥淤塞的小溝。摩達斯太在母親開始這段敍述時早就不見了，屋裏只剩克利斯朵夫和母親兩個；他感動得一句話也說不出。饒舌的老婦卻耐不住長時間的靜默；便把她認識高脫弗烈特的歷史原原本本的講起來。這眞是年代久遠的事了。當她年青的時候，高脫弗烈特愛着她，但不敢和她說。大家把這件事當作話柄；她取笑他，大家都取笑他：——（他是到處被人取笑的）——但高脫弗烈特還是年復一年的來探望她。人家的嘲弄他，她的不愛他，她的嫁了人，跟丈夫很幸福，在他眼裏都是自然不過的。她那時也太幸福了，太得意了，以致不久就遭了橫禍。她的丈夫得了暴病而死。接着她的女兒，一個生得挺美、挺強壯、人人叫好的女兒，正當要和當地最富的一個莊稼人結婚時瞎了眼。有一天，她爬在屋後大梨樹上採果子，梯子一滑把她倒了下來，一根斷樹枝戳在額角上近眼睛的地方。大家以爲不過留個疤痕罷了；但從此以後，她額上時時疼痛：一隻眼睛慢慢地失明了；接着另外一隻也看不見了；千方百計的醫治都歸無效。自然，婚約是毀棄的了；一切的希望都消滅了，在一個月前爲要和她跳一次華爾玆舞而不惜拚命相爭的男子中間，沒有一個再有勇氣——（這也是很可瞭解的）——去摟抱一個殘廢的女子了。於是，一向無愁無慮的、老掛着笑臉的摩逖斯太，頓時悲痛欲絕。她不飲不食，自朝至暮哭個不休；夜裏還在牀上嗚咽。大家不知如何是好，只能和她一起悲傷；她卻因之更加哭得厲害。終於別人被她的怨嘆弄得厭倦起來，狠狠地埋怨她一頓，逼得她說要去投河。牧師有時來探望她，和她談着仁慈的上帝，談着靈魂不死底事情，談着她在此世界所受的苦難可在彼世界換取的酬報；但這一切全不能給她安慰。有一天，高脫弗烈特來了。摩達斯太一向對待他是不大好的。並非因爲她凶惡，而是因爲瞧他不起；再加她沒有什麼思想，只愛嘻笑：凡是刁鑽俏皮的事，沒有一件她不對他做過。但當他得悉她的災難時，他竟駭壞了。可是他表面上一些不露出來。他去坐在她身旁，絕口不提那件禍事，只是安安靜靜的談話，和從前一樣。他沒有一句爲她抱怨的話；神氣之間彷彿根本不曾覺察她瞎了眼睛。不過凡是她不能看見的東西，他一概不說；所談的總是她能夠聽到的，或在她的境地中能夠感覺到的；這種舉動又是做得非常自然，竟可令人疑心他也是一個瞎子。她先是不聽，繼續哭着。但明天，她稍稍留心聽了，甚至和他交談幾句了……

——而且，母親接着說道，我也不懂他能有什麼話和她說。因爲我們要去收穫，沒有時間照呼她。但晚上我們回來的時光，總看見她安安靜靜的在說話。從此以後，她精神漸漸好起來；似乎忘記了她的苦惱。她有時還不免想起，哭着，或者和高脫弗烈特談些傷心的事情；但他只做不聽見；繼續心平氣和的講些使她鎮靜使她高興的話。自從殘廢以後不願走出家門一步的她，居然被他勸得肯出外散步了。他先領她繞着園子走幾步，再在田野裏走一段較長的路。如今她竟到處會認得路，分辨一切，彷彿親眼看見一樣。甚至我們所不注意的東西，她也會覺察；從前，她除了自身以外對甚麼都很淡漠的，此刻卻對一切都發生興趣了。這一次，高脫弗烈特在我們家裏就留得格外長久；我們原不敢多留他，但他自動展緩行期，直到他看見她較為安靜的時候方始動身。有一天，——在這裏，在院子裏，——我竟聽見她笑了。這一笑所給我的感覺，我簡直不能說。高脫弗烈特似乎也很快活。他坐在我身旁。我們彼此望了一眼，我可以不怕羞的告訴您，先生，我把他擁抱了，而且是衷心感動的擁抱他。於是他和我說：

——現在，我想我可以走了。人家已用不着我了。

我設法挽留他。但他答道：

——不，如今我應當走了。我不願再多留。

大家知道他像流浪的猶太人（按此係歐洲諺語源出基督教傳說）一樣：不能長駐在一個地方的；所以我們也沒

有堅持。於是他走了。但他設法比從前多經過此地；而他每次的路過總使摩達斯太非常快活；她的精神也一次勝似一次。她重新管起家務來；哥哥結婚之後，她幇着照顧孩子；如今她不再訴苦了，臉上老帶着快樂的神氣。有時我不禁自問，要是她並不失明的話，能不能像現在一樣快活。是的，先生，我以爲有些時候我們會說還是像她那樣的好，不看見某些可厭的人物、可厭的事情。世界變得醜惡極了；簡直一天壞似一天……可是我深怕好天爺會把我的說話當眞；因爲雖然世界那麼醜惡，我還是想睜着眼睛看下去……

* * * * * * *

摩達斯太重新出現了，談話轉換了方向。克利斯朵夫看見天色已經轉晴，就想動身：但他們都不許他走。他不得不答應在此用晚餐，在此過宿。摩達斯太坐在他身旁，整個黃昏不離開他。他很想和這少女作一番親熱的談話，因爲她那種悲慘的命運使他非常憐憫。但她不給他這種機會。她只是探問他關於高脫弗烈特的事情。當克利斯朵夫把她所不知道的事情告訴她時，她顯得又是快活又是嫉妒。她自己也不大肯講到高脫弗烈特：聽的人明明覺得她有許多話藏着不說出來；有時她講過之後立刻追悔：她把自己的回憶認作是她的私產，不願意和別人分享；在這種情緒裏面，她頗有一般死守鄉土的農婦那樣執拗：說是世界上還有另一個人像她一樣的愛着高脫弗烈特，是她心裏最不舒服的事。她簡直不肯相信；克利斯朵夫窺透她這重心事，便讓她去抱着幻想。雖她講的時候，他發覺她雖會用苛酷的眼光看待高脫弗烈特，但從雙目失明之後，她已構成一幅與事實完全異樣的形象；她心中所有的愛的需要，一齊移注在這個幻想人物身上。而且甚麼也不會來阻撓她這種幻想。她像多數的盲人一樣，賦有堅強的自信力，會把自己不知道的事情泰然自若的編造出來她和克利斯朵夫說：

——您很像他。

他懂得，多少年來她已慣於在一間窗戶緊閉、與理不會進去的屋裏討生活。當她如今已經學會在陰暗中矚視一切，甚至忘記了陰暗的時候，假使在她的黑暗中射入一道光明的話，說不定她會駭怕。她和克利斯朵夫斷斷續續的、喜孜孜的、談着許多無甚意義的話，都是與克利斯朵夫不相干的。這種絮絮不休的嘵舌使他非常憎厭，他不懂一個受過這麼許多痛苦的人，竟不會在痛苦中磨鍊出一些嚴肅的情懷，而祇甘於賣弄這類無聊的念頭；他幾次三番想談些比較嚴重的問題，都得不到回響：摩達斯太不能——或不願——把談話轉到這方面去。

大家分頭睡覺了。克利斯朵夫久久不能成寐。他想着高脫弗烈特，努力想從摩達斯太底稚氣的回憶中探尋他的聲音笑貌，終是不容易成功，很是氣惱。想起舅舅死在這裏，他的遺骸一定在這張牀上躺過時，他覺得很難過。他體會到舅舅臨終前的悲苦，當他不能說話又不能使盲目的少女懂得時，便闔上眼睛死了。啊！他眞想揭開舅舅底眼皮，看一看藏在裏面的思想，看一看這顆不令人知、或許連自己也茫然而就此長逝的靈魂究竟藏有何種神祕！他自己就不曾想知道這些；他所有的明哲在於不求明哲，對一切都不用自己的意志支配，祇是一任自然而忍受一切，愛一切。因此他纔感染到萬物底神祕的要素；而盲目女郎，克利斯朵夫，以及旁人永遠不會知道的其他的人，所以能夠從他那邊獲得多少安慰，也是因爲他並不像一般人那樣運用人類反抗自然的說話，而只教人領會自然底平和，教人與自然融成一片之故。他給予別人的感應，有如田野與森林給予人的感應……克利斯朵夫想起和高脫弗烈特一起在田野裏消磨的夜晚，兒時的散步，黃昏時所講的故事，所唱的歌曲。他又記起那冬天的早上，正當他萬念俱灰的時光和舅舅在山崗上最後一次散步的情景；不禁熱淚盈眶。他不願睡覺；在他無意之中來到充滿着高脫弗烈特底靈魂的小地方，他珍惜着這輾側不寐的神聖之夜。但當他聽着湍急的泉聲，尖銳的蝙蝠底叫聲時，少年人底困倦把他征服了，沉沉睡去。

醒來，太陽已經照着大地；莊子裏的人都上工去了。在下面那間屋裏，只有老婦人和小孩子。年青的夫婦在田裏，摩達斯太擠牛奶去了；沒有法子找到她。克利斯朵夫不願意等她回來：心裏也不大想再見她，便推說急於上路。他向老婦人道謝作別，請她對其餘的人多多致意之後，就動身了。

他走出村子，在大路拐彎的地方，瞥見那盲目的少女坐在山楂籬下的土堆上。她聽見他的脚聲便站起，過來微笑地執着他的手說：

——來！

他們穿過草原望上走，直到一片開滿着花、插滿着十字架、高臨全村的空地上。她領他到一座墳墓前面，說：

——就是這裏。

他們一齊跪下。克利斯朵夫想起當年和高脫弗烈特一同跪在前面的另一座墳墓，想道：

——不久便將輪到我了。

但這種思想在這時候全無憂傷的成分。一股恬靜平和的氣息從泥土之中昇起。克利斯朵夫向着墓穴俯下身去，低聲向着高脫弗烈特喊道：

——進到我的心裏來罷！……

摩達斯太合着手祈禱，嘴唇默默地掀動着。隨後，她屈膝在墓旁繞了一周，用手摸索着花和草，好似撫摩一般；她的伶俐的手代替了眼睛：它把枯萎的枝藤和謝落的紫羅蘭一齊拔去。站起來，她用手在石板上支撑了一下：克利斯朵夫看見她的手指迅速地在高脫弗烈特幾個字母上摸了一遍。她說：

——今朝泥土很柔和。

她向他伸出手來；他也伸手給她。她教他摸着潮潤而溫暖的泥土。他儘握着她的手不放；互相勾連的手指一直搗入泥裏。他擁抱了摩達斯太。她亦吻了他的嘴唇。

他們站起身來。她把剛纔摘下的幾朵鮮豔的紫羅蘭授給他，把幾朵枯萎的插在自己胸前。撲了一下膝蓋上的泥土，他們不交一言的走出公墓。雲雀在田裏啾啾地叫。白蝴蝶在他們頭上飛。他們坐在一塊草地上。村子裏的炊煙望着雨水洗淨的天空筆直吹去。平靜的河水在白楊叢中閃閃發光。一片蔚藍的光暈，絨樣地籠罩在草原與森林上面。

靜默了一會之後，摩達斯太低聲講着天氣底美妙，髣髴親眼看見似的。她半開着嘴唇，盡量吸着新鮮空氣，留神着萬物底聲響。克利斯朵夫也識得這種音樂底價值。他說出她想到而說不出的字眼。在草裏或空中所聽到的某些叫聲和不易辨別的極細微的聲息，他一一說出名字。她說：

——啊！您也看到這些麼？

他答說是高脫弗烈特教他辨識的。

——您也是麼？她微微帶着悵惘的神氣說。

他眞想和她說：

——不要嫉妒啊！

但他看見神聖的光明在他們周圍充滿着笑意。他望着她那雙失明的眼睛，心裏滿懷着憐憫。

——這樣說來，他問道；您也是從高脫弗烈特學得的麼？

她答說是的。說她此刻比……以前更能體會這些——（她不說在『什麼』以前；她避免說出『盲目』二字。）

他們靜默了一刻。克利斯朵夫哀憐地望着她。她也覺得被他望着。他眞想告訴她，說他爲她抱怨，說他希望她對他披瀝心腹。他便懇切地問道。

——您曾經受過痛苦麼？

她默不作聲，立刻沉下臉來。她拉着草上的嫩苗，悄悄地放在嘴裏亂嚼。一忽兒後，——（雲雀底歌聲在高遠的天空响亮）——克利斯朵夫講起，他，他也曾有過痛苦，幸虧高脫弗烈特給他解救了。他訴說他的愁苦，他的磨難，好似自言自語的樣子。盲目的少女留神聽着，陰沉的臉色慢慢開朗了。克利斯朵夫儘管端相着她，看見她想說話的模樣：她身子移動一下，挨近他，向他伸着手。他也望前挪動一些；——可是一剎那間她又已回復了先前那種麻木的狀態；當他說完之後，她只回答幾句極平淡的話。在沒有一絲皺痕的豐滿的額角上，可以感到一種鄉下女子底固執，像石子一般冷淡。她說她得回家去照顧孩子了，說話底神色很從容，並且帶着幾分笑意。

他問道：

——您幸福麽？

她在聽他這麽說的時候似乎更覺幸福了。她回答說是的，又把她幸福底理由反覆申說；她試着要說服他，談着孩子，談着家庭……

——是的，她說，我很幸福！

她起身預備走了；他亦站起身來。他們用着一種輕快的聲調道別。麽達斯太底手在克利斯朵夫手裏稍稍顫抖了一下。她說：

——今天眞是走路的好天氣。

她又指點他在某處岔路上不要走錯了。

於是他們分手。他走下山崗，回首望去，她還站在崗上原來的地位揮舞着手帕對地示意，彷彿看見他一般。

這種否認自己殘疾的一相情願的行爲，又勇敢又可笑，使克利斯朵夫又感動又難過。他覺得摩達斯太如何值得人家憐憫，如何值得人家佩服；可是要他和她在一處住兩天的話，他就不能。——他一邊在開滿野花的籬垣中間走着，一邊也想到可愛的蘇茲老人，想着他的眼睛，又清明又溫和的眼睛，曾經看過多少艱雖的事情而不願意看，不願意看那令人傷心的現實。——他對我又是怎麽看法呢？他自問道。我和他理想中的我多麽不同！在他心目中，我是完全經過他理想化的。一切在他意想中都像他一樣的純潔高尚。要是看見了人生底眞相，他簡直受不了。

他又想着這個姑娘，包圍在黑暗裏面而否認黑暗，強使自己相信有者爲無，無者爲有。

於是他看到他從前痛恨的德國人底理想主義，究竟也有它的偉大處；他從前所以憎恨的緣故，是這種理想主義在一般庸俗的心靈中往往是一切僞善底根源。如今他看到這種信念之美，在於能在這個世界裏面另造一個世界，和此世界截然不同的世界，有如海洋裏的一座島嶼。但他自己可不能忍受這種信念，他不願逃往這座死、人的、島上……生命啊！眞理啊！他不願做一個說謊的英雄。也許這種樂觀的謊言，對於一般懦弱的人是賴以生活的必需品；倘使把支持那些可憐蟲的幻象加以破滅，倒是克利斯朵夫認爲罪大惡極的舉行。然而爲他自己，他卻不能向這方面逃遁：與其靠幻想而生存，毋寧爲眞理而死滅……可是藝術，難道不也是一種幻想麼？——不，藝術不當成爲幻想，而當是眞理！眞理！睜大眼睛，從所有的空隙裏吸取生命底強有力的氣息，看見世界萬物底眞面目，正視着人間的苦難，——然後放聲大笑！

＊　＊　＊　＊　＊　＊　＊

幾個月過去了。克利斯朵夫離開家鄉的希望已經絕滅。唯一能夠救助他的人，哈斯萊，不願救助他。至於蘇茲老人底友誼，不久也收回去了。

在他回家的時候，他寫過一封信去；隨後接到兩封親熱的來信；可是因爲疏懶，尤其因爲他不善於用書信來表白情操，便把答謝的復信一天天的耽擱下來。後來，正當他決心作復的時光，忽然接到耿士一封短簡，說他的老友死了。據說蘇茲從氣支管炎變成肺炎；病中雖然老惦念着克利斯朵夫，可不許人家把他病重的消息驚動克利斯朵夫。雖然他的身體已經衰弱到極點，疾病纏綿也已有多年，但臨終仍免不了長期的痛苦。他囑咐耿士把他的死耗通知克利斯朵夫，說他到死記念他，感謝他賜予他的幸福，只要克利斯朵夫在世一天，他就在冥冥中祝福他一天。——還有耿士所不會說的，是在陪着克利斯朵夫那天，大概就伏下了他舊病復發、終致不起的禍根。

克利斯朵夫得悉之下，愴痛欲絕。他這纔感到亡友底價值，這纔覺得自己多麼愛他；像往常一樣，他後悔不會把他如何愛他的話完全告訴他。如今是太晚了。他此刻還有些什麼呢？善良的蘇茲底出現，不過在亡故之後使克利斯朵夫覺得格外空虛罷了。——至於耿士和卜德班希米脫，除了他們和蘇茲間相互的友誼之外，談不到什麼別的價值。克利斯朵夫給他們通過一次信；他們的關係便至此爲止。——他也試着寫信給靡遂斯太；她教人回了他一封很平淡的信，只講些無關緊要的話；使他不願再繼續下去。他不再給任何人寫信，任何人也不寫信給他。

靜默，靜默。沉重的靜默，日復一日的壓在他心上。彷彿一切都成灰燼。黃昏似乎已經來到；克利斯朵夫死氣沉沉的活着：但他還不願就此撒手——死的時間尚未臨到。還得生活……

在德國，他生活不下去了。小城裏狹隘的思想抑壓着他的天才，使他痛苦到對一切都失去了公平的態度。他的神經變得極度的緊張：一切都會激他惱怒。他活像市立公園中關在籠裏洞裏的那些可憐的野獸，鎮天的煩惱苦悶。克利斯朵夫有時爲了同情心去看牠們；他眼見牠們美妙的眼睛裏閃耀着的獷野而絕望的火焰一天天的黯淡下去。啊！要是痛痛快快一鎗結果了牠們倒是把牠們解放了！怎樣都可以，只不要殘忍地使牠們活不成，死不得！

克利斯朵夫最感痛苦的，倒並非一般人底敵意：而是他們毫無定見的性格，既無外形、亦無內容的性格。對於這些頭腦狹隘、又固執又冷酷、對一切新思想都不願瞭解的人，他還有什麼方法不會使用過呢？對於暴力，我們也有暴力；堅如巖石，有鐵耙去剷平；險如絕壁，有地雷去炸毀。但對於一塊無定形的東西，加上一些壓力就會使它像霜一般癟縮而不留痕跡的東西，又有什麼辦法？一切的思想，一切的毅力，都在泥窪裏消失了：即使丟下一塊石子，也難得有幾絲皺痕可見；嘴巴開了便闔：剛纔的形態一霎時就消滅了。

他們可並非敵人。眞是差得遠哩！他們這種人，在宗教、藝術、政治、日常生活各方面，都沒有勇氣去愛，去憎，去相信，甚至也沒有勇氣不相信：他們全部的精力都耗費在調和無可調和的事情上面。自從德國復興以後，他們更想在新的力量和舊的原則之間覓取妥協，而這就是最可厭的企圖。古老的理想主義並不曾加以摒棄，他們根本就不敢坦坦白白的這樣做去；大家只要把它曲解，以便迎合德國人底利益。頭腦清明而多重性的黑智爾（德國近世大哲學家），直等到萊布齊與滑鐵盧之役（按前者爲拿破侖戰勝聯軍之役，後者爲拿破侖被聯軍戰敗之役），纔把他哲學的立場和普魯士邦沆瀣一氣，——利害關係既已改變，一切的原則也就隨之改變了。喫敗仗的時候，說是德國愛護理想。把別人打敗了以後，便說德國就是人類的理想。當別的國家強盛時，大家都像萊辛（德國大文學家，與歌德、席勒齊名。）一般的說：『愛國心不過是英雄式的弱點，缺少它也不妨事。』並且自稱爲『世界之民。』如今自己擡頭了，便對於所謂『法國式』的理想不勝輕蔑，什麼世界和平，什麼博愛，什麼和平的進步，什麼人權，什麼平等：一切都瞧不起；說是最強的民族對別的民族可有絕對的權利；至於別的民族，因爲較弱之故便絕對沒有權利可言。他，他是活的上帝，是理想的化身，他的進步是以戰爭、暴行、壓力來完成的。如今自己有了力量的時候，力量便是神聖的。力量是全部的理想，全部的智慧。

實在是德國因爲徒有理想、沒有實力之故，的確痛苦了幾世紀，所以在受了多少磨難之後而慘痛地承認第一先要力量，也是很可原諒的事。但以埃爾特與歌德底後人而論，這種自白後面與藏着何等深刻的悲痛！德國民族表面上的勝利，實在是德國理想主義底衰微與沒落……可憐連那些最優秀的德國人，也有偏於服從的傾向，使他們很易放棄他們的理想。莫才（十八世紀德國政論家。）在百年前說道：

——德國底特徵是服從。

斯太埃夫人（法國初期浪漫派文學家）也說：

——他們是絕對順從的民族。凡是世界上最不哲學的現象，他們都用哲學來解釋：譬如對於力的尊重，對於恐懼的軟化等等。而且因爲恐懼變成軟化，所以對於力的尊重也變成佩服了。

在德國，從最偉大的到最微末的人物，都有這種情操，——即如席勒名劇中的維廉·泰爾（Wilhelm Tell 按係解放瑞士脫離奧國統治之民族英雄。）那個肌肉強健如挑夫般的中產者，「爲使榮譽與恐懼不致牴觸起計，他低垂着眼睛走過奚斯萊（按係奧國統治瑞士之霸王。）底旗杆，表示他不曾看見，所以並非不服從；而因爲不曾行禮，所以也不損害自己的尊嚴』（按此係席勒劇中的情節）；——再像那七十歲的老教授韋斯，在克利斯朵夫城中最有聲望最受尊重的學者，在街上遇見什麼大佐先生時，趕緊從階沿上走下來讓路。克利斯朵夫目睹這種日常生活中的奴性表現時，不禁心頭火起。他心裏覺得說不出的痛苦，彷彿低頭屈服的就是他自己。他在路上遇到的那些軍官，傲慢的態度與蠻橫的舉動使他暗中憤恨非凡：他故意不和他們讓路，用傲慢的目光回報他們。好幾次險些和他們鬧出事來：他彷彿有心尋衅似的。雖然他是第一個懂得這種頑強可以引起無謂的危險；但他頗有些心神錯亂的時間：因爲老是把自己抑制着健旺的體力又無處可以發洩，他弄得非常煩惱。他隨時可能做出傻事來；他覺得要是在此再留一年的話，一定是完了。他痛恨強暴的軍國主義，在階沿上鏗鏘地響着的刀劍，在營門前擺着的儀仗，砲口對着城作預備開放式的大砲，好像都沉重地壓在他心上。當時很流行的黑幕小說，揭破了各地駐軍底腐敗情形，裏面所描寫的軍官簡直是壞蛋，除了他們機械式的行業以外，只曉得閒逛，喫喝，賭博，借債，受人收買，互相攻訐，上下一體的對下屬濫用威權，克利斯朵夫想到自己有一天得服從他們時，連氣都喘不過來。不，他不能。他永遠受不了，永遠受不了他們的氣，向他們低頭……他可不知軍人中間，也有些具有何等偉大的精神，受着何等深切的痛苦：幻想破滅了，多少的精力、青春、榮譽、信仰、準備犧牲的熱情、糟塌了，濫用了——還有這種職業的無聊，假使這不過是一種職業而不用犧牲來作爲目標的話，那簡直是一種枯索無味的活動，一種毫無生氣的點綴，反覆搬弄些連自己也莫名其妙的儀式……

鄉土對於克利斯朵夫已經不夠了。他像飛鳥一般，到了某個固定的季候，覺得有一股無名的力突然覺醒了，那種浩蕩的氣勢宛如大海中的潮汐一般：——這力便是天南地北到處流浪的本能！在蘇茲老人送給他的埃爾特與斐希特底著作裏，他亦發見和自己同樣的心靈。——並非柔順地依附泥土的『大地之子，』而是永遠撲向光明的『精靈，』是『太陽之子。』

往何處去呢？他不知道。但他的眼睛矚望着南歐的拉丁民族。第一是望着法蘭西。法蘭西，永遠是德國人彷徨時期的救星。德國思想的一邊詆毀它而一邊利用它，已是屢見不鮮的事了——即是從一八七〇年以來被德國把大砲轟得煙霧瀰漫的巴黎，還是具有極大的魅力各式各種的思想和藝術，從最革命的到最落伍的，在此都可找到實例或感應。克利斯朵夫如所有的德國音樂家一樣，在困苦顛連的時候，遠遠地瞻望着巴黎……關於法國的情形他知道些什麽呢？——不過兩個女性的臉龐和偶而瀏覽的書籍罷了。但這已足使他想像一個光明、快樂、豪俠的國家，卽是高盧民族（按卽指法國民族。）那種自吹自擂的習氣，也和年靑而大膽的心靈非常投機。他相信這一切，因爲他需要相信，因爲他滿心希望如此。

＊　＊　＊　＊　＊　＊　＊

他決意走了。——但爲了母親而不能走。

魯意莎老了。她疼愛着兒子，那是她唯一的安慰；而她也是他在世上唯一的最愛的人。但他們互相磨難，弄得彼此都痛苦。她既不大懂得克利斯朵夫，亦不想去懂得：她所操心的不過是愛他罷了。她有一副狹隘、懦怯、思路不淸的頭腦，有一顆美妙的心，需要愛人家也需要人家愛她，令人覺得感動也覺得壓迫。她敬重兒子，因爲他很博學；但她的行爲無一不是壓抑他的天才的。她想他將終身陪她住在這座小城裏。他們共同生活着已有多少年；說是這種方式將來會變化是她決計想像不到的。她覺得這樣很幸福：他又怎麼會不幸福呢？她的夢想不過是希望他娶一個當地富戶人家底女兒，聽他每星期日在教堂裏奏大風琴，永遠厮伴着她；除此以外，更無別的企求。她把兒子永遠當作只有十五歲那樣看待；但願他永遠不要超過這個年齡。她無意之間磨難着可憐的孩子，在這狹隘的天地裏感到窒息。

但母親這種不解野心爲何物、把人生所有的幸福都寄托在家庭的情感和完成那些微末的責任上面的哲學，也有不少眞理，也有偉大的精神。這是一顆以愛爲唯一的願望的靈魂。捨棄人生，捨棄理性，捨棄邏輯，捨棄世界。捨棄一切都可以，只不能捨棄愛！這種愛是無窮的，含有懇求的、苛求的意味；它肯施捨一切，也要求人家給予一切；它爲了愛而犧牲人生，要被愛的人也作同樣的犧牲。一顆單純樸實的靈魂底愛就有這種力量！像托爾斯泰這樣一個彷徨歧途的天才，盲目地摸索了一世，一種垂死的文明底過於纖巧的藝術，摸索了幾世紀，經過了多少的艱辛，多少的努力，結果也只發現了同樣的結論；但在一顆單純的靈魂，因了愛的力量一下子便找到了！……可是在克利斯朵夫胸中激盪着的另外一個境界，自有另外一批律令，需要另外一種明哲。

他久已想把自己的決心告訴母親。但他深恐使她難過：每次要說都臨時縮住了，想以後再說罷。曾經有過兩三次，他怯生生地在言語之間暗示要離家的意思；魯意莎卻不把這些說話當眞：——或許是她假裝如此，使他相信他自己也不過是說說玩兒的。於是他不敢再往下說了：他變得很陰沉，好似躭着心事的神氣，令人一見就覺得他有一件祕密的事情壓在心頭。可憐的母親，雖然明知這樁祕密爲何物，卻老懷着鬼胎不敢明白承認。在靜默的時間，譬如黃昏時他們倆一燈相對的辰光，她突然覺得他要說出來了；驚駭之下，她便開始講話，講得很快，不管講些什麽：她幾乎自己也不知講些什麽，但無論如何總得阻止他開口。通常她總本能地能夠找到使他開不得口的最好的話頭：她柔聲地抱怨自己的健康，抱怨虛腫的手脚和關節不遂的兩腿；她把自己的疾苦格外誇張，說自己是一個老癱子，一無所用的了。這些天眞的手段實在也瞞不過他；他悲哀地望着母親，一言不發，似乎心裏在埋怨她；過了一會，他站起身來，推說疲倦，睡覺去了。

但這種種策略也不能長久生效。一天晚上，當她又使用那套法寶時，克利斯朵夫卻鼓足了勇氣，把手放在母親手裏，說道：

——不，媽媽，我有些事情要和你說。

魯意莎怔了一怔；但還勉強笑嘻嘻的回答，——喉嚨已經在抽搐了：

——甚麼事啊，我的孩子？

克利斯朵夫囁嚅着說出要離家的意思。她竭力當作他開玩笑，像往常一樣的設法轉換話題；但這一次，他可老扮着正經的臉說下去，那副堅決和嚴肅的神氣，使人絕無懷疑的餘地。於是她帶住話頭，全身的血流都停止了，一言不發，睜着駭呆了的眼睛瞪視着克利斯朵夫。這副眼睛裏所含的痛苦的表情把他也噤住了開不得口；一時間他們倆都默不出聲。等到她喘息稍定的時候，她便嘴唇抖索着說：

——不可能……不可能……

說着兩顆巨大的眼淚沿着面頰墮下。他喪氣地旋轉頭去，雙手捧着臉。母子倆一齊哭了。過了一會，他回到臥室裏一直躲到明天。他們絕口不提隔天的事情；因爲他不提，她勉強教自己相信他已經讓步。但她沉重的心事還是不能放下。

他終於到了忍無可忍的地步。他太痛苦了，必得要說個明白，卽使要使她傷心也顧不了。因自己的痛苦而發生的自私的念頭，戰勝了避免使人痛苦的顧慮。他滔滔不竭的一口氣說完，自始至終躱避着母親底目光，唯恐把自己的心緒弄慌了。他連動身底日子都加以確定，免得再費第二次的口舌——（他不知自己像今天這樣可憐的勇氣能不能再有第二次。）——魯意莎喊道：

——不，不，不准說！……

他振作一下，用着無可動搖的決心繼續說着。說完之後，——（她嚎啕大哭了，）——他握着她的手，想使她懂得爲他的藝術，爲他的生活，離家若干時是何等需要的事。她卻不願聽，儘管啼啼哭哭的說着：

——不，不，我不願意……

眼見沒有辦法和她用理性來解釋之後，他就放手了，想過了一夜或者她會改變念頭。但當他明天在飯桌上重新講到他的計劃時，她把拿在嘴邊的麪包重又放下，用着悲痛的怨懟的口氣說道：

——難道你定要磨折我麼？

他感動了，但仍回答道：

——媽媽，不得不然。

——不，不！不不該如此……這使我痛苦……你這種行爲簡直是發瘋……

他們倆想互相說服；可又不聽彼此的說話。他懂得爭辯是無益的，不過加增自己的痛苦罷了；

這樣，他便摒擋一切，公然作出發的準備。

魯意渉看到任何請求都阻攔不了他時，就變得抑鬱不歡。她整天的關在自己房裏，晚上也不點燈火；她不說話，不飲食；夜裏睡在牀上哭泣。他覺像受着慘酷的刑罰一般；終夜在牀上翻來覆去，受着良心底責備不能入睡，他痛苦得想號叫起來。他多愛她！爲何要使她受苦？……可憐爲他而痛苦的還不止母親一人呢；那是他看得很明白的……爲何運命要賦予他完成某種使命的願望與力量，使他所愛的人因之受苦？

——啊！他想道，要是我能自主，要是我不受這殘忍的力量壓迫，要是我不必去完成我的使命，或至少不要逼得我在羞愧與憎厭自己的情緒中度日，那我定會使你們——我所愛的人們——幸福！但先得讓我生活，動作，奮鬭，受苦；然後我將抱着更大的愛回到你們懷裏！我原就指望能夠愛，愛，除了愛以外甚麼都不管！……

假使傷心的母親能夠有勇氣把怨恶的心思默而不宣的話，也許他就抵抗不住這種怨恶。可是懦弱而多嘴的魯意莎，偏藏不住心頭的苦痛。她向鄰舍街坊訴說，向其餘的兩個兒子訴說。他們可絕對不放過這個派克利斯朵夫不是的機會。尤其是洛陶夫，對於長兄素來懷着妒忌的心思，——雖然以克利斯朵夫眼前的景況而論是沒有妒忌的理由，——他只要聽見些少稱讚克利斯朵夫的說話就要氣惱，暗中懷着卑鄙的情操，怕他將來的成功（因為他還有相當的聰明能夠感覺到哥哥底天才，並且怕別人也一樣的感覺到。）以這樣的一個人，此刻能夠佔着優勢來壓倒克利斯朵夫，當然是快樂不過的事。他明知母親手頭拮据，可從來不作理會；雖然他的景況很能幫助母親，他卻永遠把全部的責任放在克利斯朵夫一人身上。然而當他得悉克利斯朵夫底計劃之後，便突然變成孝子了。他對於哥哥遺棄母親的行為憤慨非凡，斥為自私自利的獸行。他居然敢當面和克利斯朵夫說，用着長輩的口吻教訓他，彷彿對付一個該打的孩子似的；他傲慢地教克利斯朵夫想一想對母親的責任，以及母親爲他的種種犧牲。克利斯朵夫氣極了，把洛陶夫踢出門外，當他是一個頑童，是一頭假仁假義的畜牲。洛陶夫便去煽動母親來向他報復。魯意莎受了他的騙，確信克利斯朵夫眞是一個忤逆的兒子。她只聽見洛陶夫說克利斯朵夫沒有離家的權利，她心裏也願相信這句話。於是她不肯只以使用她最強的武器——哭泣——爲限，竟進一步的把克利斯朵夫呵責起來，惹動他反抗的心思。他們彼此說了些難堪的話；結果是使始終還在猶豫的克利斯朵夫下了決心，加緊出發的準備。他知道那般慈悲的鄰舍哀憐他的母親，當她是犧牲者而他是劊子手，便咬咬牙齒，打定主意再也不退讓了。

日子一天一天的過去。克利斯朵夫和母親難得彼此說話。他們非但不把這最後幾天相聚的日子加意吟味，反而生着無謂的氣，把有限的光陰糟塌了，把多少親切的情感湮沒了。他們只有在吃飯的時候見面，相對坐着，彼此不瞧一眼，不說一句，各人爲了遮掩自己的狼狽，勉強吞幾口東西。克利斯朵夫費了好大的勁纔從喉頭迸出幾個字；魯意莎卻置之不答；等到她開口時，又是他不則聲了。母子倆都受不了這種情形；但這情形愈延長，他們也愈難擺脫。難道他們就這樣的分手麼？魯意沙此刻可明白自己的褊枉和笨拙了；但她太痛苦了，不知怎樣去挽回她認爲已經失掉的兒子底心，不知怎樣去阻止她絕對不允考慮的遠行。克利斯朵夫偸覷着母親蒼白虛腫的臉，充滿着內疚；但他已經下了決心，而且明知是一去不返的，便懦怯地祝望自己是已經走了，以便躱掉良心底責備。

行期已經決定爲後天。他們凄然相對的情景依然不變：一言不發的用完了晚餐，克利斯朵夫退到臥室裏，手捧着頭對着桌子坐着，甚麼工作都不能做，只是一味磨折着自己。夜深了，將近一點鐘的辰光，他突然聽見隔壁砰然一響，椅子翻倒了，他的房門打開了，母親穿着襯衣，赤着足，嚎啕着撲過來勾住他的頸項。她渾身灼熱的擁抱着兒子，在嗚咽聲中絕望地喊道：

——不要走！不要走！我懇求你！我懇求你！我的孩子，不要走！……我會因之而死……我不能，不能忍受！……

他驚駭之下，把她擁抱着，再三說道：

——親愛的媽媽，安靜些，安靜些，我求你！

她又接着說：

——我受不了……我只有你。你走後，我將怎麽辦呢？……你走了，我一定會死。我可不願遠離着你而死。我不願孤零零的死。等我死了再走罷！

她的說話使他心痛腸斷。他不知說甚麽話來安慰她。對此愛和痛苦的傾訴，又有什麽理由可以抵抗？他把她抱在膝上，用親吻和熱情的說話撫慰她。她慢慢地靜下來，輕輕地哭着。當她稍稍安靜之後，他和她說：

——去睡覺罷：別受了涼。

她卻再三說着：

——不要走！

他低聲答道：

——我不走就是。

她戰抖了一下，抓着他的手問道：

——眞的麽？眞的麽？

他旋轉頭去，爽氣地答道：

——明天，明天，我告訴你……讓我想一想，我懇求你！……

她柔順地站起，回到房裏去了。

明天早上，她對於半夜裏突然激發的狂亂覺得非常羞愧同時想起兒子不知要如何答覆覺得非常害怕。她坐在屋隅等待手裏拿着編織物裝裝樣子；但她的手不願意拏，把活計掉在地下。克利斯朵夫進來了。他們低聲問好，彼此都不敢擡頭正視。他沉着臉坐在窗前，背對着母親不則一聲。他心裏正在交戰，交戰的結果他早已料到了，故意想把它延宕下來。魯意莎不敢和他說話，唯恐引起她渴望而又懼怕的答覆。她勉強檢起編織物，自己也不曉得做些甚麽，把針子都弄錯了。外邊下着雨。沉默了長久之後，克利斯朵夫走到她身旁；她一動不動，心忐忑的跳着。克利斯朵夫呆呆地望着她；一忽兒後，他突然跪下，把臉藏在母親衣衫裏，一言不發的哭了。於是她懂得他不走了；不禁悲喜交集；——但她立卽後悔起來，因爲她覺得克利斯朵夫爲她的犧牲；她這時的痛苦，正和克利斯朵夫犧牲了她而決意出走時所受的痛苦一樣。她俯身吻着他的額角和頭髮。他擡起頭來；葛意莎雙手捧着他的臉，望着他，四目相對。她眞想和他說：

——走罷！

但她沒有勇氣。

他眞想和她說：

——我留着不走很快活。

而他也沒有勇氣。

當時的局勢弄得難解難分；母子倆都沒有法子解決。她滿懷着痛苦與熱愛的情緒嘆道·

——啊，要是我們能夠同生，同死！

這天眞的祝禱使他感到無限的溫情；他擦擦眼淚，強笑道：

——我們會死在一起的。

她再三問道

——一定麼？你不走了？

他站起身來答道：

——一言爲定。不必多說。不用再提。

的確，克利斯朵夫遵守了諾言他不再提起離家底事情；但要不想離家是他自己也不能作主的。他留在家裏，但悒鬱不歡與惡劣的心緒使他的母親對於他的犧牲付了很大的代價。笨拙的晉意涉，——明知自己笨拙而還要做着不該做的事情，——明明知道他爲何悒鬱卻偏偏固執着要他親口說出來。她用她多慮的、惹人氣惱的、糾纏不清的熱情來磨難他，使他想起他們倆是完全不同的人物，那是他竭力想忘懷而她卻時時刻刻提醒他的。他屢次想和她披瀝心腹。但正當要開口的時候，他們之間突然築起一堵堅固的城牆，使他立刻把心事重新深藏。她猜到他這種心思，但不敢或竟不會去逗他傾吐。要是她去試探，結果也只使他壓在心頭而極想吐露的祕密格外深藏。

還有無數的小事情，無心的舉動行爲，也惹得克利斯朵夫心中着惱，和母親格格不入。老實的母親不免有些胡言亂語。她常常把街坊上的閒話訴說不休，或是用那種保姆式的溫情訴說他幼嬰時代在搖籃裏的故事。我們費了多大的力量纔從那裏跳出來成功一個大人！而此刻還要寶寶底乳母來陳列當年的尿布，翻出這篇無聊的舊賬，令人想起你苦苦掙扎過來的混沌時代，豈不令人惱煞！

在這種事情上面，她真是溫情洋溢，——猶如對付一個孩子；而他亦祇得當自己是一個孩子。最糟的是兩人整天在一塊，與任何人隔離着。當大家心中苦惱的時候，因爲是兩個人，而且兩個人又不能互相慰勉，所以各人底苦惱格外加強：弄到後來，各人以爲自己的痛苦應由對方負責；並且信以爲眞。因此，一個人還是孤獨的好，苦惱時也只有一個人苦惱。

這對於母子倆眞是無日無之的磨難。幸而發生了一件偶然的事故，把他們相持不決的問題解決了，——解決的方式表面上似乎很悲慘，實際也許是很聰明的（這是常有的現象。）因爲要不是這樁突發的事故，他們倆直跳不出這種互相磨難的苦海。

* * * * * * *

十月裏的一個星期日，下午四點鐘光景。天氣很好。克利斯朵夫整天躲在房裏沉思冥想，『咀嚼着他的悲苦。』

他忍不住了，急需跑到野外去消耗他的精力，用極度的疲倦來阻斷自己的思想。

他從隔天起就和母親很冷淡。他眞不想在出門之前和她道別。但到了樓梯頭上，又想起她獨自消磨一個黃昏將何等難過，便重新回進去，推說忘記了什麼東西。母親底房門半開着。他伸進頭去對母親望了幾秒鐘……在他一生極占重要的幾秒鐘！

魯意莎剛從教堂裏晚禱回來，坐在平時最愛坐的靠窗的屋隅。對面一堵斑駁的白牆擋住着視綫；但從她的角落裏，可以望見右邊鄰家底兩個院落，院落過去是像手帕般大小的一角草坪。窗外，一盆五龍爪沿着繩子往上爬，纖巧的蔓藤在斜陽裏搖曳。魯意莎坐在一張矮櫈上，傴着背，膝上擺着一本聖經，並不閱讀。她兩手——血管隆起、指甲堅硬而方形的兩手——平放在書上、溫柔地望着蔓藤和在蔓藤空隙間的天空。黃色的綠葉上反射出來的陽光，映着她疲乏不堪的臉，絲縈般的皮膚，稀薄的白髮，和半開着微笑的嘴。她體味着這個悠閒的景象，體味着一星期中最愉快的時間。她耽溺在這一無所思的境界裏，那是對於痛苦的人最甜蜜的：在迷離惝怳的情態中，只有一顆朦朧半睡的心在喁喁細語。

——媽媽，他說。我想到蒲伊那邊去走一遭，回來要晚一些。

半睡半醒的管意莎微微驚跳了一下，轉過頭來，用着慈祥平和的眼睛望着他說：

——去罷，我的孩子：你想得不錯，别辜負了好天氣。

她向他微微一笑。他亦向她微微一笑，他們倆彼此瞧了一會，點點頭，用眼睛示意，表示作別。

他輕輕地把門帶上。她重新回到她的幻夢裏，兒子底笑容在她心頭映出一道光明的反影，髣髴陽光照着慘綠色的五龍爪一樣。

於是，他離開了她，——永遠的離開了她。

* * * * * * *

十月的傍晚。溫和的陽光顯得有些黯澹。憔悴的田野髣髴朦朧睡去一般。各處村子裏的小鐘在靜寂的原野裏悠悠地響着。一縷縷的煙在田隴裏緩緩上升。一片輕盈的霧霭在遠處飄浮。銀白的霧氣沉在潮濕的地下，等待着黑夜降臨好望上昇去……一條獵狗，鼻子盡嗅着泥土在蘿蔔田裏亂竄。成羣的烏鴉在灰色的天空打轉。

克利斯朵夫一邊胡思亂想，一邊茫無目的而本能地向着一個目的走去。幾星期來，他往城外散步時總走向一座村莊，在那邊他可以遇到一個吸引他的美麗的少女。這不過是一種吸引，但是很強烈的亂人心意的吸引。克利斯朵夫難得會不愛什麼人；他的心難得會空虛：老藏着什麼形象，作爲它膜拜的偶像。至於這偶像知不知道他在愛它，那往往是他最不介意的：他只需要愛，他心坎裏永遠不能缺少光明。

他的熱情又發出新的火焰來了，這一次的對象是一個鄉村姑娘，好似愛里才的遇見蕾倍嘉一樣（按係聖經故事），也是在水邊遇到的；但她並不請他喝水：反把水潑在他臉上。她跪在堤岸缺口處，在盤根虬結的柳樹根下，使勁洗濯衣服；一張嘴巴也和兩條手臂一樣忙碌：她和小溪對過同村的洗衣女郎高聲說笑。克利斯朵夫躺在幾步以外的草地裏，兩手支着下巴望着她們。她們毫無羞怯的神態，依舊謔浪笑傲的談着。他並不留神她們說些甚麼，只聽着她們的嘻笑聲，搗衣聲，遠處草地裏的牛鳴聲；他眼望着美麗的洗衣女郎出神了。——那些女子不久就覺察他注視的對象，便互相說些俏皮話；那個少女也老實不客氣的在說話之間刻薄他。因爲他一直獃着不動，她便借着把絞乾的衣服晾到小樹上的機會，走近來把他看個仔細。從他身旁走過的時候，她故意把衣服上的水灑在他身上，涎着臉望着他笑。她生得很瘦，很結實，尖尖的下巴突得很厲害；鼻子很短，眉毛很彎，深陷的藍眼睛很有光彩，顯得又大膽又嚴肅，一口美麗的牙齒，厚厚的嘴唇微微伸向前面，和希臘面具上的一般無二，濃密的金黃鬈髮，披在頸窩上，膚色是焦黑的。她把頭豎得筆直，無論說什麼話總是嘻嘻哈哈的打諢，走路時搖擺着太陽曬得烏黑的兩手，活像男人模樣。她一邊晾衣一邊繼續用挑撥的目光覷視克利斯朵夫，等他開口。克利斯朵夫也對她注視，卻全無與她交談的意思。末了，她對準着他哈哈大笑一陣，回到她夥伴淘裏去了。他一直躺着，直到黄昏時眼見她背着籃、交叉着胳膊、傴着背，咭咭咶咶的一路說笑一路回去。

兩三天後，他在城裏菜市上，在蘿蔔、番茄、黄瓜、青菜中間又遇見了她。他閒蕩着，望着一群齊齊整整站在菜筐前面的賣菜婦人，好似預備出賣的奴隸一般。警察局裏的人一手拿着錢袋一手拿着一捲票子，向每個菜販收一文小錢，給一張小票。賣咖啡的女人提着一籃咖啡壺繞來繞去。一個持齋的老虔婆，喫得肥肥胖胖的，臂下挾着兩只挺大的籃，嘴裏老天爺長老天爺短的向人乞求菜蔬。全場亂烘烘的鬧成一片；古老的秤，托着綠色的盤，的的篤篤的響個不停；大狗拖着小車，高興地狺吠着，勞勞自鳴得意的樣子。在這片喧鬧聲中，克利斯朵夫瞥見了他的蕾倍嘉。——她的眞名是叫洛金。——她在金黃色的髮髻上插着一張白裏泛綠的菜葉，遠望好似戴了一個齒形的頭盔。面前堆着金黃的蒜頭，粉紅的蘿蔔，碧綠的刀豆，赤色的蘋果。她坐在一口箱子上啃着蘋果，一個又一個的全不理會買賣底事情。她只顧喫着，不時拿圍裙拭拭下巴和頸頸，用手臂撩撩頭髮，把面頰就着肩頭或把鼻子就着手背摩擦幾下。再不然，她就無精打彩的抓一把豌豆放在兩手裏倒來倒去，悠閒地東張西望。但四周的情形她都一一看在眼裏，表面上裝做若無其事，暗裏卻把所有注視她的目光全都記着。她也清清楚楚的瞥見克利斯朵夫。她一邊和買菜的人說話，一邊蹙着眉毛從主顧們底肩頭上端相她的鑒賞者。她面上裝着一副莊嚴肅穆的樣子；心裏卻在嗤笑克利斯朵夫。實在他也該受這種嗤笑：他站在幾步以外死命用眼睛釘着她；隨後又一言不發的走了。

他屢次到她所住的村子四周徘徊。她在院落裏來來往往：他停在路上望着。他心裏不肯承認自己是爲她而來；實際他也差不多是無意之中走來的。因爲當他一心想製作一件樂曲的時候，就會墮入一種迷離恍惚的境界：心靈中有意識的部分貫注在樂思上時，其餘的部分便讓另一個無意識的心靈佔據了，那是只要他稍一分心就要自由活動的。而當他面對着這個姑娘的辰光，往往他被胸中蘊蓄着的音樂怔住了；眼睛望着她，心裏依舊在沉思遐想。他不能說愛她：他連想都不曾想過；他不過歡喜見她罷了。至於強使他受她引誘的欲念，他簡直不曾覺察。

他時常露面的結果，終於引起了人家底議論。莊子裏的人後來也知道克利斯朵夫底來歷，把他作爲笑柄，但也沒有人和他爲難，因爲他並無惡意。總而言之：他不過像一個獃子罷了：然而獃子與否，他自己倒滿不在乎。

* * * * * *

那天正是村裏的一個節日。兒童們擲着碗豆喊着『君皇萬歲！』關在棚裏的小牛在叫，酒店裏傳出喝酒者底歌聲。拖着彗星式的尾巴的風箏在空中飄蕩。母雞拚命在金黃色的垃圾堆中亂爬風鑽入牠們的羽毛裏好似鑽入老婦人底裙裏。一頭粉紅色的肥豬稱心像意的側躺着曬太陽。

克利斯朵夫向着三王客店走去，一面小旗在紅色的屋頂上飄蕩。成串的蒜頭掛在屋門前，窗上綴着紅的黃的金蓮花。他走進烟味濃烈的店堂，壁上掛着陳舊的石版畫，正中懸着皇帝底着色肖像，四周紮着一圈橡葉的框子。大家在跳舞。克利斯朵夫斷定有他美麗的女友在內。果然，他進門第一個看到的就是她。他揀着一角坐下，在那邊可以安安靜靜的瞭望跳舞的情形。他雖然處處留神不讓別人看見，洛金可自會把他發現出來。她一邊跳着華爾茲舞迴旋不已，一邊從舞伴肩頭上向他迅速地丟了幾個眼風；且為惹他格外興奮起計，她故意和村裏的少年賣弄風情，嘻開着大嘴癡笑，高聲講着廢話。在這一點上，她和一般交際場中的女子沒有什麼分別：當人家瞧着她們時，她們就以為非嘻笑騷動一陣不可，在最不該發傻的時候偏偏當衆發傻。——其實她們不見得眞是如何愚蠢；因為她們明知大衆是只瞧她們而不聽她們的。——克利斯朵夫肘子撑在桌上，拳頭支着下巴，留神着她的賣弄手段，眼裏不禁射出又熱情又憤怒的光。他還保持着相當清醒的頭腦，不至於不明白這是她的一種詭計：但他清醒的程度還不能使自己不中她的詭計；所以他時而憤憤地咕嚕着，時而聳聳肩竊笑着，完全受了她的愚弄。

此外，還有一個人在注意他：那是洛金底父親。矮小的個子，巨大的腦袋，短短的鼻子，光禿的頭顱給太陽晒得像燻炙的一般，四周濃密的黄髮，如杜萊（按係德國名畫家，以寫實著）畫上的聖·約翰般的鬈曲，一張鎮靜的臉，嘴角上掛着一桿長烟斗：他慢吞吞地和別的鄉人談天，眼梢裏老注意着克利斯朵夫喜怒無常的表情，暗自在肚裏發笑。他咳了一聲；灰色的眼中閃着狡猾的光，過來挨着克利斯朵夫坐下。克利斯朵夫不高興地旋過頭來，老人卻啣着烟斗和他親熱地攀談起來。克利斯朵夫原就認識他：當他是個老混蛋；但他對於少女的好感使他對少女底父親也變得寬容了，甚至和他相處時有一種異樣的快感：老奸徒也窺破這一點。他先從天雨天晴說起，順便把俏麗的姑娘評論了幾句，再說到克利斯朵夫的不去跳舞，結論說他不去和她們鬼混真是有理，坐在桌子前面把杯獨酌豈不好多；說到這裏，他老實不客氣向克利斯朵夫討了一杯灌下肚去。老頭兒一邊喝一邊不慌不忙的嘮叨着。他講着他的小買賣，講着生活底艱難，講着天時不正，百物昂貴。克利斯朵夫鼻子裏哼了幾聲算是回答：這一切都引不起他的興緻；他眼睛只望着洛金。兩人之間沉默了一會：鄉下人等着他回答，他卻一句話也沒有：於是老頭兒又安安靜靜地重新說起來。克利斯朵夫心裏盤算這老奸徒來和他廝混，說這些心腹話，究竟有什麼用意。不久他也就明白了。老人怨嘆完了，把話題換過一章；他誇說他出產的菜蔬、家禽、雞子、牛奶品質如何優良；他突然問克利斯朵夫能否把他的貨物介紹到爵府裏去。這可把克利斯朵夫駭了一跳：

——怎麼這鬼東西會知道？……難得他竟知道？……

——唔，是啊，老人說。一切都會知道的。

他心裏還想說一句：

——……尤其當人家親自出馬探聽的時候。

克利斯朵夫暗自好笑地告訴他，雖然『一切都會知道，』但他們還未得知他已和宮廷脫離關係，卽使他會有一天博得府裏的執事和廚役底信任，——（而這一點他還毫無把握）——此刻也早已完了。老人聽到這話，不禁抿了抿嘴。但他並不就此灰心；過了一會，他又問至少克利斯朵夫總能替他介紹某人某人底家庭。接着說出一切和克利斯朵夫有來往的人底姓名：那是他在菜市上打聽得淸淸楚楚的。克利斯朵夫想到老人雖然如此狡猾也不免上當時，眞要笑出來（因爲他的介紹非但不能使老人多得幾個新主顧，反要使他失去原有的老主顧；）而且幸虧克利斯朵夫存着這種嘲笑的心思，不然他對於老人這種間諜式的行爲定要大爲憤慨。這樣以後，他便聽任老頭兒賣弄那些無聊的小手段；他既不回答說是，也不回答說否。但那個鄉下人簡直不放鬆，最後竟向克利斯朵夫和魯意莎進攻了，定要他們買他的牛奶、牛油和乳脂；他以爲即使一個新主顧都弄不到，至少這兩個總是逃不了。他又補充着說，旣然克利斯朵夫是一個音樂家，那末每天早晚呑一個新鮮的生雞子是保護嗓子最好的辦法：他自稱能夠供給從雞屁股裏熱烘烘的生下來的最新鮮的蛋。克利斯朵夫聽到老人把他誤認爲歌唱家時，不禁哈哈大笑起來。老頭兒乘機再叫了一瓶酒。這樣之後，等到他眼前再不能在克利斯朵夫身上弄到別的好處時，便掉頭不顧的去了。

天色已黑。跳舞底情形越來越熱鬧了。洛金全不理會克利斯朵夫；所有的女孩子都向村裏一個富農底兒子慇懃獻媚；她也忙着要和這個油頭粉臉的少年擠眉弄眼。克利斯朵夫對於這種競爭很感興趣；姑娘們互相微笑，互相搔弄以爲快樂。老實的克利斯朵夫把自己忘掉了，一心祝禱洛金底勝利。但當洛金眞的獲得勝利時，他又覺得有些悲哀。他立刻責備自己。他旣不愛洛金，那麼她自有歡喜愛誰便愛誰的權利。——這是毫無疑問的。但他覺得自己這樣孤獨也不是開懷的事情。這些人爲了想利用他纔來理睬他，過後還要取笑他。洛金因爲把她的情敵惹得氣惱而格外快樂格外美麗：克利斯朵夫望着她，嘆一口氣，預備走了。時間已經九點：進城還得走七八里路。

他剛從桌邊站起，大門裏突然衝進十來個兵士。他們一進來，全場底空氣頓時冷靜了。大家交頭接耳的開始喁語。幾對正在跳舞的伴侶停住腳步，不安地望着這些新來的客人。站在門旁的幾個鄉人假裝旋轉身去在自己一夥裏談話；但表面上雖然不露聲色，暗裏卻都小心翼翼的閃在一旁讓他們走過。——當地的人和城市四周礮壘裏的駐軍久已在暗中爭鬭。兵士們煩惱不過，常在鄉下人身上出氣。他們惡俗地取笑他們，虐待他們，把鄉間的婦女當作屬地上的女人看待。上星期就有一般喝醉的兵去騷擾鄉村底節慶，把一個農莊搗得稀爛。這些事情，克利斯朵夫都知道，和鄉下人抱着同樣的心思。這一次，他便重新坐到原位上，等待着有什麼事情發生。

兵士們卻並不把大衆的惡感放在心上，亂轟轟的逕往坐滿客人的桌子上擠開着人坐下：這不過是一剎那間的事。多數的人咕嚕着急忙讓開。一個老人讓得稍微慢一些，便被他們把櫈子一掀，摔在地下，把他們樂得哈哈大笑。克利斯朵夫憤憤地站起來正想去干涉時，看見那老人艱難地從地下爬起，非但沒有半句怨言，反而連連道歉。另外有兩個兵向着克利斯朵夫底桌子走來：他握着拳頭望着他們。但他用不到自衛。這不過是跟在惡漢後面想狐假虎威地來一下子的兩個粗貨罷了。他們給克利斯朵夫一副威嚴的面孔懾住了；當他冷冷地說出：

——這裏已經有人……

時，他們便趕緊道歉，退到櫈子底一端，不敢再去驚動他了。他的口氣頗有主子底口吻：把慣於服從的兵士鎮壓住了。他們看清克利斯朵夫不是一個鄉下人。

這種屈服的態度使克利斯朵夫底氣平復了一些，也就更能冷靜地觀察一切。他一看就知道在這羣兵士裏，爲首的是一個下士，——眼睛凶狠的小個子，活像蒲爾種的惡狗，定是上星期鬧事的主角之一。他坐在克利斯朵夫旁邊的一張桌上，已經喝醉了。他瞪着眼睛看人，嘴裏說着不三不四的侮辱的話，那些受辱的人只做不曾聽見。他尤其注意那些跳舞的夥伴，胡言亂語的評頭論足，把別的兵士們引得哈哈大笑。姑娘們紅着臉，眼淚汪汪的；年青的漢子暗暗裏咬牙切齒。那壞蛋把眼睛慢慢地在全場掃射，一個一個的看過來：克利斯朵夫眼見他的目光向着自己射來，便拿着杯子，握着拳頭，預備他說出第一句侮辱的話就把酒杯劈面摔去。他自忖道：

——我瘋了。還是走的好。我要給他們剖腹了；再不然，會給他們關到牢裏去，這可太不值得。趁他們不曾來挑撥我之前先走罷。

但他驕傲的性格不肯走：他不願被人看出他有迴避這些流氓的神氣。——那個傢伙睜着陰狠的眼睛釘住了他。克利斯朵夫渾身緊張起來，憤怒非凡的瞪着他。下士把他端想了一會，把肘子擂擂他的同伴，教他看着克利斯朵夫，正要張開嘴預備辱罵。克利斯朵夫也迸着全身之力，正想把杯子直摔過去。——正在這個千鈞一髮的辰光，一件偶然的事故把他解救了。在醉鬼將要開口的時候，舞伴之中一對冒失鬼把軍官撞了一下，把他的酒杯撞落在地下。於是他怒不可遏的轉過身來，對他們痛罵了一頓。他的注意換了方向；把克利斯朵夫完全忘了。克利斯朵夫又等了幾分鐘。直到看見他的敵人無意再向他尋衅時，方始站起，慢慢地拿着帽子，慢慢地向大門走去。他眼睛一直望着軍官底桌子，使他明白感到他決不怕他。但那醉鬼簡直把他忘得乾乾淨淨：再沒有人注意他了。

他握着門鈕：幾秒鐘後，他就可身在門外了。但命中註定他這一天不能太平無事的走出去。兵士們喝過了酒，決心要跳舞了。但既然所有的姑娘都有舞伴，他們便把男人們趕走，而那些男人也毫無抵抗的聽讓他們驅逐。洛金可不答應。克利斯朵夫所看中的那雙大膽的眼睛和意志堅強的下巴，的確有些道理。她正發瘋般跳着華爾茲舞。那個軍官卻看中了她，上來把她的舞伴拖開了。洛金跺着脚，叫嚷着，推開軍官，說她永遠不答應和像他這樣的壞蛋跳舞。他緊緊追着她，把那些被她當做屏風般掩護的人亂打一陣。末了，她逃到一張桌子後面；在此桌子把他暫時擋住的幾秒鐘內，她又喘過氣來咒駡他；她看見自己的撐拒完全無效，不禁憤怒得亂跳，想出最難堪的字眼，把他的頭比做各式各種的牲畜底頭。他在桌子對面迫近她，露着陰險的笑容，眼裏冒着憤怒的火焰。他突然發作起來，蓦地跳過桌子，把她抓住了。她拳打足踢的掙扎着，好像一個放牛的蠻婆。他站立不穩，幾乎倒在地下。氣憤極了，他把她按在牆上，打了她一巴掌。他來不及打第二下：一個人在他背後跳過來，伸直着胳膊回敬了他一巴掌，又飛起一脚把他踢到人叢裏。那是克利斯朵夫，在桌子和人堆裏擠過來把他扭住了。軍官轉過身來，發瘋般的拔出腰刀。他還不曾應用，又被克利斯朵夫舉起櫈子打倒了。這些舉動來得那麼突兀、那麼迅速，以至在場的觀衆竟想不到出來干涉。但當大家看到軍官筆直的躺在地下像一頭牛樣的時候，室內立刻起了巨大的騷動。其餘的兵士拔着刀一齊奔向克利斯朵夫。所有的鄉下人又一齊撲向他們。全場頓時大亂。酒杯滿屋的飛，桌椅都前仰後合。農人覺醒了：他們頗有些深讎宿怨要報復。人們在地下打滾，發瘋似的亂咬。早先和洛金跳着舞而被逐的人，也是莊上一個結實的長工，抓着剛纔侮辱他的人底腦袋望壁上撞。洛金拿着一條粗大的棍棒痛打。別的姑娘叫喊着逃了，幾個大膽的卻高興極了。其中有一個黃髮的矮胖女子，看見一個身材高大的兵——即是早先坐在克利斯朵夫旁邊的，——把敵人按在地下用膝蓋撞着的時候，她急忙望家裏溜了一轉，回來把那個畜牲的頭望後拉過來，用一把灼熱的火灰擦在他眼裏。他叫吼着。她快活極了，咒駡着如今受傷之後一任大衆痛毆的敵人。末了，力量單薄的兵士丟下躺在地下的兩個同伴，逕自奪門逃走。於是一場惡鬬蔓延到街上。他們闖到人家屋裏，怪聲叫着，想搗毀一切。村民拿着鐮刀鐵鏈追着，放出惡狗去猛撲。第三個兵又倒下了，肚子上給肉叉戳了一個窟窿。其餘的便不得不抱頭鼠竄，給他們趕到村外，跳過田畝，遠遠地嚷說去找同伴來報仇。

村民得勝之後，欣喜欲狂的重新回到客店裏；這是蓄積已久的報復，從前所受的恥辱總算洗雪了。至於這椿孟浪的舉動底後果，倒還不曾想到。他們七張八嘴的同時說起話來，各人誇說各人底本領，和克利斯朵夫頓時親熱起來，他也因爲能和他們接近而很高興。洛金過來握着他的手，把他取笑了一會。如今她不覺得他可笑了。

這時大家檢點受傷的人口。在村民中間，不過有的打落牙齒，有的傷了肋骨，有得打得靑腫，沒有什麽重傷。在士兵方面可不然了。三個重傷：一個大傢伙眼睛灼壞了，肩頭也被砍去一半；一個戳破肚子的人呻吟着；還有是被克利斯朵夫打倒的下士。大家把他們擡在爐竈近旁的地下。三個之中受傷最輕的軍官睜開眼來，用着滿懷怨毒的目光長久地注視周圍的鄉人。等他淸醒到想起經過情形時，他便罵起來了。他發誓要報復，要把他們全體牽連在內；他憤怒到氣都喘不過來；勞勞他要把他們一齊殺死，要是他能夠的話。他們試着嗤笑他；但是笑得很勉強。一個年輕的鄉下人對他喊道：

——閉口！不然就殺死你！

軍官掙扎着想爬起來，眼睛充滿着殺氣，瞪着那個說話的人喊道：

——狗東西！殺死我罷。自有人來砍掉你們的腦袋。

他繼續大聲叫嚷。戳破肚子的人發出殺猪般尖銳的叫聲。另外一個直僵僵的好像死去一樣。一種無名的恐怖沉重地壓在村民心上。洛金和幾個婦女把傷者搬到隔壁一間房裏。軍官底叫嚷和垂死者底呻吟不大聽得見了。鄉人們一聲不響：站在老地方圍成一圈，彷彿那些傷兵依舊躺在他們脚下；他們一動也不敢動，面面相覷的駭呆了。末了，洛金底父親說道：

——哼！你們做得好事！

於是場中起了一片凄愴的喁語聲，大家嚥着口涎。隨後他們同時說起話來。先只是竊竊私語，彷彿防人在門外偷聽一般；但不久聲音高起來，變得緊張了：他們互相指摘，互相埋怨剛纔的廝殺。爭論變成口角，似乎要動武的樣子。洛金底父親把他們勸和了；然後交叉着手臂，轉身向着克利斯朵夫，微側着頭，擺動着下巴，指着他說道：

——可是這傢伙，他到這裏來幹什麽的？

羣衆所有的怒氣立刻發洩到克利斯朵夫頭上來了。大家喊道：

——是啊！是啊！是他開始動手的！要沒有他，什麽事都不會發生！

克利斯朵夫驚悸之下，勉強答道：

——我是爲了你們，你們很明白。

但他們怒不可遏的反駁他道：

——難道我們不會自衛麽？難道定要一個城裏人來告訴我們怎麽做麽？誰曾來請教您？再說，誰請您到這裏來的？您難道不能安分守己的留在您家裏麽？

克利斯朵夫聳聳肩，向大門走去。可是洛金底父親把他攔住去路，惡狠狠的喊道：

——對啦！對啦！他給我們闖下一場大禍之後，如今倒想一走了事。哼，他可不能走！

大家齊聲吼道：

——他可不能走！他是罪魁禍首，應該擔當一切！

他們磨拳擦掌的把他團團圍住。克利斯朵夫看見那些駭人的面孔越逼越近：恐怖的心理把他們激成瘋狂了。他一聲不響，扮了一個表示厭惡的鬼臉，把帽子望桌上一丟，逕自坐到屋子底上的一隅，背對着他們置之不理。

洛金卻憤憤不平起來，直衝到人叢裏。美麗的面上充滿着怒氣，漲得緋紅。她粗暴地推開圍着克利斯朵夫的人衆，喊道：

——你們這些懦夫！畜牲！你們竟不害羞麼？你們想教人相信一切都是他一個人幹的！以爲人家不會看見你們！好像你們之中一個也不會拚命的亂搥亂打似的！……要是你們之中有誰在別人廝殺的辰光叉着手臂不動，我就會唾他的臉，叫他膽怯鬼膽怯鬼！

那些村民被她出其不意的顯現呆住了，靜默了一會；之後又開始嚷道：

——是他開始的啊！沒有他，什麽事都沒有。

洛金底父親儘管對女兒示意，她完全不理，繼續說道：

——當然是他開始的！這對你們也沒有什麼體面。沒有他，你們會聽讓人家侮辱，聽人家侮辱我們這些女子，懦夫！沒有膽量的東西！

她又指着她的男朋友駡道：

——而你，你一聲不響，只會裝腔作勢，把屁股送給人家踢；只要人家賞你幾下就感激不盡！你不害臊麼？……你們都不害臊麼？你們簡直不是人！膽小如鼠、鼻子老鑽在泥裏的東西！直要等到這城裏人來給你們作榜樣！——而今，你們想教他全盤負責！……哼，這可不行，老實告訴你們！他爲了我們而打架。你們該把他放走，不然就得和他一起倒楣：我決不放過你們！

洛金底父親用手臂拉她，怒不可遏的嚷道：

——閉口！閉口！……你還不閉口，狗東西！

但洛金把他一手推開，叫得格外凶了。全場的人都張着喉嚨喊。她比他們喊得更響。尖銳的聲音幾乎震破耳鼓：

——你，你還有什麼可說？你剛纔把躺在隔壁的那個半死的兵拚命踐踏，以爲我不看見麼？還有你，伸出手來看!……上面還有血跡呢。你以爲我沒有看見你拿着刀麽?我要把我親眼看見的全盤說出，要是你們敢對他有何舉動的話。我要教你們全都判罪。

那些鄉下人憤激之下，把漲得通紅的臉湊近洛金，對準着她高聲怒駡。其中有一個男子要把她掌嘴的神氣;但洛金底好朋友抓着他的衣領，互相扭曳着，似乎立刻要大打出手。一個老頭兒和洛金說:

——倘使我們判了罪，你也逃不了。

——是的，我也逃不了，她答道。我可不像你們這樣懦怯。

於是她又叫囂起來。

他們不知如何是好;轉過來向她的父親說:

——你可不叫她閉口麽?

老人懂得儘管去激動洛金不是聰明的辦法。他對大衆示意，教他們鎭靜。等到大衆靜下來之後，只有洛金一個人說話了;接着因爲沒有回音，也像沒有燃料的火一般停住了。過了一忽，父親咳了一聲說道：

——究竟你要怎樣？你總不至於要斷送我們吧？

她說：

——我要大家把他放走。

他們開始盤算起來。克利斯朵夫老是驕傲地坐在老位置上，好似他們所講的與他不生關係一般；但他心裏已被洛金底仗義執言感動了。洛金也好像不知道他在場一樣：她背靠着他坐着的桌子，用着輕蔑的神氣注視那些抽着烟、眼睛望着地的鄉下人。末了，她的父親把烟斗在嘴裏咬弄了一會，說道：

——不論說或不說，——如果他留在這裏，他的事情是很明顯的。那個軍官認識他：一定不會放鬆他的。爲他只有一條路走，就是立刻逃，逃到邊境底那一面去。

他思索底結果，覺得無論如何還是克利斯朵夫逃走對於他們有利：他一逃，無異是他自已把罪名坐實了；而當他不在眼前不能申辯的時候，大家就不難把過失一齊推在他身上。這項意見獲得了大衆底贊成。他們彼此都很明白。——當此大家打定了主意時，便巴不得克利斯朵夫已經走掉了。他們並不因先前對克利斯朵夫說過許多難堪的話而覺得侷促，倒立刻走攏來，裝做對他的命運很關心的樣子。

——一刻都不能躭誤，先生，洛金底父親說。他們馬上就要回來。半小時到營裏去，再半小時就可回來……如今只有拔脚飛奔的時間。

克利斯朵夫站起來。他也思索過了。他知道假使留着，一定是完了。但是走，不見母親一面就走？……不，這又不能。他說他先回城一趟，夜裏再走還不遲，還可越過邊境。但他們都大聲叫起來。剛纔他們攔住大門不許他逃：此刻卻因爲他不逃而表示反對了。回到城裏無異自投羅網，那是一定的：他沒有到家之前，那邊早已得知了；他定將在家裏被捕。——他可固執着。洛金懂得他的意思，便說：

——您要看您的媽媽，是不是？……我代您去好了。

——什麼時候？

——今天夜裏。

——眞的麼？您去？

——我去。

她拿着頭巾包裹起來。

——寫幾句給我帶去……跟我來，我給您墨水。

她拉着他到裏邊一間屋裏。在門口上，她又轉身喊她的男朋友道：

——還有你，先預備起來，等會由你領他上路。當你沒有看見他越過邊境之前，可不能回來。

——好罷，好罷。他說。

他比誰都急於要知道克利斯朵夫已經到了法國，或者更遠些，要是可能的話。

洛金和克利斯朵夫進到隔壁房裏。克利斯朵夫還遲疑不決。他想到從此不能再擁抱母親時，心裏痛苦極了。甚麼時候再能看到她呢？她已這樣的老，這樣的衰弱，這樣的孤獨！這一下新的打擊更要把她斷送了。沒有他，她將變成什麼樣子？……但若他不走，判了罪，幾年的關在牢裏，她又將如何？這豈非使她更孤獨更苦惱麼？如今，至少是自由着，無論離得多麼遠，他總還可以幫助她，她也可以到他那邊來。——目前，他無暇看清自己的思想。洛金握着他的手，立在旁邊瞧着他：他們的面頰幾乎斷磨着；她把手臂繞着他的頸項，親着他的嘴：

——趕快！趕快！她指着桌子輕輕地說。

他也不想致慮了，逕自坐下。她在賬簿上撕下一頁劃有紅線的有格的紙。

他寫道：

「親愛的媽媽。原諒我！我使你感受極大的痛苦。我不得不這樣做。我並未幹什麼不公正的事。但我如今不得不逃，離開鄉土。送這張字條給你的人會告訴你一切。我本要和你告別，可是大家不允許。說是在我未能和你告別之前就有被捕的危險。我苦惱已極，什麼意志都沒有了。我將越過邊境，但在不會接到你回信之前，我將留在緊靠邊境的地方；這次送信的人會把你的覆信帶給我。告訴我該怎麼辦。不論你說什麼，我總依你。要不要我回來？那就叫我回來好了！我一想到把你孤零零的丟下時，眞是心如刀割。你將如何度日呢？原諒我！原諒我！我愛你，親吻你！……」

——我們趕緊些罷，先生；不然就來不及了，洛金底朋友推進門來說。

克利斯朵夫匆匆簽了名，把信交給洛金道：

——您親自送去麼？

——我親自去。

她已經準備出發了。

——明天，她接着說，我帶回信給您：您在萊登地方等我，——（德國境外的第一站）——在車站月臺上相見。

（好奇的女孩子已經在他寫的時候把信讀過了。）

——您得告訴我一切，她受到這下打擊以後變得怎樣，說些甚麼：您一些都不瞞我吧？克利斯朵夫用着懇求的口吻說。

——我會全盤告訴您。

他們此刻再不能自由談話了，那個男子在門口望着他們。

——並且，克利斯朵夫先生，洛金說，我會不時去探望她，把她的消息告訴您：您放心就是。

她用勁握了握他的手，好似男子一樣。

——走罷！——預備送他上路的男人說。

——走罷，克利斯朵夫回答。

三個人一齊出門。在路上，他們分手了。洛金望一邊去，克利斯朵夫和他的嚮導望另一邊去。他們一言不語。一勾新月蒙着霧，在樹林後面消失了。一層蒼白的光在田隴上飄浮。如牛乳般潔白的濃霧從低窪裏緩緩上升。瑟索的樹木浴着潮濕的空氣……走出村子不到幾分鐘，領路的人突然望後退了一步，向克利斯朵夫示意教他停下。他們靜聽了一會，發覺前面路上有步伐整齊的聲音慢慢地近來。嚮導立刻跳過籬垣，望田裏走去。克利斯朵夫跟着他，一齊向田裏奔竄。他們聽見一隊兵士在大路上走過。鄉人在黑暗中對他們幌幌拳頭。克利斯朵夫胸口悶塞着，好似一頭被人追逐的野獸。隨後他們重新上路，避去村莊農舍，免得狗吠的聲音驚動了四周的人。翻過一個叢樹茂密的山崗以後，他們遠遠裏望見鐵路上的紅燈。依着這些燈光的指示，他們決意向最近的一個車站走去。這可不是容易的事情。當他們走下盆地的時候，就完全被大霧包裹了。跳過了兩三條小溪，又走人一片無窮無盡的蘿蔔田和鬆鬆的泥地：東衝西撞，他們以爲永遠走不出去的了。地下高高低低的到處可以絆脚。兩人給霧水浸得渾身透濕，摸索了半晌之後，好容易望見土堆高處挂着鐵路上的信號燈。他們便爬上軌道兩旁的土堆，也不顧被人撞破的危險，沿着鐵道走去，直到將近車站時纔重新繞到大路上。他們到站時，離開火車的到達還有二十分鐘。那個嚮導，這時也不顧洛金底吩咐，撒下克利斯朵夫先走了：他急欲回去看看村裏的情形。

克利斯朵夫買了一張到萊登地方的車票，在闃無一人的三等待車室裏等着。車到時，先前躺在長櫈上瞌睡的職員起來驗過了票，讓他上車。車廂裏一個人也沒有。車裏全都睡熟了。田野裏也全都睡熟了。唯有克利斯朵夫，雖然疲憊已極，依然醒着。當沉重的車輪慢慢地把他載近邊界時，他一心只想快快逃出邏者底範圍。再過一小時，他可以自由了。但在這一小時內，只消一句話就可把他逮捕……逮捕！逮捕他整個身心都反抗起來！受萬惡的勢力壓迫麽？……他簡直連呼吸都窒息了。他的母親，他的故鄉，都在腦海裏消失了。自由受着威脅的辰光，自私自利的心思使他只想着這個他執意要挽救的自由。是的，無論如何要挽救，付什麽代價都可以！甚至犯一樁凶殺案都有所不惜！……

……他悲苦地埋怨自己不該搭火車，應該徒步越過邊境纔對。他原想爭幾小時的光陰，貪圖便宜！這纔是送入虎口哩！一定的，邊境車站上定有人等着他；命令已經傳到了……有一時他眞想在到站之前跳下火車，連車廂底門都打開了；但已太晚，已經到了。車子在站上停了五分鐘，簡直像一世紀之久。克利斯朵夫倒在車廂一隅，掩在窗帘後面，驚魂不定的望着月臺：一個憲兵一動不動的站在那裏。站長從辦公室裏出來，手裏拿着一個電報，向着憲兵立的地方匆匆忙忙走去。克利斯朵夫想這一定是爲他的事情，毫無疑問的了。他搜尋武器；可是除了一把兩面出鋒的刀子以外再沒旁的東西。他把它拔出鞘來。一個職員胸前挂着一盞燈，和站長迎面走過，沿着列車奔着。克利斯朵夫看見他走近了，便把拘攣的手按在刀柄上，想道：

——這可完了！

他這時興奮已極，要是那個人倒楣地走來打開他的車廂的話，定會當胸喫他一刀。但那職員開了隔壁的車廂，査驗一個剛纔上車的旅客底票子。火車重新開動了。克利斯朵夫這纔把忐忑的心壓捺下去。他一動不動的坐着，還不敢對自己說是已經得救。只要車子不曾過境，他就不敢這樣想……東方漸漸發白。樹木底枝幹開始從黑夜裏顯現。一輛車子在大路上駛過，映出奇怪的陰影，睜着一只巨眼發出搖搖擺擺的聲音……克利斯朵夫面孔貼在車窗上，竭力想辨認旗桿上帝國底徽號，統治他的勢力就要在那邊宣告終止了。當火車長嘯着報告到達比國境內的第一站時，他還在曙色中窺探。

這時他站起身來，打開車廂底門，呼一口冰冷的空氣，自由了！他整個的生命擺在前面！生存是多歡樂啊！……可是一片悲哀的情緒立刻罩在他心頭，想起離棄的一切而悲哀，想起未來的一切而悲哀，再加昨宵興奮過後的疲倦把他困住了。他倒在櫈上像軟癱了一樣。到站前一分鐘，他覺睡去了。等到一分鐘後站上的職員打開車廂來喚醒他時，克利斯朵夫慌慌張張的以為自己已經睡了一小時；他蹣跚地下車，向着關卡走去；當他正式踏入外國境內，無須再行警戒時，便倒在待車室裏的一條長櫈上，伸直着四肢昏昏入睡了。

* * * * * * * *

晌午，他醒了。在下午兩三點以前，洛金是不會到的。他一邊等待車到，一邊在月臺上來回踱着，一直踱到月臺以外的草地裏。天色陰沉沉的令人不歡，是冬天將臨的光景。陽光匿着了。一列交替的火車淒涼地叫着，衝破了沉寂的空氣。克利斯朵夫在邊界近旁，在荒涼的田裏停住了脚步。前面是一個小小的池塘，一泓清水映出黯澹的天空。四周圍着柵欄，種着兩株樹。右邊是一株禿頂的白楊在瑟索搖曳。後面是一株大胡桃樹，伸長着黝黑的光禿的枝幹，彷彿鬼怪一般。成羣的烏鴉停在樹上沉重地搖擺。枯萎的黃葉，一張一張地落在靜止的水塘裏……

他覺得這一切都很眼熟，好像曾經見過的樣子：這兩株大樹，這個池塘……——他突然迷迷惘惘的覺得一陣眩暈，又墮入他一生已經有過幾次的那種恍惚迷離的境界。彷彿時間有了一個空隙。你不知身在何處，不知你是誰何，不知生在什麼時代，不知這種境界已有幾千百年。克利斯朵夫覺得這是已經有過的，現在的一切不是現在的，而是另一時代的。他不復是他。他從身外矚視自己，從極遠處看自己，好似另外一個人立在這裏，在這個地位。無數的陌生的往事在他耳邊嗡嗡作響；血管裏面也洶湧不已：

「如此……如此……如此……」

多少世紀的舊事在他胸中翻騰……

在他以前的多少克拉夫脫，這曾受過像他今日所受的磨難，嘗過這身在故國的最後幾分鐘的辛酸之味。永遠流浪的種族啊，因為獨立不羈、心神不定而到處被人咀咒。永遠受着內在的魔怪播弄，使他到處不能久留。但他的確是一個依戀鄉土的種族，雖然被人驅逐，他自己倒輕易捨棄不掉……

如今是輪到克利斯朵夫來經歷這些途程了；他的足跡已經踏上前人底舊路。他淚眼晶瑩的望着他的鄉土隱沒在雲霧裏，不得不與之訣別……他不是早就希望離鄉的麼？——是的，但一朝眞的分離了，又覺得悲從中來，不能自已。只有禽獸底心腸纔會遠離故土而毫無感動。不問是悲是喜，大家總在一處生活過來；鄉土是你的伴侶，是你的母親：人人都在她懷抱裏躺過、睡過，深深地留着她的痕跡；而她亦保存着我們的幻夢，以往的生涯，和我們親愛的人底骸骨。克利斯朵夫以往的歲月，留在那邊地上地下的親愛的形象，此刻都在他腦中映現。即是他的痛苦，其可貴的程度亦不下於他的歡樂。彌娜，薩皮納，阿達，祖父，高脫弗烈特舅舅，蘇茲老人，——一霎時都在他眼底顯現了。

他總丟不開這些死者（因爲他把阿達也算作死了。）想起他的母親，在所愛的人中唯一活着的人，如今也被他遺棄在那些幽靈中間時，他簡直悲不自勝。他認爲自己的逃亡是懦怯可恥的行爲，幾乎想掉頭回去。他已經下了決心，要是在洛金帶來的母親底回信裏流露出太劇烈的痛苦時，他決意回去，不問付什麽代價。但若他接不到回信呢？或是洛金見不到魯意沙，得不到回信呢？那麽，他也回去。

他回到站上，無聊地等了一會，火車終於到達了。克利斯朵夫預備看到洛金一張大膽的臉伸在車門外面；因爲他斷定她不會失約；但她竟沒有露面。他懷着不安的心緒，在每個車廂裏搜尋。正當他在潮水般的旅客中擠來擠去時，忽然瞥見一張並不陌生的臉。那是一個十三四歲的小姑娘，面頰豐滿，臉龐很短，紅如蘋果，高聳的鼻子又短又小，一張闊大的嘴巴，一根粗辮子盤繞在頭上。他仔細看時，又看見她手裏拿着一口提箱，像是他的。她也儘管像小鳥般端相着他；看見他注視她時，便向他走近了幾步；但到了他面前又停住了，睜着小眼睛骨碌碌的直望着他，一句話也不說。克利斯朵夫可立刻認出來了，她是洛金家一個放牛的姑娘；便說：

——這是我的，是不是？

小姑娘站着不動，癡騃騃地答道：

——先要曉道您是從哪兒來的？

——蒲伊囉。

——那麼，誰叫送來的呢？

——洛金啊。好了，給我罷！

女孩把提箱授給他：

——拿去罷！

她又補充道：

——噢！我早就認出是您。

——那末你剛纔等什麼呢？

——等您自己說出是您啊。

——洛金呢?克利斯朵夫問道,爲何她不來?

小姑娘不回答。克利斯朵夫懂得她不願在人羣中說話。他們便先到關卡上驗行李去。驗完之後,克利斯朵夫領她到月臺盡頭處,這她纔嘮嘮叨叨的說道:

——警察來過了。你們走後差不多立刻就到的。他們進到人家屋裏,把大家都盤問了,沙彌那大漢子給抓去了,還有克里斯頓,還有加斯班伯伯,曼拉尼和琪脫羅特兩個雖然極口聲辯也被捕。她們都哭了。琪脫羅特還把警察打了一巴掌。大家儘管說是您一個人闖的禍也無用。

——怎麼!——我!克利斯朵夫驚叫道。

——自然囉,小姑娘安安靜靜的回答,既然您已走掉,這麼說也沒有關係,是不是?於是他們到處搜查您,還派了人各處追您呢。

——那末洛金呢?

——洛金那時不在家,她因爲進城了一趟,過後纔回來的。

——她看到我的母親麼?

——看到的。有信在這裏。她本想親自來的，但也被抓去了。

——那末你怎麼能夠來的？

——是這樣的：她回到村裏時，原不會被警察看見；她正想動身到這裏來時，琪脫羅特底妹妹伊彌娜去把她告發了，警察便來抓她。她看見警察來，就往樓上跑，對他們喊說她換一件衣服就下去。我正在屋後的葡萄藤下；她從窗裏輕輕地喊我：『麗第亞！麗第亞！』我上去了；她把您的提箱和您母親的信交給我；告訴我在什麼地方可以遇見您：又吩咐我快快的跑，不要給人抓去。我便拚命的跑，我便來了。

——她沒有別的說話麼？

——有的。她教我把這方頭巾交給您，證明我是她派來的。

克利斯朵夫認出洛金隔夜裹在頭上的那條繡花邊小紅豆花的白圍巾。她爲要送給他這件表示愛情的紀念物而想出的藉口，實在有些好笑：但克利斯朵夫並不笑。

——現在，那小姑娘說道，另外一列火車到站了。我應該回去了。再會。

——且慢，克利斯朵夫說，你來時的路費怎樣的？

——洛金給我的。

——還是拏着罷，克利斯朵夫把一些零錢放在她手裏說。

他抓着那想跑掉的小姑娘底胳膊。

——還有……他說。

他俯身吻着女孩的面頰。她裝做不願意的神氣。

——別掙扎罷。克利斯朵夫說，這不是爲你的。

——噢！我知道，小姑娘說，這是爲洛金的。

克利斯朵夫的親吻她，不祇是爲了洛金，而是爲他整個的德國。

女孩子一溜烟奔上正在開動的火車，站在車門口對他揮着手帕，直到望不見他的時候。他目送着這個鄉村使者，給他帶來了故鄉和所愛者底最後一縷氣息。

當她的影子消失以後，他完全孤獨了，異鄉人在異域，這一次眞的孤獨了。他手裏拿着母親底信和愛人底圍巾。他把圍巾塞在懷裏，想拆開信來。但他的手索索地抖個不住。他將讀到些什麼呢？信裏將流露出何等樣的痛苦呢？……不，他受不了那種獎諾已經聽到的責備：他勢必要回去的了。

終於他展開信來讀着：

『我可憐的孩子，不要爲我難過。我會自己小心。好天爺把我懲罰了。我不該自私地把你留在家裏。到巴黎去罷。也許這爲你更好。別顧慮我。我會想法的。最要是你能夠幸福。我擁抱你。

媽媽。

當你能夠的時候，寫信給我。』

克利斯朵夫坐在提箱上哭了。

* * * * * * *

站上的守門人喊着上巴黎去的旅客。沉重的火車隆隆地進站了。克利斯朵夫擦擦眼睛站起來，想道：

——應得要如此。

他向着巴黎方面的天空望了一眼。陰霾的天色在那方面似乎格外昏黑，好像一個陰暗的窟窿。克利斯朵夫好不悲傷；只是反覆念着：

——應得要如此。

他上了車，頭伸在窗外繼續望着遠處可怕的天色：

——噢，巴黎！巴黎！救救我罷！救救我罷！救救我的思想！

黯澹的霧越來越濃密。在克利斯朵夫後面，在他離別的國土之上，烏雲中間露出一角蒼白的青天，只有一雙眼睛那般大，——像薩皮納那樣的眼睛，——微笑着，隱滅了。火車開駛了。天下着雨。黑夜來了。

卷四終

卷五・節場

第一部

節場

在有秩序的表面之下，一切的情形都很混亂。鐵路上的職員，衣冠不整，顯得很粗犷的樣子。旅客們抱怨着鐵路規則而始終遵守規則。——克利斯朵夫在法國了。

他滿足了關員底好奇心後，搭上開往巴黎的火車。浸飽雨水的田野隱沒在黑夜裏。各個站上的刺目的燈光，使埋在陰影中的無窮盡的原野愈顯得淒涼。路上遇到的車子越來越多，呼嘯的聲音在空中震盪，把昏昏入睡的旅客驚醒了。巴黎快到了。

到達之前一小時，克利斯朵夫已經準備下車：把帽子望頭上一套；外衣底鈕子一直扣到頸根，防備扒手，那是人家告訴他在巴黎極多的；他幾十次的站起又坐下，幾十次的把提箱在網格與坐椅之間搬上搬下，粗手粗脚的擋着鄰人。

正在進站的當兒，火車在一片漆黑的夜裏停住了。克利斯朵夫面孔緊貼着玻璃張望，甚麽都看不見。他回頭看看旅客，看看有沒有一道友善的目光可以使他搭訕着談話，問問現在到了什麽地方。但他們都在瞌睡，或是裝做瞌睡的模樣，顯得厭倦不堪；誰也不願動彈一下來追究火車停留的緣故。克利斯朵夫對於這種麻木的態度很是怪異：這些面孔紅紅的遲鈍的傢伙，和他理想之中的法國人差得多遠！他心灰意懶的在提箱上坐下，隨着車子底顛簸搖來擺去，等到打開車門的聲音把他驚醒時，他也矇矓睡着了：……巴黎！……鄰座的客人都在紛紛下車了。

他在人叢中擠來擠去的走向出口，把搶着要替他提箱子的伕役推開了。他像鄉下人一樣懷着疑忌的心思，以爲個個人要偷他東西：他把那口寶貴的箱子扛在肩上，不管一路上別人對他的招呼，逕自走着，終於走到了泥濘的巴黎街上。

他忙着照顧行李，揀選存身的地方，留神把他弄得慌忙失措的車輛，再沒有向四處眺望一下的閒暇。第一件要事是尋一間房子。缺少的不是旅館：車站四周團團圍着的都是煤氣燈排成的字母照燿得通明雪亮。克利斯朵夫竭力想揀一家最不漂亮的：但寒酸到可和他的錢囊相稱的，似乎一家都沒有。後來他在一條橫路裏瞥見一家骯髒的小客店，樓下兼設着小飯舖，店號叫做『文明客店』。一個大胖子，撩起着衣袖，坐在一張桌子前面抽烟；他看見克利斯朵夫進門便迎上前來。他一些不懂他說的不純正的法語，但一望而知他是一個傻頭傻腦的未經世故的德國人，第一就不讓別人拿他的行李，只顧用着似通非通的法語說了一大篇。他領他走上氣息難聞的樓梯，到一間靠着天井的全不通氣的房裏。他還誇說地方如何安靜，外邊的聲音一些都透不進來：結果是討了一筆好價錢。半懂半不懂的克利斯朵夫，全不知道巴黎的生活程度，肩頭上的重負也把他壓壞了，便滿口答應下來：他急欲獨自安靜一下。但那男人剛一走出，室內骯髒的情形就把他駭住了；但爲抵抗在心頭漸漸發動的憂愁起計，趕緊在滿着灰塵油膩的水裏洗過臉就出門。他盡量的不見不聞，免得引起厭惡。

他走到街上。十月的霧又濃又觸鼻，正有一股近郊工廠裏的臭氣和城市裏的濁氣混合成功的巴黎味道。十步以外就看不清。煤氣街燈搖幌不定，好似快要熄滅的燭光。在半明半暗中，人像兩股相反的潮水般擁來擁去。車馬輻輳，阻塞交通，竟如一條堤岸。馬蹄在冰冷的泥濘裏溜滑。馬夫們底咒駡，電車底喇叭與響鈴，亂轟轟鬧得震耳欲聾。這些喧囂，這些騷亂，這種氣味，把克利斯朵夫怔住了。他停了一會，立刻被後面的人潮擁走了。他走到史太斯堡大街，甚麼也沒看見，只是魯莽地和行人相撞。他從淸早起不曾喫過東西。隨路遇到的咖啡店，因爲裏面人多，使他不敢也不願進去。他向一個崗警去問訊，但他期期艾艾的說話使聽的人不耐煩，等不及他說完一句便聳聳肩掉頭不顧了。他繼續機械地走着。有些人站在一家店舖前面，他也跟着站定了。那是一家售賣照相與明信片的舖子：陳列着一些穿着褻衣或不穿褻衣的姑娘們，和繪有淫猥故事的畫報。年輕的女人和孩子們，都若無其事的瞧着。一個瘦小的紅頭髮女子，看見克利斯朵夫出神的樣子，走過來和他照呼。他莫名其妙地望着她。她嫣然一笑的拉着他的手臂。克利斯朵夫掙脫着走開了，氣得滿面通紅。音樂咖啡店鱗次櫛比，滿目都是；門口掛着惡俗的演員廣告。人總是越來越多；克利斯朵夫看到無賴、惡棍、娼妓之多，不禁大爲駭異。他覺得渾身冰冷。疲倦，羸弱，愈來愈壓迫他的厭惡，使他眩暈起來。他咬咬牙齒，加緊脚步。將近塞納河時，霧氣愈加濃厚了。車馬簡直擁塞得水洩不通。一匹馬滑跌了，側躺在地下；馬夫死命鞭牠，要牠站起；可憐的牲口被韁繩緊曳着，掙扎了一會又可憐地倒下，一動不動的像死了一樣。這幅極平凡的景象卻引起了克利斯朶夫極大的感動。大家無動於衷的眼看着這可憐的生物抽搐，不禁使他悲傷地想起自己湮沒在這茫茫人海中的空虛，——一小時以來，他竭力抑捺着自己，不使自己立卽唾棄這禽獸般的世界，這卑汚下賤的空氣，如今卻再也抑捺不住了，氣吁吁的不禁哭了出來。路上的人奇怪地看着這大孩子痛苦的臉抽搐不已。他走着，面頰上掛着兩行眼淚，也不想揩拭。人們停住脚步，目送他一程。要是他能够窺到這般他以爲是敵視他的羣衆底靈魂的話，在有些人心中，除了巴黎人的譏諷之外，——也許還有一縷友愛的同情。但他的眼睛被淚水掩沒了，甚麽都看不見。

他走到一個廣場上，走近一座大噴水池。他把手浸下去，再把頭埋在水裏。一個報販用着好奇的目光望着他，雖然咕嚕着說幾句取笑的話，可並無惡意；還替克利斯朶夫把掉在地下的帽子撿起來。冰冷的水使克利斯朶夫恢復了精神。他定一定神，回頭走去，不敢再東張西望了：他簡直不想喫東西：對誰都不能說話；無端端的會流下淚來。他筋疲力盡；走錯了路，渺渺茫茫的摸索着，正當他以爲完全迷失了的時候，却走到了旅館門口：——原來他連自己住的街名都忘記了。

他回到惡濁的房裏，空着肚子，眼睛熱辣辣的，身心交困，他望着屋隅的一張椅上倒下，一直坐了兩小時，無法動彈。終於他抖擻一下，上床睡覺了。但他又墮入狂亂的昏懵狀態中，時時刻刻驚醒過來，以爲已經睡了幾小時。臥室裏的空氣令人窒息。他渾身發燒，口渴欲死；無窮盡的惡夢老和他糾纏，即在他睜開眼睛的時候也不能免；劇烈的悲愴苦惱像刀子般直戳他心窩。悲痛的絕望使他半夜裏醒來，幾乎叫喊；他把被單塞住嘴巴，恐怕被人聽見；他覺得自己瘋了。於是他坐起來點着燈。渾身是汗。他下牀打開箱子找一方手帕，無意中摸到了一本聖經，那是母親放在他的衣服堆裏的。克利斯朵夫從沒細細讀過這部書；但在這個時候找到它，眞有難以形容的快慰。這部聖經是祖父底，是曾祖父底。從前的家長曾在書尾空白的一頁上記着他們一生底重要事蹟：生產，結婚，死亡底日子都詳細記着。祖父還用鉛筆，用他那種粗大的字體，記錄他每次披讀某章某節的年月；書中到處夾着年深月久、變成黃色的紙片，上面寫着老人天眞的感想。當老人在世時，這部書一向放在他臥床上邊的擱板上；每逢失眠的夜裏，他便拏在手裏喃喃地好像和書談話一般。它伴着他直到他死；正如從前伴着他的父親一樣。百年來家庭裏的吉凶禍福都在這本書裏。有它在旁，克利斯朵夫覺得孤單的情緒減輕了許多。

他打開書來，正翻到最慘澹的幾段：

『人在此世是一場磨練不斷的戰爭，他的日子和一個雇傭兵卒底日子完全一樣……

我睡下時要問『我什麼時候起來？』起來之後，我又煩躁地等着天黑，我心裏充滿着苦惱直到夜裏……

我說：我的床可以使我安樂，休息可以蘇解我的怨恨；可是你又把夢來駭我，把幻覺來擾亂我……

你老和我糾纏着要到什麼時候呢？你竟不放鬆我一刻，讓我喘口氣麼？我犯了罪麼？我什麼地方冒犯了你呢，嗅，人類底守卒？

怎麼都是一樣：神使善人和惡人一樣的受苦……

由神去把我處死罷！我總不放棄對神的希望……

這種悲苦的文辭所給予一個不幸者的安慰，是平凡的心靈不能懂得的。一切的偉大是善的，痛苦的極致近於解脫。侵害心靈、壓迫心靈、致心靈於死地的，只是平淡的痛苦與平淡的歡樂，只是自私的、卑鄙的煩惱，沒有勇氣捨棄已失的歡娛，甘自墮落去博取新的歡娛。從蒼苔裏昇騰起來的這股肅殺之氣，把克利斯朵夫底心靈洗刷過了；西奈依（按係亞拉伯半島及山峯名，聖經載上帝在此授律於摩西。）底颶風，荒漠與大海中的狂飆，把烏煙瘴氣一掃而空。克利斯朵夫底狂亂緩解了，寧靜地睡下，一直睡到明天。當他睜開眼來時，白天已經來臨。室內的汚穢愈加看得清楚了，他感到自己的苦難與孤獨；但他索性正眼覷視。心灰意懶的情緒已經化爲烏有，只剩着一股淒涼的朝氣在心頭。他嘴裏念着約伯（聖經中的長老，以隱忍著。）底名句：

『當神要把我處死的時候，我還是不放棄對神的希望……』

他起來，鎮靜地開始戰鬥。

* * * * * * *

當天早上他就決定作初步的奔走。在巴黎他只認識兩個人。兩個年青的同鄉：一是他的老朋友奧多·狄哀納，和他的一個叔叔在馬伊區開着布店；一是瑪揚斯地方底一個猶太人，叫做西爾伐·高恩，在一家大書舖裏做事，但克利斯朵夫不知道他的地址。

他在十四五歲的時候曾和狄哀納非常親熱過來。（原註：參看卷二、清晨）他對他有過一番愛情前期的童年的友誼，這友誼實在也已經是愛情了。狄哀納也很愛他。這個羞答答的刻板的大孩子，曾經被克利斯朵夫獷野不羈的性格誘惑過，並且因爲要模倣他而弄成一副可笑的樣子：使當時的克利斯朵夫又氣惱又得意。他們曾經有過驚天動地的計劃。後來，狄哀納爲了習商而遠遊在外，從此不曾回來；但克利斯朵夫常常從當地和狄哀納家有來往的人嘴裏聽到他的消息。

至於克利斯朵夫和西爾伐·高恩底關係可另是一種的了。他們自幼在學校裏相識，那個小猢猻常常捉弄克利斯朵夫，克利斯朵夫上了他的當，也老實不客氣的報復他。高恩毫不抵抗，讓他打倒在地下，把臉揿在灰泥裏，他只裝着假哭；但過後立刻再來，捉狹的興緻只有更好，——直到有一天克利斯朵夫嚴重地恫嚇他說要殺死他時方始罷休。

克利斯朵夫很早就出門，在路上一家咖啡店裏歇下來用早餐。他勉強抑捺着自尊心，絕對不放過說法語的機會。既然他得住在巴黎，也許要住幾年，自然應當適應巴黎生活，克制自己的厭惡，而且越快越好。所以儘管侍者嘲笑他不成腔調的法語，他雖然心裏苦惱，面上卻裝做不會留意，而且毫不灰心的把不成形的句子沉重地說上幾遍，直到別人聽懂爲止。

隨後他去尋訪狄哀納。照例，當他腦筋裏存着一個念頭時，周圍的一切都會看不見。他第一次散步所得的印象，巴黎是一座市容不整的舊城。克利斯朵夫看慣了新興的德意志帝國底城市，又古老又年青，令人感到有一種新的力量可以自傲：所以當他看見巴黎這些殘破的市街，泥濘的路面，行人底擁擠，車馬底混亂，——有莊嚴的駕着馬匹的街車，有用蒸汽的、用電氣的街車，形形式式，應有盡有，——階沿上搭着板屋，廣場上堆滿着穿禮服的塑像，放着旋轉的木馬（其實是妖魔鬼怪，）總而言之，當克利斯朵夫看見這個受着民主洗禮而始終沒有脫掉破爛衣衫的中世紀城市時，怪不得要詫異不置了。隔天的霧到今天變成濛濛的細雨。雖然時間已經過了十點，多數的舖子裏還點上煤氣燈。

克利斯朶夫在勝利廣場四周撲朔迷離的街道中摸索了半晌之後，終於尋到了銀行街他所要尋訪的舖子。在進去時，他髣髴瞥見在深長黝暗的舖子底裏，狄哀納雜在一大堆職員中間整理布疋。但他有些近視，不敢相信自己的眼睛，雖然它們的直覺難得會錯誤。當克利斯朶夫對接待他的店員說出自己的姓名時，裏面的人似乎騷動了一下；等到他們交頭接耳商議一會之後，人堆裏走出一個青年來，用德語說：

——狄哀納先生出去了。

——出去了？要長久纔回來麽？

——大概是吧。他剛出門。

克利斯朶夫思索了一下，說：

——好。我等他罷。

店員不禁呆了一呆。急忙說：

——也許他在兩三小時以前不會回來。

——吠！不要緊，克利斯朵夫靜靜地回答，好在我在巴黎沒有什麼事情，即使要等他一整天也可以。

青年詫異地望着他，以爲他開玩笑。但克利斯朵夫早已把他從腦海裏丢開；逕自安安靜靜坐在一隅，背對着街，似乎準備永遠逗留下去的模樣。

店員回到舖子底裏，和同事們嘰嚕一會，他們慌慌張張的顯出一副滑稽可笑的神氣，盤算着怎樣打發這個不識趣的傢伙。

大家含糊了一會之後，辦公室的門開了。狄哀納先生出現了。一張寬大紅潤的臉，面頰和下巴上留着一個紫色的傷疤，淡黃的鬍子，平梳的頭髮，一邊分開着，戴着一副金邊眼鏡，襯衫底胸部扣着金鈕子，粗大的手指上戴着戒指。他手裏拿着帽子和雨傘，神色自若的向着克利斯朵夫走過來。坐在椅上出神的克利斯朵夫，一見之下微微怔了一怔。他立刻抓着狄哀納底手，粗聲大氣的表示親熱非常，使店員們暗暗好笑，使狄哀納爲之臉紅。這個莊嚴的人物自有不願與克利斯朵夫重續舊交的理由；他早已決心在初次見面時就擺出尊嚴的態度來拒絕克利斯朵夫底親暱。但當他和克利斯朵夫目光接觸之下，又立刻覺得自己在克利斯朵夫面前仍是一個小孩子；他因之覺得羞憤交集，急忙說：

——到我辦公室裏去罷。……談話可以方便些。

克利斯朵夫是識得他這種謹愼的習慣的。

但進了辦公室，把門仔細關上之後，狄哀納並不招呼他坐下，只是站着，笨拙地解釋道：

——非常高興……我本來要出去……人家當我已經出去了……但我必須出去……此刻只有一分鐘的時間……有一個緊急的約會……

克利斯朵夫懂得剛纔店員是說謊，而這謊言是和狄哀納商量好來把他摒之門外的。他便按捺着怒氣，冷冷地答道：

——不忙。

狄哀納把身子微微往後一退，對着這種放肆的態度非常憤慨。

——怎麽！不忙！他說。一椿買賣……

克利斯朶夫正眼望着他說：

——不。

大孩子低下眼睛。他恨克利斯朶夫，因爲自己在他面前顯得這樣懦怯。他咕嚕着。克利斯朶夫打斷了他的話頭，說：

——你知道……

（這你的稱呼損傷了狄哀納底自尊心，他眞是白費氣力在最初的談話中引用『您』字。）

——……你知道我爲什麽到這兒來的？

——是的，我知道，狄哀納說。

（他已經在本國的來信中得悉克利斯朶夫闖禍與被人通緝的情形。）

——那麽，克利斯朶夫接着說：你知道我並不是爲了自己的高興而來的。我亡命至此。我一無所有。但我得生活。

狄哀納等他提出要求。他心裏感到一種又得意——（因爲他又可借此在克利斯朶夫面前顯出優越的地位）——又爲難的情緒——（因爲他不敢稱心像意的教克利斯朶夫感到他的優越。）

——啊！他裝着儼然的神氣說，這眞是遺憾，大大的遺憾。這裏生活艱難，百物昂貴。我們開支浩大，再加這麼多的店員……

克利斯朶夫懷着鄙薄的心思阻斷他道：

——我不來向你需索金錢。

狄哀納着了慌。克利斯朶夫接着說：

——你的買賣好麼？主顧不少麼？

——是，是，不壞，謝謝上帝……狄哀納謹愼地回答。（他提防着。）

克利斯朶夫憤憤地瞪了他一眼，又道：

——你大概認得很多德國僑民吧？

——是的。

——那麽，請你給我說說。他們應該懂得音樂。他們有孩子。我可以教課。

狄哀納裝着一副爲難的神氣。

——還有甚麽呢？克利斯朵夫問道。難道你不放心，懷疑我學識不夠麽？

他向人要求援助，倒像是他援助別人的樣子。狄哀納倘使不能教克利斯朵夫覺得他是他的恩人，來滿足自己的驕傲的話，是決不肯爲克利斯朵夫盡一絲一毫的力的；所以他決心不爲克利斯朵夫援一援手。

——夠，夠，綽綽有餘……不過……

——不過？

——不過這很困難，十分困難，你不明白麽爲了你的處境？

——我的處境？

——是的……這件事情，這件案子……要是傳播出去。這使我很爲難，對我很不利。

他看見克利斯朵夫變了臉色，便趕緊聲明道：

——這不是爲我……我並不怕……啊！要是只有我一個人的話！……這是爲了我的叔叔……你知道鋪子是他的，沒有他，我就一些沒有辦法……

克利斯朵夫底臉色和正在醞釀之中的怒氣使他越來越駭怕，急忙說——（他心地並不壞；只是吝嗇和虛榮在他胸中交戰：他很想幫助克利斯朵夫，但要用最合算的辦法）

——你要不要先拿五十法郎？

克利斯朵夫滿面通紅的向着狄哀納走去；那種神氣使狄哀納立刻退到門口，開着門預備呼救。但克利斯朵夫不過把充血的頭顱逼近着他，大聲叫道：

——豬！

他一手推開了他，從許多店員中間出去了。在門口，他輕蔑地吐了一口唾沫。

* * * * * * *

他大踏步在街上走着；憤怒之餘，簡直有些昏昏沉沉，直到淋着雨水纔淸醒過來。往哪兒去呢？

他不知道。他一個人也不認識。走過一家書店，他停住脚步預備想一想，茫茫然望着櫥窗裏陳列的書籍。但在一本書底封面上，有一個出版家底名字引起了他注意，至於爲何會引起他注意，連他自己也弄不淸。過了一會，他纔記起那是西爾伐・高恩辦事的一家書店，便把地址記了下來……這於他有什麽用處呢？他又不會去的……爲何不去？因爲狄哀納這混蛋，他從前的好友，尙且如此對他；如今對這從前受過他的凌辱而勢必懷恨他的傢伙，又有什麽可以希冀？再去受不必要的羞辱麽？他的血就在奔騰。——但大概是基督教教育培養成功的他的悲觀主義，反在暗中驅使他索性把人類的卑鄙領略一個痛快。

——我不能裝腔作勢。在餓死之前，一切都得嘗試過。

心裏又加上一句：

——並且我決不會餓死。

他把地址重新檢視一遍，便往高恩那邊去了。他決意只要高恩敢擺出絲毫傲慢的態度，就戳破他的腦袋。

那家客店是在瑪特蘭區。克利斯朵夫走上第一層樓底客廳，聲言要見西爾伐・高恩。一個穿著制服的僕人回說『不認識這個人。』克利斯朵夫詫異之下，以爲自己讀音不淸，便重新說過一遍；但那僕人留神傾聽之後，聲言店裏的確沒有這個姓名的人。克利斯朵夫侷促地道了歉意，正在預備出去的時候，忽然瞥見走廊盡頭的門打開了，高恩送一位女客走出來。他因爲剛纔碰了狄哀納釘子，滿心以爲大家都在捉弄他。所以他一轉念間就當作高恩在他進門時已經瞥見他，特意吩咐僕人托辭推諉的。這種無禮的舉動使他氣都喘不過來，他憤憤地正要轉身出去時，忽然聽見高恩招呼他了。原來高恩銳利的目光早已遠遠裏辨識他；他滿臉堆着笑容走過來，伸直着手，表示十二分親熱的神氣。

西爾伐・高恩是一個矮小肥胖的人，鬍子剃得精光，完全是美國派，皮色顯得太紅，頭髮顯得太直，一張開闊巨大的臉龐，肥頭胖耳，打縐的細小的眼睛，老帶着窺探的神氣，嘴巴稍微有些不正，臉上露着一副呆板而狡猾的笑容。他穿裝得非常講究，極意要掩飾體格底缺陷，遮蔽過於高聳的肩膀和過於寬廣的腰身。這是唯一傷害他的自尊心的地方；他寧願在屁股上給人踢幾腳來換一個身材再高二三寸、腰圍再細小幾分的身體。至於其他的部分，他已經很滿意，自以爲別人一見他就會迷了心竅。最妙的是他眞的如此。這個矮小的德國猶太人，這種粗魯的蠢漢，居然做着巴黎底時裝記者與時裝批評家。他寫一些無聊而肉麻的文字。他是法國風味、法國典雅、法國風流、法國思想底錦標，——腦子裏充滿着攝政時代（按係指十八世紀初葉路易十五未成年時之攝政時代，以習俗淫靡著稱於史。）紅靴根（按當時法國宮廷中盛行紅靴根爲美觀）洛盛（法國歷史上有名的倖臣）一類的思想。大家嘲笑他，但照樣有人捧他。凡是說『幼稚可笑害死巴黎』的人實在不認識巴黎：幼稚可笑非但不會害死人，並且還有人靠它過活；在巴黎，可笑、可以使你獲得一切，獲得光榮，獲得財富。所以西爾伐·高恩對於他每天裝腔作態的肉麻話所引起的欽慕早已不希罕了。

他用着重濁的口音和高大的聲氣說話。

——啊！這纔是奇遇咧！他一邊快樂地喊着，一邊用指頭又短又臃腫的手握着克利斯朵夫底手用力搖撼。他竟捨不得放下克利斯朵夫，彷彿遇到了最知己的朋友似的。克利斯朵夫茫然失措地思量是否高恩故意和他開玩笑。但高恩並無捉弄的意思。即算他捉弄，也不過和他平時捉弄別人一樣罷了。他對克利斯朵夫也不記什麼仇恨，他太聰明了，決不計較這些。克利斯朵夫早年欺侮他的事情早已置之腦後；即使記起，也不放在心上。他因爲能夠教幼年的同學看見他現在的地位和他風流典雅的巴黎丰度而覺得很高興。他說奇遇也是眞心話：他最意想不到的事情，的確是克利斯朵夫這種突如其來的訪問了。而且他雖然機警非常，立刻會猜到克利斯朵夫底來意，他也極高興加以接受，因爲克利斯朵夫底有求於他，無異對他的權勢表示敬意。

——您從家鄉來麼？母親好不好？他那種親暱的口吻，在平時也許會教克利斯朵夫覺得刺耳，但在這身處異域的時候聽了確是非常快慰。

——可是，克利斯朵夫懷着猜疑的心思問道，怎麼剛纔人家回答我說這裏沒有高恩先生呢？

——這裏的確沒有高恩先生呀，西爾伐·高恩笑着說。我的姓已改爲哈密爾頓了。

說到這裏他突然打斷了話頭說一聲

——對不起！

一個婦人在旁邊走過，高恩上前和她握手，扮着笑臉。隨後他又回來，說這是一個寫肉感小說著名的女作家。這位現代的薩芙（按係古希臘女詩人，以風流著稱）衣襟上綴着一顆勳章，肥大的身體，淡黃的頭髮，一張志得意滿的臉塗得雪白；她用着男性的辭氣，帶着法國東部的鄉音說些誇耀的事情。

高恩重新向克利斯朵夫問長問短，提起一切家鄉的人，問問這個，問問那個，故意表示他對所有的人都不會忘記。克利斯朵夫也忘記了自己的反感；便懷着感激的情緒，真誠地告訴他許多細節，其實都是與高恩渺不相關的。這時他又打斷了克利斯朵夫底談話，說一聲：

——對不起。

他又去招呼另外一個女客。

——啊！克利斯朵夫問道，這樣看來，難道法國只有女人會寫作麼？

高恩笑着，癡騃地答道：

——法國是女性的，親愛的朋友。假使您想成功，也得利用這一點。

克利斯朵夫不聽他的解釋，儘管說着自己的話。高恩爲結束他的談話起計，問道：

——但您怎麼會到這裏來的呢？

嘿！克利斯朵夫心裏想，他還一無所知哩。所以他纔這麽親熱。等他知道以後，一切都要改變了。

他把一切促使自己的情形發生變化的事故從頭至尾說了一遍：和士兵的衝突啊，追捕啊，逃亡啊，等等。

——好啊！好啊！他嚷道。多美妙的故事！

他熱烈地緊握着他的手。一切揶揄官廳的事情，他本來就最感興趣：何況這件事情中的許多角色又是他認識的人：事情便愈加顯得滑稽了。

——聽我說，他接着說道，時間已經過午，給我面子，……和我一起用飯去。

克利斯朵夫感激不盡的接受了，想道：

——這倒是一個好人。我錯看他了。

他們一同出外。克利斯朵夫在路上有意無意的提出了他的請託：

——現在您知道我的處境了。我來此想找些工作，在人家不曾知道我之前，先教教音樂。您能替我介紹麽？

——怎麼不能！高恩說。您要我介紹誰？這裏所有的人我都認識。只要您吩咐就是。

他很高興顯露自己的地位與信譽。

克利斯朵夫慌忙道謝，覺得心上卸掉了一件重負。

他在飯桌上狼吞虎嚥，十足表現他有兩天不曾進食的胃口。他把飯巾圍在頸窩裏，把刀伸到嘴裏。高聲的叫嚷和土氣十足的動作，使高恩・哈密爾頓非常憎厭。克利斯朵夫底不大注意他的信口雌黃，尤其使他不舒服。他一心想誇耀自己交際廣闊，紅運當頭，但一切都是白費：克利斯朵夫非但完全不聽，還要放肆地阻斷他的話頭。他此刻也打開了話匣子，變得非常親狎了；心裏充滿着感激的情緒，天眞地把自己的計劃告訴高恩。尤其使高恩着惱的是，克利斯朵夫時時刻刻從桌上伸過手來握着他，表示極度感動的神氣。末了他還要來一下德國式的乾杯，說着多情的話祝福故鄉的人士，祝福萊茵河；這簡直是火上添油地激怒他的朋友。高恩看見他要高聲歌唱的樣子不禁駭然。鄰桌的人用着譏諷的目光望着他們。高恩急忙推說有要事在身，立刻站了起來。克利斯朵夫却死抓着他，要知道什麼時候能介紹他去見什麼人開始授課。

——我去想法，今天，或許今晚便去。高恩這樣答應他。等會我就去說。您可放心。

克利斯朵夫還是緊緊追問道：

——什麼時候我可以得到回音？

——明天……明天……或是後天。

——很好。我明天再來。

——不必，不必。高恩趕緊說。我會通知您。不必勞駕。

——呋！這不費事。……反正我在巴黎一無所事。

——見鬼。高恩暗暗想道……不，他重新高聲說着，我寧可寫信給您。這幾天裏您找不到我的。把您的地址告訴我罷。

克利斯朵夫告訴了他。

——好極了，我明天寫信給您。

——明天？

——準是明天。

他擺脫了克利斯朵夫底手，急急忙忙溜了。

——嘿！他想道。眞是一個厭物！

他回去吩咐店裏的僕役，遇到那個『德國人』來看他時永遠回說他不在，——十分鐘後，他把克利斯朵夫完全忘掉了。

克利斯朵夫回到小旅館裏，飄飄然。

——眞是一個好人！他想道。我從前對他多麽無理！而他竟不恨我！

這些內疚壓在他的心上，幾乎想寫信給高恩，說因爲從前錯看了他而覺得很難過，求高恩寬宥他以往種種得罪他的地方。他想到這些，眼中就噙着淚。但寫信對他還沒有寫一本樂譜容易；所以當他把寄在糟糕的旅館裏的筆和墨水咒罵了一頓，塗抹了、撕掉了四五張信紙以後，終於不耐煩地把一切都丢了。

這一天餘下的時間過得眞慢；但克利斯朵夫因爲隔夜的失眠，早上的奔波，疲倦不堪的在椅上打盹了。他一直睡到傍晚纔醒，醒後便上床睡覺，一口氣睡了十二小時。

* * * * * * *

明天從八點鐘起，他已開始等待回音。他絕對不疑心高恩會失約。恐防高恩在上辦公室前會來看他，他便留在屋裏寸步不移。中午時，爲絕對不離開臥室起計，他教樓下的小飯館把午餐端上來。飯後，他又等着，滿心以爲高恩會從飯店裏出來看他。他在房裏踱來踱去，坐立不安，聽見樓梯上有脚聲時便打開房門。他一些都不想在巴黎城中遊覽，以消遣他等待的時間。他躺在床上，念頭時時刻刻轉到他的老母身上，她，她此刻也在想他，——而且世界上只有她想念他。他感到對她懷着無限的溫情，把她孤零零的丢下又感到無窮的悔恨；可是他並不寫信給她。他要等到能够告訴她已經找到了什麽工作的時候纔寫信。母子倆雖然深深相愛，但彼此都不想寫一封簡單的信訴說出來：一封信是應該報告確切的消息的。——他仰在床上，叉着手，夢想着。臥室與街道儘管離得遠，沉寂的空氣中依舊充滿着巴黎的市聲，房子也時時震動。——天黑了，毫無消息。

又是一天，和上一天沒有什麽分別。

第三天，克利斯朵夫悶得慌了，決意出去走走。但從第一天起，他本能地憎厭巴黎。既沒有絲毫遊覽的心思，也談不到什麼好奇心；因爲太貫注意着自己的生活，所以再沒興緻去關切別人底生活：古蹟啊，紀念建築啊，都不會打動他的遊興。一出門，他就覺得厭煩，所以他雖然決意不等滿八天不回到高恩那邊去，也情不自禁的一口氣跑得去了。

受過囑咐的僕人說哈密爾頓先生因公出門去了。克利斯朵夫怔住了，囁嚅着問哈密爾頓先生何時回來。僕役隨便答說：

——十天左右。

克利斯朵夫狼狽不堪的回去，在房裏躲了好幾天，一些工作都不能做。他駭然發覺他少數的旅費——母親用手絹包着塞在他箱底裏的少數的金錢，——很快地減少下去。便竭力緊縮：只有晚上纔到樓下的小飯舖裏用餐。飯舖裏的食客不久也認識他了，暗裏叫他『普魯士人』或『鹽菜』（按此係德國名菜此處借作諢號。）——他費了好大的氣力寫信給幾個法國音樂家，那是他模模糊糊知道姓名的。其中有一個已經故世十年。他在信裏要求他們聽他彈奏。字跡惡劣到不成模樣，文字加上一大串德國式的語句與客套。例如，『送呈法國通儒院宮邸』之類。——這些收信人中，只有一個讀過了信和朋友們捧腹大笑一陣。

一星期後，克利斯朵夫又回到書店裏。這一次，偶然可幫了他的忙。他在門口劈面撞見了剛從店裏出來的西爾伐·高恩。高恩眼見躲避不了，便扮了一個鬼臉；克利斯朵夫快活之極，不曾覺察。他依着平日那種可厭的習慣抓住了他的手，高興地問道：

——您前幾天出門去了麼？旅行很愉快麼？

高恩答應說是的，但依舊裝着愁眉不展的樣子。克利斯朵夫接着又道：

——您知道我已經來過……人家和您講過了，是不是？……那末，有什麼消息？您已在人前提起我麼？別人怎麼回答？

高恩越來越憂鬱。克利斯朵夫對他那種勉強的態度很是詫異：簡直像換了一個人。

——我講起過您，高恩說；但還不曾有何結果；我沒有空閒。自從上次和您分別之後，我忙極了，公事堆積如山。我簡直不知怎麼對付過去。眞是累死人。大概非教我病倒不可了。

——您覺得不好過麼？克利斯朵夫不安地問。

高恩狡猾地瞥了他一眼，答道：

——不舒服極了。幾天以來，我不知怎樣，只覺得十分痛苦。

——啊！天哪！克利斯朵夫抓着他的手臂說。好好珍攝罷！您得休息。我多難過，在這種情形中還要增加您的麻煩！該老實和我說呀。究竟有什麼不舒服呢？

他把高恩推諉的理由那麼當眞，以至高恩暗暗好笑之下，也不禁被他的戇直感動了。猶太人是最愛幽默的——（在這一點上，巴黎多少的基督徒都像猶太人呢！）——所以只要對方有讓人取笑的資料，那怕是厭物，是敵人，他們都會格外寬容。高恩就在這種情形中被克利斯朵夫對他的關切感動了，決意幫助他。

——我有一個主意，高恩說。在不曾覓得教席之前，您能不能編輯一些音樂書籍？

克利斯朵夫立刻答應了。

——好啦，這是現現成成的工作，高恩說。巴黎最大的音樂出版家之一，但尼・哀區脫，是我的一個好朋友。我可以介紹您去有什麼事情可做，您自己酌量就是。我，您知道，在這方面完全外行。但哀區脫是一個眞正的音樂家。要你們商量出一些結果來是不難的。

他們把日子約定爲明天。高恩用幇忙的方法擺脫了克利斯朵夫底糾纏，心裏倒也覺得歡喜。

* * * * * *

明天，克利斯朵夫到書店裏去和高恩會齊。他依着他的囑咐，帶了幾部創作的曲譜預備給哀區脫看。他們到歌劇院附近的音樂鋪子裏找到了他。他們進去時，哀區脫並不起身相迎；高恩和他握手，他只冷冷地伸出兩個手指，至於克利斯朵夫恭恭敬敬的行禮，他簡直理都不理。他因了高恩要求，和他們走到隔壁一間屋裏，也不請他們坐下，自己背靠着沒有生火的壁爐架，眼睛凝視着牆壁。

但尼・哀區脫是一個四十左右的人，身材很高大，態度冷冰冰的，衣衫穿得很齊整，是十足腓尼基型的商人，貌似聰明而很可厭，老是悒鬱不歡的臉色，毛髮全黑，留着方形的阿敍王式的長鬚。他從不正面看人，說話時又老帶着冷峻的粗暴的口吻，即是寒暄也像是咒駡。這種傲慢無禮的態度，其實只是表面的，心裏倒並不見得怎樣。當然，這是他鄙薄一切的性格底表現；但也是故意做作出來的。像這樣的猶太人並不少；一般的輿論對他們也很不好，斥爲倨慢不恭，其實不過是身心笨拙底表現罷了。

西爾伐·高恩用着做作的口吻和過甚其辭的恭維介紹他的朋友。克利斯朵夫已經被這種招待弄得侷促不堪，只顧拿着帽子和稿本搖搖擺擺。哀區脫似乎一向不知有克利斯朵夫在場，直到高恩說了一陣之後，纔高傲地轉過頭來，眼睛望着別處說道：

——克拉夫脫……克利斯朵夫·克拉夫脫……從沒聽見過這個姓名。

克利斯朵夫聽到這句說話，髣髴給人當胸一拳。他滿面通紅的憤憤地答道：

——您將來會聽見。

哀區脫不動聲色，繼續冷靜地說着，好似沒有克利斯朵夫一樣：

——克拉夫脫……不，我不認識。

世界上有一等人，只要一個人底姓名是他們不認識的，就認爲是壞的評價：哀區脫就是這種傢伙。

他又用德語接着說：

——您是萊茵流域的人麼？……眞奇怪，那裏弄音樂的人何其多？我相信沒有一個不自稱爲音樂家。

他意思是想說句笑話而非侮辱；但克利斯朵夫完全是另外一種聽法，他一定要針鋒相對的回答哀區脫，要不是高恩先搶着說：

——啊！對不起，對不起，您可以代我評價，因爲我是外行。

——這也是您的體面處，哀區脫回答。

——假如要不是音樂家纔能博您的歡心，克利斯朵夫冷冷地說，那麼很抱歉，我不能遵命。

哀區脫老是把頭掉在一邊，用着淡漠的神情說：

——您已經在作曲了麼？寫過什麼東西？總是歌吧？

——歌，交響曲，交響詩，四重奏，鋼琴雜曲，戲劇音樂，克利斯朵夫激昂地說着。

——在德國，人們底寫作着實可觀，哀區脫言語之間帶着鄙薄的意味。

他對於這位新人的不信任，尤其因爲他寫過這麼多的作品，而他，但尼·哀區脫，都不曾見過。

——那末，他說，我或者可以雇用您，既然您是我的朋友哈密爾頓介紹來的。我們此刻正在編輯一部「少年叢書」，刊行一批淺易的鋼琴譜。您會不會把舒芒底狂歡曲編成簡單些的四手、六手、或八手的鋼琴譜？

克利斯朶夫跳起來：

——這是您叫我，我，做的工作！……

這天眞的『我』字使高恩笑起來；但哀區脫沉着臉顯得生氣了：

——我不覺得這有什麼可怪，他說？這也不是如何容易的工作！假使您覺得綽綽有餘，那麼最好！我們將來看罷。您和我說您是一個出色的音樂家。我得相信您。但我究竟不認識您。

他胸中思忖道：

——要相信這些傢伙的話，他們簡直比勃拉姆斯都高明。

克利斯朵夫一言不答，——（因爲他決意抑捺着胸中的氣憤）——把帽子望頭上一套，轉身向着門口走去。高恩笑着把他擋住了：

——且慢，且慢！他說。

於是他轉身向哀區脫說道：

——他正帶着幾部作品，可以使您有一個概念。

——啊！哀區脫厭煩地說。那麽，我們來看看罷。

克利斯朵夫一聲不響把他的稿本授給他。哀區脫漫不經心的瞥了一眼。

——這是什麽？一組鋼琴雜曲……（他念着：）一日……啊，老是標題音樂……

雖然表面上裝做淡漠的樣子，實際他是很用心的看着。他是一個優秀的音樂家，凡是音樂方面的學識，他都完備，但亦至此爲止；一看最初幾個音符，他就明白作者是何等樣的一個人物。他不聲不響，輕蔑地翻閱着作品；對於作者底天才很是驚異；但因爲他生性傲慢，克利斯朵夫那種不怕挺撞的態度又傷害了他的自尊心，所以他一些都不願表示。他靜靜地讀完，一個音符都不漏過：

——唔，是的，末了他用着長輩的口吻說，寫得不壞。

要是換一種蠻橫的批評倒不致使克利斯朵夫氣惱到這個程度。

——毋須人家說得，他憤憤地回答。

——可是我想，哀區脫說，您給我看這件作品的意思，無非要我說出我的感想。

——絕對不是。

——那末，哀區脫生氣了說，我不明白您來向我要求什麼。

——我向您請求工作，不是別的。

——現在，除了剛纔所說的以外，我沒有別的事情給您安排。而且還不能確定。我不過說或者可以。

——您可沒有別的方法來雇用一個像我這樣的音樂家麼？

——一個像您這樣的音樂家？哀區脫用着挖苦的語氣說。至少和您一樣高明的音樂家，他不會覺得這種工作有損他們的尊嚴。有幾個，我可以說出名字來，如今在巴黎已經很出名的，尚且感謝我給他們這種工作呢。

——這是因爲他們都是懦怯無用的笨伯之故，克利斯朵夫大聲回答。您當我是他們一流的人，您可錯了。您想用您那種態度——不正面看我，在牙齒尖上和我說話，——來威脅我麽？當我進來的辰光，您甚至不屑答禮……您究竟是什麽東西，膽敢這樣對待我？您能算一個音樂家麽？不知您有沒有寫過一件作品？而您竟敢教我，教以寫作爲生命的我怎樣寫作！……看過了我的作品以後，除掉教我竄改大音樂家底名作，編製一些佛頭着糞的髒東西，去捉弄小姑娘們以外，竟沒有旁的更好的工作給我！……找您的巴黎人去罷，要是他們懦怯到願意受您教訓的話！至於我，我可寧願餓死！

他滔滔不竭的說着，簡直沒法阻止。

哀區脫冷冷地說道：

——聽您的便。

克利斯朵夫把門一碰，出去了。西爾伐·高恩笑開了，哀區脫聳聳肩對他說道：

——他會像別人一樣的回來。

他心裏實在很器重克利斯朵夫。他這個人有相當的聰明，不但能夠感到作品底價值，且也感到克利斯朵夫底人格。在克利斯朵夫那種出言不遜的憤激的態度下面，他辨別出一種力量，一種他知道是很難得的力量，——尤其是在藝術界裏。但他的自尊心碰了釘子；總是如何也不肯承認自己的過錯。他頗想給克利斯朵夫以正當的評價，可是事實上做不到，除非克利斯朵夫能對他屈服。他等待克利斯朵夫回頭來遷就他因爲憑着他的悲觀主義和閱世的經驗，知道一個人被患難磨折的結果，意志終於會墮落的。

* * * * * *

克利斯朵夫回到旅館裏。怒氣消散了，只有沮喪的分兒。他覺得一切都完了。他所期望的脆弱的依傍傾倒了。他認爲不但結了一個寃家哀區脫，並且把介紹人高恩也弄成仇敵；在一座只有寃家仇敵的城裏，眞是絕對的孤獨。除了狄哀納與高恩以外，他一個人都不認識。他的朋友高麗納，從前在德國結識的女演員，此刻不在巴黎，到外國演劇去了，這一次是在美國，並且不是搭班子，而是自己組織了劇團因爲她已很出名;報紙上常常登載她旅途的消息。至於那個小學教師,被他無意之中打破飯碗、他常常難過而早已決心到了巴黎定要尋訪的女子;那麽,如今他來到巴黎之後,他發覺只忘了一樣:她的姓氏。沒有法子記起來。他只想到她的名字叫做安多納德。餘下的細節,不知要什麽時候纔能回憶起來、而想法在這茫茫人海中去尋訪可憐的女教員!

眼前先得想法維持生活,越早越好。克利斯朵夫身邊只剩五個法郎了:不得不忍着厭惡的心思,決意去問問店主人,本區裏有沒有人會請他教鋼琴。店主人對這個一天只喫一餐、而且講着德國話的旅客,本就不大瞧在眼裏,如今知道他不過是一個音樂家時,更加失去了所有的敬意。他是一個老派的法國人,認爲音樂是懶人的行業。所以他調侃道:

——鋼琴?……您弄這個玩藝麽?失敬失敬!……居然有人爲了趣味而學這種技藝,不是奇怪麽?至於我,一切的音樂對我所生的效果只像下雨一般……也許您可以教我。你們以爲怎樣,你們?

他轉身對一般正在喝酒的工人嚷着。

大家哄笑了一陣。

——這是漂亮的行業，其中有一個說。又乾淨，又能討女人歡喜。

克利斯朵夫不大懂得法語，尤其是取笑的話：他搜尋字句想回答，也不知道應不應該生氣。店主婦却可憐他起來：

——喂，喂，斐列伯，你不規矩，她和丈夫說。——說起這事情，她又轉身向克利斯朵夫說，也許有人會請教您。

——誰呀？丈夫問。

——葛拉賽那小姑娘囉。你知道，人家給她買了一架鋼琴咧。

——嘿！這些擺臭架子的傢伙！不錯，那是眞的。

他們告訴克利斯朵夫，說的是肉店裏的女兒：她的父母想把她裝成一個闊千金，許她學琴，實在也不過想聳動聽聞罷了。結果是店主婦答應去替克利斯朵夫說項。

明天，她和克利斯朵夫說肉店裏的女主人願意先見一見他。他便去了，看見她坐在櫃台後面，四周堆滿着牲畜底屍身。這個皮色像鮮花一般、低聲淺笑的漂亮婦人，知道他的來意之後，立刻扮起一副莊嚴的面孔。她開口就提到修金，急急聲明她不願意出得多，因爲鋼琴是有趣但非必需的東西；她只肯出每小時一法郎的報酬。之後，她又用着不放心的神氣盤問他是否眞會弄音樂。當她知道他不但會演奏、並且會寫作的時候，似乎安心了，態度也顯得慇懃了些：她的自尊心滿足了，決意要向鄰舍街坊揚言她的女兒找了一個作曲家做老師。

明天，克利斯朵夫發見所謂鋼琴是一件破爛的舊貨，聲音像五絃琴一樣；——那位肉店裏的小姐用着又粗又短的手指摸着鍵盤，這個音和那個音底區別都分不出，神氣似乎是不勝厭煩，最初幾分鐘內就對人打呵欠；——克利斯朵夫又羞又氣，渾身軟癱，連發怒的力氣都沒有了。他垂頭喪氣的回去有幾個晚上，簡直飯都不能下肚。要是他能這樣的挨上幾星期，還有什麼下賤的事情不能做？當初也何必憤憤地拒絕哀區脫底工作？他現在接受的豈不更加羞人！

一天晚上，他在臥室裏暗暗流淚，絕望地跪在牀前祈禱……祈禱甚麼呢？能夠祈禱甚麼呢？他不信上帝，以爲決沒有上帝……但還是得祈禱，向自己、祈禱。只有那些平凡的人纔從不祈禱。他們不知道堅強的心靈需要在自己的祭堂裏潛修默鍊。白天受了屈辱之後，克利斯朵夫覺得在他嗡喑作響的靜寂的心頭有他永恆的生命。悲慘的生活如水浪一般在生命上面浮動；但它們之間又有什麽共同點呢？世界上一切的痛苦，竭力要摧毀一切的痛苦，碰着這中流砥柱立刻粉碎了。克利斯朵夫聽着血脈底奔騰，彷彿大海一般還有一縷聲音反復說着：

——永久……我存在……我永久存在……

這聲音他是很熟悉的：不論他回想到過去如何悠久的年代，他總聽到這聲音。有時他會幾個月的把它忘掉，不復意識到內心藏着這強有力的單調的節奏；但他知道這聲音始終存在，從沒停止，彷彿海洋在黑夜裏也依舊狂嘯怒吼。如今他又找到了每次沉浸到這種音樂中去時所找到的鎮靜與毅力。他心地寧謐的振作了。不，他所過的艱苦的生活絕對沒有可羞的地方；他嚼着他的麪包用不到臉紅；應該臉紅的是那些逼他用這種代價去換取麪包的人。耐性罷！時間終有來到的一天……

但到了明天，耐性又缺少了；他雖是竭力抑制，終於在有一次上課的辰光，因爲那痴妮子傲慢不遜地嘲笑他的口音，狡獪地不聽他的指導而惹他發作了。克利斯朵夫怒吼着，小姑娘怪叫着，她因爲看見她出錢雇來的人膽敢對她失敬而大爲駭怒。她嚷說他打了她：——（克利斯朵夫把她手臂猛烈地搖撼了幾下。）母親像母夜叉般跑來，死命吻着女兒，咒駡克利斯朵夫。肉店老闆也出現了，聲言他不答應一個普魯士流氓到他女兒頭上來動土。克利斯朵夫氣得臉色發白，羞憤交迸，一時竟不知自己會不會把那男人、女人、小姑娘一齊勒死，便在咒駡聲中溜走了。旅店主人們看見他狼狽不堪的回來，立刻逗引他說出一切的經過，把他們嫉妒鄰舍的心思痛快地發洩了一下。但黃昏時，街坊上都傳說德國人是一個毆打兒童的蠻子。

* * * * * * *

克利斯朵夫又到別的音樂商那邊去奔走了幾次，毫無結果。他覺得法國人不容易接近；他們那種漫無秩序的騷動把他頭都鬧昏了。巴黎給他的印象簡直是一個混亂的社會，被專制蠻横的官僚政治統治着。

一天晚上，當他垂頭喪氣在大街上閒步的時候，忽然看見西爾伐·高恩迎面而來。一心以爲他們已經鬧開了，他便旋轉頭去，想裝做不曾看見。但高恩却招呼他道：

——嘿，自從那可紀念的一天之後您變得怎樣啦？他一邊說一邊笑。我很想來看您，但我把您的地址遺失了……天哪，親愛的朋友，我那天眞是不認得您了。您眞是慷慨激昂。

克利斯朵夫詫怪地望着他，心裏又有些慚愧：

——您不恨我麽？

——恨您？多古怪的念頭！

他非但不恨，且還對於克利斯朵夫把哀區脫痛斥一頓的事情大感興趣；他的確大大地樂了一陣。究竟是哀區脫有理還是克利斯朵夫有理，他倒滿不在乎；他的估量人是把他們給予他的興趣多少爲標準的；他在克利斯朵夫身上窺到有充分的材料可以供他取樂，頗想儘量利用一下。

——應該來看我，他接着說。我等着您喲。今晚您有什麽事沒有？跟我一塊用餐去。我可不放您走了。我們可以找到一般同志每半個月聚會一次的幾個藝術家。您應當認識這些人。來罷。我可以替您介紹。

克利斯朵夫儘管把自己的穿裝來推辭也無效。西爾伐·高恩拉着他走了。

他們進到大街上一家飯店裏，走上第一層樓。克利斯朵夫看見集着二三十個從二十到三十五歲的青年，熱烈地談論着什麽事情。高恩把他介紹了，說是剛從德國監牢裏逃出來的。他們全不理會他，熱烈的辯論也照舊進行，初到的高恩也立刻捲入論爭底漩渦中去了。

克利斯朵夫對這優秀分子底集團很是畏怯，拼命伸直着耳朵聽。但因他不容易聽清說得又快又多的法語，故也無法懂得他們所討論的究竟是什麽重大的藝術問題。他白白聽着，能夠分辨出來的，只是『信用，』『壟斷，』『價値低落，』『收益底數目』等等的名辭，混雜着『藝術底尊嚴，』『著作權』等等的字眼。終於，他發覺談的是商業問題。有一部分參加某個銀團的作家，因爲有人想組織一個同樣的公司和他們競爭而憤憤地表示反對。有一批股東爲了個人利益而帶着全副行頭去投奔新組織，更加使他們怒不可遏。他們滿口說着『失勢……欺騙……屈辱……出賣……』

另外一批則不談活人底事情：他們講着死者低價的作品充塞市場的問題。繆塞底作品最近纔落到大衆手裏，據他們看來，這種作品底購買者實在太多了。所以他們要求國家對於從前的名作課以重稅，免得它們以賤價流行，和現代藝術家底作品作不光明的競爭。

他們忽然停住說話，來聽昨天晚上某齣戲收入多少，某齣戲收入多少的數目。大家對着某個在歐美兩洲出名的老戲劇家底幸運羨慕得出神，——他們非常瞧不起他，但豔羨他的心思比瞧不起他的心思尤其來得厲害。——從作家底收入轉到批評家底收入。他們講着某個知名的同仁，在大街上的戲院出演新戲的夜裏收到——（一定是謠言吧？）——一筆不小的款子作爲捧場的代價。據說這是一個誠實君子，一朝價錢講妥之後，他總實踐他的諾言；但他高明的手段是，——（據他們說）——在於把他捧過的戲劇在最短期間失掉賣座的能力，使得常常有新戲上演。這種故事——（這種賬目）——令人發笑，但絕對沒有人驚奇。

在這些議論中，雜着許多好聽的名字；他們談着『詩歌，』談着『爲藝術而藝術。』這名詞，在鏗鏘悅耳的銅板聲中聽來無異是『爲金錢而藝術。』還有在法國文壇上新興的商販式的手段，使克利斯朵夫大爲憤慨。因爲他對於金錢問題全不感到興趣，所以當他們提到文學——尤其是文學家——時，他早已不願再往下聽了；但他們忽然說出維克多・嚣俄底名字，克利斯朵夫耳朵又不禁直豎起來。

問題是要知道罷俄是否戴過綠頭巾。他們究竟地討論着罷俄夫人與聖・伯甫（法國十九世紀大批評家與罷俄夫人發生戀愛。）底戀愛。過後，他們又談到喬治・桑（法國十九世紀女小說家）底情人和他們的價値。在名人底家裏把一切都搜檢過了，翻過了抽斗，看過了壁櫥，倒空了櫃子，然後査看他們的臥牀。這些人非得要把洛盛先生發躺在君王和蒙德斯朋夫人牀上，或是採取類乎此的方法纔算無負於歷史與眞理：——（他們這時代都崇拜眞理。）——和克利斯朵夫同席的那些人物都自命爲眞理狂：在求眞的途程中，他們無論如何不會厭倦。他們對於過去或現代的藝術都應用這種原則去處理，把當代幾個最大權威底私生活，用着和分析古代作家一樣的熱情、一樣的精密去分析。奇怪的是，通常外人決不會看見的細枝小節，他們都知道得淸淸楚楚。大概是那些當事人爲了愛眞理之故，自己把準確的材料供給大衆的。

愈來愈侷促的克利斯朵夫，試和他鄰座的人談些別的東西。但一個人都不理會他。他們開頭固然向他提出了幾個渺渺茫茫的關於德國的問題，——但那些問題使克利斯朵夫非常詫異地發見這些漂亮而似乎博學的人，對於他們本行以內的東西（文學與藝術）一出了巴黎底範圍，就連最粗淺的智識都沒有；至多不過聽見人家說幾個偉大的名字：霍德曼（德國近代大戲劇家，詩人。）舒特曼（德國近代名作家。）李勃曼（德國近代名畫家。）史脫洛斯（是達維特·史脫洛斯呢，約翰·史脫洛斯呢，還是李卻·史脫洛斯？）（按達維特，史脫洛斯爲德國十九世紀神學家；約翰·史脫洛斯爲奧國作曲家；李卻·史脫洛斯爲德國作曲家兼名指揮。）他們搬弄這些人名時非常謹愼，唯恐鬧出什麼笑話來。並且他們詢問克利斯朵夫也不過是爲了禮貌而非爲了好奇：求知慾他們是全無的；他的答話，他們也並不留心細聽，只急於要回到教滿桌子的人關心的巴黎問題上去。

克利斯朵夫羞怯地談着音樂。這些文人中可沒有一個音樂家。他們心裏實在把音樂看作是一種低級的藝術。但近年來音樂底風行，未免使他們覺得難堪；但既然風行了，他們也就裝做很關心。他們對一齣最近的歌劇尤其談得起勁，幾乎要認爲是劃時代的作品。他們的趣味與時髦主義和這種思想非常適合，所以他們也毋須再認識別的東西了。這歌劇底作者，克利斯朵夫初次聽到名字的一個巴黎人，據說把以前的作品全都推翻了，把所有的戲劇更新了，重新創造了音樂。這可敎克利斯朶夫聽得直跳起來。他巴不得眞有天才出現。但這種一下子就推翻一切過去的天才！……眞是聞所未聞多厲害的傢伙！怎會有這等神通呢？——他要求別人解釋。那些人可說不出理由，等到無法應付克利斯朶夫反覆不厭的追問時，便推薦出他們一羣中的音樂家來，那個大音樂批評家丹沃斐·古耶，立刻講起第七度音程第九度音程一類的話。古耶所懂得的音樂實在和史迦那蘭（按係莫利哀劇中的人物）所懂的拉丁文差不多……

——……您不懂拉丁文麽？

——不懂。

——（興高彩烈地）Cabricias, arci thuram, catalamus, singulariter…… bonus, bona, bonum……

一朝遇到了一個『眞懂拉丁文』的人，他便小心謹愼的躱到美學中間去了。在這面不可侵犯的盾牌後面，他把不在題目以內的貝多芬，華葛耐，古典音樂一齊攻擊得體無完膚（在法國，要恭維一個音樂家，非把一切與他不同的音樂家盡行打倒、做他的犧牲不可。）他宣稱新的藝術已經誕生，從有的法統一概被踏在脚下。他的音樂用語，是巴黎音樂界中的哥侖布最新發見的；因爲古典派的言語是死言語，所以一概取銷了。

克利斯朵夫一方面保留着對這個革新派音樂家的意見，因爲他等着聽他的作品；一方面也對於大家把全部音樂爲他犧牲，奉他爲音樂之神的傢伙抱着懷疑的態度。他聽見別人用褻瀆不敬的語氣談論大師，覺得非常憤慨，可忘記了自己從前在德國把大師說得一樣難聽。在本鄉自命爲藝術叛徒的他，因爲大膽的判斷與直率的言語而激怒過羣衆的他，一到法國，一聽最初幾句說話，就覺得自己頭腦冬烘了。他很想討論，但討論時的趣味似乎不大高明；因爲他不能像一般紳士們只用辯證來敷衍門面，而要以專家底立場探討事實底眞際，這纔悶死人咧。他不憚進一步作技術方面的研究；再加他愈說愈高的聲音，天生教上流社會聽了頭痛，他支持辯論的論據與熱情也顯得滑稽可笑。那位批評家，趕緊用一句輕鬆俏皮的說話結束了枯索無味的辯論，克利斯朵夫却驚愕地發見他的對手原來全沒聽懂他的說話。頭腦冬烘、思想落伍：這就是大家對於這個德國人的定論；不必領教，他的音樂已被斷定爲可厭的了。但這二三十個睜着譏諷的眼睛，最會抓住人家的可笑處的靑年，都注意着這個古怪的人物，看他用着瘦小的胳膊和巨大的手掌做出許多笨拙的動作，睜着一雙憤怒的眼睛，尖聲尖氣的叫嚷着。原來西爾伐・高恩是特意要教朋友們看一看喜劇。

談話恰巧從文學轉到女人身上。實在這是同一題材底兩面：因爲他們的文學除了女人以外沒有旁的東西，而他們所說的女人也老是和什麽文學或文人的事情糾轕在一起。

大家正談着一個賢淑的婦人，巴黎的交際花，最近把女兒配與自己的情夫以覊縻他的事情。克利斯朵夫在椅子上騷動着，扮着一副厭惡的表情。高恩發覺了，用肘子撞撞他鄰座的人，教他注意這個話題似乎把德國人激動了，一定渴想認識這個女子。克利斯朵夫紅着臉，囁嚅着，終於憤憤地說這種女子眞是該打。他這提議使滿座的人哄然大笑；西爾伐・高恩又柔聲地抗議說一個女人是絕對碰不得的，即使用一朵花去碰也不可以……（他在巴黎是一個風流豪俠的護花使者。）——克利斯朵夫回答說這種女子不多不少是一條母狗，而對付那些下流的狗就只有一種辦法，即痛打一頓。這又把大家弄得亂哄哄的喧鬧起來。克利斯朵夫說他們向女人獻媚是僞善的行爲，凡是嘴上最尊敬女子的人往往是實際玩弄女子最甚的人；他對於他們所講的醜史表示非常憤怒。他們回答說這無所謂醜史，而是最自然不過的事，並且大家一致同意這故事中的女主角不但是一個迷人的女子，且是十足女性的女子。德國人可又嚷起來了。西爾伐·高恩便狡猾地問他，照他的理想女人究竟應該是什麼樣子。克利斯朵夫覺得人家在逗他上當；但他依舊還着自己的熱情和信念，把胸中的說話一齊傾吐出來。他對那些輕薄的巴黎人宣講他對於愛情的觀念。他找不到字眼，侷促不堪的搜尋着，終於在記憶中尋到一些似是而非的名辭，說出粗野的話教大家哄笑。他可不慌不忙的，保持着非常嚴肅的態度，那種渾渾噩噩，不怕別人取笑的情態，也着實了不得：因爲說他看不見人家無恥地揶揄他是不可能的。臨了，他在一句話中頓住了：無論如何也摸索不出來，他便把拳頭往桌上一擊，不則聲了。

人家還想把他牽入辯論；但他蹙着眉毛，肘子搼在桌上，又羞又憤，一動不動了。直到晚餐終席，他除了喫喝以外，再也不開口。他喝得很多，和這些微微濕濕口唇的法國人完全相反。鄰座的人狡猾地勸酒，把他的杯子斟得滿滿的，他都不假思索地一飲而盡。但雖然他不慣於飽餐豪飲，尤其在幾星期來常常挨餓的情形之下；他卻還支持得住，不至於像別人所希望的一般鬧出笑話來。他坐着出神；人家也不再注意他當他瞎了。其實他是因爲留神一大篇法語對話太費力之故，而且只聽見談着文學也覺厭倦：——什麼演員，作家，出版家，種種的內幕：勞什世界上就只有這些事情！在這些嶄新的臉孔和談話底聲音中間，他心裏竟不會留下一個臉影或一縷思想。他的那雙近視眼，浮泛不定的老是像出神的樣子，慢慢地在全張桌上掃過，明明看見那些人而又似乎不看見。他的目光不像這些巴黎人猶太人那樣一瞥之間就能抓住事物底片段極小極小的，一剎那間就把它剖析入微。他的目光是默默地、長久地吸受着各種人物底印象，勞什一塊海綿似的；印象獲得之後，還把它帶走。他似乎甚麼都不會看見，甚麼都回想不起。長久以後，——幾小時，往往是幾天以後，——當他獨自一人觀照自己時，他纔發覺自己原來把一切都抓來了。

目前，他的神氣不過是一個呆蠢的德國人，塞飽了肚子，一心只顧着不要少吞一口。他除了聽見同桌的人互相呼喚名字以外，甚麼也辨別不出，祇像那些瞎鬼般固執地尋思着，爲何有這麼多的法國人姓着外國姓：弗朗特的，德國的，猶太的，近東各國的，英國的，或是西班牙化的美國姓……

他不覺得大家已經離席，獨個兒坐着，幻想着萊茵河畔的山崗，巨大的森林，耕種的田地，水邊的草原，衰老的母親。有幾個人還立在飯桌那一端談着話。大半已經走了。終於他也決心站起，低着頭去拿掛在門口的衣帽。穿戴完畢之後，正當他想不別而行時，忽然從半開的門裏瞥見隔室擺着一件誘惑的東西：鋼琴。他已有好幾星期不曾動過一件樂器了。他便進去，溫柔地把鍵子撫弄了一會，獨自坐下，頭上戴着帽子，身上披着外套，開始彈奏。他完全忘記身在何處；也不曾注意到有兩個人悄悄地掩進來聽。一個是西爾伐·高恩，熱愛音樂的人，——天知道爲什麽緣故！因爲他完全不懂，好的壞的，一律都愛，不分軒輊。另外一個是音樂批評家丹沃斐·古耶。這傢伙——（倒是比較簡單）——對於音樂既不懂也不愛；但這並不妨害他談論音樂。正是相反：世界上只有一般不知自己所講的東西的人纔有最自由的思想：因爲這樣說也好，那樣說也好，他們滿不在乎。

丹沃斐·古耶是一個高大的人物，背脊厚實，肌肉發達，黑鬍子，額上垂着一綹濃髮；刻着沒有表情的粗大的縐痕，一張不大端整的方形的臉；彷彿從木頭上粗糙地彫出來的，短臂，短腿，肥厚的胸部：看來頗像一個木商或南方的挑夫。他舉動粗魯，出言不遜。他的投身音樂界完全是靠政治關係，在當時的法國，有了政治關係是無所不成的。他和當部長的某同鄉是共安樂的朋友，因爲他發見和他有些疎親遠戚之誼。但部長是不會永久是部長。當他的那個部長快要下台的時候，丹沃斐·古耶便把他所能弄到的——尤其是國家的獎章因爲他愛榮譽，——一齊弄到之後，把渡船丟了。最近他爲了他的後台老闆，甚至也爲了他自己，受到相當猛烈的攻擊，使他對於政治發生厭倦，想謀一個躲躲暴雨的位置，可以麻煩別人而不會麻煩自己的行業。在這種條件之下，批評這職使是最好不過的了。恰好巴黎一家大報底音樂批評家出了缺。前任是一個頗有才具的青年作曲家，因爲執意要對作品和作家說他的眞心話而被辭歇了。古耶從沒弄過音樂，完全是門外漢：人家却毫不躊躇的選中了他。他們和那些專家弄得厭煩透了；和古耶至少不用害怕他決不會可笑地重視自己的見解，會永遠聽着主腦部的指揮，要他罵就罵，要他捧就捧。至於他不是一個音樂家，倒是次要的問題。音樂，在法國每個人都相當懂得。古耶很快就學會了必需的技術。方法是挺簡單的：在音樂會裏，只要坐在一個高明的音樂家旁邊，最好是作曲家，想法教他說出對於作品的意見。學習幾個月之後，技術就精通了：小鵝也會飛翔哩。實際上，這種飛翔決不能如鷹隼一般；天知道古耶儼然裝着權威底面孔在紙上胡寫些什麼！他聽不清演奏，讀不清樂譜，一切在他沉重的腦袋裏攪做一團，還要傲慢地教訓別人；他寫着扭扭揑揑的文字，攙雜着遊戲式的辭句和挑戰式的學究氣；完全是學校教師底派頭。有時他因之受到猛烈的反攻：他便裝做假死，絕對不敢回答一句。他是一個狡獪之徒，同時也是卑鄙的粗漢，忽而傲慢，忽而畏縮，看情形而定。他卑躬屈膝的諂媚着一般親愛的大師，或是因爲他們有地位，或是因爲他們享有國家的榮譽（這是他估量音樂成績的唯一最可靠的方法。）其餘的人，他就用鄙夷不屑的態度來對付；至於一般餓肚子的人，他就盡量利用。——這實在不是一個傻瓜。

雖然已經有了權威，有了聲名，他究竟明白自己對於音樂是絕對外行，也明白克利斯朵夫的確很高明。他不願意說出來；但勞騷梗塞在心頭不得不說。——此刻他聽着克利斯朵夫彈奏，凝神屏氣，專心一意的想試着瞭解；但在這霧雰似的音符中甚麼都分辨不出，只顧裝做內家的樣子顛頭聳腦，沒有辦法安靜的西爾伐·高恩對他擠眉弄眼，他便微微頷首稱是。

終於克利斯朵夫底意識慢慢從酒和音樂中間清醒過來，模糊地覺得背後有人指手劃腳；便轉過身來看見了兩位鑒賞家。他們立刻撲向前去，用力搖撼他的手，——西爾伐尖聲說他彈奏如神道一樣，古耶扮着學者面孔說他的左手像羅賓斯丹（十九世紀俄國大鋼琴家兼作曲家），右手像巴特洛夫斯基（近代波蘭大鋼琴家）——（或者是倒過來。）——他們倆又一致同意說這樣的一個天才不該湮沒，他們自告奮勇要使人知道他的價値。他們倆都一心打算好利用他來替自己博取充分的榮譽和利益。

* * * * * * * *

從明天起，西爾伐·高恩邀請克利斯朶夫到他家去，把自己一無所用的一架出色的鋼琴儘他使用，克利斯朶夫正因爲無處發洩樂思而很難過，便立刻接受了。

最初幾天，一切都很好。克利斯朶夫得有彈奏的機會快活極了；西爾伐·高恩也相當識趣，讓他安安靜靜體味他的快樂。卽是他自己也眞正領略到一種樂趣。顯而易見這是一種奇怪的現象：他旣非音樂家，亦非藝術家，且是一個最枯索、最無詩意、絕對沒有眞摯的善心的人，却對於這些自己全然不懂的音樂感到濃厚的興趣，因爲他覺得這音樂中間有一股迷人的力量。不幸他不能保守緘默。克利斯朶夫彈奏時，他必得高聲說話。他用種種浮誇的辭句來解釋說明，好似音樂會中的一個時髦朋友，再不然他就胡說霸道的批評一陣。於是克利斯朵夫憤憤地敲着鋼琴，說他不能這樣的繼續下去。高恩勉強守着緘默；但這簡直不由他自主：一剎那間又嘻笑，呻吟，吹嘯，拍手，哼着唱着，模仿樂器底聲音。等到一曲終了之後，要是不把他荒唐的見解告訴克利斯朵夫聽，他簡直會悶死。

他的爲人，可說是日耳曼式的多情、巴黎人的浮滑、和他瘋瘋癲癲的天性底混合品。有時是刻意彫琢，故弄玄虛的判斷，有時是不倫不類的比擬，有時是卑鄙齷齪，淫猥不堪的廢話。在頌讚貝多芬的時候，他看到他的作品中有猥俗的成分，有淫蕩的感覺。在陰沉嚴肅的思想中，他會找到輕佻浮華的辭藻。短C調四重奏（按係貝多芬第十四部四重奏。全集卷一三一。）於他顯得是聲勢煊赫，威武十足的作品（按此曲實爲貝多芬表現心靈最悲哀最深刻之作品。）第九交響曲（貝多芬全集卷一二五。）中莊嚴瑰偉的 Adagio（按係曲中第三段。），使他想起希呂彭（按係法國十八世紀著名喜劇 Noce de Figaro 中的人物，係一情竇初開而猶不脫羞怯的青年。）。在短C調交響曲（按係貝多芬第五交響曲，俗稱運命交響曲）最初的三短句（按此三短句爲嗟嘆辭式的悲痛的呼聲，三句後有短時間的休止。），後，他喊道，『不要進去！裏面有人！』他非常嘆賞埃爾鄧蘭爾彭底戰爭，因爲他在其中認出有汽車呼呼聲。他會到處找到種種景象來形容樂曲，而且都是幼稚粗野的景象，令人懷疑他怎麽會愛音樂。然而他的確愛好在樂曲中有些他用最荒唐最可笑的方式領會的地方，竟會淚如泉湧。但當他受着華葛耐某幕歌劇的感動之下，他禁不住在鋼琴上彈一段奧芬白克（法國小品歌劇作家。）模倣奔馬的節奏，或是在歡樂頌歌（按係指貝多芬第九交響曲中的合唱。）模倣奔馬的節奏之後哼一節咖啡店音樂會中的小調。這可教克利斯朵夫惱怒得直跳起來。——但最糟的還不是西爾伐·高恩荒唐的時候，而是當他要說些深刻細膩的東西，要在克利斯朵夫眼前炫耀，要以哈密爾頓而非西爾伐·高恩底面目來說話的時候。在這種辰光，克利斯朵夫便對他怒目而視，說出許多冷酷挖苦的話來傷害哈密爾頓底自尊心：這些鋼琴夜會往往不歡而散。但明天，高恩已經忘記了；克利斯朵夫也後悔自己粗暴的行為而仍舊回來。

這一切都還不妨，只要高恩不約集朋友來聽克利斯朵夫彈奏。但他需要把他的音樂家在人前炫耀。克利斯朵夫在高恩家第一次發見三個小猶太人和高恩底情婦時——一個渾身都是脂肪的女子，愚蠢無比，老是說些無聊的廢話，談着她所喫的東西，滿以為自己是音樂家，因為她每晚在雜耍歌舞中陳列大腿，——他就變了臉色。第二次，他更直截了當的告訴高恩，說不再到他家裏彈琴了。高恩指天發誓再不邀請任何人。但他暗中繼續請人來，把他們藏在隔壁房裏。自然，克利斯朵夫到後來也發覺了；氣憤憤地掉頭便走，這一次可真的不回來了。

雖然如此，他還得敷衍高恩，因爲他替他介紹各國人士底家庭，爲他介紹教課之事。

* * * * * * *

幾天之後，丹沃斐·古耶那一方面也到克利斯朵夫小客店裏來訪問他。古耶看見他住在這等簡陋的地方，絲毫不表驚異，倒反親熱地說：

——我想，請您聽音樂一定是使您歡喜的事情；既然我到處都有入場券，我可以帶您同去。

克利斯朵夫高興極了。他覺得這種用意很體貼，便眞心的謝了他。古耶和他第一天見到的情形大不相同。和他單獨相對時，他毫無傲慢的態度，老老實實的，怯生生的，一心想學些東西。唯有當他和別人在一起時，他纔臨時恢復了居高臨下的神氣與專橫的口吻。此外，他的求知慾也老是含有實用的意味。凡是與現下的時尚無關的東西，他一概不發生興趣。眼前，他想把最近收到的他無法判斷的一本樂譜徵求克利斯朵夫意見：因爲他實在不大能夠讀譜。

他們一同赴一個交響樂會。大門是和一家歌舞廳底大門聯在一起的。從一條蜿蜒曲折的甬道走到一間密不通風的大廳：空氣惡濁，悶人欲死；太狹小的坐椅密密地排在一起；一部分羣衆站着，把所有的出路都壅塞了：——多不舒服的地方！一個似乎煩惱不堪的男子，匆匆忙忙指揮着貝多芬底一支交響曲，髣髴急於要完了的神氣。隔壁歌舞廳裏的樂聲攙雜在英雄交響曲（按係貝多芬第三交響曲）底葬禮進行曲（按係交響曲中第二節）裏。聽衆老是有得進來，有得出去，有得坐下，有得舉着手眼鏡瞧望。有的剛纔安頓好，有的已預備動身了。克利斯朶夫在這節場似的地方聚精會神留意着樂曲底線索；經過極大的努力，他終於獲得多少快感。——（因爲巴黎樂隊是很熟練的，再加克利斯朶夫久已沒有聽到交響樂，）——可是古耶抓着他的手臂，卽在音樂會中間和他說：

——現在我們得走了，到另一個音樂會去。

克利斯朶夫縐着眉頭；一言不答的跟着他的嚮導就走。他們穿過半個巴黎城，到一間氣味像馬棚一般的廳裏，在別的時間，這裏原是上演什麽神怪劇或通俗戲劇的：——（在巴黎，音樂有如兩個窮苦的工人合租一間房子：一個從牀上起來，一個就鑽到熱被窩裏。）——空氣當然談不到：

自從路易十四以來，法國人就認爲這種空氣不衞生；但戲院裏的衞生和從前凡爾賽宮裏的一樣，是教人絕對喘不過氣來的那種衞生。一個莊嚴的老人，像馬戲班裏指揮野獸的騎師一般，正在安排華葛耐劇中的一幕：可憐的野獸——女歌唱家——也髣髴在脚燈前面怒吼的獅子相似，直要受着鞭韃纔會使牠們記起自己原是獅子。一般矯僞的胖婦人和癡騃的小姑娘浮着微笑看着這種表演。等到獅子表演完了，指揮行過了禮，兩個都受過拍掌的報酬以後，古耶又要把克利斯朵夫領到第三個音樂會去。但這一次，克利斯朵夫雙手按住了坐椅靠手，聲言再也不願動彈的了：從這一個音樂會跑到那一個音樂會，這裏聽一些交響曲，那裏聽一段合奏曲，他已夠受了。古耶和他解釋說音樂批評在巴黎是一種看比聽更要緊的職業。克利斯朵夫抗議着說音樂不是給您坐在馬車上聽的，應當專心一意去領會纔是。這種混雜的音樂會使他心裏作惡；每次只聽一個就夠。

他對於這種俗濫的音樂會覺得很奇怪。像多數的德國人一樣，他以爲音樂在法國占着很少的地位；所以他意想之中會聽到分量很少而質地很精的東西。不料一開場，七天之內人家就給他十五次音樂會。星期中每晚都有，往往在不同的區域裏有兩三個同時舉行。星期日一天共有四個，也是在同一時間內。克利斯朶夫對於這等宏大的音樂胃口非常詫異。節目底繁重也使他喫驚。他一向以爲只有德國人纔有這等饕餮的量，那是他從前在國內時痛恨的。此刻却發見在這一點上法國人也不下於德國人。多麼豐盛的筵席：兩支交響曲，一支合奏曲，一支或二支序曲，一幕抒情劇。而且來源不一：有德國的，有俄國的，有斯干地那維國家的，有法國的，——勞斯是啤酒，香檳酒，糖麥水，葡萄酒，——他們都一齊灌下，絕對不會醉倒。巴黎這些小母雞竟有這等胃口，眞教克利斯朶夫看得出神。但牠們毫不介意！勞斯無底的酒桶相似……儘管倒進許多東西，底裏可點滴不留。

不久，克利斯朶夫又注意到這些大量的音樂實在不過是極少的東西。在所有的音樂會裏他都看到同樣的面目，聽到同樣的曲子。這些豐富的節目老是在一個圈子裏面。貝多芬以前的作品，差不多絕無僅有。華葛耐以後的作品也差不多絕無僅有。即在這一段裏面，又有多少的空隙！似乎音樂就祇限於幾個著名的作家，德國五六個，法國三四個，自從法俄聯盟以來又加上半打莫斯科底曲子。——古代的法國作家，毫無；意大利名家，毫無；現代的德國音樂，也是毫無，只除掉李却·史脫洛斯一人，因爲他比別人乖巧，每年總親自到巴黎來演奏一次新作。比國音樂，捷克音樂，更絕對沒有。但是奇怪的是連現代的法國音樂也絕無僅有。——可是大家都用着神祕的口氣講着法國現代音樂，髣髴是震動世界的東西。克利斯朵夫日夜等着機會要聽一聽；他懷着毫無成見的、極大的好奇心渴欲認識新的音樂，預備嘆賞天才底傑作。但他雖然費盡心思，總是無法聽到：因爲單是那三四支小曲，相當細膩而過於冷靜、過於雕琢的東西，並未引起他的注意。

* * * * * * *

克利斯朵夫在自己不能表示意見之前，先向音樂批評界方面去諮詢。

這可不是一件容易的事情。批評界裏誰都有主張，誰都有理由。不但所有的音樂刊物都互相衝突；就是每個刊物底文字也篇篇矛盾。要是把它們全部披閱的話，真會教你頭腦發昏。幸而每個編輯只讀他自己的文章，而羣衆是一篇都不讀的。但克利斯朵夫一心要對法國音樂界獲得一個概念，便把那些文字統統讀過一遍；他不禁佩服這個民族底鎮靜功夫：處在這般矛盾的境地也髣髴魚在水裏一樣的悠然自得。

在這紛歧的輿論中，有一點使他非常驚奇：即是批評家們底那副學者面孔。誰說法國人是什麽都不信的可愛的幻想家呢？克利斯朶夫所見到的，都比萊茵彼岸所有的批評家裝滿着更豐富的音樂智識，——卽使他們一無所知也是如此。

那時代的法國音樂批評家，都決意要學音樂。也有幾個的確懂得，眞有獨到的見解；他們殫精竭慮的把他們的藝術加以思考，並且用自己的心思去思考。自然，這一般人是不大知名的：他們隱在幾個小雜誌裏，除了一二例外外，和日報不生關係。老實的、聰明的、有意思的人物；因爲生活孤獨不免發爲怪僻之論，與世隔絕的結果也養成了他們苛酷的判斷與嘵舌的習慣。——至於另外一般，匆促間學習了一些初步的和聲學，就對自己新近得來的智識驚奇不置。勞蒂姚爾鄧先生（按係莫利哀到中的人物）學着文法的時候高與得出神一樣：

——D，a，Da，F，a，Fa，R，a，Ra，……啊，多美！……啊！知道一些東西多有意思！……

他們嘴裏只講着主旋律與副主旋律，調和音與合成音，九度音程底連繫與長三度音程底連續。當他們說出某頁樂譜上一組和音底名稱時，不禁得意揚揚的拭着額上的汗：自以爲把整個作品說明了；幾乎以爲這是自己作的曲子了。實在他們不過如中學生分析西賽龍（古拉丁作家。）底文法一般背着課本上的名辭罷了。但說音樂是心靈底天然的語言，那連最優秀的批評家也難於領會；他們不是把音樂看作繪畫底分支，就是把音樂歸納到科學中去，減縮成和聲學上的練習題。像這樣淵博的人物自然要追溯到古代的作品。於是他們挑出貝多芬底錯誤，批駁華葛耐底樂曲。對於裴里奧士（法國十九世紀浪漫派作曲家）和葛呂克，更要公然訕笑。在這個時髦的時代，除了賽白斯打·罷哈與特皮西（法國近代作曲家。）之外，什麽都不存在。即是近年來被大家濫用的罷哈，也已開始顯得迂腐陳舊了。漂亮的人物正用着神祕的口吻稱揚拉慕（法國十八世紀大音樂家）和哥巴冷（法國十八世紀作曲家）呢。

這些博學之士還要掀起壯烈的爭辯。他們都是音樂家；但所以爲音樂家的方式是人各不同的；各人以爲唯有自己的方式纔對，別人底都錯。他們互詆爲假文人假學者互相用着理想主義與唯物主義，象徵主義與自然主義，主觀主義與客觀主義，加在對方頭上。克利斯朵夫心想眞是不必從德國來到此地，再來聽一次在德國聽厭了的爭辯。照理，他們應該感激美妙的音樂使他們有多種的方式去體味去享受；可是他們非但做不到這一步，還不允許別人用一種和他們不同的方式去體味享受。當時的音樂界就爲了一場新的爭執而分成兩派：一派是對位派，一派是和聲派。一派堅主音樂是應當橫讀的，一派是堅主音樂是應當直讀的。後者口口聲聲只談着韻味深長的和音，溶成一片的連緊，溫馨美妙的和聲；他們談論音樂，髣髴談論一個糕餅舖。前者却不答應人家重視耳朵：他們認為音樂是一篇演說，是議院底會議，所有的發言者同時在說話，在他們未曾說完之前是絕對不理會旁人的：假如別人聽不見就算別人倒楣！他們可在明天的公報上細讀：音樂是給人讀的，不是聽的。克利斯朵夫第一次聽見「橫讀派」與「直讀派」底爭議時，以為他們都是瘋子。人家要他在「連續派」與「交錯派」兩者之間決定態度，他就照例用箴言式的說話回答道：

——諸位，此黨彼黨，我都仇視！

但人家還是堅執着問他：

——和聲與對位，究竟在音樂上何者更重要？

——音樂最重要。把你們的音樂拿出來看看罷！

說到他們的音樂，他們可完全一致了。這些勇敢的戰士，比任何好鬥的人還要好鬥，當他們不攻擊盛名享得太久的前輩大師時，他們都能為了一種共同的熱情——愛國的熱情——而攜手。

在他們眼裏，法國是一個偉大的音樂民族。他們用種種口吻宣告德國的沒落。克利斯朵夫並不因之生氣。他自己早就把祖國批駁得不成樣子，所以憑良心不能對人家底批判有何異議。但法國音樂底優越也使他有些奇怪：實在說來，他在法國歷史上不見有多少根基。然而法國音樂家確言他們的藝術在遠古時代就極盡美妙。為闡揚法國音樂底光榮起計。他們甚至把前世紀法國音樂家底榮譽誇張到可笑的程度，只除掉一個極崇高極純粹的比國人不提（按此係指 César Franck 十九世紀最大作曲家之一，為近代音樂之創造者。生於比國里哀謎，死於巴黎。）。這樣之後，大家更易讚賞古代的大師了，都是人們所遺忘的，有的直到今日還是不知名的。法國非教會派的人認為一切應當從大革命算起，相反，那些音樂家以為大革命不過是歷史上的一座山，應當爬上去觀察山後的藝術的黃金時代。經過了長時期的銷沉以後，黃金時代大概又要再臨了：森嚴的城牆自會崩陷；一個聲音的魔術師會變出一個百花怒放的春天；古老的音樂樹上將披戴起嫩葉；在和聲的庭園裏，奇花異卉瞇着笑眼望着新生的黎明，人們可以聽到鏗鏘的泉聲，溪水的歌唱……這真是一首牧歌。

克利斯朵夫歡喜極了。但當他注視巴黎各戲院底告白時，只看到曼依貝古諾（法國樂劇作家）偶斯奈底名字，還有他只嫌太熟識的瑪斯加尼（近代意大利作曲家）和雷翁加伐羅；他便問他的那般朋友，所謂迷人的花園是否即指這種無聊的音樂這些使婦女們失魂落魄的東西。他們卻裝着生氣的樣子叫嚷起來：據說這是頹廢時代底餘孽，誰也不加注意的了。——其實，鄉村騎士（按係瑪斯加尼作品）正占着喜歌劇院底寶座，巴耶斯（按係雷翁加伐羅作）在歌劇院裏雄視一切；瑪斯奈和古諾底作品，造成空前的紀錄：彌儂，烏格諾，浮士德這三部曲都煊赫地超過了千次的上演。——但這些都是無關緊要的意外事故；只要裝做不見就行。在一項理論被殘酷的現實破壞時，最簡單的是抹煞現實。法國批評家們就抹煞這些無恥的作品，抹煞那般捧這些作品的群衆；甚至不必你如何鼓動，他們幾乎連整個的樂劇都要一筆抹煞了。在他們看來，樂劇是一種文學作品，所以在音樂裏是不入流的。（他們自己都是文人，卻偏偏不肯承認自己是文人。）一切表現的，描寫的，暗示的，總而言之，一切有所表現的音樂都被加上一個不入流品的罪名。——髣髴法國人個個是革命黨。不論什麽東西，似乎非破壞一切不能使它淨化。——法國底大批評家只承認純音樂，其餘的都是下劣的東西。

克利斯朵夫發見自己的趣味低劣，很是羞慚。但他看到那些瞧不起樂劇的音樂家都在替戲院製作，沒有一個不寫歌劇時，他纔覺得稍稍安慰了些。——當然，這種事實仍不過是無關緊要的意外事故。要批評他們是應當照他們的意思把他們的純音樂作品爲根據的。克利斯朵夫便訪求他們的純音樂作品。

* * * * * * *

丹沃斐·古耶把他領到一個宣揚本國藝術的團體中去聽了幾次音樂會。一般新時代的作家在這裏鍛鍊着，孵育着。那是一個很大的集團，也可以說是有好幾個祭堂的寺院。祭堂中各有各的祖師，祖師各有各的信徒，各祭堂底信徒又互相菲薄。在克利斯朵夫看來，那些祖師中間根本就沒有多大分別。因爲一向弄慣了完全異樣的藝術，所以他全不瞭解這種新派音樂，他的自以爲瞭解更加證明他的不瞭解。

他覺得一切都沉浸在永久半明半暗的陰影裏。好像一幅灰色的畫，其中的線條時而隱沒，時而浮現，飄忽無定。在這些線條中間，有些硬性的素描，像用三角板畫成的，尖銳的角度有如一個瘦婦人底肘子。也有些波浪式的線條，像雪茄底烟圈般裊裊迴旋。但一切都湮沒在灰色裏。難道法國已沒有太陽了麼？克利斯朵夫自從來到巴黎以後，祇看見雨跟霧，不禁要信以爲眞了；但沒有太陽，就該由藝術家來創造啊。固然，他們也點起他們的小燈，但不過如螢火一般：既不會令人感到暖意，也照不見什麽。作品底題目的確變換了：什麽春天，中午，愛情，生之歡樂，田野漫步等等；可是音樂並不隨之俱變；只是一味的溫和與蒼白，麻木不仁的，貧血的，沒有顏色的。——那時，在音樂中低聲說話在法國一般典雅的人士之間成了一種風氣。而這是對的：因爲聲音一經提高，即與叫嚷無異：高低之間的中和是沒有的。要選擇，祇有低吟淺唱和大聲吶喊兩種。

克利斯朵夫昏昏沉沉的要睡去了，便振作精神看看節目，奇怪的是這些在灰色的天空飄浮的薄霧，居然有心要表現確切的題材。因爲他們雖然有一大篇理論指斥不純粹的音樂，他們的所謂純音樂倒大半都是標題音樂。他們徒然咀咒文學；結果還得文學支撑他們。奇特的依傍！克利斯朵夫注意到他們所強欲描繪的題材盡是些幼稚可笑的東西，什麽果園啊，菜園啊，雞塒啊，眞可說是音樂的萬牲園與植物園。有的把魯佛宮底油繪或歌劇院底壁畫譜成合奏曲或鋼琴曲，附着詮釋的音符，教人辨別那是代表畫中的某事某物。這在克利斯朵夫看來是一些老小孩底玩意，因爲不會作畫，便信手亂塗一陣，天真地在下面用巨大的字跡註明是一所屋子或一株樹。

除了這批以耳代目的圖象家外，還有哲學家：他們在音樂上討論玄學問題。他們的交響曲是抽象的原理底爭鬥，是一個象徵或宗教的論文。在他們的歌劇中間還研究到當時的法律問題與社會問題，什麽女權與公民權等等。至於離婚問題，確認親父問題，政教分離問題，尤為他們津津樂道。他們並且分成兩派，一是非教會派，一是教會派。他們在歌劇中把收舊布的代表哲學家，女工代表社會學家，麵包師代表預言家，漁夫代表教廷底使者，教他們一齊提着嗓子歌唱。歌德已經說起當時的藝術家「在故事畫中表現康德思想。」克利斯朵夫這時代的作家更用十六分音符來表現社會學了。左拉，尼采，梅特林克，巴萊斯，姚萊斯，（近代法國社會黨領袖。）芒台斯，（法國近代批評家兼詩人）福音書，紅磨坊（按係近代巴黎著名雜耍歌舞場，現已衰落。）等等，無一非歌劇和交響曲作者汲取思想的寶庫。其中不少人士，看着華葛耐底榜樣興奮起來，大聲喊道：『我，我也是詩人！』——一邊泰然自若的寫起或有韻或無韻的詩來，那種風格不是小學生派的就是無聊的日報副刊式的。

這一切思想家和詩人都是純音樂底擁護者。但他們議論多而製作少。——有時他們也寫一些完全空洞的音樂。不幸的是他們常常成功內容可一無所有，——至少克利斯朵夫覺得是這樣。——的確他也沒有入門的祕鑰。

要懂得一種異國的音樂，先得學習它的言語，並且不該自以爲已經知道。克利斯朵夫却如一切老實的德國人一樣。自以爲早就知道了。這是可以原諒的。卽是法國人，也有許多不比他更瞭解。如路易十四時代的德國人因爲竭力說法語而忘掉了本國語言一般，十九世紀的法國音樂家也久已忘掉了自己的語言，以致他們的音樂變了外國方言。直到最近，纔有一種在法國講法語的運動。他們並不完全成功：習慣底力量太大了；除了少數例外外，他們的法語是比國化的或日耳曼化的。這就難怪一個德國人誤會了，以爲這祗是不純粹的德語，且更因爲他全然不懂而認爲毫無意義。

克利斯朵夫就不免有這種誤解。法國的交響曲在他眼裏是一種抽象的辯證法，把許多樂詞紛雜交錯的堆在一起好似數學那樣：爲表現這種繁複的組織起計，很可以用數目或字母來代替。有的把一件作品建築在一項音響的公式之上，使它慢慢地開展，直到最後一部分底最後一頁纔顯得完滿。所以作品十分之九的部分是不成形的。有的把一個主題演出種種變化，而這主題祇在作品末了，由繁複慢慢歸於簡單的時候纔顯現出來。這是極盡高深巧妙的玩藝。唯有又老又幼稚的人纔會感到興趣。作者在這方面所費的精力真是驚人。一支幻想曲也要多年纔寫成。他們絞盡腦汁研求新的和音配合法，——為的是表現，至於表現什麽倒是無關緊要！只要是新的辭藻就得。有人說，器官能產生需要，臨了辭藻也會產生思想：主要的是新穎。新！什麽代價都值得！他們最怕『已經說過的』辭句，老是監督自己，準備把所寫的一齊毀掉，自問道：『啊！天哪！我在哪裏見過這個啊？』……有些音樂家，——尤其在德國，——歡喜把別人的句子東檢西拾的湊起來。法國音樂家却逐句檢查，看看在別人已經用過的旋律表內有沒有同樣的句子，髣髴拚命搔着鼻子，搔着搔着，想使它變形，變到不但與任何熟人底鼻子毫不相似，而且簡直不像鼻子的時候方始罷休。

這樣的慘澹經營，結果仍瞞不了克利斯朵夫。他們徒然用一種複雜的言語掩飾，裝出希奇古怪的姿態，把樂隊弄得動亂失常，運用雜亂的和聲，悶人欲絕的單調，或是薩拉・裴娜（法國近代名女伶。）式的說白，幾小時的嘁嘁不已，好似騾子在朦朧半睡的狀態中慢吞吞的下坡一般。——克利斯朵夫在這些面具之下，依舊辨出一顆冰冷的萎靡的靈魂，在那裏過分的裝腔作勢。這使他不禁引用葛呂克批評法國人的一句不公平的老話：

——由他們去罷。他們弄來弄去逃不出那套老調。

不過他們把這套老調弄得非常複雜。他們把通俗的曲調作爲交響樂主題，好像做什麽博士論文一樣。這是當代最時髦的玩藝。所有的民歌，不論國內國外的都依次加以運用。他們可以用來作成第九交響樂或弗朗底四重奏，但還要艱深得多。要是其中有一小句意思非常顯露的話，趕緊插入一句毫無意義的東西，把上一句塗掉。——然而大家倒把這些可憐蟲認爲極鎮靜，精神極平衡的人呢！……

演奏這種作品的時候，一個年青的樂隊指揮，儀態萬方而又猙獰可怖的傢伙，做着彌蓋朗琪羅式的姿勢，（按係指彌氏繪圖彫塑中的人物底姿勢）好似要鼓動起貝多芬或華葛耐底軍隊一般。羣衆是一般厭煩得要死的人，以爲出了高價來嘗嘗這種煩悶的滋味是榮譽；還有是年輕的學員，因爲能把學校裏的功課在此引證一番而很高興，在某些段落中更參入多少自己的心得，其心情之熱烈也不亞於指揮底姿勢和音樂底喧鬧……

——哼！你去說罷！……克利斯朵夫說。

（因爲他此刻已能應用巴黎人底俗語了。）

＊　＊　＊　＊　＊　＊　＊

然而懂得巴黎俗語究竟比懂得它的音樂容易。克利斯朵夫無處不用他的熱情，又如多數的德國人一樣，天生不瞭解法國藝術：他的批評就是以這種熱情與不瞭解做根據。但他至少是善意的，隨時準備承認自己的錯誤，只要人家能指摘出來。所以他並不肯定自己的見解，預備接受新的印象來改變他的判斷。

即是目前，他亦承認這種音樂裏面頗有才智的氣息，不乏有意思的素材，節奏與和聲方面的奇特的發見，也好似各式各種細膩的布帛，柔軟而有光彩，五色繽紛，竭盡發明之能事。克利斯朵夫覺得很好玩，便盡量採取它的長處。所有這些渺小的作家比德國音樂家思想自由得多；他們勇敢地離開大路，撲到森林中去摸索，想法教自己迷失。但這是一般多乖巧的孩子，憑是如何也不會迷路。有的走了幾十步後，無意之間又回到大路上來了。有的立刻灰心了，不管什麼地方就停下來，有的差不多達到新路了，但在正當繼續前進的時候，却坐在林邊，在樹下閒逛。他們所最缺少的是意志，是力；一切的天賦他們都齊備，——只少一樣：就是強烈的生命。尤其可惜的是他們那些努力勞碌是虛擲的，在搜尋的路上已經消耗完了。這些藝術家難得會清楚地意識到自己的天性，也難得把他們的精力和預定的目標牢結在一起。其實這不過是法國人胸無定見的一種後果而已：多少的才具多少的意志都因爲遊移不定與自相矛盾而浪費了。他們的大音樂家如裴里奧士、如聖商（法國近代作曲家。）裴的不至於因缺少毅力、缺少信心、缺少內在的南鍼而陷落而頹廢，幾乎是例外了。

克利斯朵夫却用着那時代的德國人底鄙薄的心思想道：

——法國人只知在好新立異上面濫用精力，一事無成。他們始終需要一個異族的主宰，需要一個葛呂克（按葛氏爲近世法國音樂之推動者，但爲德國人。）或是一個拿破侖（按拿氏生於高斯，高斯原非法國本土。）來在他們的大革命中弄些結果出來。

於是他想起「拿破侖在五百人大會中」那幅畫而微笑了。（按此圖藏於凡爾賽宮。圖示五百議員擁繞拿氏，眾示威脅之態，而拿氏卒不為所屈。）

＊　＊　＊　＊　＊　＊　＊

但在混亂的狀態中，還有一羣人竭力想在藝術家底精神上把秩序與紀律重新樹立起來。開頭，他們先取一個拉丁名字，令人回想起千四百年前在高盧人與萬達人南侵時代盛極一時的一種教會組織。追溯到這樣久遠的往古不免使克利斯朵夫怪異。一個人能夠俯瞰他的時代固然是好的。但一座十四世紀的高塔難免不教人顧慮到是一座不甚方便的觀象臺，站在上面宜於仰觀星象而不宜於俯視當代的人羣。可是克利斯朵夫不久便放心了，因為他看見那般聖·葛萊哥阿（按係第六世紀時教皇，首創宗教歌詠，於音樂發展史上極有貢獻。）底子孫難得留在高塔上，只在需要鳴鐘擊鼓時纔攀登。其餘的時間，他們都在下面教堂裏。克利斯朵夫參與過幾次他們的祭禮，先還以為他們是屬於新教的某一小派，後來纔發覺他們是基督舊教中人，是些匍匐膜拜的羣衆，虔誠的、頑固的、有心要攻擊別人的信徒；為首是一個極純粹極冷酷的人，性情執拗而又帶幾分稚氣，維護着整個宗教、道德、藝術方面的主張，向着一小部分特選的羣衆用抽象的文詞解釋音樂的福音書，鎮靜地譴責着「驕傲」與

「異端邪說。」他把藝術上所有的缺陷，人類所有的罪過都歸咎於這兩點。什麽文藝復興，宗教改革，以及今日的猶太教，他都等量齊觀，視同一律。音樂界中的猶太人，被羞辱了一頓之後，又被缺席判決式的執行了火刑。巨人亨特爾也受到了鞭笞。唯有約翰·賽白斯打·罷哈一人，荒了上帝的面子，被認爲「誤入歧途的新教徒」而獲免。

這座聖·雅各路的廟堂簡直做着宣道的事業：有心拯救人類的靈魂與音樂。他們系統地教授着天才底法則。一般勤勉的學生辛辛苦苦地、深信不疑地學着這些祕訣。他們可說是想用虔誠的艱苦來補贖祖先輕佻的罪過：例如奧貝（十九世紀法國作曲家以浮華輕佻著。）亞當之流，還有那人也瘋魔、音樂也瘋魔的裴里奥士，都是犯過佻㒓之罪的。如今，人們抱着可歌可泣的熱情和誠心誠意的虔敬，爲一般衆所公認的大師努力宣揚。十年以來，他們的成就確是可觀；法國音樂底面目居然爲之一變。不但是法國的批評家，並且連音樂家也學起音樂來了。而今可以看到從作曲家到演奏家都知道罷哈底作品了——他們尤其努力破除法國人閉關自守的積習。這般傢伙，平日只知坐井觀天，輕易不肯出門。所以他們的音樂也缺少新鮮空氣，是一種閉塞的毫無生意的作品；這和貝多芬不問晴雨在田野裏跑着，在山坡上爬着，手舞足蹈、駭壞了羊羣的作曲方式完全相反！在巴黎，音樂家在作曲時像篷城大熊般（按貝多芬爲德國篷城人）粗聲大氣的驚動鄰居，是毫無危險的。但他們寧願在製作時在自己的思想上加一個低音調節器；再加重重的帷幕阻隔着外面的聲音不放進來。

現在這個樂派竭力想更換空氣；對着過去開了幾扇窗子。但也不過對着過去罷了。這是開向庭院而非臨着大街的窗子，究竟沒有多大用處。何況窗子纔打開百葉窗又關上了，好似害怕受涼的老太太。從百葉窗裏透進來中世紀的幾縷煙，斷片的罷哈，斷片的巴萊斯蒂那（十六世紀意大利音樂家，宗教音樂底改造者。）斷片的通俗歌謠。這算什麼呢？室內霉腐的氣味依舊不減。其實他們覺得這樣較爲舒服，對於現代偉大的潮流倒懷有戒心。他們所知道的事情固然比旁人多，但他們一筆抹煞的也一樣多。在這種環境裏音樂當然要染上一股迂腐之氣；音樂會也不復是精神上的一種慰藉，而是些歷史課或教導的例證。前進的思想都被正統化。氣勢雄偉的罷哈被他們供奉到廟堂裏去時也變得循軌蹈矩了。他的音樂在一般學院派的頭腦裏完全改了樣子，正如溫馨穠豔的聖經在英國人的頭腦裏完全改裝過了一樣。他們所宣揚的是一種貴族派的折衷主義，想把第六世紀至廿世紀中間的三四個偉大音樂時代底特點彙粹起來。這種理想若果實現的話，音樂上一定會產生炒什錦式的東西，好比印度總督旅行回來把地球上各處蒐羅得來的寶貝湊成的一座聚寶盆那樣。但是靠了法國人清明的意識，終竟不會鬧出學究式的笑柄；他們不敢把自己的理論輕易實行；而他們對付理論的辦法也不過如莫利哀對付醫生一樣（按此係引用莫利哀名劇「不由自主的醫生」中故事），拿了藥方而並不服。最勇敢的走他們自己的路去了。其餘的在實際工作上祇弄些繁複的練習和艱深的對位學，名之為朔拿大，四重奏，或交響樂……——『朔拿大啊，你要怎樣呢？』——其實它不要什麼，只要成為一闋朔拿大而已。至於他們作品中的思想，不過是些抽象的、無名的、勉強嵌入的、毫無生趣的東西。這個很像一個高明的書吏底藝術。克利斯朵夫先因為法國人不愛勃拉姆斯而很高興，如今却看到法國有着無數的小勃拉姆斯。所有這些好工人，既勤勉，又用心，眞是具備了各種德性。克利斯朵夫從他們會裏出來，得到很多的智識，但是厭煩極了。這都很好，很好……

* * * * * * *

可是外面的天氣多美妙！

然而巴黎的音樂家中究竟不乏擺脫一切黨派的超然之士。唯有這般人能夠引起克利斯朵夫注意。也唯有這般人能夠使你銜出一種藝術底生機。學派與社團祇表現一種膚淺的潮流或硬生生地製成的理論。不比深思默省的超然之士，倒有較多的機會能夠發見他們的時代與民族底眞精神。但就因爲這一點，一個外國人對於他們比對於旁人更難瞭解。

克利斯朵夫初次聽到那闋名作時便是這種情形。這件作品一方面被人罵得不留餘地，一方面被人恭維備至，說是十世紀以來最大的音樂革命。——（世紀於他們是不值錢的！他們嘴裏的十世紀實是說得還不多）……

丹沃斐·古耶和西爾伐·高恩領克利斯朵夫到喜歌劇院去聽悲萊阿斯與梅麗桑（梅特林克作劇。特皮西譜成歌劇。）他們把這件作品介紹給他覺得光榮極了，彷彿是他們自己作的一般；並且告訴克利斯朵夫說，他在此定會覺得耳目一新。歌劇已經開幕，他們還嘁嘁不休的解釋着。克利斯朵夫止住了他們的說話，豎起耳朵細聽。第一幕完後，西爾伐·高恩神采飛舞的問道：

——哦，老友，您覺得如何？

他答道：

——以後始終是這樣的麼？

——是的。

——但其中一無所有呀。

這一下高恩可叫起來了，當他是外行。

——一無所有，克利斯朵夫繼續說。沒有音樂。沒有演變。前後不相啣接，簡直站不住。和聲很細膩。在合奏上弄些很美、很有趣味的效果。但內容是空無所有，空無所有……

他重復細聽。慢慢地，作品中透露一線光明來了；他開始朦朧地發見一些東西。是的，他明白看到其中有一種苦心孤詣的用意，想用中庸的節度來一反戲劇被音樂巨潮淹沒的華葛耐派理想；但他不禁懷着挖苦的心思追問：這種犧牲的思想是否因爲自己沒有這種東西纔要把它犧牲。現在這件作品裏，他感到頗有艱難的成分，有以最低限度的疲勞獲取效果的企圖，因爲懶惰而不願費力去建造華葛耐派的巨製。至於唱辭之單純、簡潔、溫和、微弱，雖然他覺得單調，且從他德國人性格上講是不眞切，但也不免感到驚異。——（他認爲那些歌辭愈求眞切，愈令人感到法國語言之不宜於音樂，因爲它太邏輯，太明白，輪廓太固定，語言本身固然完美，但不容易和外物融和。）然而這種嘗試畢竟是有意思的，在它一反華葛耐派的舖張浮誇這一點上，克利斯朵夫是贊成的。那位法國音樂家（按即指特皮西）似乎抱着幽默的情懷，故意使一切熱烈的情緒都用低聲喁語來表白。愛既沒有歡呼，死亦沒有哀號。祇有旋律底綫條不可捉摸地顫震一下，樂隊如嘴角微微欠動一般抖擻一下，纔使你感到在劇中人心裏展演着的劇情。藝術家似乎害怕放縱自己的熱情。他在趣味方面：具有特殊的天賦，——只有在法國民族固有的抒情傾向在他胸中突然覺醒的時候，纔不免有瑕疵可見。那時你纔遇到金髮太黃、朱唇太紅的，第三共和時代的中產階級所搬演的佳人才子。但這是難得的例外，是作者過於限制自己的反動，是需要寬弛的表現；在作品大體上講，始終是一種精鍊的單純，故意製作的，不簡單的單純控制着一切：這是舊社會遺留下來的一朵纖巧的花。年少獷野如克利斯朵夫，當然不能完全領略這種境界。他尤其厭惡劇本，厭惡那些詩句。他以爲看到了一個返老還童的巴黎女子，裝做小孩子教人講迷蛋話。這固然不是華葛耐派扭扭揑揑的傢伙，不是又多情又蠢笨的高大的萊茵姑娘；但一個法蘭西——比利時合種的矯揉做作的人物（按此係指劇作者梅特林克，因其爲比利時人而以法語著作名世。）佯嗔假怒的「沙龍」氣派，嘴裏喊着『小爸爸啊，』『白鴿啊』那種交際花也不見得更高明；而一般巴黎女人儘管對着這歌劇出神，因爲在這面鏡子裏照見她們多愁多病、佳人才子的那一套而顧盼自憐。意志兩字完全談不到。自己要些什麼既不知道，自己做些什麼也不知道。

——「這可不是我的過失啊！這可不是我的過失啊！……」這些大孩子呻吟着。整整的五幕都在慘澹的黃昏中演出——森林啊，岩穴啊，地窖啊，死者底臥室啊，（按此皆係劇中諸幕的佈景。）——荒島上的小鳥簡直不會掙扎。可憐的小鳥呀！美麗的，微溫的，細巧的……牠們害怕太強烈的光明，太劇烈的動作，害怕言辭，熱情，生命！……生命並不會精鍊過。它是不能戴着手套去握取的……

克利斯朵夫聽見隱隱的砲聲在作響，快要摧倒這垂死的文明，這一息僅存的希臘文明的砲聲。

* * * * * * *

雖然如此，他畢竟對這件作品抱着好感：這是不是從他那種驕傲的憐憫心發生的呢？他心裏很受感動，嘴上却始終不肯承認。走出戲院回答西爾伐・高恩的時候儘管口口聲聲說『這很細膩，很細膩，但缺少奔放的熱情，其中的音樂實在嫌得不夠。』心裏却絕對不把『悲萊阿斯』和其餘的法國音樂一般看待。大霧中間的這盞明燈把他吸住了。他還發見有些別的光亮，強烈的，奇妙的光亮在四下裏閃耀。這些燐火把他怔住了，很想近前去看看它們怎麼燃着的；但它們不容易給你抓住。克利斯朵夫因爲不瞭解而更覺好奇的那般超然派音樂家，原就難以親近。克利斯朵夫所不可或缺的同情，他們倒滿不在乎。除了一二例外外，他們都讀書甚少，智識有限，且也不想求知。他們幾乎全部過着孤獨的生活，或是由於事實，或是由於故意，由於驕傲，由於桀驁不羈，由於憎厭人世，由於淡漠無情而自願偏處於狹小的團體裏。這等人物雖然爲數不多，却分成若干小組，互相對立，不能相容。他們又是猜忌得厲害，敵人和對手固然不必說，卽是朋友們倘敢賞識另一個音樂家，或在賞識他們時膽敢用一種或太冷淡，或太熱烈、或太平庸、或太偏頗的方式時，他們也不能容忍。要使他們感到滿足實在不容易。結果是他們只相信一個得到他們特許的批評家，一心一意坐在偶像脚下睜着嫉妒的眼睛看守着。別人是不准擅動一動的。——然而他們自己也不見如何瞭解自己。平時被黨徒們奉承慣了，自己的評價又把自己催眠了，化裝了。他們終於把自己的藝術和天才也弄模糊了。一般逞着幻想胡鬧一陣的作家自以為是改革者。纖巧病態的藝術家自命可與華葛耐爭雄。一切都做了抬高聲價的犧牲品；每天得飛躍狂跳，超過自己隔天的聲價，超過敵人底聲價。這些飛躍猛晉的練習卻不能次次成功；且也祇能鼓動同行。他們既不顧慮羣衆，羣衆亦不把他們放在心上。他們的藝術是沒有羣衆的藝術，只在音樂本身上尋找養料的音樂。但克利斯朵夫有一種印象，不論這印象是否正確，總覺得法國音樂最需要音樂以外的依傍。這株柔軟的蔓藤簡直離不開它的支撑物：第一就離不開文學。它本身並沒充分的根據足為它存在的意義。它呼吸短促，缺少血液，缺少意志，有如弱不禁風的女子需要男性來扶持。然而這位拜占庭式的王后，纖弱的，貧血的，掛滿着珠寶，被一羣宦官包圍住了：時髦朋友，體育家，批評家簇擁着她。民族不是一個音樂的民族；廿餘年來大聲疾呼宣揚華葛耐、貝多芬、罷哈、特皮西的熱情，也難得越過一個階級之外。無量數的音樂會，巨大的音樂潮流，不能適應羣衆趣味底實在的發展。這是一種風起雲從的時髦，影響不過及於少數人士，且也把他們弄昏了。眞正愛好音樂的人不過一握；而且最出勁的人如作曲家批評家，也並不就是最愛好的人。在法國，眞愛音樂的音樂家實在少極了！

克利斯朵夫這樣想着。可忘記了這種情形是到處皆然的，在德國，眞正的音樂家也不見得更多；他也忘記了在藝術上值得計算的並非成千成萬毫無瞭解的人，而是極少數眞愛藝術而爲之竭忠盡智的孤潔之士。這類人物，他在法國見到沒有呢？不論是創作家批評家，優秀之士總是遠離塵囂而在靜默之中工作的，如弗朗，如現代一般稟受異賦的人那樣，多少藝術家過着沒世無聞的生活，讓後世的文人學士得有發見他們、自稱爲他們之友的光榮，——是這個小小的勤奮博學的隊伍，沒有野心的，不顧自身的隊伍，一點一滴地造成法蘭西過去的偉大，或是獻身於本國的音樂教育，爲未來的法蘭西奠下光榮的基礎。這幫人物裏面，蘊藏着多少天才，其氣魄之雄厚，思想之自由，求知之熱烈，要是克利斯朵夫能夠結識他們的話，定會心嚮神往。但當他無意之間僅僅發見他們裏面的一二位時，他又只從他們被人改頭換面的思想上面去錯認他們。一經那些模倣者與新聞記者底手，克利斯朵夫祇看到原作者底缺點。

克利斯朶夫所尤其憎厭的是這些俗物堅執着的形式主義。他們認爲成問題的只有形式一項。什麽情操，什麽性格，什麽生命。都絕口不提！沒有一個人想到一切眞正的音樂家是在音響的宇宙中過生活的，歲月底流逝，於他就不啻江流無盡的音樂。音樂是他所呼吸的空氣，是他所生息的天地。甚至他的心靈也是音樂；他所憎、所喜、所苦、所懼，所希望，又無一而非音樂。一顆音樂的心靈愛一個美麗的肉體時，就把肉體看作音樂。迷人的眼睛，非藍非灰非褐，而是音樂；它們給予心靈的印象亦是一個美妙絕倫的和音。而這內心的音樂，比之表現於外的音樂不知豐富幾千倍，鍵盤比起心弦來眞是差得遠了。天才是以生命作比例的，藝術這殘缺不完全的工具也不過想喚引生命罷了。但法國有多少人想到這層呢？對於這個化學家式的民族，音樂似乎只是化合聲音的藝術。它把字母當作書本。克利斯朶夫聽說要懂得藝術先得把人的問題丟開時，不禁聳肩微哂。他們却對於這等妙論非常滿意：以爲非如此不足以證明他們秉有音樂天賦。古耶這從來不懂一個人如何能熟記一頁樂譜的謬妄的傢伙——（他曾向克利斯朶夫要求解釋這種神祕。）——如今却向克利斯朶夫解釋，說貝多芬偉大的心靈和華葛耐豐富的肉感，對於他們的音樂不見得比一個畫家的模特兒對於肖像畫有更大的作用！

——這是說，克利斯朵夫終於不耐煩地答道，在你們眼裏，一個美麗的肉體並無藝術價值！一股偉大的熱情也是如此可憐蟲！……你們難道不曾想到一個完美的臉龐能為一幅肖像畫增加多少美，一顆偉大的心靈能為一闋音樂添加多少意韻？……可憐蟲！……你們所關心的只有技巧，是不是？祇要一件作品寫得好，不必問作品底意義安在，是不是？……可憐蟲！……您們髣髴不聽演說家底辭句，只聽他的聲音而讚賞他說得好……可憐的人啊！可憐的人啊！……您們這般笨伯。

但克利斯朵夫所惱怒的不單是某種某種的理論，而是一切的理論。這些清談，這些廢話，口口聲聲離不開音樂而只講音樂的音樂家底談話，他已聽厭了。這真會教最優秀的音樂家唾棄，克利斯朵夫和摩索斯基（十九世紀俄國大音樂家）一樣的想法，以為音樂家們不時丟下他們的對位與和聲，去讀幾本美妙的書，去經驗一番人生是沒有害處的。單是音樂，對於音樂家是不夠的：狹隘的生活決不能使他控制時代，使他逃免虛無的吞噬……人生！全部的人生！什麼都得看，什麼都得認識。愛真理，求真理，抓住真理，——真理是美麗的戰神之女，阿瑪查納（神話中之古民族。）之女王，誰吻她就會給她一口咬住！（按係指愛眞理者必得眞理之說。）

音樂的座談室已嫌太多，製造和音的舖子亦可以休矣！所有這些和聲，廚房裏的廢話，絕對不能使他找到生機蓬勃的新和聲而只遇到妖魔鬼怪！

於是，克利斯朵夫向這些想在蒸餾器裏孵化出小妖魔來的博士們告別，跳出了法國的音樂圈，試去訪問巴黎的文壇和戲劇界了。

* * * * * * *

如法國大多數的人一樣，克利斯朵夫的認識當代的法國文學，最初是在日報上面。因爲他急於要熟習巴黎人底思想，並於同時補習一下語言，便把人家告訴他是最道地的巴黎型的東西用心細讀。第一天，他在駭人的社會新聞裏讀到長長一大篇描寫一個父親和十五歲的親生女兒睡覺的新聞：字裏行間彷彿認爲這種事情是極自然的，甚至也相當動人。第二天，他在同一報紙上讀到一件父子糾紛的新聞，十二歲的兒子和父親同睡一個姑娘。第三天，他讀到一樁兄妹相姦的新聞。第四天，他讀到姊妹實行同性愛的新聞。第五天……第五天，他把報紙丟了，和西爾伐·高恩說：

——嘿！這是什麼意思？你們都病了麼？

——這是藝術啊，西爾伐·高恩笑着回答。

克利斯朵夫聳聳肩：

——您在打趣我。

高恩笑倒了，說：

——絕對不是。您自己瞧罷。

他給克利斯朵夫看幾篇關於『藝術與道德』的最近的徵文，其中的結論是『愛情把一切神聖化』啊，『肉欲是藝術底酵母』啊，『藝術無所謂不道德』啊，『道德是耶穌會派教育所灌輸的一種成見』啊，『唯有強烈的欲念最爲重要』啊等等。——還有一批證書式的文件，在報紙上證明某部描寫男娼風俗的小說實在是純潔的。執筆的人中頗有些鼎鼎大名的文學家和素以嚴峻著稱的批評家。一個中產階級的舊教詩人，把一幅描繪希臘淫風的畫讚揚備致。小說裏鋪陳着各個時代的風流淫佚：羅馬時代的，亞歷山大時代的，中世紀的，意大利和法蘭西文藝復興時代的，路易十四時代的，……簡直是一部完備的講義。另外一組的研究則以地球上各處的淫風爲對象：一般忠實勤勉的作家，用着像本多派教士那樣的耐心，研究五大洲底豔窟。在這批研究性慾史地的專家中間，頗有些出衆的詩人與優秀的作家。要不是他們學問淵博，旁人竟分辨不出他們與別的作者有什麽兩樣。他們用着確切精當的措辭敍述古代的風流豔事。

可惱的是，有一般善良之士，一般眞心的藝術家，法國文壇上名副其實的權威者，也在努力幹這些他們不配幹的勾當。有些傢伙嘔着心血寫着猥褻的東西，給晨報拿去割成片片的登載。他們有規律地做着這種下蛋式的工作，每星期兩次，成年累月的生產下去。生產着，生產着，到了山窮水盡、無可再寫時，他們便搜索枯腸，製造些淫猥怪異的新事情出來：因爲羣衆的肚子已經塡得滿滿了，任何佳肴美味都喫膩了，一切最淫蕩的想像不久也覺得平淡無奇：作者非永遠增加刺激不可，且要和別人的刺激競爭，和自己以前製造的刺激競爭；——於是他們把血和臟腑都嘔了出來。這眞是可憐而又可笑的景象。

實在克利斯朵夫對這悲慘職業底內幕還不曾完全明瞭；但即使他完全明瞭，也不會更寬容：

因爲在他看來，您是如何也不能寬恕一個藝術家爲了三十銅子而出賣藝術。……

（即是爲了維持他所親所愛的人底安樂而出賣也不能原諒麼？）

——不能。

——這是不近人情啊。

——談不到人情不人情的問題，主要是做人！……讓上帝來祝福您卑怯的人道主義罷！……

一個人不能同時愛幾十件東西，不能同時供奉好幾個上帝！……

克利斯朵夫一向過着埋頭工作的生活，眼界只限於他的那個德國小城想不到像巴黎藝術界這種頹廢的情形差不多在所有的大都市裏都難避免。德國人常常自以爲是『貞潔的』拉丁民族是『不道德的，』這種遺傳的偏見慢慢地在克利斯朵夫心中覺醒了。西爾伐·高恩提出斯潑萊（按係德國河名）河畔的穢史，德國帝制時代上層階級底腐化墮落，以及蠻橫暴烈更加令人髮指的史蹟，訴說給克利斯朵夫聽。但高恩這種陳說並非一定有爲現代的巴黎風俗作辯護的意思；因爲在他心目中，這些醜史和巴黎傷風敗俗的現象一樣平淡。他只是幽默地想道：『每個民族有每個民族底習慣；』所以他看到法國的風氣也恬然不以爲怪：克利斯朵夫却因此認爲這簡直是他們的民族性了。於是，他像所有的德國人一樣，認爲在侵蝕各國智識分子與貴族階級的淫蕩裏面，都有着法國藝術特有的惡習，有着拉丁民族底汚點。

這個和巴黎文學的初次接觸使克利斯朵夫非常痛苦，以後直過了相當的時間方纔漸漸忘掉。可是，並不從事於那些被人肉麻當有趣地稱爲『基本娛樂』的著作，並非沒有。但最美最好的作品總到不了他的眼裏。因爲它們不求西爾伐·高恩一流人底擁護；它們既不在乎這般讀者，這般讀者也不在乎這種讀物：他們彼此都是隔膜的。高恩從未對克利斯朵夫提起過這等著作。他一心以爲法國藝術簡直托生在他和他的朋友們身上；除了他們認爲是大作家的那般人物之外，法國就無所謂天才，無所謂藝術。因此克利斯朵夫對於爲文壇增光、爲法國爭榮的詩人們竟一無所知。在小說家方面，他也只看到浮露在無數俗流之上的巴萊斯（法國近代大作家。）和法朗士底一二部作品，但他語言程度太淺，難於領略前者強烈的感官主義，和後者幽默而淵博的風味。他只對着在法朗士花房裏培養的橘樹，在巴萊斯心頭開發的水仙，懷着好奇心呆望了一會。在崇高而又空洞的天才梅特林克之前，他又站了一刻；覺得有一股單調的、浮華的神祕意味。他抖擻一下，墮入沉重的濁流裏，被他早已熟識的左拉底混沌的浪漫主義攪得頭昏腦脹，等他踴身躍出時，一陣文學的洪流又把他完全淹沒了。

在這片水淹的平原上，蒸發出一股女性的氣息。那時的文壇正充滿着女性和女性化的男人。——女人寫作原是很好的，祗要她們能真誠地把任何男性不能完全瞭解的方面——例如女子隱祕的心理——描寫出來。可是很少女作家敢作這種嘗試；大半只是爲勾引男子而寫作：她們在書裏如在客廳裏一樣的撒謊胡扯，搔首弄姿的和讀者調情打諢。自從他們沒有聽取懺悔的教士可以訴說她們的私情醜事以來，就堂而皇之的把私情醜事公諸大衆。這樣便產生了雨點般多的小說，老是猥瑣的，裝腔作勢的，文字又如小兒學語般的不成腔派；令人讀了如入香粉舖，聞到一股俗不可耐的香味與糖味。所有這類作品都充滿這種氣息。克利斯朵夫便和歌德一樣想道：『女人們要怎樣寫詩，怎樣寫文章，都由她們！——但男子決不能學她們的樣！——這纔是我深惡痛絕的。』這種曖昧的風情，對一般最無意思的人玩弄空虛的感情，這種又妖豔又粗野的作風，這般惡俗不堪的心理分析者，教克利斯朵夫看了不由得不憎厭。

然而克利斯朵夫明白自己還不能遽下判斷。節場上喧鬧的聲音把他耳朵震聾了。卽使其中有美妙的笛音，也被市囂掩住，無法聽見。因爲在這些肉感的作品中間，正如淸明的天空下面躺着亞蒂克（古希臘地）崗巒和諧的線條一樣，的確也有不少溫婉的天才，充滿着甘美的生命和細膩的風格，秀美的思想好比班呂琪（意大利文藝復興期大畫家。）和拉斐爾畫中的人物，風流瀟灑，半閤着眼睛對着愛情的幻夢微笑時的境界。這一切，克利斯朵夫却全沒見到。沒有絲毫端倪使他感到這種思潮。而且卽是一個法國人也不容易辨別。他眼前所能確切感知的，唯有這過度的生產，好似公衆的災害一樣。彷彿人人都在寫作：男人，女人，小孩，軍官，優伶，交際花，海盜，無一不是作家。這眞是一場瘟疫哩。

暫時克利斯朵夫不想決定什麽意見。他覺得如西爾伐·高恩般的嚮導只能使他越來越迷路。因爲從前在德國和一個文學團體有過來往，所以他不會再信賴這種社團裏的人，對於書籍雜誌也抱着懷疑的態度：誰知道這些東西不是百來個有閒者底意見，甚至除作者一人而外更無別的讀者？戲劇或者可以令人對於社會獲得較爲準確的觀念。它在巴黎人的日常生活中占着極重要的地位，勞動一家巨人的飯舖，還來不及供應這二百萬人底食量。即使各區裏的小劇場、音樂咖啡店，雜耍班等等一百多間夜夜客滿的場所不計，也有三十餘家大戲院。演員職員底人數多至不可勝計。單是四家國家劇場就有上三千的員役，年耗公帑一千萬金。整個的巴黎充滿着紅伶。他們的像片，素描，漫畫，觸目皆是，令人想起他們的鬼臉，留聲機上傳出他們的歌唱，日報上登着他們對於藝術和政治的妙論。他們有他們特殊的報紙，刊載着他們可歌可泣的或日常猥瑣的回憶。在一般的巴黎人中，這些猢猻般學人模樣過日子的大孩子儼然便是主子，劇作者便是他們的扈從侍衛。於是克利斯朵夫要求西爾伐·高恩帶他到這個真僞不分的國土裏去見識一番。

* * * * * * *

但在這個世界裏，西爾伐·高恩底嚮導也不見得比他在出版界裏的嚮導更高明。克利斯朵夫由他的介紹而對於巴黎劇壇所得的第一個印象，其可憎的程度也不下於他第一批讀到的書籍。那種精神貧乏的風氣似乎到處瀰漫着。

出賣娛樂的商人也分做兩派。一是舊式的國粹派，是劇烈而露骨的詼諧，畸形的身體，醜惡的委態，貪饞的胃口，都是他們開心打趣的材料；那是肆無忌憚的，衛兵式的戲謔，——他們却美其名曰『大丈夫底直率，』自以爲把放蕩不羈的行爲與嚴格的道德融合爲一，因爲在一齣戲裏演過了四場淫穢的醜史以後，會重新把不貞的妻子丟還在丈夫牀上：——（只要法律得以維持，道德也算得救了。）——這種把婚姻描寫得百般淫亂而在原則上仍舊維持婚姻的態度，實卽是證浪慣的高盧人性格。

另外一派是現代式的，更細巧也更可厭：充斥劇壇的那些巴黎化的猶太人（和猶太化的基督徒，）利用戲劇來玩弄他們的情操，這便是頹廢的世界主義底特徵之一。那般爲了父親而臉紅的兒子，竭力想否認他們的種族意識；在這一點上，他們只嫌過於成功。因爲把他們幾千年的靈魂擺脫之後，他們的所謂個性，便只有把別的民族底德智的長處雜湊起來，合成一種混合品：而這便是他們運用個性的方式。凡在巴黎稱爲劇壇重鎮的人，拿手本領就在把猥褻與高尚的情操調融一起，使善帶一些惡的氣息，惡帶一些善的氣息，把一切年齡、性別、家庭、感情底關係弄得顛顛倒倒。這樣，他們的藝術就有一股特別的氣味，又香又臭，格外難聞：他們却稱之爲『無道德主義』

(Amoralisme)

他們最得意的劇中人物之一是多情的老人。他們的戲劇裏面本來藏有形形式式的肖像。在這幅畫上，他們又乘機把種種微妙的情景描寫得淋漓盡致。有時，這位六十歲的老英雄把他的女兒當作心腹，和她談着他的情婦；她也和他談着她的情夫；他們互相貢獻意見，像朋友一般；好爸爸幫助女兒奸淫；好女兒幫助父親去哀求那愛情不專的情婦，要她回來和父親重續舊歡。有時，這位尊嚴的老人做了他情婦底知己，和她談着她的情夫，慫恿她講述她放浪的故事，把他聽得津津有味。於是我們看到一大批情夫，都是十足道地的紳士，替他們從前的情婦當經理，監督着她們的交際與匹配的事情。時髦的女人們朝秦暮楚。男人做着龜奴，女人幹着同性愛。而這都是上流社會，資產社會，——唯一值得重視的社會裏的人物。因為在高等娛樂底名義之下，很可以搬些壞貨色供應主顧。一經改裝，壞貨色也很容易銷售出去，把年青的婦女與年老的紳士看得笑逐顏開。但是裏面總有一股死屍的味道，有一股娼家的氣息。

他們作風之混雜亦不下於他們的情操。他們造成一種雜揉的俗語，採用各階級各地方的口語，又迂腐又粗俗，把古典的、抒情的、下流的、幽默的，湊集在一處，令人聽來好似帶有外國口音的語言。他們天生善於譏諷，善於說笑，但很少自然意趣；可是伶俐如他們，自會巧妙地製造得迎合巴黎人的口味。雖然寶石底來路不甚可靠，鑲嵌底功夫未免笨重繁瑣，但在亮光下面至少會發亮：只此一點已經足够。他們很聰明，觀察很精密，不過有些近視，幾百年來在櫃檯上弄壞了的眼睛，在放大鏡下檢視情操，把小事情擴大了好幾倍，眞正的大事情却完全沒有看見；但因他們偏愛那些虛幻的光彩，故除了他們這種暴發戶目中認爲是典雅的理想以外，就什麼都不能描寫。那是一小握倦於生活的遊蕩者和冒險家互相爭奪一些偷來的金錢與無恥的女性。

有時，這些猶太作家眞正的天性，由於莫名其妙的刺激，也會從他們古老的心靈深處覺醒過來。這纔是多少世紀多少種族底奇妙的混合物，髣髴沙漠裏的一陣風，從海洋那邊把土耳其雜貨舖裏的臭味吹到巴黎人的牀頭，其中雜着閃爍發光的沙土，奇怪的幻象，醉人的肉感，劇烈的神經病，毀滅一切的欲念，——髣髴撒姆遜（希伯來法官以勇力著名）突然像獅子般醒來，挾着瘋狂的怒氣把廟堂搖撼得崩陷下來，壓在他自己和敵人身上。

克利斯朵夫掩着鼻子，和西爾伐・高恩說道：

——這裏面頗有些力量；但在發臭。够了！我們去看別的東西罷。

——甚麼別的？西爾伐・高恩問道。

——法國啊。

——這就是法國！高恩說。

——不是的，克利斯朵夫回答，法國不是這樣的。

——怎麼不是？法國還不是和德國一樣？

——我絕對不信。像這種民族決活不了二十年：現在已經有發爛味道了。一定還有別的東西。

——再沒更好的了。

——一定有，克利斯朵夫固執着說。

——啊！我們也有美麗的心靈，西爾伐・高恩答道，也有適配他們的戲劇。您要看這個麼？有的是。

於是他領着克利斯朵夫往法蘭西劇場去。（按係法國四大國家戲院之一，專演古典的悲劇喜劇）

* * * * * * *

這天晚上，正演着一齣現代的語體喜劇，劇中討論着某個法律問題。

一聽最初幾句對白，克利斯朵夫就不知這劇情究竟發生在哪個世界上。演員底聲音異乎尋常的擴大了，沉重遲緩，故意做作，把所有的音母咬得着着實實，好似教授朗誦的功課；又好似永遠念着十二綴音格的詩，時時刻刻痛苦地打呃。演員做着莊嚴的姿勢，彷彿教士一般。女主角披着古希臘大褂式的褻衣，高舉着手臂，低垂着腦袋，活像神話裏的女神，調弄着她美妙的低音歌喉，臉上永遠掛着苦笑。高貴的父親，踏着劍術教師般的步子，道貌岸然，帶着那種陰鬱的浪漫色彩。年輕的男主角冷靜地逼尖着喉嚨裝做哭聲。劇本作風是報屁股式的悲劇：滿着抽象的字眼，公事式的修辭，學院派的紆說。沒有一個動作，沒有一聲出人不意的呼號。從頭至尾像鐘擺一般呆板，討論着呆笨的問題，只有一個劇本底雛形，一副空洞的骨架，裏面却毫無血肉，祗是些書本式的語句。在這些意欲表示大膽而又唯恐觸犯道德的討論之下，潛伏着一顆拘謹畏葸的小資產階級底心靈。

劇中敘述一個女子和她已經生了孩子的卑鄙的丈夫離了婚，再嫁給一個她心愛的誠實君子。劇作者想借此說明，即在這等情形中，離婚不獨爲一般成見所不許，抑且爲人類天性所不容。要證明這一點是再容易沒有的事：作者設法使前夫在某次意外的情形中和離婚的妻子重新結合之後，那個女人並不繼之以悔恨與羞慚，如一般天性所應有的反應；倒是一方面和前夫結合，一方面仍舊戀着誠實的後夫，據說這是一種英雄的意識，天性以外的心理表現！法國作家對於道德實在有些生疎：他們所講的道德都帶着畸形怪相，令人難以置信。我們看到的髣髴盡是高乃依式的英雄，悲劇的帝王。——這些百萬富翁的劇中人物，在巴黎至少有一所第宅、二三處宮堡的女主角，豈非眞是帝王麼？在這等作家底眼裏，富貴竟是一種美，幾乎也是一種德。

但克利斯朵夫覺得那些觀衆比戲劇本身更爲可怪。憑是如何不倫不類，他們都處之泰然。在有些發噱的地方，逢到可笑的對白，以及演員們預先暗示大家準備哄笑的區處，他們便哄笑一陣。當那般悲壯的傀儡們照着一定的規矩打呃，叫吼，或是暈過去的時候，大家便擤鼻涕，咳嗽，感動得下淚。

——哼！有人還說法國人輕佻！克利斯朶夫出場時說。

——輕佻與莊嚴各有各的時候，西爾伐·高恩帶着嗤笑的口氣說。您要道德？您現在可看到法國也有道德了。

——但這不是道德而是雄辯啊！克利斯朶夫喚道。

——我們這裏，西爾伐·高恩說，道德在戲劇中總是能言善辯的。

——法庭上的道德，克利斯朶夫說，即使勝利也不過是些廢話。我壓根兒就厭惡律師。法國沒有詩人麼，法國？

於是西爾伐·高恩帶他去見識詩劇。

* * * * * * *

法國並非沒有詩人，也並非沒有大詩人。然而戲院不是爲他們而是爲胡謅的音韻匠設的。戲劇之於詩歌，有如戲劇之於音樂，好像裴里奧士所說的，也變了「賣淫窟。」

克利斯朶夫所看到的，是一般以賣淫爲榮的聖潔的娼婦。據說她們和登上加伐山的基督一樣偉大；——是一般爲愛護朋友而誘姦朋友之妻的人；——是相敬如賓的三角式的夫婦，是已經成爲歐洲特產的英雄的戴綠頭巾的丈夫。此外，克利斯朵夫也看到一般多情的姑娘依徊於情欲與責任之間：依了情欲是應該跟一個新的情夫；依了責任是應該和舊有的情夫廝守下去，這舊有的情夫是一個供給她們金錢而被她們欺騙的老人。結果是她們高尚地選擇了責任那條路。——克利斯朵夫却覺得這種責任和卑鄙的利害觀念並沒多大分別；然而羣衆已經滿心愜意。對於他們，聽到責任二字就已足夠；事情底眞際，於他們是不相干的：俗語說得好，一面旗就好保護船上的商貨。

可以說得藝術底極致的，還在於用最奇特的方式，把性的不道德與高乃依式的英雄主義調和起來。這樣就可使巴黎羣衆覺得一切都滿足：放蕩不羈的精神，刻薄詼笑的嗜好，統統有了着落。——這我們也嘗說句老實話：他們對於性欲的興緻還不及嚼舌的興緻。雄辯是他們無上的快樂。只要是一篇美妙的說辭，他們就是給人鞭笞一頓也樂意。不論是惡是善，是超凡入聖的英雄主義，是放蕩淫佚的下流習氣，祇要鍍金似的加上些鏗鏘的音韵，和諧的字句，他們便一概吞下。一切都是吟詩的材料。一切都是咬文嚼字的章句。一切都是遊戲。當囂俄暴雷似的怒吼時，他們立刻加上一個低音調節器，使小孩也不致喫驚！——在這種藝術裏，你永遠感不到自然底力量。他們把一切都弄成浮華淺薄：愛情，痛苦，死亡，好像在音樂方面一樣，——而且更甚，因為音樂在法國還是一種年青的藝術，所以還相當天眞，——他們最怕『已經用過的』字眼。最有天才的人冷靜地在標新立異上面做功夫。訣竅是簡單不過的：只須選一篇傳說或神話，把它的內容顛倒過來就得。於是就有被妻子毆打的藍鬍子（按係法國作家班羅所作童話中的人物，曾殺死六個妻子）或是為了好心而自己挖掉眼睛、為阿雲斯與迦拉德的幸福而犧牲自己的卜里番姆（希臘神話中人物，以卵殺害阿雲斯與迦拉德，後為于里斯挖去雙目）。而這一切，着重的還在形式。但克利斯朵夫（得聲明他不是一個內行的批判者）覺得這些重視形式的大師也不見得高明，只是一般鈔襲模倣的匠人而非能自創風格、從大處落墨的法家。

　　這類悲壯的戲劇所包含的詩的謊言，其謬妄的程度簡直無與倫比。它對於劇中的主角有一種古怪而可笑的概念：

『主要是有一顆美妙的靈魂，
有一雙鷹眼，寬廣的前額高與門齊，
有一副嚴肅堅強的神氣，煥發而又動人，
再加一顆顫抖的心，一雙充滿着幻夢的眼睛。』

這樣的詩句居然有人信以爲眞。在浮誇的大言，長長的翎毛，白鐵的劍與紙糊的頭盔之下，我們老是看到沙杜（法國近代劇作家。）派無可救藥的輕薄的習氣，把歷史當作玩具的大膽的俳劇演員的作風。像西拉諾（法國近代著名喜劇）式的荒唐的英雄主義，在現實世界裏適應什麽呢？這般作者從天上攪到地下，把帝王與扈從，護教團與文藝復興期的武士，一切攪亂過江山的元惡大盜，從墳墓裏翻出來：——爲的是教大家看看一個無聊的傢伙，殺人不眨眼的暴徒，擁着殘忍凶戾的軍隊，忽然爲了一個十幾年前見過一面的女子顛倒起來，——再不然是給您看一個享利第四爲了失歡情婦而被刺！

這般先生就是這樣的玩弄着室內的君王與英雄。所謂詩人就是這樣的謳歌着虛僞的、不可能的、與眞理不相容的英雄主義……克利斯朶夫奇怪地注意到，自命爲思想細密的法國人竟不知可笑爲何物。

但最妙的是宗教交了時髦運！在四旬節（復活節前四十日內）裏，喜劇演員在快樂劇場用大風琴伴奏着，朗誦鮑舒哀（十七世紀法國主教兼宗教作家）底悼詞。依色拉族的女伶寫些關於聖女貞德的悲劇。鮑第尼劇場演着殉難之路，安皮居劇場演着聖嬰耶穌，聖·瑪丁劇場演着受難記，奧狄安劇場演着耶穌基督，移殖園裏奏着關於基督受難的樂曲。某個有名的嚼舌專家謳歌肉欲之愛的詩人，在夏德萊戲院舉行一次關於『贖罪』的演講。當然，在全部福音書中，這些時髦朋友所牢記在心的不過是比拉德與瑪特蘭。（前者爲判耶穌磔刑之猶太首領，後者爲從淫婦而終成聖女。）——而他們的馬路基督，又是染了當時的習尙，變得特別嘵舌。

克利斯朶夫不禁喊道：

——這可比什麽都糟！簡直是謊言底代表。我窒息死了。快快走罷！

但在這批現代工業品充斥的情形中，究竟還有偉大的古典藝術支撐着，好像今日的羅馬城中，雖然滿着惡俗的建築物，也還有些古廟堂底廢墟殘跡巍然矗立。但這種古典作品，除掉莫利哀底以外，克利斯朵夫實在沒有能力賞識。他對於語言底精微機妙處還把握不住，故對於民族天才格外難於認識。他覺得最不可瞭解的莫如十七世紀的悲劇，——這是法國藝術中外國人最難入門的一部，因爲它所代表的正是法國民族底心臟。他只覺得這種劇本沉悶、冷酷、枯索，其迂闊和做作的程度足以令人作嘔。動作不是貧乏就是勉強，人物之抽象有如修詞學上的論證，空洞無物如時髦女子底談話。實在只是一幅古人物與古英雄底漫畫：長篇累牘的鋪張着理性，理由，刻劃入微的心理分析，舊時代的考古學。喋喋不休的議論，眞是法國式的廢話。不管它美不美，克利斯朵夫總抱着譏諷的心思不肯下斷語：他對於這些絲毫不感興趣；不問西那（高乃依著名的悲劇）裏面的演說家所持的理由如何，他也不在乎結果是哪個嘵舌的傢伙得勝。（西那與另一男子瑪克西同戀一女子互爭雄，故言。）

可是他發見法國羣衆並不和他一般見解，倒是非常熱烈的大聲喝彩。然而這並不能消釋他的誤會；他看這種戲劇時是用觀衆做陪襯的；他在現代的法國人身上看到有些性格是古典的法國人遺傳下來的，不過形式已經變過。這種情形，正如一道犀利的目光，在一個妖冶的老婦臉上發見她的女兒臉上的精純的線條；這自然不會使你對老婦發生什麽愛情！……好似彼此見慣了的家人一樣，法國人自己決不會發覺自己的肖似。但克利斯朵夫一見便怔住了，且把肖似之處格外誇張：眼睛裏只看見這一點。當代的藝術，於他無異是那些偉大的祖先底漫畫，而偉大的祖先，在他心目中也只顯得是漫畫中的人物。克利斯朵夫覺分辨不出高乃依和一般濫用『崇高的荒謬的意識』的模倣者中間有何區別。拉西納也被那些渺小的巴黎心理學家，僭妄地做着心理分析的子孫們弄得魚目混珠。

所有這些老學生從不跳出他們的古典圈。批評家老是含糊地討論着太多狒（莫利哀名劇。）與法特爾（拉西納名劇）不覺厭倦。年紀老了，他們依舊弄着幼年時代心愛的玩藝作爲消遣。長此以往，一直可以到民族末日。世界上沒有一個地方能把遠祖列宗底法統保持得像法國這樣牢固，宇宙中其餘的東西都不値他們一顧，除了『偉大的君王』（按係指路易十四。）時代的法國名著以外甚麽都不讀不願讀的人不知有多多少少！他們的戲院不演歌德，不演席勒，不演克萊斯脫（十八世紀德國戲劇作家），不演葛利巴扎爾（十九世紀奧國戲劇作家），不演赫白爾，不演史脫林堡（十九世紀瑞典作家），不演洛潑（十七世紀西班牙作家），不演嘉台龍（同前），不演任何別的國家任何巨人底名作，只有古希臘算是例外，因為他們（如歐羅巴所有的民族一樣）自命為希臘文化底承繼人。難得他們覺得需要演一下莎士比亞。這纔是他們的試金石。表演莎士比亞的也有兩派：一是用一種布爾喬亞的現實主義來演李爾王的，一是把哈姆雷德弄成歌劇一般，雜着些響亮的曲調和羅俄式的唱詞。他們想不到現實可以富有詩意，想不到詩歌對於一般生機蓬勃的心靈就是自然的言語。所以他們覺得莎士比亞不免有些虛僞，趕緊回頭表演洛斯當（法國近代劇作者，西拉諾的作者。）

然而二十年以來，也有人幹着革新戲劇的工作；狹窄的巴黎文壇也為之擴大了範圍；他們裝着大膽的神氣，向各方面去嘗試。有兩三次，外界的洪潮，公衆的生活，居然把因襲的帷幕戳了一個小洞。可是他們立刻把破綻縫補起來。這眞是些嬌弱的爸爸，生怕看到事實底眞面目。隨俗的思想，古典的傳統，精神上與形式上的墨守成法，缺少深刻的嚴肅，把他們的前途阻塞了，使他們大膽的嘗試無法完成。最迫切的問題一變而爲巧妙的遊戲；臨了，一切都歸結到女人——渺小的女人——問題上去。易卜生底英雄的無政府主義，托爾斯泰底福音書，尼采底超人主義他們所憧憬的這三大巨人底幽靈實在只有一張悲慘的臉！

巴黎作家竭力裝做思想着新事情。其實他們全是保守派。歐洲沒有一派文學像法國文學那樣普遍地受制於過去的：大雜誌，大日報，國家劇場，學士院，到處都給『不朽的昨日』控制着。巴黎之於文學，髣髴倫敦之於政治，是遏止歐洲思想趨於過激的調節器。法蘭西學士院就等於英國底上院。前朝的制度在新社會前依舊提出它們從前的規章。革命分子總被迅速地撲滅或同化。其實這些革命分子也正是求之不得。政府即使在政治上採取社會主義的姿態，在藝術上還是盲目地聽任學院派擺佈。對學院派的鬥爭，大家祇用些文藝社團來做武器；而且鬥爭底經過也很可憐。因爲這些社團中人一遇機緣就馬上跨入學士院，而其學院派氣息比原來的學院中人更要來得濃厚。至於剩下的一批，不論是前鋒派或什麼派，總是被他們的團體束縛着，永遠擺脫不了那些團體底思想。有些幽閉在學院派原則裏面，有些禁錮在革命主義裏面：總而言之是一邱之貉。

爲提提克利斯朵夫精神起計，西爾伐・高恩提議領他到一種完全特殊的——就是說妙到極點的——戲院去。在那邊可以看到凶殺，強奸，瘋狂，拷掠，挖眼，破肚，凡是足以震動一下太文明的人底神經，滿足一下他們隱蔽的獸性的景象，無不具備。這對於一般漂亮女子和交際花尤其特具魔力，——因爲她們平時就高興擠在法院闊人的審判庭上消磨整個下午，一邊看着審問那些駭人聽聞的案子，一邊絮絮不休的談着笑着，咬着糖果。但克利斯朵夫憤憤地拒絕了。他在這種藝術裏進得愈深，愈覺得那股早就聞到的氣息實在是有的，先還幽幽地，繼而是猛烈地衝得他幾乎窒息：這是死的氣息啊。

死，在這豪華奢侈之下，在這繁囂喧鬧之中，到處都有死的影踪。克利斯朵夫這纔明白他早先對於某些作品感到厭惡的道理。但他憎恨的倒並非在於作品中不道德的成分。道德，不道德，無道德，——這些名辭都毫無意義可言。克利斯朵夫自己就從沒造出什麽道德理論；他所愛的古代的大詩人大音樂家，也並非規行矩步的聖者；要是他有機會遇到一個大藝術家時，他決不問他要識悔單看，而是要問他：

——你是不是健全的？

一切的問題都包括在『健全』二字裏面。歌德有言：『要是詩人病了，他得想法醫治。等痊愈時再來寫作。』

巴黎底作家都病了；或者卽使有一個健全的，也要以健全爲羞，隱瞞着別人，想法教自己害一場大病。然而他們的疾病所反映於藝術的，並不在於愛情底享樂，思想底放縱，專事破壞的批評。這些特點可能是健全的，可能是不健全的，看情形而定；但絲毫沒有死的根苗。如果有，那也不是從這些力量方面來的，而是由於使用力量的人，——死的氣息是在他們身上。——至於享樂，那是克利斯朵夫一樣歡喜的。自由，也是愛好的。他爲了坦白地支持這種思想，曾經惹起德國小城裏的反感；但如今巴黎人來宣揚這些觀念時他反厭惡起來。思想還不是一樣的思想？可是它們發出來聲響不一樣。當克利斯朵夫不耐煩地擺脫古代宗師底羈絆，和虛僞的美學、虛僞的道德鬥爭時，並不像這些漂亮朋友般以遊戲出之，他是很嚴肅的，駭人地嚴肅的；他的反抗是爲了追求生命，追求豐富的、孕育着未來時代的生命。但在這批人，什麼都歸結到貧瘠的享樂。貧瘠，貧瘠。這就是謎底。這是思想底濫用，感官底濫用。是一種光華燦爛的、巧妙的、富有意趣的藝術，——當然也有美的形式，美的傳統，外來的巨浪衝擊不倒的傳統，——是一種像戲劇的戲劇，像風格的風格，是一批熟練的作家，能幹的文人，是當年很有力量的藝術、很有力量的思想底骨幹。但也就只是骨幹。鏗鏘的字眼，悅耳的句子，在虛無裏繞圈子的觀念，思想的遊戲，肉感的頭腦，慣於推敲的官能：這一切除了自私地供自己享樂以外，簡直毫無用處。這眞是望死路上走；和全歐洲眼看着法國人口可驚地減少下去的情形相仿。多少的才智之士，多少感覺精練的人，在可恥的手淫上面浪廢精力，他們自己却不覺得，只是嘻嘻哈哈笑着。然而，克利斯朵夫所覺得差堪安慰的就靠這一點：這些傢伙還能夠痛痛快快的笑，究竟不能算完全無望。當他們裝做正經的時候，他更要不歡喜他們哩；因爲他覺得最難堪的，莫過於那些文人一邊把藝術當作尋歡作樂的工具，一邊自命爲宣揚一種不計功利的宗教。

——我們是藝術家，西爾伐·高恩得意洋洋地說。我們是爲藝術而藝術。藝術永遠是純潔的；除了貞潔以外更無他物。我們在人生中探險，像遊歷家一般對一切都感興趣。我們是探奇獵豔的使者，是愛美的唐・裴安。

這時候，克利斯朵夫却忍不住回答他道：

——你們都是僞善之徒，恕我老實說。我一向以爲只有我的國家是如此。在德國，我們老是把理想主義掛在嘴上，實際却永遠顧着自己的利益；我們口口聲聲自稱爲理想主義者，實際只存着自私自利的心思。但你們是更糟：你們不是用『眞理』『科學』『智識底責任』等等的名稱來掩護你們的胡賴主義（對於一切的後果完全不負責任），便是用『藝術』與『美』底名辭來遮飾你們民族的荒淫。爲藝術而藝術！……嘿！多莊嚴的信仰！但信仰只是強者有的。抓住生命，像鷹抓住牠的俘虜一般，把它帶上天空，自己和它一起飛上清明的世界！……這需要利爪，巨翼，和一顆強健的心。可憐你們祇是些麻雀，找到什麼枯骨時便就地撕扯，一邊還要咕咕咶咶的爭吵。……爲藝術而藝術！……可憐蟲！藝術究竟不是供給下賤的人享用的下賤的芻秣。不用說，藝術是一種享受，在一切享受中最迷人的享受。但你只能用艱苦的奮鬥去換取，藝術的桂冠也只加在勝利的力士頭上。藝術是馴服了的生命，是生命底帝王。當一個人要做凱撒時，先應當有凱撒底氣魄。你們不過是些舞台上的君主：你們扮着這種角色，你們還不相信。且像這些以自己的畸形怪狀來博取榮名的優伶一樣，你們用着你們的畸形怪狀來製造文學。你們一心一意培養着你們民族的病根，培養着他們的貪懶享樂，淫欲的幻想，空虛的人道主義，和一切足以麻醉意志、不思奮發的習性。你們直把民族領到鴉片煙室裏去。結局便是死，你們明明知道而不說出來。——那麼，我、我來說了罷：死神所在的地方就沒有藝術。藝術是扶持生命的東西。但你們之中最誠實的作家也怯弱得可憐：即使蒙面巾墮下了，他們也裝做不看見；他們居然有臉孔說：

——這很危險，我承認；裏面含有毒素；但充滿着天才！

正像法官在輕罪庭上提到一個無賴時說：

——不錯，這是一個壞蛋；但多有天才！

* * * * * *

克利斯朵夫尋思着法國的批評界有何用處。然而有的是批評家；他們在藝術界裏是非常繁殖的；甚至作品也給他們遮得看不見了。

一般地說，克利斯朶夫對於批評這門東西是不懷好感的。這麽多的藝術家，在現代社會裏形成第四第五階級似的人物，克利斯朶夫已不大願意承認他們有何用處：他祇覺得這是一個沒落時代底表象，既不知觀照人生，也不知道感覺體味。尤其可恥的是，這般人連用自己的眼睛去觀照人生底反影都不能，還得借助於別的媒介，借助於反影之反影，一言以蔽之，還得依賴批評。要是這些反影之反影是忠實的倒也罷了。但批評家所反映出來的只有周圍的羣衆所表現的猶豫不定的心理。這好比一些好奇的人想在博物院大鏡子裏看天頂上的油繪，結果這面鏡子所反射出來的就是這些好奇者想看天頂的情境。

有一個時期，批評家在法國享有極大的權威。羣衆恭順地接受他們的裁判；而且幾乎把他們看做高出於藝術家的人，看做聰明的藝術家：——（似乎藝術家與聰明兩個名辭平時是連不到一處的。）——以後，批評家高速度的繁殖起來，預言家太多了，他們的行業便不免受到影響。當自稱『眞理所在，只此一家』的人太多時，人們便不再相信他們了；他們自己也不相信自己了。接着是失意來臨：照着法國人底習慣，他們在這一個極端蹦了釘子就立刻轉向另一個極端。從前自稱爲無所不知的人，如今聲言一無所知了。他們甚至認爲這種一無所知就是他們的榮譽，他們的體面。勒南曾經教這些弱種說：要風雅，必須把你剛纔所肯定的立即加以否定，至少也得表示懷疑。那是如聖·保祿（耶穌最得意的門徒之一）所說的『唯唯否否』的人。法國所有的優秀之士都崇奉這兩重生活底原則。在這種原則下面，精神的怠惰和性格的怯弱都得其所哉了。大家再不說一件作品是好是壞，是眞是假，是聰明是愚妄，只說：

——可能……並非不可能……我不知……我不敢負責……

要是人家演一齣猥褻的戲，他們也不說：

——這是猥褻的。

他們只說：

——史迦那蘭先生啊，請您不要這樣說罷。我們的哲學只許您對一切都用猶豫不定的口氣講；所以您不該說：『這是猥褻的；』只能說：『我覺得……我看來是猥褻的……但不能一定說是如此。也許它是一部傑作。誰知道它不是傑作呢？』

把這種人稱爲篡佔藝術是決無問題的了，從前，席勒曾經教訓過他們，把他們挖苦地稱做『奴僕，』教這般輿論界底壟斷者知道他們『奴僕底責任，』他說：

『第一，屋子要收拾淸楚，王后快要駕臨了。拿出些勁來罷！把房間打掃起來。先生們，這是你們的責任所在。

『但只要王后一到，趕快往門外去，奴僕！僕婦是切不可大模大樣佔坐夫人底安樂椅的！』

對於現在這般奴僕，倒要說句公平話：他們不復僭佔夫人底安樂椅了，要他們當奴僕，他們便當了奴僕——但是些下劣的斷役，旣不做事，又不打掃，房間都荒廢了。他們交叉着手臂，把整理與淸潔底工作都讓主人去做，讓値日星宮——羣衆——去擔任。

實際是，從若干時以來，已經有一種反抗混亂現象的運動發生。一般精神較爲堅强的人正爲着公衆的健康而奮鬥着，——不過力量還很薄弱；但克利斯朶夫爲環境所限，絕對看不見這批人。並且人家也不理他們，反而加以嘲笑。難得有一個剛强的藝術家對時行的、病態的、空虛的藝術起而反抗時，作家們都高傲地回答說，既然羣衆表示滿意，就可以證明他們是對的。這也儘夠塞住指摘者底嘴巴。羣衆已經表示意見！這是藝術上至高無上的法律！誰也不會想到我們可以拒絕一般墮落的民衆替誘使他們墮落的人作有利的證人，誰也不會想到應該由藝術家指導民衆而非由民衆來指導藝術家。數字——包括戲台下面看客底數字和賣座收入底數字——底宗教，在這商業化的民主國裏控制了全部的藝術思想。批評家跟在作家後面，柔順地宣信藝術品主要的功能是取悅大衆。社會的歡迎是它的鐵律；只要賣座不衰，就沒有指摘的餘地。所以他們努力預測娛樂交易所裏的市價上落，在批評家的眼裏窺探對於某部作品應該表示何種意見。於是所有的眼睛都相對瞧視；彼此只看見各人固有的猶豫心理。

然而時至今日，最迫切的需要就莫過於一種大無畏的批評。在一個混亂的共和國家，最有威勢的是潮流，它難得會像一個保守派國家裏的潮流般往後退的：它永遠前進；虛僞的思想自由日益膨脹，幾乎無人敢拂逆。羣衆在表面上雖沒有披露意見的能力，心裏却也覺得厭惡；只是沒有人敢把內心祕密地感到的說出來罷了。假使批評家是強者，假使他們敢做強者，那末他們一定可有極大的威力！一個剛強壯健的批評家（克利斯朶夫還着他年靑專斷的心思想道，）可在數年之內成爲公衆趣味方面的革破命，把藝術界底病人一掃而空。但你們已沒有革破命了……你們的批評家先就生活在惡濁腐敗的空氣裏，已辨別不出什麽惡濁腐敗。其次，他們也不敢說話。他們彼此相稔，形成一種集團，應當互相敷衍：他們絕對不是獨立的人物。要獨立，必須放棄社交。甚至連友誼都得犧牲。但最優秀的人都懷疑一場坦白正直的批評是否值得以開罪作者底代價去換取：在這樣怯弱的一個時代裏，誰又有勇氣來幹呢？誰肯以責任之故使自己陷入地獄呢？誰敢和輿論作對，和公衆的愚蠢奮鬥，揭開當代的勝利者底眞面目，爲無名的藝人辯護，孤軍匹馬，把帝王般的意志勒令那些奴性的人服從？——克利斯朶夫在某齣戲劇初演之夜，在戲院走廊裏聽見一般批評家彼此說着：

——唔，這够糟了麽？簡直一塲糊塗！

明天，他們却在記事裏稱之爲傑作，譽之爲再世的莎士比亞，讚爲天才。

——你們的藝術所缺少的並不是才氣而是性格，克利斯朶夫和西爾伐·高恩說。你們更需要一個大批評家，一個萊辛，一個……

——一個鮑阿羅，是麽？高恩用着譏諷的口氣問道。是的，一個鮑阿羅，也許法國需要一個鮑阿羅勝於需要十個天才作家。

——卽使我們有一個鮑阿羅，也不會有人聽他的。

——要是如此，那是因爲他不是一個眞正的鮑阿羅之故，克利斯朵夫回答道。我可以回答您：一朝我要把您們赤裸裸的眞相說給您們聽時，不管我說得如何不高明，您們總會聽到：並且您們也非聽不可。

——可憐的朋友！西爾伐·高恩嘻嘻哈哈的說。

他的神氣好似對於這種普遍的頹廢現象很是滿意，以致克利斯朵夫覺得高恩之於法國比他這初來的人更要來得生疎。

——這是不可能的，克利斯朵夫說，這是他有一天從大街上一家戲院裏懷着難堪的心緒走出來時已經說過的話。一定還有別的東西。

——您還要甚麼呢？高恩問道。

克利斯朵夫固執地再說一遍：

——法蘭西。

——法蘭西，不就是我們麼？西爾伐·高恩縱聲笑着說。

克利斯朵夫呆呆地望了他一眼，隨後又搖搖頭，重新唱着他的老調：

——還有別的東西。

——那麼，朋友，您去尋訪罷。西爾伐·高恩說着，愈加笑開了。

是的，克利斯朵夫可以去尋訪。他們把法蘭西藏得嚴密極了。

第二部

當克利斯朶夫把醞釀巴黎藝術的思想圈看清楚時，他感到一個更強烈的印象：女人在這國際化的社會上占着最高的地位，擁有荒謬的、漫無限制的權勢。單是做男子底伴侶已不能使她饜足。單是和男子平等也不能使她饜足。直要她的享樂成爲男子底基本律令纔行。而男子竟帖然就範。一個民族衰老時自會把自己的意志、信仰、一切生存的意義，甘心情願交在支配歡娛的主宰手裏。男子製造作品；女人製造男子，——（不然便像這時代的法國女子那樣，也來製造作品；）——而與其說她們製造，還不如說她們破壞更準確。不朽的女性，對於優秀的男子固然能發生一股堅強的力量；但對於一般普通的人和一個衰退的民族，却另有一種同樣不朽的女性，老是把他們望泥塗裏拖。而這另一種女性就成爲思想底主人翁，共和國底帝王。

由於西爾伐·高恩介紹，再靠着他演奏家底長才，克利斯朵夫得以出入於交際場中，用好奇的目光觀察巴黎女子。像多數的外國人一樣，他慣把他對於兩三種典型女性的嚴酷的批判，推而至於全部的法國女子，以爲她們統是一個樣兒的。至於他所遇到的幾種典型，是那些不甚高大而沒有多少靑春氣色的少婦，柔軟的腰肢，染色的頭髮，可愛的頭上戴着一頂照身體的比例顯得太大的帽子；分明的線條，微帶虛腫的皮膚，鼻子生得相當端整，但往往是平庸的，永遠沒有個性的；活潑警覺的眼睛缺少深刻的生命，只是竭力要裝得神采煥發的樣子，顯得異乎尋常的大；秀美的嘴巴似乎頗有自主力；豐腴下的顎，臉龐的下半部完全表示出這些漂亮人物底唯物主義，一邊儘管弄着各種愛情的玩藝，一邊依舊顧慮輿論，敷衍家庭。雖然生得俏，卻毫無民族底眞面目。在這些時髦女人身上，幾乎都有一種腐化的小資產階級意味，或是因爲謹愼、節省、冷淡、實利和自私等這些民族的傳統性格而願意成爲這種小資產階級。她們所有的是空虛的人生，享樂的欲念，和本質平庸但很堅強的意志；——而所謂享樂的欲念還是由於思想底好奇者多，由於感官底需要者少。她們穿扮得非常講究，細小的動作都有功架。用纖巧的手心或手背輕輕地按着頭髮，敲着木梳，永遠想對鏡自照——同時窺伺別人，——不管這鏡子在近處遠處；至於在晚餐席上，茶會席上，羹匙裏，刀片上，晶光雪亮的銀咖啡壺上，隨時瞥一眼自己的倩影，更是她們覺得世界上最有趣的事情。她們用餐時守着嚴格的衛生規則：喝只喝清水，食物也有許多禁忌，唯恐她們理想的麵粉般的皮色受了損害。

在克利斯朵夫來往的人中，比較以猶太人爲多；他雖然從認識于第斯·曼海姆以後對於猶太人已不存多大幻想，但仍不免受他們吸引。西爾伐·高恩領他到幾個猶太沙龍裏，受到很聰明的招待，因爲這民族原來是很聰明而愛聰明的。在宴會中間，克利斯朵夫遇到一般金融家，工程師，報館老闆，國際仲裁人，黑奴販子一流的傢伙，——共和國底企業家。他們頭腦清楚，很有毅力，對旁人取着痛癢不相關的態度，老掛着笑臉，好似很易披瀝心腹，實際却深閉固拒得厲害。克利斯朵夫覺得在這些冷酷的面目之下，在滿着花啊肉啊的餐桌四周的這些人物底過去與將來，隱伏着罪惡底影子。幾乎所有的人都是醜的。但女人羣大體還相當鮮艷。但你別從近處去看：那是大半都缺少細膩的線條與姿色的。要是從遠處看，表面的物質生活倒還強健，美麗的肩頭在衆目睽睽的場合高傲地展露着，她們頗有裝點美貌的天才，甚至也會裝點她們的醜態，做勾攝男人的陷阱。要是給一個藝術家看到時，定會在其中發見有些古羅馬人底典型，尼隆或哈特里安（按皆爲古羅馬帝國皇帝）時代的女子。此外，也有巴瑪（按爲西班牙屬地中海西岸巴萊阿爾島之首府。）風的臉龐，淫蕩的表情，肥胖的下巴緊緊地埋在頸窩裏，頗有肉感的美。還有一種女人頭上堆着濃密的鬈髮，熱烈而大膽的眼光，令人一望而知是細膩的、深沉的、無所不能的，比其餘的女子更剛強，但也更女性。在這些女人羣中，寥寥落落顯出幾個較有才智的人物。純粹的線條，其來源似乎比羅馬還古遠，簡直是拉朋（古希伯萊人，典出聖經。）底同鄉，使你感到一種詩意，一種沙漠的情趣。但當克利斯朵夫走近去，聽希伯萊主婦與羅馬皇后談話時，他發覺這古族後裔亦如其餘的女人一樣，不過是一個巴黎化的猶太女子，比巴黎女子更巴黎化，更做作，更腐化，若無其事的說些惡毒話，她的聖母般的眼睛，祇在別人的身體上靈魂上刺探祕密。

克利斯朵夫徘徊於這些集團之間，只覺得格格不入。男人們談論狩獵的口吻那麼殘忍，談論愛情的口吻那麼粗暴，唯有講到金錢纔精當無比，而且以鎮靜的、嘻笑的態度出之。大家在吸烟室裏聽取商情。克利斯朵夫聽見一個衣襟上綴有小勳章的美男子，在太太們底安樂椅中間穿來穿去，慇懃獻媚，用着喉音說道：

——怎麼他竟逍遙法外麼？

在客廳一隅，兩位太太談論着一個靑年女伶和一個交際花底戀愛事件。有時這些樂團還舉行音樂會，要求克利斯朵夫演奏。女詩人們氣吁吁的，流着汗，用提示的聲調讀着蘇利·普呂東和奧古斯丁·陶奧（按皆十九世紀法國詩人）底詩句。一個名演員，依着大風琴底伴奏，莊嚴地朗誦一章『神祕之歌。』音樂與詩句之荒唐，直敎克利斯朵夫作惡。但那些羅馬女子居然聽得出神，嘻開着美麗的牙齒與心地笑。他們也串演易卜生底名劇。一個巨人對於社會的擁護者的攻擊，結果竟給他們作消遣！

這樣之後，他們以爲應當討論一番藝術問題了。這纔令人作嘔。女人們爲了賣弄，爲了禮貌，爲了無聊，尤其要談易卜生，華葛耐，托爾斯泰。談話一朝在這方面開了端，再也無從使它停止。而且像傳染病一樣，銀行家，仲裁人，黑奴販子，都來發表他們對於藝術的高見。克利斯朵夫雖竭力避免回答、轉變話題，也是徒然：人家死要和他談論音樂，崇高的詩歌。有如裴里奧士所說的：『這些傢伙談及這些問題時，其冷靜的態度令人疑心他們在談着醇酒婦人，或旁的猥瑣之事。』一個神經病醫生，在易卜生劇中的女主角身上認出他某個女病人底影子，只是更加愚蠢罷了。一個工程師，確切斷言傀儡家庭（易卜生名劇。）中最可愛的人物是丈夫。一個名演員——知名的喜劇家——，吞吞吐吐的發表他對於尼采與加里爾（十九世紀英國史學家。）的高見；他告訴克利斯朵夫說，他不能看到一張范拉士葛（十七世紀西班牙名畫家）——這是當時奉如神明的作家——底畫而『沒有大顆的淚珠從面頰上流下。』但他又真誠地和克利斯朵夫說，雖然他把藝術的位置放得極高，但他把人生的藝術，行動，放得更高，而要是他能夠選擇角色來扮演的話，他一定選擇俾斯麥。有時，這種地方也有一個所謂才子之流的人。然而他的談吐亦不見得如何高卓。克利斯朵夫常要把他自以為說的內容和他實際所說的核算一下。他們往往一言不發，掛着一副謎樣的笑臉；他們躲在虛名底下過活，絕對不把這虛名來冒險。唯有幾個例外的人愛說話，普通總是南方人。他們無所不談，可是絲毫沒有價值觀念，把一切都等量齊觀。某人是莎士比亞。某人是莫利哀。某人是耶穌基督。他們把易卜生和小仲馬相比，把托爾斯泰和喬治・桑並論；而這一切，自然是爲表明法國已經無所不備。通常，他們是不惜外國語文的，但這並無妨礙。他們說的是否眞理，大家簡直邈不關心！主要是說些有趣的事情，藉以奉承民族自尊心的話頭。外國人是最好的取笑對象，——時下的偶像當然除外：因爲不論是葛里格，是華葛耐，是尼采，是高爾基，是鄧南遮，總有一個當令的。但決不會長久，偶像定有跌到垃圾桶裏的一天。

眼前的偶像是貝多芬。貝多芬——誰想得到？——做了時髦人。至少在上流社會與文人羣中是這樣：因爲音樂家們依着法國秤托式的藝術趣味早就把貝多芬丟開了。一個法國人要知道自己怎麼想，先得知道鄰人怎麼想，纔好決定自己或是和他一般想法或是兩樣想法。看到貝多芬變得通俗時，音樂家中最高雅的一派人便認爲貝多芬已不夠高雅了，他們自命爲永遠爲輿論先驅而從不隨輿論之後，他們對於羣衆，非但不肯協調，反而背道而馳。所以他們把貝多芬當做粗聲叫喊的老聾子；有些人還斷定他或許是一個可敬的道德家，但說他是音樂家未免徒負虛名。——這類惡俗的打趣絕對不合克利斯朵夫脾胃。而上流社會底熱心吹捧也並不使克利斯朵夫更滿意。

倘使貝多芬在這時候來到巴黎，一定是最時髦的人物：可惜他死了已有百年。這種時代的潮流並非重視他的音樂，而是重視他的多少帶有傳奇色彩的生活，那是被感傷派傳記所宣傳得婦孺皆知的。粗暴獷野的臉孔，獅子般的口鼻，已經成爲羅曼斯中的面目。太太們對之表示非常憐愛；說如果她們能認識他，他決不至於那樣苦惱；她們所以敢如此慷慨如此慈悲，尤其因爲她們明知貝多芬決不會把她們的說話當眞……這老頭兒已經什麽都不需要了。——因此，一般演奏家，樂隊指揮，戲院經理，纔對他表示十二分的虔敬；且以貝多芬底代表者資格領受大家對於貝多芬的敬意。座價高昂的、盛大的紀念音樂會，使上流社會得有表現他們善心的機會，——有時也可使他們趁此發現幾闋貝多芬底交響樂。喜劇演員，上流社會，半上流社會，共和政府特派主持藝術事業的政客，組織着委員會，公告社會說他們將爲貝多芬建立一座紀念碑：大家靠着幾個被人當作通行證用的好好先生，在發起人名單上爭先恐後的列入自己的大名；但若貝多芬活着的話，這批壞蛋一定會首先把他放在脚下踐踏。

克利斯朵夫注視着，傾聽着，咬緊着牙齒，免得說出難聽的話來。整個晚上，他緊張着，拘攣着。他既不能說話，也不能緘默。說話，並非為了興趣或需要，乃是為了禮貌，為了不可不說話，這可弄得他膽怯了。把眞正的思想說出來既不可，說些平庸的事情又不能。他甚至在不開口的時候沒有能力保持禮貌。如果他望着鄰人，就嫌目光太凝注，太嚴峻：他不由自主地要研究對方，令人生氣。如果他說話，就嫌語氣太肯定：教大家——連他自己在內——聽了刺耳。他覺得自己不得其所；而且他既有相當的聰明能夠感覺到這個環境底和諧被他破壞，自然對自己的態度舉止要和他的主人們一樣氣惱。他恨自己，恨他們。

等到他半夜裏獨個子走到街上時，又是煩惱又是困憊，再也無力走回家去了；他竟想躺在街中，好似他兒時在公爵府裏演奏回家時的情形一樣。有時，即使在週末以前別無收入而袋裏只剩五六個法郎時，他也會化去兩法郎雇一輛車。他急急忙忙撲進車廂，希望趕快溜走；在車子走動的時間，他煩躁地呻吟不已。回到家裏，在床上將要睡去時，他還在呻吟……繼而，忽然又想起一句滑稽的話而放聲大笑，不知不覺做手勢模倣當時的情景。明天，甚至過了好幾天，獨自散步的時候，他還是會突然咆哮起來，像野獸一般……為何他要去看這般人呢？為何他以後仍舊會去呢？為何要強使自己學着別人底模樣，做着手勢，扮着鬼臉，假裝關心着全無興趣的事情？——全無興趣，是不是真的全無興趣呢？——若在一年以前，他決計不耐煩這種交際。現在他却覺得又好笑又好氣。他是不是多少沾染了巴黎人對一切都很淡淡的氣息？於是他又不安地疑心自己的性格是否不及從前的堅強。但實際是相反：他倒是更堅強了。在一個陌生的環境裏，他精神比較自由得多。他不由自主地睜眼看着人類的大喜劇。

而且不管他歡喜不歡喜，祇要他希望他的藝術獲得巴黎社會賞識，這種生活就得繼續下去。因爲要巴黎人對作品發生興趣，先要他們認識作者，而要是他希望能在這些僞善者中間覓得教課底差事來維持生活，他尤其需要教人認識。

何況一個人是有一顆心的；而心是不問處在何種環境裏終必有所依戀的；如果一無依傍，它便不能存活。

* * * * * *

克利斯朵夫底青年女學生中，有一個叫做高蘭德・史丹芬。她的父親是一個富有的汽車製造商，原是比國人而入了法國籍的；母親是意大利人。她的祖父是一個英國種的美國人，卜居在倫凡斯（比國大城），祖母則是荷蘭人。這是一個十足巴黎式的家庭。在克利斯朵夫眼中，——如在許多別人底眼中一樣，——高蘭德又是一個典型的法國少女。

她纔十八歲，生着一雙絨樣的眼睛，對少年們顯得格外溫柔。西班牙女郎式的瞳子，水汪汪的光彩把眼眶統統塡滿了，一個古怪而細長的鼻子，說話時老是牽動個不住，亂蓬蓬的頭髮，一張怪可愛的臉，皮膚很平常，擦着粉，粗糙的線條，微微有些虛腫，髣髴一頭渴睡的小貓。

細小的身材，穿裝得非常講究，又迷人，又招搖，舉止態度都帶幾分做作、凝騃、與稚氣；她裝着小姑娘的神氣，坐在搖椅裏幌來幌去，小聲小氣的喊着：「不，這是不可能的？……」在飯桌上遇到心愛的菜肴便高興得拍手；在客廳裏，她燃着紙烟，在男人前面故意做出與女友們親暱的神態，勾着她們的頸項，撫摩着她們的手，附着她們耳朵喁語，說些天眞的癡話，也說些虛聲恫嚇的假話，說得都很巧妙，再不然就用着柔和嬌嫩的聲音說些放肆的話，而上裝得若無其事的神氣，——實際却更易逗引人，——扮起乖女孩子底那種憨態，光彩奪人的眼睛，厚厚的眼皮，春情蕩漾的，狡獪非常的，在眼角裏窺伺一切的聲響，待機抓取談話中所有的猥褻部分，想法吊幾條魚兒上鈎。

這些狡獪的手段，小狗般在人前賣弄的玩藝，不三不四的廢話，全然不討克利斯朵夫歡喜。他有別的事情要做，無暇來注意一個放蕩的小妮子賣弄手段，甚至用好玩的心情來瞥她一眼都有所不屑。他得掙他的麵包，把他的生命與思想從死亡中拯救出來。這些客廳裏的鸚鵡所以能引起他的興趣，只在於她們能幫助他達到目的這一點。當他把教課來換取她們的金錢時，他是專心致志的，緊蹙着眉頭，全副精神貫注着工作，免得被教課底煩惱分心，也免得被如高蘭德·史丹芬一類佻薘的女學生百般引誘。所以他對於高蘭德的關心，也不過像他對高蘭德底十二歲的表妹一樣罷了；這個孩子倒是幽幽靜靜的，怯生生的，住在史丹芬家，和高蘭德一同學着鋼琴。

但以高蘭德底敏慧，決不會感覺不到她所有的愛嬌對他都是白費，而且以她圓活的性格，也很易隨機應變的迎合克利斯朵夫底腔派。在這一點上她簡直不必費甚心思。這是她天賦的本能。她是女人，她好似一道沒有定形的水波。她所遇到的各種心靈，於她勞猶是各式各種的水瓶，由她去——因了好奇，或是因了需要，——採用它們的形式。但要做效這些外來的形相，就得把自己的本來面目完全去掉。她的個性，是沒有個性的個性。她時常要更換她的水瓶。

她的受克利斯朵夫吸引是有許多理由的，第一項理由是克利斯朵夫的不受她吸引。其次因爲他和她所認識的一切青年都不同；像這種形式粗糙的瓶，她還沒有試用過。再加她天生機智，一眼望去就能準確地估出各種水瓶各種人物底價值，所以她明白克利斯朵夫除了缺少風雅是他的微疵以外，自有一股堅毅的力，爲巴黎任何公子哥兒所沒有的。

她的學音樂，正和一切有閒的小姐一樣。她在這方面用的功夫可以說很多，也可以說很少。這是說：她常常弄着音樂，而實際是茫無所知。她可以整天的彈奏，爲了空閒，爲了擺架子，爲了尋快樂。有時，她的彈琴像騎弄自轉車一樣。有時她彈得很好，頗有情趣，頗有性靈，——（竟可說她眞有一個：只要她設身處地的去學一個有性靈的人，她就變得有性靈了。）——在認識克利斯朵夫以前，她可以歡喜瑪斯奈，葛里格，多瑪（十九世紀法國鋼琴家作曲家。）但從認識克利斯朵夫以後，她也可以不歡喜他們。如今她居然把罷哈和貝多芬底作品彈得很純粹了，——（這也並不說得過分；）——但最驚人的是她居然愛他們。實際她並非愛什麼貝多芬，多瑪，罷哈，葛里格，而是愛那些音符，聲響，在鍵盤上奔馳的手指，如別的弦一樣撥着她神經的琴弦底顫動，以及使她身心舒暢的美妙的刺激。

在她貴族化宅第底客廳裏，鋪着顏色黯澹的地氈，正中放着一座琴架，供着壯健的史丹芬夫人肖像，那是一個時髦畫家底手筆，把她表現得多愁多病的樣子，袋如一朵沒有水分的花，毫無生氣的眼睛，螺旋般蜷曲的身體，似乎非如此就不能表現這富家婦稀有的心靈，——大客廳窗子四周嵌着花玻璃的邊緣，窗外可以望見蓋滿白雪的老樹，克利斯朵夫發見高蘭德坐在鋼琴前面，反覆不已的彈着些同樣的樂句，聽着幾個委靡的不和協音出神。

——啊！克利斯朵夫一進門叫道。貓兒又在打鼾了！

——好個沒規矩的傢伙！她笑着答道……

（說着她向他伸出軟綿綿的手。）

——……聽罷。難道這不美麼？

——美極了，他冷冷地回答。

——您不聽呀！……且好好聽一會再說！

——我聽着……老是這些東西。

——啊！您不是音樂家，她失望地說。

——勞駕這眞是音樂似的！

——怎麽！……這不是音樂是什麽？請教您？

——您很明白！我可不能告訴您，說出來是不雅的。

——這可更要您說了。

——您要我說？……——那算您倒楣！……您知道您坐在琴前做些什麽？……您是在調情啊。

——倒說得好聽！

——一些不錯。您和鋼琴說：『親愛的鋼琴，親愛的鋼琴，和我說些好話呀，撫摩我呀，給我一個親吻呀！』

——您住口不住口？——高蘭德半笑半生氣的說。您竟毫無尊敬的觀念。

——毫無。

——您眞是蠻不講理……再說，要是這眞正是音樂的話，我這種方式不就是眞正愛好音樂的方式麽？

——呋！我求您，不要把這種東西和音樂混爲一談。

——但這就是音樂啊！一個美妙的和音，不啻一個美妙的親吻。

——我沒有教您這麽說。

——難道不是麽？……爲什麽您聳肩？爲什麽您扮鬼臉？

——因爲這使我厭惡。

——愈說愈妙了！

——我厭惡人家用淫蕩的口吻來談論音樂……噢！這也不是您的過失，是您的社會底過失。所有您四周的這些無聊的人，把藝術看做一種特准的淫樂……好了，這些廢話說夠了！把您的翺伞大彈給我聽。

——不忙，我們再談一會罷。

——我不是來談天而是給您上鋼琴課的……來罷，開步走！

——您眞有理，高蘭德氣惱着說，——心裏却覺得稍稍碰一下釘子倒也暢快。

她彈着她的曲子，非常用心因爲很伶俐，所以彈來很過得去，甚至也相當的好。克利斯朵夫把一切看得很明白，肚裏暗暗笑着「這小頑皮居然這樣能幹，雖然對於所彈的樂曲一無所感，彈來倒挈挈實實有所感。」然而他不使自己因此就對她懷抱好感。至於高蘭德，却絕對不放過繼續談天的機會，她覺得這比鋼琴課有趣得多。克利斯朵夫儘管拒絕，推說他不能說出心中的意思而不觸犯她；她可總有方法使他說出來！而且他的說話愈是唐突，她愈不覺得唐突：這於她是一種游戲。這敏慧的妮子也覺得只有眞誠是克利斯朵夫所歡喜的，所以她常大膽地和他挺撞，頑強地和他爭辯。等到分手時，他們却心無芥蒂，依舊是好朋友。

* * * * * * *

可是克利斯朵夫對於這種沙龍式的友誼從來不存什麽幻想，他們中間也從來談不到什麽親密，直到有一天，高蘭德一半突如其來、一半也由於誘惑的本能而向克利斯朵夫傾吐心腹之後，情形纔有變化。

隔夜，她的父母在家招待賓客。她有說有笑，像瘋子般大大地賣弄了一番風情；但明天早上，當克利斯朵夫去上課時，她卻顯得疲乏不堪，形容憔悴，皮色蒼白，頭脹得厲害。她沒精打采的連話都不願意說，坐在琴前有氣無力的彈奏，時時刻刻脫落音節，改也改不過來，便突然中止了說：

——我彈不下去了……請原諒……且等一會，好不好？

他問她是否身體不適。她回答說不。他想：

『她不大上勁……她有時就是這樣子……雖然可笑，但不該埋怨她。』

於是他提議改天再來；但她定要留着他：

——只要一忽兒……過一會就會好的……我眞無聊，是不是？

他覺得她的態度有些異常；但不願意探問，爲轉變話題計，他說：

——哦，這是您昨晚鋒頭太健的結果啊！您太辛苦了。

她譏諷地微笑了一下，說：

——是的，對您倒不能這樣說。

他率直地笑了。她又道：

——我想您是一句話都沒有說。

——一句話都沒有說。

——可是昨晚頗有些有意思的人在場呢。

——是呀，有嚼舌的傢伙，有才子。在你們這般沒骨頭的法國人中間，我眞是迷失了，他們什麼都懂得，什麼都原諒，但什麼都感覺不到。他們幾小時的談着藝術啊，愛情啊，豈不令人作嘔！

——但藝術與愛情兩者之內，總有一件是您感有興趣的。

——這些事情毋庸討論，只要去做就是。

——但當一個人不能做的時候呢？高蘭德微微撅着嘴問。

克利斯朵夫一邊笑一邊答道：

——那麼讓別人去幹。藝術不是人盡皆能的事。

——愛情也是如此麼？

——愛情也是如此。

——哎喲！那麼還有什麼事情留給我們？

——你們的家務囉。

——謝謝！高蘭德生氣着說。

她重新把手放在琴上，再來嘗試，但仍舊脫落音節；於是她敲着鍵盤呻吟道：

——我不能！……我竟一無所用。您說得對。女人是毫無用處的。

——能够這樣說已經不壞了，克利斯朵夫高興地回答。

她望着他，好似一個小姑娘挨罵之後的迷迷糊糊的神氣，接着說：

——別這般冷酷！

——我並不誹謗賢淑的女子，克利斯朵夫喜洋洋地答道。一個賢淑的女子是地下的天堂……不過，地下的天堂……

——是的，沒有一個人見過這種女子。

——我並不悲觀到這種程度。我只說：我，我從未見過；但很可能有。要是如此，我也決心去尋訪。但這並非易事。一個賢淑的女子和一個天才的男人，在世界上同是鳳毛麟角般少見的。

——而除了他們以外，其餘的男男女女都不在計算之內麼？

——相反！對於社會只看見這其餘的一批。

——但對於您呢？

——對於我，這些人是有等於無。

——您多冷酷！高蘭德說。

——有一些。應當有幾個人冷酷一些，只要是爲了別人底利益！……如果世界上不是稀稀落落有幾顆石子的話，人類的元氣眞要喪盡了。

——是，您說得對，您是強者，所以很得意，高蘭德悲哀地說。但對那些不能成爲強者的男女，——尤其是女子，不要太嚴厲啊……要知道我們的懦弱無能把我們磨折得多苦。您因爲看見我們嘻笑自若，調情打趣，弄些可笑的把戲，便以爲我們腦子裏空空如也，瞧不起我們。那知一般十五到十八歲間的小婦人們，雖在社會上鬼混，出鋒頭，——但當她們跳舞跳罷了，廢話、傻話、刻薄話說罷了，人家跟着她們笑罷了之後，當她們對一般混蛋推心置腹，渴欲訪求光明而不可得之後，——在夜裏回到家中，關在臥室裏，一聲不響的跪在地下，一任孤獨的苦悶煎熬：啊！此情此景，要是您能看到的話！……

——有這樣的事麽？克利斯朵夫驚愕地說。怎樣！你們竟如此痛苦？

高蘭德一言不發；不由得湧上淚來。她強作笑容，把手伸給克利斯朵夫：他感動地握住了。

——可憐的孩子！他說。既然你們痛苦，那麽爲何一些不想辦法跳出這種生活呢？

——您要我們怎麽辦？眞是無法可想。你們男人，你們可以擺脫，可以爲所欲爲。但我們，我們永遠被世俗的義務與浮華的享樂禁錮着：跳不出樊籠。

——誰阻止你們像我們一樣的擺脫一切，幹一件你們心愛而又能保障你們獨立的事業，

——像保障我們的一樣？

——像保障你們的一樣?可憐的克拉夫脫先生!這保障也不見得如何可靠呢!……但至少這是你們心愛的事業。我們却又配做些甚麽呢?沒有一件事情使我們感到興趣。——是的,我知道,我們現在參預一切,我們裝做關心着一大堆與我們毫不相干的事情;我們也眞希望能關心着什麽事情!我和旁人一樣,參加團體,擔任慈善會工作,到巴黎大學去上課,聽柏格森和于爾·勒曼脫(法國近代批評家。)講演,聽古代音樂會古典作品朗誦會,還做着筆記……連我自己也不知道寫些什麽!……而我騙着自己,以爲這一切眞是我所熱愛的,或至少是有用的。啊!我明知這完全相反,一切於我都是一樣,我多煩惱!但願您勿因我把每個人底思想老實告訴了您而鄙薄我。我並不比別的女子更蠢。但所謂哲學,歷史,科學,究竟和我有什麽相干?至於藝術,——您看——我亂彈一陣,亂塗一陣,弄些莫名其妙的水彩畫;——一個人生就是被這些東西塡滿了麽?我們一生只有一個目的:就是嫁人。但嫁給這些我和您看得一樣明白的傢伙中的一個:您以爲是有趣的麽?唉,我完全看到他們的本相。我沒有你們德國多情女子的幸運,永遠會自造幻象……豈不可怕?環顧周遭,看看已經結婚的女子,看看她們所嫁的男人,想到自己也得和她們一樣,糟蹋身心,變得和她們一樣庸俗!

……我敢說，非苦行主義者決受不了這種生活及其義務。而這就不是個個女子都做得到……光陰如流矢，日月如穿梭，青春消逝了；可是我們內心究竟也藏着些美妙的，善的部分——只是棄而不用，歸於死滅，不得不抑制自己讓我們瞧不起而將來瞧不起我們的蠢貨擺佈！……並且沒有一個人瞭解您！人家說我們是一個謎。覺得我們神祕古怪的男人，倒也罷了。但女人應該懂得我們啊！她們是過來人；只要回頭想想自己的情形便得……可是絕對不然。她們絲毫不來援助我們。即是做我們母親的也不瞭解我們，並不真想認識我們。她們只打算把我們嫁人。此外是死也罷，活也罷，悉聽您自己安排！社會把我們遺棄在一邊。

——不要灰心，克利斯朵夫說。每個人都得把自己的生活重新改造。如果您有勇氣，自會漸入佳境。試往您的社會以外去尋找罷。法國究竟應該有些忠實的男子。

——有是有的。我也認識。但他們多可厭！……並且，我告訴您：我所處的社會雖然使我厭惡，但我覺得此刻我已不能在這個社會以外生活了。我有了它的習慣，需要相當的安適，相當高級的奢侈與交際，這些固然不能單靠金錢，但也少不了金錢。這當然沒有什麼光輝，我知道。可是我知道自己是個弱者……別因爲我告訴了您多懦怯的事情而遠離我，我求您。用慈悲的心腸聽我說罷。和您談談使我多快慰！我覺得您是強者，是健全的人：我完全信任您。給我一些友誼，肯不肯？

——當然肯，克利斯朵夫說。但我能替您出什麼力呢？

——聽我訴說，給我忠告，給我勇氣。我時常煩惱不堪！那時我眞不知如何是好。我對自己說：『奮鬥有什麼用？痛苦有什麼用？這個或那個，有什麼相干？不管是誰，不管是什麼！』這是一種可怕的境界。我不願陷入。幫助我罷！幫助我罷！……

她精神頹喪，似乎一霎時老了十歲；她用着善良的、順從的、哀求的眼睛望着克利斯朵夫。他答應了她的要求。於是她又興奮起來，笑了，快活了。

晚上，她又照常說說笑笑，賣弄風情。

* * * * * *

從這天起，他們之間親密的聚談變成有規律的了。他們單獨相對：她把心裏的願望告訴他：他很費力的想法瞭解她，勸告她；她聽着他的勸告，必要時還得聽他埋怨，那副嚴肅與小心的神氣，活像一個挺乖的小姑娘：她覺得這是一種怪有趣的消遣，甚至是一種精神上的依傍，她做着感激而風騷的眼色表示謝意。——但她的生活並不因之有何改變：祇是添了一樁玩藝罷了。

她的日子是一組連續不斷的變化。早上起身極晚，總在十二點光景，因為她夜裏失眠，要到黎明時分纔入睡。她整天不作一事，只渺渺茫茫的，反覆不已的想着一句詩，一個念頭，一個念頭底片段，一場談話底回憶、一句音樂、一個她歡喜的臉龐。從傍晚四五點鐘起，她纔算完全清醒。在此之前，她總是眼皮厚厚的，面孔帶着虛腫，顯出悒悒不歡，睡眠不足的神氣。要是來了一個知己的女友，她便立刻活躍起來；這些姑娘像她一樣的嘵舌，像她一樣愛聽巴黎的謠言。她們絮絮不休的討論着戀愛問題。對於她們，戀愛心理學是和裝束、秘聞、誹謗幾件事情同樣談不完的題目。她們也有她們的一群青年閒漢，需要每天在裙邊消磨二三小時，這些男人差不多自己也可以穿上裙子：他們的談吐思想簡直和少女底一模一樣。克利斯朵夫底出現也有固定的時間：那是懺悔師底時間。高蘭德一霎時扮起嚴肅深思的樣子，真如鮑特萊（十九世紀末法國大詩人）所說的那種法國少女，在懺悔室裏「把她鎮靜地預備好的題意盡量發揮；眉目清楚，有條有理，凡是要說的話都安排得層次分明。」

——懺悔過後，她再拼命的尋歡作樂。跟着白天底消逝，她慢慢地年輕起來。晚上到戲院去；在場中認出幾張永無變易的臉孔眞是永無變易的樂趣；——因爲到戲院裏去的愉快，並不在於戲劇，而是在於認識的演員，在於已經指摘過多少次而再來指摘一次的他們的老毛病。各人和到包廂裏來訪問他的熟人講別的包廂裏的人壞話，或是議論女演員們底缺點。大家覺得扮傻姑娘的角色『蠢得像變了味的芥子醬，』或認爲那個高大的女演員衣服穿得『像燈罩一樣。』——再不然是大家去赴夜會，這裏的樂趣是炫耀自己，要是自己生得俏的話；——（但這是要看日子的；在巴黎，漂亮的標準是最捉摸不定；）——還有是把對於人物、裝束、體格的缺陷等等的批評修正一番。眞正的談話倒全然沒有。——很晚的回家。大家都怕睡覺；（這是一天之中最清醒的辰光）繞着桌子徘徊，拿一本書翻翻，想起一句說話或一個姿態時獨自笑笑。無聊透了。苦悶極了。又是睡不着覺。絕望的病魔在夜裏突然上身了。

克利斯朵夫難得見到高蘭德幾小時，對於她的變化也不過見到有限的幾種，然而他已弄得莫名其妙了。他尋思她究竟在什麼時候是眞誠的，——是永遠眞誠的呢還是從來不眞誠。這一點就是高蘭德自己也說不出來。她和大半的少女一樣，夜裏的苦悶只是由於欲望的無所寄托與欲望的受了限制。她不知自己爲何種人物，因爲不知自己何所欲求，更因爲她在未曾嘗試欲求以前根本無法知道。於是她依着她的方式去嘗試，模倣周圍的人物，假借他們的精神，以爲如此可有最大限度的自由，最小限度的危險。而且她也不急於要選定一種，因爲她對所有的人物都要敷衍，纔能把所有的人物加以利用。

但像克利斯朵夫這樣的一個朋友，就不容易利用了。他允許人家不歡喜他，允許人家歡喜他所不敬重甚或瞧不起的人；却不答應人家把他和他所瞧不起的人同等看待。各有各的口味，是的；但至少得有一種口味。

克利斯朵夫所尤其不耐煩的，是高蘭德得意洋洋的搜羅了一批克利斯朵夫最憎厭的輕薄少年在她周圍：這都是些勢利之徒，大半是有錢的，總之是有閑的，再不然是在什麽部裏掛個空名的人，——也是一邱之貉的傢伙。他們全都是作家——自以爲的作家。在第三共和時代，寫作是一種神經病，尤其是一種滿足虛榮的懶惰病，——在所有的工作中，勞心的工作最難檢討，所以最容易欺人。他們對於自己偉大的勞役只說幾句謹愼而莊嚴的話。似乎他們深知使命重大：頗有不勝艱巨之概。最初，克利斯朵夫因完全不知他們的作品與名字而覺得侷促不安。他怯生生地設法探詢；尤其要知道大家尊爲劇壇重鎭的那位寫過些什麼。結果，他錯愕地發見這偉大的劇作家只產生了一幕戲，還是從一部小說上脫胎下來的，而那部小說也不過是一組短篇創作連綴成功的東西，說準確些還只是他在同派的雜誌上近十年來發表的一些隨筆。至於別的作家，成績也不見得更可觀：不是幾幕戲劇，就是幾個短篇，幾首詩歌。有幾個是靠了一篇雜誌文章成名的，又有幾個是爲了『他們想要寫的』一部書成名的。他們公然表示瞧不起長篇大著。他們所重視的斧鑿只在於一句之中的字底配合。但『思想』二字倒又是他們的口頭禪：不過它的意義好似與普通的不一樣。他們的所謂思想，是用在風格底細節方面的。雖然如此，他們中間頗有些大思想家大幽默家，在行文的時候把深刻與微妙的字眼一律寫成斜體字，使讀者絕對不致誤會。

他們全都有着自我崇拜：這是他們唯一的宗教。他們想向旁人宣傳這種信仰，不幸旁人已經各自具備。他們在談話、走路、吸烟、讀報、舉首、映眼、行禮的時候，隨時隨地顧慮旁人的觀瞻。裝模作樣原是青年人底天性，尤其是他們這種格外無聊、一無所事的人。他們的處心積慮，特別是為了女人：他們不但戀慕女人，並且更要教女人來戀慕他們。但他們一遇到什麼人就要像孔雀般開屏；即使是一個過路人，對他們的賣弄只報以驚愕的一瞥也不管。克利斯朵夫時常遇到這種小孔雀：都是一般畫家音樂演奏家，青年演員，裝着某個名人底模樣：或是梵・狄克（十七世紀最大的弗拉芒畫家之一）或是項勃朗（十七世紀荷蘭畫派的宗師。）或是范拉士葛，或是貝多芬，或是扮出一個角色來：大畫家，大音樂家，巧妙的工匠，深刻的思想家，快活的夥伴，多瑙河畔的鄉下人，野蠻人……他們走過時橫着眼睛，看看人家有沒有注意他們。克利斯朵夫看着他們走來，等到相近時便狡猾地假裝望着別處。但他們的失望決不會長久：走了幾步，他們又對着後面的行人賣弄了。——高蘭德沙龍裏的人物是比較高明得多了：他們的裝模作樣是在精神方面：學着兩三個本身也已非真品的模型。再不然，他們用姿態來表現某種概念：什麼力啊，歡樂啊，憐憫啊，互助主義啊，社會主義啊，無政府主義啊，信仰啊，自由啊等等；這都是他們預備扮演的角色。他們有本領把最高貴的思想變成一件舞文弄墨的勾當，把人類最壯烈的熱情化為一條時行的領帶。

他們最拿手的是愛情，那簡直是他們專有的。享樂的理論，他們無不通曉；憑着他們的長才，發明種種新的假設，以能夠解決爲榮譽。這老是無所事事的人底事情沒有愛情，他們便把「淫慾」來替代；爲愛情下註解尤其是他們最高興的。而註解總比他們貧弱的正文來得豐富。對於都些最猥褻的思想，社會學更是一味強烈的調味劑：一切都會扯起社會學的旗幟；他們即使在肉的滿足上獲得多少快感，但倘在淫慾的時候不能確信自己是爲未來的時代工作，那麼還是覺得美中不足。這是一種純粹巴黎風的社會主義色情的社會主義。

在此專談戀愛的小團體中，討論最熱烈的問題之一，是女子在婚姻與戀愛方面應該和男子平權。從前有一般老實的青年，篤厚的，有些可笑的，崇奉新教的，——斯干地那維人或瑞士人，——曾經主張男女道德平等論：要求男子在結婚的時候和女子一樣的童貞。但巴黎的理論家主張另外一種的平等：說女子在結婚的時候應該和男子一樣的滿身污點，——這是情人權利底平等。奸淫這件事情，被巴黎人在想像和實行兩方面都做得濫了，以致漸漸顯得平淡無味：於是有人在文壇上發明一種處女賣淫的新玩藝兒，——一種有規則的，普遍的，有德性的，端方的，家族化的，尤其是社會化的賣淫。——最近出版的一部新書就是證明這一點。作者在四百頁的洋洋巨著裏，用一種輕佻的學究口吻，『依着倍根（十三世紀英國大哲學家）方法的規律，』研究着『最好的娛樂方式。』這眞是自由戀愛這門科目中最完美的講義：時時講到典雅，禮儀，愛高尚，愛美，愛眞，愛貞潔，愛道德，——可說是求爲下賤的少女們底寶典。——在當時，這部著作簡直是福音書，爲高蘭德底宮廷增添了無限的歡喜，成爲她引經據典的材料。這部怪書裏並非沒有正確的，觀察中肯的，甚至合乎人情的部分，但照着那般信徒底生活態度，當然把這些好處丟在一邊而只看到壞處了，在這甜蜜的花壇中，他們老是去採摘那些最有毒性的花朶，——例如『肉欲底嗜好只能增強你工作底嗜好；』——『一個處女在肉欲未曾滿足以前就做了母親是最殘忍的事；』——『佔有一個童貞的男子可以養成一個賢慧的母性；』——『母親對於女兒的責任，應該用着和保護兒子的自由同樣細膩熨貼的精神，培養她們的自由；』——『總有一天，少女們與情夫幽會歸來的態度，會像如今從學校歸來或訪問女友歸來的態度一樣自然。』

高蘭德笑着說這些法則是極合理的。

克利斯朵夫却痛恨這些論調。他也過於重視它們，以爲眞能產生無窮的罪惡。其實以法國人底聰明，決不會把紙上空談付諸實行。這是小腳的宣傳家，在日常生活中還是和一般中產階級同樣老實，甚至也和別人同樣顧忌禮教。正因爲他們在實際行動上那麼膽怯，所以在思想上把行動推得那麼極端。這於他們是一樁毫無危險的游戲。

然而克利斯朵夫不是一個愛講趣味的法國人。

* * * * * * *

在高蘭德周圍的靑年中，有一個她似乎最歡喜。但這個傢伙在克利斯朵夫心目中不消說是最可厭的一個。

這是那些有錢的中產者底兒子，弄着貴族化的文學，自命爲第三共和時代的貴族階級底一員，名字叫做呂西安·雷維—葛，兩只眼睛離得很遠，眼光很活潑，鼻子微微彎曲，金黃的鬚修成尖尖的梵·狄克式，頭髮已經未老先衰的禿落，但並不妨害他的尊容，巧言令色，瀟灑不凡，一雙又細又軟的手，握在手掌裏彷彿會溶化似的。他永遠裝得彬彬有禮，體貼入微的樣子，就是對他心裏厭惡而恨不得拿去丟在海裏的人也是如此。

克利斯朵夫在第一次跟着西爾伐・高恩去參加的文人宴會上已經遇到過他，雖然不會交談，但一聽他談話底聲音已經憎厭；當時克利斯朵夫自己也不懂是什麼緣故，到了後來纔明白其中的道理。原來這反感裏面有着如火如荼的愛，也有着深惡痛絕的恨——或者說（爲不使那些害怕一切熱情的柔和的心靈害怕起計且不用這個他們聽了刺耳的「恨」字）有着健康的人底本能，感覺到敵人來了，起而自衛的本能。

在克利斯朵夫面前，他表現着幽默與破壞的精神，柔和地，有禮地，幽幽地，攻擊着正在死去的上代社會裏一切尊嚴偉大的東西：攻擊家庭，婚姻，宗教，國家；在藝術方面則攻擊一切雄壯的、純潔的、健全的、通俗的作品；此外又攻擊大家對於思想、情操、偉人、以及對一般人類的信念。這種攻擊破壞，實際不過是分析的快感在作祟，借着苛刻的解剖，來滿足他侵蝕思想的野獸般的需求，滿足他蠹蟲般的本能。而在這侵蝕精神的意念之外，還有一種少女的、尤其是女作家的淫欲：因爲到了他的手裏，一切都是文學或變成文學。他的幸運，他的惡癖，朋友們底醜行，於他都是文學材料。他寫了些小說與劇本，巧妙地敍述他父母底私生活與祕史，再加上他自己的，朋友們底，尤其是他和一個最知己的朋友之妻的：人物底面目都描寫得很有藝術；羣衆，朋友，女人；簡直維妙維肖，令人擊節稱賞。他決不能得到一個女人底青睞或心腹話而不在書中吐露。——要是這種孟浪的舉動使他和『女同志們』不歡，也是情理之事。事實却並不然：她們並不覺得如何難堪；她們的抗議也不過爲了形式：心裏倒是非常高興讓人家把她們赤裸裸的在人前顯露，只要留一個面具在她們臉上，她們的羞惡之心就安寧了。在他那方面，說這些刻薄話時也並不存着什麼報復之心，甚至也沒有播揚醜史的用意。他比起一般中等人士來不見得更壞：以兒子來說不見得是更壞的兒子，以情夫來說不見得是更壞的情夫。在有些篇幅裏，他無恥地揭露他父親、母親、與他自己的情婦底隱私；同時却又用着富有詩意的溫情談到他們。實在他是極富於家庭觀念的，不過像有一等人那樣，對於所愛的人並不需要敬重；反之，他們倒更歡喜他們所瞧不起的人；因爲他們覺得這種對象總和自己比較接近，比較合乎人情。英雄行爲是他們最不瞭解的，人格底高潔尤其無從領會。他們幾乎要把這些德性認作謊言，認作精神萎弱的表現。然而他們又確信自己比任何人都更瞭解藝術上的英雄，並且用着一種長輩的親狎的態度批判他們。

他和一般有錢而懶惰的中產社會底腐化少女最是投機。對於她們，他是一個伴侶，是一種更自由更伶俐的女僕，能夠教她們許多事情使她們豔羨。她們對他是毫無顧忌的，儘可拿着滌西希底油燈（按滌西希爲愛神之情人，以不守約言，以燈燭照愛神之面，致愛神遁走。典出希臘神話）把這個任所欲爲的裸體的兩性人仔細研究。

克利斯朵夫不明白一個像高蘭德那樣的少女，似乎秉受着細膩的性格，抱着避免墮落的欲願的人，竟會對着這種環境心滿意足……克利斯朵夫不是一個心理學家。呂西安・雷維——葛可比他高明多了。克利斯朵夫是高蘭德底心腹；高蘭德卻是呂西安・雷維——葛底心腹。她對他占着絕對優越的地位。一個女子得和一個比她更怯弱的男子來往是最得意的事情。在這種情形之下，不但她的弱點得以滿足，即是她的優點——她的母性的本能也獲得滿足。呂西安・雷維——葛看準這一點：挑動婦人心竅的最可靠的方法之一，就是去撥弄這根神祕的弦。再加高蘭德具有自知不甚體面但又不願革除的本能，知道自己是一個懦弱無用的人；所以一聽這位朋友大膽地安排好的自白之後，覺得別人也是一樣的懦弱無用，覺得對於人類的根性原不嘗過事誅求而快慰了。這種快慰可以分兩方面來說：第一，不必再把自己心愛的幾種傾向抑制；第二，證明自己的處置得當證明一個人最聰明的辦法是不要和自己別拗，應當對於阻攔不了——可憐！——的趨向取着寬容的態度。這纔是一種不難實行的明智。

在社會的裏層表面上極端纖巧的文明，常和骨子裏隱藏着的獸性發生強烈的對照：這在能夠冷靜地觀察人生的人看來是饒有意味的現象。一切的交際場中，熙熙攘攘的雖然並不是化石與幽靈，但也像地層一般，有兩層的談話交錯着：一層是人人聽到的，是智慧與智慧底談話；另外一層是極少人能夠感到的，是本能與本能、野獸與野獸底談話。當大家在精神上交換着通常的語言時，肉體却在說：欲望，怨恨，或者是好奇，煩悶，厭惡。野獸儘管經過了數千年文明的馴化，儘管變得如關在鐵籠的獅子般懸駿，心裏却依舊念念不忘的想着牠茹毛飲血的生活。

然而克利斯朶夫底頭腦還不會冷靜到這種程度：要窺破這種祕密是非年齡增長、熱情消失不辦的。他把自己替高蘭德當顧問的任務看得很認眞。她一方面既要求他援助，一方面仍冒着危險恣意輕狂：這可使克利斯朶夫再也隱藏不住他對於呂西安·雷維——葛的反感了。呂西安·

雷維——葛那方面，對他先還保持着一種有禮的、譏誚的態度。他也覺得克利斯朵夫是他的敵人，但認的是毋庸戒懼的：他只是不着痕跡的愚弄他。其實，祇要克利斯朵夫能對他表示欽佩，他就可以對他保持友好的關係：但他就得不到這種欽佩，他自己也明白這是不可能的，因爲克利斯朵夫全然不懂作假的藝術。於是，呂西安·雷維——葛就從抽象的思想底對立不知不覺的轉變爲對人的爭鬥，而爭鬥底目的物就是高蘭德。

她對於這兩位朋友完全取着一視同仁的態度。她既賞識克利斯朵夫底道德和才具，也賞識呂西安·雷維——葛底不道德和思想；而且心裏還覺得後者給予她更大的愉快。克利斯朵夫是老實不客氣要教訓她的；那時她便用着可憐的神氣聽着他，把他軟化。她天性還不算壞，但因爲怯弱，甚至也因爲好心而缺少坦白。她假裝和克利斯朵夫一般思想。她很知道像他這種朋友底價值；但她不肯爲了友誼作任何犧牲；不但爲友誼，爲無論何人無論何物她都不願有所犧牲；她只揀着最方便最愉快的路走，所以她瞞着克利斯朵夫和呂西安來往；她撒着謊，態度裝得非常自然，那是一般上流女子從小就學會的本領，是保持她們所有的朋友使他們全都滿意的藝術。她爲自己辯謊說是爲了不使克利斯朵夫傷心而不得不如此；其實倒是因爲她明知克利斯朵夫有理而不致使他知道；並且她決不肯少做一些她所喜歡的事情，只要不致和克利斯朵夫爭執。有時克利斯朵夫也疑心她弄鬼，厲聲呵斥她。她便依舊裝做痛切悔過的樣子，親熱的，傷心的神氣；對他做着柔和的媚眼，——『女人總會想法子。』——的確，她想到可能喪失克利斯朵夫底友誼時是非常難過的，所以竭力裝出嬌媚和正經的態度，居然把他軟化了一些時候。但這是遲早要爆發的。在克利斯朵夫底氣惱裏面，不知不覺已經雜有嫉妒的成分。在高蘭德底甘言蜜語的狡計裏面，也已雜有些少愛的成分。然而他們的裂痕只有因之愈加顯明。

有一天當克利斯朵夫把高蘭德底說話當場揭穿之後，老實提出條件來：要她在他和呂西安·雷維——葛之間選定一個。她先是設法迴避這問題；結果卻聲言她自有權利保有一切她心愛的朋友。不錯，她說得對；克利斯朵夫也覺得自己可笑；但他知道他的苛求並非爲了自私，而是爲了眞心愛護高蘭德，定要救渡她的緣故，——即使因之而強迫她的意志也有所不惜。所以他冒失地堅持着。當他看見她置之不答時，便說：

——高蘭德，您要我們從此絕交麽？

她答道：

——不，我求您。這是使我非常痛苦的。

——可是您爲我們的友誼連一些極小的犧牲都不肯。

——犧牲！多荒唐的字眼！她說。爲何老是要爲一件東西犧牲別一件東西？這是基督教底蠢思想。實在您是一個老教士，您自己還不覺得。

——很可能，他說。爲我，要就完全是這一個，要就完全是那一個。在善與惡之間，絕對沒有中間的地位。

——是的，我知道，她說。就爲這一點我纔愛您。我切實告訴您，我很愛您；但……

——但您也很愛另外一個。

她笑了，對他扮着最甜蜜的媚眼，用着最柔和的聲音說：

——保留我們的友誼罷！

正當他將要再作一次讓步的時候，呂西安·雷維——葛進來了，受到高蘭德同樣甜蜜的媚眼和同樣柔和的聲音的接待。克利斯朵夫靜靜地看着高蘭德做她的戲。隨後，他走了，一心預備和她決裂了。他心裏有些難過。老是有所依戀，老是投入陷阱，眞是蠢極了！

回到寓所，他機械地整理着書籍，無聊地打開聖經，隨便揀着一段念道：

『……我主曾經說：因爲西洪（耶路撒冷山崗之一。）底女子挺着頸頸，流目顧盼，裝模作樣，趦着小脚，把脚上的銀圈震動作響，

所以我主使西洪女子頭髮禿落，在她們的頭頂上發見她們裸露的部分……。』

讀到這裏，他想起高蘭德底賣弄手段而笑了出來；隨後心情歡暢的睡了。他以爲自己已被巴黎同流合汚到相當程度，纔會讀着聖經覺得好笑。但他在床上依舊反覆背着這偉大的審判者底句子；想像着這種事情臨到高蘭德頭上時的情景，像孩子般笑着睡熟了。他已不再想到他新的哀

傲。多一樁悲哀也罷，少一樁悲哀也罷……他已經習慣了。

* * * * * * *

他照常爲高蘭德上課，只避免和他繼續親密的談話。她徒然哀傷着，惱着，弄狡獪：他始終固執着；他們生氣了：終於他自動想出理由來減少課程；他也趁此機會辭謝了史丹芬家底夜會。巴黎社會底味道他已經够；他再也受不了這種空虛，閒蕩，萎靡，神經衰弱，以及無理由、無目標、徒然消耗自己的、苛酷的評論。他不懂一個民族怎麼能在這爲藝術而藝術、爲享樂而享樂的沉滯的空氣裏過活。但這民族的確生存着，從前有過偉大的日子，此刻在世界上還保持着相當美好的氣色；對於一般從遠處眺望的人，它還能給人相當的幻象。它從哪裏汲取它生存的意義呢？除了歡娛之外，它又一無信仰。……

正當克利斯朵夫想着這些念頭時，在路上突然看見一羣青年男女，吶喊着，拖着一輛車子，裏面坐着一個老教士向兩旁祝福。稍遠處，他看到一羣法國兵拿着刀斧搥打一所教堂底大門，門內是一批掛有國家動章的先生們揮舞着桌椅迎接他們。這時他纔覺得法國究竟還有所信仰，——

至於信仰什麽，他還不知道。人家告訴他說，政府與教會共同生活了一世紀之後，如今要分離了，但因宗教不肯甘心情願的脫離，政府便仗着它的威權把宗教擯出門外。克利斯朶夫覺得這種辦法未免有傷和氣；但因爲巴黎藝術家底那種無政府式的趣味主義實在使他厭煩透了，所以遇到幾個人爲了一椿爭執——即使是極無聊的也好，——而打得頭破血流倒也覺得痛快。

他不久又發見這種人在法國着實不少。政見不同的報紙，互相廝殺得像荷馬史詩中的英雄一般，天天發表鼓吹內戰的文字。固然這不過是口頭喊喊的，難得有人眞的動手。但也並非沒有天眞質樸的人把別人在筆下寫寫的原則付諸實行。於是大家就有奇奇怪怪的景象可以看見了：某幾個州府自稱脫離法國啦，兵士逃亡啦，州長公署被焚啦，大隊的憲兵保護着徵收員收稅，鄉下人拿着鐮刀保衞教堂，自由思想者喊着自由的口號去攻打教堂，普渡衆生的民衆的救主們爬在樹上煽動葡萄酒省份去攻擊酒精省份。東一處，西一處，幾百萬人磨拳擦掌，滿面通紅的叫喊着，好歹總是廝打一頓了事。共和政府奉承民衆，請他們乾杯。民衆則把他們的孩子——官員與士兵——敲破腦袋。這樣，各人都可對別人證明自己的理由充足，拳頭結實。當你在遠處單從報紙上看時，與要以為是倒退了幾世紀。克利斯朵夫發見這法蘭西——懷疑派的法蘭西——竟是一個偏激的民族。但他不知道究竟在哪方面偏激。為了擁護宗教呢還是反對宗教？為了擁護理性還是反對理性？為了擁護國家還是反對國家？——簡直是各方面都是。他們是為趣味而偏激，愛偏激而偏激。

＊　＊　＊　＊　＊　＊　＊　＊

一天晚上，他偶然和一個有時在史丹芬家遇見的社會黨議員交談。雖然不是初次談話，他却絕對想不到這位先生底優點：因為他們從前談話底題材只以音樂為限。這一次他纔不勝詫異地得知這輕浮的傢伙竟是一個激烈政黨底領袖。

亞希·羅孫是一個俊俏的男子，留着金黃的鬚，說話帶着喉音，皮色很鮮潤，態度很誠懇，表面顯得相當溫雅，實際却還有多少粗俗的、村野的舉止有時會不知不覺的流露出來：——譬如當着別人修指甲，對人說話時扯着別人衣角，搖着別人胳膊等等；——他能喝能喫，愛笑愛玩，一心想着權位，純粹是民間出身的人；他為人圓轉靈活，態度會隨着環境與對手而變易，說話多而不過度，懂得聽人議論，立時把聽來的吸收進去；富有同情心，資質又聰明，對什麼都感興趣，這是由於天生的愛好，由於後天的趣味，也由於虛榮心；在某種限度內他也很誠實，即是說當他的利害關係不教他不誠實或不誠實了便有危險的時候，他是很誠實的。

他有一個美貌的妻子，身材高大勻稱，非常壯健，艷麗的裝束似乎緊窄了些，把她肥胖的身軀表露得過於明顯；臉龐四周圍着烏黑的鬈髮；又黑又濃的大眼睛；下顎微微前突；胖胖的臉兒不無可愛之處，但全部的相貌被睞個不佳的近視眼和闊大的嘴巴破壞了。她走路不大自然，急激的樣子頗像某幾種鳥，講話時帶着撒嬌的神氣，但非常溫婉非常懇懃。她的母族是一個富有的經商人家；思想自由，很有德性，好似崇奉宗教一般謹守着她世俗的義務；此外她還履行藝術的與社會的義務：家裏時常招待一般文人畫士，對民衆做着宣揚藝術的工作，參加慈善團體或兒童研究會，——並沒什麼熱烈的心腸與濃厚的興趣，——不過由於天生的慈悲心，由於愛時髦，由於智識階級底少婦底天真的學究氣，勞勞永遠背着一件功課，非要把它弄得爛熟不可的神氣。她需要幹，卻不需要對所幹的事情發生興趣。這種狂熱的活動，有如那些婦女們手裏老拿着絨線織物，一刻不停的撥動着針，勞勞救世的大業就在這件爲她們毫無用處的工作上。並且她也像編織絨線的女子一樣，有些老實女子底小小的虛榮心，歡喜把自己的榜樣教訓旁的女子。

那位當議員的丈夫對她又憐愛又輕蔑。他是爲享樂與安寧起計而選中她的，在這一點上說，他的確選得很好。她的美貌已經使他非常快慰，他更無別的要求，她對他也更無別的要求。他愛她，欺騙她。她只要他愛着她便算了。也許她對於他的私情還覺得相當快慰。因爲她又安靜又淫蕩，頗有回教女子底性格。

他們生有兩個美麗的孩子，一個五歲，一個四歲，她用着賢母的態度照顧他們，用心之親切與冷靜，正和她注意丈夫底政治，注意時裝與最新的藝術表現時一樣。在這種環境裏，她簡直把一切新派理論，頹廢藝術，時髦活動，布爾喬亞情操融冶一爐。

他們邀請克利斯朵夫到他們家裏去。羅孫夫人是一個優秀的音樂家，彈得一手好鋼琴；技巧很細膩很堅實，側着小小的頭，凝視着鍵盤，雙手在上面跳來跳去，活像母雞啄食的模樣。她在音樂方面比一般法國女子更有天才更有修養，但對於音樂底深刻的意義是完全不關心的。在她聽着音樂或準確地奏着音樂的時候，只覺得是一組音符，一些節奏，一些高下緩急不同的曲調罷了；並不探求其中的心靈，因爲她自己也不需要心靈。這個可愛的、聰明的、質樸的、慇懃的婦人，對克利斯朵夫照例十分親切。可是克利斯朵夫並不滿意，對她也沒有多大好感：不把她看在眼裏。也許他還不能原諒她——雖然他自己不覺得——明知丈夫有着外遇而泰然忍受的態度。在所有的弱點中，無抵抗是克利斯朵夫最不能原諒的。

他和亞希·羅孫倒比較親密。羅孫之愛音樂，如愛別的藝術一般，雖然鄙俗，但很真誠。當他愛好一闋交響樂時，簡直是願意生死與共的神氣。他並沒受過高深的教養，但懂得充分運用他膚淺的教養；在這一點上，他的妻子不無相當裨益。他對克利斯朵夫的所以發生興趣，是因爲看到克利斯朵夫和他一樣是一個倔強的平民。並且他很想仔細觀察一下這種人——（觀察人類是他從來不會厭倦的事情）——知道一下他對於巴黎的印象。克利斯朵夫直率嚴厲的批評，使他很感興趣。以他的懷疑精神，他承認這種批評是準確的。他不因爲克利斯朵夫是德國人而有所顧慮，反而以超越成見自豪。總而言之，他是非常富於人情的——（這是他主要的優點）——凡是合乎人情的，他都表示好感。然而這絕對不能阻止他不抱另一種深切的信念，以爲法國人——這古老的民族，古老的文明——總是優於德國人，因此也不能使他不嘲笑德國人。

* * * * * * *

在亞希・羅孫家裏，克利斯朵夫又看到許多別的政治家，過去的或未來的閣員。要是這些名人肯屈尊的話，他很高興和他們之中每個人談談。和一般流行的見解相反，他覺得這個社會到比他已經熟稔的文藝界更有意思。他們有更活潑的聰明，對於人類的熱情與福利也有更寬廣的胸襟表示關切。能言善辯，大半是南方人，全是一般可驚的趣味主義者；在這一點上，他們竟和文人學士的趣味一樣廣博。當然，他們欠缺藝術方面的智識，尤其是外國藝術的智識；但他們自命為多少懂得一些；而眞正愛好藝術倒是實情。一般閣員在小雜誌底會所裏舉行集會。有的編寫劇本。有的拉着提琴，狂熱崇拜華葛耐。有的塗幾筆畫。大家都蒐集着印象派繪畫，頹廢派書籍，體味着和他們思想不兩立的極端貴族的藝術。這些社會黨或急進社會黨底閣員，這些代表飢寒階級的使徒，居然學做風雅的鑒賞家：這不免教克利斯朵夫看了不順眼。雖說他們自有他們的權利，但他覺得這種行爲究竟不大光明。

但最奇怪的是，這些人物在個人生活上是懷疑主義者，肉欲主義者，虛無主義者，無政府主義者；等到有所行動的時候，却立刻變爲褊激之徒了。最愛藝術的人，一朝登台就蛻化爲東方式的小魔王；他們染上了指揮一切限制一切的癖好他們抱着懷疑精神，同時賦有專制氣質。誘惑底力量太大了，他們不能拿着當年最偉大的魔王所造成的強有力的行政機構而不想濫用。這樣之後自然而然形成一種共和式的帝國主義，和近年來新興的無神論的猶教主義。

在若干時內，一般政客還只想統治物質——卽是財產；——而不去干涉心靈，因爲心靈是不能鑄成貨幣的。心靈那方面也不理會政治；政治不是在它上面過去就在它下面過去；在法國，政治更被認爲工商業底生利的、但是不正當的分支；所以智識分子瞧不起政客，政客也瞧不起智識分子。——可是不久以來，政客和一般腐敗的智識階級始而接近，繼而勾結，終於產生一種新的威權霸占着思想界：這些新的統治者便是自由思想家。他們和另一批統治者勾結起來，而這另一批統治者也認爲他們的威權正好作爲專制政治底完美的機軸。他們的傾嚮，不在於打倒教會而在於代替教會，事實上他們已經組成一種自由思想底教會，和舊有的教會一樣有經典，有儀式，有洗禮，有初次聖餐，有宗教婚禮，有地方教議會，有國家教議會，甚至也有羅馬底總教議會。這些成千累萬的可憐蟲非成羣結隊即不能「自由地思想」：豈非可笑之尤！他們所謂思想自由，實在是用理智底名義禁止別人底思想自由；因爲他們的信仰理智，有如舊教徒的信仰聖處女；可全不想到理智與聖處女本身都是毫無意義的，眞正的根源還在別處。舊教教會有它的僧侶與會社，潛伏在民族血管裏散佈毒素，殺害和它對抗的生命力。現在這反對舊教的教會也有它的死黨，天天從法國各地繕成祕密報告送到巴黎總會裏。共和政府鼓勵這些乞丐式的僧侶所做的間諜工作，使軍隊、大學、所有的政府機關都充滿着恐怖；政府可不覺得他們表面上爲它出力，暗地却在慢慢地篡奪它的地位，而政府也慢慢地走上並不比頑固守舊的耶穌會派更可羨慕的無神論的路。

克利斯朵夫在羅孫家見過這一派的教會中人。他們都是一個比一個厲害的拜物教徒。目前他們因爲把基督從神座上挪了下來而很得意。他們因爲摧毀幾條木塊，便以爲已經摧毀了宗教。還有一般，因爲把聖女貞德和她的旗幟從舊教手裏奪了過來，便以爲把聖女貞德獨佔了。一個新教會的教士，一位將軍，發表一篇頌揚范爾生依多利克斯（古代高盧民族的領袖。）的、反對教會的演說。一位衞軍部長，爲肅清艦隊和惱怒舊教徒起計把一條巡洋艦命名爲『歐納斯德、勒南』（按係法國十九世紀名史家，批評家，早年篤信宗教，後以研究古代哲學而喪失信仰。）。另外一批自由思想家則努力於淨化藝術的工作。他們把十七世紀的古典文學加以消毒，不許上帝這名詞褻瀆拉・風丹納底寓言。即在古代音樂裏也不許有神的名字存在：克利斯朵夫聽見一個老年的急進黨員——（歌德曾言老年人而做急進黨員是瘋癲之尤。）——因爲人家膽敢在一個通俗音樂會裏排入貝多芬底聖歌而大爲憤慨，定要人家把辭句更易。

還有一般更急進的分子，要求把一切宗教音樂和教授宗教音樂的學校一律取締。一個在當時被認爲趣味卓越的美術司長，爲那些人解釋音樂教學的道理，說至少對於音樂家應當教以音樂，『當您派一個士兵到軍營裏去時，您總要逐步逐步教他如何用鎗，如何放射。』但這種解釋是白費的：他對於自己的勇氣也有些駭然，所以每一句上總要附帶聲明『我是一個老自由思想家』，『我是一個老共和黨人，』總敢接下去宣稱：『我不問班爾哥蘭士（意大利作曲家，作有歌劇與宗教音樂。）底作品是歌劇是彌撒祭樂；只問是不是人類藝術底產物。』——但對方用着專斷的邏輯回答這『老自由思想家』『老共和黨人』說：『音樂有兩種：一是在教堂裏唱的，一是在教堂以外唱的。』前者是理智與國家底仇敵所以非取締不可。

要是這些混蛋後面沒有一般眞有價値而和他們一樣——或許更甚——狂熱的理智信徒做後盾，那麼他們還不過是可笑而不致有何危險。托爾斯泰曾經講起『傳染性的危險，』充滿在宗教、哲學、藝術、與科學裏面，這種『荒謬的影響，人們只在擺脫之後纔發見它的瘋狂，但在受它控制的時期內總認爲千眞萬確，簡直是毋庸討論的。』譬如崇拜百合花，相信妖術，變態文學的風行等等。——理智的宗教也是這種瘋狂之一。而且從愚騃的到有智識的，從衆議院底獸醫到大學裏最智慧的思想家，全都中着這種瘋狂。而這種瘋狂對於後者比對於前者更危險：因爲在前者，還容易和一種無知的愚妄的樂觀主義相融，減少瘋狂底力量；不像對於後者，生命力受着壓迫，褊激的悲觀主義又使他們明白天性和理智是根本牴觸的東西，所以一旦受了理智宗教底催眠之後，只會更熱烈地支持着抽象的自由，抽象的正義、抽象的眞理對抗惡劣的天性的鬪爭。這裏面頗有加爾文派、揚山尼派的理想主義色彩，有着古老的信仰，以爲人類犯着無可救贖的罪惡，唯有受着理智洗禮的戰士纔能袪除。這眞是法國典型，聰明而不近人情的法國典型。一塊鐵一般堅硬的石子：甚麼都鑽不進去；碰到什麼就砸破什麼。

克利斯朵夫在亞希·羅孫家和這一類瘋狂的理智主義者談話的結果，倒弄得糊塗起來。他對於法國的觀念大大地動搖了。他依着流行的見解相信法國人是一個冷靜的、愛交際的、寬容的、愛自由的民族。如今却發見一批怪癖之徒，固執着抽象的觀念，患着邏輯病，老是預備爲自己的三段論法把別人底見解犧牲。他們嘴裏一直說着自由，可是沒有人比他們更不懂自由，更難忍受自由。再沒有比他們更冷酷更凶殘的暴君，由於聖智的熱情，或是因爲要自己永遠有理而做成的這種暴君。

一個黨派如此，所有的黨派無不如此。在他們政治的或宗教的官樣文章之外，在他們的國家或省份之外，在他們的團體和他們狹隘的頭腦之外，他們是甚麼都不願看見的。有些反猶太主義者，耗費全部的精力來反對一切的資產階級，對他們懷着深切的怨恨：因爲恨猶太人的緣故，他們把一切所恨的人統稱爲猶太人。有些國家主義者恨着——（當他們心地慈悲的時候，則以輕蔑丁事）——一切別的國家，以致把和他們意見不合的本國人統稱爲外國人，稱爲叛徒，稱爲奸細。有些反對新教的人，確信所有的新教徒都是英國人或德國人，所以想把英德二國人一齊逐出法國。有些西方人，只要是萊茵河以東的，便什麼都要排斥；有些北方人，只要是洛阿河（法國河名）以南的，便什麼都表示唾棄；還有以屬於日耳曼族爲榮的；以屬於高盧族爲榮的；而一切的瘋子中最瘋的，還得算那些『羅馬人』以他們祖先底敗北爲榮……總而言之，各人只有自己，替自己造成一個高貴的頭銜，絕對不答應別人可以是另一種樣子。對於這種族類，簡直無法可想，任憑您說什麼道理，他們都不聽；他們是生來爲毀滅別人，或爲別人毀滅的。

克利斯朵夫心想這樣的一個民族處於共和政制之下的確是可喜的事情：因爲這些微末不足道的暴君都在互相吞噬，互相消滅。但若其中有一個做了皇帝時，別人恐怕就沒有多少空氣可以呼吸了。

* * * * * *

他不知世界上唯理主義的民族自有一種德性來救他們，這德性就是胸無定見。

法國的政客就具備這種德性，他們的專制主義被無政府主義沖淡了；他們永遠在兩大極端之間徘徊躊躇。要是他們在左邊靠着思想底極端主義者作依傍，那麼在右邊一定靠着思想底無政府主義者作依傍。因此我們可以看到一大批業餘社會主義者，獵取權位的小政客，在戰爭底勝敗未曾判明以前絕對不參加，但跟在自由思想的隊伍後面，每逢它打了一次勝仗，他們便一齊撲在戰敗者底遺骸上面。理智底選手並非爲了理智而工作……「這不是爲你的」……而是爲那些國際化的漁利主義者，他們與高彩烈的踐踏着本國的傳統，竭力摧毀一種信仰，隨後可並非代以另一種信仰，而是由他們自己去塡補。

在此，克利斯朵夫發見又有呂西安·雷維——葛底份兒。當他得悉呂西安是社會黨員時並不覺得驚奇；只想着非社會主義具有十足成功的把握決不能誘致呂西安加入。他却不知呂西安自有方法使自己在敵黨方面同樣受到優待，並且和反自由色彩、反猶太色彩最濃的政客與藝術家結爲朋友。他問亞希·羅孫道：

——怎麼您能容留這等人物在團體裏？

羅孫答說：

——他多有才幹！而且他爲我們工作，他毀壞舊世界。

——毀壞，是的，我看得很明白，克利斯朵夫說。但他毀壞得那麽厲害，我不知您將用什麽來建設。您確信留下的樑木足够建造新屋麽？蛀蟲已經散佈在您的建築工場裏了。

然而社會主義的蛀蟲不止呂西安·雷維——葛一個。社會黨底宣傳品上充滿着這些「爲藝術而藝術」的小文人，貴族的無政府主義者，他們簡直無孔不入，每一條「到成功去」的大路上都有他們的踪跡。他們阻攔着別人底進路，在號稱民衆喉舌的報紙上塡滿着他們的頹廢主義，他們的「爲生存的鬬爭」。他們單有地位是不够的：還得有榮譽。急急忙忙造成的偶像，頌費石膏天才的演說，其數量之多直駕任何時代而上之。一般以捧場爲業的人，按期舉行公宴來祝賀團體中的偉人，不是祝賀他們的工作，乃是祝賀他們的受勳：因爲這纔是最令人感動的。美術家，超人，外僑，社會主義派的閣員，都一致同意晉受勳位是應該慶賀的事情。

羅孫覺得克利斯朵夫的詫怪很是可笑。他並不以爲這個德國人把他的夥伴批評得過於苛刻。他自己和他們單獨相處時也毫不客氣。他們的謬妄與狡獪，他比任何人都更明白；但他依舊支持他們，因爲自己也要他們支持。所以卽使他在私下會毫無情面的用着輕蔑的辭句談論民衆，一登講壇却立刻變了一個人。他提高着嗓子，尖着聲音，時而狂叫，時而哀嘆，莊嚴地做着渺茫的顫動的姿勢，儼然是大悲劇家模樣。

克利斯朵夫想明白羅孫對他的社會主義究竟相信到何種程度。實在他是完全不信，他是一個懷疑主義者。但他一部分的思想是相信的；雖然他明知不過是一部分——（且也不是頂重要的一部分，）——他却就把這部分組成了他的生活與行爲，這信仰對於他的實際利益，對於他的生命，對於他生存與行動底意義都有關係。他的相信社會主義髣髴相信一種國教。——並且大多數的人都這樣生活着。他們的生命基礎不是放在宗教信仰上，就是放在道德信仰上，或社會信仰上，或純粹實利的信仰上，——（信仰着他們的行業、工作、在人生中扮演的角色，）——但他們實在並不相信。不過他們不願知道自己不相信，因爲爲生活起計，他們需要這種表面的信仰，需要這種每個人都是教士的裝點門面的宗教。

* * * * * * *

羅孫比較起來還不算是頂壞的一個。黨裏面有多少人利用社會主義或急進主義，——簡直說不上是爲了野心，因爲他們的野心只是短視的，以立刻撈錢和重行當選爲限！這些傢伙，神氣髣髴眞正相信着一種新社會。也許他們從前是相信的；但事實上他們只靠着垂死的社會底屍骸而過活。短視的機會主義供享樂的虛無主義驅使。未來的巨大的福利被眼前的自私犧牲了。軍隊被分離了，幾乎連國家都被瓜分了去博取選民歡心。這並非因爲他們缺少聰明：大家很知道應該怎樣做法，但因太費精力之故而不去做。人人想以困難最少的方式安排自己的生活。社會上上下下的道德信條都是一樣：以最少限度的努力博取最大限度的快樂。這種不道德的道德，便是混濁的政界裏唯一的綱領，領袖們做出無政府主義的榜樣，所謂政策是散漫淩亂的東西同時追求着十多個對象，結果是一個一個的丟下，外交部儘管聲勢洶洶，陸軍部却專講着和平主義，它還爲了肅軍而破壞軍隊，海軍部長煽動兵工廠底工人，軍事教官宣傳非戰論，此外是一般業餘性質的官員，業餘性質的推事，業餘性質的革命黨員，業餘性質的愛國黨員。政治道德是普遍地解體了。人人期望國家給予他們職位、年俸、勳位；國家也不會忘記敷衍它的顧客：把一份一份的榮譽和差事贈送兒子們，姪子們，姪孫們，權位底奴僕們；議員投票表決增加自己的俸給：財政，職位，頭銜，國家所有的產業都被揮霍濫用。——上面旣然做出這種榜樣，下面就像悽慘的回聲一般產生許多搗亂的現象：教員教人反叛國家，郵局職員焚燒電信，工人把砂土放在機器齒輪裏，造船所工人搗毀造船所，焚燒船舶，一切工作者底駭人的破壞，——不是破壞富人而是破壞社會的資源。

爲頌贊這種事業起計，一般優秀的智識階級稱這種民衆底自殺爲民衆底理智與權利。病態的人道主義把善與惡底區別消滅了，哀憐『不負責任而神聖的』罪犯，見着罪惡就屈服，把整個社會交給它擺佈。

克利斯朵夫想道：

——法國是被自由灌醉了。發了一陣酒瘋之後，不省人事的醉了過去。等到醒來，已經身入囹圄。

在這媚悅大衆的政治裏，克利斯朵夫最氣惱的是，那些最可惡的強暴政治竟是一般胸無定見的人冷靜地安排就的。他們的性格既如是其反覆無常，他們所做的或允許的行爲又如是其冷酷無情；把這種情形對照之下，益發令人慨嘆。他們身上似乎有兩種矛盾的原素：一是毫無主見的性格，甚麼都不相信；一是愛推敲的理智，不顧一切勸告而和人生搗亂。克利斯朵夫不懂那些和平的中產者、舊教徒、官員、爲何受盡了人家磨難還不把他們摔出窗外。既然克利斯朵夫甚麼都不能藏在肚裏，羅孫便不難猜到他的思想，對他笑着解釋道。

——當然，『把他們摔出窗外，』在您我是會得做的，是不是？但在被他們磨難的一般人是決不會的。這是些可憐的傢伙，一絲一毫的毅力都沒有；唯一的本領只有抗議。且說那萎靡不振的貴族階級吧，被俱樂部弄得癡呆了，只曉得向美國人或猶太人賣弄風情，且爲表示他們趨時起計，除了甘心忍受別人在小說和戲劇裏爲侮辱他們而給他們扮演的角色以外，對於侮辱者還要大大恭維一番。再說愛生氣的中產階級吧，什麼都不讀，什麼都不懂不願懂，只知道空空洞洞的撚酸妒忌，毫無效果，——而且他們也只有一宗熱情：就是枕着錢袋高臥，痛恨擾亂他好夢的人，甚至也痛恨工作的人因爲當他們蹣跚的時候有人動作當然是打擾了他們！……如果您識得這一般人，您會覺得還是我們値得同情。……

然而克利斯朶夫對這兩類人感到同樣憎厭：因爲他不承認被虐待者底下賤足爲虐待者底下賤寬恕。他在史丹芬家時常遇到這種有錢的、了無生氣的中產者，正如羅孫所形容的：

……愁容慘澹的靈魂，
沒有訾議，也沒有讚揚……

羅孫和他的朋友們所以有把握地知道自己對那些人具有何等威力，而且敢濫用威力，自然也有他們的理由，而這理由是克利斯朶夫很明白的。他們並不缺少統治的工具，成千成萬沒有意志的公務員盲目地由着他們指揮。諂媚逢迎的風氣；徒有其名的共和國；對着別國聘問的君主出神的社會主義派報紙；奴隸式的靈魂，對着頭銜、金綫、勳章、趨奉唯恐不及的人要籠絡他們時，只須丟一根骨頭給他們咬咬，或是給他們幾個勳章掛掛就行。要是有一個君王肯答應把法國人全部封爲貴族，法國所有的公民都會變成保王黨。

政客們底機會很好。八十九年（按係指一七八九，法國大革命爆發之年。）以來的三個政府第一個被銷滅了（拿破崙敗後帝制。）第二個被廢黜了（一八四八年二次共和成立，一八五二年拿破崙第三重又稱帝。）第三個（拿破崙第三被俘，一八七〇年成立第三共和。）志得意滿的睡熟了。至於現在方在興起的第四個政府，帶着又嫉妒又威脅的神氣，也不難加以利用。衰微的共和政府對付這新興的民衆，只要和衰微的羅馬帝國對付它無力驅逐的野蠻部落一樣，用着招撫改編的方法，就可使他們轉眼之間成爲最好的守門犬。自稱爲社會主義者的布爾喬亞閣員，對於工人階級底優秀分子，加以勾引，加以併吞，把無產黨底首領弄成沒有黨徒的光幹首領，自己則從而吸取他們的新血液，再把布爾喬亞的幻想灌注他們算是回敬。

* * * * * * *

中產階級併吞平民的方式是很多的，當時最奇妙的一種樣本是那些平民大學。這是『無所不通』的智識雜貨鋪。據課程綱要所載，裏面所教的東西『包括智識的各部門，物理、生物、社會，各方面俱備：天文學，宇宙學，人類學，人種學，生理學，心理學，精神分析學，地理學，語言學，美學，論理學，……」名目之多，即是啡克·特·拉·彌朗台爾（十五世紀意大利大博學家）聽了也要頭痛。

當然，這些平民大學初時是有一種真誠的理想主義的，想把真、美、善普及大衆；即是現在，某些大學也還存着這等理想。那般工人工作了一天之後，來聚集在悶人的講堂裏，求知的渴望勝過了疲勞：這是何等動人的景象。但人們又是怎樣的利用他們——眞正的使徒，聰明而有人格的，既寥寥可數；善良的心靈，懷着好意而不弄詭巧的，又如鳳毛麟角；却是一般愚妄之徒，嘵舌之輩，陰謀家，沒有讀者的作家，沒有聽衆的演說家，教授，牧師，鋼琴家，批評家，把民衆淹沒在他們的出品裏——各人都爲自己的貨色找出路。拉攏顧客最厲害的自然是江湖醫生，玄學大師，把普通的觀念亂攪一陣之後，再給聽衆一個社會天堂的幻想。

貴族派的美學，頹廢派的圖象、詩歌、音樂：也在平民大學裏找到了出口。大家希望平民登台，好恢復思想底朝氣，好促成民族底新生。可是大家開首先把布爾喬亞所有的奇技淫巧，像疫苗似的種在平民的血裏！而平民也竟貪饞地吸收下去，並非因爲歡喜這些，而是因爲這些都是布爾喬亞的產物之故。克利斯朵夫有一次跟着羅孫夫人到一所平民大學去，聽她對着平民彈奏特皮西，迦勃里哀·福萊，和貝多芬曉年所作的四重奏之一。他自己，對於貝多芬底晚年之作還是經過了許多年代、經過了趣味與思想底遲緩的變化方始徹底領悟的；此時便不禁懷着憐憫的心思向一個鄰座的人問道：

——但您竟懂得這個麼？

那位鄰人立刻擺出挑戰的態度，像一匹發怒的公鷄似的，答道：

——當然！爲何我不能像您一樣的明白領悟？

且爲證明他的領悟起計，他更用着挑戰的態度望着克利斯朵夫，嘴裏哼着一段追逸曲(Fuguo)。

克利斯朵夫慌忙溜走了；心想這些畜牲竟把整個民族底生機毒害了；哪裏還談得到什麼平民！

——您自己就是平民！一個工人對一個想設立平民戲院的人說。至於我，我是和您一樣的布爾喬亞！

* * * * * * *

一個幽美的黃昏，軟綿綿的天空掛在黝黯的都城上面，像一張東方的地氈，強烈的顏色已經褪淡了。克利斯朵夫沿着從聖母寺到安華里特（按係法國故王宮之一，現爲拿破崙陵墓所在地；近代軍人亦葬彼處。）的河濱大道走去。夜色蒼茫中，大寺上面的兩座鐘樓髣髴摩西在爭戰中高舉的手臂。聖教堂（聖路易王所建，爲巴黎有名古建築之一，位於今法院側。）頂上的金箭，神聖的荆棘，聳立在羣屋之上。對岸，魯佛宮展開着王室底屋面，落日底反照留着一道最後的餘光。安華里特廣場底上，在威嚴的壕溝與圍牆後面，在莊嚴的空曠荒漠中，陰沉的金色穹窿高聳着，髣髴一闋交響樂歌唱着遠年的勝利。高崗上坐鎮着凱旋門，宛如英雄進行曲似的，等待着帝國的隊伍在它下面行過。

這時候，克利斯朵夫突然感到一種印象：髣髴一個已死的巨人在平原上伸長着巨大的四肢。他驚悸地停住脚步，凝神注視着一個英雄式的種族底大化石——世界上已經消失了它的踪影，它的脚聲曾經響遍世界，安華里特底穹窿是它的冠冕，魯佛底宮殿是它的腰帶，大寺上面無數的手臂竟想抓握青天，拿破侖凱旋門底兩腳踏着整個的世界，如今却只有一些侏儒在它的脚跟後面熙熙攘攘。

* * * * * * *

克利斯朵夫雖然自己不會追求，却也在西爾伐·高恩和古耶把他引進的巴黎社會裏有了一些小小的聲名。他的奇特的相貌，（老是和他兩位朋友之中的一個在戲院初演和音樂會場中出現，）表現性格堅強的醜陋，人品與服裝底可笑，舉止底粗魯，無意中流露出來的怪論，微嫌粗獷而胸懷寬廣的聰明，再加西爾伐·高恩所廣為宣傳的他的傳奇式的歷史，和警察發生糾葛而逃亡法國的經過，使他在國際化的巴黎社會中成為那般無事忙的人注目的對象。只要他守着緘默，觀察着，傾聽着，只要他在未會瞭解以前不輕於表示意見，只要他的作品與真正的思想不被人知，他是受到相當好意的看待的。他的不能居留德國是法國人挺高興的事。克利斯朵夫對於德國音樂的批評，尤其使法國音樂家大為感動，髣髴這就是對他們法國音樂家的敬禮。——（實在這些判斷已經相當陳舊，多半的意見他已經改變：那是從前在德國雜誌上發表的幾篇文章，被西爾伐

·高恩把其中古怪的議論加意渲染而到處宣傳的。）——人家覺得克利斯朵夫很有趣而並不妨礙別人，因爲他不想僭佔任何人底位置。但只要他願意，他就可成爲藝術界底巨人。他只要不寫作品，或儘可能的少寫，尤其是不令人聽到他的作品，承受着古耶和古耶一流人底思想就行。這般人都信守着一句有名的箴言，叫做：

『我的杯子不大；……但我……在別人的杯子裏喝。』

一個性格強毅的人，往往尤能吸引青年，因爲他們重於感覺輕於行動。克利斯朵夫周圍就不少這等人。普通總是些有閒的青年，沒有意志，沒有目的，沒有生存的意義，害怕工作，害怕獨居靜處，永遠埋在安樂椅裏，從咖啡店踱到戲院，想盡方法不要回家，免得劈面看見自己。他們回來回去沉浸在無聊的談話裏，結果弄得胃脹、作惡，肚裏又像飽悶又像空虛，需要把這種談話繼續下去而又討厭繼續下去。他們圍繞着克利斯朵夫，有如歐德底哈叭狗，有如『等待機會的幼蟲，』想抓住一顯靈魂來覓取一線生機。

要是一個愛虛榮的傻子，也許會對這些寄生蟲式的嘍囉覺得欣喜。但克利斯朵夫不愛做偶像。而且這批崇拜者把他的行爲看做含有奇妙的用意，什麼勒南派，尼采派，兩性派等等，尤其使克利斯朵夫駭然。他把他們一齊驅之門外。他的性格不是做被動的角色的。他一切都以行動爲目標。他爲瞭解而觀察，爲行動而瞭解。擺脫成見，甚麼都愛知道，他在音樂裏面研究着別的國家別的時代底一切思想形態，一切表情底淵源。只要他認爲是眞的，都吸收進去。他所研究的法國藝術家都是新形式底巧妙的發明家，殫精竭慮的、繼續不斷的做着發明工作，但他們的發明往往半途而廢。克利斯朵夫底做法却大異於是：他的努力並不在於創造新的音樂語言，而在於說得更有力。他不求新奇，只求堅強。這種熱情的毅力，和法國人細膩中庸的天才正是相反。他瞧不起爲風格而風格。法國最優秀的藝術家，他覺得不過是高等工人。即是最完美的巴黎詩人之一，也曾好玩地立過一張『現代法國詩壇底工作表，詳細列着各人底貨物、出品或薪餉；』上面寫着『水晶燭台啊，東方綢帛啊，金紀念章啊，古銅紀念章啊，花邊啊，五彩塑像啊，印花毯氈啊。……』並且指出某件是某個同業出品，某件又是某個同業出品。他替自己的寫照是「蹲在廣大的文藝工場的一隅，綴補着古代地氈或擦着久無用處的古鎗。」——這種藝術家的觀念，純粹如良工巧匠一般專心致意於技藝底完善，雖然不無美感，但不能使克利斯朶夫滿足；他固然承認他職業之尊嚴，但對於這種尊嚴所掩飾着的貧弱的生活，不免抱着輕蔑的心思。他不能想像一個人能爲寫作而寫作。他不能徒托空言而要言之有物。

我說的是事實，您說的是空言……

在某一時期中，克利斯朶夫只注意於吸收新世界與新事物，但過了若干時，他又突然覺得需要創造了。他和巴黎的格格不入，更增強了他的力量，激醒了他的個性。洋溢的熱情堅決要求表現出來。熱情底種類儘管繁多，但都用着同樣迫切的情勢催促他。他得鍛鍊作品，把充塞心頭的愛與憎宣洩出來；還有意志，捨棄，和一切在他內心相擊相撞而具有同等生存權利的妖魔，都得給它們一條出路。他纔把一股熱情在作品裏蘇解，——（有時他竟沒有耐性完成作品，）——他又投入另一股相反的熱情裏去了。但這矛盾不過是表面的：雖然他時時變化，精神還是始終如一。他所有的作品都是走向同一目標的不同的路徑；他的靈魂賽似一座山：他取着所有的山道走去；有的是濃蔭掩蔽，紆迴曲折的；有的是當着烈日，陡峭險峻的；結果却都走向高踞山巔的神明。愛，憎，意志，捨棄，人類一切的力量與奮到極點之後，已和不朽的神明接近了，交融了。所謂不朽是人人具有的：不論是教徒，是無神論者，是無處不見生命的人，是處處否定生命的人，是懷疑一切，懷疑生亦懷疑死的人，——是同時具有這一切的矛盾、如克利斯朵夫般的人。所有的矛盾都在永恆的力量中融和了。克利斯朵夫所着重的，是在自己心中別人心中喚醒這力量，是抱薪投火，燃起永恆、的烈焰。在這妖豔的巴黎之夜，一顆巨大的火花已在他心頭吐放。他自以爲超出一切的信仰，不知他整個兒就是一團信仰的火焰。

然而這是最易遭受法國人嘲弄的資料。一個風雅的社會所最難寬恕的就莫過於信仰：因爲它自己已經喪失信仰。大半的人對於青年的幻夢暗裏抱着一種敵視或譏笑的心思，而在這種用意裏面頗有多少悲苦的情緒，因爲他們也曾有過這種雄心而未能實現。那般否認自己的靈魂，內心有過一件作品而未能完成的人，總是想：

——既然我不能實現我的理想，爲何他們便能夠了呢，他們？我不願他們成功。

像埃達・迦勒萊（按係易卜生名劇之一，懷著高遠的理想而終流於庸俗淺薄。）一流的，世間不知有多少！何等陰險的用心，只想消滅新的與自由的力量何等狡猾的手段，用着沉默、諷笑、磨蝕……等等令人心灰意冷的方法，——或是在適當的時間，運用奸詐的蠱惑手段來消滅別人底力。……

這種典型的人物是無分國界的。克利斯朵夫因爲在德國遇見過，所以早已認識。對付這一類的人，他是準備有素的。他的防禦方式很簡單，就是先下手爲強；只要他們逼近一步，他便宣戰，把這些危險的朋友逼成仇敵。這種坦白的手段，爲保衛他的人格完整固然妥善，但對於他藝術家底前程便大有妨礙了。在此，克利斯朵夫又運用他在德國時的老法子。這是他無法抑制的事情。只有一點已經改變：即他的心情已變得很快樂。

他對任何人都毫無顧忌的發表他對法國藝術界的激烈的批評：這倒使他獲得許多親密的

朋友。但他絲毫不想替自己安排，不像一般有心人那樣去籠絡一批徒黨做自己的依傍。要是這樣，他可以毫不費力的得到願意欽佩他的藝術家，只消他也欽佩他們。有些竟可以預支的方式先來佩服他。他們把恭維這回事看做放債一樣，到了相當的時期可以向他們的債務人，受過他們恭維的人，要求償還。這是一筆穩妥的放款。——但和克利斯朵夫，這竟是一筆倒賬了。他非獨分文不還，且更老着面皮把恭維過他的作品的人底作品認為平庸不足道。這種以怨報德的行為，當然要使別人暗地懷着怨恨，一遇機會便如法泡製的回敬他一下了。

在克利斯朵夫所有的笨拙的行事裏，和呂西安·雷維——葛底鬪爭也是一樁。他到處遇到他，而對於這個柔和的、有禮的、表面上毫無壞處、反顯得比他更善良更有分寸的傢伙，他無論如何藏不住他過於誇張的反感。他逗引呂西安討論，不問討論的題目如何平淡，因為克利斯朵夫故意存心的緣故，討論總會突然轉到尖銳的程度，使聽的人出驚。似乎克利斯朵夫借着種種的藉口要和呂西安·雷維——葛拚個你死我活；但他始終傷不到他的敵人。呂西安非常伶俐，即使在辯窮理屈、無可躲避的時候，也會扮一個美妙的角色；他用着那麼彬彬有禮的態度來自衛，使克利斯朵夫底唐突顯得格外明白。再加克利斯朵夫法語說得很壞，夾着俗話，甚至還有相當粗野的字眼，像所有的外國人一樣早就學會而隨便亂用的，以他這種情形自然無法應付雷維——葛底戰術了。他只是憤怒非凡的和這冷嘲熱諷的柔和的傢伙對抗。大家都派他理屈：因爲他們不信克利斯朵夫渺茫地感到的情景：不信呂西安眞是個僞君子，因爲遇到了一種抑壓不住的力量而想默默地把它窒息。呂西安・雷維——葛並不急迫，他和克利斯朵夫一樣等待着機會：不過他是等待機會破壞；克利斯朵夫是等待機會建設。他容容易易就教西爾伐・高恩與古耶把克利斯朵夫疎遠了，好似前此使克利斯朵夫慢慢地遠離史丹芬家一樣。他把他陷於孤立無助的境地。

其實克利斯朵夫自己也在努力往孤立的路上走。他不取悅任何人，因爲他不屬於任何黨派，並且更進一步的反對所有的人。他不歡喜猶太人，但是憎厭反猶太人。這般懦怯的多數民族，反對強有力的少數民族，其理由並非因爲這少數民族惡劣，而是因爲這少數民族強有力；這種妒恨的卑下的本能使克利斯朵夫深惡痛絕。所以在猶太人看來，他是一個反猶太人；在反猶太人看來，他是一個猶太人。至於藝術家，則明白感到他是一個仇敵。克利斯朵夫在藝術方面所表現的德國氣息，其濃厚的程度遠非他自己的意料所及。這純粹是出於本能的。和某種巴黎樂派特別重視的溫馨恬靜恰恰相反，他所宣揚的是強烈的意志，是男性的，健全的悲觀主義。倘使歡樂露面的話，那又是不講風味的，平民式的狂亂，教平民藝術底貴族老闆見了頭痛。它的形式是粗糙而艱深。他甚至矯枉過正的有心忽視風格，對於法國音樂家特別重視的特殊的外貌，也表示漠不關心。所以當他們聽到他的作品時，無暇細細領略，就籠籠統統把它歸納在他們厭惡的德國後期華葛耐派裏去。克利斯朵夫卻毫不介意；只是暗暗好笑，仿着法國文藝復興期一個音樂家底詩句，反覆念道：

罷，罷，你不必慌，如果有人說：
這克利斯朵夫沒有某宗某派的對位，
沒有同樣的和弦。
須知我有些別人沒有的東西。

但當他想把作品在音樂會中試奏的時候，便發見大門緊閉了。人們爲了演奏——或不演奏——法國靑年音樂家底作品已經夠忙了。哪還有位置來安插一個無名的德國人？克利斯朵夫絕對不去鑽營。他關起門來繼續工作。巴黎人聽不聽他的作品，他覺得無關重要。他是爲了自己的樂趣而寫作，並非爲求成功而寫作。眞正的藝術家決不顧慮作品底前途。他有如文藝復興期的畫家一般，高高興興的在外牆上作畫，雖然明知十年之後就會消滅無存。因此，在機會尙未來臨，不會有出乎意料的援助來到之前，克利斯朵夫仍是安安靜靜的工作着。

* * * * * * *

那時候，克利斯朵夫正受着戲劇形式底吸引。他不敢讓內心的抒情成分自由奔放。他需要把它限制在一些確切的題目上。爲一個年靑的天才，還不能爲自己的主宰，還不知自己的眞際的天才，能夠把不易捉摸的靈魂關在自己定下的界限裏，當然是不無裨益的。這是控制思潮必不可少的水閘。——不幸克利斯朵夫缺少詩人幫助他不得不在歷史或傳說中間自己選配題材。

幾個月以來在他腦海裏飄浮的，都是聖經裏的幻象。母親給他作爲逃亡伴侶的聖經，眞是他的幻夢之源。雖然他並不用宗教精神去讀，但這部希伯萊民族底史詩自有一股道德力，生命力，不啻是一道清泉，可在薄暮時分把他被巴黎煙塵污的靈魂洗滌一番。他雖不關心書裏所含的神聖的意義，但由於他呼吸到的獷野的自然的氣息，由於他瞻望到的原始的人品，聖經一書對他仍不失其神聖的意味。被信仰吞噬的大地，旋撼顫動的山岳，喜氣洋溢的天空，猛獅般的人類，齊聲唱着頌歌，把克利斯朵夫聽得出神了。

少年時代的大衛（預言家，希伯萊族第二個君王。年少即以勇力著名，毆殺巨人高里亞脫，征服腓尼基人，後以奏樂療治沙于王悲哀之疾，遂得王寵，贅爲駙馬，繼承王位。）是他在聖經中最嚮往的人物。但他並不把他看作露着幽默的微笑的翡冷翠少年，或是像范洛幾沃（文藝復興期意大利大雕刻家，塑有少年大衛像。）與彌蓋朗琪羅所表現的剛強的壯士：這些傑作上的大衛，他是不認識的。在他心目中，大衛是一個富有詩意的牧人，童貞的心中蘊藏着英雄的氣息，可說是南方的西葛弗烈特（日耳曼及斯干第那維神話中的人物，華葛耐作有歌劇。）只是出身於更細膩的民族，身心都更調和，——因爲克利斯朵夫雖然抗拒拉丁精神，實在已被拉丁精神滲透了。這不但是藝術影響藝術，不但是思想影響藝術，而是我們周圍的一切——人物、姿態、動作、線與光——的影響。巴黎的空氣是濃厚的，最桀驁的心靈也不免受它感化。一顆日耳曼心靈尤其抵抗不了它：儘管以民族的傲氣作爲防禦物，實在它是全歐洲最易喪失國民性的民族。克利斯朶夫底氣質早已不知不覺的拉丁化了，感受着拉丁藝術中和的節度，明朗的心地，且也懂得了造型美。在他所作的大衛裏面，就可看出這些影響。

他想描繪大衛和沙于王（希伯萊族第一個君王，生於公元前十一世紀）相遇的情境，作成一闋圖畫般的交響樂。

在一個高崗上，在一片開花的灌木叢中，小小的牧童躺在地下對着太陽出神。清明的光輝，大地的威力，生物底營營擾擾，野艸底低吟淺唱，羊羣底銀鈴顫動，撫慰着這尚未覺知神聖使命的孩子底夢境。嬾洋洋地，他唱着歌，吹着笛，點綴着這片和諧的靜寂；歌聲表現一種恬靜的歡樂，清幽的情調令人悲苦俱忘只覺得應該如此……但突然之間，巨大的陰影照射到荒原上；空氣沉默了；生意似乎潛藏到大地底血管裏去了。唯有安閒的笛聲依舊繼續。神志昏瞀的沙于在旁走過。失魂落魄的君王，受着虛無侵蝕，有如一朶被狂風吹盪的、煎熬自己的火焰。他長吁短歎，咀咒咆哮，對着包裹着他而種在他內心的空虛怒罵。等到筋疲力盡的時候，他倒在地下；始終不會間斷的牧童底歌聲，重又笑盈盈的在靜寂中顯現。於是，沙于抑捺着奔跳不已的心，悄悄地走近睡在地下的兒童，一聲不響的端相他，坐在他身旁，把灼熱的手放在牧童頭上。大衛鎮靜地回過來，望着君王。他把頭枕在沙于膝上，依舊唱他的歌。黄昏的陰影降臨了；大衛唱着入睡了；沙于哭泣着。在繁星滿天的夜裏，重又響亮起宇宙再生的頌曲；心靈痊愈的歡唱。

克利斯朵夫寫作這一幕音樂時，只關心着自己的歡樂；他既未想到演奏的方法，更未想到可在舞臺上表演。他原意是想等音樂會肯接受他的作品時拿給音樂會演奏。

一天晚上，他和亞希·羅孫談起此事；羅孫要求他在鋼琴上彈奏一回，好讓他有一個概念。結果是克利斯朵夫詫異地發見羅孫對於這件作品竟非常熱心，說是應該拿到一家戲院裏去，他並且自告奮勇地願意促成此事。但克利斯朵夫更覺奇怪的是，幾天之後，羅孫果然認眞地把這件事幹起來；而當他得悉連西爾伐·高恩，古耶，呂西安·雷維——葛這一幫人都表示很大的興趣時，他簡直莫名其妙了。這豈非證明私人的嫌怨因愛藝術之故而消釋麼？這是他深爲詫異的。且在所有的人中，對這件作品底表演最不着急的還是他自己。作品本身既非爲戲院寫作；把它搬上舞臺未免有些無聊。但羅孫那樣的慫恿他，西爾伐·高恩那樣的勸服他，古耶又那樣的說得肯定，竟把克利斯朵夫説得動心了。他很懦弱。他要聽一聽自己的音樂的心思太急切了！對於羅孫，一切都容易措辦。經理們和演員們都爭先恐後的來奉承他。碰巧有一家報館，爲着一個慈善團體募捐的事情想組織一個遊藝大會。他們便決定在這遊藝會裏表演大衛。一個很好的樂隊組織成了。至於歌手，羅孫説已經爲大衛這角色找到一個理想的表現者。

於是就開始練習。樂隊雖然脱不了法國習氣，紀律差一些，但初次試奏底成績還算滿意。扮沙于王的角色，聲音不免疲弱，却也過得去；他是用過功夫的。表演大衛的是一個高大肥胖，體格壯健的美婦人，但她的聲音帶着惡俗不堪的感傷色彩，帶着俗劇派的，咖啡音樂會派的顫音。克利斯朵夫扮着鬼臉。在她唱着最初幾節時，他已斷定她不能勝任了。在樂隊第一次休息時，他去找着負責音樂會事務的人，那是和西爾伐・高恩一同在場旁聽的。這傢伙看見他走過去時，得意洋洋的對他説道：

——那麽，您滿意麽？

——是的，克利斯朵夫説，我想總有辦法。只有一樁事情不行，那個女歌手。必得要換過一個。請您客客氣氣的通知她;你們是慣於此道的……您不難替我再找一個。

經理員立刻變了一副錯愕的臉色,望着克利斯朵夫,疑心克利斯朵夫開玩笑;他說:

——但這是不可能的呀!

——爲什麽不可能?克利斯朵夫問。

經理員和西爾伐·高恩交換了一個眼色,狡猾地答說:

——但她多有天才!

——一絲一毫都沒有,克利斯朵夫說。

——怎麽!……多美妙的嗓子!

——談不到嗓子。

——又是多美麗的人物!

——這和我不相干。

——可是這也不害事,西爾伐·高恩笑着說。

——我需要一個大衛，一個懂得唱的大衛；卻不需要美麗的海侖，克利斯朵夫說。

經理爲難地搔搔鼻子：

——這很麻煩，很麻煩……他說。然而這的確是一個出色的藝術家：——我敢切實告訴您。也許她今天不大得勁。您再試一下看。

——我很願意，克利斯朵夫答道；但這不過白費時間罷了。

他重新開始練習。但情形是更糟。他竟不能敷衍到終曲；他變得煩躁不堪，指點女歌手的口吻，先還冷冷地不失禮；繼而竟直截了當，絲毫不留餘地了；她儘管竭力要使他滿意而很辛苦，儘管對他裝着媚眼乞憐，他一概置之不理。等到事情快要弄得不能下場時，經理小心地把練習會中止了。且爲遮掩克利斯朵夫底嚴厲的指摘起計，他急忙和女歌手周旋，慇懃獻媚，教克利斯朵夫看了不耐煩起來，對他專橫地示意，要他走過來，說道：

——沒有討論的餘地。我不要這個人。我也知道這是不大好的；但當初不是我選中她的。由您去把她發落罷。

經理帶着煩惱的神氣，聳着躬，淡淡地答道：

——我毫無辦法。請您和羅孫先生商量罷。

——這和羅孫先生有什麽相干？克利斯朵夫問道。我不願爲這些事情去麻煩他。

——這不會麻煩他的，西爾伐·高恩用着嘲弄的口吻說。

說着他指着剛在門外進來的羅孫。

克利斯朵夫迎着他走去。羅孫一團高興的喊道：

——怎麽？已經完了？我倒還想來聽一部分呢。那麽，親愛的大師，您怎麽說？滿意不滿意？

——一切都很好，克利斯朵夫答道。我不知如何謝您纔好……

——不用！不用！

——只有一件事情不行。

——說罷，說罷。我們來想辦法。我務必使您滿意。

——那末，是那個女歌手。老實說，她眞是討厭透了。

羅孫笑嘻嘻的臉色突然變得冰冷。他用着嚴重的口吻說：

——您的話有些古怪，親愛的。

——她不値一文，不値一文，克利斯朶夫說。她旣沒有嗓子，也沒有風趣，沒有技巧，一些天才底影子都沒有。您剛纔不曾聽見就是運氣！……

羅孫底神色越來越冷淡，他打斷了克利斯朶夫底話頭厲聲說道：

——我認識聖德—伊格蘭小姐。這是一個稀有天才的女歌家。我對她非常欽佩。巴黎一切懂得趣味的人都和我一般見解。

說罷，他轉過背去，攙着女演員底臂膀出去了。正當克利斯朶夫站着發獃的時候，在旁看得挺高興的西爾伐·高恩走來拉着他的胳膊，一邊下樓一邊笑着和他說：

——難道您不知她是他的情婦麼？

這一下，克利斯朶夫可明白了。他們想表演這件作品，原來是爲了她，而非爲了克利斯朶夫。羅孫所以如此熱心如此化錢，他的徒弟們所以如此起勁，這道理，克利斯朶夫統統明白了。他聽西爾伐・高恩講着聖德—伊格爾底歷史歌舞團出身，在小戲院裏紅過了一時之後，她像所有和她同類的人一樣，忽然雄心勃勃的想到和她身份更加適當的舞台上去一獻身手。她指望羅孫把她介紹進歌劇院或喜歌劇院；而在羅孫，這正是求之不得的差使，他認爲大衞底表演倒是一個絕好機會，好教巴黎的羣衆領教一下這位新悲劇人材底抒情天才，再加這個角色用不到什麼戲劇的動作，更好表現出她典雅的體態和沉魚落雁的面貌。

克利斯朵夫把故事聽完之後，擺脫了西爾伐・高恩手臂，大聲笑了出來。他笑了好一會，末了他說：

——你們使我厭惡。你們全都使我厭惡。你們簡直不把藝術二字放在心上。念念不忘的始終是女人問題。你們排演一齣歌劇是爲一個舞女，爲一個歌女，爲一個某先生或某太太底情人。你們腦子裏只想着你們的醜事。您瞧，我並不恨你們：你們是這樣的，那末就這樣下去罷，浸在你們的臭溝裏罷，只要你們歡喜。但我們還是分手爲妙：我們生來不是在一處廝混的。祝您晚安。

他回到寓所，寫信給羅孫，說明他決意撤回他的作品，且也不隱瞞他撤回的動機。

這是和羅孫及其所有的徒黨決裂了。後果是立刻感覺得到的。報紙對於這計劃中的表演早已宣傳了一番，這次作曲家和表演者底不歡而散又給他們添了許多嚼舌的資料。某音樂會底會長，好奇地把這件作品在一個星期日底下午公開演奏了。這件幸運對於克利斯朵夫竟是一場災難。作品演奏之後，被人大喝倒彩。女歌手所有的朋友都約齊着要把這傲慢的音樂家教訓一頓；至於其餘聽着這闋交響樂覺得沉悶的羣衆，也樂於附和那些內行的批判。更不幸的是，因爲克利斯朵夫想顯露演奏的才藝，冒昧地在同一音樂會裏出場奏一闋鋼琴與樂隊合奏的幻想曲。羣衆的惡意，在大衛一曲中爲要替演奏的人留些餘地而多少留量着的，此刻當面對着作家就盡量宣洩了，——何況他的演技也不盡合乎規矩。克利斯朵夫被場中的喧鬧聲弄得煩躁起來，在一曲中間突然停住了，用着惱怒的神氣望着突然靜默下來的羣衆，奏着『瑪爾勃羅上戰場去』（按係當時流行的曲調。）——然後傲慢地說道：

——這纔是配你們胃口的東西。

說罷，他站起身來走了。

會場裏頓時亂哄哄的喧擾了一陣。有人喊說這是對於聽衆的侮辱，作者應當向全場道歉。明天，各報一致把粗野的德國人判決了，高雅的巴黎趣味終於獲得了勝利。

此後，又是一片空虛，完全的、絕對的空虛。克利斯朵夫在多少次的孤獨之後再來一次孤獨，且在這座外國的、敵視他的大城裏更嘗到了前所未有的孤獨。他却並不介意。他以爲這是他的命運如此，終身如此的了。

他不知一顆偉大的心靈是永遠不會孤獨的，即使命運把他的朋友剝奪淨盡，他也永遠會自己創造出來；他在四周放射出他胸中洋溢着的愛底光芒，即在這時候，當他自以爲永遠孤獨的時候，它所蘊蓄着的愛還比世界上最幸運的人更充滿。

* * * * * * * *

在史丹芬家和高爾德同時學鋼琴的，還有一個十三歲的小姑娘。她是高爾德底表妹，名叫葛拉齊亞・萧翁旦比。這是一個膚色金黃的女孩子，顴骨微微泛着粉紅色，面頰生得很飽滿，純粹是鄉下女子底健康，一個小小的鼻子微微突出着，闊大的嘴巴，線條很分明，常常半開着，胖胖的下巴很潔白，一雙恬靜的眼睛含着温柔的笑意，圓圓的額角四周，又長又軟的濃密的頭髮，並不鬈曲，但像平靜的波浪一般垂在面頰旁邊。寬大的面孔，沉靜而美麗的目光，活像安特萊·台爾·薩多（意大利文藝復興期名畫家。）畫上的聖處女。

她是意大利人。她的父母差不多整年住在鄉下，住在意大利北部的一所大莊子裏：有着大塊的平原，草地，河港。從屋頂的平台上眺望，脚下長着金黄的葡萄藤，中間疏疏落落矗立着圓錐形的杉樹。遠處是無窮盡的田野。靜寂籠罩着一切。只聽到犂田的牛鳴聲，把犂的鄉下人尖銳的叫喊聲：

——吁嘻！……吁嘻！……望前走呀！

蟬在樹頭上唱，青蛙在水邊叫。夜裏，在銀波蕩漾的月光下，萬籟俱寂。遠遠裏，不時有些看守莊稼的農人蹲在茅屋裏放幾鎗，警告竊賊表示他們已驚醒了。對於朦朧半睡的人們，這種聲音無異平和的鐘聲在遠處報告時刻。之後，靜寂重復包裹着心靈，好似一件衣褶寬博而軟綿綿的大氅一般。

在小葛拉齊亞周圍，生命似乎睡着了。人家不大理會她。她在恬靜的空氣中悠閒地長大。没有強烈的情緒，沒有急迫的節奏。她懶懶地，愛漫無限止的閒逛，漫無限止的睡覺。她會在園子裏幾小時的躺下去。她在靜默裏廝磨。好似一匹蒼蠅在夏日的溪水上拂弄。有時，她會無緣無故的突然奔跑起來。她奔着，奔着，像一頭小動物，腦袋與胸脯微微向右側着，非常輕靈活潑的樣子。簡直是一頭小山羊，爲了跳躍的樂趣而在石子堆裏溜滑打滾。她和小狗、青蛙、野草、樹木，絮絮不休的談着，也和農夫、雞鴨談着。她疼愛周圍一切的小生物，也疼愛大人，但比較不及對前者的親切。她不大見到外界的人。田莊離城很遠，完全是孤獨的。在堆滿塵土的大路上，難得有一個農夫拖着沉重的腳步走過，或是一個眼睛發亮、臉孔胖胖的、美麗的鄉下女人，抬着頭，挺着胸，搖搖擺擺的過去。葛拉齊亞在靜悄悄的花園裏獨自消磨日子；一個人也不看見；從來不厭煩；什麼都不害怕。

有一次，一個無賴闖入冷落的田莊裏想偷一隻雞。他看見這小姑娘躺在草地上，一邊哼着一支歌一邊咬着一塊長長的餅，不禁獃住了。她安閒地望着他，問他來意。他說：

——給我一些東西，不然我便拿出凶相來。

她把手裏的餅授給他，眼睛笑瞇瞇的說：

——不要凶啊。

於是他走了。

媽媽去世了。老爸爸很仁慈，很怯弱，是一個天性篤厚的意大利人，生得結實，性情快活，人又和氣，不過有些孩子氣，完全沒有能力主持小女兒底教育。老蒲翁且比底妹子，史丹芬夫人，回來參加嫂子底葬禮，看見孩子那麼孤單的情形，擔心起來；決意領她到巴黎去住幾時，使她忘記一下喪母的悲苦。葛拉齊亞哭了，老爸爸也哭了；但對於史丹芬夫人所決定的事情只有服從的分兒，沒有人可以反抗，她是一家中最有決斷的人；她在巴黎掌管一切：她的丈夫，她的女兒，她的情夫；——因爲她對於責任和快樂是兼籌並顧的：是一個切合實際而富於熱情的女人，——並且擅長交際，在社會上非常活動。

移植到巴黎之後，沉靜的葛拉齊亞對着美麗的高蘭德表姊深深地鍾情起來，使高蘭德覺得好玩。他們帶着這柔順的野小姑娘出入於交際場和戲院。她雖已長大，人家繼續當她孩子看待，她也自認爲孩子。她心裏深藏着一股使她害怕的情緒：即對於一人一物懷着無限的溫情。她暗中戀慕着高蘭德：偸着她一條絲帶或一塊手帕；當着她的面往往一句話都說不出；等待她時，知道卽刻要見到她時，她又焦灼又快活，以致渾身顫抖。在戲院裏，看見美麗的表姊穿着袒露的華服走進她的包廂，四下裏的目光一齊望她射來時，葛拉齊亞便露出一副喜悅的笑容。謙卑的，親切的，洋溢着熱烈的愛；當高蘭德和她說話時，她的心都爲之融化了。穿着白色的長袍，美麗的黑髮蓬蓬鬆鬆的披在褐色的肩上，無聊地把手指塞在長手套裏放在嘴裏輕輕嚙着，——一邊看戲一邊時時刻刻的回顧高蘭德，想獲得她一道友好的目光，想分享一些她的樂趣，想用褐色的明如秋水的眼睛傳遞她的意思：

——我眞愛您。

在巴黎近郊的森林中散步時，她形影不離的跟着高蘭德，坐就坐在她脚下，走就走在她前面，替她撥開當路的樹枝，在不能插足的汚泥中安放石塊。一天晚上，當高蘭德在花園裏覺得寒冷而問她借用圍巾時，她覺快活得叫起來，——（過後她却又覺得害臊）——因爲她的愛人把她的東西包裹了一下，等到還給她時，上面已經留下愛人身上的香味。

也有某幾部書，某幾首詩，她偷偷地讀着，——（因為人家還在給她兒童的讀物）——感到一種神搖意蕩、甘美無比的境界。還有某幾種音樂，雖然人家說她還不能領會而她自己也以為不能瞭解，——但她總是感動得臉色蒼白，渾身酥麻。她這時候的心情是沒有一個人知道的。

除此之外，她是一個柔順的小姑娘，懵懵懂懂的，懶洋洋的，相當的饞嘴，動不動就會臉紅，有時幾小時的沉默着，有時咭咭咶咶的說個不休，容易哭容易笑，會突然嚎啕大哭，會突然如小孩子般縱聲狂笑。她愛為着一些莫須有的事情開心，覺得好玩。她從來不想裝做大人，始終保存着童心。她尤其心地善良，絕對受不了使人難過，也絕對受不了人家對她有何微辭。很謙卑，老是縮在後面；凡是她認為美與善的東西，無有不愛，無有不欽佩，往往在別人身上看出他們本來沒有的美點。

她的教育已經非常落後，至此纔由史丹芬家開始督促。她跟克利斯朵夫學琴就是這個緣故。

她第一次遇見他是在姑母家某次賓客衆多的夜會上。克利斯朵夫因為和任何人都合不攏來，便儘彈着一闋 adagio，把大家聽得打呵欠：一遍纔奏完，又重新再奏一遍；彷彿這曲子是永無窮盡的了。史丹芬夫人非常不耐煩。高蘭德却樂得像發瘋一般：她體味着這件事情底可笑，也不怪怨克利斯朵夫底漫不知覺；她覺得他是一股力，使她很表同情；但這也有些滑稽，所以她並不爲他辯護。唯有葛拉齊亞這小姑娘被這音樂感動至於下淚。她躲在客室的一隅。末了，她偷偷地走了出去，因爲她不願人家發見她的感動，也因爲她受不了大家把克利斯朵夫取笑。

幾天之後，史丹芬夫人在飯桌上說要請克利斯朵夫教她學琴。葛拉齊亞心裏一慌，把羹匙掉在湯盆裏，湯水濺在她自己和表姊身上。高蘭德便說她還得先學一學喫飯的規矩。史丹芬夫人接着說這可不能請教克利斯朵夫了。葛拉齊亞因爲和克利斯朵夫同受埋怨，覺得很快活。

克利斯朵夫開始上課了。她渾身冰冷，手臂膠住在身上無法撥動；當克利斯朵夫提着她的小手，校正手指底姿勢，把它們擺在鍵盤上時，她簡直覺得軟癱了。她唯恐在他面前彈得不好；但她儘管研究到幾乎害病，弄得表姊煩躁得叫起來，一當克利斯朵夫面總彈得不成樣子，上氣不接下氣的，手指不是硬似木塊，就是軟如棉花；她把應當着重的與不應當着重的彈得七顛八倒，克利斯朵夫把她埋怨了一頓，生氣着走了；這纔教她恨不得立刻死去。

他對她絲毫不曾注意；只一心關切着高蘭德。葛拉齊亞對表姊和克利斯朵夫底親密很是羡慕；雖然有些痛苦，但她善良的心畢竟替高蘭德和克利斯朵夫歡喜。她覺得高蘭德遠勝自己，覺得她的能够受到大家敬意也是理所當然的事。——直到後來她必得在表姊與克利斯朵夫兩者之間選擇一個的時候，她纔覺得自己的心已預備把表姊拋棄了。她憑着小婦人底直覺，窺破克利斯朵夫對高蘭德底賣弄風情和雷維—葛底追求抱着厭惡的心思。她本能地不歡喜雷維—葛；且從她知道克利斯朵夫唾棄他之後，她也唾棄他了。她不懂爲何高蘭德要把他放在和克利斯朵夫競爭的地位。她慢慢地在暗中用着嚴厲的目光批判高蘭德，揭破了她一部分的謊話，突然改變了對她的態度。高蘭德雖然覺得，却不明白什麼緣故；勉強以爲是小姑娘底一種使性。但她已喪失了對於葛拉齊亞的威力則是毫無疑問的了：一樁極平常的事情可以使她感到。一天晚上，她們倆同在園中散步，高蘭德由於一種溫柔與愛嬌的情緒，想把大氅的衣褶裹着葛拉齊亞，免得她被剛在下着的驟雨淋濕；這種情形要是發生在數星期以前，葛拉齊亞一定因爲能夠偎貼在親愛的表姊懷中而感到莫可名狀的歡喜，但這一次她却冷冷地閃開了。且當高蘭德說葛拉齊亞所彈的某支樂曲難聽時，她還是一樣的彈奏，一樣的愛好。

她把全副精神貫注在克利斯朵夫身上。溫情的預感使她覺察到他的苦悶。在她那種多慮的稚氣的關切中，她把自己的猜測格外誇張。當克利斯朵夫對高蘭德表示一種苛求的友誼時，她便以爲他愛上高蘭德了。她想他一定很苦惱，所以她也爲他而苦惱了。可憐的孩子，她的苦心竟不得好報：當高蘭德把克利斯朵夫惹得氣惱時，她得代高蘭德受過；他心緒惡劣，借着小女學生出氣，盡量挑她的眼兒。有一個早晨，當高蘭德把他惹得比往常格外氣惱時，他用着那麼暴烈的態度在鋼琴前面坐下，把葛拉齊亞僅有的一些能力都嚇掉了：她弄得手足無措；再加他厲聲指摘她錯誤的音符，益發把她駭昏了；他亦生起氣來，搖着她的手，嚷說她永遠不能規規矩矩的奏一曲，還是弄她的烹飪或女紅去罷，無論做什麼都可以，但看老天底面子—切勿再來弄音樂—彈些錯誤的音符來磨難人家眞是大可不必—說完他轉身就走。可憐的葛拉齊亞把所有的眼淚哭盡了，這些嚴厲的說話固然使她悲哀，但她更加傷心的是她費盡心思不但不能使克利斯朵夫滿意，反而惡毒地惹所愛的人生氣。

但當克利斯朵夫絕足不至史丹芬家時，她更加痛苦了。她很想回轉家鄉。這個連幻想都純潔的孩子，還保存着鄉居者底清明的心地，混在騷動狂亂的巴黎婦女羣中覺得非常不慣。雖然不敢明言，她已能把周圍的人批判得相當準確。但他像父親一樣，由於善心，由於謙卑，由於不敢信任自己之故而非常胆怯懦弱。她聽讓那專斷的姑母和慣於支配一切的表姊擺佈。雖然她按期給父親寫着親切的信，她也不敢告訴他說：

——我求你，接我回去罷！

老爸爸雖然心裏極願意，却也不敢接她回去。因爲當他膽怯地微微露一些口風時，史丹芬夫人立刻回答他說，葛拉齊亞在巴黎很好，比和他一起好得多，並且爲她的教養，也應當留在巴黎。

但終有一天，這顆南國的靈魂捱不了放逐的痛苦，依舊要向光明飛去。——那是在克利斯朵夫底音樂會之後。當時她和史丹芬一家一同在場，目睹那些羣衆以侮辱一個藝術家爲樂，使她感到極大的痛苦。……一個藝術家？在葛拉齊亞眼裏，簡直是藝術底化身，是生命中一切神聖的原素底化身。她想痛哭，想逃跑。但她非聽完那些喧嘩與噓斥不可，回去之後還得聽着刻薄的議論，高蘭德底嘻笑，和呂西安·雷維—葛交換的假慈悲的說話。她逃到房裏，倒在床上痛哭了一場：她自言自語的和克利斯朵夫談話，安慰他，她眞願把自己的生命獻給他，她因爲毫無能力使他幸福而絕望。從此，她再不能在巴黎住下去了。她求父親接他回去，說：

——我在此再也活不下去了，再也活不下去了，要是你讓我多留幾時的話，我要死了。

父親趕來了；雖然他們倆都有極大的困難和可怕的姑母爭勝，終於竭盡所有的毅力貫徹了他們堅強的意志。

葛拉齊亞回到酣睡如故的大花園裏。她懷着無限的歡心和親愛的自然、親愛的生靈重復相聚。在她受過創痛而方纔振作起來的心頭，帶來了一些北國的哀愁，好像薄霧一般在陽光下慢慢地融化。她不時想到苦惱的克利斯朵夫。睡在草坪上聽着熟習的蛙聲與蟬聲，或坐在比以前更多親近的鋼琴前面，她悠然想着她自己選擇的朋友；她和他幾小時的談着，低聲地，覺得可能有一天他會推門進來。遲疑了長久之後，她終於寫了一封不署名的信，在一個早晨，偷偷地，心如小鹿兒般在胸中亂跳，拿去走到三里以外，在耕過的田對面，丟入本村信箱裏。——一封動人的信，告訴他說，他不是孤獨的，不要灰心，有人想念他，愛他，在上帝面前爲他祈禱，——可憐的信，中途遺失了，他始終不曾收到。

之後，單調而清明的歲月，在遠方女友底生命中流逝。南國的平和寧謐的空氣，安樂、無爲、冥想的幽靈，重復歸向這貞潔沉靜的心窩，——但在這心坎裏，永永珍藏着克利斯朵夫底印象，好像一朵風吹不滅的火焰。

* * * * * * *

克利斯朵夫全不知道有人遠遠裏對他懷着一縷天眞的溫情，會在他將來的生命中發生巨大的影響。他也不知道在他受辱的音樂會中，也有將來成爲他朋友、成爲他親愛的伴侶、和他並肩攜手向前邁進的人。

他是孤獨的。他自以爲孤獨的。但他毫無銷沉的氣象。從前在德國時那種凄苦的心境已不復感到。他更剛強了，更成熟了：他知道這是應該如此的。對於巴黎的幻想已經消失：人類到處都是一樣；應當逆來順受，不該固執着和社會作無謂的鬥爭；只要我行我素便得。貝多芬曾經說過：「要是把我們的生命力在人生中消耗了，還有甚麼可以奉獻給最高貴最完善的東西？」他從前嚴厲地批判過的自己的天性與民族，此刻他都強烈地感覺到了。巴黎社會的空氣愈壓迫他，他愈感到需要回到祖國，回到國魂所在的那些詩人與音樂家底懷抱中去。他一打開他們的書籍，就好像聽見萊茵河在燦爛的陽光下的波濤聲，好像看見被他遺棄的故人底親切的微笑。

他對他們曾經那樣的薄情！他們那種坦白的仁慈，他怎不早就覺察呢？他慚愧地想起自己在德國時對他們說過多少褊枉的話。那時他只看見他們的缺點，他們的笨拙而繁縟的舉止，他們的感傷派的理想主義，他們在小事情上的作假與懦怯。啊！這比起他們的德性來眞是多麼不足道！但他當時怎能對那些弱點如是殘忍呢？此刻他反因爲他們的弱點而覺得他們更可憐，更近人情。前此受他最不公平的待遇的人，如今最受他愛憐。對於修倍爾脫和罷哈，他有甚麼褊枉的話不會說過？現在他倒覺得與他們非常接近了。當他遠處異國的時候，被他不耐煩地非笑過的這些偉大的心靈，却對他仁慈地笑着說：

——朋友啊，我們在這裏。勇敢些罷！我們也曾受過非分的苦難……罷！最後的勝利總是我們的……

於是他聽見約翰・賽白斯打・罷哈底心靈像海洋一般呼嘯着：有狂飆吹着，颶風捲着，生命的雲四散奔馳，——有狂歡的，痛苦的，暴怒的人羣，溫良仁厚的基督高坐在他們上面，——無數的城市在夜半驚醒過來，居民歡欣鼓舞的迎着神明走去，——歌唱教師狹小的身軀中，藏着無窮的思想、熱情、音樂、英雄生活，藏着莎士比亞式的幻想，薩伏那洛（中世紀神學家）式的預言，藏着牧歌式的、史詩式的、啓示式的視象……——克利斯朶夫把他看得多明白！陰沉的、壯健的、有些可笑的，腦子裏充滿着諷喻、象徵、憤怒、固執、寧靜，熱愛着生而又渴念着死……——他也看見他在學院裏的情景，坐在那些腌臢、粗野、乞丐般的學生中間，被他們毆辱……——他也看見他在家庭裏的情景，生了二十一名兒女，死了十三個，其中一個還是白癡；剩下的都是優秀的音樂家，爲他舉行小小的音樂會……疾病，死亡，爭執，貧困，侘傺不遇；——但同時也有他的音樂，他的信念，解放與光明，預感到的、刻意追求的、而終於抓握住的歡樂，——神明，神明的氣息鍛鍊着他的筋骨，發動着他的毛髮，借着他的嘴放出霹靂般的聲音……噢！力！力！雷一般的力！……

克利斯朶夫把這種力一口氣吞下。他覺得德國心靈中充滿着的這種音樂的威力極有裨益。

雖然這威力往往是平庸的，甚至是粗俗的也無妨。主要的是有這威力，而且能像潮水一般奔流。在法國，音樂是用濾水器在瓶口緊塞的缸裏一點一滴地承受下來的。這些喝慣無味的淡水的人，一旦看到長江大河式的德國音樂時，自然要驚駭詫怪，在德國天才身上吹毛求疵了。

——可憐的孩子！——克利斯朵夫這麼想着，却忘記了自己從前也這樣淺薄可笑過來——他們居然找到了華葛耐和貝多芬底缺點！他們需要沒有瑕疵的天才。彷彿希望狂風暴雨不要破壞了世界上完整的秩序！……

他在巴黎街上走着，因爲充滿着力，非常高興。無人瞭解倒更好！他可以因之更自由。天才底任務原在於依着內心底法則構造整個的世界，而這是必須自己先在其中生活過來的。一個藝術家不必怕太孤單。可怕的是自己的思想映射到鏡子裏時，被鏡子把原來的形式改變了，把原來的力量減弱了。一件事情未做之前，切勿先和別人說：否則你便沒有堅持到底的勇氣；因爲那時候，你在自己心中看到的已不是你的思想而是別人底可憐的思想。

如今他的幻夢不受任何外物紛擾的時候，那些幻夢就像泉水一樣，從他心靈所有的角落裏和路上所有的石子裏飛湧出來。他生活在一種與萬物交感的境界裏。他所見所聞的一切，在他心中喚引起與所見所聞完全不同的生靈與事物。他不必追求，自能在他周圍找到他的英雄們底生命。他們的感覺會自動來尋到他。路人底目光，風裏傳來的語聲，照在草坪上的陽光，停在盧森堡公園樹頭上歌唱的小鳥，遠處響着的修道院底鐘聲，從他臥室裏瞥見的一角天空，蒼白的天空，一天之間時時變化的聲音與境界：這些他都用着幻想人物底心靈去體會。——他非常幸福。

然而他的境況比任何時都艱難。他唯一的收入，他所僅有的幾處教授鋼琴的位置都喪失了。時方九月，巴黎人正在外省避暑，不容易找到新學生。他獨一無二的學生是一個聰明而又糊塗的工程師，在四十歲上忽發奇想，要成一個提琴大家。克利斯朵夫底提琴一向不會拉得好；但總比他的學生高明；所以在某個時期內，他以每小時兩法郎的代價每週給他上三小時的課。但一個半月之後，工程師厭倦起來，突然發見他主要的秉賦還在繪畫方面。——當他有一天向克利斯朵夫說出這意思時，克利斯朵夫大笑了；但他痛快地笑過之後，把他的財富計算之下，發見袋裏只剩他的學生剛繳付給他的十二法郎了。他却並不慌，只想着此刻非另謀生路不可：再到出版家那裏去奔走吧：這自然不是有趣的事……罷！……也毋須事先煩惱！今天天氣很好，還不如到壘卮去。（按壘卮為巴黎近郊村鎮，以風景秀美著）

他突然發生走路的欲望。走路於他可以促成音樂的收穫。他胸中充滿着音樂，好似蜂房中的蜜一樣；他對着在心頭蠕蠕作響的羣蜂笑着。這通常是一種轉調極多的音樂。還有飛躍奔越的、反覆不已的、幻想的節奏……那麼，當你關在屋裏覺得麻痺的時候，就去創造節奏罷！至於把微妙的與靜止的和聲交揉融和，那是巴黎人的玩藝兒！

當他走得疲倦時，便在林間躺下。樹木微禿，天色藍得像雁來紅一樣。克利斯朵夫迷迷糊糊出神着，他的夢漸漸染上從初秋的白雲裏漏出來的柔和的光彩。他的血在奔騰。他的思潮在激瀉。它們的來源是新社會與舊社會底衝突，是過去的心靈底片段，是如寄生蟲般盤踞在他心頭的從前的朋友。高脫弗烈脫在曼希沃墓前的說話又在他腦中浮現：他裝滿着騷動的死者底墳墓，——裝滿着這個陌生的民族。他聽着這無量數的生命，他設法，使這滿着妖魔的千年的古森林如大風琴般奏鳴。他不復如少年時代的害怕它們了。因為他有了意志，有了主宰。他對於揮舞鞭子使野獸咆哮這回事感到強烈的快樂；他對於潛伏在自己內心的生靈感覺得更淸楚了。他不是孤獨的。卽使孤獨也不會有何危險。他有整個的隊伍，有幾百年的快樂而健全的克拉夫脫族在他後面。和敵對的巴黎，和整個的民族對壘時他也勢均力敵了。

* * * * * * *

他的寒素的臥室，如今也嫌租金太貴而不得不放棄。他在蒙羅區裏租了一間擱樓，雖然一無可取，空氣倒很流通，過路風是不斷的。至少他可以暢快地呼吸。從窗子裏可以看到一望無際的巴黎烟突。遷居底手續很簡單：一輛手推的小車已經足夠；且還是由他自己推着走。他所有的傢具中，除了一口舊箱子外，一座從那時起非常流行的貝多芬面像算是他最貴重的東西了。他把它鄭重地包裹着，彷彿是一件最有價値的藝術品。他和它簡直一刻不離。在巴黎底茫茫人海中，這是他棲身的島嶼，也是他的道德測驗表。他的心靈底溫度，在那個面像上比在他自己的良知上標顯得更淸楚：時而是烏雲密佈的天空，時而是熱情激盪的狂風，時而是莊嚴的寧靜，都可以在面像上看出來。

他不得不撙節食糧。一天只在下午一點鐘時吃一餐。他買了一條粗大的臘腸掛在窗上；每頓切着這麼厚厚的一片，加上一塊大大的麵包，一杯自做的咖啡，就算是盛大的筵席了。但他很想把它分做兩頓吃。他對於自己這麼好的胃口覺得氣惱；嚴厲地埋怨自己，說自己像餓鬼似的，只想着肚子。其實他的肚子也不成其爲肚子了，瘦得比一條瘦狗底還瘦。至於身體上旁的部分倒很結實，鐵一般的筋骨，始終自由活潑的頭腦。

他不大擔憂什麼明天的問題。只要有着當天的開銷，他就不願爲以後的日子操心。等到他袋裏不名一文的時候，他纔決意再到出版家那裏去繞一個圈子。可是一處都沒有工作。他兩手空空的回來，歸途上走過從前西爾伐·高恩介紹的但尼·哀區脫的音樂舖子時，他進去了，也不曾想起以前曾經在不愉快的情形中來過。他進門第一個就遇到哀區脫，來不及轉身退出，哀區脫已經瞥見他了。這時克利斯朵夫也不願露出後退的神氣，逕向哀區脫走去，不知和他說什麼好，只預備用着必需的傲慢來對付他：他因爲他確信哀區脫是決不會對他略表謙遜的。事實可並不然：哀區脫冷冷地向他伸出手來：用着普通的客套，問候他的健康，並且不待克利斯朵夫請求，便指着辦公室底門，自己閃在一旁讓他進去。他對於這番早已料及而已不復期待的訪問，覺得暗暗歡喜。他表面上雖然不動聲色，實際却一向注意着克利斯朵夫底行動；凡是可以認識他的音樂的機會，他一次都不曾錯過；那次『大衛』的音樂會，他亦在場；而且因爲他根本瞧不起羣衆，因爲他完全感到作品底美，所以羣衆的敵視那件作品，他毫不表示驚奇。在巴黎，恐怕沒有一人比哀區脫更能賞識克利斯朵夫藝術底特點。但這種感覺，他絕對不和克利斯朵夫說，不但是爲了氣惱克利斯朵夫對他的態度，且亦因爲要他和藹可親根本是不可能的：這種傲慢簡直是他的天性使然。他眞心預備幫助克利斯朵夫；但要他出諸自動是絕對不肯的，他等待克利斯朵夫來向他請求。如今克利斯朵夫來了，——照理他可以慷慨地抓住機會來消除他們前此的誤會，不必教克利斯朵夫再屈辱地向他啓齒；但他更歡喜讓克利斯朵夫從頭至尾的把請求的意思述說一遍：並且他立意要把克利斯朵夫前此拒絕過的工作交給他做，至少也得做一次。他給他五十頁樂譜，要他在明天改成曼陀鈴與六弦琴底樂譜。之後，因爲終竟把他屈服了，心裏已經滿足；便再給他多少比較愉快的工作，但依舊用着那麼傲慢不遜的態度，簡直令人無從感激他；眞要克利斯朵夫受着生活壓迫纔會求援於他。然而雖然可惱，他還是願意靠着這些工作糊口而不願受哀區脫周濟。這是哀區脫已經試過一次的，——當然也是出於誠意。克利斯朵夫已感到哀區脫先要屈辱他然後幫助他的用意，所以即使不得不接受哀區脫底條件，至少可以拒絕他的施捨。他很願爲他工作：——有來有往，畢竟是自食其力；——但絕對不願對他有所負欠。他不像華葛耐那樣爲了藝術而乞求他，不肯把藝術放在靈魂之上；不是自己掙來的麪包，他是不能嚥下的。——有一天他把隔日的工作送去時，哀區脫正在用餐。哀區脫留意到他蒼白的臉色，和他不由自主地投向菜盤的目光，斷定他還未用飯而留他同食。用意是很好的；但哀區脫顯然令人感到他已覷破了克利斯朵夫底窮困，以致他的邀請也像是布施：那是克利斯朵夫寧可餓死也不能接受的。他不能不坐在他飯桌前面，——（因爲哀區脫有話和他說）——但對於盤裏的菜絲毫不動，推說剛用過午餐。其實他正在餓火中燒哩。

克利斯朵夫很想不要仰求哀區脫；但別的出版家比哀區脫還要壞。——還有一般有錢的玩賞家，製作一句半句斷帛寸縑式的音樂，甚至寫都不會寫。他們叫克利斯朵夫去，對他哼着他們的苦心之作，說：

——唔！這多美！

他們把這一句半句的東西交給克利斯朶夫，要他加以『引伸』——（就是把它寫完全）——再堂而皇之的用他們的名字在一家大書舖出版。隨後，他們一口咬定這是他們的大作。這種人，克利斯朶夫就認得一個，老牌的紳士，高大的身材，稱他『親愛的朋友』，抓着他的手臂，對他表示異乎尋常的親熱，緊貼着他的耳朶嘻嘻哈哈，嘴裏胡說霸道，不時還大驚小怪的叫幾聲：貝多芬啊，范爾侖啊，奧芬白克啊，伊凡·郝爾貝啊（按係法國近代著名歌女，以善唱雜曲小調聞名。）……他要克利斯朶夫工作，卻不想酬報他。他請他喫幾頓飯，多握幾下手就算了事。直到完結，他送了克利斯朶夫二十法郎，克利斯朶夫居然還有那種傻氣還了他。而這一天，他簡直窮無分文，還得買一張念五生丁的郵票寄他給母親的信。這是老魯意莎底節日；克利斯朶夫無論如何要去信祝賀她的：可憐的婦人太重視兒子底信了，她怎麼也少不了它。雖然寫信對她是一樁苦事，但幾星期以來她寫給他的信也比往常多了些。她受不了孤單的苦；卻又不能決心到巴黎來住在兒子一起：她太畏縮了，太捨不得她的小城，她的教堂，她的家；她怕出門。況且即使她要來，克利斯朶夫也沒有路費給她；他自己也不是天天有的呢。

使他非常快慰的是有一次洛金寄給他的東西：那個克利斯朵夫爲她而和普魯士兵衝突的鄉下姑娘，寫信告訴他說她已結婚了，附帶報告着他媽媽底消息，寄給他一籃蘋果和一塊蒿糕。這些餽贈來得正好。那天晚上他正守着餓齋：掛在窗上的臘腸，只剩一條線緊在釘上了。收到這些禮物之後，克利斯朵夫自比爲由烏鴉把食物送到岩上來的隱士。但那頭烏鴉大概忙着要給所有的聖者送糧，下次竟不再光顧了。

雖然這樣窘迫，克利斯朵夫却依舊不減其樂。他在面盆裏洗衣服時，蹲在地下擦皮鞋時，嘴裏老是噓個不停。他用着裴里奥士底說話安慰自己：「我們當超臨人生的苦難，用着輕快的音調唱那歡樂的古曲震怒的日子……」（按係中世紀爲亡人所唱的歌。）——他有時一邊唱着這支歌一邊鬨笑，把鄰人聽得駭然。

他過着非常嚴格的禁欲生活。好似裴里奥士說過的「情人生涯是有閒和有錢的人底生涯。」克利斯朵夫底困苦，每天掙取麵包底艱難，極度的儉省，創造底熱情，使他沒有時間也沒有心緒去想到歡娛。他不但對之表示淡漠；而且爲了厭惡巴黎的風氣，簡直變了一個禁欲主義者。他熱烈需要貞潔，痛恨一切淫穢的事情。這並非因爲他沒有情欲。有些時候，他也沉湎過來。但即在那時，情欲也保持着貞潔：因爲他在情欲之中追求的並不是歡娛，而是絕對的捨身忘我，追求豐富的生命。而當他一發見誤入歧途時，他立刻憤憤然把情欲驅除開去。他認爲淫亂不是普通的罪惡，而是毒害生命的大罪惡。凡是古老的基督教道德不曾被異國的潮流完全摧毀的人，凡是在今日尙能感到自己是強健種族底子孫的人，凡是守着英雄式的紀律而維護着西方文明的人，都不難懂得克利斯朵夫。他鄙視那種國際化的社會，把享樂當作獨一無二的目的與信條。——當然，我們應當求幸福，爲人類求幸福，也應當摧毀野蠻的基督教義二千年來堆積在人類心頭的悲觀主義。但這必須我們存着俠義的心腸和利他的念頭。否則不只是一種最可憐的自私自利麼？少數的享樂者想以最少的危險博得最大的歡娛，只顧自己快樂，不管別人死活。——是的，他們這種交際場中的社會主義，我們已領教過了！……但他們的享樂主義只宜於『肥頭胖耳』的民衆，只宜於安富尊榮的『特殊階級，』對於窮人却是一味致命的毒藥：這些道理他們不是比別人先明白麼？……

「享樂的生涯是富人底生涯。」

* * * * * * *

克利斯朵夫不是一個富翁，而且生性也不是能成富翁的人。他賺了一些錢就化在音樂面上；省下喫飯的錢去買音樂會門票。他買着最便宜的座位，在夏德萊戲院頂高的一層；他心裏充滿着音樂：這於他簡直代替了夜宴與交結情婦的享樂。他那樣的渴望幸福，又那樣的易於滿足，以至樂隊底缺點也不介意；他在兩三小時內迷迷糊糊的沉浸在幸福的境界裏，演奏底趣味低劣，音符錯誤，也只能使他泛起一絲寬容的笑意：批評的精神是置之腦後了；他此刻是爲了愛而非爲了批判來的。在他周圍，羣衆也像他一樣的正襟危坐，半閤着眼睛，耽溺在無邊的夢裏。克利斯朵夫彷彿看見一羣人掩在陰影裏，偃僂着像一頭巨大的貓，對着他們的幻想躊躇滿志。在濃厚的、黃澄澄的半明半暗的光線中，神祕地顯出幾個臉龐，那種莫名其妙的魅惑與沉默的出神，引起了克利斯朵夫底注意與同情，不禁對之凝神注視，傾聽着他們的內心，終於和他們的身心融成一片。有時這些心靈中也有一個會覺察到，在音樂會的時間內他們之間交織起一縷曖昧的同情，一直參透生命中最隱祕的部分，但等音樂會終了，他們之間神祕的交流中斷時，便一齊化爲烏有。這種境界，是一般愛好音樂的人，尤其是年青而癡情耽溺的人所熟識的：音樂底原素完全由愛構成的，所以只有在別人心中體驗纔能完滿；唯其如此，音樂會中纔有人本能地用眼睛四處搜索，希望覓得一個朋友來分享他獨自擔受不了的歡喜。

克利斯朵夫選擇着這種一小時的朋友，使自己更能體味音樂底甘美；在這些友人中，他注意到每次音樂會上都遇見的一個臉龐。這是一個風騷的女工，是酷愛音樂而全不瞭解音樂的人。她的側影好像一頭小野獸，一個筆直的小鼻子，一張嘴巴微微向前突出着，一個細膩的下巴，高高的眉毛，發亮的眼睛：完全是無愁無慮的小女兒模樣，令人感到在她平靜的外表之下藏着快活與歡笑的心情。這些淫蕩的姑娘，這些姣好的女工，也許最能映現出古希臘彫像和拉斐爾派面貌上的清明之氣。當然這在她們的生命中不過是一刹那，是她們青春覺醒的一刹那；萎謝的時期是很近的。但她們至少已經有過一刻美妙的光陰，不會辜負人生。

克利斯朵夫望着她很快慰：一張可愛的臉使他心裏非常舒適；他能賞玩而不動欲念，只在美麗的造物身上汲取快樂，精力，安慰，——是的，他差不多汲取許多美德。不消說，她很快就注意到他的覬覦。他們之間不知不覺的已形成一種電磁般的交流。並且因爲他們差不多在所有的音樂會裏坐着差不多同一的位置，他們不久便熟悉了彼此的口味。在有些樂章上，他們交換一下會心的目光；當她特別愛着某一句音樂時，她微微吐着舌頭，彷彿要舐嘴唇的樣子；或是爲表示不滿起計，她裝做一副可愛的咭嗜的神氣。他對於這些小小的表情無邪地做些暗號作爲應答，這是一個人知道自己被人注意時所不能避免的動作。有時，在奏着嚴肅的作品時，她頗想裝出莊嚴的表情；從側面望去，只見她在凝神冥想中面頰上泛着微笑，眼角斜睨着要看看他是否注意她。他們雖然不曾交過一言，甚至也不想——（至少在克利斯朵夫方面）——在出場時見面，實際卻已經成爲好朋友了。

偶然終於使他們在某次晚上的音樂會中坐在一起。微笑着遲疑了一會之後，他們終竟友善地交談起來。她的聲音很迷人，說了許多音樂方面的癡話：因爲她完全不懂而要裝做懂；但她的確熱烈地愛好。她愛着最壞的與最好的，瑪斯奈與華葛耐；只有平庸的她纔厭煩。音樂於她是一種甘美的享樂，她用着全身的毛孔吸受着，好似達娜哀的吸收黃金雨。（典出希臘神話）德利斯當底前奏曲使她渾身發抖；英雄交響樂使她心驚膽裂，如臨戰陣。她告訴克利斯朵夫說貝多芬是聾而兼啞，但雖然如此，雖然他生得奇醜，要是她認識他，她定會愛他。克利斯朵夫分辯說貝多芬並不怎麼醜；於是他們討論到美醜問題；她承認這是看各人口味而定的；這一個人認爲美的，別一個人可以認爲不美：『人不是金魯意，（法國古諺）不能討個個人歡喜。』——克利斯朵夫更歡喜她不開口：那時他倒能夠把她的內心看得淸楚些。在音樂會中奏到『伊索爾特之死』的時候，她把手伸給他：那是一隻柔軟無比的手；他握着它直到樂曲終了；在交叉着的手指上，他們感覺到交響樂底波流。

他們一同出場；將近午夜了。他們一邊談一邊向拉丁區走去；她挽着他的臂膀，他送她回家；到了門口，正當她爲他指點路徑的時候，他和她作別了，全沒留意到她鼓勵他留下的眼色。當時她不禁爲之愕然，繼而又爲之憤然；但一忽兒後，她想着這件蠢事又笑彎了腰；回到房裏解衣就寢時，她重新生起氣來，悄悄地哭了。當她在下次音樂會中和他重新相遇時，她很想裝出氣惱、冷淡、使性的神氣。但他那種天眞樸實的模樣使她的心軟了下來。他們又談着話，不過她的態度比較矜持了些。

他誠懇地、有禮地和她談着正經的事情，談着美妙的事情，談着他們所聽的音樂和他的感想。她留神聽着他，努力使自己和他一般思想，她往往抓不到他說話底意義，但還是一樣的相信他。她對克利斯朵夫暗暗懷着一種感激的敬意，表面上却不露出來。由於默契，他們只談着音樂會方面的事情。有一次他看見她雜在一羣大學生堆裏。他們莊嚴地行了一個禮。她對任何人都不提起他。在她心靈深處，有一個神聖的區域，藏着些美妙的、純潔的、安慰心靈的東西。

這樣，克利斯朵夫只要在人前出現，就能使人感到安慰。他無論到哪裏，總不知不覺的留下一道內在之光底痕跡。在他身旁，即在他一座房子裏面，就有些他從未見面的人，慢慢地，且也是不知不覺地，感受着他的仁慈的光輝。

* * * * * *

幾星期以來，克利斯朵夫就是守齋也沒有錢去音樂會了；在此寒冬已降的時節，他在這閣緊接着屋頂的房裏凍僵了，他不能再毫不動彈的坐在桌子前面。他下樓走到巴黎街上，想靠走路來取暖。有時他能忘記周圍熙熙攘攘的城市，遁入無窮無極的時間中去。他只要看見在喧鬧的街道之上，一輪淒清的明月倒懸在天空，或在慘澹的霧裏，太陽底光輪時隱時現，就可使煩囂的市聲頓時消滅，就可使巴黎沉入無垠的空虛裏，使這些生靈只像是久已過去的、幾百年前的生命底幽靈……充塞於天地間的獷野的生命，被文明的外衣包裹住了，但普通人無從感知的它的最微妙的徵象，克利斯朵夫已能窺到它的全豹。荒瘠的大街上，青草在階石隙縫裏生長，樹在沒有空氣泥土的水泥枷鎖中發芽；一條狗跑過，一頭鳥飛過，那些生物是原始宇宙中殺人類殺剩下來的最後一批遺跡；一群蚊蚋在飛舞；無形的疫癘吞噬着市區：這些細微的表象，已足使大地底氣息在人類監室底悶人的雰圍中吹打克利斯朵夫底臉，鞭策他的精力與元氣。

在這種長時間的散步中，往往餓着肚子，幾天不和任何人交談，儘管無窮無盡的幻夢着。饑餓與靜默更加促成這種變態的心理傾向。夜裏，他睡眠不安時做着累人的夢，時時刻刻看到他的老家，看到兒時的臥室；音樂如魔鬼般纏擾他。白天，他和內心的生物，親愛的人兒，離別的與亡故的人談話。

十二月裏一個潮濕的下午，堅硬的草上蓋着冰花，灰色的屋頂與圓蓋沾着霧水，枝幹裸露的樹浴着水汽，好似海洋底裏的植物，——克利斯朵夫從隔天起就打着寒噤，無論如何也不覺溫暖，便走進他不大熟識的魯佛宮。

繪畫一向不曾使他如何感動過。他過於耽溺着內心的意境，無暇再去把握色與形底世界。他的感覺只及於繪畫中的音樂意味，所以只能獲得一種變形的印象。視覺形式與聽覺形式底外表雖異，和諧的規律初無二致；色彩與聲音這兩條巨流，雖灌溉着生命底兩個不同的方面，而淵源所自，固同出於心靈深處：這些道理，克利斯朵夫未嘗不本能地感到。但他只認識生命底一面，故在視覺領域中完全失迷了。他對於號稱為光的世界之后的法蘭西，對於它最迷人也許是最自然的魅力無從領會。

即使對於繪畫懷有好奇心，以克利斯朵夫那麼濃厚的德國人氣息，也不易感受迥不相同的視象。他並不像那些風雅的德國人般否認他們德國式的感覺，不像他們那樣自命為醉心於印象派，——或當他們忽而覺得並無把握比法國人更瞭解時，便自稱為醉心於十八世紀的法國畫派。比起他們來，克利斯朵夫或竟是一個野蠻人；但他老老實實做着野蠻人。蒲希底粉紅色的臀部，華多底肥胖的下巴，多愁多病的才子，肌肉豐滿的佳人，葛萊士底道貌岸然的眼風。弗拉高那（以上諸人皆法國十八世紀名畫家。）底破爛的襯衣，所有這些富有詩意的裸體給予他的印象不過和一份談風月的漂亮雜誌相仿。他毫未感覺到富麗堂皇的和諧；至於古國底溫柔綺麗而帶着凄涼情調的幻夢，歐羅巴最纖膩的文化，那於他更顯得生疏了。在十七世紀的法國畫派裏，他也不見得更能賞識那種虔敬的儀式和華麗的肖像；至於最嚴肅的幾個大師底冷靜與矜持的態度，尼古拉·波生（法國古典派繪畫的宗師。）底作品和斐列伯·特·香班涅（與波生同時的名畫家。）底肖像上所表現的灰色情調，正是教克利斯朵夫和法國古藝術無從接近的。他也不認識新派的藝術。即使認識了，恐也不免於認識錯誤。在德國時相當誘惑過他的唯一的現代畫家，是鮑格林，但這位作家亦不會使克利斯朵夫瞭解拉丁藝術。克利斯朵夫所領受的是這個粗獷的天才底原始的與野獸的氣息。他的眼睛看慣了生硬的顏色，看慣了這醉漢似的野蠻人大刀闊斧的東西，一旦見到法國藝術底中間色與柔和纖巧的和諧，自然難於領會了。

但一個人生活在一個陌生的環境裏決不能無所沾染。它終要留些痕跡在你身上。儘管你深閉固拒，你終有一朝會發覺你已經有些變化。

那天晚上，當克利斯朵夫在魯佛宮大廳上蹓躂時，他就有些變化了。他疲乏不堪，又冷又餓，孤單單地只有他一人。在他周圍，荒凉的畫廊已經籠罩着陰影，睡着的形象開始活動了。克利斯朵夫渾身冰凍着，悄悄地在埃及底史芬克斯、亞敍利底妖魔、班爾賽巴里底公牛、巴利西底黏蛇中間走過。（按係指古代雕刻陳列室）他覺得自己處身於神話的世界，心頭浮起一絲神祕的波紋。人類的幻夢包裹他，——心靈底各種奇葩異卉吸引他……

在黃黄的滿聚塵埃的畫廊裏，是燦爛而成熟的彩色果園，是琳瑯滿目的圖畫之林，克利斯朵夫渾身灼熱，正要病倒下來，突然驚駭莫名的怔住了。他差不多視而不見的走着，極度的饑餓，室內的溫度，目不暇接的形象弄得他頭暈目眩。走到畫廊盡頭，在下臨塞納河的那一邊，他站在項勃朗的『善心的撒瑪利人』（按 Le bon Samaritain 一畫的題材，採自福音書，述一男子途中被盜，受傷垂死，一教士，一萊維族祭司行經其旁，不顧而去。某爲猶太人痛惡之撒瑪利族人過而憐之，爲之療傷，以馬載之而去。）前面，雙手扶在畫前的鐵欄杆上，閉了一會眼睛。當他睜開眼來望到這幅與他臉孔非常貼近的畫時，他突然失去了知覺……

天色昏黑。白日已經逝去，已經死去。看不見的太陽沉沒在黑夜裏。這個奇妙的時間，正是心靈在工作了一天之後，困倦交加，迷迷懵懵，沉入幻想的辰光。一切都寂靜無聲，可以聽到血在脈管裏奔騰。無力動彈，氣息僅屬，心頭滿着悽愴的情緒，簡直身不由主了……只希望有一個朋友在面前，好投入他的臂抱裏……只希望有奇蹟出現，似乎眞的要出現了……是的，它來到了！一道金光在暮色中閃爍，在壁上，在背着垂死者的人底肩上映現，浸潤着這些卑微的人物，一切都顯得甘美溫柔，一切都有了神聖的光彩。這是神親自用着它可怖而又仁慈的手臂緊摟着這些被難的、病弱的、醜陋的、貧窮的、腌臢的人，這個衣衫不整的婆人，這些蜂擁在窗下的奇形怪相的臉，這些一言不發、心懷恐怖的痲痺的生靈，——緊摟着項勃朗畫上所有的可憐的人類，這羣一無所知、一無所能，只是等待着、抖着、哭着、祈求着的曖昧的靈魂。——但是吾主在此。我們並不看到它、的本相，而是看到它的光輪，看到它、照射在人類心頭的光影。

克利斯朵夫拖着搖幌不定的步子走出魯佛宮，頭痛欲裂，甚麽都看不見了。在街上，他也分不出路磚之間的水溝和浸着他的鞋子的雨水。在日色將盡的時分，塞納河上的天空被燈光照得黃黃的。克利斯朵夫眼中依舊帶着幻惑的影子。勞碌一切都不存在：車輛並沒發着巨大的影響震動街道；路人濕淋淋的雨傘並沒掩着他的身體；他並不在路上走；也許是坐在家裏，他在做夢；也許他已不存在了……突然之間——（他困憊已極）他一陣迷糊，覺得像石塊般向前跌了下來……但這不過是一刹那間的事：他緊握一下拳頭，挺一挺腰肢，恢復了身體底平衡。

正在這時候，正當他的意識從深淵裏浮起的一刹那，他的目光驀地和街道對面一道很熟識而似乎在招呼他的目光相遇。他停下脚步，怔住了，竭力尋思在何處見過。過了一會，他纔在這副悲哀而溫柔的眼睛裏認出是那個被他敲破飯碗、他欲謝罪而至今尋訪不得的法國女教員。她也在喧鬧的人羣中站住了望着他。他又看見她忽然排開衆人，從階上走下街道，向他這邊走來。他急急迎上前去；但無數的車輛把路擁得水洩不通，沒有法子越過；他還看見她在人牆那一邊掙扎；他想不顧一切的衝過去，不料被一匹馬撞了一下，在泥濘的柏油路上滑跌了，險些兒壓死；等到他渾身泥污的爬起來，好容易走到對過時，她已不見了。

他想追尋她。但又是一陣眩暈，使他不得不放下念頭。病魔已經降臨：他明明覺得而不肯承認。

他固執着，不肯立刻回去，反而繞着遠路走。但這不過白白教自己受苦罷了：他終得承認自己戰敗他的腿似乎要斷下來，熬着多大的痛苦纔回到家裏。在樓梯上，他又悶塞起來，不得不在蹬級上坐下。進入冰冷的臥室以後，他還硬撑着不肯睡下；他坐在椅上，渾身浸透着雨水，腦袋沉重，呼吸急促，一心還沉浸在和他一樣困憊的音樂裏。未完交響曲底句子，在他耳邊掠過。可憐的修倍爾脫！當他寫着這支樂曲的時候，他也孤單單地，發着高熱，神思恍惚，處於大夢以前的半麻痺狀態中，對着爐火沉思遐想；游離惝怳的音樂繞着他飄浮，有如沉滯的水流；他彷彿在這境界裏，好似半睡半醒的兒童對着自己編造的故事出神，反覆不已的念着其中的一段；隨後是酣睡來了……死神降臨了……——而克利斯朵夫也聽見這段音樂在耳邊飄過，雙手灼熱，眼睛閉着，露着一副憔悴的笑容，心裏充滿着歎息，想像着解脫一切的死，想像着約翰·賽白斯打·龍哈底聖歌中第一部合唱：「親愛的上帝，我何時死？」……沉浸在這些柔和的音樂裏，聽着遙遠而渺茫的鐘聲，多麼甘美！……死，與平和恬靜的塵土合而爲一！……「連自己也化爲塵土。……」

克利斯朵夫抖擻一下，驅散這些病態的思想，驅散那窺伺着疲弱的靈魂的惡魔底笑影。他站起身來想在房裏走走；但他支持不住。高度的發熱使他搖幌不定，不得不望牀上躺下。他覺得這次的情形眞是嚴重了，但不肯就此屈服，像那般在害病時就讓病魔擺佈的人；他掙扎着，他不願意害病，尤其立定主意不在此時死去。他還有在家鄉企待着他的可憐的媽媽。他還有他的事業要幹：他決不讓疾病來致他死命。他咬緊着打戰的牙齒，緊握着正要消失的意志；好似一個善泅的人繼續和怒濤險浪搏鬥。他時時刻刻往下沉：那是昏瞀的境界，是雜亂的形象，是故鄉底或是巴黎底沙龍的回憶；還有是節奏與樂句底糾纏，漫無目的地旋轉着，勞翡戲場中的馬；還有『善心的撒瑪利人』上面的金光；陰影裏藏着可怖的面貌；以後又是黑暗，又是無底的深淵。過了一會，他重新浮起，摧破妖形怪臉底雲霧，拳頭與牙牀全都拘攣了。他死命抓住他一切所愛的人，現在的和過去的，抓住剛纔瞥見的女友底臉影，抓住他親愛的媽媽，抓住他永永不滅的生命，那是他大海之中的岩石：『死神吞噬不了的，』……——可是岩石重新被海水湮沒，一個巨浪把靈魂衝開了。克利斯朵夫依舊在昏迷中掙扎，說着荒唐的囈語，指揮着、演奏着一個幻想的樂隊：喇叭，鑼鼓，鐃鈸，笛，大提琴……他狂亂地挑撥着，吹打着，可憐他鬱積着的音樂在胸中沸騰。幾星期以來他既不能聽，又不能奏，像一口受着壓力的汽鍋般隨時會爆發。有些糾纏不已的樂句像螺旋般直往耳膜裏鑽刺，使他痛苦到叫喚。劇烈的痛楚過去之後，他倒在枕上，疲倦欲死，渾身透濕，軟癱着，氣喘着，窒息着。他在牀前放着水瓶，張着喉嚨直喝。隔室的聲響，關門的聲音，都把他嚇得直跳起來。他迷惜地痛恨這些四周的人物。但他的意志依舊奮鬥着，他吹起英勇的軍號和魔鬼宣戰……『即使世界上滿著妖魔，即使牠們要吞噬我們，也不能教我們害怕。……』

而在他浮沉不已的黑暗的海面上，忽然展開一片平靜的境界，露出多少光明的空隙，小提琴與七弦琴柔和地嗚咽着，喇叭與角笛吹着靜穩的勝利的曲調，病人心頭又奏起一闋意志堅定的歌，好似抵禦狂濤的一堵巨牆，好似約翰·賽白斯打·罷哈底聖歌。

* * * * * * *

當他和熱病底幽靈掙扎着，和壓迫着胸部的窒息搏拒着的時候，他迷迷糊糊的覺得房門打開了，一個女人拿着一支蠟燭走進來。他以爲又是一個幻象。他想說話，但開不得口，重新倒去了。等到他遠遠裏被意識牽引回來時，覺得人家把他的枕頭墊高了，足部蓋了一條被，背後又有些熱騰臉的東西；睜開眼來，看見牀脚下坐着一個面孔並不完全陌生的女子。隨後他又看到另一張面孔，原來是一個醫生在替他診視。克利斯朵夫聽不見他們的說話；但猜到是在談論送他去醫院的事情。他掙扎着想表示異議，想大聲叫嚷，說不願意去，寧可獨個子死在此地；但他嘴裏只發出一些莫名其妙的聲音。那個女子竟懂得他的意思：因爲她替他推辭了，回過來安慰他。他竭力想知道她是什麼人。等他好容易迸出一句連貫的說話時他就提出這問句。她回答說她是他頂樓上的鄰居，因爲在隔壁聽見他呻吟，便冒昧地進來了，恐怕他需要什麼幫助。她恭敬地請他不要耗費精神說話。他聽從了。並且剛纔的努力已經弄得他筋疲力盡；不得不一動不動地緘默着；可是他的腦子依舊在工作，竭力把一些散亂的回憶聚集起來。他究竟在哪兒見過她呢？終於想起來了：是的，他曾經在頂樓走廊裏見過她；她是一個女僕，名叫西杜妮。

他半闔着眼睛偷偷地望着她。她生得小小的個子，臉容嚴肅，額角突出，頭髮望後梳着，面孔上部和太陽穴都顯露在外邊，臉色蒼白，瘦骨嶙露，短短的鼻子，淡藍的眼睛，露出一副溫和而又固執的目光，厚厚的嘴唇抿緊着，皮膚帶着貧血的徵象，大體看來，她是一個畏縮而深藏的人。她很熱心很機警的照顧着克利斯朶夫，但是默不作聲，毫無親密的神氣，從來不忘記她是一個女僕，不忘記階級界限。

可是，慢慢地當他痊愈而能說話的時候，他的懇切樸厚的態度使她談話比較自由了些，但還提防着有些事情（他看得出）她是不說出來的。她有些畏縮，又有些高傲。克利斯朶夫只知道她是法國西北部地方的人。家裏還有一個父親，當她提及他時，說話是很小心的；但克利斯朶夫也不難猜到他是一個酒徒，愛尋歡作樂而專事剝削女兒的人；她也讓他剝削，因爲驕傲的緣故，一句話也不說，按月把一部分的工資寄給他；但她肚裏完全明白。她還有一個妹子正在預備受小學教師底檢定試驗，那是她引以自傲的。她差不多擔負着這妹子底全部教育費。她做工很勤謹很用心。

——『她有一個好位置麼?』克利斯朶夫問她。

——『是的，但她想離開。』

——『爲什麼?不滿意主人麼?』

——『呋!不，他們對她都很好。』

——『那麼她嫌工錢太少麼？』

——『也不是……』

他不大懂，但很想懂，鼓勵她說話。但她講來講去不過是她單調的生活，謀生的艱難，而在這些事情上她亦並無奢望：工作不會使她害怕，那於她是一種需要，幾乎是一種樂趣。至於沉重地壓迫她的煩惱，她卻絕口不提。他只是猜度得到。慢慢地由於深切的同情所引起的直覺，他居然窺到她的隱衷；疾病底刺激，親愛的老母在同樣生活中所受的苦難的回憶，使他的同情心變得格外銳敏，格外深入。他恍如身歷其境地看到這種慘澹的、不健康的、反自然的生活，——一般中產階級限令僕人們所過的生活：——那些並不凶惡的主人們，有時會除了差遣之外幾天不和她們說一句話。整天的坐在悶人的廚房裏，只有一扇天窗，也是被涼棚擋擱着，向外望去只見一堵骯髒的白牆。當人家淡淡地說一聲湯汁做得不錯或燻肉煮得很爛時，就是她全部的快樂了。牢獄式的生活，沒有空氣，沒有前途，沒有願欲與希望之光，沒有一絲一毫的興緻。——她最壞的時間是主人們到鄉間過假期的時候。他們爲了經濟關係不帶她同去，付了她一個月工資，但不給她回家的路費；要是她自己有錢，他們可以讓她回去。然而她既沒這種心思，也沒這種能力。於是她獨自留在空屋裏；不想出門，也不想和別的僕役交談，那是因爲她們粗俗與放浪而被她瞧不起的。她不去玩耍，生性很嚴肅，儉省，又恐路上遭遇歹人。她坐在廚房裏或臥房裏，由此眺望出去，在烟突那一邊，可以看見一所醫院花園裏的樹巔。她不看書，試着做些活計，迷迷糊糊的，百無聊賴的，終於煩悶得哭了；她有一種奇特的能力能夠漫無目的地哭着：這於她簡直是一椿樂趣。但當她過於煩惱時，她連哭都哭不出了！好似冰凍了一樣，心如枯槁。隨後她勉強振作起來，或是生機自然而然的回復過來。她想着妹妹，聽着遠處的洋琴聲，渺渺茫茫地幻想着，儘自計算某件工作需要多少日子完工，可以賺到多少錢；她常常算錯，重新算過；終於睡着了。日子過去了……

除了這種意氣銷沉的日子以外，也有像兒童般快活的時候。她笑着別人，笑着自己。她對於主人們底行爲並非見不到，並非不加批判：例如他們因空閒而來的煩惱，太太們底鬱怒和發愁，自稱爲優秀階級底自稱爲的事務，對於一幅畫、一曲音樂、一本詩集的興趣。她那種有些籠統的見解，既不像巴黎化的女僕趨時，也不像內地女僕那樣只崇拜她們所不瞭解的東西，她對于這些彈絲弄竹、娓娓淸談、一切叡智方面的事情都抱着敬畏而輕蔑的態度，她認爲在這些自欺欺人的生活中佔着偌大位置的玩藝是完全無用的，並且是可厭的。她不免要把她所過的現實生活，和這種奢侈生活底虛幻的（似乎一切都由煩悶製造出來的）苦樂靜靜地比較一番。可是她並不因此生出反抗的情緒。她心中只有一個念頭：世界就是這麼一回事。她容受一切，惡人與傻子都在內。她說：

——世界是一切的缺陷造成的。

克利斯朵夫以爲她有宗教信仰支持着；但有一天，當她提起別的更富有更幸福的人時，她說：

——歸根結蒂，所有的人將來都是一樣。

——將來？什麼時候？克利斯朵夫問道。社會革命以後麼？

革命？她說。嘿！不知橋下先要流過多少水！我不信這些蠢話。將來一切總是一樣的。

——那末什麼時候呢？

——一死之後，當然！誰也不能有什麼東西留下。

他對着這種鎭靜的唯物主義非常詫異，心裏想：

——要是這樣，一個人只有一個人生，那末你過着這種生活而別人却更幸福，豈非可怕之至？

他雖然不說，她却似乎已經猜到了他的意思，便用着隱忍中間含有嘲弄的態度繼續說道：

——一個人總得造一個理由。大槪不是個個人能中的。我們碰得不好，承認倒運就算了！

她簡直不想到法國之外（有人要她到美國去）去找一個賺錢較多的位置。她從沒有過離開本國的念頭。她說：

——天下的石子都一般硬。

她的性格裏有一種懷疑的嘲弄的宿命觀。她是鄉下人出身，而法國鄉下人就是信仰極少或全無的，精神上不需要何種生活的意義，生命力却又十分堅強；——他們又是勤勞，又是冷淡，又是倔強，又是服從，不大愛人生，但仍抱着做一日和尙撞一日鐘的態度敷衍過去，且也用不到虛幻的鼓勵纔能保持他們的勇氣。

克利斯朶夫還不會認識這種人，所以對於這個一無信仰的誠樸的少女覺得非常奇怪；他佩服她能够依戀沒有樂趣沒有目標的人生，尤其佩服她的毫無依傍而很堅強的道德意識。至此爲止，他對於一般法國人的看法只以自然主義派的小說和當代小名士底理論作根據；殊不知道批文人剛和大革命時代的佳人才子派相反，歡喜把人類描寫成無惡不作的野獸，以便遮飾他們自身的罪惡……現在他纔驚異地發見西杜妮這種毫無假借的誠實。這不是道德問題；而是本能與自尊心問題。她也有她貴族式的驕傲。因爲『民衆』兩字底意思並不就是『平民的』。民衆裏面有貴族，中產階級裏面有平民。所謂貴族，是指那些具有比別人更純粹的本能更純粹的血統的人，並且他們自己知道這一點，知道自己的身分而有不甘自墜的傲氣。這種人固然爲數不多，固然處於孤立的地位，但大家依舊知道他們是第一流的人物；只要有他們在場，對於別人就能發生一種制裁作用。別人不得不學着他們的榜樣，或在表面上裝作如此。每個省份，每個村莊，每個集團，在某程度內都反映出他們中間的貴族底影子；這裏的輿論嚴，那裏的輿論寬，都依着各該地方的貴族而定。雖是多數人底力量膨脹到今日這種程度，這般緘默的少數人底權威依舊不會動搖。最危險的倒是他們離開本鄉，散到遙遠的大都市裏去。但即使如此，即使他們孤零零的迷失在陌生的社會裏，這些血統優秀的人還是巍然獨存，不爲環境同化。克利斯朵夫所知道的巴黎底一切，西杜妮一些不知道，也不想知道。報紙上的肉麻而猥褻的文學，和國家大事同樣與她不生關係。她甚至不知有所謂平民大學；且即使知道也不見得比宣道會更能吸引她去聽講。她做着自己的工作，想着自己的念頭，沒有意思來借用別人底念頭。對這種人克利斯朵夫不禁大爲讚嘆。

——這又有什麽希望呢？她說。我和大家一樣。難道您不曾見過法國人麽？

——我在法國人中間已經混了一年了，克利斯朵夫說；可是除了想作樂或是學着別人作樂的榜樣的人以外，我不曾見到一個還想着別的事情的人。

——不錯，西杜妮說。您只看見有錢的人。有錢的人是到處一樣的。實在您對于法國還一無所見。

——就算這樣罷。克利斯朵夫答道；那末讓我來從頭看起。

這他纔第一次見到法蘭西底眞面目，見到使人覺得不朽、與天地合一、多少像它一樣的征服者。多少的一世之雄在它眼前煙消雲散而它始終無恙的法國民族。

* * * * * * *

他慢慢地恢復健康，開始起牀了。

他第一件擔心的事情是償還西杜妮在他病中墊付的款子。照目前的情況，他還不能到巴黎各處去奔走，便寫信給哀區脫：要求在他下一次的報酬裏預支一筆錢。依着哀區脫又冷淡又善心的古怪脾氣，過了十五天纔有回音，——在這十五天內，克利斯朵夫磨難着自己，對于西杜妮拿來的食物差不多動都不動，拗不過西杜妮底勸說，只喫一些牛奶和麵包，過後又埋怨自己，因爲這不是他賺來的：隨後他接到了哀區脫預付的錢，但沒有什麽回信；在克利斯朵夫患病的幾個月裏，哀區脫就從沒問詢過一次。他有一種天才，能在施惠於人的時候也教人不愛他。因爲他自己在施惠的時候就沒有什麽愛的心思。

西杜妮每天在下午與晚上來一會。她替克利斯朵夫預備晚餐：一聲不響地、很週到地照顧着他的事情；看到他衣服破碎，便一言不發的拿去補綴了。他們的交誼中不知不覺有了多少親切的情愫。克利斯朵夫嘮叨地講起他的老母，把西杜妮聽得感動了，設身處地的自比爲孤苦零丁地留在本鄉的魯意莎，對克利斯朵夫抱着慈母般的溫情。他在和她談話時也努力想滿足他天倫的渴望，這是一個人在病弱時感覺得格外迫切的。在他心中，西杜妮比任何女子都近似詹意莎。他有時向她吐露一部分藝術家底苦悶。她溫柔地哀憐他的遭遇，但對于這些靈智方面的悲哀也不免露出多少譏諷的意味。這也使他想起他的母親，覺得很快慰。

他想逗引她吐露心腹；但她不像他那樣輕於宣洩。他說笑似的問她將來要不要嫁人。她用着慣有的隱忍而含着譏誚的口氣回答說：『一個做奴僕的人是談不到結婚的：那會把事情弄得太複雜。並且選擇非精當不可，而這又不是容易的事。男人是一等的壞蛋。當你有錢時，他們來獻媚；等到把你的錢喫光之後，就把你一腳踢開。她看到的榜樣太多了，再沒心思去管一番同樣的味道。』——但她並沒說出她已有過一次毀婚的事情：未婚夫看見她把所掙的錢統供給她的家族時，便把她遺棄了。——克利斯朵夫看見她在院子裏和住在一屋子裏的人家底孩子玩耍，就像是母親底樣子。在樓梯上遇見他們時，她會熱烈地擁抱他們。克利斯朵夫因此想起他所認識的一位太太：覺得西杜妮既不愚蠢，也不比別的女子醜；倘使處在那些太太們底地位，一定比她們高明得多。多少的生命力無聲無臭的湮沒着，沒有一個人加以注意！而另一方面，地球上卻擠滿着活屍，在太陽底下僭佔了別人底位置和幸福!……

克利斯朵夫絲毫不知留神。他對她太傾心了;像大孩子般撒嬌地和她說着好話。

有些日子,西杜妮神色很頹喪;他以爲是她勞作過度之故。有一次正在談話中間,她借端某件工作突然起身走了。後來,當克利斯朵夫有一天對她表示比往常格外親熱之後,她有好些時候絕足不來;等她再來時,和他說話的神氣也顯得很勉強。他尋思在什麼地方得罪了她。他問她,她極力辯說沒有;但她繼續和他疏遠。過了幾天,她告訴他要走了:她辭掉工作,要離開此地。她用着冷冷的不自然的語句,感謝他對她的好意,祝他和他的母親身體康健,然後和他道別。他對她這種突然離去的行爲驚愕得一句話都說不出來;他想探聽使她決心離去的動機:她只是支吾其辭的回答。他問她到何處去就事;她亦不回答;且爲直截了當阻止他發問起計,她抽身走了。在門口,他伸手給她;她興奮地握了一下;但面上的表情依舊不變;自始至終,她扮着這副生硬的冰冷的神氣。她去了。

他永遠不明白什麼緣故。

* * * * * * *

無窮無盡的冬季。一個潮濕、迷霧、泥濘的冬季。幾星期看不見太陽。克利斯朵夫雖然病有起色，但尚未痊愈。右肺老是有一處作痛，傷口在遲緩地結疤，劇烈的咳嗆使他夜裏不能安眠。醫生禁止他出門，甚至很可能囑咐他往東南海濱或加拿里（大西洋中的羣島，位於撒哈拉沙漠西北。）去療養。但他不得不出門。要是他不去尋找晚餐，晚餐決不會來尋找他。——人家還開給他許多無錢購買的藥品。所以他索性不去請教醫生了；這是白白丟掉的錢；並且他在他們面前始終覺得侷促不堪；他們彼此不能瞭解：這是兩個相反的世界。他們對於這個可憐的窮藝術家抱着一種帶着嘲弄與輕視的同情心，對於他自命為另一世界底人物而實際是像落葉一般被人生巨流衝掉的情形覺得非常可笑。他被這些人看看望望，敲敲聽聽，變得畏怯起來。他對於自己病弱的身體感到十分慚愧。他想道：

——要是它死了，我纔多快活咧！

雖然被孤單、疾病、窮困、種種的苦難磨折，克利斯朵夫仍是很有耐性地逆來順受。他從沒有過這樣的忍耐力，連自己都為之驚異。疾病往往是有益的。它一邊磨折肉體，一邊解放心靈，淨化心靈：在日夜不能動彈時，思想出現了，——它本害怕康健時太強烈的光明。從沒害過疾病的人永遠不能完全認識自己。

疾病使克利斯朵夫心地非常平靜。它把他生命中最凡俗的部分排蕩淸楚。他用着格外靈敏的官能，感到那些人人具有但被生活底喧擾所掩蔽掉的神祕的力量。自從他在全身發燒的時候參觀了魯佛宮以後，最微末的回憶都銘刻在他心頭，他置身於和項勃朗名作同樣温暖、柔和、深沉的空氣裏。一顆無形的太陽所放射出來的光彩，他心中也一樣感受到，雖然他毫無信仰，他仍覺得自己並不孤獨：神底手牽引他，領他和它相遇。他像小孩子般信賴它。

多少年來，他第一次被迫休息。在病前——現在還是——過度緊張的心力把他磨蝕以後，即是療養時期的疲乏倦怠於他亦是一種休息。克利斯朵夫幾個月的提心吊膽，如今纔覺得自己凝眸不瞬的目光漸漸鬆弛下來。這種寬弛可並不減少他的堅強；他只因之變得更近人情。天才底強有力而可怕的生活退到後方去了；他發見自己和別人一樣把精神上的狂熱和行爲上的殘酷忍性一齊剷除淨盡。他再沒什麼怨恨；再不想到惱怒的事情，即使想到也不過聳一聳肩；他不大想到自己的痛苦。自從西杜妮使他想起地球上到處都有微賤的心靈默不作聲的熬着苦難，毫無怨嘆的奮鬥着的時候起，他把自己忘懷了。平時並不感傷的他，此刻也不禁懷着神秘的溫情：這是從病弱上開出來的花朵啊。晚上，倚窗眺望，憑着下面的院落，聽着黑夜裏神秘的聲音……鄰室有人唱着，一個女孩天眞地彈着莫扎爾德底曲子，遠處聽來格外顯得動人……他想道：

——你們，我愛着而不認識的人！你們，不曾受過人生底屈辱、做着明知不可能的偉大的夢、和敵對的世界抗拒着的人，——我眞願你們幸福——幸福對你們是多麽甘美！……呋，朋友們，我知道你們在哪裏，我張着臂抱等待你們……我們之中隔着一道牆。我會一塊一塊摧毁它；但同時我亦把自己摧毁了。我們還有相聚的一天麽？在另一道牆——死——築起之前，我還能和你們相遇麽？但亦沒有關係！只要我爲你們工作爲你們造福，而你們在我死後稍稍愛我，那末我儘管孤獨，孤獨一生也無妨！……

這樣，克利斯朵夫就一邊休息一邊喝着愛與苦難這兩位保姆底乳汁。

* * * * * * *

他在這意志寬弛的狀態中覺得需要和別人接近。雖然身體還十分疲弱，雖然出門還不大妥當，但他出門的時間不是潮水般的羣衆從人煙稠密的街上望遠處的工場湧去的清早，就是這些羣衆回來的薄暮時分。他歡喜浴着人類同情的氣氛，但不必和任何人交談，這是連想也不會想到的。他只要望着人家走過，猜度他們，愛他們。他用着親切的憐憫心，看着這些急急趕路的工人，不曾工作先已有了倦乏的神氣，——看着這些青年男女都是蒼白的面色，緊張的表情，裝着一副古怪的笑容，——在這些透明浮動的面孔下面，可以看到欲望、憂患、嘲諷，如潮水般流過，——這是大都會裏多聰明、太聰明、有些病態的民衆。他們全都匆匆地走着，男人們一邊走一邊讀報，女人們一邊走一邊啃着月芽餅。一個亂髮蓬鬆的少女在克利斯朵夫身旁走過，面孔睡得虛腫，趑着山羊一般的小步，顯得煩躁而急促的樣子，要是可能，克利斯朵夫眞願犧牲自己一個月的壽命來使她多睡一二小時。——咲，倘使眞的有人送她這種禮物，她決不會拒絕呢！他眞想把一切有閒的富翁，從尊處優而尚在煩悶的人們，在這時候尚是重門深鎖的寢室裏拖出來，讓這些熱烈而疲累的身體，靈敏而貧弱、活潑而貪戀生命的靈魂去躺在他們的牀上，過一下那種悠閒的生活。如今他用着寬容的目光看待這些機警而疲累的小姑娘，又狡猾又純樸，那麽無恥那麽天眞地貪愛歡娛，而骨子裏倒是一顆誠實勤勞的靈魂。即使其中有幾個當面訕笑他，或者對着他這個眼睛熱烈的漢子彼此示意，他也不覺得生氣。

他在河濱大道上徘徊，沉思遐想。這是他最歡喜散步的地方。在此，他想念童時撫慰過他的大河的苦悶可以稍稍蘇解。啊！這當然不是萊茵！既沒有它的威力，也沒有廣闊的視線，巨大的平原，足供你遊目騁心。眼前這條河是灰色的眼睛，披着淺藍的外衣，細膩而明確的線條，溫柔嫵媚的姿態，輕巧靈活的動作，慵懶地伸長在穠裝淡抹的城市裏，橋樑是它的手釧，紀念建築是它的項鍊，它像一個美女般對着都城底豔色微笑……如詩如畫的巴黎之光啊！這是克利斯朶夫在這城裏第一件愛好的東西；它緩緩地、緩緩地浸透他的心，不知不覺間把他的氣質變換了。他認爲這是最美的音樂，唯一的巴黎音樂。在暮色將臨的時分，他幾小時的在河濱流連。或在古法蘭西底花園裏，吟味着大樹頂上紫色的霧雰，籠罩在彫像上，灰色的花盆上、王室紀念像上的暮靄，——它們幾百年來沐浴着這種光，這種微妙的氣雰，由溫柔的太陽與乳汁般的水汽融化成功的，——而在銀色的塵霧裏，還有歡樂的民族精神在飄浮。

一天傍晚，他在聖·米希橋附近一邊看着流水一邊隨便翻着舊書攤上的書。他無意之間打開米希萊底一部單零的著作。他曾讀過這個史家底東西；但不歡喜他那種法國式的誇張，撥弄字眼和過分雕琢的體裁。但這一天，他在最初幾行上就被吸住了：這是敍述聖女貞德寃獄底最後一段。他在席勒作品裏已經知道這個奧萊昂處女；但一向當她不過是一個傳奇式的女英雄，她的故事也只是大詩人幻想進來的。可是現實突然在眼前顯露了，把他懾住了。他讀着，讀着，對于這段悲壯的敍述不禁義憤塡胸，肝胆俱裂；當他讀到貞德知道自己當晚卽將處決而驚死過去時，他的手戰抖着，眼中滿着熱淚，不得不停止。因爲病後的衰弱，他變得那麼易感，連自己也覺可笑。——他本想讀完那一段，但天色已晚，書販已在收拾箱籠。他決心購買這部書；但袋裏摸來摸去只有六個銅子。這種貧窮的日子是過慣的，他並不因之着慌；他剛纔買了晚餐的食糧，預計明天可在哀區脫那裏領到鈔寫一篇樂譜的酬金。但要等到明天眞是多麼難受！爲何把僅有一些錢都化去買了晚餐呢？啊！要是能把袋裏的麵包和臘腸抵付書價的話，豈不是好！

明天一早，他到哀區脫舖裏去支錢；但走過橋堍，沒有勇氣逕自過去。他在書販底箱子裏重新找到了那部寶貴的書，化了兩小時功夫把它全部讀完；他錯失了哀區脫約會的時間，得再費盤天的光陰纔見到他。末了，他終於弄到了新的工作，領到了酬金；立刻跑去把那本書買了下來。他唯恐被捷足先登的人買去。其實即使如此也不難再找一本；但克利斯朵夫不知這部書是否孤本；並且他要的是這一部而非另一部。凡是愛好書籍的人都有一些拜物狂。無論什麼斷片零簡，不管它有多少污漬，只要是他們的幻夢所寄托着的，便是神聖的。

克利斯朵夫回去把聖女貞德底歷史，在靜寂的夜裏重新讀了一遍；總是如何也抑捺不住心中的情感：他充滿着溫情、憐憫、與無窮的痛苦，讀着這可憐的小姑娘底傳記：穿着鄉下女子底紅衣裳，高大的身材，怯生生的模樣，柔和的聲音，聽着鐘聲出神，——（她亦和他一樣愛聽鐘聲）——臉上浮着動人的微笑，滿着體貼與慈悲的心思，隨時會流淚，——流着愛的、憐憫的、弱者的淚；因為她兼有男性的剛強和女性的溫柔，是一個純潔而勇敢的少女，能夠鎮靜地用着她的明辨、用着她女人底機警馴服一羣盜匪式的軍隊，馴服他們獷野凶殘的意志，在孤立無助的環境中，在教會與司法界底僞善者包圍中，在豺狼虎豹雄視耽耽的情形之下，居然堅持苦守到幾個月之久。

而克利斯朵夫所最感動的，尤其是她的慈祥愷惻，——打了勝仗之後，她要爲戰死的敵人哭泣，爲曾經侮辱她的人哭泣；他們傷了，她去安慰；他們臨終，她去爲之祈禱，即是對于出賣她的人也不懷怨恨，甚至到了火刑台上，當火焰在下面燃燒起來的辰光，她亦不顧慮自己，只擔心着勸告她的僧侶，強要他逃走。『在最劇烈的戰鬥中她是溫柔的，在最壞的壞人裏她是善良的，即在戰爭中也是和平的。在這魔鬼底勝利——戰爭——中間，她抱着神底意志。』

克利斯朵夫反省一番之後，想道：

——我所抱的神底意志還嫌不夠。

他把貞德傳記中最美的句子反覆念着：

『不論別人如何蠻橫，運命如何殘酷，你還得抱着善心……在不論如何激烈的爭執裏，也得保持溫情與好意，忍受磨鍊，可不要因磨鍊而損害你這內心的財寶……』

於是他自忖道：

——我多罪過。我不會慈悲。我缺少好意。我太嚴酷。——寬恕我罷。別以爲我是你們的仇敵，你們這些爲我痛加鞭撻的人！我也想爲你們造福啊……然而我決不能不阻止你們作惡。……

旣然他不是一個聖者，只要想到他的怨恨會消釋便已足夠。他所最不能原諒的，是他們把他對法國的視線完全導入歧途，使他意想不到在這土地上竟會有一天長出這樣純潔的花，這樣悲壯的詩。然而這居然有過了。誰能說不會再有第二次呢？現代的法國，不見到比淫風極盛而竟有聖處女出現的查理第七時代的法國更糟。廟堂如今空着，被人作踐着，半已坍毀了。可是沒有關係！神已在裏面出現過。

克利斯朵夫爲了愛法國的緣故，訪尋着一個法國人來表示他的愛。

* * * * * *

三月將盡。克利斯朵夫不和任何人交談。不接到任何信件，已經有幾個月之久，不過每隔許多時候，老母有幾個字寄給他，她不知道他害病，他亦不告訴她。他和社會的交接只限於到音樂舖子裏拿取或送回他的工作。他揀着哀區脫不在店中時去，——可以免得和他談話。其實這種提防也是多餘的：因為他只遇到一次哀區脫，而在那唯一的一次上，哀區脫也祇冷冷地說了幾個字，算是詢問他的健康。

正當他這樣地幽閉在靜默的牢獄裏時，忽然有一個早晨收到羅孫夫人一封請柬，邀他去參加一個音樂夜會：說是其中有一闋著名的四重奏可以聽到。信底措辭很客氣，羅孫還在末尾添了幾行懇摯的說話。他覺得那次和克利斯朵夫底爭執不是一椿體面的事。尤其因為從那時起，他和那位歌女鬧翻了，他自己也把她批判得一文不值。這是一個存心忠厚的人，從不懷恨他得罪過的人，並且認為那些被得罪者也不至於可笑到比他更易惱怒。所以當他高興和他們重新相見時，會毫不遲疑的向他們伸出手來。

克利斯朵夫先是聳聳肩，發誓說不去。但音樂會底日子一天天的迫近，他的決心便一天天的鬆弛下來。聽不見人家一句說話，尤其是聽不見一句音樂，使他感到窒息。可是他再三說過，他永遠不插足到這些人家去的了。但到了那天，他竟滿懷羞慚地去了。

去的結果並不好。他一旦重復廁身於這個政客與時髦朋友底環境中時，立刻感到自己比從前更厭惡他們因為在幾個月的閉戶生活之後，他已不慣這種萬牲園式的景象。在此簡直不能聽音樂：一切都是褻瀆音樂。克利斯朵夫決意待第一曲終了後就走。

他的眼睛把所有這些可憎的面目與身體掃射了一周。在客廳那一頭，他遇到一對望着他而立刻閃開去的眼睛。在全場那些遲鈍的目光裏，這一副眼睛却有一種不可言喻的坦白的氣概使他非常驚異。這是一雙畏怯的，但是清明的，確切的，法國式的眼睛，當它們望着你時，它們自己既無所掩飾，你的一切也無從隱遁。他是認識這對眼睛的；但不認識這對眼睛所照耀的那張臉龐。那是一個二十到二十五歲之間的青年，小小的身軀微微向前傴曲，神氣似乎很柔弱，沒有鬍子的臉上含有痛苦的表情，栗色的頭髮，不端整而很細膩的面相，那種不大對稱的模樣使他的表情顯得有些騷動，但也並非全無魅力，而且似乎道破了眼睛底平靜不能代表他的全部精神。他站在一個門框下；沒有人注意他。克利斯朵夫重新望着他；每望一次，總覺得是「熟識的，」好似已經在另一張面孔上見過的一般。

依着他素來不能隱藏他心中的感覺的習慣，他向着那青年走去；一邊走一邊自忖有什麼話可和他說，左顧右盼，神情不定，好似隨便走去，沒有什麽目標的樣子。那靑年也覺察了，懂得克利斯朵夫實在是向着他走來；他一想到要和他談話時突然膽怯起來，竟想望鄰室逃去，但他呆滯笨拙的舉止愕然把他的脚釘住了。他們彼此相對，想不出話從哪裏說起。僵持在這種情形之下，各人以爲自己在對方的眼裏顯得可笑。終於克利斯朵夫正視着那個靑年，沒有任何寒暄便直截了當地笑着問道：

——您不是巴黎人麽？

對于這個突如其來的問句，偪促不拙的靑年也不由自主地笑了，回答說他的確不是巴黎人；低弱而鏗鏘的聲音愕然一具脆弱的樂器。

——怪不得我疑心，克利斯朵夫說。

他看見對方聽着這句奇怪的話有些惶惑，便補充道：

——這不是埋怨的意思。

但靑年底態度愈加偪促了。

他們重新靜默了一會。青年努力想開口；嘴唇顫動着；好像有一句說話就在嘴邊，只是沒有決心說出來。克利斯朵夫好奇地端相着這張牽動不止的臉，透明的皮膚下面可以看見輕輕的翕動；他的肉體底組織似乎與這個客廳裏的人物不同，沒有那麼寬大的臉龐，沒有那麼沉重的軀幹，好像只是頸項延長下去的一段肉似的。在他，靈魂就浮在表面上；在每一方肉裏都有精神存在。

他始終囁嚅着開不得口。忠厚的克利斯朵夫便接着說道：

——您在此地，在這些傢伙中間幹什麼？

他那麼粗聲大氣，那麼毫無忌憚的講着。慌亂的青年不禁四下探望有沒有人聽見。這個舉動卻使克利斯朵夫非常惱厭。隨後，那個青年不回答他的問句而露着又笨拙又和藹的笑容反問道：

——您呢？

克利斯朵夫笑了，出於衷心地、粗獷地笑了。

——是啊。我麼？他高興地說。

青年突然打定主意說話了，喉嚨梗塞着：

——我多愛您的音樂。

之後，他又停住了，拼命想克服自己的羞怯終歸無用。他紅着臉；自己也覺得了，以至紅潮一直泛到耳邊。克利斯朵夫微笑着望着他，心裏眞想擁抱他一下。青年擡起眼來說：

——不，眞是；在此我不能，不能談論這些……

克利斯朵夫抿着闊大的嘴唇暗暗笑着，握着他的手。他覺得這陌生人底瘦削的手在自己手掌中微微發抖，便用着不由自主的溫情緊緊握着：青年也覺得克利斯朵夫結實的手熱烈地緊握着他。在他們周圍，客廳裏的聲音消失了。只有他們倆默然相對，懂得彼此已經結爲朋友。

但這不過是一刹那，羅孫夫人忽然走來，用扇子輕輕觸着克利斯朵夫底胳膊，說道：

——哦，你們已經相識，毋庸我再來介紹了。這個大孩子今晚是專誠爲您而來的。

他們倆聽了這話不禁忸怩地都退後了一步。

克利斯朵夫向羅孫夫人問道：

——他是誰？

——怎麼！她說，您不認識他？這是一個怪可愛的青年詩人！您的崇拜者之一。他也是一個音樂家，彈得一手好鋼琴。在他面前是不能辯論您的作品的：他愛上您了。有一天，他爲了您會和呂西安·雷維——葛口角。

——啊！好孩子！克利斯朵夫說。

——是的，我知道，您對這可憐的呂西安懷有成見。可是他也很愛您呢。

——啊！別和我談起這些！這會教我把自己都恨起來。

——我敢說……

——永遠不！永遠不！我永遠不要他愛我。

——您的情人正是如此。您們倆都一樣的瘋獺。呂西安正和我們解釋您的一件作品。您剛纔遇見的那個羞怯的孩子突然站起，憤怒得全身發抖，禁止他談論您。您看他僭越到這個地步！……幸虧那時有我在場，把事情排解了；他終於道歉完事。

——可憐的孩子！克利斯朵夫說。

他感動了。

羅孫夫人又和他談着別的事情，但他似乎充耳不聞的問道：

——他到哪兒去了？

他開始搜尋他。但這不相識的朋友已經不見。克利斯朵夫再去找着羅孫夫人，問道：

——請告訴我他的姓名。

——誰的姓名？她問。

——那個您和我講起的人。

——您的青年詩人麽？他叫奧里維·耶南。

這個姓氏底回聲，在克利斯朵夫耳中像一闋熟悉的交響樂一般。一個少女底倩影在他眼睛深處閃過了。但新的形象，新朋友底形象立刻把那個倩影拭去了。

* * * * * * *

在歸途中，克利斯朵夫在擁擠的巴黎街上走着，一無所見，一無所聞，對於周圍的一切都失去了知覺，他好似一口湖，四周的山把它和其餘的世界分隔着。沒有一絲風影，沒有一些聲音，沒有一些騷動。只是一片平和寧靜。他再三說着：

——我有一個朋友了。

卷五終

當你見到克利斯朶夫的面容之日，是你將死而不死於惡死之日。

（古教堂門前聖者克利斯朶夫像下之拉丁文銘文。）

約翰·克利斯朵夫

著者　羅曼羅蘭
譯者　傅雷
出版者　駱駝書店　上海北京西路六五七號
定價　全四冊七十三元

中華民國三十五年一月初版（一—一〇〇〇）
中華民國三十六年二月三版（三〇〇一—四〇〇〇）

Romain Rolland:
Jean-Christophe
2